FOLIO POLICIER

Jo Nesbø

L'étoile du diable

Une enquête
de l'inspecteur Harry Hole

*Traduit du norvégien
par Alex Fouillet*

Gallimard

Titre original :

MAREKORS

© *Jo Nesbø, 2003.*
Published by agreement with Salomonsson Agency.
© *Éditions Gallimard, 2006, pour la traduction française.*

Né en 1960, d'abord journaliste économique, musicien, auteur interprète et leader de l'un des groupes pop les plus célèbres de Norvège, Jo Nesbø a été propulsé sur la scène littéraire en 1997 avec la sortie de *L'homme chauve-souris*, récompensé en 1998 par le Glass Key Prize attribué au meilleur roman policier nordique de l'année. Il a depuis confirmé son talent en poursuivant les enquêtes de Harry Hole, personnage sensible, parfois cynique, profondément blessé, toujours entier et incapable de plier. On lui doit notamment *Rouge-Gorge*, *Rue Sans-Souci* ou *Les cafards* initialement publiés par Gaïa Éditions, mais aussi *Le sauveur* et *Le bonhomme de neige,* disponibles au catalogue de la Série Noire.

PREMIÈRE PARTIE

Chapitre 1

Vendredi. Œuf

L'immeuble avait été construit en 1898 sur un terrain argileux qui s'était insensiblement affaissé vers l'ouest, de sorte que l'eau passa le seuil du côté où la porte était gondée, plus à l'ouest. Elle coula sur le sol de la chambre à coucher en tirant un trait mouillé sur le parquet de chêne, toujours vers l'ouest. Le flux s'arrêta un instant dans un renfoncement du parquet avant que davantage d'eau n'arrive de derrière, avant de filer comme un rat inquiet jusqu'au mur. L'eau s'étala alors dans les deux sens, cherchant et reniflant presque sous la plinthe jusqu'à trouver un interstice entre le bout des lattes et le mur. Dans cet interstice se trouvait une pièce de cinq couronnes frappée du profil de saint Olaf et marquée de l'année 1987, un an avant que la pièce ne tombe de la poche du menuisier. Mais c'était alors une période de vaches grasses, il y avait beaucoup d'appartements sous les toits à remettre rapidement en état, et le menuisier ne s'était pas donné la peine d'essayer de la retrouver.

L'eau ne mit pas longtemps à trouver un chemin à travers le sol sous le parquet. Hormis lors d'une fuite en 1968, l'année où l'immeuble avait reçu un nouveau toit, les lames de parquet avaient séché et s'étaient rétractées de façon ininterrompue depuis 1898, de sorte que la fente entre les deux grandes planches de sapin du bout mesurait pratiquement un demi-centimètre. En dessous, l'eau rencontra l'une des poutres, et fut emmenée un peu plus loin vers l'ouest, vers l'intérieur du mur. Elle y fut absorbée dans l'enduit et le mortier que le maître maçon Jacob Andersen, père de cinq enfants, avait préparés plus de cent ans auparavant. Comme tous les autres maçons de l'époque, Andersen fabriquait son enduit et son mortier. Il appliquait des proportions de chaux, de sable et d'eau qui lui étaient propres, et il avait une spécialité : des crins de cheval et du sang de porc. En effet, Jacob Andersen pensait que les crins et le sang se mêlaient pour rendre l'enduit plus résistant. L'idée n'était pas de lui, avait-il avoué à ses collègues incrédules. Son père et son grand-père, tous deux écossais, avaient employé la même recette en utilisant le mouton. Et bien qu'il eût renoncé à son nom écossais et qu'il fût devenu maître maçon, il ne voyait aucune raison de ne plus mettre à profit une expérience vieille de six cents ans. Certains de ses collègues trouvaient que c'était immoral, certains le pensaient de mèche avec le démon, mais la plupart ne faisaient que se moquer de lui. C'est peut-être l'un des derniers qui élabora une histoire qui s'avérerait dès lors bien implantée dans cette ville florissante qui s'appelait alors Kristiania. Un cocher de Grünerløkka s'était marié avec sa cousine du Värmland, et ils avaient emménagé ensemble dans un studio dans Seilduksgata, dans l'un des immeubles construits entre autres par Andersen. Le premier enfant du couple avait eu le malheur de venir au monde avec des boucles brunes et des yeux marron. Les parents étant tous deux blonds aux yeux bleus, et le père naturellement jaloux, celui-ci avait passé sa bonne femme à tabac tard dans la nuit, avant de la descendre à la cave et de l'y emmurer. Ses cris avaient été efficacement étouffés par les murs épais dont elle faisait désormais partie intégrante, coincée entre deux couches d'enduit. Son mari avait peut-être tablé sur une mort par asphyxie, mais s'il y avait une chose que les maçons savaient faire, c'était assurer une circulation d'air correcte. La pauvre femme avait fini par se déchaîner sur le mur à coups de dents. Et la technique avait peut-être payé, puisque l'Écossais Andersen se servait de crins et de sang, pensant ainsi pouvoir faire l'économie d'une chaux de meilleure qualité, le mur était poreux et cédait à présent sous les coups répétés de fortes dents värmlandaises. Mais sa gloutonnerie lui fit avaler de trop grosses bouchées de mortier et de brique. Elle finit par ne plus pouvoir ni mâcher, ni avaler, ni recracher, et le sable, les gravats et des fragments d'argile brûlée bouchèrent ses voies respiratoires. Son visage bleuit, son cœur battit de plus en plus lentement, et elle cessa de respirer.

Elle était ce que la plupart des gens qualifieraient de décédée.

Mais le mythe prétendait que le goût de sang de porc avait fait croire à cette malheureuse bonne femme qu'elle était encore en vie. Elle avait par conséquent glissé librement des cordes qui la retenaient, hors du mur, et était repartie. Certaines personnes âgées de Grünerløkka se souviennent encore de cette histoire entendue dans leur enfance, celle de cette femme à tête de porc qui va et vient armée d'un couteau pour décapiter les petits enfants qui restent tard dehors, parce qu'il lui faut avoir le goût de sang en bouche pour ne pas disparaître totalement. Peu de gens en revanche connaissaient le nom du maçon, et Andersen avait imperturbablement continué à fabriquer son mélange spécial. Quand il était tombé d'un échafaudage, trois ans après avoir œuvré sur l'immeuble dans lequel l'eau coulait pour l'heure, en abandonnant derrière lui deux cents couronnes et une guitare, il restait encore presque cent ans avant que les maçons ne commencent à utiliser pour leurs mélanges de mortier des fibres synthétiques semblables à des cheveux, et qu'on ne découvre dans un laboratoire milanais que les murs de Jéricho avaient été renforcés par du sang et des crins de chameau.

La majeure partie de l'eau ne coula néanmoins pas vers l'intérieur du mur, mais vers le bas. Car l'eau, la poltronnerie et le désir cherchent toujours le niveau le plus bas. Les premiers centilitres furent absorbés par l'argile grumeleuse et poudreuse qui occupait l'espace entre les poutres de ce plafond à hourdis, mais il en arriva encore et l'argile fut imbibée, l'eau passa au travers et détrempa un *Aftenposten* daté du 11 juillet 1898, qui relatait que la conjoncture hautement favorable que connaissait le secteur du bâtiment à Kristiania avait vraisemblablement atteint un sommet, et qu'on pouvait espérer que des temps moins cléments attendent les spéculateurs. En page trois, on pouvait lire que la police n'avait toujours aucune piste dans l'affaire de la jeune couturière qui avait été retrouvée la semaine précédente criblée de coups de couteau dans sa salle de bains. En mai, une fille tuée et mutilée de la même façon avait été retrouvée près de l'Akerselva, mais la police refusait de dire s'ils établissaient ou non un lien entre ces deux affaires.

L'eau coula du journal, entre les planches en dessous et sur l'intérieur du plafond. Puisque celui-ci avait été perforé durant la fuite de 1968, l'eau ruissela par les trous, forma des gouttes qui restèrent en suspension jusqu'à ce qu'elles soient suffisamment lourdes pour que la pesanteur l'emporte sur l'adhérence. Elles lâchèrent alors prise et churent de trois mètres et huit centimètres. Là, l'eau s'arrêta. Dans de l'eau.

Vibeke Knutsen tira énergiquement sur sa cigarette et souffla la fumée par la fenêtre ouverte du quatrième étage. C'était l'après-midi, et de l'air chaud s'élevait de l'asphalte surchauffé de la cour en emmenant la fumée un peu plus loin le long de la façade bleu ciel, où elle se désagrégeait. De l'autre côté du toit, elle entendait le bruit de quelques voitures qui passaient dans Ullevålsveien, d'ordinaire si fréquentée. Mais c'étaient les grandes vacances, et la ville était pour ainsi dire vidée de ses habitants. Une mouche gisait les six fers en l'air sur l'appui de fenêtre. Elle n'avait pas eu l'intelligence de fuir la chaleur. Il faisait plus frais à l'autre bout de l'appartement, qui donnait sur Ullevålsveien, mais elle n'aimait pas la vue qu'elle en avait. Vår Frelsers Gravlund[1]. Plein de gens célèbres.

---

1. Le cimetière de Notre-Sauveur. *(Toutes les notes sont du traducteur.)*

Célèbres et morts. Au rez-de-chaussée, une boutique vendait des « monuments », comme il était écrit sur l'enseigne, à savoir des pierres tombales. On pouvait sûrement parler de proximité au marché.

Vibeke appuya son front sur le verre frais.

Elle avait été heureuse que la chaleur arrive, mais la joie avait rapidement disparu. Elle regrettait déjà les nuits plus fraîches et les gens dans les rues. Ce jour-là, cinq clients étaient passés à la galerie avant le déjeuner, et trois après. Elle avait fumé un paquet et demi par pur ennui, avait eu si peur et avait eu la gorge si sèche qu'elle avait à peine pu parler quand le chef avait appelé pour lui demander comment les choses se passaient. Pourtant, à peine fut-elle rentrée et eut-elle mis des pommes de terre à cuire qu'elle sentit de nouveau monter l'envie.

Vibeke avait cessé de fumer quand elle avait rencontré Anders, deux ans auparavant. Il ne le lui avait pas demandé. Bien au contraire. Lorsqu'ils s'étaient rencontrés à Grande Canarie, il lui avait même tapé des clopes. Pour s'amuser, en quelque sorte. Et quand ils avaient emménagé ensemble un mois seulement après leur retour à Oslo, l'une des premières choses qu'il avait dites, c'était que leur relation devait pouvoir supporter un peu de tabagisme passif. Que les représentants de la recherche contre le cancer exagéraient certainement. Et qu'il ne lui faudrait que peu de temps pour s'habituer à l'odeur de tabac dans leurs vêtements. Le lendemain, elle avait pris sa décision. Quelques jours plus tard, quand il s'était étonné à table de ne pas l'avoir vue fumer depuis quelques jours, elle lui avait répondu qu'en fait, elle n'avait jamais été une vraie fumeuse. Anders avait souri, s'était penché par-dessus la table et lui avait caressé la joue : « Tu sais quoi, Vibeke ? C'est ce que j'ai toujours soupçonné. »

Elle entendit bouillir dans la casserole derrière elle et regarda sa cigarette. Encore trois bouffées. Elle tira la première. Ça n'avait aucun goût.

Elle ne se souvenait pas exactement quand elle s'était remise à fumer. Peut-être l'an passé, à peu près quand Anders avait commencé à être de plus en plus longtemps absent pour ses voyages d'affaires. Ou bien était-ce pour le nouvel an, quand il s'était mis à faire des heures sup presque tous les soirs ? Était-ce parce qu'elle était malheureuse ? L'était-elle ? Ils ne se disputaient jamais. Ils ne couchaient presque jamais ensemble, mais c'était parce que Anders avait des tonnes de boulot, avait-il dit en laissant tomber le sujet. Non qu'elle le regrettât particulièrement. Quand à de rares occasions ils s'adonnaient à une partie de jambes en l'air peu convaincue, c'était comme s'il n'était pas là. Elle avait alors découvert qu'elle non plus n'avait pas besoin d'être là.

Mais ils ne se disputaient pas. Anders n'aimait pas qu'on élève la voix.

Vibeke regarda l'heure. Cinq heures et quart. Que fabriquait-il ? Il prévenait toujours, quand il serait en retard. Elle écrasa sa cigarette, la laissa tomber dans la cour, se tourna vers la cuisinière et regarda les pommes de terre. Elle planta une fourchette dans la plus grosse. Presque cuites. Quelques petits grumeaux noirs flottaient à la surface de l'eau bouillante. Curieux. Est-ce que ça venait des pommes de terre, ou de la casserole ?

Elle essayait de se remémorer les circonstances de

la dernière utilisation quand elle entendit la porte de l'appartement s'ouvrir, puis se refermer. Une respiration sifflante et le son de chaussures qu'on quittait lui parvinrent depuis l'entrée. Anders arriva dans la cuisine et ouvrit le réfrigérateur.

« Alors ? interrogea-t-il.

— Carbonades.

— OK... » Sa voix monta sur la fin, en un point d'interrogation dont elle connaissait à peu près la valeur. Encore de la viande ? Est-ce qu'on ne devrait pas manger plus souvent du poisson ?

« Ça sera sûrement très bon, dit-il d'une voix sans timbre en se penchant sur la table de cuisson.

— Qu'est-ce que tu as fait ? Tu es en nage...

— Je n'ai pas pu m'entraîner ce soir, alors j'ai fait l'aller-retour à vélo jusqu'à Sognsvann. C'est quoi, ces grumeaux dans l'eau ?

— Je ne sais pas. Je viens tout juste de les voir.

— Tu ne sais pas ? Tu n'étais pas pratiquement la cuisinière, à une époque ? »

Rapide comme l'éclair, il attrapa l'un des grumeaux entre le pouce et l'index et le porta à sa bouche. Elle gardait les yeux rivés sur l'arrière de sa tête. Sur ces cheveux bruns et fins qu'elle avait tant appréciés, les premiers temps. Bien coupés, suffisamment court. Séparés par une raie sur le côté. Il avait l'air si convenable. Comme quelqu'un avec un avenir. Pour plus d'une personne.

« Quel goût ça a ? demanda-t-elle.

— Aucun, répondit-il, toujours courbé au-dessus de la cuisinière. Comme de l'œuf.

— De l'œuf ? Mais j'ai lavé cette casserole... »

Elle s'interrompit tout à coup.

« Qu'est-ce qu'il y a ? demanda-t-il en se retournant.

— Ça... ça goutte. » Elle tendit un doigt vers la tête d'Anders.

Il plissa le front et leva une main sur son occiput. Puis, comme sur ordre, ils levèrent tous les deux la tête et regardèrent au plafond. Deux gouttes étaient suspendues au revêtement blanc. Vibeke, qui était légèrement myope, ne les aurait sans doute pas vues si elles avaient été transparentes. Mais elles ne l'étaient pas.

« On dirait que ça a débordé chez Camilla, constata Anders. Monte sonner chez elle, pendant que je vais chercher le gardien de l'immeuble. »

Vibeke plissa les yeux vers le plafond. Puis sur les grumeaux dans la casserole.

« Doux Jésus, murmura-t-elle en sentant revenir cette vieille peur latente.

— Quoi, qu'est-ce qu'il y a ?

— Va chercher le gardien de l'immeuble. Vous irez sonner ensemble chez Camilla. Pendant ce temps-là, moi, j'appelle la police. »

Chapitre 2

Vendredi. Liste de vacances

L'hôtel de police de Grønland, quartier général de la police d'Oslo, se trouvait sur la hauteur qui allait de Grønland à Tøyen, et dominait la partie ouest du centre-ville. Tout de verre et d'acier, il avait été achevé en 1978. Il ne penchait d'aucun côté et restait parfaitement horizontal, et les architectes Telje, Torp et Aasen avaient reçu un prix. Le technicien télécom qui avait posé les câbles dans les deux longues ailes de bureaux hautes de six et neuf étages avait reçu une allocation de la Sécu et une belle engueulade de son père quand il s'était cassé le dos en tombant de l'échafaudage.

« Depuis sept générations, on est maçons, en équilibre entre ciel et terre jusqu'à ce que la pesanteur nous ramène au sol. Mon grand-père a essayé de fuir la malédiction, mais elle l'a poursuivi par-delà la mer du Nord. Alors le jour où tu es né, je me suis promis que tu ne souffrirais pas d'un tel destin. Et je pensais avoir réussi mon coup. Technicien télécom. Qu'est-ce qu'un technicien télécom a à foutre six mètres au-dessus du sol ? »

Et ce jour-là, à travers le cuivre contenu dans ces

mêmes câbles que le fils avait posés, le signal partit du central d'alerte, traversa les paliers constitués de béton industriel, pour arriver au cinquième étage, dans le bureau du capitaine de police Bjarne Møller, de la Brigade criminelle, au moment précis où celui-ci cherchait à savoir s'il se réjouissait ou s'il angoissait à l'idée de ces proches vacances en famille, dans le chalet qu'ils avaient loué à Os, non loin de Bergen. Os en juillet, c'était presque à coup sûr synonyme de temps pourri. Bjarne Møller n'avait cependant rien contre le fait d'échanger la vague de chaleur annoncée dans la région d'Oslo contre une petite bruine. Mais occuper deux petits garçons débordants d'énergie sous une pluie diluvienne, sans autre accessoire qu'un jeu de cartes privé de son valet de cœur, ça relevait de la gageure.

Bjarne Møller étira ses longues jambes et se gratta derrière l'oreille tout en écoutant le message.

« Comment l'ont-ils découvert ?

— Ça fuyait chez le voisin du dessous, répondit la voix représentant le central d'alerte. Le gardien et le voisin ont sonné sans qu'on leur ouvre, mais la porte n'était pas verrouillée, alors ils sont entrés.

— Bon. J'envoie deux de nos gars. »

Møller raccrocha, poussa un soupir et laissa courir un doigt sur la liste de garde, qu'il avait devant lui sur son bureau, dans une pochette plastique. La moitié de la section était partie. Comme tous les ans pendant les congés d'été. Sans que cela signifie que les habitants d'Oslo courent des risques particuliers, puisque les malfrats de la ville semblaient eux aussi apprécier un peu de repos en juillet, le mois le plus creux de l'année en matière de crimes et délits relevant de la Brigade criminelle.

Le doigt de Møller s'arrêta sous le nom de Beate Lønn. Il composa le numéro de la Technique, dans Kjølberggata. Pas de réponse. Il attendit que son appel soit transféré au standard.

« Beate Lønn est au laboratoire, l'informa une voix claire.

— C'est de la part de Møller, de l'OCRB. Trouvez-la-moi. »

Il attendit. C'était Karl Weber, le directeur nouvellement retraité de la police scientifique, qui avait fait transférer Beate Lønn des rangs de l'OCRB à ceux de la Technique. Møller y voyait une preuve supplémentaire de la théorie néo-darwiniste selon laquelle l'unique force motrice d'un individu consiste à développer ses propres gènes. Et Weber avait clairement exprimé que Beate Lønn en était bourrée. À première vue, Karl Weber et Beate Lønn pouvaient sembler très différents. Weber était grincheux et emporté, tandis que Lønn était une tranquille petite souris grise qui à sa sortie de l'école de police rougissait chaque fois que quelqu'un lui adressait la parole. Mais leurs gènes policiers étaient identiques. Ils faisaient partie de ces passionnés qui, une fois la proie flairée, peuvent faire abstraction de tout et de tout le monde pour ne se concentrer que sur une piste technique, un indice, une prise vidéo, un vague signalement et l'exploiter jusqu'à ce que ça puisse ressembler de près ou de loin à une information sensée. Certaines mauvaises langues prétendaient que Weber et Lønn s'épanouissaient dans un labo et non au milieu des gens, où la psychologie d'un enquêteur était en fin de compte plus importante qu'une empreinte de chaussure ou un bout de fil de veste.

« Ici Lønn.

— Salut, Beate. Ici Bjarne Møller. Je te dérange ?

— Évidemment. Qu'est-ce qui se passe ? »

Møller lui exposa les grandes lignes et lui donna l'adresse.

« J'envoie aussi deux de mes hommes, ajouta-t-il.

— Qui ça ?

— Je vais voir qui je trouve. Avec les vacances... »

Møller raccrocha et continua à parcourir la liste.

Il s'arrêta sur Tom Waaler.

La rubrique concernant les dates de congé était vide. Ce n'était pas une surprise pour Bjarne Møller. On pouvait avoir de temps en temps la sensation que l'inspecteur principal Tom Waaler ne prenait jamais de vacances, qu'il dormait à peine. En tant qu'enquêteur, il était l'un des deux plus solides atouts de la section. Toujours présent, toujours en action, et presque toujours avec des résultats. Et contrairement à l'autre as des enquêteurs, Tom Waaler était fiable, respecté de tous. Il avait un casier vierge. En deux mots : un subordonné de rêve. Compte tenu de ses aptitudes indiscutables à diriger, on pouvait également prévoir qu'il reprendrait le moment venu le poste de CP – capitaine de police – qu'occupait Møller.

Le signal téléphonique initié par Møller crachota entre les cloisons.

« Ici Waaler, répondit une voix grumeleuse.

— C'est Møller. On...

— Un moment, Bjarne. Je finis juste une autre conversation. »

Bjarne Møller tambourina sur son bureau tandis qu'il attendait. Tom Waaler pouvait devenir le plus jeune CP que la Criminelle ait jamais eu. Était-ce l'âge qui causait de temps à autre une vague sensation de malaise à Møller, à l'idée que cette responsabilité pût être confiée à Tom, et pas à quelqu'un d'autre ? Ou peut-être étaient-ce les deux fusillades ? L'inspecteur principal avait saisi son arme au cours de deux arrestations, et sa réputation de tireur de premier ordre n'en avait pas souffert : il avait tué dans les deux cas. Mais Møller savait également que paradoxalement, ce seraient peut-être ces deux fusillades qui en tout dernier ressort plaideraient en faveur de Tom pour la nomination du nouveau capitaine de police. L'enquête du SEFO[1] n'avait rien révélé qui pût contester que Tom Waaler ait tiré en état de légitime défense, et avait même conclu que, par deux fois, il avait fait preuve de présence d'esprit et de réactivité dans des situations critiques. Quelle meilleure attestation pouvait-on fournir à quelqu'un qui postulait à un poste à responsabilités ?

« Désolé, Møller. Téléphone mobile. Que puis-je pour toi ?

— On a une affaire.

— Enfin. »

La conversation fut expédiée en dix secondes. Il ne manquait plus que le dernier.

Møller avait d'abord pensé à l'inspecteur Halvorsen, mais la liste indiquait que celui-ci était en vacances à Steinkjer.

---

1. Særskilte EtterForskningsOrgan, l'équivalent de notre Inspection générale de la police nationale (IGPN).

Il continua à parcourir la liste. Congé, congé, malade.

Le CP poussa un gros soupir quand son doigt s'arrêta près d'un nom qu'il avait espéré éviter.

Harry Hole.

Solitaire. Poivrot. L'*enfant terrible*[1] de la section. Mais – à côté de Tom Waaler – le meilleur enquêteur du cinquième étage. S'il n'y avait pas eu cela, plus l'espèce d'affection perverse développée au fil des ans par Bjarne Møller pour prendre tous les risques en faveur de ce grand policier imbibé, Harry Hole aurait depuis longtemps été dégagé de la maison. Normalement, Harry aurait été le premier appelé pour se voir confier le boulot, mais les choses n'étaient pas normales.

Ou plus exactement : elles étaient plus anormales que d'habitude.

Le paroxysme avait été atteint quatre semaines plus tôt. Après que Hole avait repris l'hiver précédent la vieille affaire du meurtre d'Ellen Gjelten, la plus proche collègue de Harry qui s'était fait passer à tabac sur les bords de l'Akerselva, il avait perdu tout intérêt pour n'importe quelle autre affaire. Le hic, c'était que l'affaire Ellen était élucidée depuis longtemps. Mais Harry était de plus en plus tatillon, et Møller avait sincèrement commencé à s'en faire pour l'équilibre mental de son subordonné. Avec un sommet un mois plus tôt, quand Harry avait débarqué dans le bureau de Møller pour lui exposer ses terrifiantes théories de complot. Mais arrivé au pied du mur, il n'avait rien eu qui pût prouver ou même

1. En français dans le texte.

rendre vraisemblables ses accusations fantaisistes contre Tom Waaler[1].

Et puis il avait disparu, purement et simplement. Quelques jours plus tard, Møller avait appelé au restaurant Schrøder, pour s'entendre confirmer ce qu'il redoutait : Harry avait de nouveau craqué. Møller l'avait fait porter sur ses listes d'estivants pour couvrir son absence. Encore une fois. En général, Harry donnait signe de vie au bout d'une semaine. Il s'en était écoulé quatre. Les vacances étaient terminées.

Møller regarda son combiné, se leva et alla à la fenêtre. Il était cinq heures et demie, et pourtant le parc devant l'hôtel de police était pratiquement désert ; seuls quelques adorateurs du soleil qui n'étaient pas partis défiaient la chaleur. Sur Grønlandsleiret, certains épiciers attendaient, assis sous leurs stores, en compagnie de leurs légumes. Même les voitures roulaient plus lentement – bien qu'il n'y eût aucun encombrement lié aux heures de pointe. Møller ramena ses cheveux en arrière, une habitude qu'il avait toujours eue, mais dont sa femme pensait qu'il devait l'abandonner, au risque d'être soupçonné de vouloir cacher une calvitie naissante. N'avait-il réellement aucun autre choix que Harry ? Møller suivit du regard un homme qui descendait Grønlandsleiret en titubant. Il paria qu'il tenterait sa chance au Ravnen. Qu'il y serait refusé. Qu'il échouerait au Boxer. L'endroit où un point final catégorique avait été posé à l'affaire Ellen. Et peut-être à la carrière de policier de Harry. Møller n'avait plus trop le choix, il devrait bientôt prendre une décision

1. Voir *Rouge-Gorge*, Folio Policier n° 450.

quant au problème que représentait Harry. Mais à long terme, en ce qui concernait cette affaire.

Møller décrocha et se dit qu'il était en passe de mettre Harry et Tom Waaler sur la même affaire. Quelle merde, ces grandes vacances... Les impulsions électriques disparurent hors du monument que Telje, Torp et Aasen avaient érigé à une société d'ordre, et un téléphone se mit à sonner en un lieu où régnait le chaos. Dans un appartement de Sofies Gate.

Chapitre 3

Vendredi. Réveil

Elle cria encore une fois, et Harry Hole ouvrit les yeux.

Le soleil clignotait entre les rideaux qui battaient paresseusement, tandis que le ululement des freins d'un tram descendant Pilestredet mourait lentement. Harry tenta de s'orienter. Il était étendu à même le sol, dans son salon. Habillé, bien que mal. Et en vie à défaut d'être vivant.

La sueur couvrait son front comme une couche de maquillage moite, et son cœur lui donnait l'impression d'être léger et frénétique, comme une balle de ping-pong sur une dalle de ciment. C'était pire en ce qui concernait sa tête.

Harry hésita un instant avant de décider de continuer à respirer. Le plafond et les murs tournaient autour de lui, mais il n'y avait pas une photo, pas un plafonnier dans l'appartement auquel son regard pût se fixer. Une étagère Ivar, le dos d'un fauteuil et une table basse de chez Elevator grondaient à l'extrême périphérie de son champ de vision. Mais il put au moins s'arrêter de rêver.

Il avait encore fait le même vieux cauchemar.

Cloué, incapable de bouger, il avait tenté en vain de fermer les yeux pour ne plus voir sa bouche grande ouverte et son cri silencieux. Ses yeux exorbités et fixes, l'accusation muette qu'il y lisait. Quand il était petit, ça avait été sa petite sœur, la Frangine. Et à présent, Ellen Gjelten. Avant, les cris étaient silencieux ; ils hurlaient maintenant comme le frein d'urgence dans un train. Il ne savait pas ce qui était le pire.

Complètement immobile, Harry regarda entre les rideaux ce soleil frémissant suspendu au-dessus des rues et des immeubles de Bislett. Seul le tram rompait la tranquillité estivale. Il ne cligna pas des yeux. Il le regarda fixement jusqu'à ce que le soleil se change en cœur jaune qui battait en sautant contre une fine membrane bleu laiteux, en pompant de la chaleur. Quand il était petit, sa mère lui avait dit que les enfants qui regardaient le soleil en face avaient la vue brûlée et gardaient la lumière du soleil dans leur tête, vingt-quatre heures sur vingt-quatre, tout le restant de leur vie. C'était à ça qu'il essayait d'arriver. Une lumière solaire dans la tête, qui brûlerait tout le reste. Comme l'image de la tête éclatée d'Ellen, dans la neige près de l'Akerselva, dans l'ombre. Ça faisait trois ans qu'il tentait d'attraper cette ombre. Mais ça non plus, il n'y était pas arrivé. Au moment où il avait cru l'avoir, tout était parti en couille. Il n'était arrivé à rien.

Rakel...

Harry leva prudemment la tête et regarda l'œil mort du répondeur. Il ne s'était pas animé au cours des semaines qui avaient suivi la réunion avec le chef de la Crim et Møller, au Boxer. Vraisemblablement brûlé par le soleil, ça aussi.

Putain, ce qu'il faisait chaud, dans cet appart !

Rakel...

Il se rappelait. À un moment donné du rêve, le visage avait changé et était devenu celui de Rakel. La Frangine, Ellen, maman, Rakel. Des visages de femmes. Qui changeaient et fondaient à nouveau, dans un mouvement constant de pompe.

Harry gémit et laissa sa tête retomber sur le parquet. Son regard tomba sur la bouteille en équilibre sur le bord de la table au-dessus de lui. *Jim Beam from Clermont, Kentucky.* Le contenu avait disparu. Évaporé, volatilisé. Rakel. Il ferma les yeux. Rien ne revint.

Il n'avait aucune idée de l'heure, si ce n'est qu'il était trop tard. Ou trop tôt. En tout cas, ce n'était pas le bon moment pour se réveiller. Ou plutôt pour dormir. On devrait faire autre chose à cette heure de la journée. On devrait boire.

Harry se mit à genoux.

Quelque chose vibrait dans son pantalon. C'était cela qui l'avait réveillé, il le sentait. Un papillon de nuit enfermé, qui battait désespérément des ailes. Il plongea la main dans sa poche de pantalon et en tira son téléphone mobile.

Harry marchait à pas lents vers Saint Hanshaugen. La céphalée lui appuyait derrière les yeux. L'adresse que Møller lui avait donnée était à quelques pâtés de maisons. Il s'était passé de l'eau sur le visage, avait trouvé une larme de whisky dans l'une des bouteilles du placard sous l'évier et espéré qu'une petite marche lui débarbouillerait la cervelle. Harry passa devant l'Underwater. De quatre à trois, de quatre à une le lundi, fermé le dimanche. Ce n'était pas un endroit où il venait habituellement, étant donné que Schrøder, sa base, se trouvait dans la rue parallèle, mais comme la plupart des alcooliques, Harry avait une zone dans le cerveau où les horaires des débits de boissons étaient automatiquement stockés.

Il adressa un rictus au reflet que lui renvoyaient les vitres fumées. Une autre fois.

Au coin, il tourna à droite pour descendre Ullevålsveien. C'était une rue pour les voitures, pas pour les gens. Le mieux qu'il pouvait dire d'Ullevålsveien, c'était que l'ombre du trottoir de droite procurait une certaine fraîcheur par des journées comme celle-ci.

Harry s'arrêta devant l'immeuble portant le numéro qu'on lui avait communiqué, et jeta un rapide coup d'œil sur le bâtiment.

Une laverie automatique équipée de machines rouges occupait le rez-de-chaussée. Sur la vitrine, un mot indiquait que la laverie était ouverte de huit heures à vingt heures chaque jour, et qu'elle proposait désormais le séchage en vingt minutes pour le prix promotionnel de trente couronnes. Une femme basanée portant un châle était assise, le regard perdu dans le vague, à côté de l'un des tambours qui tournaient. Une vitrine exposant des pierres tombales jouxtait la laverie, et un peu plus loin, un bandeau de néon indiquait LA MAISON DU KEBAB au-dessus d'un snack-bar/épicerie. Le regard de Harry parcourut la façade défraîchie. La peinture était écaillée sur les vieilles fenêtres, mais des encorbellements sur le toit indiquaient que de nouveaux appartements étaient disponibles sous les combles, au-dessus des trois étages habituels. Et les interphones récemment installés près de la porte cochère rouillée étaient surmontés d'une caméra. L'argent du Vestkant migrait lentement mais sûrement vers l'est, dans cette ville. Il appuya sur le bouton du haut, qui portait le nom de Camilla Loen.

« Oui ? » fit-on dans le haut-parleur.

Møller l'avait prévenu, mais il ressentit tout de même un coup au cœur en entendant la voix de Waaler.

Harry essaya de répondre, mais ses cordes vocales n'émirent aucun son. Il toussa et fit une nouvelle tentative.

« C'est Hole. Ouvre. »

La porte cochère grésilla, et il attrapa la poignée de fer noir, froid et rugueux.

« Salut ! »

Harry se retourna.

« Salut, Beate. »

Beate Lønn était d'une taille légèrement inférieure à la moyenne, elle avait les cheveux blonds mi-longs, les yeux bleus, et elle n'était ni laide ni jolie. En un mot : il y avait peu de choses en elle évidentes de prime abord. Hormis sa tenue : un uniforme ressemblant furieusement à une combinaison de cosmonaute.

Harry lui tint la porte ouverte tandis qu'elle traînait deux malles en fer à l'intérieur.

« Tu arrives maintenant ? demanda-t-il en essayant de s'arranger pour qu'elle ne puisse pas sentir son haleine en passant.

— Non. Il a fallu que je redescende à la voiture chercher le reste de mon attirail. Ça fait une demi-heure qu'on est là. Tu t'es esquinté ? »

Harry passa un doigt sur l'égratignure qu'il avait le long du nez.

« Manifestement. »

Il la suivit à travers la porte suivante, qui donnait sur l'escalier.

« Quelle tronche ça a, là-haut ? »

Beate posa les valises devant une porte verte d'ascenseur et leva rapidement les yeux vers Harry.

« Je croyais qu'un de tes principes, c'était de voir d'abord, et de demander ensuite », dit-elle en appuyant sur le bouton APPEL.

Harry acquiesça. Beate Lønn faisait partie de ces gens qui se souviennent de tout. Elle pouvait énumérer des détails d'affaires criminelles qu'il avait lui-même oubliées depuis longtemps, et qui avaient eu lieu avant son entrée à l'École supérieure de police. Elle avait en outre un gyrus fusiforme – la partie du cerveau qui retient les visages – exceptionnellement développé. Il avait été testé, et les résultats avaient laissé les psychologues comme deux ronds de flan. Ce serait la moindre des choses qu'elle retienne aussi le peu qu'il avait eu le temps de lui apprendre lors de leur collaboration sur la vague de braquages de l'an passé[1].

« J'aime bien être le plus réceptif possible à des impressions personnelles la première fois que je vois la scène d'un crime, oui », répondit Harry en sur-sautant quand la machinerie de l'ascenseur se mit en

1. Voir *Rue Sans-Souci*, Folio Policier n° 480.

branle sans crier gare. Il commença à fouiller dans ses poches à la recherche d'une cigarette.

« Mais en fait, je ne crois pas que je bosserai sur cette affaire.

— Pourquoi ? »

Harry ne répondit pas. Il tira un paquet de Camel chiffonné de la poche gauche de son pantalon et en sortit une cigarette brisée.

« Ah oui, je m'en souviens, maintenant, sourit Beate. C'est vrai que tu m'as dit que vous deviez être en vacances. En Normandie, c'est ça ? Tu es verni... »

Harry plaça la cigarette entre ses lèvres. C'était dégueulasse. Et ça n'arrangerait sûrement pas son mal de crâne. Il n'y avait qu'une seule chose qui aidait. Il regarda sa montre en plissant les yeux. Lundi. De quatre à une.

« Il n'est plus question de Normandie, dit-il.

— Ah ?

— Non, alors ce n'est pas pour ça. C'est parce que c'est lui, qui est déjà là-haut, qui a récupéré l'affaire. »

Harry leva les yeux tout en tirant sur sa cigarette.

Elle le regarda longuement.

« Fais gaffe qu'il ne devienne pas une obsession, Harry. Fais-en abstraction.

— En faire abstraction ? »

Il souffla la fumée.

« Il fait des dégâts sur les gens, Beate. Tu es bien placée pour le savoir. »

Elle rougit brusquement.

« On a juste eu une courte relation, Tom et moi, c'est tout.

34

— Ce n'est pas à ce moment-là que tu te trimbalais avec des marques bleues sur le cou ?

— Harry ! Tom n'a jamais... »

Beate se tut brutalement en s'apercevant qu'elle parlait anormalement fort. L'écho de leurs voix se répercutait vers le haut de la cage d'escalier, mais il fut assourdi quand l'ascenseur stoppa devant eux avec un petit choc sourd.

« Tu ne l'aimes pas, dit-elle. Alors tu te fais tout un cinéma. En fait, Tom a tout un tas de bons côtés que tu ne connais pas.

— Mmm. »

Harry éteignit sa cigarette contre le mur pendant que Beate ouvrait la porte de l'ascenseur et entrait.

« Tu ne veux pas monter ? » demanda-t-elle à Harry qui était resté dehors, le regard fixe. L'ascenseur. Il y avait une grille derrière la porte. Un treillis métallique tout simple que l'on pousse de côté et qu'on laisse se rabattre pour que l'ascenseur puisse démarrer. Le cri était de nouveau là. Ce cri muet. Il sentit tous les pores de sa peau se mettre à transpirer. Une rasade de whisky n'aurait pas suffi. De loin.

« Ça ne va pas ?

— Non, non, répondit Harry d'une voix rauque. C'est juste que je n'aime pas les vieux ascenseurs de ce genre. Je monte à pied. »

Chapitre 4

Statistiques

Effectivement, l'immeuble comptait des appartements sous les combles, deux. La porte de l'un d'eux était ouverte, mais l'accès en était interdit par des morceaux de tresse plastique orange de la police tendus en travers de l'ouverture. Harry plia son mètre quatre-vingt-douze pour passer en dessous et dut faire un petit pas rapide pour reprendre son équilibre en se redressant de l'autre côté. Il se trouvait sur le parquet de chêne d'un salon au toit mansardé percé de Velux. Il y faisait aussi chaud que dans un sauna. L'appartement était petit et chichement meublé, tout comme le sien, mais la comparaison s'arrêtait là. Ici, on trouvait le dernier canapé de Hilmers Hus, une table basse de chez Room et une petite télé Philips de quinze pouces, en plastique transparent bleu arctique assorti à la chaîne hi-fi. Des portes ouvertes donnaient sur une cuisine et une chambre à coucher. C'était tout. L'endroit était étrangement calme. Un agent en uniforme se tenait debout, les bras croisés, et se balançait doucement d'avant en arrière en observant Harry, le sourcil haussé. Il secoua la tête avec un sourire narquois quand Harry lui montra sa carte.

Tout le monde connaît le singe, pensa Harry. Le singe ne connaît personne. Il se passa une main sur le visage.

« Où sont les TIC[1] ?

— Dans la salle de bains, répondit l'agent avec un signe de tête vers la chambre. Lønn et Weber.

— Weber ? On se met à rappeler des retraités, maintenant ?

— Vacances d'été », répondit l'agent avec un haussement d'épaules.

Harry regarda autour de lui.

« OK, mais veillez à ce que l'entrée de l'immeuble et la cage d'escalier soient interdites d'accès. Les gens entrent comme dans un moulin, ici.

— Mais...

— Écoute. C'est une partie de la zone dont on est responsables, OK ?

— Je comprends... », commença le policier d'une voix rauque, et Harry comprit qu'en deux phrases, il s'était fait un nouvel ennemi dans la maison. Pas le premier.

« Mais j'ai reçu la consigne claire...

— ... de monter la garde ici », compléta une voix depuis la chambre à coucher.

Tom Waaler apparut dans l'embrasure.

En dépit de son costume sombre, il n'avait pas la moindre goutte de sueur à la lisière de ses cheveux noirs et drus. Tom Waaler était un bel homme. Peut-être pas de façon attirante, mais dans la mesure où il avait des traits réguliers et symétriques. Il n'était pas aussi grand que Harry ; pourtant, si on avait posé

1. Techniciens d'identification criminelle.

la question, un nombre surprenant de personnes auraient répondu qu'il l'était. C'était peut-être dû au maintien rigide de Waaler. Ou à cette négligente confiance en soi qui faisait que ceux qui se trouvaient dans l'entourage de Waaler non seulement se laissaient impressionner, mais avaient aussi le sentiment que la sensation de sécurité était contagieuse, qu'ils se détendaient et trouvaient la place qui était la leur. L'impression de beauté pouvait également venir de son physique, aucun costume ne pouvant dissimuler cinq séances de musculation et de karaté par semaine.

« Et il va continuer à monter la garde, poursuivit Waaler. Je viens tout juste d'envoyer un type en bas pour interdire les accès qui doivent l'être. Tout est sous contrôle, Hole. »

Il prononça ces derniers mots sur un ton si neutre qu'on pouvait choisir de l'interpréter comme un constat ou comme une question. Harry s'éclaircit la voix.

« Où est-elle ?

— Là-dedans. »

Waaler prit un air inquiet en faisant un pas de côté pour laisser passer Harry.

« Tu t'es esquinté, Hole ? »

La chambre était simple, mais romantique et meublée avec goût. Un lit fait pour une personne mais suffisamment large pour deux était poussé contre une poutre maîtresse gravée de ce qui pouvait être un cœur au-dessus d'un triangle. Peut-être la marque de propriété d'un amant, songea Harry. Au mur au-dessus du lit, on avait accroché trois photos encadrées d'hommes nus, à l'érotisme politiquement correct les situant entre le porno soft et le sous-art commercial. Aucune photo ou objet personnel, à ce qu'il put voir.

La salle de bains se trouvait de l'autre côté de la chambre. Elle était tout juste assez grande pour contenir un lavabo, une cuvette de WC, une douche sans rideau et Camilla Loen. Celle-ci était étendue sur le sol carrelé, la tête tournée vers la porte mais le regard pointé vers le haut, vers la douche, comme si elle attendait que l'eau se remette à couler.

Elle était nue sous son peignoir blanc et trempé qui était ouvert et qui bouchait la bonde d'évacuation. Depuis la porte, Beate prenait des photos.

« Est-ce que quelqu'un a cherché à savoir depuis combien de temps elle était morte ?

— Le légiste arrive, répondit Beate. Mais le cadavre n'est pas encore roide, et elle n'est pas encore complètement froide. Je dirais deux ou trois heures, tout au plus.

— Je n'ai pas cru comprendre que la douche coulait quand le voisin et le gardien d'immeuble l'ont trouvée ?

— Si, et alors ?

— L'eau chaude a pu maintenir une certaine température dans son corps et retarder la rigidité cadavérique. »

Harry regarda l'heure. Six heures et quart.

« Alors disons qu'elle est morte vers cinq heures. » C'était la voix de Waaler.

« Pourquoi ça ? demanda Harry sans se retourner.

— Il n'y a aucune trace qui indique que le corps ait été déplacé, et on peut donc supposer qu'elle était sous la douche quand elle a été tuée. Comme tu vois, le corps et le peignoir obstruent la bonde. C'est à cause de ça qu'il y a eu inondation. Le gardien qui a fermé le robinet a dit que celui-ci était ouvert en grand, et j'ai vérifié la pression. Pas mal, pour un appartement sous les toits. Dans une salle de bains si petite, il n'a pas pu s'écouler des heures avant que l'eau passe le seuil pour aller dans la chambre. Et pas des heures avant qu'elle se fraie un chemin jusque chez le voisin. La nana du dessous dit qu'il était exactement cinq heures vingt quand ils se sont rendu compte de la fuite.

— Ça ne fait qu'une heure, dit Harry. Et ça fait une demi-heure que vous êtes là. On dirait que tout le monde a réagi anormalement vite.

— Pas tout le monde, si ? »

Harry ne répondit pas.

« Je pensais au légiste, dit Waaler avec un sourire. Il devrait être ici, à l'heure qu'il est. »

Beate cessa de prendre des photos et échangea un coup d'œil avec Harry.

Waaler lui posa une main sur le bras.

« Appelle s'il y a quoi que ce soit. Je descends au second discuter avec le gardien.

— OK. »

Harry attendit que Waaler ait quitté la pièce.

« Je peux... ? »

Beate acquiesça et fit un pas de côté.

Les semelles de Harry claquèrent sur le sol détrempé. La vapeur s'était accumulée sur toutes les surfaces lisses de la pièce et des gouttes dégoulinaient. Le miroir avait l'air d'avoir pleuré. Harry s'accroupit en posant une main sur le mur pour ne pas perdre l'équilibre. Il inspira par le nez, mais ne sentit que le parfum du savon et aucune des autres odeurs qui devaient être là. Dysosmie, avait-il lu dans le livre que lui avait prêté Aune, le psychologue attaché à la Criminelle. Le cerveau refusait purement et simplement d'enregistrer certaines odeurs, et le livre expliquait que cette perte partielle de l'odorat était souvent due à un traumatisme émotif. Harry ne le savait pas. Tout ce qu'il savait, c'est qu'il ne sentait pas l'odeur du corps.

Camilla Loen était jeune. Entre vingt-sept et trente ans, supposa Harry. Jolie. Potelée. Sa peau était lisse et bronzée, avec en dessous ce reflet pâle que les défunts ont si vite. Ses cheveux étaient bruns, s'éclairciraient certainement un peu une fois séchés, et elle avait un petit trou dans le front qui ne se verrait certainement plus une fois le travail du taricheute accompli. Celui-ci n'aurait par ailleurs pas grand-chose à faire, si ce n'est maquiller ce qui ressemblait à une petite boursouflure sur le globe oculaire droit.

Harry s'intéressa tout entier au petit trou bien rond qu'elle avait dans le front. Il n'était pas beaucoup plus large que celui qu'il y a dans les pièces d'une couronne[1]. Il arrivait qu'il fût surpris par la petitesse que pouvait avoir un trou à l'origine de la mort d'une personne. Mais de temps à autre, on pouvait être abusé parce que la peau se resserrait après coup autour de l'orifice. En l'occurrence, Harry supposa que le projectile était plus gros que le trou.

« Pas de bol qu'elle ait mariné dans l'eau, dit Beate. Sans ça, on aurait peut-être trouvé des empreintes digitales du meurtrier sur elle, des fibres textiles ou de l'ADN.

1. C'est-à-dire environ 3,2 mm.

— Mmm. En tout cas, son front était hors de l'eau. Et il n'a pas reçu tant d'eau que ça venant de la douche.

— Ah ?

— Il y a du sang séché bien noir autour de l'orifice. Et de toutes petites taches noires dans la peau consécutives au coup de feu. Ce petit trou peut peut-être nous apprendre deux ou trois trucs tout de suite. Loupe ? »

Sans se retourner, Harry tendit une main vers l'arrière, sentit le poids solide de l'instrument allemand et commença son étude de la zone entourant la blessure.

« Qu'est-ce que tu vois ? »

La voix basse de Beate était toute proche de son oreille. Démontrant toujours la même frénésie d'apprendre davantage. Harry savait que le temps où il n'aurait plus rien à lui transmettre n'était pas si loin.

« La nuance grise des taches noires dans l'orifice de la balle laisse penser à un tir à bout portant, mais pas à un tir de contact. Je parie que le coup est parti d'environ cinquante centimètres.

— Ah oui ?

— L'asymétrie des taches semble montrer que celui qui a tiré était plus haut qu'elle et que le coup est parti en biais, vers le bas. »

Harry tourna précautionneusement la tête de la défunte. Le front de cette dernière n'était pas encore complètement froid.

« Pas d'orifice de sortie. Ce qui renforce les soupçons d'un tir de biais. Elle était peut-être à genoux devant le meurtrier.

— Tu peux voir de quel genre d'arme il s'agit ?

— Ça, ce sera aux médecins et aux gars de la Balistique de le dire. Mais je vois des marques d'intensité décroissante, qui indiqueraient une arme à canon court. Un pistolet, par conséquent. »

Harry étudiait méthodiquement le corps, essayant de tout enregistrer, mais il remarqua que la torpeur partielle due à l'alcool filtrait des détails qui pourraient lui servir par la suite. Non, qui pourraient *leur* servir par la suite. Ce n'était pas son affaire. Lorsqu'il en arriva à la main, il vit néanmoins qu'il manquait quelque chose.

« Donald Duck », murmura-t-il en se penchant un peu plus vers la main endommagée.

Beate le regarda sans comprendre.

« On les dessine comme ça, dans les bandes dessinées, expliqua Harry. Avec quatre doigts.

— Je ne lis pas de bandes dessinées. »

C'était l'index qui avait été amputé. Il ne restait que quelques bosses noires de sang coagulé et des tendons luisants. La coupure semblait nette et régulière. Harry posa tout doucement le bout d'un doigt sur ce qui luisait au milieu de cette chair rose. La surface de coupe de l'os paraissait lisse, bien droite.

« Cisailles, dit-il. Ou un couteau très, très bien aiguisé. Est-ce qu'on a retrouvé le doigt ?

— Nix. »

Harry se sentit subitement pris de nausée et ferma les yeux. Il respira à fond deux ou trois fois avant de les rouvrir. Il pouvait y avoir tout un tas de motifs pour qu'une victime ait un doigt en moins. Il n'y avait aucune raison pour se mettre à gamberger comme il avait failli le faire.

« Peut-être un créancier, suggéra Beate. Ils aiment bien les cisailles.

— Peut-être », murmura Harry en se levant et en découvrant ses propres empreintes de pas sur ce qu'il avait pris pour des carreaux roses. Beate se pencha en avant et fit un gros plan du visage de la trépassée.

« Punaise, il ne doit pas rester beaucoup de sang à l'intérieur de son corps...

— C'est parce que sa main est restée dans l'eau. Ça empêche le sang de coaguler.

— Tout ce sang rien qu'avec un doigt amputé ?

— Oui. Et tu sais à quoi ça fait penser ?

— Non, mais j'ai le sentiment que je ne vais pas tarder à le savoir.

— Ça veut dire que Camilla Loen l'a vraisemblablement perdu alors que son cœur battait encore. Donc avant de se faire seringuer. »

Beate fit la grimace.

« Je descends discuter avec les voisins », dit Harry.

« Camilla habitait déjà au-dessus quand on a emménagé, dit Vibeke Knutsen avec un rapide coup d'œil vers son concubin. On n'avait pas tant de contacts que ça avec elle. »

Ils étaient assis avec Harry dans le salon de leur appartement au troisième étage, juste sous l'appartement dans les combles. En n'étant pas au courant, on aurait pu penser que c'était Harry qui habitait là. Les deux concubins étaient assis très droits, chacun à son extrémité du canapé, tandis que Harry était affalé dans l'un des fauteuils.

Leur dissemblance frappait Harry. Tous deux avaient entre trente et quarante ans, mais Anders

Nygård était mince et musculeux comme un marathonien. Sa chemise bleu clair était bien repassée et sa coupe de cheveux classique était récente. Ses lèvres étaient fines et il ne cessait de communiquer avec son corps. Bien que son visage fût jeune et ouvert, presque innocent, il respirait l'ascèse et la force. La rousse Vibeke avait de profondes fossettes et une générosité corporelle que soulignait un haut moulant à motifs léopard. Elle semblait en outre avoir pas mal vécu. Les rides qui se dessinaient au-dessus de ses lèvres trahissaient de nombreuses cigarettes, et les pattes-d'oie autour de ses yeux qu'elle avait beaucoup ri.

« Que faisait-elle ? » demanda Harry.

Vibeke regarda son concubin, mais elle reprit la parole en voyant qu'il ne répondait pas.

« À ce que j'en sais, elle bossait dans une agence de pub. Elle s'occupait de design. Ou un truc du genre.

— Un truc du genre », répéta Harry en notant sans enthousiasme démesuré sur le bloc qu'il avait devant lui.

C'était une ficelle qu'il utilisait lorsqu'il interrogeait des gens. En évitant de les regarder, il leur permettait de se détendre davantage. Et en donnant l'impression que ce qu'ils disaient l'ennuyait, ils cherchaient instinctivement à dire quelque chose qui puisse susciter son intérêt. Il aurait dû être journaliste. Il avait l'impression que les idées étaient plus larges concernant les journalistes qui exerçaient sous l'emprise de l'alcool.

« Un petit copain ? »

Vibeke secoua la tête.

« Des amants ? »

Elle eut un petit rire nerveux et regarda de nouveau son concubin.

« On ne passe pas notre temps à écouter aux portes, répondit Anders Nygård. Vous pensez que c'est un amant qui a fait ça ?

— Je ne sais pas.

— Ça, que vous ne sachiez pas, je le comprends, dit-il d'une voix dans laquelle Harry sentit une nette irritation. Mais nous qui habitons ici, on aimerait bien savoir si c'était une affaire personnelle, ou s'il peut y avoir un tueur fou en liberté dans le coin.

— Il peut y avoir un tueur fou en liberté dans le coin », répondit Harry en posant son stylo et en attendant.

Il vit Vibeke Knutsen se ratatiner dans son canapé, mais resta concentré sur Anders Nygård.

Quand les gens ont peur, ils se mettent plus facilement en colère. Principe universel de première année à l'École supérieure de police, à prendre comme un conseil visant à ne pas énerver inutilement des gens effrayés. Harry avait découvert que la démarche inverse lui était plus profitable. Les énerver. Les gens en colère disaient souvent des choses qu'ils ne pensaient pas. Ou plus exactement : des choses qu'ils ne pensaient pas dire.

Anders Nygård posa sur lui un regard vide.

« Mais il est plus vraisemblable que le coupable soit un amant, poursuivit Harry. Un amant ou une personne avec qui elle a entretenu une relation, et qu'elle a plaqué.

— Pourquoi ? » demanda Anders Nygård en passant un bras autour des épaules de Vibeke. La petite taille de son bras en comparaison de la carrure impressionnante de sa concubine donnait un aspect comique à la scène.

Harry s'étira dans son fauteuil.

« Statistiques. Je peux fumer ?

— Nous essayons de maintenir cet endroit à l'abri de la fumée », répondit Anders Nygård avec un petit sourire.

Harry remarqua que Vibeke baissait les yeux quand il remit son paquet dans sa poche de pantalon.

« Qu'est-ce que vous entendez par statistiques ? demanda l'homme. Qu'est-ce qui vous fait croire que vous pouvez les appliquer à un cas isolé comme celui-ci ?

— Eh bien, avant que je réponde à vos deux questions, Nygård, avez-vous de quelconques connaissances dans ce domaine ? Loi normale, variance, écart type ?

— Non, mais je...

— Bien, l'interrompit Harry. Car dans le cas présent, ce n'est pas nécessaire. Cent ans de statistiques criminelles provenant du monde entier nous apprennent en effet une seule chose : que c'est son mec qui a fait le coup. Ou que si elle n'en avait pas, que c'est celui qui peut imaginer l'être. C'est la réponse à votre première question. Et à la deuxième. »

Anders Nygård renâcla et lâcha Vibeke.

« C'est complètement hors sujet, vous ne savez rien de Camilla Loen.

— C'est juste.

— Alors pourquoi dites-vous ça ?

— Parce que vous m'avez posé la question. Et si

vous avez fini avec les vôtres, je peux peut-être revenir aux miennes ? »

Nygård sembla sur le point de répliquer, mais changea d'avis et posa un regard courroucé sur la table. Harry avait pu se tromper, mais il lui avait semblé apercevoir une ombre de sourire entre les fossettes de Vibeke.

« Croyez-vous que Camilla Loen consommait des stupéfiants ? demanda Harry.

— Pourquoi est-ce qu'on penserait ça ? » s'exclama Nygård en relevant brutalement la tête.

Harry ferma les yeux et attendit.

« Non », répondit Vibeke. Sa voix était basse et douce. « Nous ne le croyons pas. »

Harry rouvrit les yeux et lui fit un sourire plein de reconnaissance. Anders Nygård la regarda avec un étonnement non feint.

« Sa porte n'était pas verrouillée, c'est bien ça ? »

Nygård acquiesça.

« Vous ne trouvez pas ça bizarre ?

— Pas tellement. Elle était chez elle, quand même.

— Mmm. Vous avez une serrure toute simple à votre porte, et j'ai remarqué que vous... avez fermé après m'avoir laissé entrer, dit Harry avec un petit signe de tête à l'attention de Vibeke.

— Elle est un peu angoissée, répondit Nygård en donnant une petite tape sur le genou de sa voisine.

— Oslo n'est plus ce qu'il était », répondit-elle. Son regard rencontra un court instant celui de Harry.

« Vous avez raison, répondit ce dernier. Et on dirait que Camilla Loen aussi l'avait compris. Sa porte compte deux serrures de sûreté et un entrebâilleur. Elle ne m'a pas donné l'impression d'être une nana qui serait allée prendre une douche en laissant son appartement ouvert à tous les vents. »

Nygård haussa les épaules.

« Le type en question a peut-être crocheté la serrure pendant qu'elle était sous la douche ?

— Il n'y a que dans les films qu'on crochète les serrures de sûreté, répondit Harry en secouant la tête.

— Il y avait peut-être déjà quelqu'un dans l'appartement avec elle ? suggéra Vibeke.

— Et qui ? »

Harry attendait en silence. Comprenant que personne n'allait le rompre, il se leva.

« On vous contactera pour une audition. En attendant, je vous remercie. »

Arrivé dans l'entrée, il se retourna.

« À propos, lequel de vous deux a appelé la police ?

— C'était moi, répondit Vibeke. J'ai téléphoné pendant qu'Anders était parti chercher le gardien de l'immeuble.

— Avant de l'avoir trouvée ? Comment saviez-vous que... ?

— Il y avait du sang dans l'eau qui a fui chez nous.

— Ah oui ? Comment l'avez-vous su ? »

Anders Nygård poussa un soupir exagérément las et posa une main sur la nuque de Vibeke.

« C'était rouge, ce n'est pas ça ?

— Eh bien, il y a d'autres choses que le sang qui soient rouges, fit observer Harry.

— C'est vrai, dit-elle. Et ce n'était pas la couleur. »

Anders Nygård la regarda, comme deux ronds de flan. Elle sourit, mais Harry remarqua qu'elle se glissait hors de portée de la main de son concubin.

« J'ai habité avec un cuistot, et on faisait tourner un petit restaurant. Ce qui fait que j'ai appris deux ou trois trucs sur la nourriture. Entre autres que le sang contient de l'albumine, et que si on verse du sang dans une casserole qui contient de l'eau à plus de soixante-cinq degrés, il coagule et fait des grumeaux. Exactement comme quand un œuf éclate dans de l'eau bouillante. Quand Anders a goûté l'un des grumeaux et m'a dit que ça avait le goût d'œuf, j'ai compris que c'était du sang. Et qu'il s'était passé quelque chose de grave. »

La bouche du susnommé s'ouvrit à moitié. Il avait subitement pâli sous sa peau brune, lui aussi.

« Bon appétit », murmura Harry avant de s'en aller.

Chapitre 5

Vendredi. Underwater

Harry avait horreur des pubs à thème. Irlandais, topless, à news ou – pire que tout – à célébrités, aux murs ornés de portraits de clients fameux. Le thème de l'Underwater était un mélange maritime peu clair de plongée sous-marine et de romantisme de vieux gréements. Mais après avoir bien entamé sa quatrième pinte, Harry cessa de s'occuper des aquariums remplis de bulles vertes, des casques de scaphandrier et des intérieurs rustiques en bois grinçant. Les choses auraient pu être pires. La dernière fois qu'il était venu, les gens s'étaient tout à coup mis à sauter sur place en chantant des airs d'opéra célèbres, et pendant une fraction de seconde, il avait eu l'impression que la comédie musicale avait enfin rattrapé la réalité. Il regarda autour de lui et constata avec un certain soulagement qu'aucun des quatre clients de l'endroit n'avait l'air de devoir se mettre à chanter sans crier gare.

« Vacances ? demanda-t-il à la fille derrière le comptoir quand elle posa la pinte devant lui.

— Il est sept heures. » Elle lui rendit la monnaie en billets de cent plutôt qu'en deux cents.

S'il avait pu, il serait allé chez Schrøder. Mais il avait la vague impression qu'il y était *persona non grata*, et il n'avait pas le courage de tirer les choses au clair. Pas aujourd'hui. Il se rappelait des bribes d'un incident survenu mardi. Ou mercredi ? Quelqu'un s'était mis à remuer le passé en parlant de la fois où Harry était passé à la télé, présenté comme un héros de la police norvégienne parce qu'il avait abattu un assassin à Sydney[1]. Un mec avait fait des commentaires et en était venu aux railleries insultantes. L'une d'elles avait fait mouche. En étaient-ils venus aux mains ? On ne pouvait pas l'exclure, mais les blessures sur les phalanges et l'arête du nez avec lesquelles Harry s'était réveillé le lendemain pouvaient être consécutives à une mauvaise chute sur le pavé de Dovregata.

Son mobile sonna. Harry regarda le numéro qui s'affichait et constata que cette fois-ci non plus, ce n'était pas Rakel.

« Salut, chef.

— Harry ? Où est-ce que tu es ? demanda Bjarne Møller d'une voix qui trahissait son inquiétude.

— Sous l'eau. Qu'est-ce qui se passe ?

— L'eau ?

— L'eau. De l'eau saumâtre. De l'eau de Seltz. Tu as l'air... comment on dit, déjà ? Dans tous tes états.

— Tu es beurré ?

— Pas assez.

— Quoi ?

— Rien. La batterie ne va pas tarder à lâcher, chef.

---

1. Voir *L'homme chauve-souris*, Folio Policier n° 366.

— L'un des agents qui étaient sur place a menacé d'écrire un rapport sur ton compte. Il a dit que tu étais visiblement gris quand tu es arrivé.

— Pourquoi « a menacé », et pas « menace » ?

— Je l'en ai dissuadé. Est-ce que tu étais gris, Harry ?

— Bien sûr que non, chef.

— Est-ce que tu es parfaitement sûr de dire la vérité, Harry ?

— Est-ce que tu es parfaitement sûr de vouloir le savoir ? »

Harry entendit Møller gémir à l'autre bout du fil.

« Ça ne peut plus durer, Harry. Je suis contraint de dire stop.

— OK. Commence par me retirer cette affaire.

— Quoi ?

— Tu as très bien entendu. Je ne veux pas bosser avec ce porc. Mets un autre gonze sur le coup.

— On n'a pas les ressources suffisantes en personnel pour...

— Alors tu ferais aussi bien de me foutre à la porte. Je m'en tape. »

Harry glissa le mobile dans sa poche intérieure. Il entendit la voix de Møller vibrer faiblement sur son sein. En fait, c'était assez agréable. Il termina son verre, se leva et sortit en chancelant sous le chaud soleil d'été. Le troisième taxi qu'il héla dans Ullevålsveien s'arrêta et le fit monter.

« Holmenkollveien », dit-il en appuyant sa nuque en sueur sur le cuir frais de la banquette arrière. Tandis qu'ils roulaient, il fixait par la vitre arrière les hirondelles qui se découpaient sur le ciel bleu pâle, à la recherche de leur pitance. C'était l'heure où les insectes sortaient. C'était le créneau des hirondelles, leur chance de survivre. À partir de maintenant, le soleil allait descendre.

Le taxi s'arrêta en contrebas d'une grande villa de rondins sombre.

« Je vous monte jusque là-haut ? demanda le chauffeur.

— Non, on va juste rester un petit moment ici », répondit Harry.

Il leva les yeux vers la maison. Il lui sembla voir rapidement Rakel à la fenêtre. Oleg n'allait certainement pas tarder à se coucher. Il devait sûrement faire des pieds et des mains pour retarder un peu l'heure du coucher puisque c'était...

« C'est vendredi, aujourd'hui, hein ? »

Le chauffeur de taxi hocha lentement la tête en fixant son passager d'un regard vigilant.

Les jours. Les semaines. Bon sang, que ce môme grandissait vite.

Harry se frotta le visage, essaya d'imprimer un peu de vie sur ce masque mortuaire à la pâleur automnale avec lequel il se trimbalait.

Ça avait été plus joli à voir en hiver.

Harry avait éclairci quelques affaires de moyenne importance, il avait un témoin dans l'affaire Ellen, il avait été mis au régime sec, lui et Rakel étaient passés du stade de jeunes amoureux à celui où l'on commence à faire des choses dignes d'une vraie famille. Et il avait aimé ça. Les séjours au chalet. Les réunions d'enfants. Avec Harry comme responsable de barbecue. Il avait aimé recevoir la Frangine et son père pour le repas du dimanche, et voir sa sœur, qui

54

souffrait du syndrome de Down, jouer avec Oleg, qui avait neuf ans. Et cerise sur le gâteau : ils étaient toujours amoureux. Rakel avait même émis l'idée que Harry puisse venir s'installer avec elle. Elle avait argué que la maison était trop grande rien que pour elle et Oleg. Et Harry ne s'était pas employé outre mesure à trouver une objection à cela.

« On verra quand j'en aurai fini avec l'affaire Ellen », avait-il dit.

Le voyage qu'ils avaient prévu en Normandie, trois semaines dans une gentilhommière et une semaine sur une péniche, était envisagé comme une sorte de test de maturité.

Puis les choses s'étaient mises à moins bien fonctionner.

Il avait bossé tout l'hiver sur l'affaire Ellen. Intensément. Trop intensément. Mais Harry ne connaissait pas d'autre façon de travailler. Et Ellen Gjelten n'avait pas seulement été une collègue, mais aussi sa plus proche amie et celle qui le comprenait le mieux. Il y avait trois ans que tous deux avaient traqué un trafiquant d'armes opérant sous le nom de code de Prinsen, et qu'une batte de bois avait ôté la vie à Ellen. Les traces sur place avaient désigné Sverre Olsen, une vieille connaissance du milieu néo-nazi. Ils n'avaient malheureusement jamais pu entendre ses explications, puisque celui-ci avait ramassé une balle dans le crâne après avoir soi-disant tiré sur Tom Waaler lors de son arrestation. Harry était néanmoins convaincu que Prinsen était le véritable commanditaire du meurtre, et il avait persuadé Møller de le laisser effectuer sa propre enquête. C'était une affaire aussi personnelle que possible et ça allait à l'encontre de tous les principes qu'ils suivaient à la Crim, mais Møller l'avait autorisé un temps, comme une sorte de récompense pour les résultats qu'avait obtenus Harry dans d'autres affaires. Et cet hiver, il y avait effectivement eu du nouveau. Le soir du meurtre, un témoin avait vu Sverre Olsen dans une voiture rouge, à Grünerløkka, en compagnie d'une autre personne, à seulement quelques centaines de mètres du lieu du crime. Le témoin était un certain Roy Kvinsvik, déjà condamné et ancien néo-nazi, à présent pentecôtiste de fraîche date à la paroisse de Filadelphia. Kvinsvik n'était pas ce qu'on pourrait appeler un témoin modèle, mais il avait longuement étudié la photo que Harry lui montrait avant de dire que oui, c'était bien la personne qu'il avait vue dans la voiture avec Sverre Olsen. C'était Tom Waaler qui figurait sur la photo.

Même si ça faisait longtemps que Harry soup-çonnait Tom Waaler, cette confirmation avait été un choc. D'autant plus que ça signifiait qu'il y avait d'autres vers dans le fruit. Dans le cas contraire, Prinsen n'aurait jamais pu opérer en ayant les cou-dées aussi franches. Et ça signifiait de nouveau que Harry ne pouvait plus faire confiance à personne. Il avait par conséquent fermé sa gueule sur ce que Kvinsvik lui avait dit, parce qu'il savait qu'il n'aurait droit qu'à un essai, que la pourriture devait être éra-diquée en une seule fois. Et il fallait qu'il soit sûr que la racine suivrait, sinon, c'en était fait de lui.

Voilà pourquoi Harry s'était mis en toute discré-tion à monter une affaire béton, ce qui s'était révélé plus difficile que prévu. Puisqu'il ne savait pas à qui il pouvait parler en toute sécurité, il avait commencé à explorer les archives après le départ des autres, à chercher en douce sur Intranet, à imprimer des mails et des listes d'appels aussi bien entrants que sortants faisant intervenir ceux qui à sa connaissance étaient dans l'entourage de Waaler. Pendant des après-midi, il avait planqué dans une voiture sur Youngstorget pour tenir Herbert's Pizza à l'œil. D'après Harry, le trafic d'armes s'opérait au sein du milieu néo-nazi qui fréquentait l'endroit. Devant le manque de résultats, il s'était mis à filer Waaler et quelques-uns de ses collègues, en se concentrant sur ceux qui passaient pas mal de temps à s'entraîner au tir sur le terrain qu'ils avaient à Økern. Les suivant à bonne distance. Grelottant dans sa voiture pendant qu'ils dormaient chez eux. Il était rentré chez Rakel au point du jour, exténué, s'était couché quelques heures avant de retourner bosser. Au bout d'un moment, elle l'avait prié de rentrer dormir chez lui les soirs où il cumulait deux gardes. Il ne lui avait pas dit que son boulot nocturne était off-the-record[1], off-plannings, off-supérieurs, off-plein de choses.

Puis il s'était mis à bosser aussi off-Broadway[2].

Il était passé chez Herbert's Pizza un soir. Puis un autre. Pour parler avec les types. Leur payer à boire. Bien sûr, ils savaient à qui ils avaient affaire, mais la bière gratuite reste de la bière gratuite, et ils avaient bu, souri et l'avaient bouclée. Petit à petit, il avait compris qu'ils ne savaient rien, mais il avait continué à traîner dans le coin. Il ne savait pas exactement pourquoi. Peut-être parce que ça lui donnait

1. Officieux.
2. Au rabais.

l'impression d'être à proximité de quelque chose, du repaire du dragon, parce qu'il pensait qu'il fallait être patient, attendre le jour où le dragon sortirait. Mais ni Waaler ni aucun de ses collègues ne s'était montré, et il en était revenu à surveiller l'immeuble où habitait Waaler. Une nuit, par moins vingt degrés, alors que la rue était déserte, il avait vu arriver un jeune portant un blouson court et léger, qui était venu vers sa voiture avec la démarche chaloupée caractéristique des junkies. Il s'était arrêté devant la porte de l'immeuble de Waaler, avait regardé à droite puis à gauche avant de s'attaquer à la serrure à coups de pied-de-biche. Harry avait observé de son poste, parfaitement conscient qu'il risquait d'être découvert s'il intervenait. Le gamin était manifestement trop décalqué pour pouvoir engager correctement son pied-de-biche, et quand il avait tiré, un gros éclat s'était détaché de la porte en produisant un boucan déchirant, en même temps que lui partait à la renverse et atterrissait sur la congère qui recouvrait la bande de gazon devant l'immeuble. Où il était resté étendu. On avait allumé de la lumière à quelques-unes des fenêtres. Les rideaux de chez Waaler avaient bougé. Harry avait attendu. Il ne s'était rien passé. Moins vingt degrés. Toujours allumé chez Waaler. Le gosse ne bougeait plus. Par la suite, Harry s'était demandé à plusieurs reprises ce qu'il aurait dû faire. La batterie de son mobile était hors service à cause du froid, ce qui lui interdisait d'appeler le service médical de garde. Il avait attendu. Les minutes avaient passé. Maudits junkies. Moins vingt et un. Putains de junkies. Évidemment, il aurait pu aller en voiture prévenir le médecin de garde. La porte de l'immeuble s'était ouverte. C'était Waaler. Il était comique en peignoir, bottes, bonnet et moufles. Il tenait deux tapis de laine. Incrédule, Harry l'avait regardé vérifier le pouls et les pupilles du junkie avant de l'empaqueter dans les tapis. Il était ensuite resté là, battant des bras et de la semelle, plissant les yeux vers la voiture de Harry. Quelques minutes plus tard, l'ambulance était arrivée devant l'immeuble.

Cette nuit-là, Harry était rentré chez lui, s'était installé dans son fauteuil à oreilles pour fumer en écoutant les Ragga Rockers et Duke Ellington, avant de retourner au boulot sans avoir quitté ses vêtements depuis les dernières quarante-huit heures.

Rakel et Harry s'étaient disputés pour la première fois un soir en avril.

Il avait annulé au tout dernier moment un séjour dans leur chalet, et elle lui avait fait remarquer que c'était la troisième fois en peu de temps qu'il ne respectait pas un accord. Un accord avec Oleg, avait-elle précisé. Il l'avait accusée de se planquer derrière Oleg, disant que ce qu'elle exigeait en réalité, c'était de lui donner la priorité à elle plutôt qu'à l'enquête sur la mort d'Ellen. Elle avait appelé Ellen un fantôme, et dit qu'il s'était enfermé avec une morte. Que ce n'était pas normal, qu'il était accro au tragique, que c'était de la nécrophilie, que ce n'était pas Ellen qui l'animait mais son propre désir de vengeance.

« On t'a blessé, dit-elle. Et maintenant, tu dois faire l'impasse sur tout le reste pour pouvoir te venger. »

En passant la porte en trombe, Harry avait aperçu le pyjama et les yeux terrifiés d'Oleg derrière les barreaux de la rampe de l'escalier.

Par la suite, il avait cessé tout ce qui ne visait

pas directement à trouver le coupable. Il avait lu des mails à la lueur de lampes basses, avait fixé des fenêtres obscures de villas et d'immeubles et attendu des gens qui n'étaient jamais sortis. En dormant quelques heures par-ci, par-là dans son appartement de Sofies Gate.

Les jours s'étaient faits plus clairs et plus longs, mais il n'avait rien trouvé.

Et une nuit, un cauchemar de son enfance était brusquement réapparu. La Frangine. Ses cheveux coincés. L'expression de choc sur son visage. Lui, incapable du moindre mouvement. Le rêve était revenu la nuit suivante. Puis la suivante.

Øystein Eikeland, un copain d'enfance qui picolait chez Malik quand il ne conduisait pas son taxi, avait dit à Harry qu'il avait l'air sur les rotules, et lui avait proposé du speed à bas prix. Harry avait décliné et continué sa course, furieux, harassé.

Ça n'avait été qu'une question de temps avant que les choses ne dégénèrent.

C'était quelque chose d'aussi prosaïque qu'une facture impayée qui avait déclenché l'avalanche. C'était la fin mai, et il n'avait pas parlé à Rakel depuis plusieurs jours quand il fut réveillé sur son fauteuil de bureau par la sonnerie du téléphone. Rakel lui dit que l'agence de voyages avait de nouveau demandé que soit réglée la facture concernant la ferme en Normandie. Ils avaient jusqu'à la fin de la semaine, à la suite de quoi le créneau serait accordé à quelqu'un d'autre.

« Vendredi dernier carat », avait-elle dit avant de raccrocher.

Harry était allé aux toilettes, s'était aspergé le

visage d'eau froide et avait croisé son propre regard dans le miroir. Sous sa mèche dressée et humide, il avait vu deux yeux injectés de sang au-dessus de poches sombres et de joues creuses. Il avait essayé de sourire. Des dents jaunes étaient apparues dans un rictus. Il ne s'était pas reconnu. Et il avait compris que Rakel avait raison, on arrivait au terme. Pour lui et Rakel. Pour lui et Ellen. Pour lui et Tom Waaler.

Le même jour, il était allé trouver son supérieur direct, Bjarne Møller, le seul dans l'hôtel de police en qui il ait confiance à cent pour cent. Møller avait alternativement hoché et secoué la tête quand Harry lui avait dit ce qu'il voulait, et lui avait dit qu'heureusement, il n'y pouvait rien, qu'il fallait que Harry voie ça directement avec le chef de la Criminelle. Et qu'il devrait de toute façon y réfléchir à deux fois avant de se lancer. Harry était allé directement du bureau carré de Møller à celui ovale du chef de la Criminelle, avait frappé, était entré et avait exposé ce qu'il avait. Un témoin qui avait vu Tom Waaler en compagnie de Sverre Olsen. Et le fait que c'était justement Waaler qui avait abattu Olsen durant son arrestation. Voilà. Voilà tout ce qu'il avait au bout de cinq mois de labeur, cinq mois de chasse à l'affût, cinq mois au bord de la folie.

Le chef de la Criminelle lui avait demandé ce qui, selon Harry, avait été le motif éventuel de Waaler pour tuer Ellen Gjelten.

Harry avait répondu qu'Ellen avait détenu des informations importantes. Le soir de sa mort, elle avait laissé un message sur le répondeur de Harry dans lequel elle disait savoir qui était Prinsen, le principal responsable des importations illégales d'armes qui faisaient que les milieux criminels d'Oslo se retrouvaient du jour au lendemain abondamment fournis en armes de tueurs professionnels.

« Il était malheureusement trop tard quand j'ai rappelé, avait ajouté Harry en essayant de lire sur le visage du chef de la Crim.

— Et Sverre Olsen ?

— Quand nous sommes tombés sur la piste de Sverre Olsen, Prinsen l'a supprimé pour qu'il ne puisse pas dévoiler qui était derrière le meurtre d'Ellen.

— Et ce « Prinsen » serait, selon toi... ? »

Harry avait répété le nom de Tom Waaler, et le chef de la Crim avait hoché silencieusement la tête avant de reprendre la parole : « L'un des nôtres, donc. L'un de nos inspecteurs principaux les plus estimés. »

Durant les dix secondes qui avaient suivi, Harry avait eu l'impression d'être dans le vide complet : pas un souffle, pas un son. Il savait que sa carrière pouvait s'arrêter à cet endroit, à cet instant.

« OK, Hole. Je veux voir ce témoin avant de décider de ce qu'on va faire. »

Le chef de la Crim s'était levé.

« Et je suppose que tu comprends que jusqu'à nouvel ordre, tout ça doit rester entre toi et moi. »

« Combien de temps on va rester ici ? »

Harry sursauta en entendant la voix du chauffeur de taxi. Il était sur le point de s'endormir.

« On repart », dit-il en jetant un dernier coup d'œil vers la villa de rondins.

Tandis qu'ils redescendaient Kirkeveien, son téléphone mobile sonna. C'était Beate.

« Nous pensons avoir trouvé l'arme, dit-elle. Et tu avais raison : c'est un pistolet.

— Dans ce cas, félicitations à nous deux.

— Oh, ce n'était pas si difficile à trouver. Il était dans la poubelle sous l'évier.

— Marque et numéro ?

— Un Glock 23. Le numéro a été effacé.

— Les marques ?

— Si tu te demandes si elles sont identiques à celles retrouvées sur la plupart des armes confisquées à Oslo en ce moment, la réponse est oui.

— Je vois. » Harry prit son téléphone dans la main gauche. « Ce que je ne comprends pas, c'est pourquoi tu m'appelles pour me raconter tout ça. Je ne suis pas concerné.

— À ta place, je n'en serais pas si sûre. Møller a dit que...

— Møller et toute cette putain de police d'Oslo peuvent aller se faire foutre ! »

Harry sursauta au son de sa propre voix et à ce qu'elle avait de perçant. Il vit les sourcils en V du conducteur emplir le rétroviseur.

« Désolé, Beate. Je... Tu es toujours là ?

— Oui.

— Je suis un peu *off*, en ce moment.

— Ça peut attendre.

— De quoi ?

— Ça ne presse pas.

— Allez, quoi ? »

Elle poussa un soupir.

« Tu as remarqué la boursouflure que Camilla Loen avait juste au-dessus de la paupière ?

— Bien sûr.

— Je me disais que le meurtrier l'avait peut-être frappée, ou qu'elle se l'était faite en tombant. Mais il est apparu que ce n'était pas une boursouflure.

— Ah ?

— Le légiste a passé son doigt dessus, et il a senti que c'était tout dur. Il a alors glissé le doigt sous la paupière, et tu sais ce qu'il a trouvé sur le dessus de son globe oculaire ?

— Euh... non...

— Une petite pierre précieuse rouge taillée en forme d'étoile. On pense que ça peut être un diamant. Qu'est-ce que tu dis de ça ? »

Harry prit une inspiration et regarda l'heure. Il restait encore trois heures avant qu'ils ne cessent de servir chez Sofie.

« Que je ne suis pas concerné », répondit-il avant d'éteindre son mobile.

Chapitre 6

Vendredi. Eau

La sécheresse sévit, mais j'ai vu le policier sortir de sous l'eau. L'eau pour ceux qui ont soif. L'eau de pluie, l'eau de rivière, les eaux.

Il ne m'a pas vu. Il a titubé jusqu'à Ullevålsveien où il a essayé d'arrêter un taxi. Aucun ne voulait de lui. Comme l'une des âmes en peine qui errent le long de la rive sans que le passeur veuille les prendre. Je sais un peu ce que ça fait. D'être traité comme un chien par ceux qui la veille vous nourrissaient. D'être rejeté alors que, pour une fois, c'est vous qui avez besoin d'aide. De découvrir qu'on vous crache dessus et que vous n'avez personne sur qui cracher en retour. De comprendre lentement ce qu'il faut faire. Le paradoxe, c'est bien entendu que le chauffeur de taxi qui a pitié de vous, vous lui tranchez la gorge.

Chapitre 7

Mardi. Licenciement

Harry alla tout au fond du magasin, ouvrit la porte vitrée de l'armoire des produits laitiers et se pencha à l'intérieur. Il remonta son T-shirt trempé de sueur, ferma les yeux et sentit le souffle rafraîchissant caresser sa peau.

On annonçait une nuit caniculaire, et le peu de clients dans la boutique étaient en quête de grillades, de bière et d'eau minérale.

Harry la reconnut à la couleur de ses cheveux. Elle était au rayon boucherie et lui tournait le dos. Son large derrière emplissait son jean à la perfection. Lorsqu'elle se retourna, il constata qu'elle portait un haut à motif zèbre, mais tout aussi étroit que le léopard. Vibeke Knutsen changea alors d'avis, remit les morceaux de bœuf sous blister dans le rayon, poussa son chariot jusqu'au rayon frais et y saisit deux paquets de filet de cabillaud.

Harry redescendit son T-shirt et ferma la porte vitrée. Il ne voulait pas de lait. Ni de viande ou de poisson. En définitive, il voulait le strict minimum, juste quelque chose à manger. Pas à cause de la faim, mais pour son ventre, qui avait pris un coup de délire la veille au soir. Et il savait d'expérience que s'il n'ingérait pas quelque chose de solide, pas une seule goutte d'alcool ne resterait dans son estomac. Dans son caddie, il avait un pain complet et un sac du Vinmonopol, de l'autre côté de la rue. Il ajouta un demi-poulet, un pack de six Hansa et longea tout tranquillement le rayon fruits avant de prendre la file à la caisse, juste derrière Vibeke Knutsen. Pas délibérément, mais peut-être pas complètement par hasard non plus.

Elle se tourna à demi sans le regarder tout en fronçant le nez, comme si quelque chose ne sentait pas bon, ce que Harry ne pouvait pas exclure. Elle demanda à la caissière deux paquets de Prince Mild.

« Je croyais que vous essayiez de préserver la maison du tabac. »

Étonnée, Vibeke se retourna et le regarda. Puis elle lui fit trois sourires différents. D'abord un premier, automatique. Puis un qui montrait qu'elle le reconnaissait. Enfin, après avoir payé, un sourire curieux.

« Et vous allez faire la bamboche, à ce que je vois. »

Elle fourra ses achats dans un sac en plastique.

« Un truc dans le genre », murmura Harry en souriant à son tour.

Elle pencha légèrement la tête de côté. Les zébrures remuèrent.

« Beaucoup de convives ?

— Seulement quelques-uns. Dont aucun n'a été invité. »

La caissière tendit sa monnaie à Harry, qui fit un signe de tête vers le tronc de l'Armée du Salut.

« Vous devez bien pouvoir les lourder ? » Son sourire avait atteint les yeux.

« Eh bien... Ces invités-là ne se laissent pas virer aussi facilement. »

Les bouteilles de Jim Beam tintèrent joyeusement contre le pack de bières quand il souleva ses sacs.

« Ah ? De vieux copains de beuverie ? »

Harry lui jeta un coup d'œil. Elle semblait savoir de quoi elle parlait. Il en fut d'autant plus frappé qu'elle vivait avec un gars qui avait tout l'air d'un ascète. Ou plus exactement : qu'un tel ascète vivait avec elle.

« Je n'ai pas de copains, dit-il.

— Des copines, alors. Le genre collant, aussi ? »

Il avait prévu de lui tenir la porte ouverte, mais c'était une porte automatique. Après tout, il n'avait fait ses courses ici que quelques centaines de fois. Arrivés sur le trottoir, ils se firent face.

Harry ne savait pas quoi dire. Ce fut certainement pour cela qu'il dit : « Trois nanas. Il arrive qu'elles s'en aillent si je bois suffisamment.

— Hein ? dit-elle en mettant une main en visière au-dessus de ses yeux pour pouvoir le regarder.

— Rien. Désolé. Je pensais juste à voix haute. C'est-à-dire, je ne pense *pas*... mais je le fais à voix haute, en tout cas. Je papote, si on peut dire. Je... »

Il ne savait pas pourquoi elle était toujours en face de lui.

« Ils ont monté et descendu les escaliers toute la journée, dit-elle.

— Qui ça ?

— La police, tiens. »

Harry intégra lentement l'information : un week-end s'était écoulé depuis son passage dans l'appartement de Camilla Loen. Il essaya d'apercevoir son propre reflet dans la vitrine. Tout le week-end ? De quoi avait-il l'air, maintenant ?

« Vous ne voulez rien nous dire, dit-elle. Et les journaux disent juste que vous n'avez aucune piste. C'est vrai ?

— Ce n'est pas mon affaire.

— Je vois. » Vibeke Knutsen acquiesça. Puis elle sourit. « Et vous savez quoi ?

— Quoi ?

— En fait, c'est aussi bien. »

Harry mit quelques secondes à réaliser ce qu'elle venait de dire. Il se mit à rire, jusqu'à ce que ça dégénère en vilaine quinte de toux.

« Curieux que je ne vous aie jamais vue dans ce magasin », dit-il quand il eut repris son souffle.

Vibeke haussa les épaules.

« Qui sait, on s'y reverra peut-être bientôt ? »

Elle lui fit un sourire éblouissant et tourna les talons. Les sacs plastique et son popotin ondulaient doucement d'un côté, puis de l'autre.

Toi, moi et un animal en Afrique.

Harry pensa ces mots si intensément que pendant un instant, il craignit de les avoir dits à voix haute.

Un homme se tenait sur les marches devant la porte de l'immeuble de Sofies Gate, la veste sur l'épaule et une main appuyée sur le ventre. Sa chemise était ornée de taches sombres sur la poitrine et sous les aisselles. Lorsqu'il aperçut Harry, il se redressa.

Harry inspira et se prépara au pire. C'était Bjarne Møller.

« Doux Jésus, Harry !

— Doux Jésus, chef.

— Tu sais de quoi tu as l'air ?

— D'être en petite forme ? répondit Harry en sortant ses clés.

— Tu as reçu la consigne d'apporter ton aide sur cette affaire de meurtre, ce week-end, et personne ne t'a vu. Et aujourd'hui, tu ne viens même pas bosser.

— Panne de réveil, chef. Et ce n'est pas si loin de la réalité que tu le crois.

— Et c'est peut-être aussi ce qui s'est passé les semaines pendant lesquelles on ne t'a pas vu, avant ce vendredi ?

— Eh bien... les nuages se sont dissipés après la première semaine. J'ai appelé au boulot, et on m'a dit que quelqu'un m'avait collé sur la liste des vacanciers. Je me suis dit que c'était toi. »

Harry monta l'escalier à pas lourds, un Møller trépignant sur les talons.

« Il le fallait bien, répondit Møller en gémissant, une main sur le ventre. Quatre semaines, Harry !

— Boah, une nanoseconde à l'échelle cosmique.

— Et pas un seul mot sur l'endroit où tu étais ! »

Harry s'appliqua à introduire la clé dans la serrure.

« Ça arrive maintenant, chef.

— De quoi ?

— Un mot sur l'endroit où j'étais. Ici. »

Harry poussa la porte, et une puanteur aigredouce de vieilles ordures, de bière et de mégots de cigarettes les assaillit.

« Ça t'aurait aidé à te sentir mieux, de le savoir ? »

Harry entra, et Møller suivit avec hésitation.

« Pas besoin de retirer tes godasses, chef », cria Harry depuis la cuisine.

Møller leva les yeux au ciel et traversa le salon en veillant à ne pas mettre le pied sur une bouteille vide, une assiette pleine de mégots ou un vinyle.

« Tu es resté ici à picoler pendant quatre semaines, Harry ?

— Avec des pauses, chef. De longues pauses. Je suis en vacances, non ? La semaine dernière, je n'ai presque pas avalé une goutte.

— J'apporte de mauvaises nouvelles, Harry », cria Møller en défaisant le crochet de la fenêtre et en donnant des coups fébriles sur le montant. À la troisième bourrade, le battant partit à la volée. Il gémit, défit sa ceinture et le premier bouton de son pantalon. Lorsqu'il se retourna, Harry était à la porte du salon, une bouteille de whisky ouverte à la main.

« Mauvaises à quel point ? demanda Harry en regardant la ceinture dégrafée du capitaine. Je vais être rossé, ou violé ?

— Digestion paresseuse, expliqua Møller.

— Mmm, fit Harry en sentant le goulot. Drôle d'expression, ça, digestion paresseuse. Je me suis aussi légèrement bagarré avec mon bide, ce qui fait que je me suis un peu renseigné là-dessus. Digérer des aliments prend entre douze et vingt-quatre heures. Chez tout le monde. Quoi qu'il arrive. Tes intestins n'ont pas besoin de plus de temps, ils font juste plus mal.

— Harry...

— Un verre, chef ? À moins qu'il doive être propre, s'entend.

— Je viens te dire que c'est terminé, Harry.

— Tu raccroches ?

— Arrête ! »

Møller abattit son poing sur la table en faisant sur-
sauter les canettes vides, avant de se laisser tomber
dans un fauteuil à oreilles vert. Il se passa une main
sur le visage.

« J'ai déjà risqué mon job trop de fois pour sauver
le tien, Harry. Il y a des gens dans ma vie qui me sont
plus proches que toi. Dont j'ai la charge. Ça s'arrête
ici, Harry. Je ne peux plus t'aider.

— Bon. »

Harry s'assit dans le canapé et remplit un des
verres qui se trouvaient là.

« Personne ne t'a demandé d'aider, chef, mais
merci quand même. Pour ce que ça a duré. Skål. »

Møller inspira profondément et ferma les yeux.

« Tu sais quoi, Harry ? Quelquefois, tu es l'enfoiré
le plus arrogant, le plus égoïste et le plus con de la
planète. »

Harry haussa les épaules et vida son verre d'un
trait.

« J'ai rédigé ta lettre de licenciement », l'informa
Møller.

Harry reposa son verre et le remplit de nouveau.

« Elle est sur le bureau du chef de la Crim. Tout ce
qui manque, c'est sa signature. Tu sais ce que ça veut
dire ? »

Harry acquiesça.

« Tu es sûr que tu ne veux pas t'en jeter un petit
avant d'y aller, chef ? »

Møller se leva. Arrivé à la porte, il se retourna.

« Tu n'as pas idée du mal que ça me fait de te voir
dans cet état, Harry. Rakel et ce boulot, c'était tout

ce que tu avais. Tu as d'abord sabordé Rakel. Et maintenant, le boulot. »

Il y a exactement quatre semaines que j'ai foutu les deux en l'air. Harry le pensa on ne peut plus fort.

« Vraiment mal, Harry. »

La porte se referma derrière Møller.

Trois quarts d'heure plus tard, Harry dormait dans son fauteuil. Il avait eu de la visite. Pas des trois femmes habituelles. C'était le chef de la Crim.

Il y avait quatre semaines et trois jours. C'était le chef de la Crim lui-même qui avait demandé que le rendez-vous ait lieu au Boxer, un bar de soiffards bienheureux sis à un jet de pierre de l'hôtel de police et à quelques pas chancelants du caniveau. Rien que lui-même, Harry et Roy Kvinsvik. Il avait expliqué à Harry que tant qu'ils n'avaient pas pris de décision, il était préférable que tout se déroulât aussi officieusement que possible, de sorte qu'il ait toutes les possibilités de retraite.

Il n'avait rien dit quant aux possibilités de retraite de Harry.

Quand Harry était arrivé au Boxer un quart d'heure plus tard que convenu, le chef de la Crim était assis tout au fond de la salle devant une pinte de bière. Harry avait senti son regard sur lui au moment où il s'asseyait, ces yeux bleus qui luisaient au fond de leurs orbites, de part et d'autre d'un nez fin et majestueux. Il avait le cheveu gris et dense, il était mince et se tenait droit, compte tenu de son âge. Il avait parfaitement l'apparence de ces sexagénaires dont il est difficile d'imaginer qu'ils ont un jour eu l'air jeune. Ou qu'un jour, ils auront l'air vieux pour de bon. À la Brigade, on l'appelait le Président parce que son bureau était ovale, mais aussi parce qu'il en avait la façon de parler – notamment en public. Mais cette entrevue était « aussi officieuse que possible ». Le chef de la Crim avait ouvert sa bouche sans lèvres : « Tu es seul. »

Harry s'était commandé une Farris, avait ramassé un menu qui traînait sur la table, étudié la première page avant de dire nonchalamment, comme s'il s'agissait d'une information superflue : « Il a changé d'avis.

— Ton témoin a changé d'avis ?

— Oui. »

Le chef de la Crim avait lentement bu un peu de sa bière.

« Il a accepté d'être témoin pendant cinq mois, dit Harry. Avant-hier pour la dernière fois. Vous pensez que l'*eisbein* est bon ?

— Qu'est-ce qu'il a dit ?

— Nous étions convenus que je passe le chercher après la réunion à Filadelphia aujourd'hui. Quand je suis arrivé, il m'a dit qu'il avait réfléchi. Et qu'il en était arrivé à la conclusion qu'en fin de compte, ce n'était pas Tom Waaler qu'il avait vu dans la voiture avec Sverre Olsen. »

Le chef de la Crim regarda Harry. Puis, d'un geste dont Harry comprit qu'il sonnait la fin du rendez-vous, il remonta sa manche de manteau et regarda sa montre.

« Dans ce cas, on ne peut guère que supposer que c'était quelqu'un d'autre que Tom Waaler que ton témoin a vu. Qu'en dis-tu, Hole ? »

Harry déglutit. Puis de nouveau. En regardant fixement son menu.

« *Eisbein*. Je dis *eisbein*.

— Pas de problème. Je me sauve, mais fais-le inscrire sur ma note.

— Très gentil de votre part, chef, dit Harry avec un petit rire. Mais pour être parfaitement honnête, j'ai le vilain sentiment que je resterai malgré tout avec l'addition sur les bras. »

Le chef de la Crim plissa le front et lorsqu'il parla, l'irritation était bien sensible dans sa voix : « Alors laisse-moi être parfaitement honnête moi aussi, Hole. Il est de notoriété publique que toi et l'inspecteur principal Waaler ne pouvez pas vous encadrer. Depuis l'instant où tu as avancé ces accusations inconsistantes, j'ai eu le sentiment que tu laissais ta propre antipathie influencer ton jugement. Tel que je vois les choses, je viens d'avoir la preuve que ce soupçon était fondé. »

Le chef de la Crim repoussa sa pinte encore à moitié pleine du bord de la table, se leva et reboutonna son manteau.

« Alors je vais être bref, mais – j'espère – clair, Hole. Le meurtre d'Ellen Gjelten est éclairci, et partant, l'affaire est classée. Ni toi ni qui que ce soit d'autre n'a réussi à présenter quelque chose de suffisamment nouveau pour que l'enquête puisse être relancée. Si tu approches cette affaire de nouveau – rien que ça – ce sera considéré comme le non-respect d'un ordre, et ta lettre de licenciement filera illico à la DRH, signée de ma main. Je ne fais pas cela parce que je refuse de croire qu'il y ait des policiers corrompus, mais parce qu'il est de ma responsabilité de maintenir une certaine morale professionnelle dans la boîte. Ce qui implique que nous ne pouvons pas employer des éléments qui crient au loup à tort et à travers. Si j'apprends que tu continues à porter d'une quelconque manière des accusations contre Waaler, tu seras immédiatement suspendu, et c'est le SEFO qui sera chargé de l'affaire.

— Quelle affaire ? demanda Harry à voix basse. Waaler contre Gjelten ?

— Hole contre Waaler. »

Le chef de la Crim parti, Harry resta assis à contempler le verre à moitié vide. Il pouvait suivre les directives du chef à la lettre, mais ça ne changerait rien. C'était terminé pour lui quoi qu'il advienne. Il avait échoué, et représentait dorénavant un risque pour les siens. Un traître paranoïaque, une bombe à retardement dont ils se débarrasseraient à la première et meilleure occasion. Il ne tenait qu'à Harry de leur donner cette occasion.

Le serveur était arrivé avec la bouteille de Farris, et il demanda si Harry voulait manger ou boire quelque chose. Harry s'était humecté les lèvres tandis que les idées se bousculaient dans son crâne. Il n'y avait qu'à leur fournir l'occasion, d'autres se chargeraient du reste.

Il avait alors repoussé la bouteille de Farris de côté et répondu au serveur.

Il y avait quatre semaines et trois jours, et c'était là que ça avait commencé. Et cessé.

DEUXIÈME PARTIE

Chapitre 8

Mardi et mercredi. Chow-chow

Le mardi, à Oslo, le thermomètre monta à vingt-neuf degrés à l'ombre et, dès trois heures, les gens commencèrent à déserter les bureaux au profit des plages de Huk et de Hvervenbukta. Les touristes s'amassaient aux terrasses des bars d'Aker Brygge et dans le parc Frogner, où ils prenaient en transpirant les inévitables photos du Monolithe avant de redescendre à la Fontaine dans l'espoir qu'un souffle leur enverrait une bruine rafraîchissante.

Hors des rues à touristes, le calme régnait, et le peu de vie qu'il y avait passait au ralenti. Les ouvriers de la DDE étaient appuyés torse nu sur leurs machines, les maçons perchés sur les échafaudages le long de l'ancien hôpital civil contemplaient des rues désertes, et les chauffeurs de taxi se rassemblaient sur des parkings ombragés pour discuter du meurtre d'Ullevålsveien. Il n'y avait que dans Akersgata qu'une activité anormale semblait régner, la presse à sensation ayant délaissé les bavardages insignifiants pour se ruer sur ce crime encore frais. Étant donné que bien des collaborateurs réguliers des rédacteurs étaient en congé, ces derniers avaient réquisitionné tout ce qui bougeait, depuis les étudiants en journalisme jusqu'aux désœuvrés du service politique, et les avaient mis sur l'affaire. Il n'y avait que les préposés à la culture qui s'en sortaient. Malgré tout, le calme était plus intense qu'à l'accoutumée. La raison pouvait en être qu'*Aftenposten* avait quitté la rue dans laquelle les journaux se devaient d'avoir leurs locaux pour se rapprocher du centre, dans l'immeuble des chèques postaux, l'immeuble *Aftenposten* ou la poste centrale, en tout cas une vilaine variante de modeste gratte-ciel pointant vers un ciel sans nuages. On avait embelli l'énorme bâtisse marron-jaune en attendant les travaux prévus à Bjørvika, mais depuis son bureau, le journaliste chargé des affaires criminelles Roger Gjendem n'avait provisoirement vue que sur Plata, le centre des échanges entre junkies, et leur stand de tir en extérieur derrière les remises où un monde nouveau et merveilleux allait naître. Il se surprenait même de temps à autre à y chercher Thomas du regard. Mais Thomas était à Ullersmo, où il purgeait une peine pour avoir essayé de s'introduire dans l'immeuble d'un policier, l'hiver précédent. À quel point pouvait-on devenir barjo ? Ou désespéré. Roger échappait en tout cas au risque de voir le petit frère se flanquer une overdose dans le bras.

Formellement parlant, *Aftenposten* n'avait pas engagé de nouveau directeur après que le précédent eut accepté les propositions économiques faisant partie de la réduction des effectifs, mais avait tout simplement fait passer le crime avant les nouvelles. Ce qui signifiait concrètement que Roger Gjendem avait dû se faire rédacteur au service criminel avec un salaire de journaliste ordinaire. Assis à son bureau, les mains sur le clavier de son ordinateur, il regardait le souriant visage de femme qu'il avait un jour scanné pour en faire son fond d'écran, et il pensait à cette femme qui pour la troisième fois avait fait ses valises pour l'abandonner dans son appartement de Seildukagate. Il savait que, cette fois-ci, Devi ne reviendrait pas, et qu'il était temps d'aller de l'avant. Il ouvrit le panneau de configuration et effaça son image d'arrière-plan. C'était un début. Il avait dû laisser tomber l'affaire de trafic d'héroïne sur laquelle il bossait. Super, il avait horreur d'écrire des articles sur la drogue. Devi soutenait que c'était à cause de Thomas. Roger essaya d'exclure aussi bien Devi que le frangin de sa tête et se concentra sur l'affaire dont il était chargé : un résumé du meurtre d'Ullevålsveien, un pis-aller temporaire tandis qu'ils attendaient une évolution, de nouveaux éléments, un ou deux suspects. Ce devrait être un boulot simplet, c'était une affaire sexy par bien des aspects, contenant tous les ingrédients qu'un journaliste criminel peut souhaiter. Une jeune célibataire de vingt-huit ans abattue sous sa douche, dans son appartement, en plein vendredi. Le pistolet qui avait été retrouvé dans la poubelle était l'arme du crime. Aucun des voisins n'avait vu quoi que ce fût, aucun individu suspect n'avait été observé dans l'immeuble, seul un voisin pensait avoir entendu quelque chose qui pouvait être un coup de feu. Puisqu'il n'y avait aucune trace d'effraction, la police se basait sur la théorie que Camilla Loen avait elle-même laissé entrer le meurtrier, mais personne dans son entourage n'apparaît comme suspect, tous ayant des alibis plus ou moins bons. Que Camilla Loen ait quitté son travail de designer chez Leo Burnett à quatre heures et quart pour aller retrouver deux amies sous la véranda de la Maison des Artistes à six heures rend peu probable qu'elle ait pu inviter quelqu'un à venir la voir. Il est aussi peu vraisemblable qu'on ait sonné chez elle pour s'introduire en douce dans l'immeuble sous une fausse identité, puisqu'elle pouvait contrôler qui entrait *via* la caméra installée au-dessus des interphones. Et comme si ça ne suffisait pas que le desk ait pu produire des manchettes telles que « Assassinée par un malade » ou « Le voisin a goûté le sang », deux détails filtrèrent, donnant deux nouvelles premières pages les jours suivants : l'index gauche de Camilla Loen avait été sectionné. Et sous une paupière, on avait trouvé un diamant rouge en forme d'étoile à cinq branches.

Roger Gjendem commença son résumé au présent de narration pour lui donner un tour dramatique, mais trouva que le sujet ne le nécessitait pas et effaça ce qu'il avait écrit. Il resta un moment la tête dans les mains. Il double-cliqua alors sur l'icône de la corbeille, positionna le curseur sur « Vider la corbeille » et hésita. C'était la seule photo qu'il lui restait d'elle. À l'appartement, toute trace avait été effacée, et il avait même lavé le pull qu'elle lui empruntait souvent et qu'il aimait porter parce qu'elle y avait laissé son odeur.

« Salut », murmura-t-il avant de cliquer.

Il regarda son appel de une, et choisit de remplacer « Ullevålsveien » par « Vår Frelsers Gravlund », ça sonnait mieux. Il se mit alors à écrire. Et cette fois, ça collait.

À sept heures, les gens quittèrent les plages à contrecœur pour rentrer chez eux sous un soleil toujours ardent dans un ciel sans nuages. Huit heures sonnèrent, puis neuf ; les gens buvaient des bières derrière leurs lunettes de soleil tandis que les serveurs travaillant dans des bars sans terrasses se tournaient les pouces. À neuf heures et demie, Ullernåsen rougit et bientôt, le soleil se coucha. Mais la température ne baissa pas. La nuit serait de nouveau torride, et les gens abandonnèrent les bars et restaurants pour une nuit sans sommeil entre des draps trempés de sueur.

Dans Akersgata, l'échéance approchait, et les secrétaires de rédaction s'assirent pour discuter une dernière fois de ce que serait la première page. On n'avait rien obtenu de nouveau de la part de la police. Non qu'ils fussent sur la réserve, on avait tout bonnement l'impression qu'ils n'avaient toujours rien à raconter quatre jours après le meurtre. D'un autre côté, ce silence faisait la part d'autant plus belle aux spéculations. L'heure d'être créatif avait sonné.

Pratiquement au même moment, le téléphone sonna dans une maison de bois jaune au milieu d'un jardin planté de pommiers, quelque part à Oppsal. Beate Lønn tendit un bras de sous sa couette et se demanda si sa mère, qui habitait à l'étage inférieur, avait été réveillée par la sonnerie. Vraisemblablement.

« Tu dormais ? demanda une voix rauque.

— Non, répondit Beate. Est-ce que des gens y arrivent ?

— Eh bien... je viens tout juste de me réveiller. »

Beate s'assit dans son lit.

« Comment ça va ?

« — Comment dire ? Ouais, mal, voilà comment dire. »

Pause. Ce n'était pas la liaison téléphonique qui donnait à Beate l'impression que la voix de Harry était lointaine.

« Des pistes techniques ?

— Seulement ce que tu as pu lire dans les journaux.

— Quels journaux ?

— Seulement ce que tu sais déjà, soupira-t-elle. On a rassemblé des empreintes digitales et de l'ADN dans l'appartement, mais pour l'instant, il ne semble pas qu'on puisse les lier au meurtrier.

— Pas meurtrier. Assassin.

— Assassin, bâilla Beate.

— Est-ce que vous avez trouvé d'où vient le diamant ?

— On y travaille. Les joailliers avec qui on a discuté disent que les diamants rouges ne sont pas inhabituels, mais qu'ils sont très peu demandés en Norvège. Ils doutent qu'il ait été vendu par un joaillier norvégien. S'il provient de l'étranger, ça augmente évidemment les chances que le coupable ait été étranger.

— Mmm.

— Qu'est-ce qu'il y a, Harry ?

— J'essaie juste de me tenir au courant, répondit-il juste après une vilaine quinte de toux.

— La dernière chose que je t'ai entendu dire, c'est que tu n'étais pas concerné.

— Et c'est bien le cas.

— Alors qu'est-ce que tu veux ?

— Eh bien, je me suis réveillé parce que j'ai fait un cauchemar.

— Tu veux que je vienne te border ?

— Non. »

Nouvelle pause.

« J'ai rêvé de Camilla Loen. Et du diamant que vous avez trouvé.

— Oui ?

— Oui. Je crois qu'il y a quelque chose à exploiter, là.

— Quoi ?

— Je ne sais pas trop. Mais tu savais que dans le temps, on avait coutume de poser une pièce de monnaie sur l'œil du défunt avant de l'enterrer ?

— Non.

— C'était la rétribution pour le passeur qui devait faire traverser l'âme vers le Royaume des Morts. Si c'était impossible, elle ne trouverait jamais la paix. Penses-y.

— Merci pour l'inspiration, mais je ne crois pas aux fantômes, Harry. »

Harry ne répondit pas.

« Autre chose ?

— Juste une petite question. Est-ce que tu sais si le chef de la Crim prend aussi ses vacances cette semaine ?

— Bien sûr.

— Et tu ne saurais pas par hasard... quand il revient ?

— Dans trois semaines. Et toi ?

— Et moi ? »

Beate entendit cliqueter un briquet.

« Quand reviens-tu ? » soupira-t-elle.

Elle entendit Harry inhaler, retenir sa respiration et expirer lentement avant de répondre.

« Il me semblait t'avoir entendue dire que tu ne croyais pas aux fantômes. »

À peu près au moment où Beate raccrochait, des douleurs abdominales réveillèrent Bjarne Møller dans son lit. Il resta à se tortiller jusqu'à ce qu'il abandonne sur les coups de six heures et se lève. Il avala un long petit déjeuner sans café et se sentit immédiatement mieux. Et lorsqu'il arriva à l'hôtel de police à huit heures passées de quelques minutes, à sa grande surprise, les douleurs qu'il éprouvait au réveil avaient totalement disparu. Il prit l'ascenseur pour monter à son bureau et fêta l'événement en posant les pieds sur son bureau, avala sa première gorgée de café et se jeta sur les journaux du matin.

Dagbladet présentait en première page la photo d'une Camilla Loen souriante, sous la manchette AMANT SECRET ? La première page de *VG* proposait la même photo, mais le titre était différent : LES VOYANTS PARLENT DE JALOUSIE. Seul le petit texte d'*Aftenposten* semblait ancré dans la réalité.

Møller secoua la tête, regarda l'heure et composa le numéro de Tom Waaler qui venait de sortir de la réunion du matin avec le groupe d'investigation.

« Pas encore d'avancée significative, annonça Waaler. On a fait du porte-à-porte dans le voisinage, et on a discuté avec tous les commerçants du coin. Vérifié les taxis qui étaient dans le secteur à cet instant précis, discuté avec les balances et passé en revue les alibis de vieilles connaissances dont le casier est plutôt salingue. Personne ne se distingue particulièrement comme suspect potentiel, pour dire les choses comme ça. Et pour être franc, je ne crois pas que notre homme soit un vieux copain. Aucun signe d'agression sexuelle. L'argent et les objets de valeur n'avaient pas disparu. Et il n'y a rien de connu ici, rien qui fasse penser à ce qu'on a pu voir dans le passé. Ce doigt et ce diamant, par exemple... »

Møller sentit grogner ses tripes, et espéra que c'était de faim.

« Tu n'as pas de bonne nouvelle, en d'autres termes ?

— Le commissariat de Majorstua a mis trois types sur l'affaire, ce qui fait qu'on est dix sur l'enquête tactique. Beate va recevoir l'aide des techniciens du KRIPOS[1] pour inspecter ce qu'ils ont trouvé dans l'appartement. Compte tenu des congés, on n'a pas à se plaindre quant aux effectifs. Ça te paraît mieux ?

— Merci, Waaler, espérons que ça continuera comme ça. Au niveau des effectifs, s'entend. »

Møller raccrocha et tourna la tête pour jeter un coup d'œil avant de revenir à la lecture de ses journaux. Mais au lieu de ça, il resta ainsi, la tête tournée dans une position fort inconfortable, les yeux rivés sur la pelouse devant l'hôtel de police. Car il venait d'apercevoir une silhouette qui montait rapidement depuis Grønlandsleiret. L'individu ne marchait pas vite, mais il donnait l'impression de marcher relativement droit et dans une direction bien définie : il venait vers l'hôtel de police.

Møller se leva, sortit dans le couloir et cria à

1. KriminalPolitiSentralen, Office central de police criminelle.

l'attention de Jenny de venir avec une tasse supplémentaire et davantage de café. Puis il rentra dans son
bureau, s'assit et sortit en toute hâte quelques vieux
papiers d'un tiroir de son bureau.

Trois minutes plus tard, on frappa à la porte.

« Entrez », cria Møller sans lever la tête des
papiers, qui étaient une plainte de douze pages éma-
nant d'un propriétaire de chien accusant la clinique
canine de Skippergata d'une erreur de diagnostic
ayant entraîné la mort de ses deux chows-chows.
La porte s'ouvrit et Møller fit signe d'entrer tandis
que son regard balayait une page relatant les premières années des chiens, les prix remportés dans
des concours et l'intelligence remarquable dont ils
avaient été dotés.

« Fichtre, s'exclama Møller quand il finit par relever la tête. Il me semblait qu'on t'avait viré.

— Mmm. Étant donné que ma lettre de licenciement est toujours sur le bureau du Boss et qu'elle
n'est pas signée, ce qui risque d'être le cas pour
encore trois semaines minimum, il faut bien que je
pointe au boulot dans l'intervalle, non ? »

Harry attrapa la thermos de café que Jenny avait
apportée et se servit avant d'aller rejoindre Møller de
son côté du bureau, près de la fenêtre.

« Mais ça ne veut pas dire que je bosse sur l'affaire
Camilla Loen. »

Bjarne Møller se retourna et regarda Harry. Il avait
déjà vu ça maintes fois, cette façon qu'avait Harry de
passer du jour au lendemain de l'état de zombie à
celui d'un Lazare aux yeux rouges. Mais c'était une
surprise inépuisable.

« Si tu crois que cette mise à pied est un coup de

bluff, tu te goures, Harry. Ce n'est pas un tir de som-
mation, cette fois, c'est définitif. Chaque fois que tu
as déconné dans le passé, c'est moi qui ai veillé à ce
qu'on te pardonne. Je ne peux pas échapper à ma responsabilité cette fois non plus. »

Bjarne Møller chercha des signes de prière dans
les yeux de Harry. Il n'en trouva pas. Heureusement.

« C'est comme ça, Harry. C'est terminé. »

Harry ne répondit pas.

« Et pendant que j'y pense, ton permis de port
d'arme t'est retiré sans délai. Procédure standard.
Tu devras passer aujourd'hui au bureau des armes et
remettre tout ce que tu possèdes comme artillerie. »

Harry acquiesça. Le capitaine l'observa. N'y
avait-il pas vu un reflet de lui, ce gamin désorienté
qui avait reçu une gifle inattendue ? Møller posa une
main sous le dernier bouton de sa chemise. Ce n'était
pas facile de comprendre Harry.

« Si tu crois pouvoir être utile pendant les semaines qu'il te reste, je ne vois pas d'inconvénient à ce
que tu viennes bosser. Tu n'es pas suspendu, et on te
doit ton salaire complet, de toute façon. On sait bien
quelle est l'autre possibilité à ce que tu sois ici.

— Super, répondit Harry d'une voix sans timbre
en se levant. Alors je vais voir si mon bureau existe
toujours. Si tu as besoin de quoi que ce soit, n'hésite
surtout pas, chef.

— Merci de ton offre, Harry, acquiesça Møller
avec un sourire indulgent.

— Pour cette affaire de chows-chows, par exemple », conclut Harry en refermant sans bruit la porte
derrière lui.

Harry s'arrêta sur le seuil pour regarder son bureau, qu'il partageait avec l'agent Halvorsen. La table de travail de ce dernier, collée à celle de Harry, était entièrement dégagée, vacances obligent. Au mur au-dessus de l'armoire à archives trônait la photo d'Ellen Gjelten, à l'époque où elle avait occupé la place de Halvorsen. L'autre mur était presque entièrement recouvert d'une carte d'Oslo. Celle-ci était décorée de punaises, de traits et d'indications précisant où Ellen, Sverre Olsen et Roy Kvinsvik s'étaient trouvés la nuit du meurtre. Harry alla au mur et se planta devant la carte. Puis, d'un geste brusque, il l'arracha du mur et la fourra dans l'un des tiroirs vides. Il tira une flasque en argent de sa poche de blouson, but une gorgée rapide et appuya son front sur la surface rafraîchissante de l'armoire métallique.

Il avait travaillé ici pendant plus de dix ans, dans ce bureau 505. Le plus petit bureau de la zone rouge, au cinquième étage. Même quand on avait eu l'idée saugrenue de le nommer inspecteur principal, il avait insisté pour pouvoir rester là. Le bureau 505 n'avait pas de fenêtre, mais c'était de là qu'il regardait le monde. Dans ces dix mètres carrés, il avait appris son métier, fêté ses victoires, essuyé ses défaites et acquis le peu de connaissances qu'il possédait en matière d'espèce humaine. Il essaya de se souvenir à quoi d'autre il avait passé ces dix dernières années. Il fallait bien qu'il y ait quelque chose, on ne travaille que de huit à dix heures chaque jour. Pas plus de douze, en tout cas. Plus les week-ends.

Harry se laissa tomber dans son fauteuil de bureau malade, dont les ressorts détruits hurlèrent.

Il pourrait bien occuper cette place encore quelques semaines.

À dix-sept heures vingt-cinq, Bjarne Møller aurait normalement déjà dû avoir rejoint les siens. Mais puisque ceux-ci étaient chez la grand-mère maternelle, il avait décidé de profiter de ces journées paisibles pour s'occuper de la paperasserie qu'il avait négligée. Le meurtre d'Ullevålsveien avait partiellement contrecarré ses projets, mais il avait décidé de combler le retard.

Quand le central d'alerte appela, Møller répondit avec agacement qu'il fallait s'adresser à Police Secours, la Crim ne pouvait pas commencer à s'occuper de disparitions.

« Désolé, Møller, les mecs de garde sont sur un feu de broussailles du côté de Grefsen. Celui qui a appelé était convaincu qu'il s'agissait de quelque chose de criminel.

— Tous ceux qui ne sont pas en congé sont rentrés chez eux ou bossent sur le meurtre d'Ullevålsveien. Il faudra que... »

Møller s'arrêta tout net.

« En fait, non. Attendez un peu, laissez-moi vérifier... »

Chapitre 9

Mercredi. Disparition

L'agent appuya à contrecœur sur la pédale de frein, et la voiture de police s'arrêta lentement au feu d'Aleksander Kiellands Plass.

« Ou est-ce qu'on doit allumer le deux-tons et foncer ? » demanda le conducteur en se tournant vers son passager.

Harry secoua la tête d'un air absent. Il regardait le parc qui avait jadis été une vaste pelouse semée de deux bancs sur lesquels des arsouilles essayaient de couvrir le bruit de la circulation à grands renforts de chansons et d'engueulades. Quelques années plus tôt, on avait décidé de consacrer plusieurs millions à la réfection de la place portant le nom de l'écrivain, et le parc avait été nettoyé, planté, goudronné et agrémenté de chemins et d'une impressionnante fontaine aux allures d'échelle à saumons. Sans aucun doute un cadre plus joli pour les chansons et les engueulades.

La voiture de police prit à droite au bout de Sannergata, passa le pont et l'Akerselva avant de s'arrêter à l'adresse que Møller avait donnée à Harry.

Celui-ci fit savoir au conducteur qu'il rentrerait

par ses propres moyens, sortit sur le trottoir et se redressa. De l'autre côté de la rue, il vit un tout nouvel immeuble de bureaux, encore vide, et qui selon les journaux le resterait encore un bon moment. Les vitres renvoyaient le reflet de l'immeuble où il allait, un bâtiment blanc des années quarante ou quelque chose dans le genre, pas complètement fonctionnaliste, mais dans le même style sans qu'on puisse vraiment en jurer. Sa façade était richement décorée de tags déterminant des territoires. Une jeune fille basanée attendait à l'arrêt de bus, les bras croisés, et regardait de l'autre côté de la rue une grande affiche publicitaire pour Diesel, tout en mâchant du chewing-gum. Harry trouva le nom qu'il cherchait sur le bouton d'interphone du haut.

« Police », dit Harry en se préparant sur les marches.

Une étrange apparition se tenait dans l'ouverture de la porte en haut de l'escalier que Harry finit de gravir en haletant. Un homme doté d'une grosse crinière ébouriffée, d'une barbe noire dans un visage cramoisi et vêtu d'un vêtement ressemblant à une tunique et qui le couvrait du cou aux chevilles, laissant apercevoir une paire de sandales.

« C'est bien que vous ayez pu venir aussi rapidement, dit-il en tendant la patte.

Car c'était bien d'une patte qu'il s'agissait, une main si grosse qu'elle enveloppa complètement celle de Harry quand l'homme se présenta comme Willy Barli.

Harry déclina son identité et tenta de récupérer sa main. Il n'aimait pas le contact physique avec des hommes, et cette poignée de main lui faisait davantage penser à une embrassade. Mais Willy Barli s'y cramponnait comme à une bouée de sauvetage.

« Lisbeth a disparu », murmura-t-il. Sa voix était étonnamment claire.

« On sait, Barli. On entre ?

— Venez. »

Willy précéda Harry. Encore un appartement sous les combles, mais tandis que celui de Camilla Loen était petit et chichement meublé, celui-ci était grand, exubérant et faisait étalage de décorations, comme une espèce de pastiche du néo-classicisme, mais avec une exagération qui le faisait presque verser dans la soirée « toge ». Au lieu des habituels sièges en tout genre, on trouvait ici des couchettes faisant penser à la version hollywoodienne de la Rome antique, et les poutres de bois étaient habillées de plâtre pour former des colonnes doriques ou corinthiennes, Harry n'avait jamais bien retenu la différence. Mais il reconnut le relief dans le plâtre qui recouvrait le mur de brique du couloir. Quand lui et la Frangine étaient petits, leur mère les avait emmenés dans un musée de Copenhague, où ils avaient vu *Jason et la toison d'or*, de Bertel Thorvaldsen. L'appartement avait manifestement été refait, Harry apercevait des baguettes peintes récemment et des morceaux de ruban adhésif, et une odeur délicieuse de détergent était bien présente.

Au salon, il vit une table dressée pour deux. Harry suivit Barli dans un escalier pour sortir sur une vaste terrasse dallée donnant sur une cour intérieure ceinte de quatre immeubles. Ici, l'esprit était au présent norvégien. Trois côtelettes calcinées fumaient sur un gril.

« Il fait si chaud à l'intérieur, l'après-midi, quand on habite ce genre d'appartement, dit Barli sur un ton d'excuse en désignant une chaise rococo en plastique blanc.

— Je m'en étais rendu compte », répondit Harry en allant au bord de la terrasse regarder dans la cour.

La hauteur ne l'incommodait d'ordinaire pas, mais à l'issue de périodes plus ou moins longues d'alcoolisme, des à-pics modestes pouvaient lui donner le vertige. Il vit deux vélos plus tout jeunes et un drap blanc agité par le vent, suspendu à un portique, quinze mètres juste en dessous d'eux, avant de devoir rapidement relever les yeux.

Sur un balcon à balustrade de fer forgé noir, de l'autre côté de la cour, deux personnes levèrent leur canette de bière dans sa direction. La table devant eux était à moitié couverte de bouteilles marron. Harry leur rendit leur salut d'un signe de tête. Il se demanda comment il pouvait y avoir du vent en bas et pas en haut.

« Un verre de vin rouge ? »

Barli tenait une bouteille à moitié vide et avait déjà commencé à se servir d'une main dont Harry remarqua qu'elle tremblait. *Domaine La Bastide*[1] *Sy*, lut-il sur la bouteille. Le nom était plus long, mais des ongles nerveux avaient arraché le reste de l'étiquette.

« Non merci, répondit Harry en s'asseyant. Je ne bois pas pendant le boulot. »

Barli fit la grimace et reposa brusquement la bouteille sur la table.

1. En français dans le texte.

« Non, bien sûr que non. Il faut m'excuser, je suis complètement à côté de mes pompes. Bon sang, moi non plus, je ne devrais pas boire dans cette situation. »

Il porta le verre à ses lèvres et but en faisant tomber des gouttes sur le devant de sa tunique, où une tache rouge s'étendit.

Harry jeta un coup d'œil à sa montre pour que Barli comprenne qu'il devait faire relativement court.

« Elle devait juste descendre à l'épicerie acheter de la salade de pommes de terre pour accompagner les côtelettes, hoqueta Barli. Elle était assise à votre place il y a seulement deux heures. »

Harry rajusta ses lunettes de soleil.

« Ça fait *deux heures* que votre femme a disparu ?

— Mais oui, je sais que ce n'est pas grand-chose, mais elle devait juste aller au magasin Kiwi qui est au coin, et revenir. »

Le soleil se reflétait dans les canettes sur l'autre balcon. Harry se passa une main sur le front, regarda ses doigts trempés et se demanda ce qu'il devait faire de la sueur. Il posa le bout des doigts sur l'accoudoir de plastique brûlant et sentit l'humidité s'évaporer lentement.

« Vous avez appelé des amis ou des gens que vous connaissez ? Vous êtes allé voir au magasin ? Elle a peut-être rencontré quelqu'un avec qui elle est allée boire un canon. Peut-être...

— Non, non, non ! s'écria Barli en tendant les mains devant lui, doigts écartés. Elle ne l'a pas fait ! Elle n'est pas comme ça.

— Comme quoi ?

— Elle est de celles qui... qui reviennent.

— Eh bien...

— J'ai d'abord appelé sur son mobile, mais évidemment, elle l'avait laissé ici. Alors j'ai téléphoné aux gens qu'on connaît et qu'elle était susceptible d'avoir rencontrés. J'ai appelé le magasin, l'hôtel de police, trois commissariats, tous les médecins de garde, l'hôpital d'Ullevål et l'hôpital civil. *Nothing. Rien*[1].

— Je conçois que vous soyez nerveux, Barli. »

Celui-ci se pencha par-dessus la table. Ses lèvres humides frémissaient dans sa barbe.

« Je ne suis pas nerveux, je suis mort de trouille. Vous avez déjà entendu parler de quelqu'un qui sort en bikini avec un billet de cinquante couronnes pendant que les côtelettes sont sur le gril, et qui trouve que c'est une bonne occasion pour se tailler les flûtes ? »

Harry hésita. Au moment où il avait pris la décision d'accepter quand même un verre de vin, Barli avait versé ce qui restait de la bouteille dans son propre verre. Alors pourquoi ne se levait-il pas pour dire quelques mots sur le nombre important de cas similaires auxquels ils étaient confrontés, observer que presque tous trouvent une explication naturelle, avant de remercier et de quitter Barli en lui disant de les rappeler si jamais elle n'était pas réapparue quand il se coucherait ? C'était à cause du bikini et du billet de cinquante couronnes. Ou peut-être était-ce parce que Harry avait attendu toute la journée qu'il se passe quelque chose, et qu'il avait là une possibilité de repousser les retrouvailles avec ce qui l'atten-

1. Respectivement en anglais et en français dans le texte.

dait chez lui, dans son propre appartement. Mais c'était avant tout la terreur irrationnelle qu'éprouvait apparemment Barli. Harry avait parfois sous-estimé le rôle de l'intuition, que ce soit celle des autres ou la sienne propre, et chaque fois, ça avait été des expériences douloureuses.

« Il faut que je passe deux ou trois coups de fil », dit Harry.

À dix-huit heures quarante-cinq, Beate Lønn arriva à l'appartement de Willy et Lisbeth Barli dans Sannergata, suivie un quart d'heure plus tard par un type de la Brigade cynophile accompagné d'un berger belge. L'homme déclara que lui et son chien s'appelaient Ivan.

« C'est un hasard, dit le type. Ce n'est pas mon chien. »

Harry vit qu'Ivan attendait un quelconque commentaire amusant, mais Harry n'en fit aucun.

Tandis que Willy Barli allait dans la chambre chercher une photo relativement récente de Lisbeth et des vêtements qu'Ivan – le chien – pourrait renifler, Harry s'adressa discrètement aux deux autres.

« OK. Elle peut être n'importe où. Elle a pu le quitter, elle a pu avoir un malaise, elle a pu dire qu'elle allait ailleurs sans qu'il comprenne. Un million de possibilités. Mais elle peut aussi avoir été balancée derrière un siège arrière de voiture et violée par quatre jeunes qui ont flippé en voyant un bikini. Mais je ne veux pas que vous imaginiez l'une ou l'autre. Cherchez, point. »

Beate et Ivan indiquèrent qu'ils avaient compris d'un hochement de tête.

« Une patrouille ne va pas tarder. Beate, tu les reçois et tu leur demandes de vérifier les voisins, de discuter avec les gens. Surtout au magasin où elle était supposée aller. Et va toi-même voir les gens dans cet escalier. Je file voir les voisins qui ont leur balcon de l'autre côté de la cour.

— Tu crois qu'ils savent des choses ?

— Ils ont une vue imprenable sur ce qui se passe ici, et à en juger par le nombre de bouteilles qu'ils ont sur leur table, ça fait un moment qu'ils sont sur leur balcon. D'après son époux, Lisbeth est restée à la maison toute la journée. Je veux savoir s'ils l'ont vue sur la terrasse, et si oui, quand.

— Pourquoi ? demanda l'agent en donnant un coup sur la laisse d'Ivan.

— Parce que si une gonzesse en bikini habitant ce four à pain n'est pas sortie sur sa terrasse, je me mets à me poser tout plein de questions.

— Évidemment, murmura Beate. C'est son mari que tu soupçonnes.

— Par principe, c'est le mari que je soupçonne.

— Pourquoi ? voulut de nouveau savoir Ivan, tandis que Beate souriait d'un air entendu.

— C'est toujours le mari, affirma Harry.

— Première loi de Hole », expliqua Beate.

Ivan regarda Harry, puis Beate, puis de nouveau Harry.

« Mais... ce n'est pas lui qui a déclaré sa disparition ?

— Si, répondit Harry. Et pourtant, c'est toujours le mari. Voilà pourquoi toi et Ivan n'allez pas commencer par la rue, mais ici. Trouve une excuse si besoin, mais je veux que l'appartement, les dépendances de la cave et du grenier soient inspectées en priorité. Ensuite, vous pourrez continuer dehors. OK ? »

Ivan – l'agent – haussa les épaules et regarda son homonyme qui lui rendit son regard résigné.

Il apparut que les deux personnes qui occupaient ledit balcon n'étaient pas des mecs, contrairement à ce que Harry avait cru en les voyant de la terrasse de Barli. Harry était bien conscient que le fait qu'une femme adulte ayant tapissé les murs de son appartement de photos de Kylie Minogue vive avec une femme du même âge coiffée à la brosse et portant un T-shirt marqué TRONDHEIMS ØRN[1] ne signifie pas fatalement qu'elle soit lesbienne. Mais il envisagea provisoirement cette hypothèse. Il était installé dans un fauteuil, face aux deux femmes, exactement comme il l'avait été face à Vibeke Knutsen et Anders Nygård cinq jours plus tôt.

« Désolé de devoir vous faire rentrer », s'excusa Harry.

Celle qui s'était présentée comme Ruth mit sa main devant sa bouche pour étouffer un rot.

« Pas de problème, on a notre compte. Hein ? »

Elle donna une tape sur le genou de sa colocataire. D'une façon virile, se dit Harry en se rappelant au même instant ce qu'Aune, le psychologue, avait dit : que les stéréotypes se renforcent d'eux-mêmes car on cherche inconsciemment ce qui peut les confirmer. Voilà pourquoi les policiers pensaient, en se basant sur la prétendue expérience, que tous les malfaiteurs étaient idiots. La réciproque étant vraie.

1. L'Aigle de Trondheim.

Harry les mit rapidement au parfum. Elles le regardèrent, étonnées.

« Ça va sûrement s'arranger, mais ce genre de choses, c'est notre boulot de policiers. Pour le moment, nous essayons juste de retracer une chronologie sommaire. »

Elles acquiescèrent gravement.

« Bien », constata Harry en essayant son rictus « Hole ». C'est en tout cas le nom que donnait Ellen à la grimace qu'il faisait quand il tentait d'avoir l'air enjoué et jovial.

Ruth raconta qu'elles avaient effectivement passé l'après-midi sur le balcon. Elles avaient vu Lisbeth et Willy Barli allongés sur leur terrasse jusqu'à environ quatre heures et demie, puis Lisbeth était rentrée. Peu de temps après, Willy avait allumé le gril. Il avait crié quelques mots où il était question de salade de pommes de terre, ce à quoi elle avait répondu de l'intérieur. Il était alors rentré à son tour avant de ressortir avec les biftecks (côtelettes, rectifia Harry) environ vingt minutes plus tard. Quelque temps après – elles se mirent d'accord sur cinq heures et quart – elles avaient vu Barli passer un coup de fil depuis son mobile.

« Le son porte loin, au-dessus d'une cour comme celle-ci, informa Ruth. On a pu entendre sonner un autre téléphone dans leur appartement. Ça a manifestement gonflé Barli, en tout cas, il a balancé son téléphone sur la table.

— Il essayait certainement d'appeler sa femme », dit Harry.

Il les vit échanger un regard rapide comme l'éclair et regretta son « certainement ».

« Combien de temps faut-il pour aller acheter de la salade de pommes de terre au magasin qui est juste au coin ?

— Chez Kiwi ? Je fais l'aller retour en cinq minutes s'il n'y a pas trop de monde à la caisse.

— Elle ne court pas, Lisbeth Barli, dit la colocataire à voix basse.

— Vous la connaissez, alors ? »

Ruth et l'Aigle de Trondheim se regardèrent, comme pour s'accorder sur la réponse.

« Non. Mais on sait bien qui ils sont.

— Ah oui ?

— Oui, vous avez bien dû voir la grosse pub dans *VG* annonçant que Willy Barli a loué le Nationaltheatret cet été pour y monter une comédie musicale ?

— C'était juste un entrefilet, Ruth.

— Sûrement pas, rétorqua Ruth avec irritation. Lisbeth doit jouer le rôle principal, quand même. Une photo énorme, tout le bazar, vous n'avez pas pu ne pas la voir.

— Mmm, répondit Harry. La fréquence à laquelle je ils les journaux... a un peu plongé cet été.

— Mais ça a fait du barouf, ça. Les cadors de la culture trouvaient que c'était une honte de monter une comédie musicale au Nationaltheatret pour les vacances, en quelque sorte. Comment ça s'appelle, déjà, cette pièce ? *My Fat Lady* ?

— Fair *Lady*, murmura l'Aigle de Trondheim.

— Alors ils s'occupent aussi de théâtre ? intervint Harry.

— De théâtre, de théâtre... Willy Barli est le genre

de mec qui touche à tout. Revues, films, comédies musicales...

— Il est producteur. Et elle, elle chante.

— Tiens donc ?

— Oui, vous vous souvenez sûrement d'elle avant qu'ils se marient, elle s'appelait Harang, à l'époque. »

Harry secoua la tête d'un air d'excuse, et Ruth poussa un gros soupir.

« À l'époque, elle chantait avec sa sœur dans *Spinnin' Wheel*. Lisbeth était une vraie louloute, un peu genre Shania Twain. Et avec une jolie pêche.

— Ils n'étaient pas si connus que ça, Ruth.

— En tout cas, elle a chanté dans cette émission, là, de Vidar Lønn-Arnesen[1]. Et ils ont vendu tout un tas de disques.

— Des cassettes, Ruth.

— J'ai vu *Spinnin' Wheel* au Momarked. Des trucs chouettes, vous savez. Ils devaient enregistrer un disque à Nashville, et tout. Mais elle a été découverte par Barli. Il allait en faire une star de comédie musicale. Mais ça a pris un temps pas possible.

— Huit ans, précisa l'Aigle de Trondheim.

— En tout cas, Lisbeth Harang a arrêté *Spinnin' Wheel* et s'est mariée avec Barli. Le fric et la beauté, ça vous dit quelque chose ?

— Alors la roue a cessé de tourner ?

— Hein ?

1. Vidar Lønn-Arnesen est un animateur de divertissements radio et télé (entre autres pour les jeunes). L'émission en question est « Da Capo », sur NRK, pendant laquelle il invite des chanteurs norvégiens bien connus (émission comparable à « Champs-Élysées », de M. Drucker).

— Il parle du groupe, Ruth.

— Ah, ça. Sa sœur s'est chargée du chant toute seule, mais la véritable star, c'était Lisbeth. Je crois que maintenant, il y a un peu des hauts et des bas, pour eux, tiens ! »

Harry se leva.

« Juste une dernière question de routine. Est-ce que vous avez une quelconque idée de comment marche le couple Willy/Lisbeth ? »

L'Aigle de Trondheim et Ruth échangèrent de nouveaux signaux radar.

« Encore une fois, le son passe bien d'un bout à l'autre de la cour, dit Ruth. Leur chambre aussi donne sur la cour.

— Vous avez pu les entendre s'engueuler ?

— Pas s'engueuler. »

Elles posèrent sur Harry un regard éloquent. Il mit quelques secondes à comprendre de quoi elles parlaient, et remarqua avec colère qu'il rougissait.

« Vous avez l'impression que ça marchait particulièrement bien, donc ?

— La porte de sa terrasse est entrebâillée tout l'été, et j'ai dit en déconnant qu'on devrait monter sur le toit, faire le tour de la cour et sauter sur sa terrasse, répondit Ruth avec un grand sourire. Espionner un peu, tu vois ? Ce n'est pas très compliqué, il suffit de monter sur la balustrade, de poser le pied dans la gouttière et... »

L'Aigle de Trondheim donna un coup de coude à sa colocataire.

« Mais en fait, on n'en a pas besoin. Parce que Lisbeth est une pro de la... comment on dit, déjà ?

— Médiation, compléta l'Aigle de Trondheim.

— C'est ça. Toutes les bonnes images se trouvent dans les cordes vocales, vous savez. »

Harry se frotta la nuque.

« Une jolie puissance vocale », dit l'Aigle de Trondheim avec un sourire prudent.

Quand Harry revint, Ivan et Ivan étaient toujours occupés à inspecter l'appartement. Ivan l'agent transpirait, et la langue d'Ivan le berger belge pendait de sa gueule comme un ruban rouge marronnasse.

Harry s'assit prudemment sur l'une des couchettes et pria Willy Barli de bien vouloir tout reprendre depuis le début. Son récit de l'après-midi et les horaires qu'il donna confirmaient ce qu'avaient dit Ruth et l'Aigle de Trondheim.

Harry lisait un trouble non feint dans les yeux de son interlocuteur. Et l'idée germa dans son cerveau que s'il s'agissait d'un acte criminel, cela pouvait – *pouvait* – être l'une des exceptions aux statistiques. Mais l'ensemble renforçait malgré tout l'impression que Lisbeth réapparaîtrait dans un délai relativement bref. Si ce n'était pas le mari, ce n'était personne. Statistiquement parlant.

Beate revint et informa Harry que seuls deux des appartements de l'immeuble étaient occupés, et que les personnes avec qui elle avait discuté n'avaient rien vu, rien entendu, que ce soit dans la cage d'escalier ou dans la rue.

On frappa à la porte, et Beate ouvrit. C'était l'un des policiers en uniforme du service d'ordre. Harry le reconnut instantanément, c'était l'agent qui avait monté la garde dans Ullevålsveien. Il s'adressa à Beate en snobant totalement Harry.

« Nous avons interrogé des gens dans la rue et au Kiwi, inspecté les porches et les cours d'immeubles du secteur. Rien. Mais ce sont les grandes vacances, les rues sont pratiquement désertes ; la fille a donc pu être embarquée dans une voiture sans que personne s'aperçoive de rien. »

Harry remarqua que Willy Barli s'affaissait à côté de lui.

« On aurait peut-être dû vérifier dans certaines boutiques de Pakis du coin, reprit l'agent en se fourrant un auriculaire dans l'oreille.

— Pourquoi eux en particulier ? » demanda Harry.

L'agent se retourna enfin.

« Vous n'avez pas lu les statistiques criminelles, inspecteur principal ? demanda-t-il en appuyant les deux derniers mots.

— Si. Et à ce que je m'en rappelle, les épiciers sont plutôt en fin de liste. »

L'agent examina son petit doigt.

« Je sais deux ou trois trucs sur les musulmans, des choses que vous savez aussi, inspecteur principal. Pour ces gens-là, une nana qui se pointe en bikini est une nana qui implore qu'on la saute. C'est presque un devoir, on peut dire.

— Ah ?

— C'est leur religion qui veut ça, c'est tout.

— Là, je crois que tu mélanges l'islam et la religion chrétienne.

— Ivan et moi en avons fini ici », dit le membre de la Brigade cynophile qui arriva à cet instant au pied des marches.

« Nous avons trouvé deux ou trois côtelettes dans

la poubelle, point. D'ailleurs, est-ce que d'autres chiens sont venus ici récemment ? »

Harry regarda Willy, qui secoua simplement la tête. L'expression de son visage laissait penser que sa voix n'aurait pas tenu le coup.

« Ivan a réagi dans l'entrée, comme si un chien était passé là, mais ça devait être autre chose. Nous pouvons aller faire un tour au sous-sol. Est-ce que quelqu'un peut nous accompagner ?

— Bien sûr », intervint Willy en se levant.

Ils disparurent, et l'agent du service d'ordre demanda à Beate s'il pouvait s'en aller.

« Demande au chef, répondit-elle.

— Il s'est endormi. »

Il fit un signe de tête en souriant vers Harry qui essayait en détail la couche romaine.

« Agent, dit Harry à mi-voix, sans ouvrir les yeux. Approchez, s'il vous plaît. »

Le policier se planta devant Harry et enfonça ses pouces sous sa ceinture.

« Oui, *inspecteur principal* ? »

Harry ouvrit un œil.

« Si tu te laisses encore une seule fois convaincre par Tom Waaler d'écrire un rapport sur moi, je veillerai personnellement à ce que tu restes au service d'ordre pour le restant de ta carrière. C'est compris, *agent* ? »

Les muscles faciaux du policier frémirent. Lorsqu'il ouvrit la bouche, Harry s'attendait à une avalanche de monstruosités. Au lieu de cela, la réponse vint d'une voix basse et tempérée.

« Pour commencer, je ne connais pas de Tom Waaler. Ensuite, je considère comme mon devoir de faire un rapport quand un représentant de la police présente un danger pour lui-même et pour ses collègues en pointant soûl. Enfin, je ne souhaite pas le moins du monde travailler ailleurs qu'au service d'ordre. Je peux y aller, maintenant, *inspecteur principal* ? »

Harry contempla l'individu de son œil de cyclope. Puis il le referma et déglutit.

« Je t'en prie. »

Il entendit claquer la porte de l'appartement et gémit. Il avait besoin de s'en jeter un. Et plus vite que ça.

« Tu viens ? demanda Beate.

— Vas-y, toi, répondit Harry. Je reste ici pour aider Ivan à renifler un peu dans la rue quand ils auront fini d'inspecter les boxes de cave.

— Sûr ?

— Absolument. »

Harry monta les marches et sortit sur la terrasse. Il regarda les hirondelles en écoutant les bruits qui s'échappaient des fenêtres ouvertes donnant sur la cour. Il ramassa la bouteille de vin rouge sur la table et vit qu'il en restait une larme. Il la vida, fit un petit signe à Ruth et à l'Aigle de Trondheim qui n'avaient malgré tout pas leur compte et rentra.

Il s'en rendit compte à l'instant même où il ouvrait la porte de la chambre. Il l'avait souvent remarqué, mais il n'avait jamais trouvé d'où venait le silence qui pèse sur les chambres de gens qu'on ne connaît pas.

Des traces d'époussetage étaient encore visibles.

Un vantail à miroir était appuyé à un placard,

et il vit une caisse à outils à côté du lit double, qui avait été fait. Au-dessus, on avait accroché une photo de Willy et Lisbeth. Harry n'avait pas prêté une attention démesurée à la photo que Willy avait donnée à la patrouille, mais il constata que Ruth avait raison : Lisbeth était vraiment un beau bout de nana. Cheveux blonds, yeux bleus pétillants et corps mince, presque frêle. Elle devait avoir au minimum dix ans de moins que Willy. La photo les représentait bronzés et souriants. Peut-être en vacances à l'étranger. Derrière eux, on distinguait un vieux bâtiment imposant et une statue équestre. Quelque part en France, peut-être. En Normandie.

Harry s'assit sur le bord du lit et fut surpris de le sentir céder sous son poids. Matelas hydraulique. Il se renversa et sentit la couche épouser la forme de son corps. La fraîcheur de la housse de couette était un délice sur la peau nue de ses bras. L'eau clapotait contre l'intérieur du matelas de caoutchouc quand Harry faisait un mouvement. Il ferma les yeux.

Rakel. Ils étaient sur une rivière. Non, un canal, qu'ils descendaient en péniche, l'eau faisant claquer des baisers humides contre la coque du bateau. Ils étaient dans la cale, et Rakel était immobile dans le lit à côté de lui.

Elle riait tout bas quand il murmurait dans son oreille. Elle faisait à présent mine de dormir. Elle aimait bien ça. Faire semblant de dormir. C'était devenu une sorte de jeu entre elle et Harry. Celui-ci se tortilla pour pouvoir la regarder. Ses yeux tombèrent d'abord sur le vantail à miroir qui renvoyait le reflet complet du lit. Puis sur la caisse à outils. Sur le dessus, il vit un court ciseau à bois à manche vert.

Il prit l'outil. Petit, léger, sans aucune trace de rouille sous la fine couche d'enduit.

Il était sur le point de le reposer lorsqu'il se figea.

Il y avait un morceau de corps dans la caisse à outils. Il avait déjà vu ça sur des lieux de crime. Des parties génitales amputées. Il mit une seconde à comprendre que le pénis couleur chair, qui ressemblait à s'y méprendre à un vrai, n'était qu'un godemiché.

Il se rallongea sur le lit, sans lâcher le ciseau, et déglutit.

Après tant d'années à faire un boulot qui imposait qu'on décortique tous les jours la vie privée des gens et ce qu'ils possédaient, un godemiché ne choquait pas tant que ça. Ce n'était pas pour ça qu'il avait dégluti.

Ici – dans ce lit.

Il n'allait plus pouvoir attendre très longtemps avant de s'en jeter un.

Le son porte au-dessus de la cour.

Rakel.

Il essaya de ne pas penser, mais il était trop tard. Son corps contre le sien.

Rakel.

L'érection survint. Harry ferma les yeux et sentit la main de la femme se déplacer – le geste inconscient, fortuit, de celui qui dort – et se poser sur son ventre. Elle resta là, comme si elle n'avait nulle part où aller. Les lèvres de Rakel tout contre son oreille, son souffle chaud qui rugissait comme un bûcher. Ses hanches qui se mettraient en mouvement sitôt qu'il la toucherait. Ses petits seins doux aux pointes sensibles qui durcissaient rien que si on soufflait dessus.

Son sexe qui s'ouvrirait pour le dévorer. Sa gorge se serra brusquement, comme s'il était sur le point de pleurer.

Harry sursauta lorsqu'il entendit la porte d'en bas s'ouvrir. Il s'assit, lissa la couette, se leva et se regarda dans le miroir. Il se frictionna vigoureusement le visage.

Willy insista pour sortir voir si Ivan – le berger belge – parvenait à flairer quelque chose.

Au moment où ils débouchèrent dans Sannergata, un bus rouge glissa sans bruit hors de son aire de stationnement. Une petite fille regardait Harry par la lunette arrière, son visage rapetissa tandis que le bus disparaissait en direction de Rodeløkka.

Ils allèrent jusqu'au Kiwi et en revinrent sans que le chien manifeste aucune réaction.

« Ça ne veut pas dire que votre femme n'est pas venue jusqu'ici, dit Ivan. Dans une rue du centreville, avec toutes les voitures et les piétons qui passent, ce n'est pas évident de distinguer l'odeur d'une personne parmi d'autres. »

Harry regarda autour de lui. Il avait l'impression qu'on l'observait, mais la rue était déserte, et tout ce qu'il voyait dans l'enfilade de fenêtres, c'était un ciel noir et le soleil. La paranoïa du poivrot.

« Eh bien, il n'y a rien d'autre qu'on puisse faire pour l'instant », dit Harry.

Willy lui lança un regard désespéré.

« Ça va aller, lui dit Harry.

— Non, ça ne va pas aller, répondit Willy d'une voix aussi vivante que celle d'un présentateur météo.

— Ici, Ivan ! » cria l'agent en tirant sèchement sur

la laisse. Le chien avait fourré la truffe sous le pare-chocs avant d'une Golf garée le long du trottoir.

Harry donna une tape sur l'épaule de Willy, mais évita son regard inquisiteur.

« Toutes les voitures de patrouille sont au courant. Et si à minuit elle n'est pas réapparue, on lance un avis de recherche. OK ? »

Willy ne répondit pas.

Ivan aboya vers la Golf en tirant sur sa laisse.

« Attendez un peu, dit l'agent avant de se mettre à quatre pattes et de coller la tête contre l'asphalte. Tiens..., dit-il en tendant une main sous la voiture.

— Trouvé quelque chose ? » demanda Harry.

L'agent se retourna. Il avait une chaussure à talon haut dans la main. Harry entendit Willy hoqueter derrière lui.

« C'est sa chaussure, Willy ? demanda-t-il ?

— Ça ne va pas aller, répondit Willy. Ça ne va pas aller. »

Chapitre 10

Jeudi et vendredi. Cauchemar

Jeudi après-midi, une voiture postale rouge s'arrêta devant un bureau de poste de Rodeløkka. Le contenu de la boîte aux lettres fut vidé dans un sac, chargé à l'arrière de la fourgonnette et conduit au centre de tri de Biskop Gunnerus Gate 14, plus connu sous le nom d'immeuble des chèques postaux. Le même soir, au centre de tri principal, le courrier fut trié par ordre de taille, de sorte que l'enveloppe à bulles marron atterrit dans un bac contenant d'autres plis de format C5. Elle passa entre plusieurs mains, mais comme on pouvait s'y attendre, personne ne la remarqua en particulier, pas plus que les données postales qui l'envoyèrent d'abord dans le bac pour l'Østland, puis dans le casier pour la boîte postale n° 0032.

Quand la lettre finit par atterrir dans un sac à l'arrière d'une voiture postale rouge, prête à être acheminée le lendemain, la nuit était tombée, et la plupart des gens d'Oslo dormaient.

« Ça va aller », dit le gamin en passant sa main sur la tête de la petite fille au visage rond. Il sentit les longs cheveux fins adhérer à ses doigts. Électricité statique.

Il avait onze ans. Elle en avait sept, et c'était sa petite sœur. Ils étaient venus voir leur mère à l'hôpital.

L'ascenseur arriva, et il ouvrit la porte. Un homme portant un manteau blanc poussa la grille sur le côté, leur fit un rapide sourire et sortit. Ils entrèrent.

« Pourquoi est-ce que les ascenseurs sont aussi vieux ? demanda la fille.

— Parce que c'est une vieille maison, répondit le garçon en repoussant la grille.

— C'est un hôpital ?

— Pas exactement, répondit-il en appuyant sur le bouton du premier étage. C'est une maison où les gens qui sont très fatigués peuvent venir se reposer un peu.

— Maman est fatiguée ?

— Oui, mais ça va aller. Ne t'appuie pas sur la porte, Frangine.

— Quoi ? »

L'ascenseur se mit en mouvement avec une secousse, et ses longs cheveux blonds bougèrent. Électricité statique, pensa-t-il en regardant ses cheveux se dresser lentement sur sa tête. La petite fille leva les mains à ses cheveux, et elle poussa un cri. Un petit cri déchirant qui le pétrifia sur place. Ils étaient coincés. À l'extérieur des barreaux. Ils avaient dû rester pris dans la porte de l'ascenseur. Il essaya de bouger, mais c'était comme si lui aussi était coincé.

« Papa ! » cria-t-elle en se hissant sur la pointe des pieds.

Mais papa était parti devant chercher la voiture au parking.

« Maman ! » cria-t-elle quand elle fut soulevée du sol.

Mais maman était alitée, et elle exhibait un sourire pâle. Il n'y avait que lui.

Elle se mit à battre des jambes en se cramponnant à ses propres cheveux.

« Harry ! »

Rien que lui. Rien que lui pour la sauver. Si seulement il réussissait à bouger.

« Au secours ! »

Harry s'assit brusquement dans son lit. Son cœur battait comme une grosse caisse folle.

« Merde ! »

Il entendit sa propre voix rauque et laissa sa tête retomber sur l'oreiller.

Une lueur grisâtre filtrait entre les rideaux. Il plissa les yeux vers les chiffres digitaux rouges sur la table de nuit. 4 : 12. Putain de nuit d'été. Putains de cauchemars.

Il balança ses jambes hors du lit et alla aux toilettes. L'urine claqua dans l'eau tandis qu'il regardait droit devant lui. Il savait qu'il ne réussirait pas à se rendormir.

Le frigo était vide, exception faite d'une canette de bière légère qui avait échoué par erreur dans son panier. Il ouvrit le placard au-dessus du plan de travail. Une armée de bouteilles de bière et de whisky le contemplait en un garde-à-vous silencieux. Toutes vides. Dans un brusque accès de fureur, il les renversa d'une gifle et les entendit tinter et s'entrechoquer longtemps après avoir refermé la porte. Il regarda de

nouveau l'heure. Demain, c'était vendredi. Vendredi :
de neuf heures à dix-huit heures. Il restait donc cinq
heures avant que le Vinmonopol n'ouvre.

Harry s'assit près du téléphone dans le salon et
composa le numéro du mobile d'Øystein Eikeland.

« Taxis d'Oslo.

— Ça donne quoi, la circulation ?

— Harry ?

— Bonsoir, Øystein.

— Ça, tu peux le dire ! Ça fait une demi-heure que
je n'ai pas eu de client.

— Grandes vacances.

— Je sais bien. Le proprio du taxi s'est tiré dans son
chalet de Kragerø en me laissant la bagnole la plus
pourrav d'Oslo. La ville la plus morte de l'Europe du
Nord. Putain, on dirait vraiment qu'on nous a lâché
une bombe à neutrons sur la gueule.

— Je croyais que tu n'aimais pas transpirer à cause
du boulot.

— Je transpire comme un porc, mon gars ! Ce vautour de mes deux achète des taxis sans clim. Putain,
il faut que je boive comme un chameau après mes
gardes, rien que pour compenser ce que j'ai perdu.
Et ça aussi, ça coûte. Hier, j'ai bu pour plus que ce
que j'ai amassé dans toute la journée.

— Je suis sincèrement désolé.

— J'aurais dû me cantonner au craquage de codes.

— Le hacking, tu veux dire ? Qui t'a fait virer de
la Crim en t'octroyant six mois avec sursis ?

— Ouais, mais j'étais bon pour ça. Tandis que...
D'ailleurs, le proprio a pensé réduire les horaires de
conduite, mais je bosse déjà douze heures d'affilée,

et plus moyen de se trouver un chauffeur. Tu ne voudrais pas passer le permis taxi, Harry ?

— Merci, je vais y réfléchir.

— Bon, qu'est-ce que tu veux ?

— J'ai besoin d'un truc qui me fasse pioncer.

— Va voir le toubib.

— Déjà fait. Il m'a filé de l'Imovane, un somnifère en comprimés. Ça n'a pas marché. Je lui ai demandé des trucs plus costauds, mais il a refusé.

— Évite de sentir la gnôle quand tu dois demander du Rohypnol à ton médecin traitant, Harry.

— Il m'a dit que j'étais trop jeune pour des somnifères puissants. Tu en as ?

— Du hyp ? Tu es fou, c'est illégal. Mais j'ai du Flunipam. À peu près la même chose. Un demi-comprimé, et plus de son, plus d'image.

— OK. Mes finances ne sont pas au beau fixe, mais tu auras ton artiche quand on me versera mon salaire. Ça supprime les rêves, aussi ?

— Hein ?

— Est-ce que ça m'empêchera de rêver ? »

Il y eut un court silence à l'autre bout du fil.

« Tu sais quoi, Harry ? En y réfléchissant, je n'ai plus de Flunipam. En plus, c'est un machin dangereux. Et tu n'arrêtes pas de rêver ; au contraire, même.

— Pipeau.

— Peut-être, mais de toute façon, ce n'est pas de Flunipam que tu as besoin. Essaie plutôt de te calmer, Harry. Fais un break.

— Faire un break ? Il faudrait encore que je puisse, tu dois bien piger. »

Harry entendit quelqu'un ouvrir la portière du

taxi et Øystein le prier d'aller se faire foutre. Puis à nouveau sa voix au téléphone : « C'est Rakel ? »

Harry ne répondit pas.

« Il y a de la friture sur la ligne avec Rakel ? »

Harry entendit grésiller et se dit que c'était une fréquence utilisée par la police.

« Hé ? Harry ? Tu ne réponds pas quand un copain d'enfance te demande s'il reste quelque chose d'à peu près debout dans ta vie ?

— Ce n'est pas le cas, répondit Harry à voix basse.

— Pourquoi ? »

Harry prit une inspiration.

« Parce que je l'ai pour ainsi dire poussée à tout détruire. Une affaire sur laquelle j'ai bossé longtemps est partie en sucette, ce que je n'ai pas encaissé. Je me suis bourré la gueule et j'ai passé trois jours rond comme une queue de pelle, sans répondre au téléphone. Le quatrième jour, elle est venue sonner chez moi. Au départ, elle était en colère. Elle m'a dit que je ne pouvais pas me débiner comme ça. Que Møller avait demandé où j'étais. Et puis elle m'a passé une main sur le visage en me demandant si j'avais besoin qu'on m'aide.

— Et tu l'as foutue à la porte, si je te connais bien.

— J'ai dit que tout baignait. Et ça l'a rendue juste triste.

— Évidemment. Elle t'aime, cette fille.

— C'est ce qu'elle a dit. Mais elle a aussi dit qu'elle ne pouvait pas remettre ça.

— De quoi ?

— Le père d'Oleg est un soiffard. Ça a failli les foutre en l'air tous les trois.

— Et tu as répondu... ?

— Qu'elle avait raison. Qu'elle devait éviter les mecs comme moi. Alors elle s'est mise à pleurer, et elle est partie.

— Et maintenant, tu fais des cauchemars ?

— Oui. »

Øystein poussa un gros soupir.

« Tu sais quoi, Harry ? Rien ne pourra t'aider contre ça. Si ce n'est une chose.

— Je sais. Une balle.

— J'avais plutôt pensé dire « toi-même ».

— Ça aussi, je sais. Oublie que j'ai appelé, Øystein.

— Oublié. »

Harry alla chercher la canette de bière légère. Il s'assit dans son fauteuil à oreilles et posa un regard soupçonneux sur l'étiquette. La capsule sauta avec un soupir de soulagement. Il posa le ciseau sur la table basse. Le manche était vert, la lame couverte d'une fine couche d'enduit.

À six heures le vendredi matin, le soleil brillait déjà en biais depuis Ekebergåsen, en faisant étinceler l'hôtel de police comme un morceau de cristal. Le garde Securitas de l'accueil bâilla bruyamment et leva les yeux de son *Aftenposten* quand le premier lève-tôt glissa sa carte d'accès dans le lecteur.

« Disent qu'il va faire encore plus chaud », proclama le garde, heureux de voir enfin une personne avec qui échanger quelques mots.

Le grand type blond tourna deux yeux injectés de sang dans sa direction, mais ne répondit pas.

Le garde observa qu'il prenait l'escalier, bien que les deux ascenseurs attendent au rez-de-chaussée.

Après quoi il se concentra de nouveau sur l'article d'*Aftenposten* relatant qu'une femme avait disparu en pleine journée de la semaine passée et n'avait toujours pas refait surface. Le journaliste, Roger Gjendem, citait le capitaine de police Bjarne Møller, qui confirmait la découverte d'une chaussure de femme sous une voiture garée juste devant l'immeuble de la disparue, et que cela renforçait le soupçon qu'il puisse s'agir d'une disparition criminelle, mais qu'ils ne pouvaient encore rien affirmer avec certitude.

Harry parcourut rapidement les journaux en allant vers son casier, dans lequel il récupéra les rapports de recherches des deux derniers jours concernant Lisbeth Barli. Cinq messages attendaient sur le répondeur de son bureau – tous de Willy Barli, sauf un. Harry rembobina les messages de Barli, qui se ressemblaient comme autant de gouttes d'eau : ils devaient mettre plus de personnel sur l'affaire, il connaissait une voyante, il voulait proposer par le biais des journaux une forte récompense à qui aiderait à retrouver Lisbeth.

Sur le dernier message, on n'entendait qu'une respiration.

Harry rembobina, et le repassa.

Puis une autre fois.

Il était impossible de déterminer si c'était la respiration d'un homme ou d'une femme. Encore moins si c'était Rakel. Le cadran indiquait que l'appel avait été reçu à vingt-deux heures dix d'un « numéro inconnu ». Exactement ce qu'il indiquait quand Rakel l'appelait de Holmenkollveien. Si c'était elle, pourquoi ne l'avait-elle pas appelé chez lui ou sur son téléphone mobile ?

Harry lut rapidement les rapports. Rien. Il les relut. Toujours rien. Il se vida alors la tête et les attaqua de nouveau de front.

Lorsqu'il eut terminé, il regarda l'heure et retourna à son casier voir s'il y avait du neuf. Il emporta un rapport de l'une des taupes, déposa une enveloppe brune adressée à Bjarne Møller dans le casier adéquat et remonta à son bureau.

Le rapport de la taupe était clair et concis : rien.

Harry rembobina la bande du répondeur, déclencha la lecture et augmenta le volume. Il ferma les yeux et se renversa sur sa chaise. Il essaya de se rappeler sa façon de respirer. De la sentir.

« C'est crispant, quand on n'arrive pas à savoir qui c'est, hein ? »

Ce ne furent pas les mots, mais la voix, qui fit que les cheveux se dressèrent dans la nuque de Harry. Il fit lentement pivoter son fauteuil qui hurla de détresse.

Un Tom Waaler souriant était appuyé au chambranle. Il mangeait une pomme en tendant un sac ouvert.

« Ça te dit ? Australiennes. Divin. »

Harry secoua la tête sans le quitter des yeux.

« Je peux entrer ? »

N'obtenant pas de réponse de Harry, il entra et ferma la porte derrière lui. Il fit le tour du bureau et se laissa tomber dans l'autre fauteuil. Il se renversa en arrière et attaqua une pomme rouge bien tentante.

« Tu as remarqué que toi et moi, on est presque systématiquement les deux premiers au boulot, Harry ?

Bizarre, non ? Puisqu'on est aussi les deux derniers à quitter le bureau.

— Tu es assis dans le fauteuil d'Ellen », dit Harry.

Waaler passa la main sur l'accoudoir.

« Il est temps que nous discutions un peu, toi et moi, Harry.

— Vas-y, discute. »

Waaler leva sa pomme vers le plafonnier et ferma un œil.

« Ce n'est pas triste, un bureau sans fenêtre ? »

Harry ne répondit pas.

« Des rumeurs courent, et disent que tu vas nous quitter.

— Des rumeurs ?

— Mouais, c'est peut-être un peu exagéré d'appeler ça des rumeurs. J'ai mes sources, disons. Tu as bien dû commencer à chercher d'autres choses autour de toi. Sociétés de gardiennage. Les encaissements, peut-être ? Il y a sûrement tout un tas d'endroits où on a besoin d'un enquêteur ayant fait quelques études de droit. »

Des dents blanches et fortes s'enfoncèrent dans la pulpe du fruit.

« Peut-être pas autant d'endroits où on apprécie un CV rempli d'observations pour ivresse, absences injustifiées, abus de pouvoir, non-respect d'ordres donnés par des supérieurs et manque de loyauté envers la police. »

Les muscles de sa mâchoire broyaient et réduisaient en purée.

« Mais, mais..., dit Waaler. Ce n'est peut-être pas grave au point qu'ils ne veuillent pas t'embaucher. Aucun ne propose de défi particulièrement intéressant, à vrai dire. Pas pour quelqu'un qui a quand même été inspecteur principal et qui était considéré comme l'un des meilleurs dans son domaine. En plus, on ne peut pas dire qu'ils paient décemment. Et en fin de compte, c'est toujours de ça qu'il est question, non ? D'être rétribué pour le service rendu. D'avoir assez d'argent pour payer le loyer et sa nourriture. Assez pour une bière, peut-être même une bouteille de cognac. Ou de whisky ? »

Harry prit conscience qu'il serrait si fort les mâchoires que ses plombages commençaient à lui faire mal.

« Le mieux, poursuivit Waaler, ça serait si on gagnait suffisamment pour pouvoir se payer deux ou trois trucs sortant des besoins de base. Comme des vacances, de temps en temps. Avec la famille. En Normandie, par exemple. »

Harry sentit crépiter dans sa tête, comme un fusible qui sautait.

« Toi et moi, on est différents par bien des aspects, Harry. Mais ça ne veut pas dire que je ne te respecte pas en tant que collègue. Tu sais ce que tu veux, tu es intelligent, créatif, et ton intégrité est au-dessus de tout soupçon, je l'ai toujours pensé. Mais avant tout, tu es très fort mentalement. C'est une qualité bien utile dans un monde où la compétition est sans cesse plus sauvage. Malheureusement, cette compétition n'utilise pas toujours les moyens qu'on souhaiterait. Mais si on veut gagner, il faut accepter d'user des mêmes moyens que ses concurrents. Avec une toute petite chose en plus... »

Waaler baissa le ton : « Il faut jouer dans la bonne équipe. Qui permet de gagner quelque chose.

— Ce que tu veux, Waaler, c'est quoi ? demanda Harry qui sentit trembler sa voix.

— T'aider, répondit Waaler en se levant. Il ne faut pas que ce soit comme maintenant...

— C'est-à-dire ?

— Qu'il faille qu'on soit ennemis. Que le chef de la Crim doive signer le document que tu sais. »

Waaler alla à la porte.

« Et que tu n'aies jamais les moyens de faire ce qui est bien pour toi et ceux que tu aimes... »

Il posa la main sur la poignée de la porte.

« Penses-y, Harry. Il n'y a qu'une seule chose qui puisse t'aider dans cette jungle qui nous entoure. »

Une balle, pensa Harry.

« Toi-même », dit Waaler avant de disparaître.

Chapitre 11

Dimanche. Adieu

Elle fumait une cigarette, allongée sur le lit. En étudiant son dos devant la commode basse, la façon dont les omoplates se mouvaient sous la soie de son gilet en la faisant luire de nuances de noir et de bleu. Elle regarda vers le miroir, ses mains qui nouaient la cravate en gestes doux et assurés. Elle aimait ses mains, les voir travailler.

« Quand reviens-tu ? » demanda-t-elle.

Leurs regards se croisèrent dans le miroir. Son sourire. Doux et assuré, lui aussi. Elle pointa vers l'avant une lèvre inférieure boudeuse.

« Aussi vite que possible, chérie. »

Personne ne disait « chérie » comme lui. *Liebling.* Avec cet accent curieux et cette musicalité dans la voix qui lui avait presque fait aimer de nouveau la langue de Gœthe.

« Avec l'avion de demain soir, espérons, dit-il. Tu m'attendras ? »

Elle ne put s'empêcher de sourire. Il rit. Elle rit. Bon Dieu, il y arrivait chaque fois.

« Je suis sûre que tu as toute une légion de filles qui t'attendent à Oslo, dit-elle.

— J'espère bien. »

Il boutonna son gilet et décrocha sa veste du portemanteau dans la penderie.

« Tu as repassé les mouchoirs, chérie ?

— Je les ai mis dans la valise, avec les chaussettes.

— Parfait.

— Tu vas en rencontrer certaines ? »

Il retourna vers le lit en riant et se pencha sur elle.

« Qu'est-ce que tu crois ?

— Je ne sais pas, répondit-elle en passant ses bras autour de son cou. J'ai l'impression que tu sens la nénette chaque fois que tu rentres à la maison.

— C'est parce que je ne te quitte jamais assez longtemps pour que ton odeur disparaisse, chérie. Ça fait combien de temps que je t'ai trouvée ? Vingt-six mois ? Ça fait vingt-six mois que je sens ton odeur.

— Et celle de personne d'autre ? »

Elle se vautra encore un peu plus dans le lit en l'attirant à elle. Il l'embrassa légèrement sur la bouche.

« Et celle de personne d'autre. Mon avion, chérie... »

Il se libéra.

Elle le regarda aller à la commode, ouvrir un tiroir, en sortir son passeport et les billets d'avion, les fourrer dans la poche intérieure et boutonner sa veste. Tout s'enchaîna dans un mouvement fluide, avec une efficacité et une assurance décontractées qu'elle trouva sensuelles et effrayantes en même temps. Si la majeure partie de ce qu'il faisait n'avait pas trahi la même décontraction, elle aurait dit que c'était une chose à laquelle il s'était entraîné toute sa vie : à partir. À abandonner.

En dépit du temps qu'ils avaient passé ensemble ces deux dernières années, elle en savait étrangement

126

peu sur lui, mais il n'avait jamais caché qu'il avait connu bien des femmes pendant sa vie antérieure. Il disait souvent que c'était parce qu'il l'avait cherchée, elle, avec un désespoir immense. Il les avait larguées dès qu'il avait compris que ce n'étaient pas celles qu'il cherchait, pour poursuivre sans répit sa quête jusqu'à ce que par une belle journée d'automne, deux ans auparavant, ils se rencontrent au bar du Grand Hôtel Evropa de Vaclávské náměstí.

C'était la plus jolie forme de promiscuité dont elle ait jamais entendu parler.

Plus jolie que la sienne, en tout cas, qui n'était due qu'à l'argent.

« Qu'est-ce que tu fais, à Oslo ?

— Des affaires.

— Pourquoi est-ce que tu ne veux jamais me dire exactement ce que tu fais ?

— Parce qu'on s'aime. »

Il ferma sans bruit la porte derrière lui, et elle entendit ses pas dans l'escalier.

De nouveau seule. Elle ferma les yeux et espéra que l'odeur de l'homme imprégnerait les draps jusqu'à ce qu'il revienne. Elle posa une main sur son tour de cou. Elle ne l'avait jamais quitté depuis qu'il le lui avait offert, pas même pour prendre un bain. Elle passa ses doigts sur le pendentif et pensa à la valise. Au col de clergyman blanc et rigide qu'elle avait vu à côté des chaussettes. Pourquoi ne lui avait-elle pas posé de questions dessus ? Peut-être parce qu'elle sentait qu'il trouvait qu'elle posait déjà beaucoup de questions. Il ne fallait pas qu'elle l'agace.

Elle soupira, regarda l'heure et ferma de nouveau les yeux. La journée était vide. Un rendez-vous chez le médecin à deux heures, point final. Elle se mit à compter les secondes tandis que ses doigts caressaient sans répit son pendentif, un diamant rougeâtre taillé en étoile à cinq branches.

La manchette en première page de *VG* annonçait qu'une vedette de la NRK – dont on ne donnait pas le nom – avait eu une relation « courte, mais dense » avec Camilla Loen. Ils avaient mis la main sur une photo chiffonnée représentant Camilla en vacances, vêtue d'un bikini minimaliste. À l'évidence pour souligner les allusions que contenait ce texte alimentaire sur ce qui avait été l'élément fondamental de ladite relation.

Le même jour, *Dagbladet* publiait une interview de la sœur de Lisbeth Barli, Toya Harang, qui sous la manchette « Constamment barrée » expliquait que le comportement de sa sœur durant son enfance était une cause possible de sa disparition inexpliquée. On y lisait : « Elle s'est barrée de *Spinnin' Wheel*, alors pourquoi pas là ? »

Ils l'avaient photographiée posant devant le car de la troupe, un chapeau de cow-boy sur la tête. Elle souriait. Harry supposa qu'elle n'avait pas réfléchi avant qu'ils prennent le cliché.

« Une bière. »

Il s'effondra sur le tabouret de bar de l'Underwater et chipa *VG*. Il y apprit que le concert que Bruce Springsteen devait donner à Valle Hovin était complet. Pas de problème. D'une part, Harry avait horreur des concerts dans les stades, et d'autre part, quand ils avaient quinze ans, Øystein et lui s'étaient incrustés au concert de Sprinsteen, au Drammenshallen, avec de faux billets qu'Øystein avait fabriqués. Là, ils avaient été au sommet. Lui, Øystein et Springsteen.

Harry repoussa le journal et déplia son propre exemplaire de *Dagbladet* affichant la photo de la sœur de Lisbeth. La ressemblance était frappante. Il avait réussi à la joindre par téléphone à Trondheim, mais elle n'avait rien eu à lui raconter. Ou plus exactement : rien d'intéressant. Ce n'était pas la faute de Harry si la conversation avait malgré tout duré plus de vingt minutes. Elle lui avait expliqué que son nom devait se prononcer en insistant sur le « a ». *Toy-a.* Et qu'elle ne le devait pas à la sœur de Michael Jackson qui s'appelait LaToya, en insistant sur le « oy ».

Quatre jours s'étaient écoulés depuis que Lisbeth avait disparu, et pour faire court, l'enquête piétinait.

Il en allait de même pour l'affaire Camilla Loen. Même Beate était frustrée. Elle avait bossé tout le week-end à aider le peu d'enquêteurs qui n'étaient pas en vacances. Chic fille, Beate. Dommage que ça ne paie pas.

Étant donné qu'apparemment, Camilla avait eu une vie sociale normale, ils avaient réussi à dresser une chronologie de la plupart de ses faits et gestes durant la semaine avant le meurtre, mais les fils conducteurs n'avaient mené nulle part.

En fait, Harry avait pensé dire à Beate que Waaler était passé à son bureau pour lui proposer plus ou moins à demi-mot que Harry lui vende son âme. Mais sans trop savoir pourquoi, il s'était abstenu. Elle avait par ailleurs suffisamment matière à gamberger de son côté. Le raconter à Møller ne ferait que des histoires, et il avait immédiatement rejeté cette possibilité.

Harry en était à la moitié de sa deuxième pinte lorsqu'il la découvrit. Elle était assise seule dans la pénombre, à l'une des tables près du mur. Elle le regardait bien en face, avec un petit sourire. Elle avait une bière sur la table devant elle, et une cigarette entre l'index et le majeur droits.

Harry prit son verre et alla à sa table.

« Je peux ? »

Vibeke Knutsen fit un signe de tête vers la chaise libre.

« Qu'est-ce que tu fais ici ?

— J'habite juste à côté, répondit Harry.

— Ça, j'ai compris, mais c'est la première fois que je te vois ici.

— Oui. Mon débit de boissons habituel et moi avons eu une divergence de points de vue à propos d'un événement survenu la semaine passée.

— Refusé ? » demanda-t-elle avec un rire rauque.

Harry aimait bien ce rire. Et il trouva bonne mine à son interlocutrice. C'était peut-être le maquillage. Et la lumière tamisée. Et alors ? Il aimait bien ses yeux, ils étaient vifs et rieurs. Enfantins et intelligents. Exactement comme ceux de Rakel. Mais toute ressemblance s'arrêtait là. Rakel avait une bouche fine et sensuelle, celle de Vibeke était grande et peinte encore plus largement au rouge à lèvres rouge pompier. Rakel s'habillait discrètement et élégamment, elle était mince, presque taillée comme une ballerine, sans formes exubérantes. Le haut de Vibeke était tigré, ce jour-là, mais représentait un piège à regards aussi efficace que le léopard et le zèbre. Presque tout chez Rakel était sombre. Ses yeux, ses cheveux, sa peau. Il n'avait jamais vu de peau luire comme la sienne. Vibeke était rousse et pâle, ses jambes nues et croisées jetaient un reflet blanc dans la semi-obscurité.

« Et qu'est-ce que tu fais là, toute seule ? » demanda-t-il.

Elle haussa les épaules et but une gorgée.

« Anders est parti, et il ne rentrera pas avant ce soir. Alors je m'amuse un peu.

— Loin ?

— Quelque part en Europe, tu sais ce que c'est...

— Ça consiste en quoi, son boulot ?

— Il vend des équipements pour les églises et les maisons de prière. Des retables, des chaires, des croix et d'autres trucs. Du neuf et de l'occasion.

— Mmm. Et ça, il le fait en Europe ?

— Quand une église suédoise veut une nouvelle chaire, il est bien possible qu'elle soit fabriquée à Ålesund. Et que l'ancienne soit restaurée pour atterrir à Stockholm ou Narvik. Il voyage tout le temps, il passe plus de temps par monts et par vaux qu'à la maison. Surtout ces derniers temps. Les douze derniers mois, en fait. »

Elle tira sur sa cigarette et poursuivit en inspirant : « Mais il n'est pas chrétien, lui.

— Ah non ? »

Elle secoua la tête tandis que la fumée s'échappait entre ses lèvres rouges bordées sur le dessus de fines rides serrées.

« Ses parents étaient pentecôtistes, et il a grandi dans cette ambiance. Je suis allée à une seule réunion, mais tu sais quoi ? Je trouve ça franchement glauque, moi. Quand ils se mettent à parler dans des langues bizarres, des trucs comme ça. Tu es déjà allé à ce genre de réunions ?

— Deux fois, répondit Harry. À la paroisse de Filadelphia.

— Tu t'es converti ?

— Malheureusement non. J'y suis juste allé pour trouver un mec qui avait promis de m'aider en témoignant dans une affaire.

— Oui, oui. À défaut de trouver Dieu, tu as au moins trouvé ton témoin. »

Harry secoua la tête.

« On m'a dit qu'il avait cessé de fréquenter l'endroit, et impossible de le trouver à aucune des adresses qu'on m'a données. Non, je ne me suis pas converti, tiens. »

Harry finit sa pinte et se signala au bar. Elle alluma une nouvelle cigarette.

« J'ai essayé de te joindre hier, dit-elle. Au boulot.

— Ah oui ? »

Harry pensa au message muet sur son répondeur.

« Oui, mais j'ai appris que tu n'étais pas concerné.

— Si c'est à l'affaire Camilla Loen que tu penses, ce n'est pas faux.

— Alors j'ai discuté avec l'autre qui est venu chez nous. Le beau gosse.

— Tom Waaler ?

— Oui. Je lui ai raconté deux ou trois trucs sur Camilla. Le genre de choses que je ne pouvais pas dire pendant que tu étais là.

— Pourquoi ça ?

— Parce que Anders aussi était là. »

Elle tira longuement sur sa cigarette.

« Il ne supporte pas que je dise quoi que ce soit de

dégradant sur Camilla. Ça le fout littéralement hors de lui. Même si on ne la connaissait qu'à peine.

— Pourquoi aurais-tu dit des choses dégradantes sur elle si tu ne la connaissais pas ? »

Elle haussa les épaules.

« Je ne trouve pas que ce soit dégradant. Ça, c'est l'avis d'Anders. Ça doit venir de son éducation. Je crois qu'en fait, il pense que toutes les femmes devraient vivre leur vie entière sans avoir de rapports sexuels avec plus d'un homme. »

Elle écrasa sa cigarette et ajouta à voix basse : « Et encore.

— Mmm. Et Camilla avait des rapports avec plus d'un homme ?

— C'est le moins qu'on puisse dire.

— Comment le sais-tu ? C'est sonore, entre les appartements ?

— Pas d'un étage sur l'autre. Ce qui fait qu'en hiver, on n'entend pas grand-chose. Mais en été, quand les fenêtres sont ouvertes... Tu sais, le son...

— ... porte bien au-dessus de ce genre de cour.

— Tout juste. Anders se levait souvent pour claquer la fenêtre de la chambre. Et s'il m'arrivait de dire " Là, elle grimpe aux rideaux ", il pouvait se mettre tellement en rogne qu'il allait dormir dans le salon.

— Alors c'est pour me dire ça que tu as essayé de me joindre ?

— Oui. Ça et un autre truc. On m'a appelée. D'abord, j'ai cru que c'était Anders, mais ça fait toujours du barouf dans le fond, quand c'est lui. En général, il téléphone dans la rue, dans une ville d'Europe. Ce qui est marrant, c'est que le bruit est toujours le même, exactement comme s'il appelait toujours du même endroit. Enfin bref. Là, le bruit était différent. En temps normal, je me serais contentée de raccrocher et je n'y aurais plus pensé, mais avec ce qui était arrivé à Camilla, et vu qu'Anders était en vadrouille...

— Oui ?

— Oh, non, rien de dramatique. »

Elle afficha un sourire las. Harry trouva que c'était un joli sourire.

« Juste quelqu'un qui respirait dans le combiné. Mais j'ai trouvé ça sinistre. Alors je voulais te le dire. Waaler a dit qu'il allait enquêter là-dessus, mais ils n'ont sûrement pas trouvé le numéro d'appel. De temps en temps, ils reviennent, ces meurtriers, non ?

— Je crois plutôt que c'est surtout dans les romans policiers. À ta place, je n'y penserais pas trop. »

Il jouait avec son verre. Le médicament commençait à faire effet.

« Toi et ton concubin ne connaîtriez pas par hasard Lisbeth Barli ? »

Les sourcils maquillés de Vibeke s'arquèrent.

« La fille qui a disparu ? Donne-moi une seule bonne raison pour qu'on la connaisse ?

— Non, pas une seule bonne raison », murmura Harry en se demandant ce qui l'avait poussé à poser cette question.

Il était près de dix heures lorsqu'ils se retrouvèrent sur le trottoir devant l'Underwater. Harry dut faire un effort pour ne pas se mettre à vaciller.

« J'habite juste en bas de cette rue, dit-il. Et si... »

Vibeke pencha la tête sur le côté et sourit.

« Ne dis rien que tu puisses regretter, Harry.

— Regretter ?

— Pendant la dernière demi-heure, tu n'as fait que me parler de cette Rakel. Tu n'as quand même pas oublié ?

— Elle ne veut pas de moi, j'ai dit.

— Non, tout comme tu ne veux pas de moi. C'est Rakel, que tu veux. Ou une Rakel de réserve. »

Elle posa la main sur son bras.

« J'aurais peut-être pu envisager de le faire pendant un temps si les circonstances n'avaient pas été les mêmes. Mais c'est différent. Et Anders ne va pas tarder. »

Harry haussa les épaules et fit un pas en avant pour retrouver son équilibre.

« Alors laisse-moi au moins te raccompagner en bas de ton immeuble, bafouilla-t-il.

— C'est à deux cents mètres, Harry.

— Je devrais y arriver. »

Vibeke éclata de rire et prit l'aile de Harry sous son abattis.

Ils descendirent lentement Ullevålsveien sur laquelle des voitures et des taxis libres passaient silencieusement, en sentant l'air du soir caresser leur peau comme il ne le fait qu'en juillet à Oslo. Harry écoutait le ronronnement régulier de la voix de Vibeke en se demandant ce que faisait Rakel à cet instant précis.

Ils s'arrêtèrent devant la grille en fer forgé.

« Bonne nuit, Harry.

— Mmm. Tu prends l'ascenseur ?

— Comment ça ?

— Rien. » Harry enfonça ses mains dans ses

poches et manqua de perdre l'équilibre. « Fais attention. Bonne nuit. »

Vibeke sourit, avança, et Harry inspira son odeur quand elle l'embrassa sur la joue.

« Dans une autre vie, qui sait ? » chuchota-t-elle.

Le portail se referma derrière elle avec un claquement bien net. Harry essayait de s'orienter quand son attention fut attirée par quelque chose dans la vitrine devant lui. Ce n'était pas l'assortiment de pierres tombales, mais ce qui se reflétait dans la vitrine. Une voiture rouge garée de l'autre côté de la rue. Sans être un passionné de voiture, il aurait peut-être quand même pu savoir que ce joujou de luxe était une Tommykaira ZZ-R.

« Bordel de merde », murmura Harry en posant le pied sur la chaussée. Un taxi passa en trombe devant lui en jouant de l'avertisseur. Harry coupa vers la voiture de sport et se planta du côté conducteur. Une vitre fumée glissa sans bruit vers le bas.

« Qu'est-ce que tu fous là ? feula Harry. Tu m'espionnes ?

— Bonsoir, Harry, bâilla Tom Waaler. Je surveille l'immeuble de Camilla Loen. Je regarde qui va et qui vient. Tu sais, quand on dit que l'assassin revient toujours, ce n'est pas qu'un cliché.

— Si, c'en est un.

— Mais comme tu l'as peut-être compris, c'est tout ce qu'on a. Le meurtrier ne nous a pas laissé grand-chose.

— L'assassin.

— Ou la femme assassin. »

Harry haussa les épaules et se rétablit en faisant un pas. La porte côté passager s'ouvrit à la volée.

« Monte, Harry. Je veux te parler. »

Harry plissa les yeux vers la porte ouverte. Hésita. Fit un autre pas pour conserver son équilibre. Puis il fit le tour de la voiture et monta.

« Tu as réfléchi ? demanda Waaler en baissant la musique.

— Oui, j'ai réfléchi, répondit Harry en se tortillant dans l'étroit siège baquet.

— Et tu en es arrivé à la bonne réponse ?

— Tu aimes les voitures de sport japonaises rouges. » Harry leva un poing et l'abattit sur le tableau de bord. « Bonne camelote. Dis-moi..., continua Harry en se concentrant sur sa diction. C'est comme ça que Sverre Olsen et toi discutiez, dans la voiture, à Grünerløkka, le soir où Ellen a été tuée ? »

Waaler regarda longuement Harry avant d'ouvrir la bouche pour répondre.

« Harry. Je n'ai aucune idée de ce dont tu parles.

— Ah non ? Tu savais qu'Ellen avait découvert que tu étais le chef de cette bande de contrebandiers, non ? C'est toi qui as veillé à ce que Sverre Olsen la bute avant qu'elle puisse le dire à quelqu'un d'autre. Et quand tu as appris que j'étais sur la piste de Sverre Olsen, tu t'es dépêché de tout mettre en place pour qu'on croie qu'il avait dégainé son pistolet quand tu es venu l'arrêter. Tout comme pour ce type sur Havnelageret. C'est un peu ta spécialité, ça, d'exécuter ceux qu'il serait ennuyeux d'arrêter.

— Tu es bourré, Harry.

— J'ai passé deux ans à trouver quelque chose sur toi, Waaler, tu le savais ? »

Waaler ne répondit pas.

Harry s'esclaffa et frappa de nouveau le tableau de bord qui grinça dangereusement.

« Évidemment, tu le savais ! Le prince héritier sait tout. Comment tu fais ? Raconte. »

Waaler regarda par sa vitre. Un homme sortit du kebab, s'arrêta et regarda rapidement à gauche et à droite avant de descendre vers Trefoldighetskirken. Aucun des deux ne dit quoi que ce soit avant que l'homme n'ait disparu entre le cimetière et Vor Frues Hospital.

« Bon, dit Waaler à voix basse. Je peux bien me confesser, si c'est ce que tu veux. Mais n'oublie pas que quand on reçoit une confession, on peut vite se retrouver face à des dilemmes désagréables.

— Pas de problème.

— J'ai donné à Sverre Olsen le châtiment qu'il méritait. »

Harry tourna lentement la tête vers Waaler, qui avait posé sa nuque sur l'appuie-tête et fermé les yeux à demi.

« Mais pas parce que j'avais peur qu'il révèle que lui et moi étions étroitement liés. Cette partie de ta théorie est erronée.

— Ah ? »

Waaler soupira.

« Est-ce que de temps en temps, tu penses à ce qui fait que des gens comme nous font ce qu'ils font ?

— Je ne fais rien d'autre.

— Quelle est la première chose dont tu te souviennes, Harry ?

— Quoi, la première chose ?

— Le plus vieux souvenir que j'aie, c'est qu'il fait nuit, et que mon père se penche au-dessus de mon lit. »

Waaler caressa le volant.

« Je dois avoir quatre ou cinq ans. Il sent le tabac et la sécurité. Tu sais. Ce que doivent sentir les pères. Comme d'habitude, il est rentré à la maison après que j'ai été mis au lit. Et je sais qu'il sera retourné au boulot longtemps avant que je me réveille le matin. Je sais que si j'ouvre les yeux, il va sourire, me caresser la tête et s'en aller. Alors je fais semblant de dormir pour qu'il reste un peu plus longtemps. Certaines fois, quand j'avais fait un cauchemar avec cette femme à tête de porc qui erre dans les rues pour se repaître du sang des enfants, je trichais quand il se levait pour s'en aller et je lui demandais de rester un peu plus longtemps. Alors il restait là, j'ouvrais les yeux et je le regardais, c'est tout. C'était comme ça avec ton père, Harry ? »

Harry haussa les épaules.

« Mon père était prof. Il était toujours à la maison.

— Une maison de la classe moyenne, donc.

— Quelque chose comme ça. »

Waaler acquiesça.

« Mon père était ouvrier. Comme ceux de mes meilleurs copains, Geir et Solo. Ils habitaient juste au-dessus de chez nous dans l'immeuble de la vieille ville où j'ai grandi. La grisaille de l'Østkant, mais un bel immeuble bien entretenu qui était la propriété de la corporation. Nous ne nous considérions pas comme des membres des classes laborieuses, nous étions en quelque sorte des entrepreneurs, tous. Le père de Solo avait même une boutique où ils se relayaient, d'où le surnom[1]. Tous les ouvriers du coin bossaient dur. Mais

1. Le Solo est une boisson gazeuse, une espèce de limonade.

aucun aussi dur que mon père. Matin et soir. Nuit et jour. Il était comme une machine qu'on n'éteignait que le dimanche. Ni l'un ni l'autre de mes parents n'était spécialement chrétien, même si mon père avait étudié la théologie pendant un semestre en cours du soir parce que son père voulait qu'il soit prêtre. Mais quand mon grand-père est mort, il a arrêté. Pourtant, on allait à l'église de Vålerenga tous les dimanches, après quoi papa nous emmenait en promenade à Ekeberg ou à Østmarka. Et à cinq heures, on se changeait pour le repas du dimanche, dans le salon[1]. Ça n'est peut-être pas spécialement passionnant, mais tu sais quoi ? Pendant toute la semaine, j'attendais avec impatience ce repas du dimanche. Et puis c'était lundi, et il repartait. Toujours sur un projet quelconque qui réclamerait des heures supplémentaires. Blanc, gris ou noir d'encre. C'était la seule façon de mettre de l'argent de côté dans sa branche, disait-il. Quand j'avais treize ans, on a déménagé pour aller plus à l'ouest, dans une maison avec un jardin rempli de pommiers. Papa disait que c'était mieux là-bas. J'étais le seul de la classe dont les parents n'étaient pas juristes, économistes, médecins ou des choses de ce genre. Le voisin était juge, et il avait un fils de mon âge. Joakim. Papa espérait que je deviendrais comme lui. Il disait que si je devais m'engager dans l'une de ces branches, il fallait avoir des connaissances au sein de la corporation, apprendre les codes, la langue, les règles non écrites. Mais je n'ai jamais vu le fils du voi-

1. L'horaire ne doit pas surprendre ; en Norvège, le petit déjeuner est copieux, le repas de midi presque inexistant, et le principal repas de la journée (*middag*) se prend entre seize heures trente et dix-huit heures, rarement plus tard.

sin, seulement leur clébard, un berger allemand qui était sous la véranda et qui passait la nuit à aboyer. Quand l'école était terminée, je préférais prendre le tram pour aller dans la vieille ville retrouver Geir et Solo. Papa et maman ont invité tous les voisins pour des barbecues, mais tous sans exception avaient des excuses et déclinèrent poliment l'invitation. Je me rappelle l'odeur du barbecue et des rires qui nous provenaient des autres jardins, cet été-là. Jamais l'invitation ne nous a été retournée. »

Harry se concentra sur sa diction : « L'intérêt de cette histoire, c'est quoi ?

— C'est à toi d'en décider. Je m'arrête ?

— Oh non. Il n'y a rien de spécial à voir à la télé, ce soir.

— Un dimanche, nous sommes allés à l'église, comme d'habitude. J'attendais papa et maman dans la rue tout en regardant le berger allemand qui allait et venait dans le jardin en grognant et en m'aboyant dessus depuis l'autre côté de la clôture. Je ne sais pas pourquoi j'ai fait ça, mais j'y suis allé et j'ai ouvert le portail. J'ai peut-être cru que c'est parce qu'il était seul qu'il était si agressif. Le clebs m'a sauté dessus, m'a fichu par terre et m'a transpercé la joue d'un coup de dents. J'ai toujours la cicatrice. »

Waaler pointa un doigt, mais Harry ne vit rien.

« Le juge a crié quelque chose au chien depuis la véranda, et la bestiole m'a lâché. Après quoi il m'a demandé de foutre le camp de son jardin. Maman pleurait, et papa n'a presque rien dit quand ils m'ont conduit chez le médecin de garde. Quand on est rentrés à la maison, j'avais de gros fils noirs depuis le menton jusque sous l'oreille. Mon père est allé faire un tour chez le juge. En revenant, il avait le regard noir et il parlait encore moins. On a mangé le rôti du dimanche sans que personne dise quoi que ce soit. Cette nuit-là, je me suis réveillé en me demandant ce qui m'avait fait me réveiller. Le silence était total. C'est alors que j'ai pigé. Le berger allemand. Il n'aboyait plus. J'ai entendu la porte de la maison s'ouvrir et se refermer. Et instinctivement, j'ai su que nous n'entendrions plus jamais ce chien. Je me suis dépêché de fermer les yeux quand la porte de ma chambre s'est ouverte sans bruit, mais j'ai eu le temps de voir le marteau. Il sentait le tabac et la sécurité. Et j'ai fait semblant de dormir. »

Waaler chassa un grain de poussière invisible du volant.

« J'ai fait ce que j'ai fait parce que nous savions que Sverre Olsen avait tué l'un de nos collègues. Je l'ai fait pour Ellen, Harry. Pour nous. Maintenant, tu le sais, j'ai tué un homme. Tu vas me balancer ou pas ? »

Harry le regardait sans rien dire. Waaler ferma les yeux.

« Nous n'avions que des indices contre Olsen, Harry. Il s'en serait sorti libre. Et ça, nous ne pouvions pas le permettre. Tu l'aurais permis, Harry ? »

Waaler tourna la tête et rencontra le regard fixe de Harry.

« Tu aurais pu ? »

Harry déglutit.

« Quelqu'un t'a vu dans ta voiture avec Sverre Olsen. Quelqu'un qui était prêt à témoigner. Mais ça, tu dois bien déjà le savoir ? »

Waaler haussa les épaules.

« J'ai discuté plusieurs fois avec Sverre Olsen.

C'était un néo-nazi et un criminel. C'est notre boulot, de nous tenir au courant.

— Celui qui vous a vus a décidé de fermer sa gueule, d'un seul coup. Tu lui as parlé, pas vrai ? Tu l'as menacé pour qu'il la boucle. »

Waaler secoua la tête.

« Je ne peux pas répondre à ce genre de choses, Harry. Même si tu décides de rejoindre notre équipe, il y a une règle de base qui dit que tu ne dois savoir que ce qui est nécessaire à ce que tu dois faire. Ça a peut-être l'air strict, mais ça fonctionne. *On* fonctionne.

— Tu as discuté avec Kvinsvik ? bafouilla Harry.

— Kvinsvik n'est qu'un de tes moulins, Harry. Oublie-le. Pense plutôt à toi. »

Il se pencha vers Harry et baissa la voix : « Qu'est-ce que tu as à perdre ? Jette un coup d'œil objectif dans la glace... »

Harry cligna des yeux.

« Tout juste, acquiesça Waaler. Tu es un alcoolique de bientôt quarante ans, sans boulot, sans famille, sans le sou.

— Pour la dernière fois ! essaya de crier Harry, mais il était trop soûl. Est-ce que tu as parlé à... à Kvinsvik ? »

Waaler se redressa sur son siège.

« Rentre chez toi, Harry. Et réfléchis à qui tu dois quelque chose. La police ? Qui t'a mâchonné, qui trouve que tu as mauvais goût et qui te recrache ? Tes supérieurs, qui décarrent comme des souris effrayées dès qu'ils sentent les ennuis ? Ou c'est peut-être à toi que tu dois quelque chose ? Toi qui t'es esquinté trois cent soixante-cinq jours par an pour garantir une certaine sécurité dans les rues d'Oslo, dans un pays qui protège mieux ses criminels que ses représentants de l'ordre. Il se trouve que tu es l'un des meilleurs dans ce que tu fais, Harry. Contrairement à eux, tu as du talent. Et malgré ça, c'est toi qui es payé des queues de cerise. Je peux te proposer cinq fois ce que tu gagnes aujourd'hui, mais ce n'est pas le plus important. Je peux te proposer un soupçon de dignité, Harry. De dignité. Penses-y. »

Harry essaya de faire la mise au point sur Waaler, mais son visage flottait. Il chercha à tâtons la poignée de porte, sans la trouver. Foutues bagnoles japonaises. Waaler se pencha sur lui et ouvrit la portière.

« Je sais que tu as essayé de trouver Roy Kvinsvik, dit Waaler. Laisse-moi t'éviter de te donner du mal. Oui, j'ai discuté avec Olsen, ce soir-là à Grünerløkka. Mais ça ne veut pas dire que j'avais quoi que ce soit à voir avec le meurtre d'Ellen. J'ai fermé ma gueule pour ne pas compliquer les choses. Fais comme tu veux, mais crois-moi : le témoignage de Roy Kvinsvik ne présente aucun intérêt.

— Où est-il ?

— Est-ce que ça ferait une différence si je te le disais ? Tu me croirais, à ce moment-là ?

— Peut-être, répondit Harry. Qui sait ?

— Sognsveien 32, soupira Waaler. Il vit dans le salon du sous-sol chez son ancien beau-père. »

Harry se retourna et fit signe à un taxi qui venait vers eux le bandeau allumé.

« Mais ce soir, il est à la répétition de la chorale de Menna, dit Waaler. À deux pas. Ils répètent à la salle paroissiale de Gamle Aker.

— Gamle Aker ?

144

— Il a quitté Filadelphia pour se convertir à Bethléem. »

Le taxi libre freina, hésita, accéléra de nouveau et disparut vers le centre-ville. Waaler fit un sourire en coin.

« On n'a pas besoin de perdre la foi pour se convertir, Harry. »

Chapitre 12

Dimanche. Bethléem

Il était huit heures dimanche soir quand Bjarne Møller bâilla, verrouilla le tiroir de son bureau et étendit le bras pour éteindre sa lampe. Il était fatigué, mais content de lui. Le gros de la foule de journalistes occupés sur le meurtre et la disparition s'était calmé, et il avait pu bosser toute la journée sans être dérangé. La pile de paperasse qui était si haute quand les grandes vacances avaient commencé avait presque diminué de moitié. Et à présent, il allait rentrer chez lui, se payer un petit Jameson et regarder la rediffusion de *Beat for Beat*. Le doigt sur l'interrupteur, il jeta un dernier regard à son plan de travail bien dégagé. C'est alors qu'il vit l'enveloppe rembourrée brune. Il se rappelait vaguement l'avoir ramassée sur son casier vendredi. Elle était manifestement restée derrière la pile de papiers.

Il hésita. Ça pourrait attendre le lendemain. Il tâta l'enveloppe. À l'intérieur, il y avait quelque chose qu'il ne put pas identifier sur l'instant. Il décacheta le pli au coupe-papier et plongea la main dedans. Pas de lettre. Il retourna l'enveloppe, mais rien n'en sortit. Il la secoua vigoureusement et entendit quelque chose se détacher de la doublure plastique. L'objet toucha le bureau, rebondit vers le téléphone et s'immobilisa sur le sous-main, pile sur la liste des gens de garde.

Les douleurs abdominales revinrent sans prévenir. Bjarne Møller se recroquevilla et resta ainsi le temps de reprendre son souffle. Il lui fallut un moment avant de pouvoir se redresser et composer un numéro de téléphone. S'il n'avait pas été à ce point retourné, il aurait peut-être remarqué que c'était le numéro correspondant au nom que l'objet qu'on lui avait envoyé désignait sur ladite liste.

Marit était amoureuse.

À nouveau. Elle jeta un coup d'œil en bas de l'escalier de la salle paroissiale. La lumière tombait à travers la fenêtre ronde de la porte ornée de l'étoile de Bethléem et faisait luire le visage du nouveau gars. Roy. Il discutait avec une autre fille de la chorale. Ça faisait plusieurs jours qu'elle réfléchissait à la façon de s'y prendre pour attirer l'attention sur elle, mais sans vraiment avoir d'idées. Aller le voir pour lui parler ne serait pas un bon début. Elle n'avait plus qu'à attendre que l'occasion se présente d'elle-même. Lors de la répétition de la semaine précédente, il avait parlé à haute et intelligible voix de sa vie passée. Expliqué qu'il avait fait partie de la paroisse de Filadelphia. Et qu'avant de se convertir, il avait été néo-nazi ! L'une des autres filles avait entendu une rumeur disant qu'il avait un gros tatouage néo-nazi quelque part sur le corps. À vrai dire, elles étaient d'accord sur l'horreur de la chose, mais Marit ressentait une certaine excitation à cette idée. Elle savait en son for intérieur que c'était pour cette raison qu'elle était amoureuse, que c'était la cause de cette tension nouvelle, inconnue, délicieuse mais passagère. Et qu'en fin de compte, elle se retrouverait avec un autre. Comme Kristian. Kristian était chef de chorale, ses parents faisaient tous deux partie de la paroisse et il avait lui-même un peu commencé à prêcher lors des rencontres de jeunes. Des types comme Roy se retrouvaient bien trop souvent apostats.

Ils avaient répété longtemps, ce soir-là. Ils avaient attaqué un nouveau chant tout en reprenant la quasi-intégralité de leur répertoire. Kristian faisait souvent ça quand un nouveau membre les rejoignait, pour montrer quel était son talent. Habituellement, ils répétaient dans leurs propres locaux de Geitmyrsveien, mais ceux-ci étaient fermés pour les vacances d'été ; ils avaient donc dû emprunter la salle paroissiale de Gamle Aker, sur Akersbakken. Bien qu'il fût plus de minuit, ils étaient restés un moment à l'extérieur, après la répétition. Les voix bourdonnaient comme un essaim d'insectes, et on eût dit qu'il y avait une excitation toute particulière dans l'air ce soir-là. C'était peut-être la chaleur. Ou le fait que ceux qui étaient mariés ou fiancés étaient en vacances, de sorte que les autres échappaient aux regards souriants et indulgents, mais réprobateurs quand ils sentaient que le flirt entre les plus jeunes allait un peu trop loin. Marit répondait n'importe quoi aux questions de ses amies, elle lorgnait Roy. En se demandant où on pouvait bien caser un gros tatouage nazi.

L'une de ses amies lui donna un léger coup de coude et fit un signe de tête vers un type qui remontait Akersbakken.

« Regarde, il est rond, chuchota l'une des filles.

— Le pauvre, dit une autre.

— Ce sont des âmes égarées comme celle-ci que Jésus veut. »

Le propos venait de Sofie. C'était toujours elle qui assenait ce genre de choses.

Et les autres d'acquiescer, Marit comprise. Elle réalisa subitement. La voilà. La chance. Sans hésiter une seule seconde, elle quitta le groupe de copines et se planta devant le type.

Il pila et baissa les yeux sur elle. Il était plus grand qu'elle ne l'avait cru.

« Tu connais Jésus ? » demanda Marit à voix haute et claire, en souriant.

Le visage de l'individu était cramoisi, son regard flottant.

Les conversations s'étaient brusquement tues derrière elle, et elle vit du coin de l'œil que Roy et la fille sur les marches s'étaient tournés vers eux.

« Malheureusement pas, parvint à dire l'homme. Et c'est aussi ton cas, ma bonne amie. Mais Roy Kvinsvik, tu le connais peut-être, lui ? »

Marit sentit le rouge lui monter aux joues, et la phrase qui attendait de partir – *tu sais qu'il n'attend qu'une chose, c'est de te rencontrer ?* – resta bloquée.

« Alors ? demanda l'homme. Il est là ? »

Elle regarda les cheveux courts et les écrase-merde du gars. La peur s'était emparée d'elle sans crier gare. Est-ce que ce type était un néo-nazi, un évadé du passé de Roy ? Chargé de faire payer la trahison ? Ou de le convaincre de revenir ?

« Je... »

Mais l'homme lui était déjà passé devant.

Elle se retourna juste à temps pour voir Roy disparaître en vitesse dans la salle, en faisant claquer la porte derrière lui.

Le type ivre allongea le pas sur le gravier crissant tandis que le haut de son corps ployait comme un mât par gros temps. Arrivé devant les marches, il glissa et se retrouva à genoux.

« Seigneur... », murmura l'une des filles.

L'homme se remit sur ses jambes.

Marit vit Kristian s'écarter vivement quand l'homme grimpa à grand-peine les marches. Il s'arrêta sur la dernière et se mit à osciller. Un instant, il donna l'impression qu'il allait tomber à la renverse. Puis son centre de gravité repassa devant lui. Il saisit la poignée de porte.

Marit porta une main devant sa bouche.

Il tira. Heureusement, Roy avait verrouillé.

« Merde ! » gueula l'homme d'une voix rendue grumeleuse par l'alcool avant de se pencher en arrière, puis vers l'avant. Il y eut un tintement fragile de verre brisé quand le front du type heurta la vitre ronde de la porte, et des éclats tombèrent sur les marches.

« Stop ! cria Kristian. Vous n'avez pas le droit... »

L'homme se retourna et baissa les yeux sur le chef de chorale. Il avait un tesson triangulaire planté dans le front. Le sang coulait en un ruisselet qui se divisait à la base du nez.

Kristian ne dit plus un mot.

L'homme ouvrit alors la bouche et hurla. Le son était aussi froid qu'une lame d'acier. Il se tourna derechef vers la porte, et avec une sauvagerie que Marit n'avait jamais vue, il se mit à cogner du poing sur la solide porte blanche. Il hurlait comme un loup en frappant sans discontinuer. Chair contre bois, le son faisait penser à des coups de hache dans le calme matinal d'une forêt. Puis il s'en prit à l'étoile de Bethléem en fer forgé dans la fenêtre ronde. Marit crut entendre la peau qui se déchirait quand de petites taches de sang commencèrent à colorer la porte immaculée.

« Faites quelque chose, enfin ! » cria quelqu'un. Elle vit Kristian attraper son téléphone mobile.

L'étoile de fer se détacha, et l'homme tomba soudain à genoux.

Marit s'approcha. Les autres reculaient, mais elle ne put pas s'empêcher d'avancer. Son cœur battait dans sa poitrine. Devant les marches, elle sentit la main de Kristian sur son épaule et s'arrêta. Elle entendait le type haleter, comme un poisson qui va périr étouffé hors de l'eau. On eût dit qu'il pleurait.

Lorsque la voiture de police vint le chercher un quart d'heure plus tard, l'homme était roulé en boule en haut des marches. On le remit sur ses jambes, il se laissa mener dans la voiture sans opposer de résistance. L'une des femmes policiers demanda si quelqu'un voulait porter plainte. Mais ils secouèrent simplement la tête, trop choqués pour penser à la fenêtre en morceaux.

La voiture s'en alla, il ne resta qu'une nuit chaude d'été, et Marit pensa que c'était comme s'il ne s'était rien passé. Elle remarqua à peine que Roy sortait, décomposé, et disparaissait. Ou que Kristian passait son bras autour d'elle. Elle contemplait l'étoile détruite dans la fenêtre. Elle était courbée vers l'intérieur et tordue de telle sorte que deux de ses cinq branches pointaient vers le haut, une autre vers le bas. Elle avait déjà vu ce symbole, dans un livre. Et bien que la nuit fût torride, elle serra encore un peu plus son manteau autour d'elle.

Il était plus de minuit, et la lune se reflétait dans les vitres de l'hôtel de police. Bjarne Møller traversa le parking désert et entra aux Arrêts. Il observa autour de lui. Les trois guichets de l'accueil étaient vides, mais deux agents regardaient distraitement la télé dans l'une des salles de garde. Møller, en vieux fan de Charles Bronson, reconnut le film. *Un justicier dans la ville*. De même qu'il reconnut le plus âgé des deux agents. Groth, surnommé Pierrot à cause de la cicatrice pourpre qui descendait de son œil gauche sur sa joue. Groth avait toujours été aux Arrêts, d'aussi loin que Møller se souvienne, et tout le monde savait qu'en pratique, c'était lui qui faisait tourner la boutique.

« Ohé ? » cria Møller.

Sans lever les yeux de la télé, Groth leva un index en direction de son cadet, qui se retourna à contre-cœur sur sa chaise.

Møller agita sa carte, mais c'était superflu. On l'avait reconnu.

« Où est Hole ? cria-t-il.

— L'idiot ? renâcla Groth tandis que Charles Bronson levait son pistolet pour rendre justice.

— Cellule de dégrisement numéro 5, il me semble, répondit le jeune. Voyez avec l'un des avocats commis d'office, si vous en trouvez un.

— Merci », dit Møller en passant la porte qui menait aux cellules.

Les Arrêts comptaient environ cent cellules de détention provisoire, dont le degré de remplissage était fonction de l'époque de l'année. On était sans aucun doute possible en saison creuse. Møller s'épargna de passer par la salle des avocats commis d'office et s'engagea dans les couloirs entre les boxes de fer. Ses pas résonnaient. Il n'avait jamais supporté les Arrêts. En premier lieu pour l'idée absurde que des individus puissent y être enfermés. En second lieu pour cette atmosphère de caniveau et de vies bousillées. Enfin, pour tout ce qu'il savait de ce qui s'y était passé. Comme par exemple ce détenu qui avait porté plainte contre Groth pour s'être fait asperger à coups de lance à incendie. Le SEFO avait écarté la plainte quand ils avaient déroulé ladite lance pour se rendre compte que le tuyau n'arrivait qu'à mi-chemin de la cellule où les faits étaient censés s'être produits. Les gars du SEFO étaient apparemment les seuls à ne pas savoir que quand Groth avait compris qu'il allait faire vilain temps, il n'avait eu qu'à couper un morceau du tuyau.

À l'instar des autres cellules de dégrisement, la numéro 5 n'avait pas de serrure à clé, mais un simple dispositif qui n'autorisait l'ouverture que depuis l'extérieur.

Harry était assis à même le sol, en plein milieu de sa cellule, la tête dans les mains. La première chose que remarqua Møller fut le bandage qu'il avait à la main droite et que le sang avait transpercé. Harry leva lentement la tête et regarda le nouvel arrivant. Il avait un pansement sur le front, et ses yeux étaient gonflés. Comme s'il avait pleuré. Une odeur de vomi planait dans la pièce.

« Pourquoi tu n'es pas sur ta paillasse ? demanda Møller.

— Veux pas dormir, répondit Harry d'une voix méconnaissable. Veux pas rêver. »

Møller fit la grimace pour cacher le choc qu'il ressentit. Il avait déjà vu Harry bien bas, mais pas comme ça, pas si bas. Pas détruit à ce point.

« Allons-nous-en », dit-il après s'être raclé la gorge.

« Pierrot » Groth et son jeune collègue ne leur accordèrent même pas un regard quand ils passèrent devant la salle de garde, ce qui n'empêcha pas Møller de voir Groth secouer éloquemment la tête.

Harry vomit sur le parking. Møller alluma une cigarette et la tendit à Harry, qui était plié en deux, crachant et jurant.

« On ne t'a pas inscrit sur le registre. Ça restera officieux.

— Merci, chef, répondit Harry en toussant de rire. Ça fait du bien d'apprendre que je vais être lourdé avec un casier un tout petit peu moins chargé qu'il n'aurait pu l'être.

— Ce n'est pas pour ça que je te le dis. C'est parce que, autrement, j'aurais dû te suspendre sur-le-champ.

— Et ?

— J'aurai besoin d'un enquêteur comme toi dans les jours qui viennent. C'est-à-dire, l'enquêteur que tu es quand tu es à jeun. La question, c'est donc de savoir si tu peux rester à jeun. »

Harry se redressa et souffla énergiquement la fumée.

« Tu sais très bien que je le peux, chef. Mais est-ce que je le *veux* ?

— Je ne sais pas. Tu veux, Harry ?

— Il me faut une raison.

— Oui. Il en faut bien une, je suppose. »

Møller posa un regard pensif sur son enquêteur principal. Il pensa qu'ils étaient seuls dans la lumière blafarde de la lune et d'un réverbère plein d'insectes morts, en plein milieu d'un parking, par une nuit d'été à Oslo. Il repensa à tout ce qu'ils avaient traversé ensemble. À tout ce qu'ils avaient surmonté. Et à ce sur quoi ils avaient échoué. Mais malgré tout. Après toutes ces années, serait-ce là, de cette façon aussi triviale, que leurs chemins devraient finir par se séparer ?

« Depuis que je te connais, il n'y a qu'une chose qui a réussi à te faire tenir sur tes quilles, dit Møller. Ton boulot. »

Harry ne répondit pas.

« Et donc, j'ai un boulot pour toi. Si tu veux.

— Et c'est ?

— J'ai reçu ça dans une enveloppe rembourrée, aujourd'hui. Depuis, j'ai essayé de te retrouver. »

Møller ouvrit la main et étudia la réaction de Harry. La lune et le réverbère éclairèrent la paume de Møller et un sachet transparent de la Brigade criminelle.

« Hmm, constata Harry. Et le reste de son corps ? »

Le sachet contenait un long doigt fin à l'ongle verni en rouge. Il y avait une bague sur le doigt. Sur laquelle était montée une pierre précieuse taillée en étoile à cinq branches.

« C'est tout ce qu'on a, répondit Møller. Un majeur de la main gauche.

— Est-ce que la Technique a réussi à identifier le doigt ? »

Bjarne Møller acquiesça.

« Aussi vite ? »

Møller appuya une main sur son ventre tout en hochant de nouveau la tête.

« Bon, dit Harry. Lisbeth Barli, donc. »

TROISIÈME PARTIE

Chapitre 13

Lundi. Contact

Tu es à la télé, chérie. Il y a un mur de toi, tu es clonée en douze exemplaires qui bougent en même temps que toi, des copies que seules distinguent des nuances de couleur et de contraste. Tu marches sur une piste à Paris, tu t'arrêtes, tu cambres les reins et tu poses sur moi ce regard froid, haineux qu'on vous a appris, avant de me tourner le dos. Ça marche. Ce rejet fonctionne à chaque fois, et tu le sais, chérie.

Puis le reportage est terminé, et tu me regardes de douze regards sévères en lisant douze nouvelles que je lis sur vingt-quatre lèvres rouges, mais tu es muette, et c'est parce que tu es muette que je t'aime.

Suivent des images d'inondations en Espagne. Regarde, chérie, nous pataugeons dans les rues. Je passe le doigt sur l'écran d'une télé éteinte, j'y dessine l'étoile qui est ton symbole. Bien qu'il soit mort, je sens la tension entre l'écran poussiéreux et mon doigt. Électricité. Vie emmagasinée. Et c'est mon contact qui le fait vivre.

La pointe de la branche de l'étoile touche le trottoir juste devant le mur de brique rouge, de l'autre côté du carrefour, chérie. D'où je suis, dans le magasin de télés, je peux l'observer par les interstices entre les postes. C'est l'un des carrefours les plus animés de la ville, et il y a habituellement de longues files de véhicules à cet endroit. Mais aujourd'hui, seules deux des cinq rues qui pointent de ce cœur d'asphalte sont fréquentées. Cinq rues, chérie. Tu as passé la journée au lit, à m'attendre. J'ai juste ceci à faire, et je reviens. Si tu veux, je peux aller chercher la lettre derrière le mur de brique et t'en chuchoter les mots. Encore que, je les connais par cœur. « Mon amour ! Tu ne quittes plus mes pensées. Je sens toujours tes lèvres contre les miennes, ta peau contre la mienne. »

J'ouvre la porte du magasin pour sortir. Le soleil inonde la boutique. Le soleil. Les inondations. Je serai bientôt auprès de toi.

La journée avait mal commencé pour Bjarne Møller.

La nuit précédente, il était allé chercher Harry aux Arrêts, et ce matin-là, il s'était réveillé le ventre douloureux, un ventre qui lui faisait penser à un ballon de plage trop gonflé.

Mais ça allait être encore pire.

À neuf heures, les choses n'avaient pourtant pas si mauvaise mine quand un Harry apparemment à jeun passa la porte de la salle de réunion de la Crim, au cinquième étage. Tom Waaler, Beate Lønn, quatre des enquêteurs de la Brigade et deux collaborateurs spéciaux que l'on avait rappelés de vacances le soir précédent étaient déjà présents.

« Bonjour tout le monde, commença Møller. Je suppose que vous avez déjà compris ce qui nous tombe dessus. Deux affaires, peut-être deux assassinats, qui semblent désigner une même personne. En bref : ça ressemble de façon inquiétante au cauchemar que l'on a de temps à autre. »

Møller plaça le premier transparent sur le rétroprojecteur.

« Ce qu'on voit à gauche, c'est la main de Camilla Loen, dont il manque l'index gauche. À droite, le majeur gauche de Lisbeth Barli. Que j'ai reçu par la poste. C'est vrai, on n'a pas encore le cadavre qui va avec, mais Beate a identifié le doigt en comparant l'empreinte digitale avec celles qu'elle avait recueillies dans l'appartement de Barli. Bonne intuition, et bon boulot, Beate. »

La susnommée rougit et se mit à tambouriner sur son bloc avec son stylo en essayant de ne pas paraître touchée.

Møller changea de transparent.

« Sous la paupière de Camilla Loen, on a trouvé cette pierre précieuse, un diamant rouge taillé en étoile à cinq branches. Sur le doigt de Lisbeth Barli, nous avons trouvé la bague de droite. Comme vous voyez, l'étoile de diamant sur la bague a une teinte légèrement plus claire, mais la forme est identique.

— On a essayé de trouver d'où venait le premier diamant, intervint Waaler. Sans succès. On a envoyé les photos à deux des plus grandes entreprises de taille de diamants à Anvers, mais ils disent que ce genre de travail a probablement été effectué ailleurs en Europe. Ils ont parlé de la Russie ou du sud de l'Allemagne.

— Nous avons joint une experte en diamants de chez De Beers, incontestablement le plus gros acheteur de diamants bruts au monde, enchaîna Beate.

161

Selon elle, on peut utiliser ce qu'on appelle la spectrométrie et la microtomographie pour déterminer avec précision d'où vient le diamant. Elle arrive par avion de Londres ce soir même pour nous aider. »

Magnus Skarre, l'un des jeunes enquêteurs nouvellement arrivés à la Crim, leva la main : « Pour en revenir à ce que tu as dit en introduction, Møller : je ne vois pas en quoi cela ressemble à un cauchemar s'il s'agit d'un double meurtre. On cherche en fait un criminel au lieu de deux, ce qui fait que tous ceux qui sont ici peuvent travailler sur le même objectif. D'après moi, ça devrait au contraire... »

Magnus Skarre entendit un faible raclement de gorge derrière lui et remarqua que l'attention des participants se tournait vers le fond de la pièce, où Harry Hole était jusqu'alors resté avachi et silencieux sur sa chaise.

« Comment tu t'appelles, déjà ? demanda Harry.

— Magnus.

— Nom de famille ?

— Skarre, répondit celui-ci d'une voix dans laquelle l'agacement était manifeste. Il faut que tu te rappelles...

— Non, Skarre, je ne me rappelle pas. Mais toi, tu vas essayer de te rappeler ce que je vais te dire maintenant. Quand un enquêteur se trouve face à un meurtre prémédité et en l'occurrence soigneusement planifié, il sait que l'assassin a beaucoup d'avantages. Il a pu effacer des pistes, se procurer un alibi, s'être débarrassé de l'arme du crime, et j'en passe. Mais il y a une chose que l'assassin ne parvient pour ainsi dire jamais à dissimuler à l'enquêteur. Et c'est ? »

Magnus Skarre cligna deux fois des yeux.

« Le mobile, poursuivit Harry. Élémentaire, non ? Le mobile, voilà où on commence notre enquête. C'est tellement basique que de temps en temps, on l'oublie. Jusqu'au jour où apparaît l'assassin qui anime le pire cauchemar de l'enquêteur. Ou le rêve qui le fait le plus bicher, selon ce qu'on a dans le caberlot. Un assassin sans mobile, tout juste. Ou plus exactement : sans mobile apparent pour l'entendement humain.

— Tu vois le mal partout, Hole, dit Skarre avant de se retourner vers les autres. Pour l'instant, on ne sait même pas s'il peut y avoir un mobile derrière ces assassinats. »

Tom Waaler s'éclaircit la voix.

Møller vit les muscles maxillaires de Harry se contracter.

« Il a raison, dit Waaler.

— Bien sûr, que j'ai raison, dit Skarre. Il est évident que...

— Ta gueule, Skarre, reprit Waaler. C'est l'inspecteur principal Hole qui a raison. Nous travaillons sur ces affaires depuis respectivement dix et cinq jours, et il n'est jusqu'alors apparu aucun lien entre les victimes. Jusqu'à maintenant. Et quand l'unique lien qui existe entre les victimes, c'est la façon dont elles ont été tuées, des rituels et ce qui ressemble à des messages codés, on commence à penser à un mot dont je propose que personne ne l'utilise à voix haute pour l'instant, mais que tous devraient avoir dans un coin de leur crâne. Je propose également qu'à partir de maintenant, Skarre et les autres bleus de l'école de police ferment la bouche et ouvrent les oreilles quand Hole parle. »

Silence dans la pièce.

Møller vit que Harry ne quittait pas Waaler des yeux.

« En résumé, dit Møller : nous essayons donc de garder simultanément deux idées en tête. D'une part, nous travaillons méthodiquement comme s'il s'agissait de deux meurtres classiques. D'autre part, on se met tous à tout voir en noir très foncé. Personne d'autre que moi ne parle à la presse. Prochaine réunion à cinq heures. Au taf. »

L'homme sous le spot portait un élégant costume en tweed et fumait une pipe courbe tout en se balançant d'avant en arrière et jaugeant avec indulgence la loqueteuse qu'il avait devant lui.

« Et combien pensiez-vous me payer pour les cours ? »

La loqueteuse rejeta la tête en arrière et posa les mains sur ses hanches.

« Oh, ça va, je sais bien combien ça coûte. Ma copine se paie des cours de français pour dix-huit pence la séance, avec un vrai Français. Et vous ne pouvez pas me réclamer autant pour m'apprendre ma langue maternelle, alors je vous file un schilling pour ça. À prendre ou à laisser. »

Willy Barli, installé au douzième rang, laissait couler librement ses larmes dans la pénombre. Il les sentait couler le long de son cou et s'infiltrer sous sa large chemise de soie thaïlandaise, sur sa poitrine, il sentait le sel lui brûler les mamelons avant que les larmes ne continuent vers le ventre.

Ça ne s'arrêterait pas.

Il mit une main devant sa bouche pour que ses

sanglots ne déconcentrent pas les comédiens, ou le metteur en scène assis au cinquième rang.

Il sursauta en sentant une main sur son épaule. Il se retourna et vit un grand type penché sur lui. Un pressentiment le fit se crisper dans son fauteuil.

« Oui ? murmura-t-il d'une voix étranglée par les larmes.

— C'est moi, chuchota l'homme. Harry Hole. Police. »

Willy Barli ôta la main de devant sa bouche et regarda l'individu un peu plus attentivement.

« Oui, bien sûr, dit-il avec soulagement. Désolé, Hole, il fait tellement sombre, je croyais... »

Le policier s'assit à côté de Willy.

« Vous pensiez quoi ?

— Vous êtes habillé en noir. »

Willy s'essuya le nez avec son mouchoir.

« Je me suis figuré que vous deviez être un prêtre. Un prêtre qui venait avec... de mauvaises nouvelles. C'est con, hein ? »

Le policier ne répondit pas.

« Vous m'êtes tombé dessus à un moment plutôt chargé émotionnellement, Hole. C'est la première répétition en costume, aujourd'hui. Regardez-la.

— Qui ?

— Eliza Doolittle. Là-bas. Quand je l'ai vue sur scène, pendant une fraction de seconde, j'ai été convaincu que c'était Lisbeth, que j'avais simplement rêvé qu'elle avait disparu. »

Willy prit une inspiration tremblante.

« Mais elle a commencé à parler. Et ma Lisbeth a disparu. »

Willy constata que le policier regardait la scène avec une expression d'intense étonnement.

« La ressemblance est frappante, n'est-ce pas ? C'est pour ça que je l'ai fait venir. Ça devait être la comédie musicale de Lisbeth.

— C'est... ? commença Harry.

— Oui, c'est sa sœur.

— Toya ? Je veux dire : *Toy-a* ?

— On a réussi à le tenir secret jusqu'à présent. La conférence de presse est prévue pour un peu plus tard dans la journée.

— Eh bien, ça devrait en tout cas faire un peu de publicité. »

Toya fit volte-face et jura tout fort en trébuchant. Son partenaire écarta les bras et regarda le metteur en scène.

Willy soupira.

« La publicité ne fait pas tout. Comme vous le voyez, il y a pas mal de pain sur la planche. Elle a un certain talent brut, mais se retrouver sur la scène du Nationaltheatret, c'est autre chose que de chanter des chansons de cow-boys au foyer socio-éducatif de Selbu. Il m'a fallu deux ans pour apprendre à Lisbeth à savoir se tenir sur une scène de théâtre, mais avec elle, là-bas, on a deux semaines pour y arriver.

— Si je dérange, je peux expédier ça rapidement, Barli.

— L'expédier ? »

Willy essaya de lire ce qu'exprimait le visage de l'autre dans le noir. La peur le saisit de nouveau, et quand Harry ouvrit la bouche, il s'exclama instinctivement : « Vous ne dérangez absolument pas, Hole. Je ne suis que le producteur. Vous savez, celui qui met les choses en route, si on veut. Maintenant, d'autres prennent le relais. »

Il agita une main vers la scène, au moment précis où le type en costume de tweed criait : « Il faut que je fasse une duchesse de cette clocharde ! »

« Metteur en scène, scénographe, comédiens, dit Barli. À partir de demain, je serai moi-même spectateur de cette... il continua à agiter la main jusqu'à ce qu'il trouve le mot... comédie.

— Eh bien, tant qu'on trouve son talent... »

Willy partit d'un rire creux, mais s'arrêta tout net en voyant la silhouette du metteur en scène se retourner vivement vers eux.

« Vous avez raison, chuchota-t-il en se penchant vers le policier. J'ai été danseur pendant vingt ans. Un très mauvais danseur, si vous voulez tout savoir. Mais les ballets d'opéra souffrent d'un manque chronique de danseurs, et la barre n'est pas très haute. Quoi qu'il en soit, on est mis à la retraite à quarante ans, et il a fallu que je trouve autre chose. C'est à ce moment-là que j'ai compris que mon talent à moi, c'était de faire danser d'autres personnes. Mettre en scène, Hole, c'est la seule chose que je sache faire. Mais vous savez quoi ? Le plus infime commencement de succès rend pathétique. Parce que les choses sont fortuitement allées dans notre sens sur quelques mises en scène, nous nous prenons pour des dieux qui contrôlent tout, nous sommes tout à coup l'artisan de notre propre bonheur. Et puis des choses comme ça arrivent, et on découvre à quel point on est impuissant. Je... »

Willy se tut subitement.

« Je vous ennuie, hein ? »

L'autre secoua la tête et s'éclaircit la voix.

« Il s'agit de votre épouse. »

Willy ferma très fort les yeux, comme quelqu'un qui s'attend à un bruit aussi puissant que désagréable.

« Nous avons reçu une lettre. Contenant un doigt amputé. J'ai bien peur que ce soit le sien. »

Willy déglutit. Il s'était toujours vu en homme de l'amour, mais il sentit que ça croissait de nouveau. Cette boule qu'il avait eue sous le cœur depuis ce jour-là. La tumeur qui était à deux doigts de le faire basculer dans la démence. Et il sentit que ça avait une couleur. Que la haine était jaune.

« Vous savez quoi, Hole ? C'est presque un soulagement. Je l'ai tout le temps su. Qu'il la blesserait.

— Qu'il la blesserait ? »

Willy entendit une surprise mâtinée de malaise dans la voix de son interlocuteur.

« Vous pouvez me promettre une chose, Harry ? Si vous êtes d'accord pour que je vous appelle Harry ? »

Le policier hocha la tête.

« Trouvez-le. Trouvez-le, Harry... et punissez-le. Punissez-le... sévèrement. Vous me promettez ? »

Il sembla à Willy que l'autre hochait la tête dans le noir. Mais il n'était pas sûr. Les larmes déformaient tout.

L'homme s'en alla, Willy inspira à fond et essaya de se concentrer de nouveau sur la scène.

« J'vais vous foutre la police au cul, moi ! » cria Toya.

Harry était assis à son bureau et fixait son plan de travail. Il était si fatigué qu'il ne savait pas s'il en supporterait davantage.

Les escapades de la veille, le passage en cellule de dégrisement et une nouvelle nuit de cauchemars… tout cela faisait beaucoup. Mais c'était d'avoir vu Willy Barli qui l'avait véritablement vidé de ses forces. Lui dire en face qu'ils prendraient le coupable et ne rien dire quand Barli avait évoqué que sa femme avait été « blessée ». Car s'il y avait une chose dont Harry était sûr, c'était que Lisbeth Barli était morte.

Harry avait senti un besoin impérieux d'alcool dès son réveil ce matin-là. Tout d'abord comme une demande instinctive de son corps, puis comme une peur panique après s'être privé volontairement de médicament en ne prenant ni flasque ni argent. Et ce besoin était pour l'heure entré dans la phase où il était à la fois douleur purement physique et terreur noire de se désintégrer. L'ennemi ruait dans les brancards en dedans, les clebs aboyaient vers lui depuis les profondeurs de son ventre, quelque part sous le cœur. Bon sang, ce qu'il les détestait. Et ils le lui rendaient bien.

Harry se leva subitement. Lundi, il avait laissé une demi-bouteille de Bell's dans l'armoire à archives. Venait-il seulement de s'en souvenir, ou bien en avait-il tout le temps eu conscience ? Harry avait l'habitude que Harry berne Harry, ce n'étaient pas les moyens qui manquaient. Il était sur le point d'ouvrir le tiroir quand il leva brusquement les yeux. Son regard avait décelé un mouvement. Ellen lui souriait depuis la photo. Devenait-il fou, ou la bouche d'Ellen venait-elle de bouger ?

« Qu'est-ce que tu regardes, connasse ? » murmura-t-il. L'instant d'après, la photo quitta le mur et voltigea sur le sol où le verre se brisa. Harry contempla Ellen qui lui souriait imperturbablement depuis son cadre bousillé. Il saisit sa main droite, où les douleurs le lançaient sous son bandage.

Ce n'est que quand il se retourna pour ouvrir le tiroir qu'il prit conscience des deux personnes à la porte du bureau. Il comprit qu'elles devaient être là depuis un moment. Et que ce devait être leur reflet dans le verre du cadre qu'il avait vu bouger.

« Salut », dit Oleg en regardant Harry avec un mélange d'étonnement et de terreur.

Harry déglutit, et sa main lâcha la poignée du tiroir.

« Salut, Oleg. »

Oleg portait des chaussures de sport, un pantalon bleu et le maillot de l'équipe du Brésil. Harry savait que dans le dos, il avait un 9 surmonté du nom de Ronaldo. Il l'avait acheté dans une station-service un dimanche où Rakel, Oleg et lui étaient allés faire du ski à Norefjell.

« Je l'ai croisé en bas, dit Tom Waaler, qui avait la main posée sur la tête d'Oleg. Il était à la réception et demandait à te voir, alors je l'ai accompagné ici. Alors comme ça, tu joues au foot, Oleg ? »

L'intéressé ne répondit pas, se contentant de regarder Harry. D'un regard sombre qu'il tenait de sa mère, qui pouvait être tour à tour infiniment doux et impitoyablement dur. Harry n'arrivait pour l'heure pas à déterminer ce qu'il était. Mais il était sombre.

« Attaquant, alors ? » demanda Waaler avec un sourire en ébouriffant les cheveux du gamin.

Harry ne quittait pas des yeux les doigts forts et noueux de son collègue et les cheveux bruns d'Oleg contre cette main bronzée. Les cheveux qui se soulevaient tout seuls. Il eut l'impression que ses jambes allaient céder sous lui.

« Non, répondit Oleg, les yeux toujours rivés sur Harry. Je suis défenseur.

— Tu vois, Oleg, reprit Waaler en jetant un regard interrogateur à Harry. Harry a l'air de se livrer à de la boxe shadow. C'est aussi ce que je fais quand quelque chose m'agace. Mais on va peut-être monter contempler la vue qu'on a depuis la terrasse, pour laisser à Harry le temps de faire le ménage.

— Je reste ici », répondit le gosse d'une voix sans timbre.

Harry hocha la tête.

« OK. Sympa de t'avoir rencontré, Oleg. »

Waaler donna une petite tape sur l'épaule du gamin et disparut.

Oleg ne bougeait pas de la porte.

« Comment tu es venu ? demanda Harry.

— Métro.

— Tout seul ? »

Oleg acquiesça.

« Rakel sait que tu es ici ? »

Oleg secoua la tête.

« Tu ne veux pas entrer ? demanda Harry qui se sentait la gorge sèche.

— Je veux que tu viennes à la maison avec nous », dit Oleg.

Il s'écoula quatre secondes entre le moment où Harry sonna et celui où Rakel ouvrit la porte à la volée. Ses yeux étaient noirs, et sa voix cinglante : « Où est-ce que tu étais ? »

Un instant, Harry eut l'impression que la question

leur était destinée à tous les deux, avant que le regard de Rakel ne quitte Harry pour s'arrêter sur Oleg.

« Je n'avais personne avec qui jouer, répondit Oleg en regardant le bout de ses chaussures. Alors j'ai pris le métro pour aller en centre-ville.

— Le métro ? Tout seul ? Mais comment... »

Sa voix s'étrangla.

« J'ai fraudé... Je pensais que tu serais contente, maman. Parce que toi aussi, tu as dit que... »

D'un geste brusque, elle saisit Oleg et le serra contre elle.

« Sais-tu à quel point j'ai eu peur pour toi, mon garçon ? »

Elle regardait Harry tout en étreignant Oleg.

Harry et Rakel étaient contre la clôture tout au fond du jardin, d'où ils regardaient la ville et le fjord. Ils ne disaient rien. Les voiliers apparaissaient comme de minuscules triangles blancs sur la mer bleue. Harry se tourna vers la maison. Des oiseaux s'envolèrent de la pelouse et passèrent entre les pommiers devant les fenêtres ouvertes. C'était une grosse maison, faite de rondins noirs. Bâtie pour l'hiver, pas pour l'été.

Harry jeta un coup d'œil à Rakel. Elle était pieds nus et portait une fine veste de coton rouge par-dessus sa robe bleu clair. Le soleil jouait dans les toutes petites gouttes de sueur qu'elle avait sur la peau, sous la chaîne et le crucifix qu'elle avait hérités de sa mère. Harry pensa qu'il savait tout d'elle. L'odeur de la veste de coton. L'arc délicat de son dos sous sa robe. Le goût salé de sa peau quand elle transpirait. Ce qu'elle désirait dans ce bas monde. Pourquoi elle ne disait rien.

Tout ce savoir inutile.

« Comment ça va ? demanda-t-il.

— Bien. J'ai pu louer un chalet. On ne l'aura pas avant août. Je m'y suis prise tard. »

Le ton était neutre, le reproche à peine perceptible.

« Tu t'es blessé à la main ?

— Une simple égratignure. »

Le vent avait rabattu une mèche de cheveux sur le visage de Rakel. Harry lutta contre la tentation de la remettre en place.

« Il y a un expert qui est venu voir la maison, hier, dit-elle.

— Un expert ? Tu ne veux quand même pas vendre ?

— C'est une bien grande maison pour deux personnes, Harry.

— D'accord, mais tu l'aimes bien, cette maison. C'est ici que tu as grandi. Et Oleg aussi.

— Pas la peine de me le rappeler, Harry. Ce qu'il y a, c'est que la remise en état de cet hiver a coûté presque le double de ce que j'avais prévu. Et maintenant, il faut refaire le toit. Elle est vieille, cette maison.

— Mmm. »

Harry regarda Oleg qui jouait au foot contre la porte du garage. Il frappa, et la balle roula devant lui tandis que le môme fermait les yeux et levait les bras devant un public imaginaire.

« Rakel ? »

Elle poussa un soupir.

« Quoi, Harry ?

173

— Tu ne pourrais pas au moins me regarder, quand je te parle ?

— Non. »

Sa voix ne trahissait ni colère ni émotion, comme si c'était quelque chose qu'elle ne faisait qu'affirmer.

« Est-ce que ça ferait une différence, si j'arrêtais ?

— Tu n'arriveras pas à t'arrêter, Harry.

— Dans la police, j'entends.

— C'est ce que j'avais compris. »

Il donna un coup de pied dans l'herbe.

« Je n'ai peut-être pas le choix, dit-il.

— Ah non ?

— Non.

— Pourquoi présenter ça comme une hypothèse, alors ? demanda-t-elle en soufflant sur la mèche rebelle.

— J'aurais pu trouver un boulot plus tranquille, être davantage à la maison. M'occuper d'Oleg. On aurait pu...

— Arrête, Harry ! »

Sa voix claqua. Elle courba l'échine et croisa les bras, comme si elle grelottait sous ce soleil de plomb.

« La réponse, c'est non. Ça ne ferait aucune différence. Le problème, ce n'est pas ton boulot. C'est... »

Elle inspira, se tourna et le regarda droit dans les yeux.

« C'est toi, Harry. C'est toi, le problème. »

Harry vit les larmes lui monter aux yeux.

« Va-t'en », murmura-t-elle.

Il allait dire quelque chose, mais il se ravisa. Il fit un signe de tête vers les bateaux sur le fjord.

« Tu as raison, dit-il. C'est moi, le problème. Je vais parler un peu avec Oleg, et je me casse. »

174

Il fit quelques pas avant de s'arrêter et de se retourner.

« Ne vends pas la maison, Rakel. Ne le fais pas, tu entends ? Je vais trouver une combine. »

Elle sourit entre ses larmes.

« Tu es un drôle de zigue », murmura-t-elle en tendant une main comme pour lui caresser la joue. Mais il était trop loin, et elle la laissa retomber.

« Fais attention à toi, Harry. »

En s'en allant, Harry avait le dos gelé. Il était cinq heures moins le quart. Il devait se dépêcher pour arriver à l'heure à la réunion.

Je suis dans le bâtiment. Ça sent la cave. Parfaitement immobile, je regarde les noms sur le panneau que j'ai devant moi. J'entends des voix et des pas dans l'escalier, mais je n'ai pas peur. Ils ne peuvent pas le voir, mais je suis invisible. Tu as entendu ? Ils ne peuvent pas le voir, mais... Ce n'est pas un paradoxe, chérie, c'est juste que je le dis comme si c'en était un. On peut tout formuler comme des paradoxes, ce n'est pas compliqué. Il y a juste que les vrais paradoxes n'existent pas. Les vrais paradoxes – ha – ha ! – tu vois comme c'est facile ? Mais ce ne sont que des mots, la clarté qui manque au langage. Et j'en ai terminé avec les mots. Avec les langues. Je regarde l'heure. C'est ça, mon langage. C'est clair, sans paradoxe. Je suis prêt.

Chapitre 14

Lundi. Barbara

Ces derniers temps, Barbara Svendsen avait commencé à beaucoup penser au temps. Non qu'elle fût particulièrement de nature philosophe, la plupart des gens qu'elle connaissait auraient même plutôt dit le contraire. Simplement, elle n'avait jamais daigné y penser auparavant, il y avait un temps pour tout, et ce temps était en train de filer. Que sa carrière de top model ne donnerait rien, elle se l'était bien entendu mis dans la tête plusieurs années plus tôt. Elle devrait se contenter du terme désuet de mannequin. Ça sonnait bien, même si ça venait du hollandais et signifiait à l'origine « petit homme ». Petter le lui avait dit. Tout comme il lui avait dit presque tout ce qu'il pensait qu'elle se devait de savoir. C'était lui qui lui avait trouvé ce boulot au bar du Head On. Et les médocs qui la rendaient capable de filer du boulot tout droit à la faculté de Blindern où elle était censée devenir sociologue. Mais le temps pour Petter, les pilouzes et les rêves de sociologie était passé, et un beau jour, elle s'était retrouvée sans Petter et sans diplôme ; ne lui restaient qu'une dette à l'État pour ses études, une dette pour ses pilouzes et un job dans l'un des bars les plus ennuyeux de la ville. Barbara avait alors tout lâché, avait emprunté de l'argent à ses parents et était partie à Lisbonne pour se remettre sur les rails et peut-être apprendre un peu de portugais.

Pendant un moment, ça avait été formidable, Lisbonne. Les jours filaient, mais ça ne la préoccupait pas. Le temps n'était pas quelque chose qui s'enfuyait, c'était quelque chose qui arrivait. Jusqu'à ce que l'argent vienne à manquer, que la fidélité soi-disant éternelle de Marco soit épuisée et la fête terminée. Elle était rentrée à la maison plus vieille de quelques expériences. Elle avait par exemple appris que l'ecstasy portugaise est moins chère que la norvégienne mais qu'elle vous fout les tripes en l'air aussi efficacement, que le portugais est une langue sacrément difficile, que le temps est une ressource limitée et non renouvelable.

Elle s'était ensuite maquée et fait entretenir successivement par Rolf, Ron et Roland. C'était plus marrant à entendre qu'à vivre. À part avec Roland. Roland avait été chouette. Mais le temps avait filé, et Roland avec.

Ce n'est qu'alors qu'elle avait réintégré sa chambre de jeune fille, que le monde s'était arrêté de tourner à toute berzingue et que le temps s'était calmé. Elle avait cessé de sortir, réussi à arrêter les pilouzes et commencé à jouer avec l'idée de reprendre des études. Dans l'intervalle, elle avait eu des missions chez Manpower. Après quatre semaines comme réceptionniste intérimaire au cabinet d'avocats Halle, Thune et Wetterlid, qui se trouvait géographiquement sur Carl Berners Plass et professionnellement dans la catégorie inférieure des cabinets d'encaissement de la ville, elle s'était vu proposer un CDI.

Ça faisait quatre ans.

Si elle avait accepté, c'était avant tout parce qu'elle avait découvert que chez Halle, Thune et Wetterlid, le temps défilait plus lentement que partout où elle avait travaillé. La lenteur s'installait dès qu'on entrait dans cet immeuble de brique rouge et qu'on appuyait sur le bouton 5 dans l'ascenseur. Une demi-éternité s'écoulait avant que les portes se referment et que la cabine s'élève lentement vers un ciel où le temps passait encore moins vite. Car bien installée derrière son comptoir, Barbara pouvait contempler l'avancée de la trotteuse sur l'horloge au-dessus de la porte. La façon dont les secondes, minutes et heures s'en allaient péniblement, à contrecœur. Certains jours, elle arrivait presque à faire s'arrêter complètement le temps, ce n'était qu'une question de concentration. Ce qui était curieux, c'était qu'on eût dit que le temps filait beaucoup plus vite pour les gens qui l'entouraient. Comme s'ils évoluaient dans des dimensions temporelles parallèles et bien distinctes. Le téléphone devant elle ne cessait de sonner, les gens se déplaçaient en hâte comme dans un film muet, mais c'était exactement comme si ça ne la concernait pas, comme si elle était un robot dont les pièces se mouvaient à la même vitesse que les autres, mais avec une vie propre se déroulant au ralenti.

Il suffisait de prendre la semaine dernière. Une assez grosse boîte d'encaissement avait brusquement fait faillite, et tout le monde s'était mis à courir dans tous les sens et à téléphoner à tort et à travers. Wetterlid lui avait dit qu'il s'agissait d'une période pendant laquelle les vautours allaient engloutir les parts de marché disponibles et une occasion rêvée pour se voir promu en première division. Et ce jour-là, il avait demandé à Barbara si elle pouvait rester plus longtemps, il y avait des réunions avec des clients des entreprises coulées jusqu'à six heures, et ils voulaient avant tout donner l'image que les choses tournaient rond chez Halle, Thune et Wetterlid, n'est-ce pas ? Comme à son habitude, Wetterlid avait reluqué ses nibards pendant qu'il lui parlait, et elle avait comme à son habitude souri en rejetant automatiquement les épaules vers l'arrière, comme Petter lui avait conseillé de le faire quand elle bossait au Head On. C'était devenu un réflexe. On met en avant ce qu'on peut. En tout cas, c'était ce que Barbara avait appris. Il n'y avait qu'à voir le coursier à vélo qui venait d'arriver. Elle paria qu'elle ne verrait rien de lui sous le casque, les lunettes et le masque, et que ce devait être pour ça qu'il les gardait. Il dit qu'il savait dans quel bureau le paquet devait être livré et partit lentement vers le couloir, dans son collant de cycliste qui permit à Barbara de se faire une bonne idée du derrière bien musclé du livreur. Ou il n'y avait qu'à voir la femme de ménage qui n'allait plus tarder. Elle était sûrement bouddhiste, hindouiste ou un truc du genre, et Allah avait sûrement décrété qu'elle devait dissimuler son corps sous tout un tas d'effets qui ressemblaient à des draps. Mais elle avait aussi une rangée d'assez jolies dents, alors que faisait-elle ? Eh oui, elle exhibait constamment un sourire de crocodile sous ecstasy. Se montrer, se montrer...

La porte s'ouvrit tandis que Barbara contemplait l'aiguille des secondes.

L'homme qui entra était relativement petit et rondouillard. Il soufflait comme un phoque et ses lunettes étaient embuées, ce qui conduisit Barbara à penser qu'il était monté par l'escalier. Quand elle avait commencé, quatre ans plus tôt, elle n'était pas en mesure de distinguer un costume à deux mille couronnes de chez Dressmann d'un Prada, mais le temps aidant, elle avait appris à estimer non seulement les costumes, mais aussi les cravates et – la chose à laquelle elle devait faire le plus attention eu égard à sa fonction – les chaussures.

Le nouvel arrivant n'était pas spécialement impressionnant tandis qu'il essuyait ses lunettes, il lui faisait en fait légèrement penser au petit gros de *Seinfeld* dont elle ignorait le nom puisqu'elle ne regardait pas *Seinfeld*. À en juger par ses vêtements, le costume léger à rayures, la cravate en soie et les chaussures cousues main donnaient l'espoir que Halle, Thune et Wetterlid auraient bientôt un client intéressant.

« Bonjour, puis-je vous aider ? » demanda-t-elle en affichant son second meilleur sourire. Le meilleur, elle l'exhiberait lorsque l'homme qui lui était destiné passerait la porte.

« J'espère bien, répondit l'homme avec un sourire en sortant un mouchoir de sa poche de poitrine et en l'appuyant sur son front. J'ai rendez-vous, mais auriez-vous l'amabilité d'aller me chercher un verre d'eau en attendant ? »

Barbara crut déceler un accent étranger, mais sans réussir à en identifier la provenance. Quoi qu'il en soit, cette façon polie mais directe qu'il avait eue de lui demander quelque chose avait renforcé sa conviction qu'il s'agissait d'un gros poisson.

180

« Bien sûr, répondit-elle. Un instant. »

Tandis qu'elle avançait dans le couloir, elle en vint à penser que quelques jours plus tôt, Wetterlid avait évoqué une augmentation possible pour tous les employés si leurs résultats étaient bons. La société aurait peut-être les moyens de faire installer des fontaines à eau, comme elle en avait vu ailleurs. À ce moment, il se passa quelque chose d'aussi soudain qu'étrange. Le temps accéléra, fit un bond en avant. Cela ne dura que quelques secondes, et la lenteur habituelle revint. Mais c'était malgré tout comme si ces secondes lui avaient été inexplicablement volées.

Elle entra dans les sanitaires des femmes et ouvrit le robinet au-dessus de l'un des trois lavabos. Elle tira un gobelet en plastique du distributeur et attendit en tenant un doigt sous l'eau qui coulait. Tiède. Il faudrait que le type à l'accueil soit patient. Le jour même, la radio avait annoncé que la température de l'eau sur les plages des lacs des Nordmarka atteindrait environ vingt-deux degrés. Et pourtant, si on laissait couler suffisamment longtemps, l'eau potable du Maridalsvann sortait froide, exquise. Tout en regardant fixement son doigt, elle se demanda comment pareille chose était possible. Si l'eau refroidissait suffisamment, son doigt deviendrait blanc et presque insensible. Son annulaire gauche. Quand se verrait-il ceint d'une alliance ? Espérons que ce serait avant que son cœur ne devienne blanc et insensible. Elle sentit un courant d'air, mais celui-ci disparut instantanément et elle ne prit pas la peine de se retourner. L'eau était toujours aussi tiède. Et le temps passait. Coulait, exactement comme l'eau. Bêtises. Il restait plus de vingt mois avant qu'elle n'ait trente ans, elle avait du temps à revendre.

Un bruit lui fit lever les yeux. Dans le miroir, elle vit les portes des deux cabines. Quelqu'un était-il entré sans qu'elle le remarque ?

Elle sursauta presque quand l'eau devint brusquement glaciale. De profonds gouffres sous la terre. C'était comme ça, c'était pour cette raison que l'eau était glaciale. Elle avança le gobelet qui se remplit rapidement sous le robinet. Elle prit conscience qu'elle voulait se dépêcher, sortir d'ici au plus vite. Elle fit volte-face et lâcha le gobelet.

« Je vous ai fait peur ? »

La voix donnait une impression de réelle inquiétude.

« Excusez-moi, répondit-elle en oubliant de bomber le torse. Je suis un peu tendue, aujourd'hui. » Elle se pencha en avant tout en ajoutant : « Et vous êtes dans les toilettes des femmes. »

Le gobelet avait roulé et s'était immobilisé en position verticale. Il restait de l'eau dedans, et au moment où elle tendait la main pour le saisir, elle vit son propre visage se refléter dans la surface ronde et blanche. À côté de son visage, en bordure de ce petit miroir d'eau, elle vit quelque chose bouger. Puis ce fut comme si le temps se remettait à passer lentement. Infiniment lentement. Et elle eut le temps de penser que le temps était en train de filer.

Chapitre 15

Vena amoris

La Ford Escort blanc et rouille de Harry passa lentement devant le magasin de télés. Deux voitures de police et la petite merveille de sport rouge de Waaler semblaient avoir été jetées au hasard sur les trottoirs entourant ce carrefour plongé dans le calme de l'après-midi, qui porte le nom flatteur de Carl Berners Plass[1].

Harry se gara, sortit le ciseau vert de sa poche et le posa sur le siège passager. Ne trouvant pas de clés de voiture dans l'appartement, il avait emporté le ciseau et du fil de fer, écumé le voisinage et retrouvé sa chère voiture dans Stensberggata. Avec comme il se doit les clés sur le contact. Le ciseau vert avait été parfait pour plier suffisamment la portière et faire sauter le loquet avec le fil de fer.

Harry traversa alors que le petit bonhomme était

1. Carl Berner (1841-1918) : homme politique de gauche, membre du Storting (Parlement norvégien) (1886-1892 et 1894-1909), président de la chambre du Parlement dite « Odelsting » (1889-1891), président du Storting (1898-1909), ministre (1891-1893). En tant que président du Storting et représentant du Spesialkomite, il a joué un rôle prépondérant dans le processus d'indépendance de la Norvège en 1905.

rouge. Il marchait lentement, son corps ne supportant pas un rythme trop rapide. Son ventre et sa tête lui faisaient mal, sa chemise trempée de sueur lui collait dans le dos. Il était six heures moins cinq, il s'en était sorti sans médocs jusque-là, mais il ne se promettait rien.

Le panneau récapitulatif des occupants de l'immeuble lui apprit que le cabinet Halle, Thune et Wetterlid se trouvait au quatrième étage. Harry gémit. Il regarda l'ascenseur. Portes coulissantes. Pas de grille de sécurité.

L'ascenseur était un Koné, et quand les portes de métal brillant se refermèrent, il eut l'impression de se trouver dans une boîte hermétique relookée. Il essaya de ne pas écouter les bruits de la machinerie tandis qu'ils s'élevaient dans les airs. Il ferma les yeux. Mais se hâta de les rouvrir lorsque l'image de la Frangine apparut sur la face interne de ses paupières.

Un collègue en uniforme du service d'ordre ouvrit la porte d'entrée du cabinet.

« Elle est à l'intérieur, dit-il en désignant le couloir qui partait à gauche de l'accueil.

— Où sont les TIC ?

— Ils arrivent.

— Ça les mettra sûrement de bonne humeur si tu condamnes l'ascenseur et la porte du bas.

— Super.

— Des gens de Police Secours sont là ?

— Li et Hansen. Ils ont réuni ceux qui étaient encore dans les bureaux quand elle a été retrouvée. Ils sont en train de les entendre dans l'une des salles de réunion. »

Harry partit dans le couloir. La moquette était

usée et les reproductions d'œuvres d'art national-romantique suspendues au mur fadasses. Sans doute une société qui avait connu des jours meilleurs. Ou peut-être pas, justement.

La porte des toilettes femmes était entrebâillée, et la moquette assourdissait suffisamment les pas de Harry pour que celui-ci pût entendre la voix de Tom Waaler en arrivant. Harry s'arrêta juste devant la porte. Waaler semblait parler dans un téléphone mobile.

« Si ça vient de lui, ça veut dire qu'il ne passe sûrement plus par nous. Oui, mais laisse-moi m'en occuper. »

Harry ouvrit complètement la porte et vit Waaler accroupi.

Il leva les yeux.

« Salut, Harry. J'en ai pour deux secondes. »

Harry s'immobilisa sur le seuil et imprima la scène tout en entendant une voix qui crépitait faiblement dans le téléphone de Waaler.

La pièce était étonnamment vaste, à peu près quatre mètres sur cinq, et se composait de deux boxes blancs et trois éviers sous un miroir allongé. Les tubes fluorescents du plafond jetaient une lumière dure sur les murs et carreaux blancs. L'absence de couleurs était presque frappante. C'était peut-être le cadre qui faisait apparaître le cadavre comme une petite œuvre d'art, une exposition minutieusement organisée. La femme était mince, elle avait l'air jeune. Elle était à genoux, le front sur le sol, comme un musulman en prière, si ce n'est que ses bras étaient sous son corps. Sa jupe s'était retroussée au-dessus de sa culotte, un string crème. Un fin rai de sang rouge sombre avait suivi le joint de carrelage entre la tête de la femme et la bonde. Il semblait avoir été peint pour que l'effet soit maximum.

Le poids du corps était équitablement réparti sur cinq points : les deux poignets, les genoux et le front. Les vêtements, la position étrange et le derrière exhibé évoquèrent à Harry une secrétaire prête à se faire pénétrer par son chef. Encore des stéréotypes. À ce qu'il en savait, ça pouvait bien être elle, le chef.

« D'accord, mais on ne peut pas voir ça maintenant, dit Waaler. Appelle-moi ce soir. »

L'inspecteur principal glissa son téléphone dans sa poche intérieure, mais ne se redressa pas. Harry remarqua que son autre main était posée sur la peau froide de la victime, juste en dessous du bord de la culotte. Probablement pour ne pas perdre l'équilibre.

« Ça va faire de chouettes photos, hein ? dit Waaler comme s'il avait lu dans les pensées de Harry.

— Qui est-ce ?

— Barbara Svendsen, vingt-huit ans, de Bestum. Elle était réceptionniste ici. »

Harry s'accroupit à côté de Waaler.

« Comme tu vois, on lui a tiré dans la tête par-derrière, expliqua Waaler. Très certainement avec le pistolet qui est sous ce lavabo. Il sent toujours la poudre. »

Harry regarda le pistolet noir sur le sol dans le coin. Un gros élément assorti était fixé à l'avant du canon.

« Un Česká zbrojovka, dit Waaler. Pistolet tchèque. Avec silencieux sur mesure. »

Harry hocha la tête. Il eut envie de demander si ledit pistolet était l'un des produits que Waaler importait. Si c'était de ça qu'il avait été question dans la conversation téléphonique.

« C'est assez spécial, comme posture..., constata Harry.

— Oui, et je suppose qu'elle était accroupie ou à genoux, et qu'elle est tombée en avant.

— Qui l'a trouvée ?

— L'une des avocates. Le centre d'appel a enregistré la communication à dix-sept heures onze.

— Des témoins ?

— Aucun de ceux que nous avons interrogés jusqu'à maintenant n'a vu quoi que ce soit. Pas de comportement bizarre, pas de personne suspecte arrivée ou partie sur les soixante dernières minutes. Une personne extérieure qui avait rendez-vous avec l'un des avocats dit que Barbara a quitté la réception à seize heures cinquante-cinq pour aller lui chercher un verre d'eau, mais qu'elle n'est pas revenue.

— Hmm. Et à ce moment-là, elle est venue ici ?

— Probablement. La cuisine est nettement plus loin de la réception.

— Mais personne d'autre ne l'a vue entre la réception et les toilettes ?

— Les deux personnes qui ont leur bureau sur le trajet étaient toutes les deux reparties. Et ceux qui restaient étaient ou bien dans leur bureau, ou bien dans l'une des salles de réception.

— Cette personne extérieure, qu'est-ce qu'elle a fait en voyant que la réceptionniste ne revenait pas ?

— Il avait rendez-vous à cinq heures, et comme elle ne revenait pas, il s'est impatienté et il est parti dans les locaux pour trouver le bureau de celui qu'il devait rencontrer.

— Alors il connaissait les lieux ?

— Non, il dit que c'est la première fois qu'il venait ici.

— Mmm. Et à notre connaissance, il est donc la dernière personne à l'avoir vue en vie ?

— Ouaip. »

Harry vit que Waaler n'avait toujours pas retiré sa main.

« Ça a donc dû arriver entre seize heures cinquante-cinq et dix-sept heures onze.

— C'est l'impression que ça donne, oui », concéda Waaler.

Harry regarda son bloc-notes.

« Est-ce qu'il faut vraiment que tu fasses ça ? demanda-t-il à mi-voix.

— De quoi ?

— La toucher.

— Ça ne te plaît pas ? »

Harry ne répondit pas. Waaler se pencha un peu plus en avant.

« Prétends-tu que tu ne les as jamais senties, Harry ? »

Harry essaya d'écrire, mais son stylo ne fonctionnait pas.

« Tu n'as pas besoin de répondre, je le vois à ta tête, dit Waaler avec un petit rire. Il n'y a pas de mal à être curieux. C'est l'une des raisons qui nous ont poussés à devenir policiers, non ? La curiosité et le suspense. Comme découvrir comment est leur peau quand ils viennent de mourir, quand ils ne sont ni tout à fait chauds ni tout à fait froids.

188

— Je... »

Harry perdit son stylo quand Waaler lui attrapa la main.

« Sens. »

Waaler appuya la main de Harry sur la cuisse de la défunte. Harry se mit à respirer très fort par le nez. Sa première réaction avait été de retirer sa main, mais il ne l'avait pas fait. La main de Waaler était chaude et sèche, mais la peau de la femme n'avait pas le contact d'une peau humaine, on aurait dit du caoutchouc. Du caoutchouc tiède.

« Tu sens ? C'est ça, le suspense, Harry. Tu y es devenu accro, toi aussi, hein ? Mais où vas-tu le retrouver quand tu auras quitté ce job ? Est-ce que tu vas faire comme les autres malheureux, le rechercher dans les vidéoclubs ou au fond de tes bouteilles ? Ou est-ce que tu le veux pour de vrai ? Sens, Harry. C'est ça qu'on te propose. Une vie pour de vrai. Oui ou non ? »

Harry s'éclaircit la voix.

« Je dis seulement que les TIC aimeraient peut-être sécuriser les traces avant qu'on touche quoi que ce soit. »

Waaler regarda longuement Harry. Puis il cligna gaiement des yeux et lâcha la main de Harry.

« Bien vu. Au temps pour moi. »

Waaler se releva et sortit.

Les douleurs abdominales faillirent avoir raison de Harry, mais il essaya de respirer à fond, lentement. Beate ne lui pardonnerait pas d'avoir vomi sur ce qui était devenu son territoire.

Il posa sa joue contre les carreaux frais et souleva la veste de Barbara, de façon à pouvoir voir sous elle. Entre les genoux et le haut du corps qui faisait une légère courbe, il vit un gobelet en plastique blanc. Mais ce qui attira son attention, ce fut la main de la victime.

« Et merde, murmura Harry. Merde ! »

À six heures vingt, Beate arriva en hâte dans les locaux de Halle, Thune et Wetterlid. Harry était assis par terre, appuyé au mur des toilettes femmes, et buvait dans un gobelet en plastique blanc.

Beate s'arrêta devant lui, posa sa valise métallique et passa le dos de sa main sur son front humide, rouge écrevisse.

« *Sorry*. J'étais à Ingierstrand. Il a d'abord fallu que je rentre chez moi me changer avant de passer en bagnole chercher le matériel à Kjølberggata. Sans compter que je ne sais quel abruti a donné l'ordre de condamner l'ascenseur, ce qui fait que j'ai dû monter à pied jusqu'ici.

— Mmm. Il l'a certainement fait pour que des traces éventuelles ne soient pas effacées. Est-ce que la presse a déjà eu vent de la chose ?

— Il y en a quelques-uns qui se dorent au soleil, devant l'immeuble. Pas beaucoup. Les vacances.

— J'ai bien peur que les vacances soient terminées. »

Beate fit la grimace.

« Tu veux dire que...

— Viens. »

Harry la précéda dans les toilettes et s'accroupit.

« Si tu regardes en dessous, tu verras sa main gauche. L'annulaire a été sectionné. »

Beate poussa un gémissement.

« Peu de sang, dit Harry. Ça s'est donc passé après sa mort. Et on a ceci. »

Il souleva les cheveux qui couvraient l'oreille gauche de Barbara.

Beate plissa le nez.

« Une boucle d'oreille ?

— En forme de cœur. Tout à fait différente de la boucle d'oreille en argent qu'elle a de l'autre côté. L'autre, je l'ai trouvée par terre dans l'une des cabines. Alors celle-là, l'assassin la lui a mise. Ce qu'elle a de rigolo, c'est qu'on peut l'ouvrir. Comme ça. Pas courant, ce qu'on trouve dedans, hein ? »

Beate acquiesça.

« Un diamant rouge en forme d'étoile à cinq branches, dit-elle.

— Et qu'est-ce qu'on a ? »

Beate le regarda.

« On peut le dire tout fort, maintenant ? » demanda-t-elle.

« Un meurtrier en série ? »

Bjarne Møller le murmura si bas que Harry pressa inconsciemment son mobile contre son oreille.

« On est sur place, et le schéma est le même, expliqua Harry. Tu peux lancer la machine et annuler des vacances, chef. On va avoir besoin de tout ce qui rampe, marche et vole.

— Une contrefaçon ?

— Exclu. Il n'y a que nous qui soyons au courant des mutilations et des diamants.

— Ça tombe vraiment comme un cheveu sur la soupe, Harry.

— Les meurtriers en série qui tombent autrement ne sont pas légion, chef. »

Møller garda le silence un moment.

« Harry ?

— Présent, chef.

— Je vais te demander de passer tes dernières semaines à assister Tom Waaler sur cette affaire. Tu es le seul à la Crim qui ait une expérience en matière de tueurs en série. Je sais que tu vas me dire non, mais je te le demande quand même. Pour qu'on puisse démarrer.

— OK, chef.

— Parce que ça, c'est plus important que les désaccords que toi et Tom... Qu'est-ce que tu as dit, là ?

— J'ai dit que c'était d'accord.

— Tu le penses vraiment ?

— Oui. Mais il faut que je me sauve. On va passer la soirée ici, alors ce serait chouette si tu pouvais organiser une première réunion avec les enquêteurs demain. Tom propose huit heures.

— Tom ? demanda Møller d'une voix surprise.

— Tom Waaler.

— Oui, je sais qui c'est, c'est juste que je ne t'avais jamais entendu l'appeler par son prénom.

— Les autres m'attendent, chef.

— OK. »

Harry laissa son téléphone glisser dans sa poche, jeta son gobelet dans la poubelle, s'enferma dans l'une des toilettes hommes et se cramponna à la cuvette pour vomir.

Un peu plus tard, debout devant l'un des lavabos dans lequel l'eau coulait, il se regarda dans le miroir. En écoutant le bourdonnement des voix dans le couloir. L'assistant de Beate qui demandait aux gens de ne pas franchir les rubans de signalisation, Waaler qui donnait l'ordre de lancer un avis de recherche pour les gens qui étaient passés à proximité du bâtiment. Magnus Skarre qui criait à un collègue qu'il voulait un cheeseburger *sans* frites.

Lorsque l'eau finit par être froide, Harry se flanqua le visage sous le robinet. Il laissa l'eau couler le long de ses joues, dans son oreille, le long de son cou, à l'intérieur de sa chemise, sur son épaule et son bras. Il but avidement, refusant d'écouter son ennemi d'en bas. Puis il retourna en courant dans la cabine et vomit de nouveau.

Le soir était arrivé rapidement, et Carl Berners Plass était désert quand Harry sortit, alluma une cigarette et leva une main pour tenir à l'écart un vautour journalistique qui arrivait vers lui. L'homme s'arrêta, et Harry le reconnut. C'était Gjendem, son nom, c'est ça ? Il s'était entretenu avec lui après cette affaire à Sydney. Gjendem n'était pas pire que les autres ; un petit peu mieux, en fait.

Le magasin de télés était encore ouvert. Harry entra. Il n'y avait personne, à l'exception d'un type gras portant une chemise de flanelle sale qui lisait un magazine derrière le comptoir. Un ventilateur de table avait modifié sa mise en plis, dévoilant que l'individu se dégarnissait sérieusement, et envoyait une odeur de transpiration à travers tout le magasin. Il renâcla quand Harry lui montra sa carte de police en lui demandant s'il avait remarqué quelqu'un au comportement étrange, dans le magasin ou dehors.

« Ils ont tous quelque chose de bizarre, dit-il. Tout le voisinage part en quenouille.

— Quelqu'un qui puisse sembler projeter de tuer ? » demanda Harry sèchement.

L'homme ferma un œil : « C'est pour ça qu'il y a eu tant de voitures dehors ? »

Harry acquiesça.

Le type haussa les épaules et se replongea dans son magazine.

« Qui n'a jamais projeté de tuer, monsieur l'agent ? »

En ressortant, Harry s'arrêta en voyant sa propre voiture sur l'une des télés. La caméra poursuivit son travelling sur Carl Berners Plass et s'arrêta quand l'immeuble de brique rouge apparut dans le champ. L'image repassa sur le présentateur des nouvelles de TV2 et, l'instant d'après, c'étaient des images de défilé de mode qui dansaient sur l'écran. Harry tira énergiquement sur sa cigarette et ferma les yeux.

Rakel venait vers lui sur une piste, non, sur douze pistes, elle sortait véritablement de ce mur de téléviseurs et se plantait devant lui, les mains sur les hanches. Elle le regarda, fit un brusque mouvement de tête, se retourna et l'abandonna. Harry rouvrit les yeux.

Il était huit heures. Il essaya d'oublier qu'il y avait un débit de boissons tout près, dans Trondheimsveien. On y servait des alcools forts.

La partie la plus difficile de la soirée était encore à venir.

Et la nuit arrivait.

Il était dix heures du soir, et même si le mercure, dans toute sa clémence, avait consenti à chuter de deux degrés, l'air était toujours chaud et lourd,

194

attendant un vent de terre, un vent du large, un vent de n'importe où. À la Technique, les bureaux étaient vides, exception faite de celui de Beate chez qui la lumière était toujours allumée. L'assassinat de Carl Berners Plass avait complètement chamboulé sa journée, et elle était encore sur le lieu du crime quand son collègue Bjørn Holm avait appelé pour lui annoncer qu'une femme attendait à la réception, disant travailler chez De Beers et venir examiner quelques diamants.

Beate était revenue à toute vitesse, et toute son attention était pour l'heure tournée vers cette femme trapue et énergique qui parlait un anglais parfait, comme on peut attendre d'un Hollandais vivant à Londres.

« Les diamants portent des empreintes digitales géologiques qui permettent en théorie leur traçabilité jusqu'au propriétaire, puisqu'on délivre des certificats attestant de l'origine, qui suivent le diamant toute sa vie. Mais pas dans le cas présent, je le crains.

— Pourquoi ?

— Parce que les deux diamants que j'ai vus sont ce qu'on appelle des diamants du sang.

— À cause de leur couleur ?

— Non, parce qu'ils viennent très vraisemblablement des mines de Kiuvu, en Sierra Leone. Tous les négociants en diamants du monde boycottent ceux de Sierra Leone parce que les mines sont sous le contrôle de forces rebelles qui exportent des diamants pour financer une guerre où il n'est pas question de politique, mais d'argent. D'où le nom de diamants du sang. Je crois que ces diamants sont récents, et ils sont sûrement passés illégalement de

Sierra Leone dans un autre pays où ont été établis des faux certificats disant que les diamants viennent d'une mine bien connue, en Afrique du Sud, par exemple.

— Une idée sur le pays qui aurait pu s'occuper de ça ?

— Dans la plupart des cas, il s'agit d'un pays de l'ancien bloc soviétique. Quand le rideau de fer est tombé, les experts qui avaient par le passé établi de faux papiers d'identité ont dû se trouver de nouvelles niches. De bons certificats d'authenticité rapportent gros. Mais ce n'est pas la seule raison qui me fait pencher pour l'Europe de l'Est.

— Non ?

— J'ai déjà vu ces diamants en forme d'étoile. Ils étaient sortis illégalement d'ex-Allemagne de l'Est et de République tchèque. Et tout comme ceux-ci, ils avaient été taillés dans des diamants de qualité médiocre.

— C'est-à-dire ?

— Même si les diamants rouges sont beaux, ils sont moins chers que les blancs, incolores. Les pierres que vous avez trouvées contiennent en outre d'assez grandes quantités de carbone non cristallisé, ce qui les rend moins clairs qu'on le souhaiterait. Dès lors qu'on doit éliminer une telle quantité de matière pour tailler un diamant en forme d'étoile, on préfère éviter de partir d'un diamant parfait au démarrage.

— Allemagne de l'Est et République tchèque, donc, conclut Beate en fermant les yeux.

— Une simple conjecture. S'il n'y a rien d'autre, je peux encore attraper le dernier avion de la journée pour Londres... »

196

Beate rouvrit les yeux et se leva.

« Veuillez m'excuser, la journée a été aussi longue qu'agitée. Vous nous avez été d'un grand secours, et nous vous remercions de tout cœur d'avoir fait le déplacement.

— Je vous en prie. J'espère simplement que je pourrai vous aider à mettre le grappin sur celui qui a fait ça.

— C'est aussi ce que l'on souhaite. Je vais vous appeler un taxi. »

En attendant que le central de réservation de taxis réponde, Beate remarqua que l'experte en diamants regardait la main qui tenait le combiné. Beate sourit.

« C'est une très belle bague de diamant que vous avez là. On dirait une bague de fiançailles ? »

Beate rougit sans savoir pourquoi.

« Je ne suis pas fiancée. C'est la bague de fiançailles que mon père a offerte à ma mère. Je l'ai reçue quand il est mort.

— D'accord. Ça explique pourquoi vous la portez à droite.

— Ah ?

— Oui, d'habitude, c'est à gauche. Le troisième doigt de la main gauche, pour être exacte.

— Le majeur ? Je croyais que c'était l'annulaire.

— Pas si vous avez la même conception que les Égyptiens, répondit l'experte avec un sourire.

— Qui est ?

— Ils pensaient qu'il existe une veine de l'amour, *vena amoris*, qui va directement du cœur au majeur gauche. »

Une fois la bonne femme partie dans son taxi,

Beate resta un instant immobile à contempler sa main. Le troisième doigt de la main gauche.

Alors elle appela Harry.

« L'arme aussi était tchèque, compléta Harry lorsqu'elle eut terminé.

— Il y a peut-être quelque chose, là...

— Peut-être. Comment tu as dit qu'elle s'appelait, cette veine de l'amour ?

— *Vena amoris* ?

— *Vena amoris* », murmura Harry avant de raccrocher.

Chapitre 16

Lundi. Dialogue

Tu dors. Je pose une main sur ton visage. Je t'ai manqué ? J'envoie un baiser vers ton ventre. Je bouge un peu vers le bas, et tu commences à bouger, en un mouvement ondoyant de danse des elfes. Tu es silencieuse, tu fais semblant de dormir. Tu peux te réveiller, maintenant, chérie. Tu es démasquée.

Harry se redressa d'un seul coup dans son lit. Il mit quelques secondes à réaliser que c'était son propre cri qui l'avait réveillé. Il garda les yeux grands ouverts dans la pénombre, observa les ombres dans les rideaux et près de l'armoire.

Il reposa la tête sur l'oreiller. De quoi avait-il rêvé ? Il était dans une pièce obscure. Deux personnes s'étaient glissées l'une vers l'autre dans un lit. Leurs visages étaient dissimulés. Il avait allumé une lampe de poche et venait de la braquer sur eux quand le cri l'avait réveillé.

Harry regarda le réveil sur la table de nuit. Il restait encore deux heures et demie pour atteindre sept heures. On a le temps de faire des dizaines et des dizaines de rêves, pendant ce temps-là. Mais il fallait qu'il dorme. Il le fallait. Il inspira aussi profondément que s'il allait plonger en apnée et ferma les yeux.

Chapitre 17

Mardi. Profiler

Harry regarda l'aiguille des minutes sur le mur, au-dessus de la tête de Tom Waaler.

On avait dû apporter des chaises supplémentaires pour que tout le monde ait une place dans la grande salle de réunion de la zone verte au cinquième étage. L'ambiance y était presque solennelle. Pas de conversations, pas de cafés, pas de journaux, rien que des grattements de stylos sur des blocs et l'attente silencieuse que huit heures sonnent. Harry avait compté dix-sept têtes, ce qui voulait dire qu'il ne manquait qu'une personne. Tom Waaler se tenait devant eux, les bras croisés et le regard vissé sur sa Rolex.

L'aiguille des minutes fit un bond et se retrouva au garde-à-vous.

« Allons-y », dit Tom Waaler.

Un frou-frou général indiqua que chacun se redressait sur sa chaise.

« Je vais diriger ce groupe d'enquête, assisté de Harry Hole. »

Les têtes autour de la table se tournèrent avec étonnement vers Harry, qui s'était assis tout au fond de la pièce.

« Pour commencer, je voudrais remercier ceux d'entre vous qui sont rentrés sans protester de vacances, aussi vite que possible, poursuivit Waaler. J'ai peur qu'il vous soit demandé de sacrifier davantage que des vacances dans les jours qui viennent, et il n'est pas sûr que j'aie le temps de passer régulièrement pour vous remercier, alors disons que ce « merci » vaut pour le mois, OK ? »

Rires et hochements de tête autour de la table. Comme on se comporte en présence d'un futur responsable de section, pensa Harry.

« C'est par bien des aspects un jour spécial. »

Waaler alluma le rétroprojecteur. La première page de *Dagbladet* s'afficha sur l'écran derrière lui. UN TUEUR EN SÉRIE DANS LA NATURE ? Pas de photo, rien que ces mots en caractères guerriers. Il était rare qu'un journal fasse emploi du point d'interrogation dans une manchette de première page, mais ce que peu de gens savaient – et personne dans la salle K615 – c'est que la décision d'utiliser le point d'interrogation n'était tombée que quelques minutes avant la mise sous presse, suite à un coup de fil du responsable de garde du journal à son rédacteur en chef, alors dans son chalet de Tvedestrand, pour prendre conseil.

« Nous n'avons pas eu de tueur en série norvégien depuis qu'Arnfinn Nesset a sévi dans les années quatre-vingt – en tout cas pas à notre connaissance, dit Waaler. Les tueurs en série sont rares, si rares que cette affaire va attirer l'attention au-delà de nos frontières. Des tas de paires d'yeux nous regardent, les gars. »

Le temps d'arrêt que marqua alors Waller était

superflu, étant donné que tous les participants avaient eu un aperçu de l'importance de la situation quand Møller les avait briefés par téléphone, la veille au soir.

« OK, reprit Waaler. Si nous sommes véritablement en présence d'un tueur en série, nous avons du bol. Pour commencer, nous avons parmi nous une personne qui a enquêté, et même pris un tueur en série. Je suppose que tout le monde ici présent a eu vent de l'exploit de l'inspecteur principal Hole à Sydney. Harry[1] ? »

Harry vit les visages se tourner de nouveau vers lui, et il se racla la gorge. Il sentit que sa voix risquait de lâcher, et il toussota de nouveau.

« Je ne suis pas sûr que le boulot que j'ai fait à Sydney soit un exemple à suivre, dit-il en tentant un sourire en coin. Comme vous vous rappelez, ça s'est terminé par la mort du type, que j'ai abattu. »

Aucun rire, pas même un sourire. Harry n'était pas un chef d'équipe potentiel.

« On peut sans doute imaginer pire issue que celle-là, dit Waaler en jetant un nouveau coup d'œil à sa Rolex. Bon nombre d'entre vous connaissent le psychologue Ståle Aune, dont les talents nous ont servi dans plusieurs affaires. Il a accepté de venir nous donner un bref aperçu du phénomène des tueurs en série. Pour certains d'entre vous, ça sentira le réchauffé, mais ça ne fait jamais de mal de réentendre certaines choses. Il aurait dû arriver à... »

Tous levèrent la tête quand la porte s'ouvrit à la volée. L'homme qui entra soufflait comme une loco-

---

1. Voir *L'homme chauve-souris*, Folio Policier n° 366.

motive. Le ventre tout rond qui pointait de la veste en tweed était surplombé d'un nœud papillon orange et d'une paire de lunettes aux verres si petits qu'on pouvait sérieusement se demander s'il était possible de voir quoi que ce fût au travers. Le haut du visage se composait d'un crâne chauve, d'un front luisant de sueur et d'une paire de sourcils sombres, peut-être teints, mais en tout cas soignés.

« Quand on parle du loup..., commença Waaler.

— On en voit la queue ! s'exclama Ståle Aune en tirant un mouchoir de sa poche de poitrine pour s'éponger le front. Même s'il ferait bien de la mettre aussi à l'ombre, par des journées comme celle-ci ! »

Il alla se placer au bout de la table et lâcha la serviette en cuir fatiguée qui claqua sur le sol.

« Bonjour à tous. Ravi de voir autant de jeunes gens éveillés à cette heure de la journée. J'en ai déjà vu certains, mais ce n'est pas le cas pour tous. »

Harry sourit. Il ne faisait vraiment pas partie de ceux qu'Aune n'avait jamais vus. Il y avait de nombreuses années que Harry était allé pour la première fois voir Aune pour ses problèmes d'alcool. Aune n'était pas spécialiste en la matière, mais une relation s'était nouée entre eux, dont Harry devait reconnaître qu'elle ressemblait de façon douteuse à une amitié.

« À vos blocs, tas de bons à rien ! »

Aune suspendit sa veste à une chaise.

« Vous faites des tronches d'enterrement, et on pourrait dire que ce n'est pas complètement à tort, mais je veux voir quelques sourires avant de m'en aller. C'est un ordre. Et suivez bien, ça va aller vite. »

Aune attrapa un feutre du plateau sous le tableau papier et se mit à écrire à toute berzingue en commençant son exposé : « Il y a toutes les raisons de croire que les tueurs en série existent depuis qu'il y a eu plus d'une personne à tuer sur cette terre. Mais nombreux sont ceux qui considèrent le soi-disant " Automne de terreur " de 1888 comme la première affaire moderne de meurtre en série. C'est la première fois qu'est attesté le cas d'un tueur en série ayant un motif purement sexuel. Ce type a tué cinq femmes avant de disparaître mystérieusement, on l'a surnommé Jack l'Éventreur, mais il a emporté le secret de sa véritable identité dans la tombe. La contribution la plus célèbre que notre pays a appor-tée à cette liste n'est pas Arnfinn Nesset, dont tout le monde se rappelle qu'il a empoisonné une vingtaine de patients dans les années quatre-vingt, mais Belle Gunness, qui était une rareté : une tueuse en série. Elle est partie en Amérique, où elle s'est mariée en 1902 avec un gringalet et s'est installée dans une ferme un peu à l'écart de La Porte, dans l'Indiana. Je dis gringalet parce qu'il pesait soixante-dix kilos et elle cent vingt. »

Aune tira légèrement sur ses bretelles.

« Si vous voulez mon avis, son poids était tout à fait raisonnable. »

Rires épars.

« Cette charmante bonne femme toute ronde a tué son mari, quelques enfants et un nombre inconnu de soupirants qu'elle attirait chez elle à travers des petites annonces dans les journaux de Chicago. Les cadavres de ceux-ci sont apparus quand sa ferme a entièrement brûlé dans des circonstances mystérieuses, en 1908. Parmi eux, un torse féminin calciné et remarquablement plantureux, mais sans tête. La femme avait vraisemblablement été placée là par Belle pour faire croire aux enquêteurs qu'il s'agissait d'elle. La police reçut plusieurs témoignages de personnes qui pensaient avoir vu Belle en plusieurs endroits des États-Unis, mais on ne l'a jamais retrouvée. Et c'est là que je voulais en venir, chers amis. Les cas de Belle et Jack sont malheureusement relativement typiques des tueurs en série. »

Aune avait terminé de noter, et il fit claquer son feutre sur le tableau.

« Ils ne sont pas arrêtés. »

L'assemblée le regardait silencieusement.

« Donc, reprit Aune. Le concept de tueur en série est aussi controversé que ce que je vais vous dire maintenant. C'est parce que la psychologie est une science encore jeunette et parce que les psychologues sont par nature des chicaneurs. Je vais vous raconter des choses que nous savons – il y en a autant que nous cherchons en réalité à savoir – sur les tueurs en série, dont par ailleurs bien des psychologues de talent pensent qu'il s'agit d'un groupe de psychopathologies dont d'autres psychologues pensent qu'elles n'existent pas. C'est clair ? Bon, certains d'entre vous sourient, c'est toujours ça. »

Aune donna des coups d'index sous le premier point qu'il avait noté sur le tableau.

« Le tueur en série type est un homme blanc, âgé de vingt-quatre à quarante ans. Il agit en général seul, mais il peut aussi s'entourer d'autres personnes, pour fonctionner en binôme, par exemple. La mutilation des victimes est le signe qu'il est seul. Les victimes peuvent être n'importe qui, mais elles sont en principe issues du même groupe ethnique que lui, et ce n'est qu'exceptionnellement qu'il les connaissait déjà.

« Il trouve généralement la première victime dans une zone qu'il connaît bien. Une représentation populaire veut que des rituels particuliers soient toujours rattachés aux meurtres en série. Ce n'est pas exact, mais quand on est en présence de rituels, il est souvent question de meurtres en série. »

Aune montra son second point : PSYCHOPATHE/SOCIOPATHE.

« Mais le plus typique en ce qui concerne le tueur en série, c'est qu'il est américain. Dieu seul – plus évidemment quelques professeurs de psychologie à Blindern – savent pourquoi. Il est par conséquent intéressant que ceux qui en savent le plus sur les meurtres en série – le FBI et l'institution judiciaire américaine – distinguent deux types de tueurs en série. Le psychopathe et le sociopathe. Les professeurs dont j'ai parlé pensent que cette démarcation, comme les concepts, pue, mais dans le pays d'origine des tueurs en série, la plupart des tribunaux s'en tiennent à la règle de McNaughton, qui veut que seul le tueur en série psychopathe ne sache pas ce qu'il fait au moment du drame. Contrairement au sociopathe, il échappe donc aux peines d'emprisonnement ou – comme on la pratique sans doute dans le pays même de Dieu – à la peine de mort. À propos des tueurs en série, j'entends. Hmm... »

Il renifla son feutre et leva un sourcil surpris.

Waaler leva la main. Aune hocha la tête.

« L'appréciation de la peine n'est pas inintéressante, dit Waaler. Mais d'abord, il faut mettre la main sur ce mec. Avez-vous quelque chose à nous proposer que nous puissions utiliser, en pratique ?

— Vous êtes fou ? Je suis psychologue, moi. »

Rires. Aune s'inclina légèrement pour montrer sa satisfaction.

« Mais oui, et j'y viens, Waaler. Mais laissez-moi vous dire que si certains d'entre vous s'impatientent déjà, l'avenir immédiat est loin d'être rose. On peut dire d'expérience que rien n'est plus long que de choper un tueur en série. En tout cas pas si c'en est un du mauvais type.

— Quel mauvais type ? » La question venait de Magnus Skarre.

« Voyons d'abord comment ceux qui dressent des profils psychologiques pour le FBI distinguent les tueurs en série psychopathes de leurs homologues sociopathes. Le premier est souvent une personne inadaptée, sans travail, sans éducation, avec un casier judiciaire et toute une tapée de problèmes sociaux. Au contraire du sociopathe, qui est intelligent, apparemment adapté et qui mène une vie normale. Le psychopathe se distingue et devient rapidement un suspect potentiel, tandis que le sociopathe se fond dans la masse. C'est souvent un choc pour les voisins et les proches quand un sociopathe est démasqué. J'ai discuté avec une psychologue, profiler pour le FBI, et elle m'a expliqué qu'une des premières choses qu'elle cherchait à connaître, c'était l'heure du meurtre. Commettre un meurtre, ça prend du temps. Un fil conducteur bien utile pour elle, c'était de savoir si ces assassinats avaient eu lieu en semaine, ou alors pendant les week-ends ou les vacances. Cette seconde alternative indique que le meurtrier est dans la vie active, et ça augmente la probabilité qu'il s'agisse d'un sociopathe.

— Donc, quand notre homme tue pendant les grandes vacances, ça indique qu'il a un boulot et qu'il est sociopathe ? demanda Beate Lønn.

— Pratique, constata Waaler. Mais c'est aussi une mauvaise nouvelle, si j'interprète bien ?

— Correct. Notre homme ressemble salement au mauvais type. Le sociopathe. »

Aune accorda quelques secondes de réflexion à l'assemblée avant de poursuivre : « D'après le psychologue américain Joel Norris, le tueur en série suit un processus mental de six phases en rapport avec chaque meurtre. La première, appelée phase d'aura, couvre la perte progressive du sens des réalités. La phase totémique, la cinquième, représente le meurtre lui-même, et constitue le summum pour le tueur en série. Ou plus exactement le creux de la vague. Car le meurtre ne réussit jamais à combler les désirs et les attentes de catharsis, de purification, que l'assassin associe au fait de prendre la vie. Il entre donc par conséquent immédiatement après dans la sixième phase, celle de la dépression. Qui passe progressivement dans une nouvelle phase d'aura au cours de laquelle il commence à se reconstruire en vue du meurtre suivant.

— Et ainsi de suite, conclut Bjarne Møller qui était entré sans qu'on le remarque et se tenait près de la porte. Comme un mouvement perpétuel.

— Si ce n'est qu'une machine de ce genre répète son mouvement sans y apporter de modification, répondit Aune, tandis qu'un tueur en série suit un cheminement qui modifie à long terme son comportement. Reconnaissable – heureusement – à un degré de maîtrise de soi de plus en plus faible. Mais aussi – malheureusement – à un besoin de sang de plus en plus important. Le premier meurtre est toujours celui dont il est le plus dur de s'extraire, et la soi-disant période de refroidissement qui suit est conséquemment la plus longue. Elle induit une longue phase d'aura durant laquelle il se reconstruit pour le meurtre suivant, qu'il prend tout son temps pour planifier. Si nous arrivons sur les lieux d'un meurtre en série où les détails ont été soignés, où les rituels ont été méticuleusement accomplis et pour lequel le risque d'être pris est minime, on peut penser que ce processus est toujours en cours. Pendant ce laps de temps, il perfectionne sa technique pour devenir de plus en plus efficace. C'est la pire période pour ceux qui essaient de l'arrêter. Mais au fur et à mesure que ses victimes s'accumulent, les périodes de refroidissement se font de plus en plus courtes. Il a moins de temps pour préparer ses coups, les endroits où l'on retrouve les victimes sont moins ordonnés, les rituels davantage bâclés, et il prend de plus gros risques. Tout indique que sa frustration augmente. Ou pour le dire autrement : que sa soif de sang augmente. Il perd la maîtrise de soi et devient plus facile à appréhender. Mais si, pendant cette période, on arrive à l'approcher sans réussir à lui mettre la main dessus, il peut prendre peur et s'arrêter de tuer pendant un moment. Il a àlors le temps de se calmer, et tout recommence. J'espère que ces exemples ne dépriment pas ces messieurs-dames ?

— Pour l'instant, ça va, dit Waaler. Mais pouvez-vous nous dire en gros ce que vous voyez dans le cas présent ?

— Pas de problème, répondit Aune. Nous avons donc trois meurtres...

— Deux meurtres ! » C'était de nouveau Skarre. « Pour l'instant, Lisbeth Barli est seulement portée disparue.

— Trois meurtres, insista Aune. Croyez-moi, jeune homme. »

Certains échangèrent des regards. Skarre sembla devoir dire quelque chose, mais se ravisa. Aune poursuivit.

« Ces trois meurtres ont été commis à intervalles réguliers. Et le rituel consistant à mutiler et à décorer le corps a été accompli les trois fois. Il coupe un doigt et compense en laissant un diamant à la victime. La compensation est d'ailleurs un trait bien connu en présence de ce genre de mutilations, typique chez l'assassin issu d'une famille où l'on ne badinait pas avec les principes moraux. Peut-être une piste à suivre, étant donné qu'il n'y a pas tant de morale que ça dans les familles norvégiennes. »

Pas de rire.

Aune poussa un soupir.

« On appelle ça de l'humour noir. Je n'essaie pas d'être cynique, et l'argumentation pourrait sans nul doute être plus pertinente, mais j'essaie juste de ne pas me laisser enfermer dans cette enquête avant de l'avoir démarrée. Et je vous invite à en faire autant. Mais donc : l'intervalle entre les meurtres et la présence de rituels complets indiquent que nous sommes ici dans la phase première, quand la maîtrise de soi est bonne. »

On entendit quelques raclements de gorge étouffés.

« Oui, Harry ? fit Aune.

— Le choix des victimes et des lieux du crime. »

Aune posa un index sur son menton, réfléchit et hocha la tête.

« Tu as raison, Harry. »

D'autres participants s'interrogèrent du regard.

« Raison sur quoi ? cria Skarre.

— Le choix des victimes et de l'endroit où on les retrouve indiquerait plutôt le contraire, répondit Aune. Que le meurtrier entre précipitamment dans la phase où il perd le contrôle et commence à tuer sans retenue.

— Comment ça ? s'enquit Møller.

— Je te laisse expliquer, Harry », dit Aune.

Harry regarda la table devant lui tandis qu'il parlait : « Le premier meurtre, celui de Camilla Loen, a eu lieu dans un appartement où elle vivait seule, n'est-ce pas ? L'assassin pouvait entrer et ressortir sans réel danger d'être pris ou identifié. Et il pouvait tuer et accomplir son rituel sans être dérangé. Mais dès le deuxième meurtre, il se met à prendre des risques. Il kidnappe Lisbeth Barli en pleine zone résidentielle, en plein jour, vraisemblablement en voiture. Et une voiture, comme on le sait, ça a des plaques minéralogiques. Quant au troisième meurtre, il va de soi que c'est un véritable coup de poker. Dans les toilettes pour femmes d'un cabinet d'avocats. Après les horaires habituels, d'accord, mais avec suffisamment de gens autour pour que ça ait été un vrai coup de chance de ne pas être découvert, ou en tout cas identifié. »

Møller se tourna vers Aune.

« Alors, quelle est la conclusion ?

— Qu'on ne peut pas conclure, répondit Aune. Qu'on peut tout au plus supposer qu'il s'agit d'un sociopathe bien adapté. Et que nous ne savons pas s'il est en train de perdre les pédales, ou s'il a toujours le contrôle.

— Que faut-il souhaiter ?

— Dans le premier cas, nous allons au-devant d'un bain de sang, mais avec une certaine possibilité de le choper, puisqu'il va prendre des risques. Dans le second cas, il y aura davantage d'intervalle entre les meurtres, mais l'expérience nous montre que nous n'arriverons pas à lui mettre la main dessus dans un avenir proche. Choisissez.

— Mais par où faut-il qu'on commence à chercher ? demanda Møller.

— Si je croyais mes collègues accros aux statistiques, je dirais parmi les énurétiques, les auteurs d'actes de cruauté envers les animaux, les violeurs et les pyromanes. Surtout les pyromanes. Mais je ne crois pas qu'ils le soient. Je n'ai malheureusement aucun dieu de rechange, ce qui implique la réponse suivante : je n'en ai pas la moindre idée. »

Aune remit le capuchon sur son feutre. Le silence était oppressant.

Tom Waaler bondit.

« OK, les gars, on a du pain sur la planche. Pour commencer, je veux que tous ceux qu'on a interrogés soient convoqués de nouveau, je veux que tous ceux qui ont déjà été condamnés soient interrogés, et je veux une liste de tous ceux qui ont été condamnés pour viol ou incendie volontaire. »

Harry observait Waaler distribuer les tâches. Il remarqua son efficacité et son assurance. Rapidité et flexibilité si quelqu'un émettait des objections dignes d'intérêt. Fermeté et ténacité quand elles ne l'étaient pas.

L'horloge au-dessus de la porte indiquait neuf heures moins le quart. La journée venait à peine de commencer, et Harry se sentait déjà vidé. Comme un vieux lion mourant accroché au groupe dont il avait un jour pu défier celui qui le dirigeait à présent. Non qu'il ait jamais eu l'ambition d'être un meneur, mais la chute n'en était pas moins dure. Sa seule possibilité, c'était faire profil bas en espérant que quelqu'un lui jetterait un os avec encore un petit quelque chose à ronger dessus.

Et quelqu'un venait de lui jeter cet os. Un gros.

L'acoustique feutrée de la petite salle d'interrogatoire donna à Harry la sensation de parler dans une couette.

« Importation de prothèses auditives », dit le petit homme corpulent en passant la main droite sur sa cravate. Une discrète épingle en or la tenait plaquée à sa chemise d'un blanc immaculé.

« Des prothèses auditives ? » répéta Harry en regardant le formulaire que Tom Waaler lui avait donné. Dans le cartouche « Nom » figurait *André Clausen*, et dans « Profession » *Profession libérale*.

« Vous êtes dur d'oreille ? » demanda Clausen avec un sarcasme dont Harry ne sut pas auquel des deux il s'appliquait.

« Mmm. Vous étiez donc chez Halle, Thune et Wetterlid pour discuter d'appareils auditifs ?

— Je voulais juste avoir un avis concernant un contrat de vente. L'un de vos charmants collègues en a fait une copie hier après-midi.

— De ça ? demanda Harry en désignant une chemise en carton.

— Oui.

— Je viens d'y jeter un œil. Il a été daté et signé il y a deux ans. Il doit être renouvelé ?

— Non, je veux juste être certain que je ne me suis pas fait rouler.

— Après tout ce temps ?

— Mieux vaut tard que jamais.

— Vous n'avez pas d'avocat attitré, Clausen ?

— Si, mais il se fait vieux, je le crains. »

Clausen fit un sourire dans lequel scintilla un plomb imposant, avant de poursuivre : « J'ai demandé un premier rendez-vous introductif pour me faire une idée de ce que ce cabinet pouvait proposer.

— Et vous êtes convenus d'un rendez-vous avant le week-end ? Avec une boîte qui s'est spécialisée dans les encaissements ?

— Je ne l'ai compris qu'au cours de ce rendez-vous. Enfin, pendant le petit instant que nous avons eu avant que toute cette agitation ne démarre.

— Mais si vous cherchez un nouvel avocat, vous avez sûrement pris rendez-vous avec d'autres. Vous pouvez nous dire lesquels ? »

Harry ne regarda pas le visage d'André Clausen. Ce n'était pas là qu'un éventuel mensonge se trahirait. Harry avait compris dès l'instant où lui et Clausen s'étaient salués que le bonhomme était de ceux qui ne laissent pas facilement leur visage montrer ce qu'ils pensent. La cause pouvait en être le malaise, un métier qui réclamait d'être constamment impassible, ou une éducation qui plaçait la maîtrise de soi au rang de vertu primordiale. Par conséquent, Harry cherchait d'autres signes. Comme par exemple si la main remonterait de sur les genoux de l'homme pour caresser une fois de plus sa cravate. Mais elle ne le fit pas. Clausen regardait Harry, rien de plus. Pas intensément, mais au contraire avec une espèce de lourdeur dans les paupières, comme s'il trouvait la situation désagréable, un rien ennuyeuse.

« La plupart des cabinets à qui j'ai téléphoné ne voulaient pas fixer de rendez-vous avant la fin des vacances, expliqua Clausen. Chez Halle, Thune et Wetterlid, ils étaient nettement plus réceptifs. Dites-moi, me soupçonne-t-on de quoi que ce soit ?

— On soupçonne tout le monde, répondit Harry.

— *Fair enough*, commenta Clausen avec un parfait accent anglais de la BBC.

— J'ai noté que vous avez un léger accent...

— Ah ? J'ai pas mal voyagé à l'étranger, ces dernières années, c'est peut-être pour ça.

— Où effectuez-vous des voyages ?

— Pour l'essentiel en Norvège, en réalité. Je vais voir des hôpitaux et des instituts spécialisés. Sinon, je suis souvent en Suisse, où se trouve l'usine qui fabrique les prothèses. Le développement de la gamme impose que nous nous tenions au courant. »

De nouveau cet indéfinissable sarcasme dans la voix.

« Vous êtes marié ? Vous avez une famille ?

— Si vous regardez le papier que votre collègue a rempli, vous verrez que ce n'est pas le cas. »

Harry baissa les yeux sur la feuille.

« Mais oui. Donc, vous habitez seul... voyons voir... à Gimle Terrasse ?

— Non, répondit Clausen. J'habite avec Truls.

— D'accord. Compris.

— Vraiment ? demanda Clausen avec un sourire tandis que ses paupières descendaient encore un peu. Truls est un golden retriever. »

Harry sentit une migraine naître derrière ses yeux. Sa liste l'informa qu'il avait encore quatre personnes à interroger avant le déjeuner. Et cinq après. Il n'avait pas assez d'énergie pour se battre contre chacun d'eux.

Il demanda à Clausen de raconter une fois encore ce qui s'était passé, depuis son arrivée dans le bâtiment sur Carl Berners Plass jusqu'à l'arrivée de la police.

« Mais avec plaisir, inspecteur principal », bâilla-t-il.

Harry se rassit sur sa chaise tandis que Clausen racontait, d'une façon fluide et assurée, qu'il était venu en taxi, qu'il avait pris l'ascenseur et, après avoir parlé à Barbara Svendsen, qu'il avait attendu cinq ou six minutes qu'elle revienne avec l'eau qu'il lui avait demandée. Ne la voyant pas revenir, il était entré plus avant dans les locaux et avait trouvé le nom de Halle sur une des portes de bureau.

Harry vit que Waaler avait noté que Halle confirmait l'heure à laquelle Clausen avait frappé à sa porte, soit cinq heures cinq.

« Avez-vous vu quelqu'un entrer ou sortir des toilettes femmes ?

— D'où j'étais, je ne voyais pas la porte pendant que j'attendais à l'accueil. Et je n'ai vu personne entrer ou sortir quand je suis parti chercher le bon bureau. Ça, je l'ai déjà répété un certain nombre de fois.

— Et ça ne sera sûrement pas la dernière », dit Harry avant de bâiller à s'en décrocher la mâchoire et de se passer une main sur le visage. Au même instant, Magnus Skarre frappa à la vitre de la salle d'interrogatoire en désignant sa montre. Derrière lui, Harry reconnut Wetterlid. Il répondit d'un signe de tête et jeta un dernier coup d'œil sur son formulaire.

« Je vois ici que vous n'avez vu personne de suspect passer à l'accueil pendant que vous attendiez, que ce soit dans un sens ou dans l'autre.

— C'est exact.

— Alors je vous remercie pour votre coopération, dit Harry en remettant la feuille dans le dossier et en appuyant sur la touche Stop du magnétophone. Nous reprendrons très certainement contact avec vous.

— Personne de *suspect*, dit Clausen en se levant.

— Quoi ?

— Je dis que je n'ai vu personne de *suspect* à l'accueil, mais la femme de ménage est passée pour aller vers les bureaux.

— Oui, on lui a parlé. Elle dit qu'elle a filé à la cuisine, et qu'elle n'a vu personne. »

Harry se leva et regarda sa liste. L'audition suivante était prévue à dix heures et quart, en salle quatre.

« Et le coursier à vélo, évidemment, dit Clausen.

— Le coursier ?

— Oui. Il a passé la porte au moment où je partais à la recherche de Halle. Il venait sûrement de livrer ou de se voir confier quelque chose, je n'en sais rien. Pourquoi me regardez-vous comme ça, inspecteur principal ? Un coursier ordinaire, dans un cabinet d'avocats, ce n'est pas spécialement suspect. »

Une heure et demie plus tard, après avoir vérifié avec le cabinet Halle, Thune et Wetterlid et toutes les boîtes de coursiers d'Oslo, Harry était sûr d'une chose : personne n'avait attesté ni livraison ni ramassage de quoi que ce fût chez Halle, Thune et Wetterlid ce lundi-là.

Et deux heures après que Clausen eut quitté l'hôtel de police, juste avant que le soleil ne parvienne au zénith, on vint le chercher pour qu'il donne encore une fois une description du coursier.

Il ne put pas leur raconter grand-chose. À peu près un mètre quatre-vingts. Corpulence normale. En dehors de ça, Clausen ne s'était pas attaché à des détails d'ordre physique. Il considérait cela comme inintéressant et inconvenant pour un homme, précisa-t-il avant de répéter que ledit coursier était habillé comme la majorité de ses collègues : maillot moulant de cycliste noir et jaune, short et chaussures de vélo qui avaient cliqueté bien qu'il marchât sur de la moquette. Un casque et une paire de lunettes de soleil empêchaient de voir son visage.

« Sa bouche ?

— Un bâillon blanc. Le genre de masque qu'utilise Michael Jackson. J'ai cru comprendre que les coursiers en portaient pour se protéger des gaz d'échappement.

— À New York ou à Tokyo, oui. Mais ici, on est à Oslo... »

Clausen haussa les épaules.

« Ça ne m'a pas fait tiquer. »

Clausen fut renvoyé à ses pénates, et Harry alla au bureau de Tom Waaler. Ce dernier avait le téléphone collé sur l'oreille et y marmonnait des monosyllabes quand Harry entra.

« Je crois que j'ai une idée de la façon dont l'assassin s'est introduit chez Camilla Loen », annonça Harry.

Tom Waaler raccrocha sans avoir mis fin à la conversation.

« Il y a une caméra connectée aux interphones, dans son immeuble, je crois ?

— Oui... ? » Waaler se pencha en avant.

« Qui peut sonner à n'importe quel interphone, présenter un visage masqué à la caméra tout en étant relativement certain qu'on le laissera entrer ?

— Le Père Noël ?

— Peu de chances. Mais tu laisses entrer celui dont tu paries qu'il apporte un paquet express ou un bouquet de fleurs. Le coursier à vélo. »

Waaler appuya sur la touche OCCUPÉ de son téléphone.

« Entre le moment où Clausen est arrivé et celui où le coursier est parti en passant devant l'accueil, il s'est écoulé plus de quatre minutes. Un coursier entre au pas de charge, dépose son colis et repart aussi vite, il ne passe pas quatre minutes à glandouiller à droite, à gauche. »

Waaler hocha lentement la tête.

« Un coursier à vélo, dit-il. C'est en effet d'une simplicité géniale. Quelqu'un qui a une raison plausible pour passer en vitesse au milieu de gens qu'il ne connaît pas, avec un masque sur la figure. Que tout le monde voit, mais sans y faire attention.

— Un cheval de Troie, dit Harry. Tu imagines la situation en or pour un tueur en série.

— Et personne ne trouve ça étonnant qu'un coursier reparte en vitesse, sur un véhicule sans immatriculation qui est probablement le meilleur moyen de disparaître en ville. »

Waaler posa une main sur le téléphone.

« Je vais mettre des gens sur le coup pour savoir si des coursiers ont été vus autour des endroits où ont eu lieu les autres meurtres.

« Il y a une autre chose à laquelle on doit penser...

— Oui, répondit Waaler. Si on doit prévenir les gens de se méfier des coursiers qu'ils ne connaissent pas.

— Ouaip. Tu vois ça avec Møller ?

— Oui. Et, Harry... »

Harry s'arrêta sur le pas de la porte.

« Super-boulot », dit Waaler.

Harry fit un rapide signe de tête et sortit.

Après seulement trois minutes, des rumeurs couraient dans les couloirs, disant que Harry était sur une piste.

Chapitre 18

Mardi. Pentagramme

Nikolaj Loeb appuyait doucement sur les touches. Les notes de piano rendaient un son frêle dans la pièce nue. Piotr Ilitch Tchaïkovski, concerto pour piano numéro 1, en si mineur. Bien des pianistes le trouvaient bizarre et sans élégance, mais pour l'oreille de Nikolaj, on n'avait jamais écrit plus belle musique. Il éprouvait le mal du pays rien qu'en jouant les quelques mesures qu'il connaissait par cœur, et c'était toujours ces notes que ses doigts cherchaient automatiquement quand il s'asseyait au piano désaccordé du grand réfectoire de la salle paroissiale de Gamle Aker.

Il regarda par la fenêtre ouverte. Les oiseaux chantaient depuis le cimetière. Cela lui rappela les étés à Leningrad et son père qui l'emmenait sur les anciens champs de bataille en dehors de la ville, où le grand-père et tous les oncles de Nikolaj étaient enterrés dans des fosses communes depuis longtemps oubliées.

« Écoute, avait dit son père, la beauté insensée avec laquelle ils chantent. »

Nikolaj entendit un toussotement et se retourna.

Un grand type en jean et T-shirt se tenait à la porte. Il avait une main bandée. La première chose que pensa Nikolaj, ce fut que ce gars était l'un des drogués qui passaient de temps à autre.

« Je peux vous aider ? » cria Nikolaj. L'acoustique rude du local fit paraître sa voix moins aimable qu'il ne le souhaitait.

L'homme passa la porte.

« Je l'espère. Je suis venu m'amender.

— Ça fait plaisir. Mais je ne reçois malheureusement pas les confessions ici. Il y a un planning dans l'entrée. Et il faut aller à notre chapelle, dans Inkognitogata. »

L'homme l'avait rejoint. En voyant les cercles noirs qui entouraient les yeux injectés de sang du bonhomme, Nikolaj comprit qu'il n'avait pas dormi depuis longtemps.

« Je voudrais m'amender pour avoir démoli l'étoile de la porte. »

Quelques secondes s'écoulèrent avant que Nikolaj comprenne de quoi il était question.

« Ah, ça, ce n'est pas moi que ça regarde. Je vois juste que cette étoile s'est détachée, et qu'elle pend, la tête en bas. Quelque peu inconvenant pour un bâtiment religieux, c'est le moins qu'on puisse dire, observa-t-il avec un sourire.

— Vous ne travaillez pas ici, alors ? »

Nikolaj secoua la tête.

« On loue juste les lieux de temps en temps. Je viens de la paroisse apostolique Sainte-Olga. »

L'homme haussa un sourcil.

« L'église orthodoxe russe, ajouta Nikolaj. Je suis prêtre et président. Il va falloir que vous alliez voir au bureau si vous trouvez quelqu'un pour vous aider.

— Mmm. Merci. »

L'homme ne bougea pas.

« Tchaïkovski, n'est-ce pas ? Premier concerto pour piano ?

— Exact », s'étonna Nikolaj. Les Norvégiens n'étaient pas précisément ce qu'on peut appeler un peuple cultivé. Et en plus, celui-là ressemblait à un marginal, avec son jean et son T-shirt.

« Ma mère me le jouait souvent, expliqua l'homme. Elle disait qu'il était difficile.

— Vous avez une bonne mère. Qui vous jouait des pièces qu'elle jugeait difficiles.

— Oui, elle était gentille. Presque une sainte. »

Nikolaj était troublé par ce que le sourire de l'homme avait d'ironique. C'était un sourire contradictoire. Ouvert et fermé, amical et cynique, rieur et douloureux. Mais comme d'habitude, il allait sûrement un peu loin dans ses interprétations.

« Merci de votre aide, dit l'homme en se dirigeant vers la porte.

— Je vous en prie. »

Nikolaj se tourna vers le piano et se concentra. Il appuya doucement sur une touche qui atterrit tendrement, silencieusement – il sentit le feutre appuyer sur la corde – quand il prit conscience qu'il n'avait pas entendu la porte se refermer. Il se retourna et vit l'homme debout devant la porte, la main sur la poignée, qui regardait l'étoile cassée.

« Un problème ? »

L'homme leva les yeux.

« Oh, non. Mais qu'est-ce qui vous faisait dire que c'était inconvenant que l'étoile ait la tête en bas ? »

Nikolaj partit d'un petit rire que les murs se renvoyèrent.

« Le pentagramme inversé, non ? »

L'homme le regarda de telle sorte que Nikolaj sentit qu'il ne comprenait pas.

« Le pentagramme, c'est un vieux symbole religieux, et pas seulement dans la religion chrétienne. Comme vous le voyez, c'est une étoile à cinq branches dessinée d'un seul trait qui se coupe plusieurs fois, un peu comme l'étoile de David. On l'a retrouvé gravé dans des stèles vieilles de plusieurs milliers d'années. Mais quand il a la tête en bas, avec une pointe vers le bas et deux en l'air, c'est tout à fait différent. C'est alors l'un des symboles les plus importants de la démonologie.

— La démonologie ? »

L'homme posait ses questions d'une voix calme, mais ferme. Comme quelqu'un qui a l'habitude qu'on lui réponde, se dit Nikolaj.

« La doctrine du mal. L'expression vient de l'époque où l'homme croyait que le mal était la résultante de l'existence de démons.

— Mmm. Et aujourd'hui, les démons ont été abolis ? »

Nikolaj se tourna complètement sur le tabouret de piano. S'était-il trompé sur le bonhomme ? Il était un peu trop clair d'esprit pour être un drogué ou un clochard.

« Je suis policier, répondit l'homme comme une réponse à ses pensées. Nous avons la manie de poser des questions.

— D'accord. Mais pourquoi vous renseignez-vous là-dessus ? »

L'homme haussa les épaules.

« Je ne sais pas. J'ai vu ce signe il y a très peu de temps. Mais je ne me souviens pas où. Ni si c'est important. Quel est le démon qui utilise ce symbole ?

— *Tsjort* », répondit Nikolaj en appuyant doucement sur trois touches. Une dissonance. « Alias Satan. »

Au début de l'après-midi, Olaug Sivertsen ouvrit les portes du balcon français qui donnait sur Bjørvika, s'assit sur une chaise et regarda le train rouge qui passait devant la maison. C'était une maison assez banale, une villa de brique construite en 1891 ; c'était sa situation, qui était inhabituelle. La Villa Valle – du nom de celui qui l'avait dessinée – était isolée près des voies ferrées juste derrière la gare centrale d'Oslo, au cœur du réseau ferroviaire. Elle avait comme plus proches voisins quelques entrepôts et des ateliers appartenant à la NSB[1]. La Villa Valle avait été construite pour y loger le chef de gare, sa famille et leurs domestiques, et les murs étaient exceptionnellement épais pour que les maîtres de céans ne soient pas réveillés à chaque passage de train. Le chef de gare avait par ailleurs demandé au maçon – qui avait décroché le contrat parce qu'il avait la réputation de connaître la formule d'un mortier particulier qui conférait aux murs une solidité à toute épreuve – de la renforcer encore un peu plus. Au cas où un train déraillerait et percuterait la maison, le chef de gare voulait que ce soit au conducteur de trinquer, et pas à lui et sa famille. Aucun convoi n'avait jusqu'à

1. Norges StasBaner, l'équivalent norvégien de la SNCF en France.

présent heurté la somptueuse demeure qui restait si étrangement dans son coin, comme le mirage d'un château au-dessus d'un désert de gravier noir dans lequel les rails brillaient en se tordant comme autant de serpents luisant au soleil.

Olaug ferma les yeux et savoura les rayons du soleil.

Dans sa jeunesse, elle n'aimait pas le soleil. Sa peau rougissait et s'irritait, ce qui lui faisait regretter les étés humides et rafraîchissants du Nordvestland. Mais elle était vieille, à présent, bientôt quatre-vingts ans, et elle s'était mise à préférer la chaleur au froid. La lumière à l'obscurité. La compagnie à la solitude. Le bruit au silence.

Il en avait été différemment quand elle avait quitté Averøya en 1941, alors âgée de seize ans, pour arriver à Oslo sur les mêmes rails et entrer comme bonne au service du Gruppenführer Ernst Schwabe et de sa femme Randi, à la Villa Valle. Lui était un grand type sympa, elle avait des quartiers de noblesse, et Olaug avait été terrorisée durant les premiers jours. Mais ils l'avaient traitée avec respect et gentillesse, et au bout de quelque temps, Olaug avait compris qu'elle n'avait rien à craindre tant qu'elle faisait son travail avec l'application et la ponctualité qui caractérisent non sans raison les Allemands.

Ernst Schwabe dirigeait la DLTW, la Division logistique terrestre de la Wehrmacht, et c'est lui qui avait choisi cette villa près de la gare. Sa femme Randi avait elle aussi certainement trouvé un emploi au sein de la DLTW, mais Olaug ne la vit jamais en uniforme. La chambre de bonne donnait au sud, sur le jardin et les rails. Durant les premières semaines,

227

le vacarme des wagons, les coups de sifflet stridents et tous les autres bruits de la ville la tenaient éveillée du soir au matin, mais elle s'y était progressivement habituée. Et l'année suivante, quand elle était rentrée chez elle à l'occasion de ses premiers congés, dans la maison où elle avait grandi, elle avait écouté le silence et le néant, en regrettant les bruits de la vie et des vivants.

Les vivants. Il y en avait eu beaucoup à la Villa Valle, pendant la guerre. Le couple Schwabe avait une vie sociale intense, et des Allemands aussi bien que des Norvégiens prenaient part aux réceptions. Si seulement les gens avaient su quelles huiles de la société norvégienne étaient venues manger, boire et fumer aux frais de la Wehrmacht. L'une des premières consignes qu'elle avait reçues immédiatement après la guerre avait été de brûler les cartons de table qu'elle avait soigneusement archivés. Elle avait fait ce qu'on lui demandait et n'avait par ailleurs jamais rien dit à quiconque. Bien sûr, elle en avait de temps en temps eu envie, quand les mêmes visages apparaissaient dans les journaux, pour parler de ce qu'était la vie sous le joug allemand durant l'Occupation. Mais elle l'avait fermée. Pour une seule et unique raison. Juste après la fin de la guerre, ils avaient menacé de lui prendre le petit, la seule chose précieuse qu'elle eût jamais possédée. Cette peur ne l'avait pas quittée.

Olaug ferma très fort les yeux face au soleil sans force. Il était fatigué, ce n'était pas surprenant. Il avait été présent toute la journée, et avait fait de son mieux pour occire les fleurs qui décoraient les rebords de fenêtres. Olaug sourit. Seigneur, elle avait été si jeune, personne n'avait jamais été si jeune.

Regrettait-elle cette époque ? Peut-être pas. Mais ce qui lui manquait, c'étaient la compagnie, la vie, l'agitation. Elle n'avait jamais compris pourquoi on dit que les personnes âgées sont seules, mais à présent...

Ce n'était pas tant d'être seule qui la rendait triste que de n'exister pour personne, de se réveiller le matin en sachant qu'elle pouvait décréter de rester au lit toute la journée, et qu'il n'y avait pas une âme pour qui cela fît de différence.

C'est pour cela qu'elle avait pris une locataire, une jeune fille sympa du Trøndelag.

C'était étrange de penser qu'Ina, qui n'avait que quelques années de plus qu'Olaug quand elle était arrivée en ville, habitait maintenant la même chambre de bonne et croyait regretter le soir venu le silence d'un petit bled du Nord-Trøndelag.

Encore que, Olaug se trompait peut-être. Ina avait un soupirant. Elle ne l'avait pas vu, et encore moins salué. Mais de sa chambre, elle avait entendu les pas du type dans l'escalier de derrière, sur lequel donnait l'entrée de la chambre d'Ina. Contrairement à l'époque où Olaug était bonne, personne ne pouvait interdire à Ina de recevoir des visites masculines chez elle. Non qu'elle eût souhaité le faire, elle espérait simplement que personne ne viendrait lui prendre Ina, qui était pour ainsi dire devenue une amie proche. Voire même une fille, la fille qu'elle n'avait jamais eue.

Mais Olaug savait également que, dans une relation entre une vieille dame et une jeune fille comme Ina, c'est toujours la jeune qui donne et la vieille qui reçoit. Elle veillait donc à ne pas être envahissante. Ina était toujours aimable, mais Olaug pensait quelquefois que le faible loyer n'y était pas pour rien.

Il était presque devenu rituel qu'Olaug fasse du thé et aille frapper à la porte d'Ina avec un plateau de biscuits, vers sept heures du soir. Olaug préférait qu'elles se voient là. Étrangement, cette chambre de bonne était toujours la pièce dans laquelle elle se sentait le plus chez elle. Elles parlaient d'absolument tout. Ina s'intéressait particulièrement à la guerre et à ce qui s'était passé à la Villa Valle. Et Olaug racontait. À quel point Ernst et Randi Schwabe s'étaient aimés. Qu'ils pouvaient passer des heures à discuter dans le salon en échangeant de petites caresses, en écartant une mèche de cheveux, en posant la tête sur l'épaule de l'autre. Il arrivait qu'Olaug les observe en douce de derrière la porte de la cuisine. La silhouette fière d'Ernst Schwabe, ses cheveux noirs et drus, son front large et son regard qui pouvait si rapidement passer de la plaisanterie à la gravité, de la colère au rire, de l'assurance dans les occasions importantes au trouble puéril pour les bagatelles. Mais c'était surtout Randi Schwabe qu'elle observait, ses cheveux roux flamboyants, son cou fin et blanc, et ses yeux clairs à l'iris bleu ciel entouré de bleu foncé, les plus beaux yeux qu'Olaug ait jamais vus.

Quand Olaug les voyait ainsi, elle pensait qu'ils étaient sur la même longueur d'onde, faits l'un pour l'autre et que rien ne pourrait les séparer. Mais il arrivait aussi, disait-elle, que la bonne ambiance qui caractérisait les réceptions à la Villa Valle fût remplacée par de véhémentes disputes une fois les invités partis.

C'était à la suite d'une de ces querelles qu'Ernst Schwabe était venu frapper à la porte d'Olaug après que celle-ci s'était couchée, et il était entré. Sans allumer la lumière, il était allé s'asseoir sur le bord du lit et lui avait raconté que sa femme venait de quitter le domicile conjugal, de fureur, et était partie passer la nuit dans un hôtel. Olaug avait senti à l'haleine de son patron qu'il avait bu, mais à l'époque, elle était jeune, et ne sut pas ce qu'il fallait faire quand un aîné de vingt ans que l'on respectait et que l'on admirait, oui, dont on était peut-être même un peu amoureuse, lui demanda de se défaire de sa chemise de nuit afin qu'il puisse la voir nue.

La première nuit, il ne la toucha pas ; il ne fit que la regarder, lui caresser la joue et lui dire qu'elle était belle, plus belle qu'elle le comprendrait jamais. Il s'était levé, et en partant, il avait plutôt l'air d'avoir envie de pleurer.

Olaug ferma les portes du balcon et se leva. Il était bientôt sept heures. Elle jeta un coup d'œil à la porte de l'escalier de service et vit une belle paire de chaussures d'homme sur le paillasson devant la porte d'Ina. Elle devait avoir de la visite. Olaug s'assit sur le lit et écouta.

À huit heures, elle entendit la porte s'ouvrir et se refermer. Elle entendit quelqu'un mettre ses chaussures et descendre l'escalier. Mais il y avait un autre son, un raclement mou, comme celui de pattes de chien. Elle alla dans la cuisine et alluma sous l'eau pour le thé.

Quand elle frappa chez Ina quelques minutes plus tard, elle fut étonnée de ne pas recevoir de réponse. D'autant plus qu'elle entendait faiblement de la musique dans la chambre.

Elle frappa de nouveau, toujours sans obtenir de réponse.

« Ina ? »

Olaug poussa la porte qui s'ouvrit lentement. La première chose qu'elle remarqua, ce fut à quel point l'air était étouffant. La fenêtre était fermée et les rideaux tirés, une obscurité quasi complète régnait dans la pièce.

« Ina ? »

Pas de réponse. Elle dormait peut-être. Olaug entra et jeta un coup d'œil derrière la porte, où se trouvait le lit. Vide. Étrange. Ses yeux âgés s'étaient habitués à l'obscurité, et elle finit par apercevoir la silhouette d'Ina. Elle était assise dans le fauteuil à bascule près de la fenêtre, et avait effectivement l'air de dormir. Elle avait les yeux fermés, et sa tête penchait un peu sur le côté. Olaug ne pouvait toujours pas déterminer d'où venait le faible bourdonnement musical qu'elle entendait.

Elle alla jusqu'au fauteuil.

« Ina ? »

Sa locataire ne réagit pas davantage. Olaug tint son plateau d'une main en posant doucement l'autre sur la joue de la jeune fille.

La moquette rendit un son feutré quand une théière suivie de près par deux tasses, un sucrier en argent orné de l'aigle impérial allemand et une assiette de six cookies du Maryland atterrirent dessus.

À l'instant précis où la tasse d'Olaug, ou plus exactement celle de la famille Schwabe, atteignait le sol, Ståle Aune leva la sienne. Ou plus exactement celle de la police d'Oslo.

Bjarne Møller étudiait l'auriculaire potelé qui pointait de la main du psychologue, en se demandant en son for intérieur dans quelle mesure il s'agissait d'un élément du rôle que l'autre jouait, et dans quelle mesure c'était simplement un petit doigt qui pointait.

Møller avait demandé un briefing dans son bureau et avait convoqué – en plus d'Aune – les dirigeants de l'enquête, à savoir Tom Waaler, Harry Hole et Beate Lønn.

Tous avaient l'air fatigués. Peut-être avant tout parce que l'espoir né d'un faux coursier en vélo s'éteignait.

Tom Waaler venait de passer en revue les résultats des avis de recherche lancés à la télé et à la radio. Ils avaient reçu vingt-quatre tuyaux, dont treize venaient des mêmes personnes qui appelaient à chaque fois, qu'elles aient vu quelque chose ou non. Des onze restants, sept concernaient des coursiers véritables effectuant des missions attestées. Seules quatre les informaient de ce qu'ils savaient déjà : un coursier à vélo s'était trouvé tout près de Carl Berners Plass lundi vers cinq heures. Ce qu'il y avait de nouveau, c'était qu'il avait été vu descendant Trondheimsveien. Le seul renseignement intéressant venait d'un chauffeur de taxi qui disait avoir vu un cycliste portant un casque, des lunettes et un haut jaune devant l'École des arts et métiers et remontant Ullevålsveien aux alentours du moment où Camilla Loen avait été tuée. Aucune des sociétés de coursiers n'avait reçu de mission impliquant que l'un de leurs employés doive remonter Ullevålsveien à ce moment-là. Mais un type de la messagerie Førstemann s'était présenté et avait raconté d'un air honteux qu'il avait fait un crochet par Ullevålsveien pour aller prendre une bière au restaurant en plein air de St. Hanshaugen.

« En d'autres termes, dit Møller, les recherches n'ont rien donné ?

— C'est encore un peu tôt », observa Waaler.

Møller acquiesça, mais l'expression de son visage ne trahissait pas un enthousiasme débordant. Hormis Aune, tous les occupants de la pièce savaient que les premières réactions sont les plus importantes. Les gens oublient vite.

« Qu'en dit le peu qu'il reste de notre section médico-légale ? demanda Møller. Ont-ils trouvé quelque chose qui puisse nous aider à identifier le tueur ?

— Malheureusement pas, répondit Waaler. Ils ont mis de côté leurs vieux cadavres pour s'occuper en priorité des nôtres, mais jusqu'à présent sans résultat. Pas de sperme, pas de sang, de cheveux, de peau ou autre. La seule trace physique qu'il ait laissée, ce sont les trous par lesquels ont pénétré les balles.

— Intéressant », constata Aune.

Møller demanda sur un ton légèrement désabusé ce qu'il pouvait y avoir d'intéressant là-dedans.

« Ça indique qu'il n'a pas abusé sexuellement des victimes, répondit Aune. Et c'est très inhabituel en ce qui concerne les tueurs en série.

— Il n'est peut-être pas question de sexe, ici », objecta Møller.

Aune secoua la tête.

« Ils sont toujours motivés par le sexe. Toujours.

— Il est peut-être comme Peter Sellers dans *Bienvenue Mister Chance*, dit Harry. « I like to watch[1] ». »

---

1. « J'aime regarder. »

Les autres le regardèrent sans comprendre.

« Je veux dire : il n'a peut-être pas besoin de les toucher pour être satisfait sur le plan sexuel. »

Harry évita le regard de Waaler.

« Le meurtre et la vue des cadavres suffisent peut-être.

— C'est possible, concéda Aune. D'habitude, le tueur souhaite éjaculer, mais il a pu le faire sans laisser du sperme sur place. Ou bien avoir suffisamment de maîtrise de soi pour pouvoir attendre d'être en lieu sûr. »

Un ange passa. Et Harry sut que tous pensaient à la même chose que lui. À ce que le tueur avait fait avec la femme qui avait disparu, Lisbeth Barli.

« Et les armes qu'on a retrouvées ?

— C'est vérifié, répondit Beate. Les tests balistiques ont montré que la probabilité est de quatre-vingt-dix-neuf virgule neuf pour cent pour que ce soient celles qui ont servi pour les meurtres.

— Pas mal, constata Møller. Une idée quant à leur provenance ? »

Beate secoua la tête.

« Les numéros de série avaient été effacés. Les marques que l'opération a laissées sont les mêmes que celles retrouvées sur la majorité des armes confisquées.

— Mmm. De nouveau le gros et mystérieux trafic d'armes, donc. Le SSP[1] ne devrait pas venir bientôt à bout de ces mecs-là ? demanda Møller.

— Ça fait plus de quatre ans qu'Interpol bosse sur cette affaire, sans résultat », dit Waaler.

---

1. Service de Surveillance de la Police.

Harry bascula sa chaise en arrière et jeta un coup d'œil en biais à Waaler. Et ce faisant, Harry remarqua avec surprise qu'il éprouvait à l'adresse de Waaler un sentiment nouveau : de l'admiration. Le genre d'admiration que l'on ressent pour un animal de proie qui a perfectionné son comportement pour survivre.

« Je comprends, soupira Møller. Nous sommes par conséquent menés 3-0, et l'adversaire ne nous a pas encore laissés toucher le ballon. Toujours pas de bonne idée, personne ?

— Je ne sais pas vraiment si c'est une idée...

— Vas-y, Harry.

— J'ai plus qu'un vague pressentiment en ce qui concerne les lieux des crimes. Ils ont tous un point commun, mais je ne sais pas encore ce que c'est. Le premier a eu lieu dans un appartement sous les combles, dans Ullevålsveien. Le second environ un kilomètre plus au nord-est, dans Sannergata. Et le troisième à peu près aussi loin, plein est, dans un immeuble de bureaux sis Carl Berners Plass. Il se déplace, mais j'ai l'impression qu'il y a une certaine méthode là-dedans. Là-dedans *aussi*.

— C'est-à-dire ? s'enquit Beate.

— Territoire. Notre psychologue va sûrement pouvoir nous donner une explication. »

Møller se tourna vers Aune, qui avait sa tasse de thé aux lèvres.

« Un commentaire, Aune ? »

L'intéressé fit la grimace.

« Oui, ça ne ressemble pas vraiment à du Kenilworth.

— Je ne parlais pas du thé. »

Aune poussa un soupir.

« On appelle ça de l'humour, Møller. Mais je vois où tu veux en venir, Harry. Les tueurs en série ont des préférences marquées en matière d'endroits où commettre leurs forfaits, géographiquement parlant. À la louche, on peut distinguer trois types de cas, annonça Aune en comptant sur ses doigts. Le tueur stationnaire, qui fait venir par la menace ou par la ruse ses victimes chez lui, où il les assassine. Le tueur territorial, qui opère dans une zone donnée, bien délimitée, comme Jack l'Éventreur qui ne sévissait que dans le quartier des prostituées, mais dont le territoire peut sans problème être une ville entière. Et pour finir, le tueur en série nomade, qui est vraisemblablement celui qui a le plus de morts sur la conscience. Ottis Toole et Henry Lee Lucas sont passés d'État en État aux États-Unis en tuant à eux deux plus de trois cents personnes.

— Eh bien ! dit Møller. Mais je ne perçois pas très bien la méthode dont tu parlais, Harry. »

Celui-ci haussa les épaules.

« Comme j'ai dit, chef, ce n'est qu'un pressentiment.

— Il y a un élément commun », intervint Beate.

Les autres se tournèrent vers elle comme un seul homme, et deux taches d'un beau rouge apparurent instantanément sur ses joues. Elle eut l'air de regretter d'avoir parlé. Mais elle ne perdit pas la face et poursuivit.

« Il s'introduit dans des endroits où les femmes se sentent le plus en sécurité. Dans leur appartement. Dans leur rue, en plein jour. Dans les toilettes des femmes, sur leur lieu de travail.

— Bien, Beate, dit Harry qui reçut en retour un rapide coup d'œil reconnaissant.

— Bien observé, ma jeune amie, embraya Aune. Et puisque nous parlons d'une logique de déplacement, j'aimerais ajouter une chose. Les tueurs en série de la catégorie des sociopathes sont souvent très sûrs d'eux, exactement comme celui-ci semble l'être. Une de leurs caractéristiques est qu'ils suivent l'enquête de près et profitent des occasions pour être physiquement proches de l'endroit où elle a lieu. Les recherches peuvent leur apparaître comme un jeu entre eux et la police, et beaucoup d'entre eux ont donné l'impression de se réjouir en voyant les enquêteurs paumés.

— Ce qui veut dire qu'il y a un mec mort de rire, quelque part pas très loin, dit Møller en frappant dans ses mains. Ce sera tout pour aujourd'hui.

— Juste une petite chose, dit Harry. Les diamants en forme d'étoile que l'assassin a laissés aux victimes...

— Oui ?

— Elles ont cinq branches. Presque comme un pentagramme.

— Presque ? À ma connaissance, c'est précisément ça, un pentagramme.

— Le pentagramme, c'est un seul trait qui se coupe plusieurs fois.

— Ha-ha ! s'exclama Aune. Ce pentagramme-là. Calculé d'après le nombre d'or. Très intéressant de par sa forme. Est-ce que vous saviez par exemple qu'il existe une théorie disant que quand les Celtes ont voulu christianiser la Norvège, à l'époque viking, ils ont dessiné un pentagramme sacré sur une carte du sud du pays et s'en sont servis pour déterminer où allaient se trouver les villes et les églises ?

— Et les diamants, dans l'histoire ? demanda Beate.

— Ce ne sont pas les diamants. Si, il y a la forme, un pentagramme. Je sais que je l'ai vu quelque part. À l'endroit où on a retrouvé une des victimes. Je ne me rappelle pas laquelle, ni où. Ça a peut-être l'air tordu, mais je pense que c'est important.

— En bref, dit Møller en posant son menton dans sa main, tu te souviens de quelque chose dont tu ne te souviens pas, et tu crois que c'est important ? »

Harry se passa rudement les mains sur le visage.

« Quand tu es sur le lieu d'un crime, tu es tellement concentré que ton cerveau enregistre les éléments les plus anodins, bien plus que ce que tu peux traiter. Ils restent là jusqu'à ce qu'il se passe quelque chose, l'apparition d'un nouvel élément, par exemple, une pièce qui va avec une autre, mais à ce moment-là, tu ne te souviens pas d'où tu tiens ça. Et pourtant, tu as le sentiment que c'est important. Qu'est-ce que vous en pensez ?

— Que ça ressemble à une psychose », bâilla Aune.

Les trois autres le regardèrent.

« Vous pourriez au moins essayer de rire quand je suis drôle. Ça me fait penser à un cerveau normal qui tourne à plein régime, Harry. Pas de quoi s'affoler.

— Et moi, je crois qu'il y a ici quatre cerveaux qui en ont suffisamment fait pour aujourd'hui », dit Møller en se levant.

Au même instant, le téléphone qu'il avait devant lui sonna.

« Ici Møller... Un instant. »

Il tendit le combiné à Waaler, qui le prit et le colla à son oreille.

« Oui ? »

Des pieds de chaise raclèrent le sol, mais Waaler fit signe d'attendre.

« Bien », dit-il avant de raccrocher.

Les autres le regardèrent, vaguement inquiets.

« Un témoin s'est manifesté. Elle a vu un coursier en vélo sortir d'un immeuble d'Ullevålsveien pas très loin de Vår Frelsers Gravlund le vendredi après-midi où Camilla Loen a été tuée. Elle s'en souvient parce qu'elle a trouvé bizarre qu'il porte un masque blanc sur la bouche. Ce que n'avait pas le coursier qui allait s'en jeter une à St. Hanshaugen.

— Et ?

— Elle ne savait pas quel était le numéro dans Ullevålsveien, mais Skarre l'a conduite là-bas. Elle a montré l'immeuble : celui de Camilla Loen. »

Les paumes de Møller claquèrent sur la table.

« Enfin ! »

Assise sur le lit, Olaug avait posé une main sur sa gorge et sentait son pouls se calmer lentement.

« Ce que tu m'as fait peur, murmura-t-elle d'une voix rauque, méconnaissable.

— Je suis vraiment désolée, dit Ina en prenant le dernier cookie du Maryland. Je ne t'ai pas entendue arriver.

— C'est moi qui m'excuse, répondit la vieille dame. Entrer comme ça, sans prévenir... et je n'ai pas vu que tu avais ces trucs-là...

— Les écouteurs, dit Ina en riant. J'écoutais de la musique assez fort. Cole Porter.

— Tu sais, je ne suis pas très calée en matière de nouvelles tendances musicales.

— Cole Porter est un vieux musicien de jazz. Il est mort, en fait.

— Ma chère, toi qui es si jeune, il ne faut pas que tu écoutes des défunts. »

Ina rit de nouveau. Quand elle avait senti quelque chose lui toucher la joue, elle avait machinalement fait un grand geste avec la main et heurté le plateau pour le thé. Le sucre faisait toujours une fine couche blanche sur la moquette.

« C'est quelqu'un qui m'a fait écouter ses disques.

— Il y a tellement de mystères dans ton sourire, dit Olaug. C'est ton soupirant ? »

Elle regretta sur-le-champ d'avoir posé la question. Ina allait se croire espionnée.

« Peut-être, répondit la jeune fille, les yeux pétillants.

— Il est peut-être plus âgé que toi ? »

Olaug voulait ainsi expliquer indirectement qu'elle ne s'était pas donné la peine de l'apercevoir.

« Puisqu'il aime bien la musique rétro, j'entends. »

Elle entendit que ça aussi, ça sonnait mal ; elle posait ses questions, elle creusait comme une vieille colporteuse de ragots. Dans un instant de panique, elle imagina Ina déjà à la recherche d'un nouvel appartement.

« Un peu plus âgé, oui. »

Le sourire taquin d'Ina troublait Olaug.

« À peu près comme toi et M. Schwabe, peut-être ? »

Olaug rit de bon cœur avec Ina, de soulagement pour l'essentiel.

« Imagine, il était assis exactement là où tu es maintenant, dit soudain Ina.

— Oui, j'imagine, répondit la vieille dame en passant une main sur le couvre-lit.

— Ce soir-là, quand il était sur le point de pleurer, est-ce que c'était parce qu'il ne pouvait pas t'avoir ? »

Olaug continuait à caresser le dessus-de-lit. C'était bon de sentir cette laine grossière sous sa main.

« Je ne sais pas, répondit-elle. Je n'ai pas osé lui demander. À la place, je me suis fait mes propres réponses, celles que je préférais. Des rêves que je pouvais dorloter, le soir. C'est sûrement pour ça que j'étais si amoureuse.

— Vous vous êtes vus en dehors de la maison ?

— Oui. Une fois, il m'a emmenée en voiture à Bygdøy. Nous nous sommes baignés. C'est-à-dire, je me suis baignée pendant que lui regardait. Il m'appelait sa petite nymphe.

— Est-ce que sa femme a jamais su que c'était de son mari que tu étais enceinte ? »

Olaug regarda longuement Ina. Puis elle secoua la tête.

« Ils ont quitté le pays en mai 1945. Je ne les ai jamais revus. Ce n'est qu'en juillet que j'ai découvert que j'étais enceinte. »

Olaug abattit sa main sur le dessus-de-lit.

« Mais, chérie, tu dois en avoir assez de mes vieilles histoires. Parlons plutôt de toi. Qui est-ce, ton soupirant ?

— Un bel homme. »

Ina avait toujours cette expression rêveuse qui lui venait quand Olaug lui parlait de son premier et dernier amant, Ernst Schwabe.

« Il m'a fait un cadeau », dit Ina. Elle ouvrit un tiroir dans son bureau et y prit un petit paquet entouré d'un ruban jaune.

« Il a dit que je n'aurai le droit de l'ouvrir que quand nous serons fiancés. »

Olaug sourit et passa sa main sur la joue d'Ina. Elle était heureuse pour sa jeune locataire.

« Tu l'aimes ?

— Il est différent. Il n'est pas tellement... Il est vieux jeu. Il veut que nous attendions. Pour... tu sais quoi.

— On dirait qu'il le pense vraiment, acquiesça Olaug.

— Oui, répondit Ina en un petit soupir involontaire.

— Mais il faut que tu sois sûre que c'est l'homme de ta vie avant de le laisser continuer.

— Je sais bien, c'est ça qui est difficile. Il vient de passer, et avant qu'il s'en aille, je lui ai dit que j'avais besoin de temps pour réfléchir. Il m'a dit qu'il comprenait, que j'étais tellement plus jeune... »

Olaug voulut savoir s'il avait un chien, mais se retint ; elle avait posé suffisamment de questions personnelles. Elle passa une dernière fois la main sur le dessus-de-lit et se leva.

« Je vais faire chauffer encore un peu d'eau pour le thé, chérie. »

C'était une révélation. Pas un miracle, juste une révélation.

Il y avait une demi-heure que les autres étaient partis, et Harry venait de terminer la lecture des interrogatoires des deux colocataires voisines de Lisbeth Barli. Il éteignit la liseuse sur son bureau, cligna des yeux dans le noir, et ça y était. C'était peut-être justement parce qu'il venait d'éteindre, comme quand on est au lit et qu'on va dormir. Ou c'était peut-être parce que pendant une fraction de seconde, il avait cessé de penser. Quoi qu'il en soit, ce fut comme si quelqu'un lui flanquait une photo bien nette sous le nez.

Il alla dans le bureau où étaient conservées les clés des appartements des victimes et trouva celle qu'il cherchait. Il prit ensuite la voiture jusqu'à Sofies Gate, se munit d'une lampe de poche et descendit à pied dans Ullevålsveien. Il était près de minuit. Le pressing du rez-de-chaussée était fermé et éteint, tandis que dans la vitrine du magasin de pompes funèbres, un spot éclairait l'invitation « Repose en paix ».

Harry entra chez Camilla Loen.

Aucun des meubles ou quoi que ce soit d'autre n'avait été enlevé, mais ses pas n'en jetaient pas moins un écho. C'était comme si le départ de son occupante avait créé dans l'appartement un vide qu'il n'y avait pas auparavant. Et dans le même temps, Harry avait le sentiment de ne pas être seul. Il croyait à l'âme. Non qu'il fût particulièrement pieux, mais il y avait toujours une chose qui le frappait quand il voyait un cadavre : c'était un corps qui avait perdu quelque chose, loin de tous les changements physiques que subissent les cadavres. Les corps faisaient penser à des carapaces d'insectes vides prises dans une toile d'araignée... l'essence avait disparu, la lumière avait disparu, sans la lueur résiduelle illusoire qu'ont des étoiles qui ont explosé depuis belle lurette. Le corps était privé d'âme. Et c'était cette absence d'âme qui faisait que Harry y croyait.

Il n'alluma pas la lumière, la clarté lunaire qui tombait par les Velux suffisait. Il alla directement dans la chambre, alluma sa lampe de poche et la braqua sur la poutre porteuse à côté du lit. Il prit une inspiration. Ce n'était pas un cœur au-dessus d'un triangle, comme il l'avait cru la première fois qu'il était venu. Harry s'assit sur le lit et passa les doigts sur les entailles dans la poutre. Les marques dans le bois bruni étaient si claires qu'elles devaient être toutes récentes. En fait, il y avait une seule entaille. Une seule blessure faite de lignes droites qui tournaient et se recoupaient. Un pentagramme.

Harry braqua sa lampe de poche sur le sol. Une couche de poussière fine et quelques moutons dodus décoraient le parquet. Il était vraisemblable que Camilla Loen n'avait pas eu le temps de faire le ménage avant de décarrer. Mais là, à côté du pied de lit le plus éloigné, il trouva ce qu'il cherchait. Des copeaux.

Harry se renversa en arrière. Le matelas était tendre et souple. Il regarda le plafond mansardé et essaya de réfléchir. Si c'était réellement l'assassin qui avait gravé cette étoile au-dessus du lit, qu'est-ce que ça pouvait bien signifier ?

« Repose en paix », murmura Harry en fermant les yeux.

Il était trop fatigué pour penser clairement. Car une question lui trottait encore dans la tête. Qu'est-ce qui lui avait fait remarquer le pentagramme ? Les diamants avaient beau avoir cinq côtés dessinés d'un seul trait, ils avaient une forme tout à fait classique d'étoile, comme on en rencontrait partout, tout le temps. Alors pourquoi avait-il établi un rapport entre les deux ? D'ailleurs, l'avait-il réellement fait ? Il avait peut-être été trop rapide, son subconscient avait peut-être fait le lien entre le pentagramme et autre chose, qu'il avait aussi vu sur les lieux, mais qu'il n'arrivait pas à identifier ?

Il essaya de se représenter les différents endroits.

Lisbeth dans Sannergata. Barbara à Carl Berners Plass. Et Camilla. Ici. Sous la douche, dans la pièce d'à côté. Elle avait été presque nue. De la peau mouillée. Il l'avait touchée. L'eau chaude donnait l'illusion qu'elle était morte depuis moins longtemps que dans la réalité. Il avait touché sa peau. Beate l'avait regardé, mais il n'avait pas réussi à arrêter. Ça avait été comme passer ses doigts sur du caoutchouc chaud et lisse. Il leva les yeux et constata qu'ils étaient seuls, et ne sentit qu'alors la chaleur que dégageait la douche. Il baissa les yeux sur elle, il regarda Camilla qui le fixait, une étrange lueur dans les yeux. Il sursauta et ramena les mains, et le regard de Camilla mourut lentement, comme l'écran d'une télé qu'on éteint. Étrange, se dit-il en posant une main sur sa joue. Il attendit tandis que l'eau chaude de la douche transperçait ses vêtements. L'éclat revint lentement. Il posa l'autre main sur son ventre. Ses yeux s'animèrent, et il sentit son corps se mettre à bouger sous ses doigts. Il comprit que c'était ce contact qui l'éveillait à la vie, que sans ce contact, elle disparaîtrait, elle mourrait. Il posa son front sur celui de Camilla. L'eau coulait à l'intérieur de ses vêtements, recouvrait sa peau et faisait comme un filtre chaud entre eux deux. Ce ne fut qu'alors qu'il remarqua que ses yeux n'étaient plus bleus, mais marron. Que ses lèvres n'étaient plus pâles, mais rouges et pulpeuses. Rakel. Leurs lèvres se touchèrent. Il recula vivement en sentant qu'elles étaient glacées.

Elle le regardait intensément. Ses lèvres bougèrent.

« Qu'est-ce que tu fabriques ? »

Le cœur de Harry s'arrêta. En partie parce que l'écho de ces mots flottait encore dans la pièce, puis parce qu'il comprit qu'il ne pouvait pas s'agir d'un rêve. En partie parce que la voix n'était pas celle d'une femme. Mais surtout parce que quelqu'un se tenait devant le lit, légèrement penché vers lui.

Son cœur se remit alors à battre la chamade, il se jeta sur le côté et tâtonna à la recherche de la lampe de poche, toujours allumée. Elle tomba du lit en faisant un petit bruit sourd et roula en cercle, faisant courir son faisceau et l'ombre de la personne sur le mur.

Le plafonnier s'alluma.

Harry fut aveuglé, et son premier réflexe fut de lever ses bras devant son visage. Il s'écoula une seconde sans que rien arrive. Pas de détonation, pas de coup. Harry baissa les bras.

Il reconnut l'homme qui se tenait devant lui.

« Au nom du ciel, qu'est-ce que tu brocantes ? » demanda l'homme.

Il portait un peignoir rose, mais ne paraissait pourtant pas sortir du lit. La raie de côté dans ses cheveux était irréprochable.

C'était Anders Nygård.

« J'ai été réveillé par des bruits, dit Nygård en versant du café dans la tasse de Harry. J'ai d'abord pensé que quelqu'un avait pigé que c'était inoccupé, au-dessus, et venait cambrioler. Alors je suis monté vérifier.

— Compréhensible. Mais il me semblait avoir refermé derrière moi.

— J'ai la clé du gardien d'immeuble. Au cas où. »

Harry entendit des pas traînants et se retourna.

Vibeke Knutsen apparut dans l'embrasure de la porte, vêtue d'un peignoir, le visage ensommeillé et ses cheveux roux pointant dans tous les azimuts. Sans maquillage et sous la froide lumière de la cuisine, elle avait l'air plus âgée que la version que Harry avait vue auparavant. Elle eut un mouvement de recul quand elle s'aperçut de sa présence.

« Qu'est-ce qui se passe ? murmura-t-elle tandis que son regard allait et venait entre Harry et son concubin.

— Je suis venu vérifier deux ou trois trucs dans l'appartement de Camilla, se hâta de dire Harry en sentant le cerveau de la femme se perdre en conjectures. Je me suis assis sur le lit, j'ai fermé les yeux quelques secondes, et je me suis endormi. Ton mari a entendu du bruit, et il m'a réveillé. La journée a été longue. »

Sans trop savoir pourquoi, Harry bâilla ostensiblement.

Vibeke plissa les yeux vers son concubin : « Comment tu es attifé ? »

Anders Nygård regarda le peignoir rose comme s'il le découvrait.

« Ouille, je dois ressembler à une vraie drag queen,

248

dit-il avec un petit rire. C'est un cadeau pour toi, chérie. Il était encore dans ma valise, et dans la précipitation, c'est tout ce que j'ai trouvé. Tiens. »

Il dénoua la ceinture, quitta à grand-peine le peignoir et le lança à Vibeke qui l'attrapa, étonnée.

« Merci, bredouilla-t-elle.

— Quelle surprise de te voir debout, d'ailleurs, dit-il d'une voix mielleuse. Tu n'as pas pris tes somnifères ? »

Vibeke jeta un regard timide à Harry.

« Bonne nuit », murmura-t-elle avant de s'en aller.

Anders alla reposer le récipient de café. Son dos et le haut de ses bras étaient pâles. Mais ses avant-bras étaient bruns, et lui conféraient un splendide bronzage agricole. Renforcé par le même contraste sur les jambes.

« D'habitude, elle dort comme un loir toute la nuit.

— Mais pas toi ?

— Comment ça ?

— Eh bien... puisque tu sais qu'elle en écrase méchamment.

— C'est ce qu'elle dit.

— Et toi, tu te réveilles rien que si quelqu'un marche à l'étage supérieur ? »

Anders regarda Harry. Et hocha la tête.

« Tu as raison, Hole. Je ne dors pas. Ce n'est pas évident, avec ce qui s'est passé. On reste allongé, et on gamberge. On élabore toutes les théories possibles et imaginables. »

Harry but une gorgée de café.

« Il y en a certaines que tu serais prêt à exposer ? »

Anders haussa les épaules.

« En fait, je n'en sais pas tant que ça sur les massacreurs. Si c'est bien de ça qu'il s'agit.

— Non. C'est un tueur en série. Grosse différence.

— Bon, mais vous n'avez pas été frappés par le point commun qu'ont les victimes ?

— Ce sont de jeunes femmes. Il y a autre chose ?

— Elles sont ou ont été des femmes de mœurs légères.

— Tiens donc ?

— Il n'y a qu'à lire les journaux. Ce qu'ils écrivent sur le passé de ces femmes en dit assez long.

— Lisbeth Barli était mariée, et à ce qu'on en sait fidèle.

— Après son mariage, oui. Mais avant ça, elle jouait dans un orchestre qui allait par monts et par vaux, de sauterie en sauterie. Tu n'es quand même pas naïf, Hole ?

— Mmm. Et qu'est-ce que tu conclus de cette ressemblance ?

— Un tueur de ce genre, qui s'arroge le droit de vie et de mort, s'élève au rang de Dieu. Et dans l'Épître aux Hébreux, au chapitre treize, verset quatre, on lit que Dieu punira ceux qui forniquent. »

Harry hocha la tête et regarda sa montre.

« Je vais noter ça, Nygård. »

Celui-ci jouait avec sa tasse.

« Tu as trouvé ce que tu cherchais ?

— Peut-être. J'ai trouvé un pentagramme. Je suppose que tu sais ce que c'est, étant donné que tu bosses au sein de l'Église.

— Tu veux dire une étoile à cinq branches ?

— Oui. Dessinée d'un seul trait qui se recoupe.

250

Comme une étoile de David. Tu as peut-être une idée de ce que ce symbole peut représenter ? ».

La tête de Harry piquait vers la table, mais il observait en douce le visage de Nygård.

« Pas qu'une. Cinq est un chiffre important en magie noire. Il y avait une ou deux pointes vers le haut ?

— Une.

— Alors ce n'est en tout cas pas le symbole du mal. Ce signe que tu me décris peut représenter à la fois la force vitale et le désir. Où l'as-tu vu ?

— Sur une poutre au-dessus du lit.

— Ah oui, dit Nygård. Alors ça ne pose pas de problème.

— Ah ?

— Oui, c'est le signe des mares.

— Le signe des mares ?

— Un symbole païen. On le dessine au-dessus du lit ou de la porte d'entrée pour tenir les mares à l'écart.

— Les mares ?

— Oui, comme dans " cauchemar ". Un esprit féminin qui s'assied sur la poitrine du dormeur pour le chevaucher, lui filant des cauchemars. Les païens croyaient que c'était une revenante. Pas étonnant quand on sait que " mare " vient de l'indo-européen " mer ".

— Je dois avouer que je ne suis pas très calé en indo-européen...

— Ça veut dire " mort ". » Nygård plongea le regard dans sa tasse de café. « Ou plus exactement " meurtre ". »

Un message sur le répondeur attendait Harry quand celui-ci rentra. Un message de Rakel. Elle se demandait s'il pouvait accompagner Oleg à la piscine de Frogner pendant qu'elle irait chez le dentiste, entre trois et cinq le lendemain. La requête venait d'Oleg, disait-elle.

Harry se repassa plusieurs fois le message pour savoir s'il reconnaissait ou non la respiration qu'il avait entendue au téléphone quelques jours plus tôt, mais il dut renoncer.

Il retira tous ses vêtements et s'allongea nu sur son lit. La nuit précédente, il avait retiré la couette et gardé seulement la housse. Il donna des coups de pied dedans pendant un moment, s'endormit, passa un pied dans l'ouverture, paniqua et fut réveillé par le bruit sinistre d'une étoffe qui se déchire. L'obscurité du dehors avait déjà pris une nuance grise. Il balança les restes de la housse de couette sur le sol et se tourna vers le mur.

Et elle arriva. S'assit à califourchon sur lui. Lui enfonça le mors dans la bouche et tira. La tête de Harry valdingua à droite et à gauche. Elle se pencha et lui souffla son haleine chaude dans l'oreille. Un dragon cracheur de feu. Un message sans mots, crépitant, sur un répondeur. Elle le fouetta sur les cuisses, les hanches, la douleur était douce ; elle lui dit qu'elle serait bientôt la seule femme qu'il serait en mesure d'aimer, qu'il ferait aussi bien de se le mettre dans le crâne tout de suite.

Ce ne fut que quand le soleil se mit à briller sur les tuiles les plus hautes qu'elle lâcha prise.

Chapitre 19

Mercredi. Sous l'eau

Quand Harry se gara devant la piscine de Frogner, juste avant trois heures, il comprit où étaient allés ceux qui étaient malgré tout restés à Oslo. La file d'attente aux caisses faisait près de cent mètres. Il lut *VG* tandis que la foule avançait en traînant des pieds vers une délivrance dans le chlore.

Il n'y avait rien de neuf dans le cadre de l'enquête sur le tueur en série, mais ils avaient suffisamment creusé pour remplir quatre nouvelles pages. Les manchettes étaient partiellement cryptiques, et s'adressaient aux gens qui suivaient l'affaire depuis un moment. Il était à présent question des meurtres du coursier. Tout se savait, la police n'avait plus d'avance sur Akersgata, et Harry se doutait que les réunions matinales des rédactions ressemblaient à s'y méprendre à celles du groupe d'investigation. Il lut les déclarations de témoins qu'ils avaient eux-mêmes interrogés, mais qui avaient encore davantage de souvenirs à confier aux journaux, des enquêtes permettant aux gens de dire s'ils avaient peur, très peur ou s'ils étaient terrorisés, et aux boîtes de coursiers de dire qu'ils devaient compenser leur inactivité puisque leurs coursiers ne pouvaient plus entrer nulle part, et qu'il était quand même bien de la responsabilité des pouvoirs publics de mettre la main sur ce type, n'est-ce pas ? Le lien entre les meurtres du coursier et la disparition de Lisbeth Barli n'était plus simplement considéré comme hypothétique, mais certain. Une grande photo sous la manchette « Elle prend le relais de sa sœur » représentait Toya Harang et Willy Barli devant le Nationaltheatret. Légende : « L'énergique producteur n'a pas l'intention d'annuler. »

Harry parcourut le corps de texte dans lequel Willy Barli était cité : « *The show must go on* est davantage qu'un cliché facile, c'est quelque chose de très sérieux dans notre branche, et je sais que Lisbeth est avec nous malgré ce qui s'est passé. Mais je ne peux pas nier que la situation nous a marqués. Nous essayons pourtant d'utiliser notre énergie de façon positive. La pièce sera malgré tout un hommage à Lisbeth, une grande artiste qui n'a pas encore pu montrer son énorme potentiel. Mais elle le fera. Je ne peux tout simplement pas me permettre de croire autre chose. »

Quand Harry finit par entrer, il s'immobilisa et regarda autour de lui. Sa dernière visite à la piscine de Frogner devait remonter à vingt ans, mais hormis les façades refaites et un grand toboggan sur la fosse, peu de choses avaient changé. L'odeur de chlore, la vapeur des douches qui flottait au-dessus des bassins en faisant de petits arcs-en-ciel, le son de pieds nus courant sur le ciment, les enfants qui faisaient la queue dans l'ombre du snack en grelottant dans leurs maillots de bain trempés.

Il trouva Rakel et Oleg sur le talus herbeux en contrebas de la pataugeoire.

« Salut. »

La bouche de Rakel souriait, mais il était malaisé de dire ce que faisaient ses yeux derrière les grandes lunettes Gucci. Elle portait un bikini bleu. Le bikini bleu va à peu de gens. Mais Rakel faisait partie de cette élite.

« Tu sais, bredouilla Oleg en penchant la tête de côté pour faire sortir l'eau de son oreille, j'ai sauté du plongeoir de cinq mètres. »

Harry s'assit dans l'herbe à côté d'eux, bien qu'il y eût suffisamment de place sur la grande couverture.

« C'est vrai, ce mensonge ?

— Bien sûr, que c'est vrai !

— Cinq mètres ? Mais tu es un vrai cascadeur !

— Tu as déjà sauté de là-haut, Harry ?

— Si on peut dire.

— Du sept mètres, alors ?

— Ouais, j'ai dû faire un plat de là-haut aussi. »

Harry jeta un regard éloquent à Rakel, mais elle regardait Oleg qui cessa brusquement de secouer la tête pour demander à voix basse : « Dix mètres ? »

Harry leva les yeux vers la fosse à plongeon d'où provenaient des cris de joie et le bêlement autoritaire que diffusait le mégaphone du surveillant de baignade. Dix mètres. Le plongeoir se dessinait comme un T noir et blanc sur le ciel bleu. Ce n'était pas vrai qu'il y avait vingt ans qu'il était venu à la piscine de Frogner. Il y était venu une nuit, quelques étés plus tôt. Lui et Kristin avaient escaladé la clôture, grimpé sur le plongeoir et s'étaient allongés côte à côte, tout au sommet. Ils étaient restés un moment ainsi, sur le revêtement rêche qui leur piquait la peau et sous les étoiles qui scintillaient, à discuter, encore et encore. Il avait pensé que c'était la dernière petite amie qu'il aurait jamais.

« Non, je n'ai jamais sauté du dix mètres.

— Jamais ? »

Harry perçut la déception dans la voix d'Oleg.

« Jamais. Seulement plongé.

— Plongé ? ! bondit Oleg. Mais c'est encore plus cool ! Il y avait beaucoup de monde pour te voir ? »

Harry secoua la tête.

« Je l'ai fait la nuit. Tout seul.

— À quoi ça sert, alors ? gémit Oleg. Être courageux si personne ne te voit, en fait...

— Je me pose aussi la question, de temps en temps. »

Harry essaya de capter le regard de Rakel, mais les verres de ses lunettes étaient trop sombres. Elle avait fait son sac, enfilé un T-shirt et un short en jean par-dessus son bikini.

« Mais c'est aussi ça le plus dur, dit Harry. Quand tu es tout seul, sans personne pour regarder.

— Merci de bien vouloir me rendre ce service, Harry, dit Rakel. C'est vraiment gentil de ta part.

— Tout le plaisir est pour moi. Prends tout le temps qu'il te faut.

— Qu'il faut au dentiste, corrigea-t-elle. Espérons que ça ne sera pas trop long.

— Comment tu as atterri ? demanda Oleg.

— Comme d'habitude, répondit Harry sans quitter Rakel des yeux.

— Je serai là à cinq heures, dit-elle. N'allez pas vous installer ailleurs.

256

— On ne change rien », dit Harry, qui regretta sur-le-champ ses paroles. Ce n'était ni le moment ni l'endroit pour donner dans le pathétique. Il aurait de meilleures occasions.

Il la regarda jusqu'à ce qu'elle ait disparu. En se demandant à quel point ça avait été difficile d'obtenir un rendez-vous chez le dentiste en pleines vacances.

« Tu veux me voir sauter du cinq mètres ? demanda Oleg.

— Un peu », répondit Harry en se défaisant de son T-shirt.

Oleg tomba en arrêt.

« Tu ne te fais jamais bronzer, Harry ?

— Jamais. »

Ce ne fut qu'après le deuxième saut d'Oleg que Harry quitta son jean et accompagna le gamin sur le plongeoir. Harry expliqua la « crevette » à Oleg tandis que d'autres dans la file d'attente jetaient des coups d'œil soupçonneux à son caleçon lâche orné du drapeau de l'Union européenne. Il raidit une main.

« Le truc, c'est d'être bien horizontal en l'air. Ça a vraiment l'air dingue. Mais au dernier moment... il joignit le pouce et l'index... tu te plies en deux comme une crevette et tu entres dans l'eau les mains et les pieds en même temps. »

Harry prit son élan et sauta. Il eut le temps d'entendre le sifflet du surveillant de baignade avant de se casser en deux et de sentir l'eau le frapper au front.

« Hé ! vous, j'ai dit qu'il était défendu de plonger des cinq mètres », bêla le mégaphone quand il remonta à la surface. Oleg lui fit des signes depuis le plongeoir, et Harry leva un pouce pour signifier qu'il avait compris. Il sortit de l'eau, descendit l'escalier à petits pas et alla se placer devant l'un des hublots donnant sur la fosse. Il passa un doigt sur le verre frais et fit des dessins dans la buée tout en contemplant ce paysage sous-marin bleu-vert. En regardant vers la surface, il vit des maillots de bain, des jambes qui s'agitaient et les contours d'un nuage dans le ciel bleu. Il pensa à l'Underwater.

Oleg arriva bientôt. Il freina rapidement dans un nuage de bulles, mais au lieu de nager vers la surface, il donna un coup de pied pour venir vers le hublot derrière lequel Harry attendait.

Ils se regardèrent. Oleg sourit, fit des signes, tendit un bras. Son visage était pâle et verdâtre. Harry n'entendait pas un son de l'intérieur, il voyait juste la bouche d'Oleg remuer tandis que ses cheveux noirs battaient sur son crâne comme s'ils ne pesaient rien, dansaient comme des algues dressées vers le ciel. Cela évoqua un souvenir à Harry, auquel il ne voulait pas penser à cet instant. Mais tandis qu'ils se regardaient ainsi, chacun de son côté de la vitre, sous ce soleil de plomb, dans cette enceinte de bruits de vie insouciants et en même temps dans un silence absolu, Harry eut soudain le pressentiment que quelque chose d'affreux se préparait.

Mais l'instant suivant, il avait oublié, car une autre sensation s'imposa quand Oleg battit des jambes, disparut de derrière le hublot, laissant Harry regarder un écran vide. Juste orné des traits qu'il y avait dessinés. Il savait à présent où il avait vu ça.

« Oleg ! » Il remonta l'escalier en courant.

De façon générale, Karl s'intéressait peu aux gens. Bien qu'il tînt ce magasin de télés sur Carl Berners Plass depuis plus de vingt ans, il n'avait par exemple jamais manifesté le moindre intérêt concernant son homonyme qui avait donné son nom à « la place ». Pas plus qu'envers ce grand type qui lui tendait une carte de police ou ce gamin aux cheveux mouillés qui était à côté. Ou la fille dont parlait le policier, celle qu'on avait trouvée dans les chiottes de chez les avocats, de l'autre côté de la rue. La seule personne qui intéressait Karl à cet instant précis, c'était la fille en photo dans *Vi Menn*[1] ; son âge réel, si elle venait effectivement de Tønsberg et si elle aimait se faire bronzer nue sur son balcon de sorte que les passants de sexe masculin puissent la voir.

« Je suis passé le jour où Barbara Svendsen a été tuée, dit le policier.

— Si vous le dites..., acquiesça Karl.

— Vous voyez la télé éteinte, près de la fenêtre, là ?

— Une Philips, répondit Karl en repoussant *Vi Menn*. Chouette, hein ? Cinquante hertz. Écran Real Flat. Surround, télétexte télé et radio. Sept mille neuf, mais je te la fais à cinq mille neuf.

— Vous voyez que quelqu'un a fait un dessin dans la poussière sur l'écran ?

— OK, soupira Karl. Cinq mille six, alors...

— Je me contrefous de ta téloche, dit le policier. Je veux savoir qui a fait ça.

1. « Nous, les hommes », magazine masculin relativement soft, traitant de voitures, de cinéma, de questions secondaires de société, et bien sûr... de filles court-vêtues.

— Pourquoi ? Je n'avais pas vraiment pensé porter plainte... »

Le policier se pencha par-dessus le comptoir. Karl comprit à la teinte du visage qu'il avait devant lui que l'homme n'aimait pas les réponses qu'il lui donnait.

« Écoute voir. On essaie de retrouver un assassin. Et j'ai des raisons de croire qu'il est venu ici et qu'il a dessiné sur l'écran de cette télé. Ça te va ? »

Karl hocha silencieusement la tête.

« Super. Et maintenant, j'aimerais que tu réfléchisses sérieusement. »

Le policier se retourna quand une cloche tinta derrière lui. Une femme portant une valise en métal apparut à la porte.

« La Philips », dit le policier en montrant l'appareil du doigt.

Elle acquiesça sans mot dire, s'accroupit devant le mur de télés et ouvrit sa valise.

Karl les regardait les yeux grands ouverts.

« Alors ? » demanda le policier.

Karl avait commencé à se douter que ça, c'était plus important que Liz, de Tønsberg.

« Vous savez, je ne me souviens pas de tous ceux qui passent dans ce magasin », bafouilla-t-il en essayant de faire comprendre qu'il ne se souvenait de personne.

C'était la plus stricte vérité. Les visages ne signifiaient plus rien pour lui. Même celui de Liz était déjà oublié.

« Je n'ai pas besoin que tu me parles de tout le monde, dit le policier. Seulement de celui-là. Ça m'a l'air plutôt calme, chez toi, en ce moment. »

Karl secoua énergiquement la tête.

« Et si je te montrais des photos ? Tu le reconnaî-
trais ?

— Je ne sais pas. Je ne vous ai pas reconnu, alors...

— Harry..., dit le gamin.

— Mais tu as vu quelqu'un dessiner sur la télé ?

— Harry... »

Karl avait effectivement vu une personne ce
jour-là dans son magasin. Il avait pensé au soir où
la police était venue lui demander s'il avait vu quelqu'un de suspect. Le problème, c'était que cette personne n'avait rien fait de suspect. Rien d'autre que
regarder les écrans. Ce qui n'est pas spécialement
suspect dans un magasin qui vend des téléviseurs.
Alors qu'aurait-il dû dire ? Que quelqu'un dont il ne
se rappelait pas l'allure était venu dans son magasin
où il avait eu un comportement étrange ? Pour que
ça fasse tout un plat et que ça attire une attention
indésirable ?

« Non, répondit Karl. Je n'ai vu personne dessiner
sur la télé. »

Le policier grogna quelques mots.

« Harry..., reprit le gamin en tirant le policier par
le T-shirt. Il est cinq heures. »

Le policier se raidit et regarda sa montre.

« Beate, dit-il. Tu trouves quelque chose ?

— Trop tôt pour le dire. Il y a assez de traces, mais
il a fait glisser son doigt, et ce n'est pas facile d'avoir
une empreinte complète.

— Passe-moi un coup de fil... »

La cloche au-dessus de la porte tinta de nouveau,
et Karl se retrouva seul avec la femme à la valise de
métal.

Il attrapa Liz de Tønsberg, mais se ravisa. Il la

laissa à l'envers et alla jusqu'à la femme policier. Elle se servait d'un petit pinceau pour enlever prudemment une espèce de poudre qu'elle avait appliquée sur l'écran. À présent, il voyait le tracé dans la poussière. Il n'avait pas trop forcé sur le ménage, pas étonnant donc que le dessin soit resté quelques jours. C'était plus le tracé en lui-même, qui était particulier.

« Qu'est-ce que c'est censé représenter ? demanda-t-il.

— Sais pas. On vient seulement de me dire comment ça s'appelait.

— Et c'est ?

— Le signe des mares. »

Chapitre 20

Mercredi. Les bâtisseurs de cathédrales

Harry et Oleg retrouvèrent Rakel qui sortait de la piscine de Frogner. Elle courut jusqu'à Oleg et le serra dans ses bras tout en lançant à Harry un regard furieux.

« Mais qu'est-ce que tu fabriques, bon Dieu ? » chuchota-t-elle.

Les bras ballants, Harry changea de pied d'appui. Il savait qu'il aurait pu lui répondre. Il savait que ce qu'il « fabriquait » à ce moment-là, c'était de sauver des vies dans cette ville. Mais même ça, ça aurait été un mensonge. La vérité, c'est qu'il agissait pour lui, rien que pour lui, et laissait tout son entourage en payer le prix. Il en avait toujours été ainsi, il en serait toujours ainsi, et si ça permettait de sauver des vies, il fallait plutôt voir ça comme un avantage accessoire.

« Je suis désolé », dit-il à la place. Ça, au moins, c'était vrai.

« On est allés à un endroit où est passé le tueur en série, s'emballa Oleg, mais il se tut brusquement en voyant le regard incrédule de sa mère.

« Oui, donc..., commença Harry.

— Non ! s'exclama Rakel. N'essaie même pas ! »

Harry haussa les épaules et fit un sourire triste à Oleg.

« Laisse-moi au moins vous raccompagner. »

Il connaissait la réponse avant qu'elle n'arrive. Il les regarda partir. Rakel marchait d'un pas dur et rapide. Oleg se retourna et fit un petit signe, que Harry lui rendit.

Le soleil pulsait derrière ses paupières.

La cantine se trouvait au dernier étage de l'hôtel de police. Harry passa la porte, s'arrêta et regarda autour de lui. À l'exception d'une personne assise à l'une des tables, le dos tourné, la grande salle était vide. Harry était venu directement de la piscine de Frogner à l'hôtel de police. En parcourant les couloirs déserts du cinquième étage, il avait constaté que le bureau de Waaler était vide, mais que la lumière était allumée.

Harry alla au comptoir devant lequel on avait baissé le rideau de fer. Une télé sur son support mural, dans le coin, diffusait le tirage du loto. Harry suivit des yeux la boule qui roulait dans sa gouttière. Le son était baissé, mais Harry entendit la voix de femme dire : « Cinq, c'est le cinq. » Quelqu'un avait eu de la chance. La chaise près de la table racla le sol.

« Salut, Harry. Le service est terminé. »

C'était Tom.

« Je sais », répondit Harry.

Il repensa à ce que Rakel lui avait demandé. Ce qu'il fabriquait.

« Je venais juste m'en fumer une. »

Harry fit un signe de tête vers la porte de la terrasse, qui était en pratique le fumoir permanent.

La vue qu'on en avait était chouette, mais l'air y était aussi chaud et pesant que dans la rue. Le soleil de l'après-midi brillait de biais sur la ville et tombait sur Bjørvika, pour le moment autoroute, lieu de stockage de containers et cache pour junkies, mais qui serait bientôt opéra, hôtels et appartements pour millionnaires. L'opulence était en passe de soumettre toute la ville. Harry pensa à l'ancistus dans les rivières africaines, ce gros poisson noir qui n'avait pas assez de jugeote pour se tirer en eaux plus profondes quand venait la sécheresse et qui finissait piégé dans l'un des étangs boueux qui s'évaporaient lentement. Les ouvriers de chantier s'étaient mis à l'œuvre, les grues se dessinaient comme des girafes contre le soleil de l'après-midi.

« Ça va vraiment être super. »

Il n'avait même pas entendu Tom arriver.

« On verra. »

Harry tira sur sa cigarette. Il n'était pas sûr de ce à quoi il répondait.

« Tu vas aimer ça, dit Waaler. Il suffit juste de s'y habituer. »

Harry imagina les silures quand l'eau s'était entièrement évaporée, quand ils gisaient dans la boue, battant de la queue, la gueule ouverte, essayant de s'habituer à respirer de l'air.

« Mais j'ai besoin d'une réponse, Harry. Il faut que je sache si tu marches avec ou non. »

Se noyer dans l'air. La mort des silures n'était peut-être pas pire que d'autres. La mort par noyade devait être relativement agréable.

« Beate a appelé, dit Harry. Elle a vérifié les empreintes digitales provenant du magasin de télés.

— Ah ?

— Seulement des fragments d'empreintes. Et le proprio ne se souvenait de rien.

— Pas de bol. Aune dit qu'en Suède, on obtient de bons résultats par l'hypnose avec les témoins qui ont la mémoire courte. On aurait peut-être dû essayer.

— Bien sûr.

— De plus, on a eu des informations intéressantes de la part de l'institut médico-légal, cet après-midi. Concernant Camilla Loen.

— Mmm ?

— Il est apparu qu'elle était enceinte. Deuxième mois. Mais aucun des proches avec qui on a discuté n'a d'idée sur qui peut bien être le père. Peu de chances que ça ait un rapport avec le meurtre, mais c'est toujours bon à savoir.

— Mmm. »

Ils restèrent un moment silencieux. Waaler s'avança et s'appuya à la rambarde.

« Je sais que tu ne m'aimes pas, Harry. Et je ne te demande pas de changer ton point de vue comme ça, du jour au lendemain. »

Il s'interrompit un instant.

« Mais s'il faut qu'on travaille ensemble, il faut bien commencer quelque part. Nous ouvrir l'un à l'autre, peut-être.

— Nous ouvrir ?

— Oui. Ça a l'air louche ?

— Un tantinet.

— D'accord, sourit Waaler. Mais je te laisse commencer. Pose-moi une question sur quelque chose que tu veux savoir de moi.

— Savoir ?

— Oui. N'importe quoi.

— Est-ce que c'était toi qui... » Il s'interrompit. « OK. Je veux savoir ce qui te fait vivre.

— C'est-à-dire ?

— Qu'est-ce qui te fait te lever le matin et faire ce que tu fais ? Quel est le but, et pourquoi ?

— Je vois. »

Tom réfléchit. Longuement. Puis il pointa un doigt vers les grues.

« Tu vois, ça, là-bas ? Mon arrière-arrière-grand-père a immigré d'Écosse avec six moutons Sutherland et une lettre de la corporation des maçons d'Aberdeen. Les moutons et la lettre de recommandation lui ont permis d'entrer dans la corporation d'Oslo. Il a participé à la construction des maisons que tu vois le long de l'Akerselva, et vers l'est le long de la voie ferrée. Ensuite, ce sont ses fils qui ont repris le flambeau. Puis la génération suivante. Jusqu'à mon père. Mon grand-père a pris un nom norvégien, mais quand on est venus s'installer dans le Vestkant, mon père a repris l'ancien nom. Waaler. *Wall*. Mur. C'était un peu par fierté, mais il trouvait aussi qu'Andersen, ce n'était pas un nom pour un futur juge. »

Harry regarda Waaler. Il essaya de repérer la cicatrice sur sa joue.

« Alors comme ça, tu devais devenir juge ?

— C'est ce qui était prévu quand j'ai commencé à étudier le droit. Et c'est sûrement la voie que j'aurais suivie sans ce qui s'est passé.

— À savoir ? »

Waaler haussa les épaules.

« Mon père est mort dans un accident de travail. Et c'est bizarre, mais quand ton père meurt, tu découvres brusquement que les choix que tu as faits représentaient peut-être autant pour lui que pour toi. Et je me suis rendu compte que je n'avais rien en commun avec les autres étudiants en droit. En fait, j'étais une espèce d'idéaliste naïf. Je croyais qu'il s'agissait de hisser la bannière de la justice et de perpétuer l'État de droit moderne, mais j'ai découvert que, pour la plupart, il était juste question de décrocher un titre, un boulot qui permettrait de gagner suffisamment de pognon pour en mettre plein la vue à la petite voisine d'Ullern. Oui, c'est vrai que tu as suivi ces études, toi aussi... »

Harry acquiesça.

« C'est peut-être dans les gènes, poursuivit Waaler. En tout cas, j'ai toujours aimé construire des choses. De grandes choses. Quand j'étais tout petit, je bâtissais des palaces en Lego, beaucoup plus grands que ceux des autres enfants. Et à la fac de droit, je me suis aperçu que j'étais fichu différemment que ces merdaillons à œillères. Deux mois après l'enterrement, j'ai passé le concours d'entrée de l'École supérieure de police.

— Mmm. Et tu es sorti major, à en croire les rumeurs.

— Presque.

— Et ici, à l'hôtel de police, tu as pu bâtir ton palace ?

— Je n'ai pas *pu*, Harry. Personne ne *peut*. Quand j'étais petit, je prenais les Lego des autres pour pouvoir construire des maisons suffisamment grandes. La question, c'est de savoir ce que l'on veut. Si on veut une petite maison mesquine pour des gens dont la vie est petite et mesquine, ou si on veut aussi des opéras et des cathédrales, des bâtiments grandioses,

268

quelque chose qui pointe vers plus grand que soi, vers quoi tendre. »

Waaler passa une main sur la rambarde d'acier.

« C'est une vocation que de bâtir des cathédrales, Harry. En Italie, on donnait aux maçons qui mouraient en construisant des églises le statut de martyr. Même si les bâtisseurs de cathédrales construisaient pour l'humanité, il n'y a pas une seule cathédrale dans toute l'histoire qui n'ait été faite d'os et de sang humains. Mon grand-père disait souvent ça. Et il en sera toujours ainsi. Le sang de ma famille a servi de liant dans plusieurs des bâtiments que tu vois là-bas. Je veux simplement plus d'équité. Pour tous. Et je veux utiliser les matériaux qui s'imposent. »

Harry étudia l'extrémité incandescente de sa cigarette.

« Et je suis envisagé comme matériau de construction ? »

Waaler sourit.

« On peut le dire comme ça. Mais la réponse est oui. Si tu veux. J'ai plusieurs possibilités... » Il n'acheva pas sa phrase, mais Harry connaissait la suite : « ... alors que toi, non ».

Harry tira longuement sur sa cigarette et demanda tout bas : « Et si j'accepte de monter à bord ? »

Waaler haussa un sourcil et regarda Harry un bon moment avant de répondre.

« Tu te verras confier une première mission que tu devras accomplir seul et sans poser de questions. Tous sont passés par là avant toi. Preuve de leur loyauté.

— Et c'est ?

— Tu le sauras en temps voulu. Mais ça impliquera que tu coupes certains ponts avec ta vie antérieure.

— C'est synonyme de violation de la loi norvégienne ?

— Vraisemblablement.

— Ha-ha ! Pour que vous puissiez me tenir ? Pour
que je ne sois pas tenté de vous vendre ?

— Je l'aurais peut-être exprimé différemment,
mais tu as compris l'essentiel.

— Et de quoi parle-t-on ? Contrebande ?

— Pour l'instant, je ne peux pas te répondre.

— Comment peux-tu être sûr que je ne suis pas
une taupe du SSP ou du SEFO ? »

Waaler se pencha au-dessus de la rambarde et
pointa un doigt vers le bas.

« Tu vois la fille, en bas ? »

Harry approcha et jeta un coup d'œil dans le
parc en dessous. Des gens étaient toujours étendus
sur l'herbe verte, profitant des derniers rayons de
soleil.

« Avec le bikini jaune, dit Waaler. Jolie couleur
pour un bikini, non ? »

L'estomac de Harry se noua, et il se redressa vivement.

« Nous ne sommes pas idiots, répondit Waaler sans
quitter le parc des yeux. Nous suivons ceux que nous
voulons faire entrer dans l'équipe. Elle ne fait pas
son âge. Intelligente et autonome, si je comprends
bien. Mais elle veut naturellement ce que veulent
toutes les femmes dans sa situation. Un mari qui
puisse les entretenir. Biologie élémentaire. Et tu as
peu de temps. Les nanas comme elle ne restent pas
longtemps seules. »

Harry perdit sa cigarette dans le vide. Elle tomba
en laissant derrière elle une traîne d'étincelles.

« Hier, il y a eu des avis d'incendie dans tout l'Østland », dit Waaler.

Harry ne répondit pas. Il frissonna simplement quand la main de Waaler se posa sur son épaule.

« Le délai est expiré, formellement parlant. Mais pour te montrer notre bonne volonté, je te laisse deux jours de plus. Si je n'ai pas de nouvelles d'ici-là, je retire ma proposition. »

Harry déglutit plusieurs fois, essaya de dire le mot, mais sa langue refusait d'obéir, et ses glandes salivaires lui faisaient penser à des lits de rivières africaines asséchés.

Mais il finit quand même par y arriver : « Merci. »

Beate Lønn aimait son travail. Elle aimait les routines, la sécurité, elle se savait compétente et elle savait que c'était aussi l'opinion du reste de la Technique de Kjølberggata 21A. Et puisque son travail était la seule chose dans sa vie qu'elle considérait comme importante, elle avait suffisamment de bonnes raisons pour se lever le matin. Le reste était de la musique d'entracte. Elle habitait chez sa mère à Oppsal, et elle avait le dernier étage pour elle toute seule. Elles s'entendaient bien. Elle avait toujours été la fille de son père quand celui-ci était vivant, et elle présumait que c'était pour cette raison qu'elle était entrée dans la police comme lui. Elle n'avait aucun hobby. Et même si elle et Halvorsen, l'agent qui partageait le bureau de Harry, étaient devenus une sorte de couple, elle n'était pas complètement convaincue que ce devrait être eux. Elle avait lu dans *Elle* que c'était le genre de doute qu'on avait toujours. Et qu'il fallait prendre des risques. Beate Lønn n'aimait pas prendre de risques. Ni douter. C'est pour cela qu'elle aimait son travail.

Plus jeune, elle rougissait rien qu'à l'idée que quelqu'un pût penser à elle, et passait le plus clair de son temps à trouver différents moyens de se dissimuler. Elle rougissait toujours, mais avait trouvé de bonnes cachettes. Derrière les murs de brique rouge fatigués de la Technique, elle pouvait passer des heures à étudier des empreintes digitales, des rapports balistiques, des enregistrements vidéo, des comparaisons vocales, des analyses d'ADN ou des fibres textiles, des empreintes de pas, du sang, une infinité de traces techniques qui pouvaient éclaircir de grosses affaires compliquées et tapageuses dans une paix et un silence absolus. Elle avait également découvert que dans ce boulot, ce n'était pas si dangereux d'être vue. Il suffisait de parler assez fort, clairement, pour oublier cette peur panique de rougir, de perdre la face, ses vêtements, de laisser apparaître une honte dont elle ignorait la cause. Le bureau de Kjølberggata était devenu sa forteresse, l'uniforme et la pratique de son boulot son blindage mental.

Il était minuit et demi quand le téléphone de son bureau interrompit la lecture d'un rapport du laboratoire concernant le doigt de Lisbeth Barli. Son cœur se mit à battre la chamade quand elle vit sur l'appareil que l'appel émanait d'un « numéro inconnu ». Cela pouvait signifier que c'était lui.

« Beate Lønn. »

C'était lui. Les mots tombèrent comme autant de coups rapides : « Pourquoi tu ne m'as pas appelé pour les empreintes digitales ? »

Elle retint son souffle pendant une seconde avant de répondre.

« Harry a dit qu'il te ferait passer le message.

— Merci, il l'a fait. La prochaine fois, tu m'appelles d'abord. C'est compris ? »

Beate déglutit, elle ne savait pas si c'était de rage ou de peur.

« D'accord.

— Il y a autre chose que tu lui as dit à lui et pas à moi ?

— Non. Si ce n'est que j'ai eu les résultats d'analyses de ce qu'on a retrouvé sous l'ongle du doigt arrivé par la poste.

— Lisbeth Barli ? Et c'était ?

— Des excréments.

— Quoi ?

— De la merde.

— Oui, merci, je sais ce que c'est. Une idée d'où ça vient ?

— Euh... oui.

— Rectification : de *qui* ça vient ?

— Je ne suis pas sûre, mais je peux imaginer.

— Aurais-tu l'amabilité...

— Ces excréments contiennent du sang, peut-être d'une hémorroïde. Groupe B, dans ce cas. Présent chez seulement sept pour cent de la population. Willy Barli est enregistré comme donneur de sang. Il a...

— Pigé. Et qu'est-ce que tu en déduis ?

— Je ne sais pas, répondit Beate très vite.

— Mais tu sais que l'anus est une zone érogène, Beate ? Aussi bien chez l'homme que chez la femme ? Ou bien l'as-tu oublié ? »

Beate ferma très fort les yeux. Il n'allait pas

commencer ! Pas de nouveau. Ça faisait longtemps, elle avait commencé à oublier, à le sortir du système. Mais sa voix était là, dure et lisse comme de la peau de serpent.

« Tu es douée pour faire croire que tu es une fille rangée, Beate. J'aime bien ça. J'aimais bien que tu fasses comme si tu ne voulais pas. »

Tu, je... Personne ne sait rien, pensa-t-elle.

« Est-ce que Halvorsen s'occupe aussi bien de toi ?

— Il faut que je raccroche. »

Son rire crépita dans l'oreille de Beate. Et elle comprit. Il n'y avait nulle part où se cacher, on pouvait vous atteindre n'importe où, exactement comme on avait atteint les trois filles là où elles se sentaient le plus en sécurité. Car il n'y avait aucune forteresse, aucun blindage.

Øystein écoutait une cassette des Stones dans sa voiture à la station de taxi de Thereses Gate quand le téléphone sonna.

« Oslo Ta...

— Salut, Øystein. Ici Harry. Tu as du monde dans ta bagnole ?

— Seulement Mick et Keith.

— Quoi ?

— Le meilleur groupe au monde.

— Øystein.

— Ouais ?

— Les Stones ne sont pas le meilleur groupe au monde. Même pas dans les meilleurs. Ce qu'ils sont, en revanche, c'est le groupe le plus surestimé au monde. Et ce n'est ni Mick ni Keith qui a écrit *Wild Horses*, c'était Gram Parsons.

274

— C'est de la flûte, et tu le sais très bien ! Je raccroche...

— Allô ? Øystein ?

— Dis-moi quelque chose de gentil. Vite.

— *Under My Thumb* est une assez bonne chanson.
Et *Exile On Main Street* n'est pas si mauvais que ça.

— Bon. Qu'est-ce que tu veux ?

— J'ai besoin d'aide.

— Il est trois heures du matin. Tu ne devrais pas
être en train de dormir ?

— Je n'y arrive pas. Je suis pété de trouille rien
qu'à fermer les yeux.

— Le même cauchemar qu'avant ?

— La redif idéale de l'*Enfer*.

— Ces histoires d'ascenseurs, là ?

— Je sais exactement ce qui va se passer, et j'ai
autant la frousse à chaque fois. Dans combien de
temps tu peux être là ?

— Je n'aime pas ça, Harry.

— Combien de temps ?

— Donne-moi six minutes. »

Harry était à la porte, en jean, quand Øystein
arriva en haut des marches.

Ils s'assirent au salon sans allumer la lumière.

« Tu as une bière ? » demanda Øystein en quittant
sa casquette noire Playstation et en ramenant une
fine frange transpirante vers l'arrière.

Harry secoua la tête.

« Alors voilà, dit Øystein en posant un tube noir
sur la table. C'est offert par la maison. Flunipam.
Cramé en moins de deux, satisfait ou remboursé. Un
cachet suffit plus que largement. »

Harry regarda longuement le tube.

« Ce n'est pas pour ça que je t'ai demandé de venir, Øystein.

— Ah non ?

— Non. J'ai besoin d'en savoir un peu plus sur le décryptage de codes. Comment on s'y prend.

— Tu veux parler du hacking ? s'étonna Øystein. Tu veux shunter un mot de passe ?

— Si on veut. Tu as entendu parler de ce meurtrier en série ? Je crois qu'il nous donne un code. Regarde », dit Harry en allumant une lampe.

Øystein regarda la feuille que Harry avait posée sur la table.

« Une étoile ?

— Un pentagramme. Il a laissé ce signe à deux des endroits où il a sévi. L'un était gravé dans une poutre près du lit, et l'autre dessiné dans la poussière sur un écran de télé dans un magasin en face du deuxième endroit. »

Øystein regarda l'étoile et hocha la tête.

« Et tu crois que je peux te dire ce que ça signifie ?

— Non, répondit Harry en posant sa tête dans ses mains. Mais j'espérais que tu pourrais m'en apprendre un peu sur les principes de décodage.

— Les codes auxquels je m'attaquais étaient des codes mathématiques, Harry. Ceux qui existent entre les gens ont une autre sémantique. Par exemple, je n'arrive toujours pas à piger ce que racontent les minettes.

— Imagine que ça peut être l'un ou l'autre. À la fois de la logique pure et des sous-entendus.

— OK, mais là, on parle de cryptographie. Écriture cachée. Et pour la lire, il faut aussi bien de la logique que ce qu'on appelle la pensée analogique. Ça veut dire qu'on utilise son intuition et son subconscient, ce qu'on sait sans savoir qu'on le sait. On peut alors combiner la pensée linéaire et la reconnaissance de schémas de pensée. Tu as entendu parler d'Allan Turing ?

— Non.

— Un Anglais. Il craquait des codes allemands pendant la guerre. Pour faire simple, on peut dire que c'est lui qui a gagné la Seconde Guerre mondiale. Il a dit que pour percer des codes, il faut d'abord savoir dans quelle dimension opère l'adversaire.

— Ce qui veut dire ?

— C'est le niveau au-dessus de celui des chiffres et des lettres, si je puis dire. Au-dessus du langage. Les réponses aux *pourquoi*, pas aux *comment*. Tu suis ?

— Non, mais dis-moi comment on fait.

— Personne ne le sait. Ça tient plus de la clairvoyance et du don.

— Supposons que je sache pourquoi. Qu'est-ce qui se passe après ?

— Tu peux suivre le chemin le plus long. Combiner les possibilités jusqu'à ta mort.

— Ce n'est pas moi qui meurs. J'ai seulement le temps pour le chemin le plus court.

— Alors je ne connais qu'une méthode.

— Et c'est ?

— La transe.

— C'est ça. La transe.

— Je ne déconne pas. Tu regardes tes infos, que ça, rien d'autre, jusqu'à ce que tu arrêtes de penser consciemment. Ça revient au même que de charger un muscle jusqu'à ce qu'il chope une crampe et qu'il se mette à vivre sa vie. Tu as déjà vu un grimpeur victime d'une crise de tremblements, quand il est bloqué sur sa paroi ? Bon, peut-être pas, mais c'est la même chose. En 88, je suis entré sur le système de comptes de la Deutsche Bank en quatre nuits et avec l'aide d'une petite goutte de LSD gelé. Si ton subconscient craque ton code, il viendra à toi. Sinon...

— Oui ?

— C'est lui qui te craque, répondit Øystein en riant. Les services psychiatriques sont bourrés de gens comme moi.

— Hmm. La transe ?

— La transe. L'intuition. Et peut-être un tout petit soupçon de substances pharmaceutiques. »

Harry attrapa le tube noir et le tint devant lui.

« Tu sais quoi, Øystein ?

— Quoi ? »

Il lança le tube par-dessus la table, et Øystein l'attrapa.

« J'ai dit des bobards, sur *Under My Thumb*. »

Øystein posa le tube à l'extrême bord de la table et rattacha les lacets d'une paire de chaussures de course à pied Puma exceptionnellement usées, datant d'avant la vague rétro.

« Je sais. Tu as aperçu Rakel ? »

Harry secoua la tête.

« C'est ça qui te turlupine, hein ?

— Peut-être. On m'a proposé un boulot. Et je ne sais pas si je peux le refuser.

— Alors ce n'est en tout cas pas de la proposition de bosser pour mon proprio de taxi que tu parles... »

Harry sourit.

« *Sorry*, je ne suis pas le bon interlocuteur en matière d'orientation professionnelle, dit Øystein en se levant. Je laisse le tube ici. Fais comme tu veux. »

Chapitre 21

Jeudi. Pygmalion

Le maître d'hôtel toisa de la tête aux pieds l'homme qui se tenait devant lui. Trente ans dans le métier lui avaient appris à flairer les ennuis, et ce type sentait à des lieues à la ronde. Non que l'absence de trouble soit fatalement bénéfique ; un bon scandale de temps en temps, c'était en fait ce que certains clients du Theatercafé attendaient. Mais ce devait être le bon scandale. Comme quand de jeunes graines d'artistes chantent depuis la galerie du Wienercafé que ce sont eux le nouveau vin, ou quand un ancien premier amant ivre du Nationaltheatret proclame de toute la force de ses poumons que la seule chose qu'il puisse dire de positif sur l'homme d'affaires bien connu qui occupe la table voisine, c'est qu'il est homosexuel et qu'il y a peu de chances pour qu'il se reproduise. Mais la personne que le maître d'hôtel avait à présent devant lui n'avait pas l'air de devoir dire quoi que ce fût de spirituel ou d'inédit, il sentait les ennuis ennuyeux : ardoise non payée, cuite banale et voies de fait. Les signes extérieurs – jean noir, nez rouge et crâne pratiquement rasé – lui avaient d'abord suggéré que le type était l'un de ces soiffards d'intermittents du spectacle qui avaient leurs quartiers dans la cave du Burns. Mais quand il avait demandé Willy Barli, il avait compris que ce devait être l'un de ces rats d'égout de cet estaminet à journalistes, Tostrupkjelleren, qui se trouvait sous la terrasse du restaurant dont le nom précis était « Dasslokket[1] ». Il n'avait aucun respect pour les vautours qui avaient dévoré sans retenue ce qui restait de ce pauvre Barli après la disparition si tragique de son épouse.

« Vous êtes sûr que la personne dont vous me parlez est là ? » demanda le maître d'hôtel en regardant dans son cahier de réservations, bien qu'il sache pertinemment que, fidèle à son habitude, Barli était arrivé à dix heures précises et s'était assis à sa table coutumière, sous la véranda donnant sur Stortingsgata. Ce qui était inhabituel – et ce qui inquiétait le maître d'hôtel concernant l'état mental de Barli – c'était que pour la première fois à sa connaissance, le jovial producteur s'était gouré de jour et était venu un jeudi au lieu de son immuable mercredi.

« Oubliez, je le vois », dit l'homme devant lui. Avant de le planter là.

Le maître d'hôtel soupira et regarda de l'autre côté de la rue. Il y avait d'autres raisons d'être préoccupé par l'état mental de Barli pour l'instant. Une comédie musicale dans le vénérable Nationaltheatret. Seigneur !

Harry avait reconnu Willy Barli à sa crinière, mais en approchant, il se demanda s'il ne s'était pas trompé.

1. Soit « le couvercle de chiottes ».

« Barli ?

— Harry ! »

Ses yeux s'animèrent, mais retrouvèrent vite leur état premier. Ses joues étaient creuses et sa peau, qui était bronzée et éclatante de santé quelques jours auparavant, semblait avoir été recouverte d'une couche de poudre blanche et morte. C'était comme si Willy Barli tout entier s'était ratatiné, même ses larges épaules semblaient plus étroites.

« Du hareng ? demanda Willy en désignant l'assiette sur la table. Le meilleur de la ville. J'en mange chaque mercredi. C'est bon pour le cœur, à ce qu'on dit. Mais ça sous-entend qu'on en a un, et ceux qui fréquentent ce café... »

Willy fit un large geste du bras vers la salle pratiquement vide.

« Non, merci, répondit Harry en s'asseyant.

— Prends au moins un bout de pain, proposa Willy en lui tendant la corbeille. C'est le seul endroit en Norvège où tu trouveras du véritable pain au fenouil fait avec la graine entière. Parfait pour le hareng.

— Juste un café, merci. »

Willy fit signe au serveur.

« Comment m'as-tu trouvé ici ?

— Je suis allé au théâtre.

— Ah ? Ils ont reçu la consigne de dire que je ne suis pas en ville. Les journalistes... »

Willy fit le geste d'étrangler un interlocuteur invisible. Harry ne sut pas vraiment si c'était censé illustrer la situation de Willy ou ce qu'il souhaitait aux journalistes.

« Je leur ai montré ma carte de police en leur expliquant que c'était important.

— Bien, bien. »

Le regard de Willy se posa sur un point devant Harry tandis que le serveur apportait une tasse à Harry. Il attrapa le broc sur la table et remplit la tasse de café. Le serveur s'éloigna, et Harry se racla la gorge. Willy sursauta, et son regard se fit plus présent.

« Si tu apportes de mauvaises nouvelles, je les veux immédiatement, Harry. »

Harry secoua la tête en buvant.

Willy ferma les yeux et murmura quelque chose d'inaudible.

« Comment ça va, avec la pièce ? » demanda Harry.

Willy lui fit un sourire pâlot.

« Une fille de la section culturelle de *Dagbladet* a appelé hier et m'a posé la même question. Je lui ai expliqué où en était la progression artistique, mais il est apparu que ce qu'elle voulait savoir c'est si toute la publicité faite autour de la disparition mystérieuse de Lisbeth et de son remplacement par sa sœur influençait favorablement la vente de billets. »

Il leva les yeux au ciel.

« Alors ? demanda Harry. C'est le cas ?

— Tu es complètement con, ou quoi ? »

La voix de Willy gronda de façon peu rassurante.

« C'est l'été, les gens veulent s'amuser, pas pleurer sur une femme qu'ils ne connaissaient même pas. Nous avons perdu notre grosse attraction. Lisbeth Barli, la chanteuse vedette inconnue de la campagne. Perdre ça juste avant la première, non, ce n'est pas bon pour la boutique ! »

Quelques têtes se tournèrent à une table un peu plus loin dans la salle, mais Willy poursuivit aussi fort : « Nous n'avons pratiquement pas vendu de billets. Enfin, à part pour la première ; là, les billets se sont arrachés. Les gens ont soif de sang, ils doivent pressentir un scandale. Pour dire les choses simplement, nous sommes entièrement dépendants des bonnes critiques pour mener ça à bonne fin. Mais pour l'instant... (Willy abattit un poing sur la nappe blanche, et le café gicla)... je ne vois rien de moins important que cette foutue boutique ! »

Willy regarda fixement Harry, et on eût dit que cette crise allait se poursuivre quand une main invisible balaya sans crier gare la fureur de son visage. Pendant un instant, il jeta un regard perdu autour de lui, comme s'il ignorait où il était. Son visage commença alors à se décomposer, et il le cacha précipitamment dans ses mains. Harry vit le maître d'hôtel jeter un coup d'œil étrange, comme plein d'espoir, vers leur table.

« Désolé, murmura Barli d'une voix épaisse derrière ses doigts. Je n'ai pas l'habitude de... Je ne dors pas... Putain, ce que je peux être théâtral ! »

Il émit un hoquet, un son entre rire et sanglot, abattit de nouveau ses mains sur la table et fit une grimace qu'il réussit à déformer en une espèce de sourire désespéré.

« Que puis-je pour toi, Harry ? Tu as l'air malheureux.

— Malheureux ?

— Déprimé. Mélancolique. Tristouille. »

Willy haussa les épaules et poussa une fourchette de hareng et de pain dans sa bouche. La peau de poisson scintilla. Le serveur arriva sans bruit à leur table et resservit Willy en Sancerre.

« Je dois te poser une question, peut-être désagréablement intime », dit Harry.

Willy secoua la tête avant de faire descendre la nourriture avec un peu de vin.

« Plus ce sera intime, moins ce sera désagréable, Harry. N'oublie pas que je suis un artiste.

— OK. »

Harry but une gorgée de café pour prendre mentalement son élan.

« Nous avons trouvé des traces d'excréments et de sang sous l'ongle de Lisbeth. Les analyses provisoires concordent avec ton groupe sanguin. Je veux savoir si nous avons besoin de procéder à un test ADN. »

Willy cessa de mâcher, posa son index droit sur ses lèvres et son regard se perdit.

« Non, répondit-il. Vous pouvez éviter.

— Son doigt a donc été en contact avec tes... excréments.

— Nous avons fait l'amour la nuit qui a précédé sa disparition. Nous faisions l'amour chaque nuit. C'est aussi ce que nous aurions fait ce jour-là, s'il n'avait pas fait aussi chaud dans l'appartement.

— Et donc...

— Tu te demandes si on pratique le *postillioning* ?

— Euh...

— Si elle me fout des doigts dans le cul ? Aussi souvent qu'elle le peut. Mais doucement. À l'instar de soixante pour cent des Norvégiens de mon âge, j'ai des hémorroïdes, et Lisbeth ne laissait par conséquent jamais trop pousser ses ongles. Est-ce que tu pratiques le *postillioning*, Harry ? »

Harry avala son café de travers.

« Sur toi, ou sur d'autres ? » demanda Willy.

Harry secoua la tête.

« Tu devrais, Harry. Surtout en tant qu'homme. Se laisser pénétrer fait intervenir des choses tout à fait fondamentales. Si tu oses, tu découvriras que tu as une palette de sensations beaucoup plus étendue que tu n'en as idée. Si tu te contractes, tu t'enfermes et tu laisses les autres dehors. Mais si tu t'ouvres, si tu te rends vulnérable et si tu montres de la confiance, tu donnes aux autres la possibilité de venir en toi, au sens premier de l'expression. »

Willy agita sa fourchette en l'air.

« Bien sûr, ce n'est pas sans risque. On peut te détruire, te lacérer de l'intérieur. Mais on peut aussi t'aimer. Et à ce moment-là, tu entoures tout cet amour, Harry. Il est à toi. On dit que c'est l'homme qui prend possession de la femme dans le coït, mais est-ce vrai ? Penses-y, Harry. »

Harry y pensa.

« C'est la même chose pour les artistes. Nous devons nous ouvrir complètement, nous rendre vulnérables, les laisser entrer. Pour avoir une chance d'être aimés, nous devons prendre le risque d'être détruits de l'intérieur. Nous parlons d'un vrai sport à risque, Harry. Je suis content de ne plus être danseur. »

Willy sourit, deux larmes coulèrent – d'abord d'un œil, puis de l'autre immédiatement après – en un slalom parallèle saccadé le long de ses joues, disparaissant dans sa barbe.

« Elle me manque, Harry. »

Harry regarda la nappe. Il se dit qu'il devait y aller, mais resta assis.

Willy attrapa un mouchoir et souffla dedans en

émettant un véritable coup de trompe, puis vida le restant de la bouteille dans son verre.

« Ce n'est pas pour paraître insistant, Harry, mais quand je t'ai dit que tu as l'air triste, j'ai constaté que tu as constamment l'air triste. C'est à cause d'une femme ? »

Harry jouait avec sa tasse.

« Plusieurs ? »

Harry faillit donner une réponse qui éviterait d'autres questions, mais il se ravisa. Il hocha la tête.

Willy leva son verre.

« Ce sont toujours les femmes, tu as remarqué ? Qui as-tu perdu ? »

Harry regarda Willy. Il y avait dans les yeux du producteur barbu une sincérité fragile, une franchise sans défense qu'il reconnut et qui l'informa qu'il pouvait faire confiance à Barli.

« Ma mère est tombée malade et elle est morte quand j'étais jeune.

— Et elle te manque ?

— Oui.

— Mais il y en a d'autres, n'est-ce pas ? »

Harry haussa les épaules.

« Une collègue a été tuée il y a un an et demi. Rakel, ma copine... »

Harry s'interrompit.

« Oui ?

— Ça n'a sûrement que peu d'intérêt.

— Je vois que nous sommes au cœur du problème, soupira Willy. Vous voulez vous quitter.

— Pas nous. Elle. J'essaie de lui faire changer d'avis.

— Ha-ha. Pourquoi veut-elle partir ? »

286

— Parce que je suis comme je suis. C'est une longue histoire, mais la version courte, c'est que c'est moi, le problème. Et qu'elle me veut différent.

— Tu sais, j'ai une proposition. Viens avec elle voir ma pièce.

— Pourquoi ?

— Parce que *My Fair Lady* est construite sur le mythe grec du sculpteur Pygmalion qui tombe amoureux d'une de ses sculptures, la belle Galatée. Il supplie Vénus de donner vie à sa statue de sorte qu'il puisse l'épouser, et il est exaucé. La pièce montrera peut-être à ta Rakel ce qui peut arriver quand on veut modifier une autre personne.

— Ça tourne mal ?

— Au contraire. Le Pygmalion que le professeur Higgins a en lui réussit complètement dans ses desseins. Je ne monte que des pièces qui ont une happy end. C'est mon seul principe absolu. S'il n'y a pas de happy end, j'en fabrique une. »

Harry secoua la tête et fit un sourire en coin.

« Rakel n'essaie pas de me changer. Elle n'est pas idiote. Elle préfère se tirer.

— Quelque chose me dit qu'elle veut te voir revenir. Je t'enverrai deux billets pour la première. »

Willy fit savoir d'un signe qu'il désirait l'addition.

« Qu'est-ce qui peut bien te faire croire qu'elle veut me voir revenir ? demanda Harry. Tu ne sais absolument rien d'elle.

— Tu as raison. Je divague. Le vin blanc pour le déjeuner, c'est une bonne idée, mais seulement en théorie. Je bois plus que de raison, en ce moment, j'espère que tu m'excuseras. »

Le serveur arriva avec la note, que Willy signa

sans la regarder, et il demanda qu'on la mette avec les autres. Le serveur disparut.

« Mais emmener une femme à une première pour laquelle tu as des billets de première classe, ça ne peut pas être complètement à côté de la plaque, dit Willy avec un sourire. Crois-moi, je l'ai testé en long, en large et en travers. »

Harry trouva que ce sourire ressemblait à celui triste et résigné de son père. Celui d'un homme qui regarde en arrière parce qu'elles sont là, les choses qui le font sourire.

« Merci beaucoup, mais..., commença Harry.

— Il n'y a pas de mais. Ça sera au moins un prétexte pour lui téléphoner si vous n'êtes pas en bons termes pour le moment. Laisse-moi t'envoyer les deux billets, Harry. Je crois que Lisbeth aurait apprécié. Et Toya s'en remet. Ça sera une chouette mise en scène. »

Harry tripotait la nappe.

« Laisse-moi y réfléchir.

— Super. Il faut que je m'y mette avant de m'endormir, dit Willy en se levant.

— À propos, dit Harry en plongeant la main dans sa poche de blouson. On a trouvé ce symbole à proximité de deux autres endroits où ont été retrouvées les victimes. On appelle ça le signe des mares. Est-ce que tu te souviens l'avoir vu quelque part après la disparition de Lisbeth ? »

Willy regarda la photo.

« Non, je ne peux pas l'affirmer, tiens. »

Harry tendit la main vers la photo.

« Attends. »

Willy se gratta la barbe en clignant des yeux. Harry attendit.

« Je l'ai vu, dit-il. Mais où ?

— Dans l'appartement ? Dans l'escalier ? Dans la rue dehors ? »

Willy secoua la tête.

« Non, rien de tout ça. Et pas récemment. Ailleurs, et il y a longtemps. Mais où ? C'est important ?

— Ça pourrait l'être. Appelle-moi si ça te revient. »

Après qu'ils se furent séparés dans la rue, Harry resta immobile à regarder vers le haut de Drammensveien, où le soleil luisait sur les rails de tramway, et l'air vibrant de chaleur donnait l'impression que le tram s'en allait en flottant dans les airs.

Chapitre 22

Jeudi et vendredi. Révélation

Le Jim Beam est fait de seigle, d'orge et de soixante-quinze pour cent de maïs qui donne au bourbon ce goût doux et rond qui le distingue du whisky à proprement parler. L'eau du Jim Beam vient d'une source qui sort juste à côté de la distillerie à Clermont, Kentucky, où l'on fabrique aussi la levure spéciale dont certains prétendent qu'elle a la même recette que celle qu'utilisait Jacob Beam en 1795. Le résultat est conservé au moins quatre ans avant d'être envoyé dans le monde entier et acheté par Harry Hole qui se fiche complètement de Jacob Beam, et qui sait que cette histoire d'eau de source n'est qu'un gadget marketing comparable à celui concernant la Farris[1] et sa soi-disant source ; le seul pourcentage dont il se soucie, c'est celui qui figure en petits caractères sur l'étiquette.

Debout devant le réfrigérateur, un couteau de chasse à la main, Harry regardait la bouteille contenant le liquide brun doré. Il était nu. La chaleur de

---

1. L'une des principales eaux gazeuses naturelles de Norvège.

la chambre lui avait fait enlever son caleçon qui était toujours humide et sentait le chlore.

Ça faisait quatre jours qu'il n'avait pas bu d'alcool. Le pire est passé, s'était-il dit. C'était pur mensonge, le pire était loin d'être terminé. Aune avait un jour demandé à Harry pourquoi il buvait. Harry lui avait répondu sans hésiter : « Parce que j'ai soif. » Harry était par bien des aspects désolé de vivre dans une société et à une époque où le fait de boire représentait plus d'inconvénients que d'avantages. Ses raisons de se maintenir à jeun n'avaient jamais relevé du principe, elles étaient purement pratiques. C'est extrêmement fatigant de boire comme un trou, et la seule récompense qu'on en a, c'est une courte et pitoyable vie d'ennui et de souffrances physiques. Pour le dipsomane, la vie se résume à deux choses : être soûl, et des périodes intermédiaires. Quelle partie est la véritable vie était une question à laquelle il n'avait pas consacré beaucoup de temps, étant donné que quelle que fût la réponse, elle ne lui apporterait pas une vie meilleure. Ni pire. Car tout ce qui était bien – tout – devait tôt ou tard renoncer face à la loi de la gravitation de l'alcoolique : la Grande Soif. C'était ainsi qu'il avait vu le problème arithmétique jusqu'à ce qu'il rencontre Rakel et Oleg. Ça avait donné une nouvelle dimension à son abstinence. Mais ça ne supprimait pas la loi de la gravitation. Et les cauchemars lui étaient devenus insupportables. Il ne supportait plus d'entendre ses cris. De voir le choc dans ses yeux fixes et morts tandis que sa tête se rapprochait du plafond de l'ascenseur. Il tendit la main vers le réfrigérateur. Il fallait exploiter toutes les possibilités. Il posa le couteau à côté de la bouteille et referma la porte. Puis il retourna dans la chambre.

Il n'alluma pas la lumière, mais un rai de clarté lunaire tombait entre les rideaux.

La couette et le matelas semblaient essayer de se débarrasser de leurs housse et drap moites et entortillés.

Il rampa sur son lit. La dernière fois qu'il avait dormi sans faire de cauchemars, c'était quelques minutes sur le lit de Camilla Loen. Il avait rêvé de mort à cette occasion aussi, à la différence qu'il n'avait pas eu peur. Quelqu'un peut entrer, mais il doit dormir. Et dans le sommeil, personne ne peut se cacher.

Harry ferma les yeux.

Les rideaux bougèrent, et la bande lumineuse trembla. Elle éclaira le mur au-dessus de la tête de lit et les marques noires laissées par un couteau. Elles avaient dû être tracées avec une grande force, car les entailles s'enfonçaient profondément dans le bois sous le papier peint blanc. Le sillon unique dessinait une grande étoile à cinq branches.

Par la fenêtre, elle écoutait de son lit la circulation sur Trojská et la respiration lourde et régulière de l'homme à côté d'elle. De temps en temps, il lui semblait entendre des cris en provenance du Jardin zoologique, mais ce n'étaient peut-être que les trains de nuit qui freinaient avant d'entrer dans la gare, de l'autre côté du fleuve. Il avait dit qu'il aimait le bruit des trains quand ils avaient déménagé à Troja, au sommet de ce point d'interrogation brun que la Vltava dessine dans Prague.

Il pleuvait.

Il avait été absent toute la journée. À Brno, avait-il dit. Quand elle l'avait entendu rentrer, elle était déjà couchée. Elle avait entendu sa valise racler le sol dans l'entrée, puis il était arrivé dans la chambre. Elle avait fait semblant de dormir, mais l'avait observé en douce suspendre avec des gestes calmes ses vêtements en jetant de temps en temps un regard dans le miroir à côté de l'armoire, pour la regarder. Il s'était ensuite glissé dans le lit, ses mains étaient froides et poisseuses de sueur séchée. Ils avaient fait l'amour au son de la pluie sur les tuiles, il avait un goût de sel, et il s'était ensuite endormi comme un bébé. D'ordinaire, elle avait aussi envie de dormir après avoir fait l'amour, mais elle restait à présent éveillée tandis que la semence de l'homme ressortait lentement d'elle pour imprégner le drap.

Elle se figurait ne pas savoir ce qui la tenait éveillée, bien que ses pensées tournent toujours autour de la même chose. Que quand elle avait brossé la veste de son costume le lendemain de son retour d'Oslo le lundi soir, elle avait découvert un cheveu blond mi-long sur une manche. Qu'il retournerait à Oslo le samedi. Que c'était la quatrième fois en quatre semaines. Qu'il ne voulait toujours pas lui dire ce qu'il allait y faire. Ce cheveu pouvait naturellement venir de n'importe où, d'un homme ou d'un chien.

Il se mit à ronfler.

Elle repensa à la façon dont ils s'étaient rencontrés. Son visage ouvert et ses confessions sincères qui lui avaient fait croire qu'il était franc. Il l'avait fait fondre comme de la neige de printemps sur la place Venceslas, mais une femme qui fond aussi facilement pour un homme devrait toujours être taraudée par un soupçon : je ne suis pas la seule à avoir connu ça.

Mais il la traitait avec respect, presque comme une égale, bien qu'il eût assez d'argent pour la traiter comme l'une des prostituées de Perlová. Il était un gain de loterie, le seul qu'elle ait jamais gagné. La seule chose qu'elle pouvait perdre. C'était cette certitude qui la rendait prudente, qui l'empêchait de lui demander où il était allé, avec qui il avait été, ce qu'il faisait en réalité.

Mais un événement avait rendu indispensable qu'elle sache si c'était un homme en qui elle pouvait avoir pleinement confiance. Elle avait reçu quelque chose d'encore plus douloureux à perdre. Elle ne lui avait rien dit, elle n'en avait pas été sûre elle-même avant d'aller voir le médecin trois jours plus tôt.

Elle se glissa hors du lit et sortit silencieusement. Elle appuya prudemment sur la poignée de porte tout en observant le visage de l'homme dans le miroir au-dessus de la commode. Elle arriva dans le couloir et referma la porte tout aussi silencieusement.

La valise était gris métallisé, moderne, une Samsonite. Elle était presque neuve, mais ses flancs étaient griffés et couverts de vignettes à moitié arrachées, portant des noms de destinations dont elle n'avait jamais entendu parler.

Dans la faible lumière, elle vit que les chiffres de la serrure à combinaison indiquaient 0-0-0. Comme toujours. Et elle n'avait pas besoin d'essayer, elle savait que la valise ne s'ouvrirait pas. Elle ne l'avait jamais vue ouverte, à l'exception des fois où elle était au lit, quand il prenait les vêtements dans ses tiroirs pour les ranger dans sa valise. C'était en fait par hasard qu'elle avait vu lorsqu'il préparait son dernier voyage que la combinaison était inscrite à l'intérieur de la valise. En même temps, ce n'est pas un exploit que de se souvenir de trois chiffres. Pas quand on doit le faire. Oublier tout le reste et se souvenir des trois chiffres d'un numéro de chambre dans un hôtel quand on téléphonait pour lui dire qu'elle était attendue, ce qu'elle devait porter et s'il y avait d'autres desiderata.

Elle écouta. Le ronflement lui parvenait de derrière la porte comme un frottement faible.

Il y avait des choses qu'il ne savait pas. Qu'il n'avait pas besoin de savoir, qu'elle avait été obligée de faire, mais qui appartenaient au passé. Elle posa les doigts sur les petites roues dentées au-dessus des chiffres et tourna. À partir de ce moment, seul l'avenir comptait.

Les serrures s'ouvrirent avec un claquement sourd.

Sous le couvercle, posé sur une chemise blanche, elle vit un vilain objet de métal.

Elle n'eut pas besoin de le prendre en main pour savoir que le pistolet n'était pas un jouet ; elle en avait déjà vu, dans une vie antérieure.

Elle déglutit et sentit monter les larmes. Elle appuya ses mains sur ses yeux. Et murmura intérieurement le nom de sa mère à deux reprises.

Ça ne dura que quelques secondes.

Elle inspira à fond, silencieusement. Elle devait survivre. *Ils* devaient survivre. C'était en tous les cas une des raisons pour lesquelles il ne pouvait pas lui dire tant de choses sur ses activités, ce pour quoi il gagnait autant qu'il en avait l'air. Et elle y avait pensé, non ?

Elle se décida.

Il y avait des choses qu'elle ne savait pas. Qu'elle n'avait pas besoin de savoir.

Elle referma la valise et tourna les molettes pour leur faire afficher des zéros. Elle écouta à la porte avant de l'ouvrir avec précaution et de se glisser à l'intérieur. Un rectangle de lumière tomba du couloir sur le lit. Et si elle avait jeté un coup d'œil dans le miroir avant de refermer la porte, elle aurait vu qu'il avait ouvert un œil. Mais elle était trop absorbée par ses propres pensées. Ou plus exactement par cette unique pensée qu'elle retournait sans cesse dans sa tête en écoutant les bruits de la circulation, les cris du Jardin zoologique et sa respiration profonde et régulière. Qu'à partir de ce moment, seul l'avenir comptait.

Un cri, une bouteille qui se brisait sur le trottoir et un rire rauque. Des jurons et des pas rapides qui disparurent en claquant vers le haut de Sofies Gate, vers le stade de Bislett.

Harry fixait le plafond, et écoutait les bruits de l'extérieur. Il avait dormi pendant trois heures d'un sommeil sans rêves avant de se réveiller et de se mettre à gamberger. Sur trois femmes, deux lieux de crime et un homme qui avait proposé un bon prix pour avoir son âme. Il essaya d'y trouver une logique. Déchiffrer le code. Voir la trame. Comprendre ce qu'Øystein avait appelé la dimension supérieure à la trame, la question qui venait avant le *comment*. Pourquoi.

Pourquoi un homme s'était-il déguisé en coursier pour tuer deux femmes, et peut-être même vraisemblablement trois ? Pourquoi s'était-il à ce point compliqué la tâche en choisissant les endroits où il frapperait ? Pourquoi ne laissait-il pas de message ? Quand toute l'expérience en matière de meurtres en série indique qu'ils ont des motivations d'ordre sexuel, pourquoi n'y avait-il aucun signe d'abus sexuel ni sur Camilla Loen ni sur Barbara Svendsen ?

Harry sentit venir la céphalée. Il envoya promener d'un coup de pied la housse de couette et se tourna sur le côté. Les chiffres de son réveil jetaient leur lumière rouge. 2 : 51. Les deux dernières questions de Harry s'adressaient à lui. Pourquoi se cramponner à l'âme si ça signifie qu'on aura le cœur brisé ? Et quelle était la véritable raison qui lui faisait se préoccuper d'un système qui le haïssait ?

Il posa les pieds par terre et alla dans la cuisine. Il contempla la porte de placard au-dessus de l'évier. Il rinça un verre sous le robinet et le laissa se remplir complètement. Puis il ouvrit le tiroir contenant les couverts, en sortit la boîte noire de pellicule photo et en versa le contenu dans sa main. Un seul comprimé le ferait dormir. Deux à la fois avec quelques verres de Jim Beam le speederaient. Trois ou plus, et les effets étaient moins prévisibles.

Harry ouvrit grand la bouche, envoya trois comprimés dedans et les fit descendre d'une rasade d'eau tiède.

Il alla ensuite dans le salon, posa sur la platine un disque de Duke Ellington qu'il avait acheté après avoir vu *Conversation secrète* et Gene Hackman dans son bus de nuit, accompagné de quelques frêles notes de piano qui exprimaient la plus grande solitude que Harry ait rencontrée.

Il s'assit dans son fauteuil à oreilles.

« Pour ça, je ne connais qu'une méthode », avait dit Øystein.

Harry recommença depuis le début. Du jour où il était sorti en titubant de l'Underwater pour se rendre à une adresse dans Ullevålsveien. Vendredi. Sannergata. Mercredi. Carl Berner. Lundi. Trois femmes. Trois doigts amputés. Main gauche. D'abord l'index, puis le majeur, enfin l'annulaire. Trois endroits. Aucune maison isolée, mais des endroits entourés de voisins. Un vieil immeuble de la fin du XIXe, un des années trente et un immeuble de bureaux construit dans les années quarante. Des ascenseurs. Il revit les chiffres au-dessus des portes des appareils. Skarre était allé voir les magasins de vélos dans Oslo et ses environs. Ils n'avaient pas pu l'aider quant aux équipements de cyclistes et aux tenues jaunes, mais à travers les sommes versées sur les contrats d'assurance Falken, ils avaient pu se faire une idée de qui avait acheté des vélos coûteux sur les derniers mois, du modèle qu'utilisaient les coursiers.

Il sentit un début d'engourdissement. La laine grossière du fauteuil brûlait agréablement sur ses cuisses et ses fesses nues. Les victimes. Camilla Loen, rédactrice dans une agence de publicité, célibataire, vingt-huit ans, brune, un peu potelée. Lisbeth, chanteuse, mariée, trente-trois ans, blonde, mince. Barbara, hôtesse d'accueil, habitant chez ses parents, châtain. Toutes trois étaient jolies, sans plus. Quand les crimes avaient été commis. En supposant que Lisbeth ait été tuée immédiatement : que des jours de la semaine. L'après-midi, juste après les horaires de travail.

Duke Ellington jouait vite. Comme si sa tête était pleine de notes qu'il avait peur de ne pas avoir le temps de jouer. Et à présent, il arrêtait presque complètement, en ne jouant que les points essentiels.

Harry n'avait pas étudié le vécu des victimes, n'avait pas discuté avec leurs proches et amis, il n'avait fait qu'écumer les rapports sans y trouver quoi que ce soit d'intéressant. Car les réponses n'étaient pas là. Pas dans qui étaient les victimes, seulement ce qu'elles étaient, ce qu'elles représentaient. Pour l'assassin, les victimes n'étaient qu'accessoires, aussi aléatoires que tout ce qui les entourait. Il suffisait de voir ce que c'était. Voir la trame.

C'est alors que la chimie entra pleinement en action. L'effet faisait davantage penser à un hallucinogène qu'à un somnifère. La réflexion céda la place aux idées et partit à la dérive sans rime ni raison, comme à bord d'un tonneau. Le temps pulsait, pompait comme un univers en expansion. Lorsqu'il revint à lui, tout était calme, il n'entendait que le son du saphir de la platine frottant sur l'étiquette du disque.

Il alla dans la chambre, s'assit en tailleur au pied du lit et planta son regard sur la croix des mares. Un moment après, elle se mit à danser. Il ferma les yeux. Il suffisait de le voir.

Lorsque le jour pointa, il était déjà loin de tout. Il entendait et il voyait, mais il rêvait. Et lorsque l'édition d'*Aftenposten* claqua sur les marches, il se réveilla, leva la tête et regarda le pentagramme qui ne dansait plus.

Rien ne dansait. Il avait terminé. Il avait vu la trame.

Celle d'un homme engourdi, dans une chasse désespérée aux sentiments véritables. Un idiot naïf qui pensait que là où il y a quelqu'un qui aime, il y a l'amour, et là où il y a des questions, il y a des réponses. La trame de Harry Hole. Dans un accès de fureur, il jeta son front contre le signe au mur. Il vit une pluie d'étincelles et s'affala sur le lit. Son regard tomba sur le réveil. 5 : 55. La housse de couette était humide et chaude.

Puis, comme si quelqu'un avait actionné un interrupteur, il s'éteignit.

Elle remplit sa tasse. Il grogna un *Danke* et continua à parcourir *The Observer* qu'il était comme de coutume sorti acheter à l'hôtel au coin de la rue. En même temps que des croissants frais que Hlinka, le boulanger local, avait commencé à faire. Elle n'était jamais allée à l'étranger, seulement en Slovaquie, qui n'était pas véritablement l'étranger, mais il l'assurait qu'à Prague, ils avaient dorénavant tout ce qu'avaient les autres grandes villes d'Europe. Elle avait eu envie de voyager. Avant de le rencontrer, un homme d'affaires américain de passage à Prague était tombé amoureux d'elle. Elle lui avait été offerte par une relation d'affaires à Prague, un laboratoire pharmaceutique. C'était un homme doux, innocent et un peu épais qui voulait tout lui donner pourvu qu'elle l'accompagne chez lui, à Los Angeles. Naturellement, elle avait accepté. Mais quand elle l'avait dit à Tomas, son maquereau et demi-frère, il était allé directement à la chambre de l'Américain et avait menacé ce dernier avec un couteau. L'Américain était reparti le lendemain, et elle ne l'avait jamais revu. Quatre jours plus tard, abattue, elle buvait du vin au Grand Hôtel Evropa quand il était apparu. Assis sur une chaise tout au fond de la pièce, il l'avait observée renvoyer tous les hommes qui la collaient. C'était ça qui l'avait fait craquer, disait-il à tout bout de champ. Pas qu'elle ait été aussi appréciée des autres, mais qu'elle ait été aussi peu touchée par leurs avances, si négligemment désintéressée, si complètement chaste. Il disait que certains hommes continuaient à savoir apprécier ce genre de choses.

Elle l'avait laissé lui payer un verre de vin, avait remercié et était rentrée chez elle seule.

Le lendemain, il avait sonné à la porte de son minuscule appartement en sous-sol de Stranice. Il ne lui avait jamais dit comment il avait trouvé où elle habitait. Mais la vie était passée en un clin d'œil du gris au rose bonbon. Elle avait été heureuse. Elle *était* heureuse.

Le papier froufrouta quand il tourna la page de son journal.

Elle aurait dû le savoir. Elle n'aurait jamais dû broncher une seule fois de plus. Si seulement il n'y avait pas eu ce pistolet dans la valise.

Mais elle avait décidé d'oublier. Ils étaient heureux. Elle l'aimait.

Elle était assise sur sa chaise, et portait toujours son tablier. Elle savait qu'il aimait qu'elle porte un tablier. Elle savait malgré tout deux ou trois trucs sur la façon dont fonctionnaient les hommes, l'astuce était simplement de ne pas le montrer. Elle baissa les yeux sur ses genoux. Elle se mit à sourire, sans pouvoir s'en empêcher.

« J'ai quelque chose à te dire, dit-elle.

— Ah oui ? » La page de journal claqua comme une voile dans le vent.

« Promets-moi que tu ne vas pas te mettre en colère, dit-elle en sentant son sourire s'étendre.

— Je ne peux pas te le promettre », répondit-il sans lever les yeux.

Son sourire se figea. « Qu'est-ce que...

— Je suppose que tu vas me dire que tu as passé en revue le contenu de ma valise quand tu t'es levée cette nuit. »

Ce ne fut qu'à ce moment-là qu'elle se rendit compte que son accent était différent. Ce qu'il avait de chantant avait pratiquement disparu. Il posa son journal et la regarda droit dans les yeux.

Dieu merci, elle n'avait jamais eu besoin de lui mentir, car elle savait qu'elle n'y arriverait pas. Elle en avait la preuve. Elle secoua la tête, mais se rendit compte que son visage ne répondait plus.

Il haussa un sourcil.

Elle avala sa salive.

La trotteuse de la grande horloge de cuisine qu'elle avait achetée chez Ikea avec son argent à lui fit un bond silencieux vers l'avant.

Il sourit.

« Et là, tu y as trouvé des tas de lettres de mes maîtresses, c'est ça ? »

Elle cligna des yeux, désorientée.

« Je déconne, Eva, dit-il en se penchant en avant. Il y a un problème ? »

Elle hocha la tête.

« Je suis enceinte, murmura-t-elle très vite, comme si le temps pressait tout à coup. Je... nous... allons avoir un enfant. »

Il resta comme pétrifié à regarder droit devant lui tandis qu'elle lui parlait de ses soupçons, de sa visite chez le médecin, puis, enfin, de la certitude. Lorsqu'elle eut terminé, il se leva et sortit de la cuisine. Il revint et lui tendit une petite boîte noire.

« Voir ma mère, dit-il.

— Quoi ?

— Tu te demandes ce que je vais faire à Oslo. Je vais voir ma mère.

— Tu as une mère... »

Ce fut ce à quoi elle pensa en premier lieu : avait-il vraiment une mère ? Mais elle poursuivit :

« ... à Oslo ? »

Il sourit et fit un petit signe de tête vers la boîte.

« Tu ne l'ouvres pas, chérie ? C'est pour toi. Pour l'enfant. »

Elle cligna deux fois des yeux avant de se reprendre suffisamment pour ouvrir la boîte.

« C'est magnifique, dit-elle en sentant ses yeux s'emplir de larmes.

— Je t'aime, Eva Marvanova. »

Son accent était redevenu chantant.

Elle sourit entre ses larmes quand il la prit dans ses bras.

« Pardonne-moi, chuchota-t-elle. Pardonne-moi. Que tu m'aimes, c'est tout ce que j'ai besoin de savoir. Le reste n'a pas d'importance. Tu n'as pas besoin de me parler de ta mère. Ou du pistolet... »

Elle sentit le corps de l'homme se raidir entre

ses bras. Elle approcha sa bouche tout près de son oreille.

« J'ai vu le pistolet, chuchota-t-elle. Mais je n'ai pas besoin de savoir quoi que ce soit. Rien, tu entends ? »

Il se libéra doucement de la femme.

« Si. Je suis désolé, Eva, mais il n'y a pas d'autre solution. Pas maintenant.

— Qu'est-ce que tu veux dire ?

— Il faut que tu saches qui je suis.

— Mais je sais qui tu es, chéri.

— Tu ne sais pas ce que je fais.

— Je ne sais pas si je veux le savoir.

— Tu dois le savoir. »

Il lui prit la boîte, en sortit le tour de cou et le tint devant elle.

« C'est de ça que je m'occupe. »

Le diamant en forme d'étoile brilla comme un œil énamouré quand les cristaux reflétèrent la lumière matinale qui entrait par la fenêtre de la cuisine.

« Et de ça. »

Il sortit la main de sa poche intérieure. Tenant le pistolet qu'elle avait vu dans la valise. Mais il était prolongé d'un morceau de métal noir fixé à l'extrémité du canon. Eva Marvanova n'y connaissait pas grand-chose en armes, mais elle savait ce que c'était. Un silencieux. Ou comme ça s'appelait si éloquemment en anglais : *silencer*.

Ce fut la sonnerie du téléphone qui réveilla Harry. Il avait l'impression que quelqu'un lui avait fourré un torchon dans la bouche. Il essaya d'en humidifier l'intérieur avec sa langue, mais elle ne fit que lui racler le palais comme un morceau de pain rassis. Le réveil sur la table de nuit indiquait 10 : 17. Un demi-souvenir, une demi-image apparurent. Il alla au salon. Le téléphone sonna pour la sixième fois.

Il souleva le combiné.

« Harry. J'écoute.

— Je voulais juste m'excuser. »

C'était la voix qu'il espérait toujours entendre quand il décrochait.

« Rakel ?

— C'est ton boulot, dit-elle. J'ai tort d'être en colère. Je suis désolée. »

Harry s'assit dans le fauteuil. Quelque chose essayait de se frayer un chemin à travers le maquis de rêves à demi oubliés.

« Tu as raison d'être en pétard.

— Tu es policier. Il faut bien que quelqu'un veille sur nous.

— Je ne parlais pas du boulot. »

Elle ne répondit pas. Il attendit.

« Tu m'as manqué, dit-elle d'une voix soudain étranglée par les larmes.

— C'est ce que tu espérais que j'étais, qui t'a manqué. Mais ce qui m'a manqué, en revanche...

— Salut », dit-elle. Comme une chanson interrompue en plein milieu.

Harry resta assis à regarder le téléphone. De bonne et de mauvaise humeur en même temps. Un reste du rêve de la nuit passée fit une dernière tentative pour remonter à la surface, toqua sous une couche de glace qui s'épaississait à chaque seconde. Il passa la table au peigne fin pour y trouver des cigarettes, et trouva un mégot dans le cendrier. Sa langue était toujours à moitié engourdie. Rakel devait avoir interprété cette diction pâteuse comme un signe qu'il s'était à nouveau soûlé. Ce qui d'ailleurs n'était pas si éloigné de la réalité, si ce n'est qu'il n'avait pas l'intention de reprendre de ce poison.

Il retourna dans la chambre et regarda le réveil sur la table de chevet. Temps d'aller bosser. Quelque chose...

Il ferma les yeux.

L'écho de Duke Ellington résonnait encore dans ses oreilles. Ce n'était pas là, il devait aller plus loin. Il continua d'écouter. Il entendit un cri strident de tram, des pattes de chat sur le toit et un murmure menaçant dans le vert pétard du bouleau dans la cour. Encore plus vers l'intérieur. Il entendit l'immeuble peser, le mastic grincer contre les meneaux, la cave vide gargouiller loin au fond du gouffre. Il entendit le raclement sec du drap contre sa peau nue et le claquement impatient de ses chaussures dans le couloir. Il entendit la voix de sa mère lui murmurer comme elle en avait l'habitude juste avant qu'il s'endorme : « Derrière le placard derrière le placard derrière le placard de sa mémère[1]... »

Puis il fut dans son rêve.

Le rêve de cette nuit. Il était aveugle, il devait être aveugle, car il ne pouvait qu'entendre.

Il entendit une voix basse psalmodier une espèce de prière inarticulée en bruit de fond. L'acoustique lui donnait l'impression d'être dans une grande pièce semblable à une nef d'église, si ce n'est que le

1. L'une des strophes d'un petit poème pour enfants écrit par Inger Hagerup (1905 [Bergen]-1985).

bruit de l'eau qui gouttait était omniprésent. Sous la haute voûte résonnèrent de rapides coups d'ailes. Des pigeons ? On aurait dit qu'un prêtre ou un prédicateur dirigeait la séance, mais la liturgie était étrange. Presque comme du russe, ou une glossolalie. L'assemblée se joignit au psaume, sur une mélodie bizarre et des vers courts et saccadés. Aucun mot connu, comme Jésus ou Marie. L'assemblée cessa soudain de chanter et l'orchestre prit le relais. Il reconnut l'air. Entendu à la télé. Attends un peu... Il entendit quelque chose rouler. Une balle qui roulait. Et s'arrêta.

« Cinq, dit une voix féminine. C'est le cinq. »

Ce fut à ce moment-là qu'il le perçut.

Le code.

Chapitre 23

Vendredi. Le chiffre de l'homme

Les révélations de Harry étaient souvent de petites gouttes d'eau glaciales qui lui tombaient sur le crâne. Rien de plus. Mais il arrivait naturellement qu'en levant les yeux et en regardant à la verticale de l'endroit où tombaient les gouttes, il puisse trouver le lien entre les causes. Cette révélation était différente. C'était un don, un vol, une faveur des anges qu'il n'avait pas méritée, de la musique telle qu'elle pouvait venir chez des gens comme Duke Ellington, sortie tout droit d'un rêve, telle quelle, il n'y avait plus qu'à s'asseoir au piano et la jouer.

Et c'était ce que Harry était en train de faire. Il avait convoqué le public du concert dans son bureau, à treize heures. Ça lui laissait suffisamment de temps pour pouvoir placer l'essentiel, le dernier morceau du code. Pour cela, il avait besoin de l'étoile du berger. Et d'une carte du ciel.

En venant travailler, il était passé par une librairie où il s'était procuré une règle, un rapporteur, un compas, le feutre le plus fin qu'ils aient eu et quelques transparents. Il commença aussitôt arrivé dans son bureau. Il sortit le grand plan d'Oslo qu'il avait arraché du mur, le rafistola à coups de scotch, lissa les plis et le remit au mur le plus long de la pièce. Il dessina ensuite un cercle sur le transparent, le partagea en cinq parts égales d'exactement soixante-douze degrés et traça à la règle et au feutre des traits entre les points libres les plus éloignés, en une seule ligne brisée. Lorsqu'il eut terminé, il leva le transparent vers la lumière. Le signe des mares.

Le rétroprojecteur de la salle de réunion avait disparu, et Harry entra donc dans la salle de l'OCRB, où le capitaine Ivarsson faisait son exposé habituel – appelé entre collègues « Comment je suis devenu aussi doué » – à un groupe de stagiaires pour l'été qui n'avaient pas eu le choix d'assister ou non au fameux exposé.

« Priorité », dit Harry en éteignant l'appareil et en le faisant rouler vers la sortie devant un Ivarsson abasourdi.

Revenu dans son bureau, Harry posa le transparent sur la vitre du rétroprojecteur, dirigea le carré de lumière vers le plan et éteignit le plafonnier.

Il entendit sa propre respiration dans la pièce sombre, sans fenêtre, tandis qu'il tournait la feuille, avançait et reculait le projecteur et faisait la mise au point sur les contours noirs de l'étoile jusqu'à ce que ça concorde. Car ça concordait. Bien sûr que ça concordait. Il regarda la carte, dessina un cercle autour de deux numéros de rue et passa quelques coups de fil.

Il était prêt.

À une heure cinq, Bjarne Møller, Tom Waaler, Beate Lønn et Ståle Aune attendaient, dans un silence absolu et sur des chaises empruntées, serrés dans le bureau pour deux personnes de Harry et Halvorsen. Harry était assis sur le coin de sa table de travail.

« Il y a un code, dit Harry. Un code très simple. Un dénominateur commun que nous aurions dû voir il y a longtemps. Nous venons de l'avoir en clair. Un seul chiffre. »

Ils le regardèrent.

« Cinq, dit Harry.

— Cinq ?

— C'est le cinq. »

Harry regarda les quatre visages interrogateurs. Il arriva alors ce qui se produisait de temps en temps – et de plus en plus souvent – après une longue période de beuveries. Le sol se déroba sans prévenir. Il eut la sensation de tomber et la réalité se distordit. Il n'avait pas quatre collègues assis en face de lui dans un bureau, il n'y avait aucune affaire de meurtres, ce n'était pas une chaude journée d'été à Oslo, il n'avait jamais rien existé qui s'appelât Rakel et Oleg. Puis il reprit pied. Mais il savait que ce court accès de panique pouvait être suivi d'autres, il ne se cramponnait toujours qu'à des grattons.

Harry leva sa tasse de café et but lentement en se reprenant.

Il décida que quand il entendrait la tasse toucher de nouveau le bureau, il devrait être de retour, là, dans cette réalité.

Il baissa sa tasse.

Elle atterrit avec un petit bruit sourd.

« Première question, dit Harry. L'assassin a marqué toutes les victimes d'un diamant. Combien de pointes avaient-ils ?

— Cinq, répondit Møller.

— Deuxième question. Il a aussi coupé un doigt à chacune de ses victimes à la main gauche. Combien de doigts sur une main ? Troisième question. Les meurtres et la disparition se sont produits sur trois semaines consécutives, respectivement vendredi, mercredi et lundi. Combien de jours entre chaque ? »

Il y eut un court silence.

« Cinq, répondit Waaler.

— Et l'heure ?

— Autour de cinq heures, répondit Aune après s'être éclairci la voix.

— Cinquième et dernière question. Les victimes ont été atteintes à des adresses en apparence prises au hasard, mais les endroits où on les a retrouvées ont un point commun. Beate ?

— Cinq ? » proposa-t-elle avec une grimace.

Tous posèrent sur Harry un regard vide.

« Oh, bon Dieu..., s'écria Beate qui s'interrompit en rougissant. Excusez-moi, je ne voulais pas... cinquième étage. Toutes les victimes habitaient au cinquième étage.

— Exactement. »

Un lever de soleil sembla éclairer le visage des présents quand Harry alla à la porte.

« Cinq. »

Møller cracha le mot comme s'il avait mauvais goût.

Une obscurité complète s'abattit sur la pièce quand Harry éteignit l'appareil. Ce ne fut qu'au son de sa voix qu'ils surent qu'il se déplaçait.

« Cinq est un chiffre connu dans de nombreux

311

rituels. La magie noire. La sorcellerie. Et le culte du Malin. Mais aussi la religion chrétienne. Cinq, c'est le nombre des plaies que le Christ endure sur sa croix. Ce sont les cinq piliers et les cinq prières de l'islam. Dans beaucoup d'écrits, il y est fait référence comme au chiffre de l'Homme, puisque nous avons cinq sens et traversons cinq phases dans notre vie. »

Il y eut un déclic, et un visage pâle et lumineux, aux yeux profondément enchâssés et portant une étoile sur le front se matérialisa dans le noir devant eux. Un faible bourdonnement s'éleva.

« Excusez-moi... »

Harry tourna le projecteur pour que le carré de lumière quitte son visage et éclaire le mur blanc.

« Comme vous le voyez, voici un pentagramme ou croix des mares, tel que nous l'avons vu dessiné non loin de Camilla Loen et de Barbara Svendsen. Basé sur un soi-disant nombre d'or. Comment on le cal-culait, déjà, Aune ?

— Alors là, je n'en ai vraiment pas la moindre idée, renâcla le psychologue. J'ai horreur des sciences exactes.

— Bon. Je l'ai tracé tout simplement avec un rap-porteur. Ça suffit pour l'usage qu'on veut en faire.

— C'est-à-dire ? s'enquit Møller.

— Pour l'instant, je ne vous ai montré qu'une suite de chiffres qui pouvait paraître aléatoire. Ce que je vais dire maintenant prouve qu'elle ne l'est pas. »

Harry tourna doucement la lampe du projecteur pour que le carré lumineux et l'étoile couvrent le plan. Il les entendit retenir leur souffle avant même d'avoir procédé aux tout derniers réglages.

« Les trois endroits où l'on a retrouvé les victimes

se trouvent sur un cercle dont le centre se situe en plein cœur d'Oslo, expliqua Harry. Ils forment de plus des triangles isocèles dont la pointe opposée à la base mesure exactement soixante-douze degrés. Comme vous le voyez ici, on retrouve ces trois endroits...

— ... à chaque pointe de l'étoile, murmura Beate.

— Bon sang, dit Møller qui n'en revenait pas. Tu veux dire qu'il a... qu'il nous a donné...

— Il nous a donné un fil conducteur, termina Harry. Un code qui nous parle de cinq assassinats. Trois déjà commis, il en reste deux. Qui d'après l'étoile auront lieu ici et ici, dit Harry en désignant les deux cercles qu'il avait dessinés sur la carte à la pointe de deux des branches.

— Et on sait quand », dit Tom Waaler.

Harry acquiesça.

« Bon sang, s'exclama Møller, cinq jours entre chaque assassinat, ça nous renvoie à...

— Samedi, compléta Beate.

— Demain, précisa Aune.

— Bon sang », répéta Møller pour la troisième fois. Son exclamation semblait on ne peut plus sincère.

Harry poursuivit son exposé, interrompu par les voix excitées des autres, tandis que le soleil dessinait une haute parabole dans un ciel délavé, au-dessus des voiles blanches somnolentes qui n'essayaient qu'à moitié de revenir au port. Sur l'échangeur de Bjørvika, un sac en plastique RIMI[1] flottait dans l'air

---

1. L'une des chaînes de supermarchés en Norvège, avec REMA, KIWI...

chaud, au-dessus des voies désertes s'entortillant les unes autour des autres comme un nœud de vipères chaotique. Le long d'un entrepôt, côté mer, sur les terrains du futur opéra, un gamin s'employait à faire apparaître une veine sous une plaie déjà enflammée, en jetant des regards autour de lui comme un guépard famélique au-dessus de sa proie quand il sait que les hyènes ne tarderont pas.

« Attends un peu, dit Tom Waaler. Comment l'assassin pouvait savoir que Lisbeth Barli habitait au cinquième étage alors qu'il attendait en bas ?

— Il n'était pas dans la rue, dit Beate. Il était dans l'escalier. On a vérifié ce que Barli a dit : que la porte de l'immeuble ne fermait pas correctement, ce qui est vrai. Il a pu voir d'après l'ascenseur si quelqu'un descendait du cinquième, et il s'est planqué dans l'escalier de la cave en entendant que quelqu'un arrivait.

— Bien, Beate, dit Harry. Et ensuite ?

— Il l'a suivie dans la rue, et... Non, c'est trop risqué. Il l'a interceptée au moment où elle sortait de l'ascenseur. Et il avait du chloroforme.

— Non, réagit fermement Waaler. Trop risqué. Il aurait en plus fallu qu'il la traîne jusqu'à une voiture qui attendait dehors, et si quelqu'un les avait vus, il aurait à tous les coups retenu la marque de la voiture, et peut-être même le numéro d'immatriculation.

— Pas de chloroforme, décida Møller. Et la voiture était un peu plus loin. Il l'a menacée avec un pistolet et l'a forcée à marcher devant lui en tenant le pistolet caché dans sa poche.

— Bien que les victimes aient été choisies au hasard, dit Harry, la clé du problème, ce sont les endroits des meurtres. Si Willy Barli avait pris l'ascenseur pour descendre du cinquième à la place de sa femme, ça aurait été lui la victime.

— Si ça s'est passé comme vous le dites, ça explique aussi pourquoi les victimes n'ont pas été l'objet d'abus sexuels, dit Aune. Si le meurtrier...

— L'assassin.

— ... l'assassin n'a pas choisi ses victimes, ça veut dire que le fait qu'elles aient toutes été des jeunes femmes est le fruit du hasard. Dans ce cas, les victimes ne sont pas des objets sexuels particuliers, c'est l'action de tuer qui lui donne satisfaction.

— Et les toilettes pour femmes ? objecta Beate. Ça, ce n'était pas choisi au hasard. Ça n'aurait pas été plus naturel pour un homme d'aller dans les toilettes hommes, si le sexe des victimes lui est indifférent ? Là, il n'aurait pas risqué d'éveiller les soupçons si quelqu'un l'avait vu entrer ou sortir.

— Peut-être, dit Harry. Mais s'il s'est préparé aussi minutieusement qu'il en donne l'impression, il aura su que dans un cabinet d'avocats, il y a beaucoup plus d'hommes que de femmes. Tu vois ? »

Beate cligna deux fois sèchement des yeux.

« Bien vu, Harry, dit Waaler. Dans les toilettes femmes, il y avait tout bonnement moins de risques que lui et la victime soient dérangés pendant le rituel. »

Il était quatorze heures huit, et ce fut Møller qui finit par conclure :

« OK, tout le monde, assez avec les défuntes. On peut se concentrer un peu sur les vivants ? »

Le soleil avait amorcé la phase descendante de sa parabole, et les ombres avaient commencé à s'allonger sur une cour d'école déserte de Tøyen, où tout ce que l'on entendait, c'étaient des coups monotones donnés dans un ballon de football qu'on envoyait contre un mur. Dans le bureau hermétique de Harry, l'air était devenu une soupe de liquides organiques évaporés. La pointe de l'étoile située à droite de celle désignant Carl Berners Plass arrivait sur un champ juste à côté d'Ensjøveien, à Kampen. Harry avait expliqué que les constructions situées juste sous la pointe dataient de 1912 et étaient les fameux sanatoriums reconvertis depuis en immeubles d'habitation. En premier lieu pour les étudiantes d'écoles d'enseignement ménager, puis pour les élèves infirmiers et finalement pour les étudiants de tout poil.

La dernière pointe du signe des mares désignait une série de traits parallèles.

« Les rails de la gare centrale d'Oslo ? demanda Møller. Mais personne n'habite là-bas, si ?

— Réfléchis, répondit Harry en montrant du doigt un petit rectangle.

— Ça doit être un entrepôt, ça...

— Non, ça marche, dit Waaler. Il y a effectivement une maison à cet endroit. Vous ne l'avez jamais remarquée quand vous arrivez en train ? Cette drôle de villa en brique, toute seule dans son coin. Le jardin, et tout...

— Tu veux parler de la Villa Valle, intervint Aune. La baraque du chef de gare. Oui, elle est assez connue. J'imagine que ce sont des bureaux, aujourd'hui. »

Harry secoua la tête et expliqua que l'état civil avait recensé une personne vivant là, une seule, Olaug Sivertsen, une femme d'un certain âge.

« Il n'y a pas non plus de cinquième étage, ni dans l'immeuble ni dans la villa, dit Harry.

— Est-ce que ça va l'arrêter ? » demanda Waaler en s'adressant à Aune.

L'intéressé haussa les épaules.

« Je ne crois pas. Mais là, on est en train de conjecturer sur le comportement détaillé d'un individu et, dans ce contexte, tes suppositions valent autant que les miennes.

— Bien, dit Waaler. On part donc du principe qu'il a prévu de frapper dans l'immeuble demain, et notre meilleure chance repose sur une action minutieusement préparée. Vous êtes d'accord ? »

Hochements de tête autour de la table.

« Bon. Je vais joindre Sivert Falkeid, qui s'occupe du Raid, pour commencer à travailler les détails dès maintenant. »

Harry vit le reflet de gneiss dans les yeux de Tom Waaler. Il le comprenait. L'action. La capture. L'arrestation. Le filet mignon du travail de policier.

« Alors je vais avec Beate à Schweigaards Gate voir si on trouve les habitants, dit Harry.

— Faites attention, dit Møller suffisamment fort pour être entendu malgré les raclements de pieds de chaises. Rien ne doit filtrer, rappelez-vous ce qu'Aune a dit, que ces types fouinent souvent autour de l'enquête. »

Le soleil descendait. La température montait.

Chapitre 24

Vendredi. Otto Tangen

Otto Tangen se jeta sur le flanc. Il était en nage après une autre nuit torride, mais ce n'était pas ce qui l'avait réveillé. Il s'était étiré vers le téléphone, et le lit nazebroque avait émis un grincement menaçant. Il avait cédé une nuit, plus d'un an auparavant, quand Otto en était venu à sauter Aud Rita, de la boulangerie, en travers du lit. D'accord, Aud Rita était un poids plume, mais Otto avait dépassé les cent dix kilos ce printemps-là, et l'obscurité était totale dans la pièce quand ils avaient découvert avec fracas que les lits sont conçus pour des déplacements longitudinaux, pas transversaux. Aud Rita était en dessous, et il avait fallu qu'Otto l'emmène chez le médecin de garde de Hønefoss pour une fracture de la clavicule. Aud Rita était hors d'elle, et dans sa fureur, elle avait menacé de tout révéler à Nils, son concubin et par la même occasion meilleur – et pour ainsi dire seul – copain d'Otto. À ce moment-là, Nils pesait cent quinze kilos, et son tempérament était bien connu. Otto avait ri jusqu'à la suffocation, et Aud Rita ne lui jetait dorénavant plus que des regards mauvais chaque fois qu'il passait à la boulangerie. Ça faisait de la peine à Otto, car cette nuit restait malgré tout un bon souvenir pour lui. C'était la dernière fois qu'il avait eu un rapport sexuel.

« Harry Caul », haleta-t-il dans le combiné.

Il avait appelé sa société d'après le nom du personnage que jouait Gene Hackman dans le film qui, par bien des aspects, avait orienté la carrière et la vie d'Otto, *Conversation secrète*, un film de Coppola de 1974 traitant d'un expert en écoutes. Personne du peu de gens que connaissait Otto ne l'avait vu. Il l'avait vu pour sa part trente-huit fois. Après avoir compris quelles possibilités de regard sur les vies d'autres personnes offrait si peu d'équipement technique, il avait acheté son premier micro à l'âge de quinze ans pour surprendre ce dont parlaient son père et sa mère dans leur chambre. Le lendemain, il avait commencé à économiser en vue de sa première caméra. Il avait maintenant trente-cinq ans et une centaine de micros, vingt-quatre caméras et un fils de onze ans avec une nénette qui avait dormi dans le bus d'écoutes d'Otto, à Geilo, par une nuit humide d'automne. Il l'avait en tout cas convaincue d'appeler le gamin Gene. Il aurait toutefois affirmé sans broncher qu'il avait une relation amoureuse plus intense avec ses micros. Mais la collection comprenait également des micros à lampes Neuman des années cinquante et des micros directionnels Offscreen. Ces derniers avaient été spécialement conçus pour les caméras militaires qu'il avait dû acheter sous le manteau aux États-Unis, mais qu'il se procurait maintenant aisément sur Internet. Mais le clou de sa collection, c'étaient trois micros qu'utilisaient les espions russes, de la taille d'une tête d'épingle. Ce n'étaient pas des micros de marque, et il se les était procurés dans un salon à Vienne. Harry Caul était en outre le propriétaire de l'un des deux studios d'écoute professionnels du pays. Ce qui lui valait d'être régulièrement contacté par la police, le SSP et, plus rarement, par les services de renseignements du ministère de la Défense. Il aurait bien aimé que ça arrive plus souvent, il en avait assez d'installer des caméras de surveillance dans les supermarchés 7-Eleven et les Videonova, en formant du personnel qui n'avait aucune sensibilité vis-à-vis des côtés les plus raffinés que pouvait avoir la surveillance de personnes qui ne se doutaient de rien. Dans ce domaine, il était plus facile de trouver des sympathisants dans la police et la défense, mais l'équipement de qualité de Harry Caul était coûteux, et Otto trouvait qu'on lui faisait de plus en plus souvent la leçon concernant les réductions budgétaires. Ça leur coûtait moins cher d'installer leur propre équipement dans une maison ou dans un appartement proche de l'objet de l'observation, à ce qu'ils disaient, ce en quoi ils avaient parfaitement raison. Mais il arrivait qu'aucune maison ne soit suffisamment près, ou que le boulot réclame un équipement de qualité. À ce moment-là, le téléphone sonnait volontiers chez Harry Caul. Comme maintenant.

Otto écouta. La mission avait l'air chouette. Mais étant donné que le coin regorgeait d'appartements, il se douta qu'ils étaient en chasse de gros gibier. Et pour le moment, il n'y en avait qu'un spécimen en liberté.

« C'est ce coursier meurtrier ? » demanda-t-il en s'asseyant prudemment dans le lit pour que celui-ci ne fasse pas le grand écart. Il aurait dû en changer. Il n'était pas sûr que le fait d'en repousser sans arrêt l'échéance tienne avant tout à des raisons économiques. Et pas plutôt sentimentales. Quoi qu'il en soit, si cette conversation tenait ses promesses, il aurait bientôt un lit bien large, solide et de bonne facture. Un de ces lits ronds, peut-être. Et il ferait peut-être aussi une nouvelle tentative avec Aud Rita. Nils pesait cent trente kilos, il était répugnant.

« Ça urge, dit Waaler sans répondre – ce qui était une réponse suffisamment satisfaisante pour Otto. Je veux que tout soit installé cette nuit. »

Otto éclata de rire.

« Tu veux que toute la cage d'escalier, l'ascenseur et tous les couloirs d'un bâtiment de quatre étages soient bardés d'équipements visuels et sonores en une nuit ? *Sorry*, mon pote, pas possible.

— C'est une affaire prioritaire, on a mis...

— P-A-S-P-O-S-S-I-B-L-E. Pigé ? »

L'idée fit hennir Otto, et le lit vacilla.

« Si ça urge à ce point, on s'en occupera ce week-end, Waaler. Et je te promets que ça sera prêt lundi matin.

— Je comprends, dit Waaler. Pardonne-moi ma naïveté. »

Si Otto avait été aussi doué pour interpréter les voix que pour les enregistrer, il aurait peut-être compris au ton de Waaler que les mots qu'il avait épelés n'avaient pas été très bien accueillis par l'inspecteur principal. Mais il était pour le moment trop occupé à détourner la conversation pour privilégier un nombre d'heures ouvrées au détriment d'un travail vite fait, mal fait.

« Super, on est déjà un peu plus sur la même longueur d'onde », dit Otto en cherchant ses chaussettes sous le lit. Mais il n'y vit que moutons et canettes de bière vides.

« Je dois compter un supplément pour le travail le soir. Et le week-end, bien sûr. »

De la bière ! Il pourrait peut-être s'en payer une caisse et inviter Aud Rita pour fêter ce contrat ? Ou bien – si elle ne pouvait pas – Nils ?

« Et une petite avance pour le matériel que je devrai louer, parce que je n'ai pas tout ça à disposition.

— Non, dit Waaler. Ce doit être dans la grange de Stein Astrup, à Asker ? »

Otto Tangen faillit lâcher son combiné.

« Ouille, dit Waaler tout bas. J'ai touché un point sensible ? Quelque chose que tu as omis de déclarer ? Du matériel qui est arrivé par bateau de Rotterdam ? »

Le lit s'écroula à grand bruit.

« Nos gars t'aideront à tout mettre en place, dit Waaler. Flanque tes bourrelets dans un falzar, viens dans ton bus magique et rendez-vous dans mon bureau pour le briefing et pour récupérer les dessins.

— Je... Je...

— ... suis éperdu de reconnaissance. C'est super, les bons amis collaborent, n'est-ce pas, Tangen ? Réfléchis bien, ferme-la et fais le meilleur boulot jamais réalisé, et tout baignera dans l'huile. »

Chapitre 25

Vendredi. Glossolalie

« C'est vous qui habitez ici ? » demanda un Harry déboussolé.

Déboussolé parce que la ressemblance était si frappante qu'il sursauta quand elle ouvrit et qu'il vit ce visage blanc et âgé. C'étaient les yeux. Ils exprimaient exactement le même calme, la même chaleur. Les yeux, tout d'abord. Mais aussi sa voix lorsqu'elle eut confirmé être Olaug Sivertsen.

« Police, dit-il en lui tendant sa carte.

— Oui ? J'espère qu'il n'y a pas de problème ? »

Un voile inquiet apparut dans ce réseau de fines lignes et de rides. Harry se dit que cette inquiétude devait concerner quelqu'un d'autre. Il le pensa peut-être parce qu'elle lui ressemblait, parce que son inquiétude avait elle aussi concerné d'autres personnes.

« Oh non, mentit-il en secouant énergiquement la tête. Nous pouvons entrer ?

— Bien sûr. »

Elle ouvrit et fit un pas sur le côté. Harry et Beate entrèrent. Harry ferma les yeux. Ça sentait le savon vert et les vieux vêtements. Évidemment. En ouvrant, elle le regarda avec un drôle de demi-sourire. Harry lui sourit. Elle ne pouvait pas savoir qu'il s'attendait à une embrassade, une tape sur la tête et un chuchotement qui disait que le grand-père les attendait dans le salon, lui et la Frangine, avec quelque chose de bon.

Elle les fit entrer dans un salon, mais personne ne s'y trouvait. Le salon – ou plutôt les salons, il y en avait trois en enfilade – étaient ornés de rosaces et de lustres en verre, équipés de vieux meubles vénérables. Ils étaient usés tout comme les tapis, mais l'ordre et la propreté étaient tels qu'ils ne peuvent être que dans une maison où vit une seule personne.

Harry se demanda pourquoi il lui avait demandé si c'était elle qui habitait là. Était-ce la façon dont elle avait ouvert ? Et les avait laissés entrer ? En tout cas, il s'était attendu à rencontrer un homme, un maître de maison, mais il semblait que l'état civil ait eu raison. Il n'y avait qu'elle.

« Asseyez-vous. Café ? »

Ça ressemblait davantage à une prière qu'à une proposition. Harry toussota, mal à l'aise, ne sachant pas s'il devait lui annoncer tout de suite ce qui les amenait.

« Ça me paraît une fort bonne idée », répondit Beate avec un sourire.

La vieille dame lui rendit son sourire et partit en traînant des pieds vers la cuisine. Harry jeta un regard reconnaissant à Beate.

« Elle me rappelle...

— Je sais, l'interrompit Beate. Je l'ai vu à ta tête. Ma grand-mère aussi était un peu comme ça.

— Hmm », acquiesça Harry en regardant autour de lui.

Il y avait peu de photos de famille. Uniquement des

visages graves sur deux clichés en noir et blanc qui avaient dû être pris avant la guerre, plus quatre photos d'un garçon à différents âges. Sur la première, il avait des boutons, une coupe de cheveux du début des années soixante, les mêmes yeux d'ours en peluche que ceux qui les avaient accueillis à la porte et un sourire qui en était véritablement un – un sourire. Et pas seulement la grimace tourmentée que Harry avait eu tant de mal à offrir au photographe au même âge.

La vieille dame revint avec un plateau, s'assit et remplit les tasses avant de faire passer une assiette de cookies du Maryland. Harry attendit que Beate ait terminé de la complimenter pour son café.

« Avez-vous appris par les journaux que des jeunes femmes avaient été tuées à Oslo, ces dernières semaines, madame Sivertsen ? »

Elle secoua la tête.

« J'ai su que c'était arrivé, ça a fait la première page d'*Aftenposten*. Mais je ne lis jamais ce genre d'articles. »

Les rides autour de ses yeux piquèrent de biais vers le bas lorsqu'elle sourit : « Et j'ai bien peur de n'être qu'une vieille demoiselle, pas une dame.

— Excusez-moi. Je croyais..., dit Harry en regardant vers les photos.

— Oui. C'est mon fils. »

Un ange passa. Le vent faisait comme un clabaudage lointain, et une voix métallique annonça que le train pour Halden allait bientôt partir voie 17. Les rideaux devant les portes-fenêtres ouvertes bougeaient à peine.

« Bien. » Harry leva sa tasse, mais se souvint qu'il parlait, et il la reposa. « Nous avons des raisons de croire que celui qui a tué ces filles est un tueur en série, et que l'une de ses deux prochaines cibles sont...

— Quels délicieux gâteaux, madame Sivertsen ! » intervint subitement Beate, la bouche pleine. Harry posa sur elle un regard interloqué. Le chuintement sourd d'un train arrivant à quai leur parvint entre les portes-fenêtres.

La vieille dame fit un sourire un peu décontenancé.

« Oh, ce ne sont que des gâteaux que j'ai achetés, dit-elle.

— Laissez-moi recommencer du début, madame Sivertsen, dit Harry. Tout d'abord, je veux dire qu'il n'y a aucune raison de s'inquiéter, que nous contrôlons pleinement la situation. Ensuite... »

« Merci », dit Harry tandis qu'ils descendaient Schweigaards Gate, en passant devant des entrepôts et des bâtiments industriels. Ceux-ci contrastaient vivement avec la villa et son jardin, qui faisaient comme une oasis dans tout ce gravier noir.

Beate sourit sans rougir.

« Je me suis juste dit qu'on pouvait éviter l'équivalent mental d'une fracture du col du fémur. On a le droit de tourner autour du pot, de temps en temps. Présenter les choses sous un aspect un peu plus souriant, en quelque sorte.

— Oui, j'ai déjà entendu ça. »

Il alluma une cigarette.

« Je n'ai jamais été très doué pour parler aux gens. Je suis meilleur pour les écouter. Et peut-être... »

Il s'arrêta.

« Quoi ? demanda Beate.

— Je suis peut-être devenu insensible. Je ne m'en soucie peut-être plus. Il est peut-être temps de... faire autre chose. Ça ne t'ennuie pas de conduire ? »

Il lui tendit les clés par-dessus le toit de la voiture.

Elle les prit et les regarda avec une ride interrogative sur le front.

À huit heures, les quatre membres de l'équipe dirigeante et Aune étaient de nouveau rassemblés dans la salle de réunion.

Harry exposa le rapport de la Villa Valle et expliqua qu'Olaug Sivertsen avait pris les choses avec calme. Bien sûr, elle avait été effrayée, mais nullement paniquée à l'idée qu'elle pût figurer sur la liste des victimes d'un tueur en série.

« Beate lui a proposé d'aller chez son fils pour un moment, dit Harry. Je crois que c'est une bonne proposition. »

Waaler secoua la tête.

« Non ? demanda Harry sans comprendre.

— L'assassin peut très bien tenir à l'œil les endroits où il compte frapper. Si des choses inhabituelles se produisent, ça va peut-être lui mettre la puce à l'oreille.

— Tu veux dire qu'on va utiliser une vieille dame innocente comme... comme... comme... (Beate essayait de cacher sa colère, mais rougit en bafouillant)... chèvre ? »

Waaler soutint le regard de Beate. Qui, pour une fois, soutint celui de Waaler. Le silence finit par être si pesant que Møller ouvrit la bouche pour dire quelque chose, n'importe quoi, un ensemble de mots choisis au hasard. Mais Waaler lui coupa l'herbe sous le pied.

« Je veux simplement être sûr qu'on chopera ce type. Pour que tout le monde puisse dormir sur ses deux oreilles. Et à ce que j'en sais, ce ne sera pas au tour de grand-mère avant la semaine prochaine. »

Møller éclata d'un rire crispé. Il rit encore plus fort en constatant que ça ne détendait pas l'atmosphère.

« Quoi qu'il en soit, dit Harry, elle reste chez elle. Son fils habite trop loin, quelque part à l'étranger.

— Bien, acquiesça Waaler. En ce qui concerne la résidence universitaire, elle est bien sûr vide pendant les vacances, mais tous les habitants avec qui on a parlé ont reçu la consigne stricte de rester chez eux demain, sans plus d'information que le strict nécessaire. Nous leur avons dit qu'il s'agissait d'un cambrioleur que nous voulons prendre la main dans le sac. Nous allons installer le matériel de surveillance cette nuit. Espérons que l'assassin dormira, à ce moment-là.

— Et le Raid ? demanda Møller.

— Ils se réjouissent », répondit Waaler avec un sourire.

Harry regarda par la fenêtre. En essayant de se rappeler ce que ça faisait de se réjouir.

Lorsque Møller leva la séance, Harry affirma que les deux zones trempées de sueur sur les côtés de la chemise d'Aune avaient la forme de la Somalie. Trois personnes restèrent assises.

Møller présenta quatre Carlsberg qu'il conservait dans le frigo de la cuisine.

Aune hocha la tête, les yeux pétillants. Harry secoua brièvement la tête.

« Mais pourquoi, demanda Møller en sortant les

bouteilles, pourquoi nous donne-t-il volontairement la clé pour percer un code qui permet de prévoir son prochain coup ?

— Il essaie de nous expliquer comment le prendre », répondit Harry en ouvrant sèchement la fenêtre.

Les bruits de la nuit estivale citadine et les éphémères dans leur quête désespérée de la vie s'engouffrèrent dans la pièce ; la musique d'un cabriolet qui passait, des rires forcés, des talons hauts qui claquaient frénétiquement sur l'asphalte. Des gens qui profitaient de la vie.

Møller regarda avec incrédulité Harry, puis Aune, comme pour avoir la confirmation que Harry avait perdu la boule.

Le psychologue avait joint le bout de ses dix doigts devant son nœud papillon.

« Il est possible que Harry ait raison, dit le psychologue. Ce n'est pas exceptionnel que les tueurs en série encouragent et aident la police parce qu'ils espèrent inconsciemment être arrêtés. Un psychologue du nom de Sam Vaknin soutient que les tueurs en série souhaitent être pris et châtiés pour justifier leur surmoi sadique. Je crois plus à la théorie selon laquelle ils réclament de l'aide pour stopper le monstre qui est en eux. Que le souhait d'être arrêtés est dû à un certain degré de compréhension objective de leur pathologie.

— Ils *savent* qu'ils sont malades ? »

Aune hocha la tête.

« Ça, dit Møller à mi-voix en levant sa bouteille... ça doit être infernal. »

Møller entra dans son bureau pour rappeler un journaliste d'*Aftenposten* qui voulait savoir si la police soutenait l'encouragement du représentant de la protection de l'enfance les enjoignant à rester chez eux.

Harry et Aune restèrent assis à écouter les bruits lointains qui leur parvenaient d'une sauterie, des cris inarticulés et The Strokes, interrompus par un appel à la prière qui, pour une raison inconnue, prit soudain une résonance métallique et vraisemblablement blasphématoire, mais aussi étrangement belle, sortant de la même fenêtre ouverte.

« Par pure curiosité, dit Aune. Qu'est-ce qui a été le facteur déclenchant ? Comment tu as su que c'était le cinq ?

— Qu'est-ce que tu veux dire ?

— Je ne sais pas grand-chose sur les processus créatifs. Qu'est-ce qui s'est passé ? »

Harry sourit.

« Va savoir. La dernière chose que j'ai vue avant de m'endormir ce matin, ça a en tout cas été que le réveil affichait trois cinq. Trois femmes. Cinq.

— Le cerveau est une drôle de machine, constata Aune.

— Eh bien... d'après quelqu'un qui s'y connaît en décodage, on doit avoir la réponse au *pourquoi* avant de pouvoir mettre à jour le code à proprement parler. Et cette réponse, ce n'est pas cinq.

— Alors pourquoi ? »

Harry bâilla et s'étira.

« Le *pourquoi*, c'est ton rayon, Ståle. Moi, je serai content si on lui met le grappin dessus. »

Aune sourit, regarda l'heure et se leva.

« Tu es vraiment un type bizarre, Harry. »

Il enfila sa veste de tweed.

« Je sais que tu as picolé, ces derniers temps, mais tu as l'air un chouia plus en forme. Tu es tiré d'affaire pour cette fois ? »

Harry secoua la tête.

« Je suis seulement à jeun. »

En rentrant chez lui, Harry vit un ciel en tenue de gala au-dessus de lui.

Une femme portant des lunettes de soleil attendait sur le trottoir, dans la tache de lumière que jetait le bandeau lumineux de Niazi, la petite épicerie jouxtant l'immeuble de Harry. Elle avait une main sur la hanche, et l'autre tenait un sac plastique tout blanc de chez Niazi. Elle sourit, et paraissait l'avoir attendu.

C'était Vibeke Knutsen.

Harry comprit qu'il s'agissait d'un jeu de rôles, d'une blague à laquelle elle voulait qu'il participe. Il ralentit donc le pas et essaya de lui renvoyer le même genre de sourire. Donnant l'impression qu'il s'était attendu à la voir. Ce qui était curieux, c'était qu'il s'y attendait réellement. Il ne l'avait tout bonnement pas compris plus tôt.

« Ça fait un moment que je ne t'ai pas vu à l'Underwater, chéri, dit-elle en relevant ses lunettes de soleil et plissant les yeux comme si le soleil rasait encore la crête des toits.

— J'essaie de garder la tête hors de l'eau, répondit Harry en sortant son paquet de cigarettes.

— Oh, quel joli jeu de mots », dit-elle en s'étirant.

Elle ne portait pas d'animal exotique, ce soir-là, mais une robe bleue au décolleté plongeant qu'elle remplissait complètement, c'est le moins qu'on puisse dire. Il lui tendit le paquet, elle en tira une cigarette qu'elle réussit à placer entre ses lèvres d'une façon que Harry ne put définir que comme indécente.

« Qu'est-ce que tu fais là ? demanda-t-il. Je croyais que tu faisais tes courses chez Kiwi ?

— Fermé. Il est près de minuit, Harry. Il a fallu que je descende jusque chez toi pour trouver quelqu'un d'encore ouvert. »

Son sourire s'élargit, et ses yeux se plissèrent comme ceux d'un chat en mal de caresses.

« C'est un quartier malfamé pour une petite fille, un vendredi soir, dit Harry en lui donnant du feu. Tu aurais pu envoyer ton bonhomme si c'était important à ce point d'acheter...

— De l'eau, dit-elle en levant son sac. Pour que ça ne soit pas trop fort. Et mon cher et tendre est en déplacement. Si c'est si malfamé, ici, tu devrais sauver la petite fille en l'emmenant dans un endroit sûr. »

Elle fit un signe de tête vers l'immeuble de Harry.

« Je peux te faire un café, dit-il.

— Ah ?

— Lyophilisé. C'est tout ce que j'ai à t'offrir. »

Quand Harry entra au salon avec la bouilloire et le bocal de café, Vibeke Knutsen était assise dans le canapé, pieds nus, les jambes ramenées sous elle. Sa peau blanc laiteux luisait dans la pénombre. Elle alluma une autre cigarette, l'une des siennes, cette fois. Une marque étrangère que Harry n'avait jamais rencontrée. Sans filtre. Dans la lumière vacillante de son allumette, Harry vit que le vernis à ongles que Vibeke Knutsen s'était mis sur les orteils s'écaillait.

« Je ne sais pas si je tiendrai le coup encore long-

332

temps, dit-elle. Il a changé. Quand il rentre, il est complètement désœuvré, il erre dans le salon ou il sort faire du sport. On dirait qu'il n'attend qu'une seule chose, c'est de repartir. J'essaie de discuter avec lui, mais ou il me répond sèchement, ou il me regarde sans comprendre. On vient vraiment de deux planètes bien distinctes.

— C'est la somme de la distance entre les planètes et leur force d'attraction réciproque qui maintient le tout en place, dit Harry en dosant le café lyophilisé.

— Encore des belles paroles ? » Vibeke enleva un morceau de tabac sur le bout de sa langue humide et rose.

Harry se mit à ricaner.

« J'ai lu ça dans une salle d'attente. Je devais espérer que c'était vrai. En ce qui me concerne.

— Le plus étrange, tu sais ce que c'est ? Il ne m'aime pas. Et malgré ça, je sais qu'il ne me laisserait jamais partir.

— Qu'est-ce que tu veux dire ?

— Il a besoin de moi. Je ne sais pas exactement pourquoi, mais c'est vraiment comme s'il avait perdu quelque chose, et c'est en remplacement de ce quelque chose qu'il m'utilise. Ses parents...

— Oui ?

— Il n'a aucun contact avec eux. Je ne les ai jamais vus, je crois qu'ils ne savent même pas que j'existe. Il n'y a pas très longtemps, le téléphone a sonné, et c'était un homme qui demandait à parler à Anders. J'ai tout de suite eu le sentiment que ce devait être son père. C'est comme si on pouvait entendre la façon dont les parents prononcent le nom de leurs enfants. D'un côté, c'est quelque chose qu'ils ont répété à

333

tant de reprises que c'est la chose la plus naturelle à prononcer, mais en même temps, c'est un peu intime, un mot qui les déshabille complètement. Alors ils disent ça rapidement, un peu gênés, en quelque sorte. " Anders est là ? " Mais quand j'ai dit qu'il fallait que je le réveille, la voix s'est mise à débiter tout un tas de trucs dans une langue étrangère, ou... pas étrangère, non, mais plutôt comme toi et moi parlerions s'il fallait seulement trouver des mots, comme ça, le plus vite possible. Comme ils parlent dans les maisons de prières quand ils entrent en transe, tu vois.

— Une glossolalie ?

— Oui, ça s'appelle sûrement comme ça. Anders a grandi avec ces choses-là, mais il n'en parle jamais. J'ai écouté, un temps. D'abord, j'ai entendu des mots comme Satan, Sodome. Et puis ça a viré au scabreux. Chatte, pute, des trucs de ce genre. À ce moment-là, j'ai raccroché.

— Qu'en a dit Anders ?

— Je ne lui en ai jamais parlé.

— Pourquoi ?

— Je... C'est un peu un endroit où je n'ai jamais eu accès. Et je n'en ai pas spécialement envie, d'ailleurs. »

Harry but son café. Vibeke ne toucha pas au sien.

« Tu n'es pas seul, de temps en temps, Harry ? »

Il leva les yeux.

« Tout seul, tu vois. Tu ne voudrais pas être avec quelqu'un, de temps en temps ?

— Ce sont deux choses différentes. Tu es avec quelqu'un. Et tu es seul. »

Elle frissonna comme si un front froid traversait la pièce.

334

« Tu sais, je prendrais bien un verre, dit-elle.

— Désolé, je suis à court. »

Elle ouvrit son sac à main.

« Tu peux aller nous chercher deux verres, chéri ?

— On n'en aura besoin que d'un.

— Si tu le dis. »

Elle déboucha sa flasque, bascula la tête en arrière et but.

« Je n'ai pas le droit de bouger », dit-elle en riant. Une goutte brun brillant lui coulait le long du menton.

— Quoi ?

— Anders ne veut pas que je bouge. Je dois rester allongée, complètement immobile. Et ne rien dire, pas un mot, pas un gémissement. Faire comme si je dormais. Il dit que ça lui fait perdre ses moyens si j'exprime mon envie.

— Et ? »

Elle but une nouvelle gorgée et revissa lentement le bouchon en le regardant.

« C'est pratiquement un tour d'adresse impossible. »

Son regard était si direct que Harry se mit instinctivement à respirer plus profondément, et il constata avec une certaine irritation qu'une érection commençait à tendre l'intérieur de son pantalon.

Elle haussa un sourcil comme si elle aussi pouvait le sentir.

« Viens t'asseoir dans le canapé », murmura-t-elle.

Sa voix s'était faite rauque, râpeuse. Harry vit battre sa carotide, sur son cou blanc. C'est simplement un réflexe, se dit Harry. Un chien de Pavlov qui se lève en bavant quand il entend le signal associé à la nourriture, un réflexe conditionné, voilà tout.

« Je ne crois pas, dit-il.

— Tu as peur de moi ?

— Oui. »

Un charme triste emplit son bas-ventre, comme les pleurs silencieux de son sexe.

Elle éclata de rire, mais cessa quand elle vit son regard. Elle pinça la bouche en cul de poule et dit d'une voix implorante d'enfant : « Mais Harry, enfin...

— Je ne peux pas. Tu es vachement chouette, mais... »

Son sourire n'avait pas bougé, mais elle cligna des yeux comme s'il l'avait giflée.

« Ce n'est pas toi que je veux », dit-il.

Le regard de Vibeke vacilla. Un coin de sa bouche frémit, comme si elle allait de nouveau rire.

« Ah », dit-elle.

Ça se voulait ironique, ça aurait dû être une exclamation théâtrale exagérée. Au lieu de cela, ce ne fut qu'un gémissement las et résigné. Le jeu de rôles était terminé, tous deux étaient sortis de leur rôle.

« Désolé », dit Harry.

Les yeux de Vibeke s'emplirent d'eau.

« Oh, Harry », chuchota-t-elle.

Il aurait voulu qu'elle ne le fasse pas. Il aurait alors pu lui demander de partir tout de suite.

« Quoi que tu veuilles de moi, je ne l'ai pas, dit-il. Elle le sait. Et maintenant, tu le sais aussi. »

QUATRIÈME PARTIE

Chapitre 26

Samedi. L'âme. Le jour J

Samedi matin, lorsque le soleil passa la crête d'Ekebergåsen en promettant un nouveau record de chaleur, Otto Tangen vérifia une dernière fois sa table de mixage.

Le bus était sombre et étroit, il y flottait une odeur de terre et de guenilles que ni l'Arbre Magique, ni le tabac à rouler d'Otto ne parviendraient jamais à chasser. Il lui arrivait de penser qu'il était dans un bunker, dans une tranchée. Avec l'odeur de la mort dans les narines, mais malgré tout isolé de ce qui se passait juste au-dehors.

L'immeuble se trouvait en plein milieu d'un champ au sommet de Kampen, tourné vers Tøyen en contrebas. Deux bâtiments de taille moyenne avaient été construits dans les années cinquante, de part et d'autre et presque parallèlement au vieil immeuble en brique de trois étages. On avait utilisé la même peinture et le même type de fenêtres pour les trois bâtiments, sans doute dans une tentative pour donner à l'endroit une sorte d'homogénéité. Mais la différence d'âge ne se laissait pas camoufler, on avait toujours l'impression qu'une pompe céleste avait emporté l'immeuble pour le déposer tout doucement au milieu de cette coopérative d'habitations.

Harry et Waaler s'étaient mis d'accord pour que le bus soit garé sur le parking avec les autres voitures juste devant l'immeuble, où la réception était bonne et où le bus passerait relativement inaperçu. Les passants qui lui jetaient quand même un coup d'œil pourraient affirmer que ce bus Volvo à la peinture bleue constellée de rouille et aux fenêtres bouchées à l'isorel appartenait au groupe de rock « Kindergarden Accident », comme il était peint en noir sur le côté, avec des têtes de mort au-dessus de chacun des « i ».

Otto s'épongea et vérifia que toutes les caméras fonctionnaient, qu'il ne restait aucun angle mort, que tout ce qui bougeait en dehors de l'immeuble était filmé par au moins une caméra, de sorte qu'ils puissent suivre un objet depuis son passage de la porte de l'immeuble jusqu'à la porte de n'importe lequel des quatre-vingts appartements répartis dans les huit couloirs des quatre étages.

Toute la nuit, ils avaient dessiné, calculé et fixé les caméras dans les murs. Otto avait toujours dans la bouche le goût amer et métallique du ciment sec, et une couche jaune d'enduit faisait comme une pluie de pellicules sur les épaules de sa veste en jean sale.

Waaler avait fini par entendre raison et admis que s'ils devaient terminer à temps, il faudrait faire sans le son. Ça n'influait en rien sur l'arrestation, il s'agissait juste de perte de pièces à conviction au cas où l'objet en viendrait à dire quelque chose d'intéressant.

Il avait par ailleurs été impossible de filmer dans l'ascenseur. Le puits de mine en béton ne laissait pas suffisamment passer le signal pour que la caméra sans fil envoie une image acceptable jusqu'au bus, et le problème que posaient les fils était qu'ils seraient visibles, ou s'entortilleraient dans les câbles de l'ascenseur. Waaler avait donné son accord, partant du principe que l'objet serait de toute façon seul dans l'ascenseur. Les habitants avaient été contraints au devoir de réserve, et ils avaient reçu des instructions formelles leur imposant de se barricader entre quatre et six heures.

Otto Tangen déplaça la mosaïque de petites images sur les trois grands moniteurs et les agrandit jusqu'à composer un tout logique. Sur l'écran de gauche : les couloirs qui partaient vers le nord, le troisième étage tout en haut, le rez-de-chaussée en bas. Au milieu : l'entrée, tous les paliers de l'escalier et l'entrée de l'ascenseur. À droite : les couloirs qui partaient vers le sud.

Otto cliqua sur ENREGISTRER, posa les mains sur l'arrière de son crâne et se renversa sur sa chaise avec un grognement satisfait. Il surveillait un immeuble entier. De jeunes étudiants. S'ils avaient eu davantage de temps, il aurait peut-être pu installer deux ou trois caméras dans certains appartements. Sans que ceux qui habitaient là le sachent, bien entendu. De minuscules *fisheyes* placés à des endroits où ils auraient été impossibles à découvrir. Avec les micros russes. De jeunes et lascives élèves infirmières norvégiennes. Il aurait pu l'enregistrer et le distribuer *via* ses contacts. Sans ce Waaler de malheur. Dieu seul savait comment il était au courant pour Astrup et la grange d'Asker. Un zéphyr d'idées était passé à toute vitesse dans la caboche d'Otto avant de disparaître.

Il soupçonnait depuis longtemps Astrup de payer quelqu'un susceptible de protéger ses opérations.

Otto s'en alluma une. Les images faisaient penser à des natures mortes, pas un mouvement dans les couloirs peints en jaune ni dans la cage d'escalier ne trahissait qu'il s'agissait de direct. Ceux qui passaient leur été à la résidence universitaire devaient sans doute encore dormir. Mais s'il attendait quelques heures, il verrait peut-être le gonze qui était entré chez la fille du 303 à deux heures du matin. Elle avait l'air beurrée. Otto pensa à Aud Rita. La première fois qu'il l'avait rencontrée, à un after chez Nils qui avait déjà ses pattes grasses posées sur elle. Elle lui avait tendu sa petite main blanche en bafouillant *Aud Rita*, et on aurait dit qu'elle demandait : *Er'u drita*[1] ? »

Otto poussa un gros soupir.

Cet enfoiré de Waaler était resté avec les troupes d'alerte jusqu'à minuit pour préparer le terrain. Otto avait entendu la discussion entre Waaler et le chef des troupes, à l'extérieur de son bus. Plus tard dans la journée, des membres de cette section spéciale seraient placés trois par trois dans les appartements les plus reculés de chaque couloir, soit vingt-quatre personnes en tout, habillées en noir, cagoulées, munies de fusils de précision MP3 chargés, de gaz lacrymogènes et de masques à gaz. Sur signal du bus, ils passeraient à l'action aussitôt que l'objet frapperait à une porte ou essaierait de s'introduire dans l'une des chambres. Cette idée fit frémir Otto

1. Jeu de mots intraduisible. La question qu'elle semble poser signifie « T'es pété ? » dans le parler d'Oslo.

d'impatience. Il les avait déjà vus deux fois en action, et ces mecs-là étaient purement incroyables. Ça pétait et ça flashait comme à un concert de heavy metal, et les deux fois, l'objet avait été à tel point paralysé par le feu de l'action que tout était torché en quelques secondes. On avait expliqué à Otto que c'était justement ça, l'intérêt, de faire suffisamment peur à l'objet pour que celui-ci ne puisse pas réagir et recourir aux ressources mentales lui permettant de résister.

Otto écrasa sa clope. Le piège était posé. Il n'y avait plus qu'à attendre le rat.

Les policiers devaient arriver à trois heures. Waaler avait imposé l'interdiction d'entrer ou de sortir du bus avant et après ce moment. Ça allait être une longue et chaude journée.

Otto s'effondra sur le matelas posé par terre. En se demandant ce qui se passait à cet instant précis dans la chambre 303. Son lit lui manquait. Le tangage lui manquait. Aud Rita lui manquait.

Au même instant, la porte de l'immeuble claqua derrière Harry. Il s'arrêta pour allumer sa première cigarette de la journée, les yeux plissés vers le ciel où la brume matinale faisait comme un fin rideau que le soleil déchirait déjà. Il avait dormi. D'un sommeil profond, ininterrompu, sans rêve. C'était presque incompréhensible.

« Ça ne va pas être triste, aujourd'hui, Harry ! La météo a dit que cette journée serait la plus chaude depuis 1907. Peut-être. »

C'était Ali, le voisin du dessous, propriétaire de Niazi. Quelle que soit l'heure à laquelle se levait

Harry, Ali et son frère étaient toujours en plein boulot quand il partait travailler. Ali avait levé son balai pour montrer quelque chose sur le trottoir.

Harry plissa les yeux pour voir ce qu'Ali lui montrait. Une crotte de chien. Il ne l'avait pas vue la veille au soir, au moment où Vibeke se tenait à cet endroit. Quelqu'un avait manifestement été distrait en sortant le chien ce matin. Ou cette nuit.

Il regarda l'heure. C'était le jour J. Dans quelques heures, ils auraient la réponse.

Harry envoya la fumée dans ses poumons et sentit le mélange de nicotine et d'air frais réveiller le système. Pour la première fois depuis longtemps, il sentit que le tabac avait un goût. Un bon goût, qui plus est. Et pendant un instant, il avait oublié ce qu'il était en train de perdre. Son boulot. Rakel. Son âme.

Car c'était le jour J.

Et il avait bien commencé.

C'était – encore une fois – presque incompréhensible.

Harry remarqua qu'elle était contente quand elle entendit sa voix.

« J'ai déjà parlé à papa. Il est ravi de s'occuper d'Oleg. La Frangine sera là, elle aussi.

— Une première ? demanda-t-elle avec son rire joyeux dans la voix. Au Nationaltheatret ? Ça, par exemple ! »

Elle exagérait – elle aimait bien faire ça, de temps en temps – mais Harry nota que ça lui faisait tout autant plaisir.

« Comment vas-tu t'habiller ? demanda-t-elle.

— Tu n'as pas encore dit oui.

344

— Ça dépend.

— Costume.

— Lequel ?

— Voyons voir... Celui que j'ai acheté dans Hegdehaugsveien pour le 17 mai, il y a deux ans. Tu sais, le gris avec...

— C'est le seul costume que tu aies, Harry.

— Alors c'est décidé, je mets celui-là. »

Elle partit de son rire doux, aussi doux que sa peau et ses baisers, mais c'était malgré tout son rire qu'il préférait. Aussi simple que ça.

« Je passerai vous chercher à six heures, dit-il.

— Super. Mais Harry...

— Oui ?

— Ne pense pas...

— Je sais. Ce n'est qu'une pièce de théâtre.

— Merci, Harry.

— Je t'en prie. »

Elle rit de nouveau. Quand elle était lancée, il pouvait la faire rire avec n'importe quoi, comme s'ils étaient dans la même tête, regardant à travers les mêmes yeux, comme s'il pouvait montrer du doigt sans rien dire de particulier. Il dut se forcer à raccrocher.

C'était le jour J. Et il continuait bien.

Ils étaient convenus que Beate serait chez Olaug Sivertsen pendant l'action. Møller ne voulait pas risquer que l'objet (deux jours plus tôt, Waaler avait commencé à désigner l'assassin sous le nom d'« objet », et tout le monde faisait pareil depuis) puisse sentir le piège et changer subitement l'ordre de ses lieux de forfait.

Le téléphone sonna. C'était Øystein. Il se demandait comment ça allait. Harry lui répondit que ça allait bien et lui demanda ce qu'il voulait. Øystein répondit que c'était simplement ça qu'il voulait, savoir comment ça allait. Harry fut désarçonné, il n'avait pas l'habitude d'une telle sollicitude.

« Tu dors ?

— Cette nuit, j'ai dormi, répondit Harry.

— Bien. Et ce code ? Tu en es venu à bout ?

— En partie. J'ai le *où* et le *quand*, il me manque juste le *pourquoi*.

— Alors maintenant, tu peux lire le texte, mais tu ne comprends pas ce qu'il veut dire ?

— Un truc dans le genre. Le reste attendra jusqu'à ce qu'on l'ait chopé.

— Qu'est-ce que tu ne comprends pas ?

— Des tas de choses. Qu'il ait planqué un des cadavres, par exemple. Ou des détails, comme les doigts qu'il a coupés aux mains gauches des victimes, en changeant chaque fois. D'abord l'index, le majeur sur la deuxième, l'annulaire sur la troisième.

— Dans l'ordre, donc. Peut-être un méthodique.

— Oui, mais pourquoi ne pas commencer par le pouce ? Il y a un message, là-dedans ? »

Øystein éclata de rire.

« Fais gaffe, Harry, il en va des codes comme des poulettes. Si tu n'arrives pas à en venir à bout, ce sont eux qui viendront à bout de toi.

— Tu l'as déjà dit.

— C'est vrai ? Super, ça veut dire que je suis un être plein de sollicitude. Tiens, je n'en crois pas mes yeux, mais on dirait que je viens de recevoir un client dans ma voiture. À plus, Harry.

— OK. »

346

Harry vit la fumée danser au ralenti. Il jeta un coup d'œil à sa montre.

Il y avait une chose qu'il n'avait pas dite à Øystein. Qu'il avait l'impression que le reste des détails ne tarderait pas à tomber en place. Un peu trop précisément. Car en dépit des rituels, ces assassinats avaient un côté aseptisé, une absence presque étonnante de haine, de désir ou de passion. Ou d'amour, en l'occurrence. Ils étaient trop parfaitement accomplis, comme mécaniquement, académiquement, il avait l'impression de jouer aux échecs contre un ordinateur, pas contre un esprit désespéré ou fou à lier. Mais ça, le temps le lui dirait.

Il regarda de nouveau sa montre.

Son cœur battait légèrement.

Chapitre 27

Samedi. L'action

L'humeur d'Otto allait à grands pas vers le beau fixe.

Il avait dormi quelques heures, et c'étaient une migraine carabinée et des coups frénétiques à la porte qui l'avaient réveillé. Lorsqu'il ouvrit, Waaler, Falkeid, des troupes d'alerte, et un personnage se faisant appeler Harry Hole et qui n'avait vraiment pas l'allure d'un inspecteur principal déboulèrent dans le bus et commencèrent par se plaindre de l'atmosphère qui régnait à l'intérieur. Mais après avoir bu du café conservé dans l'une des quatre thermos, allumé les moniteurs et déclenché l'enregistrement, Otto sentit cette délicieuse tension fébrile qui apparaissait toujours quand il savait que l'objet approchait.

Falkeid expliqua qu'ils avaient des gardes en civil disposés autour de l'immeuble depuis la veille au soir. La Brigade cynophile avait parcouru la cave et le grenier pour vérifier que personne ne se cachait dans le bâtiment. Il y avait simplement des locataires qui allaient et venaient. La seule exception, c'était la nana du 303 qui avait ramené un type, son petit copain, à ce qu'elle avait expliqué au garde de l'entrée. Les gars de Falkeid étaient en place et attendaient les ordres.

Waaler hocha la tête.

Falkeid vérifiait les transmissions à intervalles réguliers. Le matériel des troupes d'alerte dont Otto n'avait pas la responsabilité. Celui-ci ferma les yeux et profita des bruits. La courte seconde de vacarme sphérique lorsqu'il lâchèrent la touche SPEAK, puis les codes bafouillants et incompréhensibles, comme une espèce d'argot d'adulte.

Smork tinne. Otto articula les mots sans bruit, s'imaginant assis dans un pommier pour espionner des adultes derrière des fenêtres illuminées. Chuchotant *Smork tinne* dans une boîte de conserve reliée par un fil à l'autre côté de la clôture, où Nils attendait, recroquevillé, l'autre boîte de conserve sur l'oreille. S'il ne s'était pas découragé et n'était pas rentré chez lui pour dîner, bien sûr. Le système des boîtes de conserve n'avait jamais fonctionné comme prévu dans le manuel des Castors juniors.

« Alors on est prêts à enregistrer, dit Waaler. Prêt pour le chrono, Tangen ? »

Otto acquiesça.

« Seize cent[1], dit Waaler. À mon signal... Maintenant. »

Otto démarra le compteur sur le magnétophone. Les secondes et dixièmes de seconde se mirent à tourner sur l'écran. Il sentit un rire silencieux et enfantin trembler dans ses entrailles. Car ça, c'était mieux que le pommier. Mieux que les choux à la crème d'Aud

---

1. Seize heures, dans le jargon militaire.

Rita. Mieux que quand elle lui disait dans un gémissement zézayant ce qu'il devait lui faire.

Showtime.

Olaug Sivertsen sourit comme si elle avait longtemps attendu cette visite lorsqu'elle ouvrit à Beate.

« Encore vous ! Entrez. Vous pouvez garder vos chaussures. Quelle horreur, cette chaleur, vous ne trouvez pas ? »

Olaug Sivertsen précéda Beate dans le couloir.

« Il ne faut pas vous inquiéter, mademoiselle Sivertsen. Il semble que cette affaire aille vers un dénouement imminent.

— Tant que j'ai de la visite, n'hésitez pas à rester un peu, dit-elle en riant avant de mettre une main devant sa bouche avec une expression horrifiée. Mais qu'est-ce que je raconte ! Cet homme tue des gens, n'est-ce pas ? »

L'horloge murale frappa quatre coups au moment où elles entraient dans le salon.

« Thé, ma chère ?

— Volontiers.

— Suis-je autorisée à me rendre à la cuisine seule ?

— Oui, mais si je peux vous accompagner...

— Venez, venez. »

Seuls une cuisinière récente et un réfrigérateur attestaient que la cuisine n'était pas restée inutilisée depuis la guerre. Beate s'assit sur une chaise près de la grande table tandis qu'Olaug mettait l'eau à chauffer.

« Ça sent bon, ici, dit Beate.

— Tu trouves ?

— Oui. J'aime bien les cuisines qui sentent comme celle-ci. À vrai dire, je préfère généralement les cuisines. Je n'aime pas trop les salons.

— Ah non ? » Olaug Sivertsen pencha légèrement la tête sur le côté. « Tu sais, je ne crois pas que toi et moi soyons si différentes. Je suis aussi une femme de cuisine. »

Beate sourit.

« Le salon montre quelle image on veut donner de soi. En cuisine, tout le monde se détend davantage, c'est comme si on avait le droit de montrer qui on est. Tu as remarqué qu'on a commencé à se tutoyer dès qu'on est arrivées ici ?

— Je crois vraiment que tu as raison. »

Les deux femmes rirent.

« Tu sais, dit Olaug, je suis heureuse que ce soit toi qu'ils aient envoyée. Je t'aime bien. Et il n'y a pas de quoi rougir, ma chère, je ne suis qu'une vieille dame solitaire. Réserve ça à un soupirant. À moins que tu ne sois mariée. Non ? Non, non, mais ce n'est pas la fin du monde.

— Tu as déjà été mariée ?

— Moi ? » Elle sortit les tasses en riant.

« Non, j'étais si jeune quand j'ai eu Sven que je n'ai jamais eu cette chance.

— Ah non ?

— Si, j'ai bien dû avoir une ou deux occasions. Mais une femme dans ma situation était si mal cotée à l'époque que les propositions qui nous étaient faites l'étaient par des hommes dont personne d'autre ne voulait. Ce n'est pas pour rien qu'on dit « trouver son pendant ».

— Juste parce que tu étais mère célibataire ?

— Parce que Sven était le rejeton d'un Allemand, très chère. »

La bouilloire se mit à siffler tout doucement.

« Je vois, dit Beate. Il n'a pas dû grandir dans des conditions idéales, alors... »

Le regard d'Olaug se perdit, et elle ignora totalement le sifflement.

« Les pires qu'on puisse imaginer. J'en pleure encore rien que d'y penser. Pauvre gamin.

— L'eau pour le thé...

— Et voilà. Je deviens sénile. »

Olaug prit la bouilloire et les servit toutes les deux.

« Que fait ton fils, maintenant ? » demanda Beate en regardant l'heure. Cinq heures moins le quart.

« Importateur. Diverses marchandises en provenance des ex-pays de l'Est. »

Olaug sourit.

« Je ne sais pas s'il s'est beaucoup enrichi, mais j'aime bien la façon dont ça sonne. Import. Des bêtises, mais j'aime bien.

— Mais ça s'est donc bien passé pour lui. Exception faite de son enfance, s'entend.

— Oh oui, mais ça n'a pas toujours été le cas. Vous l'avez certainement dans vos archives.

— Alors il n'y est pas tout seul. Et beaucoup d'entre eux se sont rangés.

— Il s'est passé quelque chose quand il est allé à Berlin. Je ne sais pas trop bien quoi, il n'a jamais aimé parler de ce qu'il fait, Sven. Toujours aussi secret. Mais je crois qu'il est peut-être allé voir son père. Et je crois que ça a amélioré le regard qu'il avait sur lui. Ernst Schwabe était un chic type. »

Olaug poussa un soupir.

« Mais je peux me tromper. En tout cas, Sven a changé.

— C'est-à-dire ?

— Il est devenu plus calme. Plus jeune, il était constamment en chasse, si on peut dire.

— En chasse de quoi ?

— De tout. Argent. Émotions. Femmes. Il ressemble à son père, tu comprends. Un romantique incorrigible et un Don Juan. Il aime les jeunes femmes, lui aussi. Et elles le lui rendent bien. Mais je le soupçonne d'en avoir trouvé une toute particulière. Il m'a dit au téléphone qu'il avait une nouvelle à m'annoncer. Il avait l'air rempli d'allégresse.

— Il n'a pas dit de quoi il s'agissait ?

— Il voulait attendre d'être là, a-t-il dit.

— Il vient ? Ici ?

— Oui, il arrive ce soir, il a une réunion, d'abord. Il reste à Oslo jusqu'à demain, et il repart.

— À Berlin ?

— Non, il y a longtemps que Sven n'y habite plus. Maintenant, il vit en République tchèque. En Bohême, comme il appelle ça, le bêcheur.

— En... euh, en Bohême ?

— À Prague. »

Marius Veland regardait par la fenêtre de la chambre 406. Une fille était allongée sur une serviette sur la pelouse devant l'immeuble. Elle ressemblait un peu à celle de la 303, qu'il avait intérieurement surnommée Shirley, d'après Shirley Manson de Garbage. Mais ce n'était pas elle. Le soleil au-dessus du fjord d'Oslo s'était caché derrière les nuages. La chaleur avait finalement fait son apparition, et une canicule était prévue pour la semaine. L'été à Oslo. Marius Veland attendait cela avec impatience. Autrement il aurait fallu rentrer à la maison, à Bøfjord, pour retrouver le soleil de minuit et un job d'été à la station-service. Les gâteaux de viande de la mère et les sempiternelles questions du père lui demandant pourquoi il avait commencé à faire des études de journalisme à Oslo, lui qui avait des notes lui permettant d'être ingénieur civil à NTNU[1], à Trondheim. Les samedis au foyer socio-éducatif avec des voisins soûls, des camarades de classe braillant qui n'avaient pas quitté la commune et voyaient des traîtres dans ceux qui l'avaient fait, les groupes de danse qui se disaient groupes de blues, mais qui n'hésitaient pas à massacrer Creedence et Lynyrd Skynyrd. Mais ce n'était pas la seule raison qui justifiait sa présence à Oslo cet été-là. Il avait décroché le job de ses rêves. Il allait pouvoir écrire. Écouter des disques, voir des films et être payé pour taper sur son PC ce qu'il en pensait. Ces deux dernières années, il avait envoyé ses chroniques à plusieurs journaux bien établis, sans résultat ; mais le mois précédent, il était allé au So What ! où un pote l'avait présenté à Runar. Celui-ci lui avait dit qu'il avait liquidé la boutique de fringues qu'il gérait pour créer *Zone*, un journal gratuit dont le premier numéro devait paraître en août. Le pote en question avait mentionné que Runar aimait écrire des chroniques, et Runar lui avait dit qu'il aimait bien sa chemise, avant de l'embaucher sans plus de

1. Norges Teknisk-Naturvitenskapelige Universitet (litt. Université norvégienne de sciences techniques et naturelles).

cérémonie. En tant que chroniqueur, Marius était censé refléter « les valeurs néo-urbaines en traitant la culture populaire avec une ironie non pas froide, mais chaleureuse, intelligente et refusant l'exclusive ». C'était comme cela que Runar avait défini la tâche, et Marius serait généreusement payé pour son travail. Pas en numéraire, mais en billets gratuits pour des concerts, des films, des bars récemment ouverts et l'accès à un milieu où il pourrait établir des contacts intéressants pour l'avenir. C'était sa chance, et elle imposait qu'il soit correctement préparé. Naturellement, il avait une bonne vue d'ensemble sur tout, mais il avait emprunté des CD à la collection de Runar pour s'informer davantage sur l'histoire de la musique pop. Ces derniers jours sur la vague rock américaine des années quatre-vingt : REM, Green On Red, Dream Syndicate, Pixies. Pour le moment, c'était Violent Femmes qui était sur la platine. C'était daté, mais énergique : « *Let me go wild. Like a blister in the sun !* »

La fille en bas se leva de sa serviette. Il ne devait pas faire si chaud que ça. Marius la suivit du regard jusqu'à l'immeuble voisin. Sur le trajet, elle croisa un type qui arrivait à pied, en poussant un vélo. On aurait dit un coursier. Marius ferma les yeux. Il allait pouvoir écrire.

Otto Tangen se frotta les yeux de ses doigts jaunis par la nicotine. Il s'était répandu dans le bus une agitation qui ressemblait à s'y méprendre à un calme absolu. Personne ne bougeait, personne ne pipait mot. Il était cinq heures vingt, et pas une image n'avait trahi de mouvement, seulement des petits morceaux de temps qui giclaient en blanc dans le coin de l'écran. Une autre goutte de sueur coula entre les jambons d'Otto. Dans une attente comme celle-là, on pouvait être la proie d'idées fixes et penser que quelqu'un avait bidouillé le matériel, et qu'on regardait en fait un enregistrement de la veille ou quelque chose dans le genre.

Ses doigts tambourinèrent à côté de son clavier. Ce Waaler de malheur avait interdit de fumer.

Otto se pencha vers la droite et laissa échapper un vent silencieux tout en jetant un coup d'œil au type blond pratiquement rasé. Il s'était assis sur une chaise et n'avait pas prononcé un mot depuis son arrivée. Il ressemblait à un videur en retraite.

« On dirait que notre homme n'a pas prévu de bosser aujourd'hui, dit Otto. Il a peut-être trouvé qu'il faisait trop chaud. Il a peut-être remis ça à demain, et est allé se boire une mousse sur Aker Brygge à la place. À la météo, ils ont dit que...

— Ta gueule, Tangen », dit Waaler à voix basse, mais suffisamment fort.

Otto poussa un gros soupir et haussa les épaules.

Le compteur dans le coin de l'écran afficha cinq heures vingt et une.

« Est-ce que quelqu'un a vu le mec de la 303 repartir ? »

C'était la voix de Waaler. Otto s'aperçut qu'il le regardait.

« J'ai dormi, ce matin, dit-il.

— Je veux qu'on vérifie la 303. Falkeid ? »

Le chef des troupes d'alerte s'éclaircit la voix.

« Je n'estime pas le risque...

— Maintenant, Falkeid. »

Les ventilateurs des ordinateurs se mirent à bourdonner tandis que Waaler et Falkeid se regardaient.

Falkeid se racla de nouveau la gorge.

« Alpha à Charlie deux, entrez. *Over.* »

Boucan épouvantable.

« Charlie deux.

— Sécurisez immédiatement la 303.

— Bien reçu. Sécurisons la 303. »

Otto regarda l'écran. Rien. Imaginez que...

Les voilà.

Trois hommes. Uniformes noirs, cagoules noires, pistolets automatiques noirs, bottes noires. Ce fut rapide, mais bizarrement sans drame. C'était le son. Il n'y avait pas de son.

Ils ne se servirent pas de jolis petits éléments explosifs pour régler le problème de la porte, mais d'un pied-de-biche démodé. Otto était déçu. Ça devait tenir aux restrictions.

Les hommes silencieux sur l'écran se positionnèrent comme sur une ligne de départ, l'un avec la pince-monseigneur juste en dessous de la serrure, les deux autres un mètre derrière, l'arme levée. Ils passèrent brusquement à l'action. Ce fut comme un seul et unique mouvement coordonné, un numéro de danse. La porte vola, les deux qui étaient prêts s'engouffrèrent et le troisième plongea – littéralement – derrière. Otto se réjouissait déjà à l'idée de montrer l'enregistrement à Nils. La porte revint lentement et s'immobilisa à mi-course. Vraiment dommage qu'ils n'aient pu disposer des caméras à l'intérieur des chambres.

Huit secondes.

La radio de Falkeid crépita.

« 303 sécurisée. Une fille et un garçon, tous deux sans armes.

— Et vivants ?

— Très... vivants.

— Tu as fouillé le mec, Charlie deux ?

— Il est nu, Alpha.

— Fais-le sortir de là, dit Waaler. Et merde ! »

Otto avait les yeux rivés sur la porte ouverte de la 303. Ils l'avaient fait. Nus. Ils l'avaient fait toute la nuit et toute la journée. Comme ensorcelé, il ne quittait pas la porte des yeux.

« Fais-le s'habiller et amène-le à la position, Charlie deux. »

Falkeid reposa son talkie-walkie, regarda les deux autres et secoua lentement la tête.

Waaler abattit violemment sa main ouverte sur son accoudoir.

« Le bus est libre demain aussi », dit Otto en jetant un coup d'œil rapide à l'inspecteur principal.

Il s'agissait de marcher sur des œufs, à présent.

« Je ne prendrai pas de supplément bien que ce soit dimanche, mais je dois savoir quand...

— Écoutez voir. »

Otto se retourna automatiquement. C'était le videur qui venait enfin de l'ouvrir. Il pointa un doigt vers l'écran du milieu.

« Dans l'escalier. Il a passé la porte et est allé directement à l'ascenseur. »

Il y eut deux secondes de silence total. Puis la voix de Falkeid crépita dans le talkie-walkie : « Alpha à l'unité. L'objet potentiel est entré dans l'ascenseur. *Stand-by.* »

« Non merci, dit Beate avec un sourire.

— Si, si, il y a bien assez de gâteau, soupira la vieille dame en reposant la boîte sur la table. Où en étais-je ? Oui. Ça me fait plaisir, quand Sven vient me voir, maintenant que je suis toute seule.

— Oui, on doit facilement se sentir isolé dans une aussi grande maison.

— Je discute bien un peu avec Ina. Mais elle part au chalet de son petit ami aujourd'hui. Je lui ai demandé de lui transmettre le bonjour, mais vous êtes si étranges en ce qui concerne ce genre de choses, de nos jours. C'est comme si vous vouliez tout essayer, en même temps que vous pensez que rien ne va durer ; ce doit être pour ça que vous êtes si cachottiers. »

Beate jeta en douce un coup d'œil à sa montre. Harry avait promis d'appeler aussitôt que ce serait expédié.

« Tu penses à autre chose, maintenant, non ? »

Beate hocha lentement la tête.

« Ça ne pose aucun problème, dit Olaug. Espérons qu'ils pourront l'attraper.

— C'est un bon fils que vous avez.

— Oui, il est gentil. Et s'il était venu me voir aussi souvent qu'il l'a fait ces derniers temps, je n'aurais pas à me plaindre.

— Ah ? Il vient souvent, maintenant ? » Ça devrait être fini. Pourquoi Harry n'appelait-il pas ? Est-ce qu'il n'était finalement pas venu ?

« Une fois par semaine depuis un mois. Oui, encore plus souvent, en fait. Tous les cinq jours, il est venu. Pour de brefs passages. Je crois vraiment qu'il a quelqu'un qui l'attend à Prague. Et comme je te l'ai dit, je crois qu'il va m'annoncer une nouvelle, ce soir.

— Mmm.

— La dernière fois, il m'a apporté un bijou. Tu veux le voir ? »

Beate regarda la vieille dame. Et se rendit soudain compte de la fatigue qu'elle éprouvait. Vis-à-vis de son boulot, de ce coursier meurtrier, de Tom Waaler et Harry Hole. D'Olaug Sivertsen et surtout d'elle-même, l'irréprochable et consciencieuse Beate Lønn qui pensait pouvoir arriver à quelque chose, faire quelque chose de plus ou de moins si elle était gentille, gentille et futée, futée et si elle faisait toujours ce que les gens attendaient d'elle. Il était temps de changer, mais elle ne savait même pas si elle en aurait la force. Avant toute chose, elle voulait rentrer chez elle, se planquer sous sa couette et dormir.

« Tu as raison, dit Olaug. Ce n'est pas exceptionnel. Encore du thé ?

— Volontiers. »

Olaug allait la servir quand elle s'aperçut que Beate avait posé la main sur sa tasse.

« Excuse-moi, dit Beate en riant. Ce que je voulais dire, c'est que je voulais bien le voir.

— Quoi...

— Ce bijou que t'a offert ton fils. »

Le visage d'Olaug s'éclaira et elle disparut dans la cuisine.

Gentille, pensa Beate. Elle leva sa tasse pour la finir. Elle appellerait Harry pour lui demander comment ça s'était passé.

« Voilà », dit Olaug.

La tasse de Beate Lønn, c'est-à-dire la tasse

d'Olaug Sivertsen – ou plus exactement : la tasse de la Wehrmacht – s'immobilisa en l'air.

Beate avait les yeux rivés sur une broche. En fait... elle regardait la pierre précieuse montée sur la broche.

« Sven les importe, dit Olaug. Il n'y a sûrement qu'à Prague qu'on les taille d'une façon aussi particulière. »

C'était un diamant. En forme de pentagramme.

Beate promena sa langue dans sa bouche pour en effacer la sécheresse.

« Il faut que je passe un coup de fil. »

La sécheresse ne voulait pas disparaître.

« Vous pourriez me trouver une photo de Sven, pendant ce temps-là ? Récente, de préférence. C'est urgent. »

Olaug la regarda, déboussolée, mais hocha la tête.

Otto respirait la bouche grande ouverte tandis qu'il regardait fixement l'écran et percevait les voix autour de lui.

« L'objet potentiel entre dans le secteur de Bravo deux. L'objet potentiel s'arrête devant une porte. Prêts, Bravo deux ?

— Bravo deux prêts.

— L'objet ne bouge plus. Il prend quelque chose dans sa poche. Peut-être son arme, on ne voit pas sa main. »

La voix de Waaler : « Maintenant.

— Allez-y, Bravo deux.

— Étrange », murmura le videur.

Marius Veland crut tout d'abord avoir mal entendu,

mais il coupa Violent Femmes pour en avoir le cœur net. Et ça recommença. On frappait à la porte. Qui cela pouvait-il bien être ? À ce qu'il en savait, tous les autres de ce couloir étaient rentrés chez eux pour l'été. Mais pas Shirley, il l'avait vue dans l'escalier la veille. Il avait failli s'arrêter pour lui demander si elle voulait l'accompagner à un concert. Ou voir un film. Ou une première. Gratis, elle pourrait choisir.

Marius se leva et sentit qu'il commençait à transpirer des paumes. Pourquoi ? Il n'y avait aucune raison sensée pour que ce puisse être elle. Il jeta un coup d'œil autour de lui et se rendit compte qu'il n'avait jamais vu son appartement auparavant. Il n'avait pas assez d'affaires pour que ce puisse être véritablement le bazar. Les murs étaient nus à l'exception d'un poster d'Iggy Pop déchiré par endroits, et d'une étagère piteuse qui serait bientôt pleine de CD et de DVD gratuits. C'était un appartement pathétique, sans caractère. Sans... On frappa de nouveau. Il rentra en vitesse un pan de couette qui dépassait de derrière le canapé convertible et alla à la porte. Il ouvrit. Ça ne pouvait pas être elle. Ça ne pouvait pas... Ce n'était pas elle.

« Monsieur Veland ?

— Oui ? »

Marius posa sur l'homme un regard surpris.

« J'ai un paquet pour vous. »

L'homme se défit de son sac à dos, en tira une enveloppe A4 et la lui tendit. Marius baissa les yeux sur une enveloppe blanche, timbrée. Aucun nom ne figurait dessus.

« Vous êtes sûr que c'est pour moi ? demanda-t-il.

— Oui. J'ai besoin d'une signature... »

L'homme lui présenta un bloc sur lequel était fixée une feuille.

Marius le regarda sans comprendre.

« Excusez-moi, vous n'auriez pas un stylo, par hasard ? » demanda l'homme avec un sourire.

Marius le regarda. Il y avait quelque chose qui clochait. Qu'il n'arrivait pas à définir précisément.

« Un instant », dit Marius.

Il rentra avec l'enveloppe, la posa sur l'étagère à côté de son porte-clés à tête de mort, prit un stylo dans le tiroir et se retourna. Marius sursauta en voyant l'homme dans l'entrée sombre, juste derrière lui.

« Je ne vous avais pas entendu », dit Marius en entendant son propre rire claquer nerveusement entre les murs.

Non qu'il eût peur. Où il habitait, il n'était pas inhabituel que les gens entrent. Pour ne pas laisser s'échapper la chaleur. Mais ce type était bizarre. Il avait retiré ses lunettes et son casque, et Marius put voir ce qui l'avait fait tiquer. Il était âgé. Les coursiers à vélo avaient généralement dans les vingt ans. Il était mince et s'entretenait, son corps pouvait passer pour celui d'un jeune homme, mais son visage était celui d'un homme de trente ans bien sonnés, peut-être même de plus de quarante.

Marius allait parler quand son regard tomba sur ce que l'homme tenait à la main. La chambre était claire et l'entrée sombre, mais Marius Veland avait vu suffisamment de films pour reconnaître les contours d'un pistolet prolongé d'un silencieux.

« C'est pour moi ? » s'entendit demander Marius Veland.

L'homme sourit et braqua le pistolet sur lui. En plein sur lui. Sur son visage. Et ce ne fut qu'à ce moment que Marius comprit qu'il devait avoir peur.

« Assieds-toi, dit l'homme. Le stylo est pour toi. Ouvre l'enveloppe. »

Marius s'effondra sur sa chaise.

« Tu vas pouvoir écrire », dit l'homme.

« Bon boulot, Bravo deux ! »

Falkeid criait, son visage était rouge et luisant.

Otto respirait lourdement par le nez. Sur l'écran, il voyait l'objet allongé sur le ventre devant la 205, menotté dans le dos. Mieux encore, il avait le visage tourné vers la caméra de telle sorte qu'on pouvait y voir l'ébahissement, la douleur, la défaite qui apparaissaient lentement sur les traits de ce porc. C'était un scoop. Non, c'était plus que ça, c'était un enregistrement historique. Le final dramatique de cet été sanglant à Oslo : l'arrestation du coursier meurtrier au moment où il s'apprêtait à commettre son quatrième meurtre. Le monde entier se battait pour le voir. Bon Dieu, il – Otto Tangen – était un homme riche. Plus de merde du 7-Eleven, plus de Waaler, il pourrait acheter... il pourrait... Aud Rita et il pourrait...

« Ce n'est pas lui », dit le videur.

Le silence se fit dans le bus.

Waaler se pencha en avant sur sa chaise.

« Qu'est-ce que tu dis, Harry ?

— Ce n'est pas lui. La 205 est l'une des chambres dont le locataire n'a pas pu être joint. D'après la liste qui est ici, il s'appelle Odd Einar Lillebostad. Difficile de voir ce que le mec qui est par terre a dans la main, mais il me semble que ça pourrait bien être une clé. Je suis désolé, tout le monde, mais je parie qu'Odd Einar Lillebostad vient tout juste de rentrer chez lui. »

Otto fixait l'image. Il en avait pour plus d'un million d'équipement, qui avait été acheté et hypothéqué, et qui pouvait ne retenir que la main du bonhomme et l'agrandir sans problème, suffisamment pour voir si le videur avait raison. Mais il n'en avait pas besoin. La branche de pommier craquait. Les fenêtres donnant sur le jardin s'allumaient. La boîte de conserve crépita :

« Bravo deux à Alpha. D'après sa carte bancaire, il s'appelle Odd Einar Lillebostad. »

Otto retomba lourdement sur sa chaise.

« Relax, les gars, dit Waaler. Il peut encore venir. Pas vrai, Harry ? »

Ce Harry de malheur ne répondit pas. Mais son mobile se mit à sonner.

Marius Veland regardait les deux feuilles vierges qu'il venait de sortir de l'enveloppe.

« Qui sont tes plus proches parents ? » demanda l'homme.

Marius déglutit et essaya de répondre, mais sa voix ne lui obéit pas.

« Je ne te tuerai pas, dit l'homme. Si tu fais ce que je te dis.

— Maman et papa », murmura Marius. Ça sonnait comme un SOS pitoyable.

L'homme lui demanda d'écrire le nom de ses parents et leur adresse sur l'enveloppe. Marius posa la pointe du stylo sur le papier. Les noms. Ces noms bien connus. Et Bøfjord. Puis il regarda ses lettres. Elles étaient de travers, tremblantes.

L'homme commença à dicter. La main de Marius se déplaça docilement sur la feuille.

« Salut ! Un coup de tête ! Je suis parti au Maroc avec Georg, un Marocain dont j'ai fait la connaissance. On va habiter chez sa mère et son père dans une petite ville de montagne, Hassane. Je serai absent quatre semaines. À coup sûr une mauvaise couverture téléphonique, mais j'essaierai d'écrire, même si Georg dit que la poste vaut ce qu'elle vaut. En tout cas, je reprendrai contact en rentrant. À bientôt...

— *Marius*, dit Marius.

— *Marius.* »

L'homme lui demanda de mettre la lettre dans l'enveloppe et de mettre celle-ci dans le sac qu'il lui tendait.

« Sur l'autre feuille, tu écris simplement : *Je reviens dans quatre semaines.* Avec la date et tu signes. Comme ça. Merci. »

Assis sur sa chaise, Marius baissa les yeux sur ses genoux. L'homme était juste derrière lui. Un souffle de vent fit bouger les rideaux. Les oiseaux poussaient des piaillements hystériques. L'homme se pencha et ferma la fenêtre. Tout ce qu'ils entendaient, c'était le faible bourdonnement du combiné radio sur l'étagère.

« Quelle chanson est-ce ? demanda l'homme.

— *Like a blister in the sun* », répondit Marius. Il l'avait mise sur REPEAT. Il l'aimait bien. Il lui aurait fait une bonne chronique. Une chronique chaleureusement ironique, refusant l'exclusive.

« J'ai déjà entendu ça, dit l'homme qui trouva le

bouton de réglage du volume et monta le son. Je ne me souviens plus où. »

Marius leva la tête et regarda par la fenêtre l'été qui s'était tu, le bouleau qui semblait lui faire des signes d'adieu, la pelouse verte. Il vit le reflet de l'homme qui levait son pistolet pour le braquer sur sa tête.

« *Let me go wild !* » glapit-on depuis les petites enceintes.

L'homme baissa de nouveau son pistolet.

« Excuse-moi. Oublié d'enlever la sécurité. Là. »

« *Like a blister in the sun !* »

Marius ferma les yeux très fort. Shirley. Il pensa à elle. Où était-elle ?

« Ah, je m'en souviens, dit l'homme. C'était à Prague. Ça s'appelle Violent Femmes, c'est ça ? Ma copine m'avait emmené au concert. Ils ne jouent pas spécialement bien, si ? »

Marius ouvrit la bouche pour répondre, mais au même instant, le pistolet sembla tousser sèchement, et personne ne put jamais savoir ce qu'il pensait.

Otto gardait les yeux sur les écrans. Falkeid et Bravo deux discutaient dans leur argot derrière lui. Harry, là, avait attrapé son téléphone qui sonnait. Il ne disait pas grand-chose. Sûrement un laideron qui voulait se faire sauter, se dit Otto en tendant l'oreille.

Waaler ne disait rien, il se mordait une phalange en regardant simplement d'un œil vide Odd Einar Lillebostad qu'on emmenait. Pas de menottes. Aucune raison valable d'avoir le moindre soupçon. Peau de balle.

Otto ne quittait pas les écrans des yeux car il avait le

sentiment d'être assis à côté d'un réacteur atomique. L'extérieur ne trahissait rien, l'intérieur bouillonnait de matières dont on n'aurait voulu s'approcher pour rien au monde. Les yeux sur les écrans.

Falkeid dit *Over and out* et posa son télétrucmuche. Harry chose continuait à sortir des monosyllabes.

« Il ne viendra pas, dit Waaler en regardant les moniteurs qui affichaient de nouveau les couloirs vides et l'escalier.

— C'est peut-être un peu tôt pour le dire. »

Waaler secoua lentement la tête.

« Il sait qu'on est là. Je le sens en moi. Il est quelque part, et il se marre. »

Dans un arbre dans un jardin, pensa Otto.

Waaler se leva.

« On n'a plus qu'à faire nos valises, les enfants. La théorie du pentagramme ne tenait pas. On recommence du début dès demain.

— La théorie tient. »

Les trois autres se tournèrent vers Harry qui lâcha son mobile dans l'une de ses poches.

« Il s'appelle Sven Sivertsen, dit-il. Citoyen norvégien vivant à Prague, né à Oslo en 1946, mais d'après notre collègue Beate Lønn, il ne fait pas du tout son âge. Il a déjà été condamné deux fois pour contrebande. Il a offert à sa mère un diamant identique à ceux qu'on a retrouvés sur les autres victimes. Et sa mère précise qu'il est venu la voir à Oslo à toutes les dates qui nous intéressent. À la Villa Valle. »

Otto vit que le visage de Waaler s'était crispé et avait pâli.

« Sa mère, murmura presque Waaler. Dans la maison que la dernière pointe désigne ?

— Oui, dit Harry. Et elle l'attend. Ce soir. Une voiture de renforts est déjà en route pour Schweigaards Gate. J'ai ma bagnole un peu plus loin dans la rue. »

Il se leva de sa chaise. Waaler se frotta le menton.

« On peut se regrouper, dit Falkeid en attrapant son talkie-walkie.

— Attendez ! cria Waaler. Personne ne fait quoi que ce soit sans que j'en aie donné l'ordre. »

Les autres le regardèrent dans l'expectative. Harry ferma les yeux. Deux secondes s'écoulèrent. Puis il les rouvrit.

« Arrête cette voiture qui va là-bas, Harry. Je ne veux pas la moindre voiture de police dans un rayon d'un kilomètre autour de cette maison. S'il flaire le moindre danger, on a perdu. Je sais deux ou trois trucs sur les trafiquants de l'ex-bloc de l'Est. Ils veillent toujours – toujours – à avoir une possibilité de retraite. L'autre chose, c'est que quand ils ont disparu, on ne les retrouve jamais. Falkeid, toi et tes hommes, restez ici et continuez le boulot jusqu'à nouvel ordre.

— Mais c'est toi qui as dit que...

— Fais ce que je te dis. C'est peut-être la seule chance qu'on aura, et puisque c'est ma tête qui est sur le billot, j'aimerais m'en occuper personnellement. Harry, tu reprends le commandement ici. OK ? »

Otto vit Harry regarder fixement Waaler, mais l'air plutôt absent.

« OK ? répéta Waaler.

— Ça marche », répondit le gus.

Chapitre 28

Samedi. Gode

Avec de grands yeux effrayés, Olaug Sivertsen regardait Beate vérifier qu'elle avait des cartouches dans chacun des logements du barillet de son revolver.

« Mon Sven ? Mais Seigneur, vous devez comprendre que vous vous trompez ! Sven ne ferait pas de mal à une mouche. »

Beate remit le barillet en place et alla à la fenêtre de la cuisine qui donnait sur le parking dans Schweigaards Gate.

« Espérons. Mais pour en être sûrs, il faut d'abord qu'on l'arrête. »

Le cœur de Beate battait vite, mais pas trop. La fatigue avait été atomisée et remplacée par une sensation de légèreté et de présence, presque comme si elle avait pris une espèce de drogue. C'était le vieux revolver de service de son père. Elle l'avait un jour entendu dire à un collègue qu'il ne fallait jamais compter sur un pistolet.

« Il n'a donc rien dit sur l'heure à laquelle il devait arriver ? »

Olaug secoua la tête.

« Il avait quelques affaires à régler, à ce qu'il m'a dit.

— Est-ce qu'il a la clé de la porte d'entrée ?

— Non.

— Parfait. Alors...

— Je ne ferme pas quand je sais qu'il va venir.

— La porte n'est pas verrouillée ? »

Beate sentit le sang envahir sa tête et sa voix devenir tranchante, froide. Elle ne savait pas à qui elle en voulait le plus. À la vieille dame qui avait reçu la protection de la police mais laissait sa porte ouverte pour que son fils puisse entrer sans s'en faire. Ou bien à elle-même, qui n'avait pas vérifié une chose aussi élémentaire.

Elle respira à fond pour que sa voix se calme : « Je veux que tu restes assise ici, Olaug. Je vais aller dans l'entrée et...

— Salut ! »

La voix venait de derrière Beate, et son cœur battait vite, mais pas trop, et elle fit volte-face le bras droit tendu, un index fin et blanc sur la lourde gâchette. Une silhouette emplissait l'ouverture vers l'entrée. Elle ne l'avait même pas entendu. Gentille, gentille, et bête, bête.

« Waouh ! » dit la voix avec un petit rire.

Beate fit la mise au point sur le visage au-dessus de son guidon. Elle hésita encore une fraction de seconde avant de relâcher la pression sur la détente.

« Qui est-ce ? demanda Olaug.

— La cavalerie, madame Sivertsen, dit la voix. Inspecteur principal Tom Waaler. »

Il tendit la main et jeta un coup d'œil rapide à

Beate : « D'ailleurs, je me suis permis de verrouiller votre porte d'entrée, madame Sivertsen.

— Où est le reste ? demanda Beate.

— Il n'y a pas de reste. Il n'y a que... »

Beate se sentit geler quand Tom Waaler sourit.

« ... nous deux, chérie. »

L'horloge marqua huit heures.

Le journal télévisé annonçait un front froid arrivant d'Angleterre, ce qui signifiait que la canicule serait bientôt terminée.

Dans un couloir du bâtiment des services centraux de la poste, Roger Gjendem disait à un collègue que la police avait été étonnamment discrète ces deux ou trois derniers jours, et il pariait que quelque chose couvait. Il avait entendu une rumeur disant que les troupes d'alerte avaient été mobilisées, et leur chef, Sivert Falkeid, n'avait pas répondu à un seul coup de fil depuis quarante-huit heures. Les collègues pensaient que ce serait trop beau, ainsi que le desk. Ils firent donc leur première page avec le front froid.

Assis dans son canapé, Bjarne Møller regardait « Beat for Beat ». Il aimait bien Ivar Dyrhaug. Les chansons. Et il se foutait que certains au boulot trouvent ça ringard et on ne peut plus familial. Il aimait bien les niaiseries censées plaire à toute la famille. Et il était constamment frappé par le nombre de chanteurs de talent norvégiens qui ne perceraient jamais. Mais ce soir-là, Møller ne parvenait pas à se concentrer sur les paroles et leur message, il regardait tout ça d'un œil apathique tandis que ses pensées tournaient autour du rapport de situation que Harry venait de lui communiquer par téléphone.

Il regarda sa montre et jeta son cinquième coup d'œil au téléphone en une demi-heure. Il était convenu que Harry appellerait dès qu'ils en sauraient un peu plus. Et le chef de la Crim avait demandé que Møller lui fasse un point dès la fin de l'opération. Møller se demanda si le chef avait la télé dans son chalet, et s'il en était au même point, les deuxième et troisième mots sur le tableau (*just* et *called*), la réponse sur le bout de la langue et l'esprit en un tout autre endroit.

Otto tira sur sa cigarette, ferma les yeux et vit les fenêtres illuminées, entendit le vent froufrouter dans les feuilles mortes et ressentit ce coup au moral quand ils tirèrent les rideaux. L'autre boîte de conserve gisait dans le fossé. Nils était rentré.

Otto était tombé en panne de cigarettes, mais avait pu en taper au drôle de flic qui s'appelait Harry. Celui-ci avait sorti un paquet de Camel light de sa poche une demi-heure après le départ de Waaler. Bon choix, si on faisait abstraction du light. Falkeid leur avait jeté un regard lourd de reproche quand ils avaient commencé à fumer, mais il n'avait rien dit. Otto distinguait à présent le visage de Sivert Falkeid derrière une brume bleue qui avait également jeté un voile apaisant sur ces images des couloirs et de l'escalier qui gardaient une fixité exaspérante.

Harry avait tiré sa chaise près de celle d'Otto pour mieux voir les écrans. Il fumait lentement sans quitter des yeux les images, les étudiant l'une après l'autre. Comme s'il pouvait y avoir quelque chose que personne n'avait encore vu.

« Qu'est-ce que c'est que ça ? demanda Harry en montrant l'une des images sur l'écran de gauche.

« — Là ?

— Non, plus haut. Au cinquième. »

Otto regarda un autre couloir vide aux murs jaune pâle.

« Je ne vois rien de spécial, dit-il.

— Au-dessus de la troisième porte à droite. Dans l'enduit. »

Otto plissa les yeux. Il y avait quelques marques blanches. Il se demanda d'abord si elles pouvaient être le résultat d'une tentative infructueuse pour monter l'une des caméras, mais il ne se souvenait pas qu'on ait fait de trou dans le mur à cet endroit.

« Qu'est-ce que c'est ? demanda Falkeid en se penchant en avant.

— Je n'en sais rien, répondit Harry. Dis voir, Otto, est-ce qu'on peut agrandir juste... »

Otto déplaça le curseur sur l'image et lui fit dessiner un petit rectangle au-dessus de la porte. Il maintint deux touches enfoncées. Le petit cadre emplit l'écran de vingt et un pouces.

« Doux Jésus, dit Harry à voix basse.

— Ouais, y a que dalle », acquiesça Otto en caressant tendrement sa console. Il commençait à éprouver une certaine sympathie pour le personnage de Harry.

« La croix des mares, murmura Harry.

— Hein ? »

Mais le policier s'était déjà tourné vers Falkeid.

« Demande à Delta un ou Dieu sait comment il s'appelle de se préparer à investir la 506. Attendez de me voir sur l'écran. »

Le policier s'était levé et avait sorti un pistolet qu'Otto reconnut grâce à ses longues nuits passées à surfer sur le Net après avoir tapé ARMES DE

374

POING sur son moteur de recherche. Un Glock 21. Il ne comprenait pas quoi, simplement qu'il se passait quelque chose qui pouvait peut-être vouloir dire qu'il aurait son scoop malgré tout.

Le policier était sorti.

« Alpha à Delta un », dit Falkeid en lâchant son talkie-walkie.

Du boucan. Un délicieux barouf crépitant.

Une fois la porte d'entrée passée, Harry s'arrêta devant l'ascenseur. Il hésita une seconde. Il saisit la poignée de la porte de l'ascenseur et ouvrit. Son cœur cessa de battre quand il vit le grillage noir. Grille de sécurité.

Il lâcha la porte comme s'il s'était brûlé et la laissa se refermer. Il était de toute façon trop tard, ce n'était que ce sprint pathétique que l'on pique vers le quai bien qu'on sache que le train est parti, mais quand on veut l'apercevoir une fraction de seconde avant qu'il ne disparaisse.

Harry prit l'escalier. Il essayait de monter calmement. Quand est-ce que le type était venu ? Deux jours plus tôt ? Une semaine plus tôt ?

Il ne tint plus, et ses semelles sonnèrent comme du papier de verre lorsqu'il se mit à courir. Il voulait apercevoir cette fraction de seconde.

À l'instant précis où il tournait dans le couloir de gauche du cinquième étage, trois silhouettes noires sortirent de la dernière chambre. Harry s'arrêta sous l'étoile gravée qui se détachait en blanc sur le mur jaune.

Un nom figurait sous le numéro de chambre – 406 –

VELAND. Et en dessous, une feuille tenue par deux morceaux de scotch : EN VOYAGE MARIUS.

Il signifia d'un signe de tête qu'ils pouvaient passer à l'action.

Six secondes plus tard, la porte était ouverte.

Harry demanda aux autres d'attendre dehors et entra seul. Vide. Son regard parcourut la pièce. C'était propre et rangé. Trop bien rangé. Ça ne cadrait pas avec le poster déchiré d'Iggy Pop sur le mur au-dessus du convertible. Quelques livres de poche fatigués sur l'étagère au-dessus de la table de travail rangée. À côté des livres : cinq ou six clés sur un porte-clés en forme de tête de mort. La photo d'une fille bronzée qui souriait. Sa copine ou une sœur, présuma Harry. Entre un livre de Bukowski et un combiné radio, un pouce peint en blanc, cireux, pointait vers le haut, lui adressant l'optimiste signe Roger. Tout baigne. Tout est OK. Ben tiens.

Harry regarda Iggy Pop, son torse maigre et nu, ses cicatrices maison, son regard intense au fond d'orbites profondes, un homme qui paraissait avoir été crucifié une fois ou deux. Harry toucha le pouce sur l'étagère. Trop doux pour être du plâtre ou du plastique, on aurait presque dit un véritable doigt. Froid, mais authentique. Il pensa au gode vu chez Barli tout en reniflant le pouce blanc. Ça sentait le formol et la peinture. Il le pressa entre deux doigts. La peinture se fissura. Harry fit un bond en arrière en sentant l'odeur acide.

« Beate Lønn.

— Ici Harry. Comment ça va, chez vous ?

— On attend toujours. Waaler s'est mis en position

dans l'entrée et nous a virées, Mlle Sivertsen et moi, dans la cuisine. Ce qu'on ne ferait pas pour la libération de la femme...

— J'appelle de la chambre 506 de l'immeuble. Il y est venu.

— Venu ?

— Il a gravé une croix des mares au-dessus de la porte. Le jeune qui habitait là, Marius Veland, a disparu. Ceux qui habitent ici ne l'ont pas vu depuis plusieurs semaines. Et sur la porte, il y a un mot qui dit qu'il est en voyage.

— Eh bien, il est peut-être effectivement en voyage ? »

Harry avait remarqué que Beate avait commencé à parler comme lui.

« Peu de chances. Son pouce est toujours dans la chambre. Embaumé, si on peut dire. »

Silence à l'autre bout du fil.

« J'ai appelé certains de tes gars à la Technique. Ils sont en route.

— Mais je ne comprends pas, dit Beate. Vous ne surveilliez pas tout le bâtiment ?

— Oh, si. Mais pas il y a vingt jours, quand ça s'est passé.

— Vingt jours ? Comment tu le sais ?

— Parce que j'ai trouvé le numéro de téléphone des parents, et je les ai appelés. Ils ont reçu une lettre les informant que leur fils partait au Maroc. Son père dit que c'est la première fois dans son souvenir qu'il reçoit une lettre de Marius. Il appelle toujours. La lettre a été tamponnée par la poste il y a vingt jours.

— Vingt jours..., répéta Beate à voix basse.

— Vingt jours. C'est-à-dire exactement cinq jours avant le premier assassinat, celui de Camilla Loen. C'est-à-dire... »

Il entendit Beate respirer plus bruyamment dans le combiné.

« ... ce qu'on a considéré jusqu'à présent comme le premier assassinat, termina-t-il.

— Seigneur !

— Il y a mieux. On a rassemblé les locataires et on leur a demandé si quelqu'un se souvenait de ce jour-là, et la fille de la 303 dit qu'elle se rappelle qu'elle se faisait bronzer sur la pelouse devant le bâtiment cet après-midi-là. Et en revenant, elle a croisé un coursier à vélo. Elle s'en souvient parce que ce n'est pas si courant d'en rencontrer ici, et parce qu'elle avait déconné là-dessus avec quelqu'un d'autre dans le même couloir quand les journaux avaient commencé à parler du coursier meurtrier quelques semaines plus tard.

— Il a triché sur l'ordre, donc ?

— Non, répondit Harry. C'est seulement moi qui suis trop con. Tu te souviens que je me suis demandé si l'ordre dans lequel il coupait les doigts des victimes était aussi une sorte de code ? Eh bien, c'est simple comme bonjour. Le pouce. Il a commencé à gauche de la main gauche sur la première victime, et il a continué vers la droite. Pas besoin d'être un génie pour comprendre que Camilla Loen était le numéro deux.

— Mmm. »

Elle recommence, se dit Harry.

« Et à présent, il ne manque que le numéro cinq, dit Beate. L'auriculaire.

— Tu vois ce que ça veut dire, je suppose ?

— Que c'est notre tour. Que ça l'a été depuis le début. Seigneur, est-ce qu'il a réellement l'intention de... tu sais.

— Est-ce que sa mère est à côté de toi ?

— Oui. Dis-moi ce qu'il veut faire, Harry.

— Aucune idée.

— Je sais bien, mais dis-le quand même. »

Harry hésita.

« OK. Une motivation forte chez beaucoup de meurtriers en série, c'est le mépris de soi. Et puisque le dernier assassinat est le dernier, l'ultime, il y a de grandes chances pour qu'il prévoie de tuer ses origines. Ou lui-même. Ou les deux. Ça n'a rien à voir avec les relations qu'il entretient avec sa mère, mais avec celles qu'il entretient avec lui-même. Malgré tout, le choix des endroits est logique. »

Pause.

« Beate, tu es là ?

— Oui, oui. Il a grandi avec l'étiquette de fils d'Allemand.

— Qui ?

— Celui qui est en chemin. »

Nouvelle pause.

« Comment ça se fait que Waaler soit seul dans l'entrée ?

— Pourquoi cette question ?

— Parce que normalement, vous devriez être deux pour l'arrêter. C'est plus sûr que si tu es dans la cuisine.

— Peut-être, répondit Beate. J'ai peu d'expérience avec ce genre de boulot. Je suppose qu'il sait ce qu'il fait.

— Oui. »

L'idée réapparut. Celle qu'il essayait de chasser.

« Il y a un problème, Harry ?

— Eh bien... Je n'ai plus de clopes. »

Chapitre 29

Samedi. Couler

Harry remit son mobile dans la poche de son blouson et se renversa dans le canapé. Les gars de la Technique râleraient peut-être, mais il y avait peu de chances qu'il y ait ici des preuves qu'il pouvait détruire. Il était flagrant que l'assassin avait soigneusement nettoyé derrière lui cette fois encore. Harry avait même senti une légère odeur de savon noir quand il avait approché son visage du sol pour voir de plus près quelques résidus noirs et caoutchouteux qui s'étaient incrustés à chaud dans le lino.

Un visage apparut dans l'entrebâillement de la porte.

« Bjørn Holm, de la Technique.

— Super, dit Harry. Tu as des clopes ? »

Il se leva et alla se placer près de la fenêtre tandis que Holm et ses collègues se mettaient au travail. La lumière du soir entrait en biais dans la pièce et dorait les maisons, les rues et les arbres le long de Kampen et sur Tøyen. Harry ne connaissait plus belle ville qu'Oslo par des soirées comme celle-ci. Il y en avait sûrement d'autres. Mais il ne les connaissait pas.

Harry regarda le pouce sur son étagère. L'assassin

l'avait trempé dans la peinture et collé à l'étagère pour qu'il soit en équilibre. Peinture et colle qu'il avait probablement apportées ; Harry n'avait en tout cas trouvé ni l'une ni l'autre dans les tiroirs sous le bureau.

« Je veux que vous examiniez ces petits fragments noirs, dit-il en pointant un doigt vers le sol.

— Bien. »

Harry avait la tête qui tournait. Il avait fumé huit cigarettes d'affilée. Ce qui avait calmé sa soif. Calmé, mais pas chassé. Il regarda fixement le pouce. Vraisemblablement amputé à coups de cisailles. Peinture et colle. Marteau et burin pour graver le signe des mares au-dessus de la porte. Cette fois-ci, il avait eu pas mal d'outils.

Le signe des mares, il comprenait. Le doigt aussi. Mais la colle ?

« On dirait du caoutchouc fondu, dit Holm qui s'était accroupi.

— Comment fait-on fondre du caoutchouc ?

— Bof... On peut y mettre le feu. Ou utiliser un fer à repasser. Ou un décapeur thermique.

— Et à quoi sert du caoutchouc fondu ? »

Holm haussa les épaules.

« À vulcaniser, répondit son collègue. Pour rafistoler ou boucher des choses. Des pneus de voiture, par exemple. Ou pour sceller un paquet hermétiquement. Des choses comme ça.

— Et c'est ?

— Aucune idée. Désolé.

— Merci. »

Le pouce pointait vers le plafond. Si seulement il pouvait plutôt pointer vers l'explication de ce code, se dit Harry. Parce que, évidemment, il y avait un code. L'assassin leur avait fichu un anneau dans le nez et les menait comme du bétail muet où il voulait, et c'est pourquoi ce code avait lui aussi son explication. Relativement simple, à supposer qu'il était élaboré pour du bétail modérément intelligent comme lui.

Il regardait le doigt. Pointé vers le haut. OK. Roger. Tout baigne.

La lumière vespérale déferlait sans cesse.

Il tira énergiquement sur sa cigarette. La nicotine parcourut ses veines, les fins capillaires sortant des poumons et vers le haut. Empoisonna, endommagea, manipula, éclaircit. Merde !

Harry fut pris d'une violente quinte de toux.

Pointé vers le plafond. Dans la chambre 406. Le toit au-dessus du quatrième. Évidemment. Bétail, bétail.

Harry tourna la clé, ouvrit la porte et trouva l'interrupteur sur le mur tout de suite sur le côté. Il passa le seuil. Le grenier était haut, aéré, dépourvu de fenêtres. Des boxes de deux mètres sur deux s'alignaient le long des murs. Derrière un grillage à poules, on voyait des piles d'affaires en transit entre leur propriétaire et une benne à ordures. Des matelas troués, des meubles datés, des cartons de fringues et des appareils électriques archi-usés qui fonctionnent et qui par conséquent ne peuvent pas décemment être bazardés.

« Nom de Dieu ! » murmura Falkeid quand lui et deux de ses hommes des troupes d'alerte entrèrent.

Harry pensait davantage aux enfers. Même si le soleil était bas et irradiait faiblement à l'ouest, il avait eu toute la journée pour recharger les tuiles qui jouaient à présent le rôle de briques réfractaires en faisant de ce grenier un véritable sauna.

« On dirait que le box de la 406 est dans ce coin, dit Harry en partant à droite.

— Qu'est-ce qui te fait croire qu'il est dans le grenier ?

— Eh bien, parce que l'assassin nous a lui-même montré bien clairement qu'au-dessus du quatrième, il y a le cinquième. En l'occurrence le grenier.

— Il nous l'a montré ?

— Une espèce de rébus.

— Tu comprends bien qu'il est impossible qu'il y ait le moindre cadavre ici ?

— Pourquoi ça ?

— On est venus avec des chiens, hier. Un cadavre qui a passé quatre semaines dans cette chaleur... En rapportant à notre niveau le système sensitif du chien, ça reviendrait à trouver ici une sirène d'usine en train de hurler. Impossible de passer à côté, même pour un mauvais clebs. Et celui qui est venu ici hier était un clebs de compétition.

— Et si le cadavre était empaqueté de telle sorte qu'il ne sente rien, justement ?

— Les molécules d'odeurs sont très volatiles et passent à travers des ouvertures minuscules. Il est possible que...

— Vulcanisation.

— Hein ? »

Harry s'arrêta devant l'un des boxes. Les deux agents en uniforme le rejoignirent immédiatement avec leurs pinces-monseigneur.

« On va d'abord essayer comme ça, les gars. »

Harry fit osciller le porte-clés à tête de mort devant eux.

La plus petite clé convenait pour le cadenas.

« J'y vais seul, dit Harry. La Technique n'aime pas qu'on vienne piétiner ses plates-bandes. »

Il se fit prêter une lampe et se planta devant un grand et large placard blanc à deux portes, qui occupait l'essentiel de l'espace du cagibi. Il posa la main sur l'une des poignées et tira la porte d'un coup sec. Une odeur de vêtements confinés, de poussière et de bois l'assaillit. Il alluma sa lampe. On aurait dit que Marius Veland avait hérité trois générations de costumes bleus qui étaient suspendus les uns derrière les autres à une tringle. Harry éclaira l'intérieur et passa la main sur le tissu. Grosse laine. L'un d'eux était recouvert d'un film plastique. Tout au fond, il vit une housse à costume grise.

Harry laissa la porte du placard se refermer et se retourna vers le mur opposé du box, où quelques rideaux – on les aurait dits faits main – attendaient sur un séchoir à linge. Harry les enleva d'un geste sec. Une gueule ouverte pleine de petites dents aiguës de carnassier lui faisait une vilaine grimace muette. Ce qui restait de fourrure était gris, et les billes qui lui servaient d'yeux avaient besoin d'être astiquées.

« Martre, dit Falkeid.

— Mmm. »

Harry regarda autour de lui. Il n'y avait nulle part ailleurs où chercher. S'était-il trompé ?

C'est alors qu'il aperçut le tapis roulé. C'était un tapis persan – ça en avait en tout cas l'air – appuyé au grillage, qui montait à mi-hauteur entre le sol et le plafond. Harry tira un fauteuil en osier esquinté jusqu'au tapis, monta dessus et éclaira à l'intérieur du rouleau.

« Bon, dit-il en redescendant du fauteuil et en éteignant sa lampe.

— Alors ? » demanda Falkeid.

Harry secoua la tête. Une colère subite s'empara de lui. Il donna un coup de pied sur le côté du placard qui se mit à osciller comme une danseuse du ventre. Les chiens jappèrent. Un verre. Un seul verre, un instant sans douleur. Il se retourna pour sortir du box quand il entendit un raclement. Comme quelque chose qui glissait le long du mur. Il fit automatiquement volte-face et eut le temps de voir la porte du placard s'ouvrir à la volée avant que la housse de costume lui saute dessus et le fasse tomber à la renverse.

Harry comprit qu'il avait dû être absent un moment, car lorsqu'il ouvrit les yeux, il était sur le dos et ressentait une douleur sourde derrière la tête. Il haleta au milieu d'un nuage de poussière qui s'était élevé du plancher sec. Le poids de la housse de costume l'avait vidé d'air, et il avait l'impression de se noyer, d'être à l'intérieur d'un grand sac plastique rempli d'eau. Il céda à la panique et sentit son poing atteindre la surface lisse et – à l'intérieur – quelque chose de mou qui cédait.

Harry se pétrifia et s'immobilisa tout à fait. Il fit lentement la mise au point. La sensation de se noyer se dissipa tout aussi lentement. Pour être remplacée par la sensation de s'être noyé.

Derrière une pellicule de plastique gris, deux yeux ternis par la mort le regardaient sans ciller.

Ils avaient trouvé Marius Veland.

Chapitre 30

Samedi. L'arrestation

Le Flytog[1] passa au-dehors, argent brillant et silencieux comme une respiration mesurée. Beate observa Olaug Sivertsen. Elle tordit le cou pour pouvoir regarder dehors sans cesser de cligner des yeux. Ses mains ridées et nerveuses posées sur la table ressemblaient à un paysage vu de très haut. Les rides étaient des vallées, les veines bleu foncé des fleuves et ses phalanges des chaînes de montagnes sur lesquelles la peau était tendue comme une toile de tente gris pâle. Beate regarda ses propres mains. Elle se demanda quelle quantité de choses une paire de mains avait le temps de faire en une vie. Et quelle quantité elle n'avait pas le temps de faire. Ou pas la capacité.

À vingt et une heures cinquante-six, Beate entendit le portail s'ouvrir et se refermer, puis des pas sur le gravier à l'extérieur.

Elle se leva, le cœur battant aussi vite et légèrement qu'un compteur Geiger.

« C'est lui, dit Olaug.

1. Navette ferroviaire reliant l'aéroport d'Oslo (Gardermoen) à la gare centrale.

— Sûre ?

— J'entends ses pas dans l'allée de gravier depuis qu'il est tout petit, répondit-elle avec un sourire triste. Quand il a été assez grand pour sortir le soir, je me réveillais toujours au deuxième pas. Il en fait douze. Compte, tu verras. »

Waaler apparut subitement à la porte de la cuisine.

« Quelqu'un arrive. Je veux que vous restiez ici, quoi qu'il arrive. OK ?

— C'est lui », dit Beate en faisant un signe de tête vers Olaug.

Waaler hocha rapidement la tête. Avant de disparaître.

Beate posa une main sur celle de la vieille.

« Ça va bien se passer, dit-elle.

— Vous allez comprendre que vous vous êtes trompés », dit Olaug sans croiser son regard.

Onze, douze. Beate entendit la porte de la maison s'ouvrir.

Puis elle entendit Waaler crier : « Police ! Ma carte est par terre juste devant toi. Lâche ce pistolet ou je tire ! »

Elle sentit la main d'Olaug se contracter.

« Police ! Pose ce pistolet, ou je serai contraint de tirer ! »

Pourquoi criait-il si fort ? Ils ne pouvaient pas être à plus de cinq ou six mètres l'un de l'autre.

« Pour la dernière fois ! » cria Waaler.

Beate se leva et tira le revolver du holster qu'elle avait à sa ceinture, dans le dos.

« Beate... » La voix d'Olaug tremblait.

Beate leva les yeux et croisa le regard suppliant de la vieille dame.

« Lâche ton arme ! C'est un policier que tu tiens en joue ! »

Beate fit les quatre pas qui la séparaient de la porte, l'ouvrit et arriva dans le couloir, l'arme au poing. Tom Waaler était deux mètres devant elle, le dos tourné. Dans l'embrasure de la porte, elle vit un homme en costume gris. Il tenait une valise dans une main. Beate avait pris une décision basée sur ce qu'elle pensait qu'elle allait voir. Ce fut pour cette raison que sa première réaction fut de l'ahurissement.

« Je tire ! » cria Waaler.

Beate vit la bouche ouverte dans le visage figé de l'homme devant la porte, et la façon dont Waaler avait déjà avancé l'épaule pour encaisser le recul quand il tirerait.

« Tom... »

Elle le dit tout bas, mais le dos de Tom Waaler se crispa comme si elle lui avait tiré une balle entre les omoplates.

« Il ne tient pas de pistolet, Tom. »

Beate avait l'impression de regarder un film. Une scène absurde où quelqu'un aurait appuyé sur la touche PAUSE, stoppant l'image qui tremblotait et s'éternisait. Elle attendit la détonation du pistolet, mais celle-ci ne vint pas. Évidemment qu'elle ne vint pas. Tom Waaler n'était pas fou. Pas au sens clinique. Il ne manquait pas de contrôle de ses impulsions. C'était probablement ça qui l'avait le plus effrayée cette fois-là. Ce que l'attaque avait de froid et calculateur.

« Puisque tu es là malgré tout, finit par dire Waaler d'une voix légèrement étranglée. Tu peux passer les menottes à cette personne. »

Chapitre 31

Samedi. « N'est-ce pas délicieux d'avoir quelqu'un à haïr ? »

Il était près de minuit quand Bjarne Møller rencontra la presse pour la deuxième fois devant l'entrée de l'hôtel de police. Seules les étoiles les plus lumineuses luisaient à travers la brume de chaleur qui recouvrait Oslo, mais il dut mettre une main devant ses yeux devant tous les flashes et lampes de caméras. On lui lança des questions courtes et saccadées.

« Un seul à la fois, dit Møller en tendant un doigt vers une main levée. Et ayez l'amabilité de vous présenter.

— Roger Gjendem, *Aftenposten*. Est-ce que Sven Sivertsen a avoué ?

— Le suspect est interrogé en ce moment même par l'homme qui a dirigé l'enquête, l'inspecteur principal Tom Waaler. Tant qu'il n'a pas terminé, je ne peux pas répondre à cette question.

— Est-ce vrai que vous avez trouvé et une arme et des diamants dans la valise de Sivertsen ? Et que les diamants sont identiques à ceux que vous avez retrouvés sur les victimes ?

— Ça, je peux le confirmer. Là-bas, s'il vous plaît. »

Une jeune voix de femme : « Plus tôt dans la soi-rée, vous avez dit que Sven Sivertsen habite à Prague, et j'ai réussi à trouver son adresse officielle. Il s'agit d'une pension, mais ils m'ont dit là-bas qu'il avait déménagé il y a plus d'un an, et personne d'autre ne semble savoir où il habite. Et vous ? »

Les autres journalistes commencèrent à prendre des notes avant que Møller ait répondu : « Pas encore.

— En fait, j'ai pu parler assez longuement avec certaines personnes que j'ai eues, dit la voix de femme avec une fierté mal dissimulée. Sven Sivertsen est censé avoir une jeune maîtresse là-bas. Ils ne savaient pas comment elle s'appelle, mais l'un d'eux a sous-entendu, c'est le moins que l'on puisse dire, qu'il pouvait s'agir d'une prostituée. Est-ce que la police est au courant ?

— Pas jusqu'à présent, répondit Møller. Mais merci de votre aide.

— Oui, merci ! » cria une voix dans la foule, immé-diatement suivie d'une vague générale de rires de hyènes. La jeune femme fit un sourire perdu.

Le dialecte de l'Østfold : « *Dagbladet.* Comment le vit sa mère ? »

Møller trouva le journaliste du regard et se mordit la lèvre pour ne pas lui répondre vertement.

« Je n'ai aucun avis là-dessus. S'il vous plaît... ?

— *Dagsavisen.* On se demande comment il est pos-sible que Marius Veland ait passé quatre semaines dans le grenier d'un immeuble, pendant l'été le plus chaud de toute l'histoire, sans être découvert ?

— Sous réserve des dates exactes, il semblerait que l'assassin ait utilisé un sac plastique semblable à celui dont on se sert habituellement pour les robes et les costumes avant de le sceller au caoutchouc pour le rendre étanche et de le... (Møller chercha les mots justes)... le suspendre dans l'armoire au grenier. »

Un murmure se répandit dans l'assistance, et Møller se demanda s'il était allé trop loin dans sa description des détails.

Roger Gjendem lui posa une question.

Møller vit sa bouche remuer tout en écoutant la mélodie qui lui trottait dans la tête. *I just called to say I love you*. Elle l'avait si bien chantée à « Beat for Beat », la sœur, celle qui devait avoir le rôle principal dans la comédie musicale, comment s'appelait-elle, déjà ?

« Excusez-moi, dit Møller. Vous pouvez répéter ? »

Harry et Beate s'étaient assis sur un coin de mur un peu à l'écart du troupeau de journalistes et fumaient en regardant. Beate lui avait expliqué qu'elle était une fumeuse occasionnelle, qu'elle réservait ça pour les grandes occasions, et elle avait pu se faire offrir une cigarette du paquet que Harry venait d'acheter.

Pour sa part, Harry ne ressentait pas de besoin spécial de faire la fête. Juste de dormir.

Ils virent Tom Waaler sortir par la porte principale et sourire vers la pluie de flashes. Les ombres faisaient une danse de la victoire sur le mur de l'hôtel de police.

« Il devient une vraie vedette, dit Beate. L'homme qui dirigeait l'enquête et qui a arrêté tout seul le coursier meurtrier.

— Avec deux pistolets, et tout le bazar ?

— Oui, c'était du western pur jus. Et tu peux me

dire pourquoi on demande à un gazier de poser un flingue qu'il n'a pas ?

— Waaler devait parler de l'arme que Sivertsen avait sur lui. J'aurais fait la même chose.

— D'accord, mais tu sais où on a trouvé le pistolet ? Dans la valise.

— À ce qu'en savait Waaler, il aurait pu être l'homme qui sortait son pistolet de sa valise et qui tirait plus vite que son ombre.

— Tu viens prendre une mousse avec nous, toi aussi, hein ? » demanda Beate en riant.

Harry la regarda, et le sourire de Beate se figea tandis que le rouge s'étendait dans son cou et sur son visage.

« Je ne voulais pas...

— Ça ne fait rien. Tu arroseras ça pour nous deux, Beate. J'ai fait ma part.

— Tu veux quand même venir avec nous ?

— Je ne crois pas. C'était ma dernière affaire. »

Harry envoya d'une chiquenaude son mégot qui fusa dans le noir comme une luciole.

« La semaine prochaine, je ne serai plus policier. Je devrais peut-être me dire que ça s'arrose, mais ce n'est même pas le cas.

— Qu'est-ce que tu vas faire ?

— Autre chose, répondit Harry en se levant. Quelque chose de tout à fait différent. »

Waaler rejoignit Harry sur le parking.

« Tu te tires déjà, Harry ?

— Fatigué. Quel goût ça a, la renommée, jusque-là ? »

Les dents de Waaler scintillèrent dans le noir.

« Ce ne sont que quelques photos dans les journaux. Tu es passé par là, alors tu dois bien le savoir.

— Si tu penses à cet épisode à Sydney, ils me présentaient comme un cow-boy parce que j'avais descendu mon bonhomme. Tu as réussi à prendre le tien vivant. Tu es un héros de la police tel que les veut la démocratie sociale.

— Décèlerais-je un certain sarcasme ?

— Certainement pas.

— OK. Parce que pour moi, ils peuvent faire un héros de qui ils veulent. Si ça peut améliorer la perception que les gens ont de la police, ils peuvent peindre une fausse image de types comme moi. Dans la maison, on sait bien qui était le héros, cette fois-ci. »

Harry sortit ses clés de voiture et s'arrêta devant son Escort blanche.

« C'est ça que je voulais dire, Harry. Au nom de tous ceux qui ont participé. C'est toi qui as résolu cette affaire, pas moi ni qui que ce soit d'autre.

— Je n'ai fait que mon boulot.

— Ton boulot, oui. C'est aussi de ça que je voulais te parler. On peut s'asseoir un moment ? »

Une douce puanteur d'essence flottait dans la voiture. Un trou de rouille quelque part, c'était ce que Harry supposait. Waaler refusa la cigarette qui lui était offerte.

« Ta première mission a été décidée, dit Waaler. Elle n'est pas facile, et pas exempte de danger. Mais si tu l'accomplis, tu seras accepté pour un partenariat total.

— Qu'est-ce que c'est ? » demanda Harry en soufflant la fumée sur le rétroviseur.

Waaler tritura du bout des doigts l'un des fils qui sortaient du trou dans le tableau de bord où la radio s'était un jour trouvée.

« Comment s'en est sorti Marius Veland ? demanda-t-il.

— Quatre semaines dans un sac en plastique, qu'est-ce que tu crois ?

— Il avait vingt-quatre ans, Harry. Vingt-quatre ans. Tu te rappelles ce que tu espérais quand tu avais vingt-quatre ans. Ce que tu attendais de la vie ? »

Harry s'en souvenait.

Waaler fit un sourire en coin.

« L'été de mes vingt-deux ans, j'étais en interrail avec Geir et Solo. On a échoué sur la Riviera italienne, mais les hôtels étaient si chers que nous ne pouvions pas nous les payer. Même si Solo s'était barré avec la caisse de la boutique de son père le jour même de notre départ. Alors la nuit, on montait la tente sur la plage, et la journée, on glandouillait à droite à gauche, on regardait les nanas, les bagnoles, les bateaux. Et ce qui est bizarre, c'est qu'on se sentait pleins aux as. Parce qu'on avait vingt-deux ans. On croyait que tout était pour nous, qu'il y avait des paquets qui attendaient sous le sapin de Noël. Camilla Loen, Barbara Svendsen, Lisbeth Barli, elles étaient toutes jeunes. Elles n'avaient peut-être même pas eu le temps d'être déçues, Harry. Elles attendaient peut-être encore la veillée de Noël. »

Waaler passa la main sur le tableau de bord.

« Je viens d'entendre Sven Sivertsen, Harry. Tu pourras lire les explications plus tard, mais je peux d'ores et déjà te dire ce qui va se passer. C'est un enfoiré, froid et intelligent. Il va jouer les malades, il va berner le jury et faire douter suffisamment les psychologues pour qu'ils n'osent pas l'envoyer en prison. En bref, il va atterrir dans un service psychiatrique où il montrera des progrès si fulgurants qu'on le laissera sortir en quelques années. Voilà ce que c'est devenu, Harry. Voilà ce qu'on fait avec les déchets humains qui nous entourent. On ne nettoie pas, on ne les jette pas, on les pousse juste un peu. Sans comprendre que quand la maison sera devenue un nid de rats contaminé et puant, il sera trop tard. Il suffit de voir les autres pays où la criminalité est bien établie. Malheureusement, nous vivons dans un pays qui est pour le moment si riche que les hommes politiques se battent pour être le plus généreux. Nous sommes devenus si bons, si gentils, que plus personne n'ose prendre la responsabilité de ce qui est désagréable. Tu comprends ?

— Jusque-là.

— C'est ici qu'on intervient, Harry. Nous prenons cette responsabilité. Vois ça comme un travail de rénovation dont la société n'ose pas se charger. »

Harry tira si fort sur sa cigarette que le papier crépita.

« Qu'est-ce que tu veux dire ? demanda-t-il en inspirant.

— Sven Sivertsen, répondit Waaler en jetant un coup d'œil par la fenêtre. Déchet humain. Tu vas nettoyer. »

Harry se plia en deux sur le siège conducteur et recracha la fumée en toussant.

« C'est ça que vous faites ? Et le reste ? Les trafics ?

— Toute autre activité a pour but de financer celle que je viens de t'exposer.

— Ta cathédrale ? »

Waaler hocha lentement la tête. Puis il se pencha vers Harry, et Harry sentit qu'il lui fourrait quelque chose dans la poche de son blouson.

« Une ampoule, dit Waaler. On appelle ça la Bénédiction de Joseph. Développée par le KGB pendant la guerre en Afghanistan pour servir dans les attentats, mais plus connue comme moyen de suicide pour les soldats tchétchènes emprisonnés. Paralyse la respiration, mais à la différence du cyanure, c'est sans goût et sans odeur. L'ampoule se cache dans le rectum ou sous la langue. S'il en boit le contenu dilué dans un verre d'eau, il est mort en quelques secondes. Est-ce que la mission est comprise ? »

Harry se redressa. Il ne toussait plus, mais avait les larmes aux yeux.

« Pour que ça ressemble à un suicide ?

— Des témoins aux Arrêts vont confirmer que son rectum n'avait malheureusement pas été vérifié au moment de son arrivée. C'est réglé, pas besoin de s'en préoccuper. »

Harry inspira à fond. Les vapeurs d'essence lui filaient la nausée. Une sirène plaintive montait et descendait dans le lointain.

« Tu avais prévu de le descendre, n'est-ce pas ? »

Waaler ne répondit pas. Harry vit une voiture de police arriver doucement devant l'entrée des Arrêts.

« Tu n'as jamais pensé l'arrêter. Tu avais deux pistolets parce que tu avais prévu de lui mettre l'autre dans la main après l'avoir abattu, de sorte qu'on croie qu'il t'avait menacé avec. Tu as flanqué Beate et la mère dans la cuisine, et tu as crié pour qu'elles puissent ensuite dire qu'elles t'avaient entendu et que tu avais agi en état de légitime défense. Mais Beate a débarqué trop tôt dans le couloir, et ton plan est tombé à l'eau. »

Waaler poussa un gros soupir.

« On nettoie, Harry. Comme tu as nettoyé cet assassin à Sydney. Le système des lois ne fonctionne pas, il a été fait pour une autre époque, plus innocente. Et avant qu'il ne soit modifié, nous ne pouvons pas permettre que la ville tombe entre des mains criminelles. Mais tout ça, tu dois bien le comprendre, toi qui le côtoies tous les jours ? »

Harry observa l'extrémité incandescente de sa cigarette. Puis il hocha la tête.

« Je veux juste avoir la totalité du scénario, dit-il.

— OK, Harry. Alors écoute. Sven Sivertsen va rester aux Arrêts, en cellule de détention provisoire numéro 9, jusqu'à après-demain. Lundi matin, donc. À ce moment-là, il sera transféré en cellule sécurisée à la prison d'Ullersmo, où on ne pourra plus accéder jusqu'à lui. La clé de la cellule numéro 9 est sur le comptoir de gauche. Tu as jusqu'à demain minuit, Harry. À ce moment-là, je veux appeler les Arrêts et avoir la confirmation que le coursier meurtrier a reçu le châtiment qu'il méritait. Compris ? »

Harry hocha de nouveau la tête.

Waaler sourit.

« Tu sais quoi, Harry ? Même si je suis content que nous travaillions enfin ensemble, une partie de moi est un tantinet triste. Tu sais pourquoi ? »

Harry haussa les épaules.

« Parce que tu pensais qu'il y avait des choses que l'argent ne pouvait pas acheter ? »

Waaler rit.

« Elle est bonne, Harry. C'est parce que j'ai l'impression d'avoir perdu un bon ennemi. Nous sommes identiques. Tu vois de quoi je parle, non ?

— *N'est-ce pas délicieux d'avoir quelqu'un à haïr ?*

— Quoi ?

— Michael Krohn. Raga Rockers.

— Vingt-quatre heures, Harry. Bonne chance. »

CINQUIÈME PARTIE

Chapitre 32

Dimanche. Les hirondelles

Rakel se regardait dans le miroir de la chambre. La fenêtre était ouverte pour qu'elle puisse entendre la voiture ou des pas remonter l'allée de gravier jusqu'à la maison. Elle regarda la photo de son père sur la petite table devant le miroir. Elle était toujours frappée par la jeunesse et l'innocence qui se dégageaient de ce portrait.

Elle avait attaché ses cheveux avec une simple épingle, comme elle en avait l'habitude. Aurait-elle dû changer ? La robe était celle de sa mère, une robe de mousseline rouge qu'elle avait fait recoudre, et elle espérait qu'elle n'en faisait pas trop. Quand elle était petite, son père lui avait souvent parlé de la première fois qu'il avait vu sa mère dans cette robe, et Rakel ne s'était jamais lassée de l'entendre, c'était comme un conte de fées.

Rakel défit l'épingle et ses cheveux noirs tombèrent devant son visage. On sonna à la porte. Elle entendit les pas précipités d'Oleg dans l'entrée. Puis sa voix enthousiaste et le rire bas de Harry. Elle jeta un dernier coup d'œil dans le miroir, et sentit son cœur battre un peu plus vite. Elle passa la porte.

« Maman, Harry est ar... »

Le cri d'Oleg se tut brusquement lorsque Rakel apparut tout en haut de l'escalier. Elle posa prudemment un pied sur la première marche, ses talons hauts lui paraissant tout à coup branlants et peu stables. Mais elle trouva son équilibre et leva les yeux. Oleg la regardait depuis le bas de l'escalier, bouche bée. Harry était à côté de lui. Ses yeux brillaient à tel point qu'elle crut sentir leur chaleur lui brûler les joues. Il tenait un bouquet de roses à la main.

« Tu es superbe, maman », murmura Oleg.

Rakel ferma les yeux. Les deux vitres étaient baissées, et le vent lui caressait la peau et les cheveux tandis que Harry menait prudemment son Escort dans les virages en descendant de Holmenkollåsen. La voiture sentait faiblement le détergent. Rakel baissa le pare-soleil pour contrôler l'état de son rouge à lèvres et constata que même le petit miroir avait été briqué.

Elle sourit au souvenir de sa première rencontre avec Harry. Il avait proposé de l'emmener au boulot, et il avait fallu qu'elle l'aide à faire démarrer la voiture en la poussant.

C'était en fait incroyable qu'il ait toujours la même épave qu'à l'époque.

Elle lui jeta un regard du coin de l'œil.

Et la même arête nasale effilée. Les mêmes lèvres délicates, presque féminines qui contrastaient avec les autres traits durs et masculins de son visage. Et ces yeux. Elle ne pouvait pas vraiment dire qu'il était beau, pas au sens où on l'entend généralement. Mais il était... comment dire ? .... typé. Et donc, il y avait ses yeux. Non, pas ses yeux. Son regard.

Il tourna la tête comme s'il avait entendu ce qu'elle pensait.

Il sourit. Et elle était là. Cette douceur enfantine dans le regard, comme si un gamin était derrière et riait en face d'elle. Il y avait dans ce regard quelque chose de spontané. Une sincérité intacte. De l'honnêteté. De l'intégrité. C'était le regard de quelqu'un sur qui on pouvait compter. Ou voulait compter.

Rakel lui rendit son sourire.

« À quoi penses-tu ? demanda-t-il en regardant de nouveau la route pour ne pas les envoyer dans le décor.

— Diverses choses. »

Ces derniers temps, elle avait eu pas mal de temps pour gamberger. Suffisamment pour reconnaître que Harry ne lui avait jamais promis quoi que ce fût qu'il n'eût tenu. Il n'avait jamais promis qu'il ne rechuterait pas. Il n'avait jamais promis que son travail ne continuerait pas à être la chose la plus importante dans sa vie. Il n'avait jamais promis que ce serait simple. Tout cela, c'étaient des promesses qu'elle s'était faites à elle-même, elle s'en apercevait à présent.

Olav Hole et la Frangine attendaient au portail lorsqu'ils arrivèrent à la maison d'Oppsal. Harry lui en avait tellement parlé que Rakel avait de temps à autre l'impression que c'était elle qui avait grandi dans cette petite maison.

« Salut, Oleg, dit la Frangine sur le ton qu'emploient généralement les grandes sœurs. On a fait de la pâte à brioche.

— C'est vrai ? » Oleg donna un coup impatient sur le dos du siège de Rakel pour pouvoir sortir.

Sur le chemin du retour, Rakel appuya sa tête contre le dossier de son siège et dit qu'elle trouvait qu'il était beau, mais qu'il ne fallait pas qu'il imagine quoi que ce fût. Il répondit qu'il trouvait qu'elle était plus belle et qu'elle devait imaginer tout ce qu'elle voulait. Lorsqu'ils arrivèrent à Ekebergskrenten et eurent la ville en contrebas, elle vit des V noirs filer dans l'air en dessous d'eux.

« Des hirondelles, dit Harry.

— Elles volent bas, dit-elle. Ça ne veut pas dire qu'il va pleuvoir ?

— Si. Ils ont annoncé de la pluie.

— Ah, ça va vraiment être agréable. Est-ce que c'est pour nous prévenir, qu'elles sortent voler ?

— Non. Elles font un travail plus utile que ça. Elles nettoient l'air des insectes. Les nuisibles et autres.

— Mais pourquoi ont-elles l'air aussi pressées, on dirait qu'elles sont complètement hystériques ?

— Parce qu'elles n'ont pas beaucoup de temps. Les insectes sont sortis, et quand le soleil se couchera, il faudra que la chasse soit terminée.

— Est-ce que la chasse est terminée pour de bon, tu veux dire ? »

Elle tourna la tête vers lui. Il regardait droit devant lui, d'un air absent.

« Tu as raison, dit-il. J'étais un peu distrait. »

Le public de la première s'était regroupé sur la place, maintenant dans l'ombre, devant le Nationaltheatret. Les célébrités discutaient entre elles, tandis que des journalistes s'attroupaient et que les caméras ronronnaient. Hormis des rumeurs à propos d'une quelconque romance d'été, le sujet de conversation était le même pour tout le monde : l'arrestation, la veille, du coursier meurtrier.

Harry posa une main légère sur la colonne vertébrale de Rakel tandis qu'ils avançaient vers l'entrée. Elle put sentir la chaleur du bout des doigts de Harry à travers le fin tissu. Un visage apparut devant eux.

« Roger Gjendem, d'*Aftenposten*. Excusez-moi, mais nous effectuons une enquête pour savoir ce que les gens pensent de l'arrestation du ravisseur de la femme qui devait normalement jouer ce soir. »

Ils s'arrêtèrent, et Rakel sentit la main dans son dos se retirer brusquement.

Le sourire du journaliste ne bougeait pas, mais son regard vacilla.

« On s'est déjà rencontrés, Hole. Je m'occupe des affaires criminelles. On a discuté à deux ou trois reprises quand vous êtes rentré de Sydney. Vous avez dit un jour que j'étais le seul journaliste qui ne déformait pas vos propos. Vous me remettez, maintenant ? »

Harry regarda pensivement le journaliste et hocha la tête.

« Mmm. Terminé avec les affaires criminelles ?

— Non, non ! s'écria le journaliste en secouant énergiquement la tête. Je suis juste remplaçant à cause des vacances. Je pourrais peut-être avoir un commentaire du policier Harry Hole ?

— Non.

— Non ? Même pas quelques mots ?

— Je veux dire : non, je ne suis plus policier. »

Le journaliste eut l'air surpris.

« Mais je vous ai bien vu... »

Harry regarda furtivement autour de lui avant de se pencher vers le journaliste.

« Tu as une carte de visite ?

— Oui... »

Gjendem lui tendit une carte blanche ornée de la lettre gothique bleue d'*Aftenposten*, et Harry la fourra dans sa poche revolver.

« Onze heures dernier carat.

— On verra », répondit Harry.

Roger Gjendem les regarda s'éloigner avec une expression étonnée. Harry avait reposé ses doigts chauds dans le dos de Rakel.

Un homme à la barbe fournie se tenait à l'entrée, les yeux humides. Rakel reconnut le visage qu'elle avait vu dans les journaux. C'était Willy Barli.

« Je suis si heureux de voir que vous êtes venus ensemble », bougonna-t-il en ouvrant les bras. Harry hésita, mais se laissa faire.

« Vous devez être Rakel. »

Willy Barli lui fit un clin d'œil par-dessus l'épaule de Harry tout en serrant ce dernier dans ses bras comme un ours en peluche retrouvé.

« Qu'est-ce que c'était que ça ? demanda Rakel quand ils eurent atteint leurs sièges au milieu du quatrième rang.

— De l'affection toute masculine. C'est un artiste.

— Pas ça. Cette histoire, que tu n'es plus policier.

— J'ai effectué ma dernière journée de travail à l'hôtel de police hier.

— Pourquoi tu ne m'as rien dit ? demanda-t-elle en le regardant.

408

— J'ai dit quelque chose. Dans le jardin, ce jour-là.

— Et qu'est-ce que tu vas faire, maintenant ?

— Autre chose.

— Quoi ?

— Quelque chose de tout à fait différent. Un ami m'a fait une proposition, et j'ai accepté. Espérons que j'aurai davantage de temps. Je t'en dirai plus dans quelques jours. »

Le rideau se leva.

Les salves d'applaudissements tonnèrent lorsque le rideau tomba, et durèrent sans faiblir pendant près de dix minutes.

Les comédiens apparurent et disparurent de scène à plusieurs reprises en changeant chaque fois de place, jusqu'à ce que toutes les combinaisons aient été exploitées et qu'ils n'aient plus qu'à rester simplement sur scène pour recevoir l'ovation. Les bravos fusaient dès que Toya Harang faisait un pas en avant pour une énième révérence, et pour finir, tous ceux qui avaient participé de près ou de loin à la pièce furent appelés sur scène. Willy Barli prit Toya dans ses bras, les larmes coulaient aussi bien sur scène que dans la salle.

Même Rakel dut sortir son mouchoir tandis qu'elle étreignait la main de Harry.

« Vous en faites une tête, dit Oleg depuis le siège arrière. Quelque chose ne va pas ? »

Rakel et Harry secouèrent la tête comme deux automates.

« Vous êtes à nouveau amis, hein ?

— Nous n'avons jamais cessé de l'être, Oleg, répondit Rakel avec un sourire.

— Harry ?

— Oui, chef ? répondit Harry en regardant dans le rétroviseur.

— Est-ce que ça veut dire qu'on va bientôt retourner au cinéma ? Voir des films pour enfants ?

— Peut-être. Si c'est un bon film pour enfants.

— Ah oui ? intervint Rakel. Et qu'est-ce que je vais faire, moi, pendant ce temps-là ?

— Tu pourras jouer avec Olav et la Frangine, proposa Oleg avec enthousiasme. C'est vraiment cool, maman, tu sais. Olav m'a appris à jouer aux échecs. »

Harry tourna sur le terre-plein devant la maison et s'arrêta, mais laissa le moteur en marche. Rakel donna les clés à Oleg et le laissa sortir. Ils le regardèrent filer sur le gravier.

« Bon sang, ce qu'il a grandi », dit Harry.

Rakel posa la tête sur l'épaule de Harry.

« Tu entres ?

— Pas maintenant. Il y a une toute dernière chose dont il faut que je m'occupe au boulot. »

Elle passa une main sur le visage de Harry.

« Tu peux venir plus tard. Si tu veux.

— Mmm. Tu as bien réfléchi, Rakel ? »

Elle poussa un soupir, ferma les yeux et appuya son front dans le cou de Harry.

« Non. Et oui. Ça donne un peu l'impression de sauter d'une maison en flammes. C'est toujours mieux de tomber que de brûler.

— En tout cas jusqu'à ce que tu sois arrivée en bas.

— J'en suis arrivée à penser que tomber et vivre ont certains points communs. Entre autres, les deux sont des états on ne peut plus temporaires. »

Ils se regardèrent un moment en silence, en écoutant le bruit irrégulier du moteur. Puis Harry posa un doigt sous le menton de Rakel et l'embrassa. Elle eut l'impression de dévisser, de perdre l'équilibre, la face, il n'y avait qu'une personne à qui elle pouvait se cramponner. Il la fit brûler et tomber en même temps.

Elle ne savait pas combien de temps avait duré ce baiser lorsqu'il s'écarta tout doucement d'elle.

« Je laisse la porte ouverte », murmura-t-elle.

Elle aurait dû savoir que c'était bête.

Elle aurait dû savoir que c'était dangereux.

Mais elle avait réfléchi pendant des semaines et des semaines. Elle en avait assez de réfléchir.

Chapitre 33

Nuit de dimanche à lundi.
La bénédiction de Joseph

Le parking devant les Arrêts était vide de voitures aussi bien que d'êtres animés.

Harry coupa le contact, et le moteur cessa de tourner avec un râle d'agonisant.

Il regarda sa montre. 23 : 10. Il avait cinquante minutes devant lui.

Ses pas résonnèrent entre les murs de brique de Telje, Torp et Aasen.

Harry respira deux fois à fond et entra.

Il n'y avait personne derrière l'accueil et la pièce était parfaitement silencieuse. Il perçut un mouvement à sa droite. Un dossier de fauteuil tourna lentement dans la salle de garde. Harry vit un demi-visage sur lequel une cicatrice rouge-brun courait comme une larme d'un œil vide. Le fauteuil pivota de nouveau et lui tourna le dos.

Groth. Il était seul. Étrange. Ou peut-être pas.

Harry trouva la clé de la cellule de détention provisoire numéro 9 derrière le comptoir de gauche. Il se rendit ensuite aux cellules. Des voix s'élevaient depuis la pièce des avocats commis d'office, mais la cellule 9 était idéalement placée, et il n'eut pas à passer devant ladite pièce.

Il introduisit la clé dans la serrure et tourna. Il attendit une seconde, entendit bouger à l'intérieur. Il ouvrit la porte.

L'homme qui le regardait depuis sa paillasse n'avait pas l'air d'un assassin. Harry savait que ça ne voulait rien dire. Il arrivait qu'ils aient l'air de ce qu'ils étaient. Il arrivait qu'ils n'en aient pas l'air.

Celui-ci était beau. Traits purs, cheveux noirs coupés court, yeux bleus qui avaient naguère ressemblé à ceux de sa mère, mais qui au fil des années lui étaient devenus propres. Harry aurait bientôt quarante ans, Sven Sivertsen en avait plus de cinquante. Harry se dit que la plupart des gens auraient parié que c'était le contraire.

Pour une raison quelconque, Sivertsen avait passé le pantalon de travail et la veste rouges de la prison.

« Bonsoir, Sivertsen. Je suis l'inspecteur principal Hole. Lève-toi et tourne-toi, s'il te plaît. »

Sivertsen haussa un sourcil. Harry agita les menottes devant lui.

« C'est la règle. »

Sivertsen se leva sans piper, et Harry lui mit les menottes avant de le rasseoir sur sa paillasse.

Il n'y avait pas de chaise sur laquelle s'asseoir dans la cellule, pas de meuble qui puisse servir à blesser le détenu ou d'autres personnes ; ici, l'État de droit avait le monopole des peines. Harry s'appuya au mur et sortit un paquet chiffonné de sa poche.

« Tu vas déclencher les alarmes anti-incendies. Elles sont extrêmement sensibles. »

Sa voix était étonnamment claire.

« C'est vrai, ce n'est pas ton premier séjour en taule. »

Harry alluma la cigarette, se hissa sur la pointe des pieds, dévissa le couvercle du détecteur et retira la pile.

« Et que dit le règlement à propos de ça ? demanda Sivertsen d'un ton aigre.

— M'en souviens pas. Une clope ?

— Qu'est-ce que c'est que ça ? Le truc du bon flic ?

— Non, répondit Harry avec un sourire. On a tellement de choses à te reprocher qu'on n'a pas besoin de jouer la comédie, Sivertsen. On n'a pas besoin d'être aux taquets sur les détails, on n'a pas besoin du corps de Lisbeth Barli, ni de quelconques aveux. En un mot, on n'a pas besoin que tu nous aides, Sivertsen.

— Qu'est-ce que tu fais là, alors ?

— Je suis curieux. On s'occupe de gros poissons, et j'avais envie de voir un peu quel genre de créature j'ai pêché ce coup-ci. »

Sivertsen partit d'un petit rire.

« Ça ne manque pas d'inventivité, mais tu vas être déçu, inspecteur principal Hole. J'ai peut-être l'air d'une bonne prise, mais j'ai peur de n'être qu'une vieille godasse.

— Parle un peu moins fort, s'il te plaît.

— Tu as peur qu'on nous entende ?

— Contente-toi de faire ce que je dis. Tu m'as l'air bien calme pour un type qui vient de se faire choper pour quatre meurtres.

— Je suis innocent.

— Mmm. Laisse-moi te faire un bref résumé de la

414

situation, Sivertsen. Dans ta valise, on trouve un diamant rouge qu'on ne peut pas vraiment qualifier de pacotille, mais qu'on a trouvé sur toutes les victimes. Plus un Česká zbrojovka, une arme relativement rare en Norvège, mais de la même marque que celui qui a servi à tuer Barbara Svendsen. D'après ta déposition, tu affirmes que tu étais à Prague les jours des meurtres, mais on a vérifié auprès des compagnies aériennes, et il est apparu que tu es venu faire un petit tour à Oslo ces cinq jours-là, en comptant aujourd'hui. Quelle tronche ont tes alibis autour de dix-sept heures pour ces dates, Sivertsen ? »

Celui-ci ne répondit pas.

« Je m'en doutais. Alors ne joue pas l'innocent, Sivertsen.

— Je me moque bien de ce que tu peux penser, Hole. Autre chose ? »

Harry s'accroupit, toujours le dos contre le mur.

« Oui. Tu connais Tom Waaler ?

— Qui ? »

Ça vint vite. Trop vite. Harry prit son temps, souffla la fumée vers le plafond. À en croire l'expression de son visage, Sivertsen s'ennuyait comme un rat mort. Harry avait déjà rencontré des assassins à la carapace dure mais gélatineux à l'intérieur. Et aussi la variante complètement gelée qui n'était que carapace. Il se demandait à quel point celui-ci était dur.

« Tu n'as pas besoin de faire comme si tu ne te souvenais pas du nom du mec qui t'a arrêté puis interrogé, Sivertsen. Je me demandais si tu le connaissais déjà. »

Harry perçut un frémissement imperceptible dans le regard.

« Tu as déjà plongé pour contrebande. L'arme que l'on a trouvée dans ta valise aussi bien que les autres pistolets portent certaines marques dues à la machine qui permet d'effacer les numéros de série. Ce sont les mêmes qu'on a trouvées ces dernières années sur un nombre sans cesse croissant d'armes non déclarées dans cette ville. Nous pensons que c'est un groupe de trafiquants qui est derrière.

— Intéressant.

— Tu as déjà fait passer des armes en fraude pour Waaler, Sivertsen ?

— Punaise, vous êtes aussi là-dedans ? »

Sven Sivertsen ne cligna même pas des yeux. Mais une petite goutte de sueur perlait sous sa tignasse.

« Chaud, Sivertsen ?

— Un peu.

— Mmm. »

Harry se leva, alla au lavabo et ouvrit le robinet en grand pour que l'eau fasse le plus de bruit possible.

« Tu sais quoi, Sivertsen ? L'idée ne m'a pas effleuré avant qu'une collègue me raconte comment Waaler t'a arrêté. À ce moment-là, je me suis rappelé comment Waaler avait réagi quand je lui avais dit que Beate Lønn avait découvert qui tu étais. Habituellement, c'est un enfoiré qui perd difficilement ses moyens, mais là, il est devenu livide et il est resté comme paralysé pendant un petit moment. Sur le coup, j'ai cru que c'était parce qu'il venait de comprendre qu'on avait été roulés dans la farine, et qu'on risquait un nouvel assassinat. Mais quand Lønn m'a dit que Waaler avait deux pistolets et qu'il te disait de ne pas tenir un policier en joue, ça m'a rappelé quelque chose. Ce n'était pas le risque d'un nouvel assassinat qui l'avait déstabilisé. C'était le fait que je dise ton nom. Il te connaissait. Il se trouve que tu es l'un de ses courriers. Et évidemment, Waaler a pigé que si tu plongeais pour assassinats, tout ressortirait un jour. À propos des armes dont tu t'étais servi, de tes fréquents séjours à Oslo, de toutes tes relations. Un juge t'infligerait peut-être même une réduction de peine si tu te montrais coopératif. Voilà pourquoi il avait prévu de te seringuer.

— Me s... »

Harry remplit le gobelet d'eau, fit volte-face et alla jusqu'à Sven Sivertsen. Il posa le gobelet devant lui et défit ses menottes. Sivertsen se frotta les poignets.

« Bois, dit Harry. Et tu auras une clope avant que je te remette les menottes. »

Sven hésita. Harry regarda sa montre. Il lui restait encore une demi-heure.

« Allez, Sivertsen. »

Sven prit le gobelet, renversa la tête et le vida sans quitter Harry des yeux.

Celui-ci plaça une cigarette entre ses lèvres et l'alluma avant de la tendre à Sivertsen.

« Tu ne me crois pas, hein ? demanda Harry. Au contraire, tu penses que Tom Waaler est celui qui va te sortir de cette... comment dire... ennuyeuse situation ? Qu'il va prendre un risque en récompense d'un long et fidèle service pour son portefeuille ? Qu'au pire, tu vas pouvoir utiliser tout ce que tu sais sur lui pour le contraindre à t'aider ? »

Harry secoua lentement la tête.

« Je pensais que tu étais un mec intelligent, Sivertsen. Ces rébus que tu laissais, cette façon de mettre en scène, toujours un pas devant. Tout ça, ça m'avait fait imaginer un gars qui savait exactement ce que nous pensions et ce que nous allions faire. Et tu n'arrives même pas à piger comment un requin comme Tom Waaler fonctionne !

— Tu as raison, répondit Sivertsen en soufflant la fumée vers le plafond, les yeux mi-clos. Je ne te crois pas. »

Sivertsen donna un petit coup sur sa cigarette. La cendre tomba à côté du gobelet vide qu'il tenait.

Harry se demanda si c'était un signe que Sivertsen craquait. Mais il avait déjà vu ces signes, et il s'était trompé.

« Tu savais qu'on a annoncé un temps plus froid ? demanda Harry.

— Je ne suis pas les actualités norvégiennes. » Sivertsen lui fit un sourire en coin. Il devait penser qu'il avait gagné.

« De la pluie, continua Harry. D'ailleurs, quel goût avait l'eau ?

— Le goût de l'eau.

— La bénédiction de Joseph tient donc les promesses que fait la pub.

— La bénédiction de qui ?

— Joseph. Le Joseph de la Bible. Pas de goût, pas d'odeur. On dirait que tu as déjà entendu parler de ce produit. C'est peut-être même toi qui l'as importé pour lui ? Tchétchénie, Prague, Oslo ? dit Harry avec un sourire en coin. Quelle ironie du sort.

— De quoi parles-tu ? »

Harry lança un petit objet qui décrivit une belle parabole. Sven attrapa l'objet et le regarda. Ça ressemblait à une larve. C'était une gélule blanche.

« Elle est vide..., constata-t-il avec un regard inter-rogateur.

— C'était un plaisir.

— Hein ?

— Tu as le bonjour de notre chef commun Tom Waaler. »

Harry souffla la fumée par le nez en regardant Sivertsen. Il vit le frémissement involontaire sur son front. Sa pomme d'Adam qui sautait. Ses doigts qui ne purent s'empêcher de lui gratter le menton.

« En tant que suspect de quatre meurtres, tu aurais dû être enfermé dans une cellule hypersé-curisée, Sivertsen. Ça t'est venu à l'idée ? Au lieu de ça, tu es dans une cellule de détention provisoire tout à fait banale, où n'importe qui muni d'une carte de police peut entrer comme dans un moulin. En tant qu'enquêteur, j'aurais pu t'emmener, dire au garde que j'allais t'interroger, signer de quelques pattes de mouche et te filer ensuite un billet d'avion pour Prague. Ou bien – comme dans le cas présent – pour les Enfers. À ton avis, qui s'est arrangé pour que tu sois ici en ce moment, Sivertsen ? Et comment te sens-tu, à propos ? »

Sivertsen déglutit. Faille. Belle faille.

« Pourquoi tu me racontes tout ça ? » murmura-t-il.

Harry haussa les épaules.

« Waaler est plutôt laconique quand il s'agit d'informer ses subordonnés, et comme tu comprends, je suis curieux de nature. Tu ne voudrais pas comme moi connaître l'ensemble du scénario, Sivertsen ? Ou fais-tu partie de ces gens qui croient qu'ils accéderont à la connaissance absolue quand ils seront morts ?

Bon. Mon problème, c'est que pour moi, il reste pas mal de temps... »

Sivertsen était pâle.

« Une autre cibiche ? demanda Harry. Ou est-ce que tu commences à avoir la nausée ? »

Comme sur signal, Sivertsen ouvrit la bouche, jeta la tête sur le côté et cracha un vomi jaune sur le sol de brique. Il reprit lentement son souffle.

Harry jeta un regard noir sur quelques gouttes qui avaient ricoché sur son pantalon, alla au lavabo, tira quelques feuilles d'un rouleau de papier toilette, essuya son pantalon. Puis il en prit un autre morceau qu'il donna à Sivertsen. Celui-ci s'essuya le tour de la bouche. Sa tête tomba alors lourdement en avant, et il se cacha le visage dans les mains.

Sa voix était étranglée par les larmes quand il finit par vider son sac : « Quand je suis arrivé dans le couloir... je n'ai pas trop su quoi penser, mais j'ai bien compris qu'il jouait la comédie. Il m'a fait un clin d'œil et un signe de tête pour me faire comprendre que ses cris étaient destinés à quelqu'un d'autre. Il s'est écoulé quelques secondes avant que je pige de quoi il était question. Ce dont je croyais qu'il était question. Je croyais... Je croyais qu'il voulait donner l'impression que j'étais armé pour pouvoir expliquer pourquoi il m'avait laissé m'échapper. Il avait deux pistolets. Je pensais que l'autre était pour moi. Pour que je sois armé, au cas où quelqu'un nous verrait. J'attendais qu'il me donne le pistolet. Et puis cette rombière est arrivée et a tout foutu en l'air. »

Harry avait repris position dos au mur.

« Alors tu admets que tu étais au courant que la

police était sur ta piste dans le cadre de l'enquête sur ce coursier meurtrier ? »

Sivertsen secoua la tête.

« Non, non, je ne suis pas un meurtrier. Je croyais que c'était pour trafic d'armes qu'on m'arrêtait. Et pour les diamants. Je savais bien que Waaler était responsable de ces trucs-là, c'est bien pour ça que tout allait aussi bien. Et c'est aussi pour ça qu'il essayait de me permettre de m'échapper. Je dois... »

Encore du vomi claqua sur le sol, un peu plus vert, cette fois.

Harry lui tendit encore un peu de papier.

Sivertsen se mit à pleurer.

« Combien de temps il me reste ?

— Ça dépend.

— De quoi ? »

Harry écrasa sa cigarette par terre, plongea la main dans sa poche et joua son atout : « Tu vois ça ? »

Il lui montra un cachet blanc qu'il tint entre le pouce et l'index. Sivertsen acquiesça.

« Si tu le prends dans les dix minutes après avoir absorbé la bénédiction de Joseph, il y a des chances raisonnables pour que tu survives. Je me suis procuré ça chez un pote versé dans la pharmacie. Pourquoi, tu te demandes sûrement. Eh bien... parce que je veux conclure un marché avec toi. Je veux que tu témoignes contre Tom Waaler. Que tu dises tout ce que tu sais sur sa participation dans ce trafic d'armes.

— Oui, oui. Donne-moi le cachet.

— Mais puis-je compter sur toi, Sivertsen ?

— Je le jure.

— Ce que je veux, c'est une réponse mûrement

réfléchie, Sivertsen. Comment je sais que tu ne retourneras pas ta veste dès que j'aurai disparu ?

— Quoi ? »

Harry remit le cachet dans sa poche.

« Les secondes passent. Pourquoi compterais-je sur toi, Sivertsen ? Convaincs-moi.

— Maintenant ?

— La bénédiction bloque la respiration. Très douloureux, à en croire ceux qui ont vu des gens en absorber. »

Sivertsen cligna deux fois des yeux avant de parler : « Tu dois me croire parce que c'est logique. Si je ne meurs pas ce soir, Tom Waaler comprendra que j'ai dévoilé les plans qu'il avait de me tuer. Il n'y aura pas d'autre solution, il faudra que je l'aie avant qu'il ne m'ait. Je n'ai tout simplement pas le choix.

— Bien, Sivertsen. Continue.

— Ici, je n'ai aucune chance, je serai crouni bien avant que vous veniez me chercher demain matin. Ma seule chance, c'est que Waaler soit confondu et enfermé dans les plus brefs délais. Et la seule personne qui puisse m'aider pour ça, c'est... toi.

— Mille bravos, dit Harry en se levant. Les mains dans le dos, merci.

— Mais...

— Fais ce que je dis, on sort.

— Le cachet...

— Le cachet, ça s'appelle du Flunipam, et ça ne soigne pas grand-chose d'autre que les insomnies. »

Sven posa un regard incrédule sur Harry.

« Espèce de... »

Harry s'était préparé à l'attaque. Il fit un pas de côté et donna un bon coup bas. Sivertsen émit le son que fait un ballon de plage quand on enlève la soupape et s'effondra.

Harry le releva d'une main et lui passa les menottes de l'autre.

« Je ne m'en ferais pas trop, à ta place, Sivertsen. J'ai vidé le contenu de l'ampoule de Waaler que tu as vue dans l'évier hier au soir. Si la flotte que tu as bue avait un éventuel drôle de goût, il faudra voir ça avec la Compagnie générale des eaux d'Oslo.

— Mais... je... »

Ils regardèrent tous deux le vomi.

« C'est ton bidon qui s'insurge, dit Harry. Je ne le dirai à personne. »

Le dossier de fauteuil dans la salle de garde pivota lentement. Un œil à demi clos apparut. Puis il réagit et les plis de peau lâche remontèrent sur un œil qui s'agrandit et se fit perçant. « Gråten » Groth leva étonnamment vite son corps adipeux de sa chaise.

« Qu'est-ce qui se passe ? aboya-t-il.

— L'occupant de la cellule de détention provisoire numéro 9, dit Harry avec un signe de tête vers Sivertsen. Il va à un interrogatoire au cinquième. Où est-ce que je signe ?

— Un interrogatoire ? Je ne suis au courant d'aucun interrogatoire. »

Gråten s'était planté un peu en retrait du comptoir, les bras croisés et bien campé sur ses jambes.

« À ma connaissance, on ne vous dit pas ce genre de chose, Groth », dit Harry.

Le regard perdu de Gråten passa de Harry sur Sivertsen, puis revint sur Harry.

« Relax, dit Harry. Il ne s'agit que de quelques

changements dans les plans. Cet individu ne voulait pas prendre son médicament. On trouvera autre chose.

— Je ne vois pas de quoi tu parles.

— Oh non, et si tu veux éviter d'en savoir davantage, je te propose de poser *maintenant* le registre sur le comptoir, Groth. Ça urge. »

Gråten les contempla de son œil larmoyant en fermant l'autre.

Harry veillait à respirer normalement en espérant que les battements de son cœur n'étaient pas visibles de l'extérieur. Toute son entreprise pouvait s'effondrer dès maintenant comme un château de cartes. Bonne image. Un putain de château de cartes. Sans un seul as. La seule chose qu'il pouvait espérer, c'était que la cervelle de rat de Groth réagirait comme prévu. Une prévision basée superficiellement sur le postulat d'Aune voulant que la capacité humaine à penser rationnellement quand le profit personnel était en jeu soit inversement proportionnelle à l'intelligence.

Gråten grogna.

Harry espéra que ça signifiait que l'autre avait percuté. Que ça présentait un risque moins important pour Gråten si Harry faisait sortir le détenu tel qu'il était stipulé dans les procédures. Il pourrait dans ce cas tout raconter aux enquêteurs, tel que ça s'était passé. Au lieu de se retrouver coincé dans un mensonge en disant que personne n'était entré ou sorti autour de l'heure du décès mystérieux de l'occupant de la cellule de détention provisoire numéro 9. Il fallait espérer qu'à cet instant, Groth pensait que Harry pouvait d'un coup de plume chasser son mal de crâne, que c'était une bonne nouvelle. Aucune raison de vérifier deux fois. Waaler avait bien dit que cet idiot était de leur côté, à présent.

Gråten se racla la gorge.

Harry signa de son nom sur la ligne pointillée.

« En avant, marche », dit-il en poussant Sivertsen devant lui.

L'air nocturne sur le parking devant les Arrêts lui fit l'effet d'une bière froide dans la gorge.

Chapitre 34

Nuit de dimanche à lundi. Ultimatum

Rakel s'éveilla.

Elle avait entendu la porte du bas.

Elle se tourna dans le lit et regarda l'heure. Une heure moins le quart.

Elle s'étira et écouta. Sa sensation d'engourdissement fut lentement remplacée par un fourmillement plein d'expectative. Elle ferait semblant de dormir quand il se glisserait au lit. Elle savait que c'était un jeu puéril, mais elle l'aimait bien. Il serait là, allongé, et elle l'entendrait respirer. Et quand elle se tournerait dans son sommeil pour que sa main atterrisse comme par hasard sur son ventre, elle entendrait sa respiration accélérer et enfler. Ils resteraient alors immobiles, pour voir qui tenait le plus longtemps, comme un concours. Et il perdrait.

Peut-être.

Elle ferma les yeux.

Au bout d'un moment, elle les rouvrit. Une angoisse s'était immiscée sous sa peau.

Elle se leva, ouvrit la porte de la chambre et écouta.

Pas un bruit.

Elle alla à l'escalier.

« Harry ? »

Sa voix trahissait son angoisse et ne fit que renforcer celle-ci. Elle se ressaisit et descendit.

Personne.

Elle décréta que la porte non verrouillée n'avait pas été correctement fermée, et que c'était un courant d'air qui l'avait fait claquer, ce qui l'avait réveillée.

Après avoir verrouillé, elle alla dans la cuisine et se servit un verre de lait. Elle écouta la maison de rondins craquer, les vieux murs discuter entre eux.

À une heure et demie, elle se leva. Harry était rentré chez lui. Et ne saurait jamais qu'il aurait pu gagner ce soir-là.

En retournant dans la chambre, elle pensa à quelque chose qui provoqua chez elle une seconde de panique pure. Elle se retourna. Et poussa un soupir de soulagement en constatant depuis la porte d'Oleg que son fils dormait dans son lit.

Elle fut malgré tout réveillée une heure plus tard par un cauchemar, et passa le reste de la nuit à se tourner et se retourner dans son lit.

La Ford Escort blanche traversait la nuit comme un vieux sous-marin trop bruyant.

« Økernveien, murmura Harry. Sons Gate.

— Quoi ? demanda Sivertsen.

— Je m'entraîne juste.

— À quoi ?

— La route la plus courte.

— Pour où ?

— Tu verras. »

Ils se garèrent dans un petit bout de rue en sens

unique parsemé de villas paumées entre des immeubles modernes. Harry se pencha par-dessus Sivertsen et ouvrit d'une bourrade la porte du côté passager. Une tentative d'effraction l'avait rendue impossible à ouvrir depuis l'extérieur. Rakel avait plaisanté là-dessus, sur les voitures et la personnalité de leurs propriétaires. Il n'était pas trop sûr d'avoir bien saisi le sous-entendu. Harry fit le tour de la voiture, en fit sortir Sivertsen et lui demanda de se tenir dos à lui.

« Tu es gaucher ? demanda Harry en lui ôtant ses menottes.

— Quoi ?

— Tu frappes mieux de la main droite ou de la gauche ?

— Va savoir ! Je ne frappe pas.

— Super. »

Harry passa une menotte au poignet droit de Sivertsen et l'autre à son poignet gauche. Sivertsen le regarda sans comprendre.

« Je ne veux pas te perdre, mon amour, dit Harry.

— Ça n'aurait pas été plus simple avec un pistolet braqué sur moi ?

— Certainement, mais il a fallu que je le rende bien gentiment il y a quelques semaines de ça. On y va. »

Ils traversèrent un champ vers un groupe d'immeubles qui dessinaient leur profil lourd et noir contre le ciel nocturne.

« C'est sympa, d'être de retour en pays connu ? » demanda Harry quand ils arrivèrent devant l'entrée de l'immeuble.

Sivertsen haussa les épaules.

Lorsqu'ils entrèrent, Harry entendit ce qu'il

n'aurait surtout pas voulu entendre. Des pas dans l'escalier. Il jeta un coup d'œil autour de lui, vit de la lumière à travers le petit hublot de la porte de l'ascenseur, entra en crabe en tirant Sivertsen derrière lui. L'ascenseur oscilla sous leur poids.

« J'imagine que tu peux deviner à quel étage on va », dit Harry.

Sivertsen leva les yeux au ciel quand Harry fit osciller un porte-clés avec une tête de mort en plastique devant son visage.

« Pas d'humeur espiègle ? OK, fais-nous monter au quatrième, Sivertsen. »

Celui-ci appuya sur le bouton noir marqué 4 avec l'expression de quelqu'un qui s'attend à ce que l'ascenseur démarre. Harry étudiait le visage de Sivertsen. C'était un sacrément bon comédien, il devait le reconnaître.

« La grille, dit Harry.

— Quoi ?

— L'ascenseur ne part pas si la grille n'est pas tirée. Tu le sais bien.

— Celle-là ? »

Harry acquiesça. La ferraille cliqueta quand Sivertsen tira la grille vers la droite. L'ascenseur ne démarrait toujours pas.

Harry sentit une petite goutte de sueur sur son front.

« Tire-là jusqu'au bout, dit-il.

— Comme ça ?

— Arrête ton cirque, dit Harry en avalant sa salive. Il faut la tirer complètement. Si elle ne touche pas le contact qui est par terre tout contre la paroi, il ne part pas. »

Sivertsen sourit.

Harry ferma la main droite.

L'ascenseur s'ébranla et le mur blanc commença à se déplacer derrière le rideau de fer noir brillant. Ils passèrent une porte, et à travers le hublot, Harry vit l'arrière d'une tête qui descendait l'escalier. Et espéra que c'était celle d'un des locataires. En tout cas, Bjørn Holm avait dit que la Technique avait terminé son boulot ici.

« Tu n'aimes pas les ascenseurs, hmm ? »

Harry ne répondit pas, il continuait à regarder le mur qui glissait sans interruption.

« Une petite phobie ? »

L'ascenseur s'arrêta si brutalement que Harry dut avancer un pied pour ne pas perdre l'équilibre. Le sol oscillait sous eux. Harry continuait à fixer le mur.

« Qu'est-ce que tu fous ?

— Tu es trempé de sueur, inspecteur principal Hole. Je me suis dit que ce serait le bon moment pour te préciser une chose.

— Ce n'est pas le bon moment pour quoi que ce soit. Bouge, ou... »

Sivertsen s'était planté devant le panneau de contrôle et ne paraissait pas avoir l'intention de bouger. Harry leva la main droite. C'est alors qu'il le vit. Le ciseau dans la main gauche de Sivertsen. Avec le manche vert.

« Il était entre le dossier et le siège, dit Sivertsen avec un sourire presque d'excuse. Tu devrais faire le ménage dans ta voiture. Tu m'écoutes, à présent ? »

L'acier scintilla. Harry essaya de réfléchir. De tenir la panique à l'écart.

« J'écoute.

430

— Bien, parce que ce que je vais dire réclame un tout petit peu de concentration. Je suis innocent. C'est-à-dire, j'ai importé des armes et des diamants. Pendant des années. Mais je n'ai jamais tué personne. »

Sivertsen leva le ciseau lorsque Harry bougea la main. Harry la laissa retomber.

« Le trafic d'armes passe par une personne qui s'appelle Prinsen, dont j'ai compris depuis un moment que c'est l'inspecteur principal Tom Waaler. Mieux que ça : je peux prouver que c'est Tom Waaler. Et si j'ai bien saisi la situation, tu as besoin de mon témoignage et de mes preuves pour pouvoir venir à bout de Tom Waaler. Dans le cas contraire, c'est lui qui viendra à bout de toi. C'est ça ? »

Harry ne quittait pas le ciseau du regard.

« Hole ? »

Le rire de Sivertsen était clair comme celui d'une petite fille.

« N'est-ce pas un délicieux paradoxe, Hole ? Nous voilà, un trafiquant d'armes et un flic, attachés l'un à l'autre et complètement dépendants l'un de l'autre, et pourtant, on se demande tous les deux comment on va tuer l'autre ?

— Les paradoxes de ce genre n'existent pas. Qu'est-ce que tu veux ?

— Je veux, dit Sivertsen en lançant le ciseau en l'air et en le rattrapant de telle sorte que le manche pointe vers Harry, que tu trouves qui a fait en sorte qu'on pense que j'ai tué quatre personnes. Si tu y arrives, je te livre la tête de Waaler sur un plateau d'argent. Tu m'aides, je t'aide. »

Harry regarda longuement Sivertsen. Leurs menottes crissèrent l'une contre l'autre.

« OK, dit Harry. Mais prenons les choses dans le bon ordre. D'abord, on enferme Waaler. Quand ce sera fait, on sera au calme et je pourrai t'aider. »

Sivertsen secoua la tête.

« Je sais ce qu'il en est de mon cas. J'ai eu vingt-quatre heures pour y penser, Hole. Mes preuves contre Waaler sont tout ce que j'ai pour marchander, et tu es le seul avec qui je puisse le faire. La police a déjà engrangé la victoire, et personne chez vous ne veut voir cette affaire d'un autre œil et risquer que le triomphe du siècle se transforme en panouille du siècle. Le dingue qui a tué ces femmes veut que je porte le chapeau. On m'a tendu un piège. Et sans aide, je n'ai aucune chance.

— Tu es bien conscient qu'en ce moment même, Tom Waaler et ses sbires s'emploient à nous retrouver ? Qu'à chaque heure qui passe, ils se rapprochent. Et que quand – pas si – quand ils nous trouveront, on sera morts tous les deux.

— Oui.

— Alors pourquoi prendre le risque ? En supposant que ce que tu dis de la police soit vrai, que, de toute façon, ils ne reprendront pas l'enquête. Il ne vaut pas mieux passer vingt ans derrière les barreaux que d'être tué ?

— Vingt ans en prison, c'est un choix que je n'ai plus.

— Pourquoi ?

— Parce que je viens tout juste d'apprendre quelque chose qui va changer radicalement ma vie.

— Et c'est ?

— Je vais être père, inspecteur principal Hole. »

Harry cligna deux fois des yeux.

« Il faut que tu trouves le véritable meurtrier avant que Waaler nous trouve, Hole. C'est aussi simple que ça. »

Sivertsen tendit le ciseau à Harry.

« Tu me crois ?

— Oui », mentit Harry en glissant le ciseau dans sa poche de blouson.

Les câbles d'acier crièrent quand l'ascenseur se remit en marche.

Chapitre 35

Nuit de dimanche à lundi.
Émouvant non-sens

« J'espère que tu aimes Iggy Pop, dit Harry en attachant Sven Sivertsen au radiateur sous la fenêtre de la chambre 506. C'est la seule vue qu'on va avoir pendant un moment.

— Ça aurait pu être pire, répondit Sven en regardant l'affiche. J'ai vu Iggy Pop et les Stooges à Berlin. Probablement avant que celui qui habitait ici soit né. »

Harry jeta un coup d'œil à sa montre. Une heure dix. Waaler et ses gars avaient vraisemblablement déjà été voir à son appartement de Sofies Gate et faisaient à présent leur tournée habituelle des hôtels. Impossible de dire combien de temps il leur restait. Harry s'effondra dans le canapé et se frotta le visage des deux mains.

La peste soit de ce Sivertsen !

Le plan avait été si simple. Se mettre en lieu sûr, appeler Bjarne Møller et le chef de la Crim pour leur faire écouter au téléphone le témoignage de Sven Sivertsen contre Tom Waaler. Leur dire qu'ils avaient trois heures pour arrêter Tom Waaler avant que Harry n'appelle la presse pour lâcher sa bombe.

Archi-simple. Il n'y aurait plus eu qu'à attendre sagement la confirmation que Tom Waaler avait bien été enfermé. Harry aurait ensuite appelé Roger Gjendem à *Aftenposten* pour lui demander de téléphoner au chef de la Crim afin de lui demander ce qu'il pensait de cette arrestation. Alors seulement – quand les choses auraient été rendues publiques – Harry et Sivertsen auraient pu sortir de leur trou.

Un coup ayant des chances non négligeables de réussite si Sivertsen n'avait pas débarqué avec son ultimatum.

« Et si...

— Arrête, Hole. »

Sivertsen ne le regarda même pas.

Et merde !

Harry consulta de nouveau sa montre. Il savait qu'il fallait qu'il arrête, qu'il devait faire abstraction des éléments temporaires et rassembler ses idées, les regrouper, improviser, voir les possibilités que la situation offrait. Merde !

« OK, dit Harry en fermant les yeux. Donne-moi ta version. »

La menotte cliqueta quand Sven Sivertsen se pencha en avant.

Harry fumait près de la fenêtre ouverte en écoutant la voix claire de Sven Sivertsen. Il démarra à ses dix-sept ans, quand il avait rencontré son père pour la première fois.

« Ma mère me croyait à Copenhague, mais je suis allé à Berlin et je l'ai cherché. Il habitait dans une énorme maison gardée par des chiens dans la zone des ambassades, près du parc des Tiergarten. J'ai demandé au jardinier de m'accompagner à la porte et j'ai sonné. Quand il a ouvert, ça a été comme regarder dans un miroir. Nous sommes restés face à face, à nous regarder, je n'ai même pas eu besoin de dire qui j'étais. Au bout d'un moment, il s'est mis à pleurer et m'a pris dans ses bras. J'ai passé quatre semaines chez lui. Il était marié et avait trois enfants. Je lui ai demandé ce qu'il faisait, mais il ne me l'a pas dit. Randi, sa femme, était dans un sanatorium ruineux dans les Alpes, et souffrait d'une maladie cardiaque incurable. On aurait dit un extrait de roman à l'eau de rose, et je me suis parfois demandé si ce n'est pas ce qui lui avait donné l'idée de l'envoyer là-bas. Il ne faisait pas un pli qu'il l'aimait. Ou c'est peut-être plus juste de dire qu'il était amoureux d'elle. Quand il parlait de sa mort prochaine, ça ressemblait à un roman-feuilleton. Un après-midi, une amie de sa femme est venue le voir. On a bu du thé, et papa a dit que c'était le destin qui avait mis Randi sur sa route, mais qu'ils s'étaient aimés si fort que le destin les avait punis en la laissant s'effacer de sa mémoire ; seule demeurait sa beauté. Il ne rougissait pas en disant des choses comme ça. La même nuit, alors que je n'arrivais pas à dormir et que j'allais descendre pour visiter son bar, j'ai vu l'amie se glisser hors de la chambre de mon père. »

Harry hocha la tête. L'air nocturne s'était-il fait plus frais, ou était-ce le fruit de son imagination ? Sivertsen changea de position.

« La journée, j'avais la maison pour moi tout seul. Il avait deux filles, une de quatorze ans et une de seize. Bodil et Alice. Évidemment, pour elles, j'étais irrésistiblement attractif. Un demi-frère inconnu, plus âgé, qui était arrivé du grand monde. Elles étaient toutes les deux amoureuses de moi, mais j'ai opté pour Bodil, la plus jeune. Un jour, elle est rentrée tôt de l'école et je l'ai emmenée dans la chambre de mon père. Quand elle a voulu enlever les draps tachés de sang, après, je l'ai foutue dehors, j'ai fermé la porte, j'ai confié la clé au jardinier en lui demandant de la donner à papa. Le lendemain matin, pendant le petit déjeuner, papa m'a demandé si je voulais bosser pour lui. C'est comme ça que j'ai commencé le trafic de diamants. »

Sivertsen s'arrêta.

« L'heure tourne, dit Harry.

— Je travaillais depuis Oslo. Hormis quelques boulettes de débutant qui m'ont valu deux peines avec sursis, je m'en sortais bien. Ma spécialité, c'était de passer la douane dans les aéroports. C'était d'une simplicité enfantine. Il suffisait de s'habiller comme quelqu'un de respectable et de ne pas avoir l'air effrayé. De toute façon, je n'avais pas peur, je m'en foutais. Je portais souvent un col romain. Bien sûr, c'est un truc usé jusqu'à la corde qui peut éveiller l'attention des douaniers. Mais l'important, c'est de savoir en plus comment un prêtre marche, comment il se fait couper les cheveux, quel genre de chaussures il porte, comment il tient ses mains et quelles expressions du visage il peut avoir. Si tu apprends ces trucs-là, tu es presque sûr de ne jamais te faire arrêter. Parce que même si le douanier te soupçonne, ça ne se fait pas d'arrêter un prêtre. Un douanier qui fouille dans la valise d'un prêtre sans rien trouver pendant que des hippies chevelus passent sans problème est sûr de se faire remonter les bretelles. Et les douanes fonctionnent comme les autres administrations, elles veillent à ce que les gens aient l'impression positive – si ce n'est mensongère – qu'ils font du bon boulot. En 1985, papa est mort d'un cancer. La maladie incurable de Randi était toujours incurable, mais pas suffisamment invalidante pour l'empêcher de rentrer et de reprendre les affaires. Je ne sais pas si elle a su que j'avais pris le pucelage de Bodil, mais je me suis retrouvé au chômedu du jour au lendemain. La Norvège n'était plus un pays porteur, selon elle, mais elle ne me proposait pas de solution de rechange. Après quelques années d'oisiveté à Oslo, j'ai déménagé à Prague, où la chute du rideau de fer avait rendu possible l'apparition d'un eldorado pour trafiquants. Je parlais bien allemand, et j'ai vite fait mon trou. Je gagnais de l'argent rapidement, mais je m'en débarrassais aussi vite. Je me faisais des amis, sans me lier avec qui que ce soit. Femmes comprises. Je n'en avais pas besoin. Parce que tu sais quoi, Hole ? J'ai découvert que j'avais reçu un cadeau de mon père... le don de tomber amoureux. »

Sivertsen fit un signe de tête vers l'affiche d'Iggy Pop.

« Il n'y a pas d'aphrodisiaque plus puissant pour les femmes qu'un homme amoureux. Je me suis spécialisé dans les femmes mariées, elles m'apportaient moins d'emmerdements après. Durant les périodes de vaches maigres, elles pouvaient aussi devenir une source de revenus qui tombait à pic, même si elle se tarissait vite. Ainsi ont passé les années, sans prise sur moi. Pendant plus de trente ans, mon sourire a été gratuit, mon lit un pré communal et ma bite un bâton de relais. »

Sivertsen appuya sa tête contre le mur et ferma les yeux.

« Ça a sûrement l'air cynique. Mais crois-moi, chaque déclaration d'amour qui sortait de ma bouche était authentique et sincère, comme celles que ma belle-mère recevait de mon père. Je leur donnais tout ce que j'avais. Jusqu'à ce que le temps qui leur était imparti soit écoulé, et je les foutais à la porte. Je n'avais pas les moyens de payer un sanatorium. Ça se terminait toujours comme ça, et je pensais que ça continuerait comme ça. Jusqu'à un jour d'automne, il y a deux ans, où je suis entré au café du Grand Hôtel Evropa de Vaclávské náměstí, et elle était là. Eva. Oui, elle s'appelle comme ça, et ce n'est pas vrai que les paradoxes n'existent pas, Hole. Ce qui m'a frappé en premier lieu, ça a été qu'elle n'était pas belle, simplement elle se comportait comme si elle l'était. Mais les gens qui sont persuadés d'être beaux le deviennent. J'ai un certain succès auprès des femmes, et je suis allé la voir. Elle ne m'a pas demandé d'aller me faire voir, mais elle me traitait avec une espèce de distance polie qui me rendait fou. »

Sivertsen fit un sourire en coin.

« Parce qu'il n'y a pas d'aphrodisiaque plus puissant pour un homme qu'une femme qui n'est pas amoureuse.

« Elle avait vingt-six ans de moins que moi, avait plus de classe que j'en aurai jamais et – le plus important – elle n'avait pas besoin de moi. Elle aurait pu continuer son boulot tout en pensant que je ne savais pas ce que c'était. Fouetter et sucer des hommes d'affaires allemands.

— Alors pourquoi elle ne l'a pas fait ? demanda Harry en soufflant la fumée vers Iggy.

— Elle n'avait aucune chance. Parce que j'étais amoureux. Suffisamment pour deux. Mais je la voulais pour moi seul, et Eva est comme la plupart des femmes quand elles ne sont pas amoureuses... elles privilégient la sécurité économique. Alors pour avoir l'exclusivité, il fallait que je gagne suffisamment d'argent. Faire venir de Sierra Leone les diamants du sang, c'était relativement peu risqué, mais ça ne rapportait pas assez pour me rendre irrésistiblement riche. La drogue, c'était super-risqué. C'est comme ça que j'en suis venu au trafic d'armes. Et à Prinsen. On s'est vus deux fois à Prague pour définir l'organisation et les conditions. La deuxième fois, c'était dans un restaurant en terrasse près de la place Venceslas. J'ai demandé à Eva de jouer les touristes photographes, et comme par hasard, la table que l'on occupait, Prinsen et moi, apparaissait sur presque toutes les photos. Des gens qui ne voulaient pas régler les comptes alors que j'avais bossé pour eux ont reçu des photos comme celles-là, avec un rappel. Ça marche. Mais Prinsen était la ponctualité même, je n'ai jamais eu de problème de ce côté-là. Ce n'est que plus tard que j'ai découvert qu'il était policier. »

Harry ferma la fenêtre et s'assit sur le convertible.

« Au printemps, j'ai reçu un coup de fil, dit Sivertsen. C'était un Norvégien. Dialecte de l'Østland. Je ne sais pas du tout comment il avait pu avoir mon numéro de téléphone. Il semblait tout savoir sur moi, ça foutait presque la trouille. Non, ça foutait vraiment la trouille. Il savait qui était ma mère. Que j'avais déjà été condamné. Que les diamants en forme de pentagramme étaient ma spécialité depuis des années. Mais pire que tout : il savait que je m'étais lancé dans les armes. Il voulait des deux : un diamant et un Česká avec silencieux. Il m'a proposé une somme colossale. J'ai dit non pour l'arme, que ça devait passer par d'autres canaux, mais il a insisté, ça devait venir directement de moi, pas d'intermédiaire. Il m'a offert davantage. Et Eva, comme je l'ai dit, est une femme qui a des besoins, et que je n'ai pas les moyens de perdre. Alors on est tombés d'accord.

— Sur quoi, exactement ?

— Il avait des exigences toutes particulières pour la livraison. Elle devait avoir lieu dans le parc Frogner, près de la Fontaine, juste en dessous du Monolithe. La première livraison a eu lieu il y a un peu plus de cinq semaines. C'était prévu à cinq heures, en plein rush de touristes et de gens qui viennent dans le parc après le boulot. Ça rendrait plus facile autant pour lui que pour moi de disparaître sans être remarqués, selon lui. Le risque que je sois reconnu était de toute façon minime. Il y a des années, j'ai vu un Norvégien dans le bar de Prague où j'ai mes habitudes, un type qui me foutait régulièrement des raclées à l'école. Il a regardé à travers moi, littéralement. Lui – plus une nana que je me suis faite pendant son voyage de noces à Prague – sont les seuls personnes d'Oslo que j'ai vues depuis que j'en suis parti, tu vois ? »

Harry acquiesça.

« Quoi qu'il en soit, reprit Sivertsen, le client ne voulait pas qu'on se rencontre, et ça ne posait aucun problème pour moi. Les marchandises devraient être dans un sac en plastique marron que je déposerais dans la poubelle verte en plein devant la Fontaine avant de m'en aller sans attendre. C'était très important que je sois précis. Le montant convenu avait été viré à l'avance sur mon compte en Suisse. Il a dit qu'il considérait que le simple fait qu'il m'ait trouvé me rendait peu susceptible de me payer sa fiole. Il avait raison. Je peux avoir une cigarette ? »

Harry l'alluma pour lui.

« Le lendemain de la livraison, il m'a appelé pour me commander un Glock 23 et un nouveau diamant du sang pour la semaine suivante. Même endroit, même heure, même procédure. C'était dimanche, mais il y avait autant de monde.

— Le jour et l'heure du premier assassinat, celui de Marius Veland.

— Quoi ?

— Rien. Continue.

— Ça s'est reproduit trois fois. À cinq jours d'intervalle. Mais la dernière fois, c'était légèrement différent. J'ai reçu des consignes pour deux livraisons. Une samedi et une dimanche ; hier, donc. Le client m'a demandé de passer la nuit de samedi à dimanche chez ma mère pour savoir où me joindre s'il y avait des changements de plans. Pas de problème pour moi, de toute façon, c'est ce que j'avais prévu de faire. J'étais content de revoir maman, j'avais une bonne nouvelle pour elle.

— Qu'elle allait être grand-mère ? »

Sven acquiesça.

« Et que j'allais me marier. »

Harry écrasa sa cigarette.

« Alors ce que tu dis, c'est que le diamant et le pistolet qu'on a trouvés dans ta valise étaient destinés à la livraison de dimanche ?

— Oui.

— Mmm.

— Alors ? » demanda-t-il quand le silence eut duré trop longtemps.

Harry joignit les mains derrière sa tête, se renversa sur le convertible et bâilla.

« En tant que fan d'Iggy, tu as bien sûr écouté *Blah-Blah-Blah* ? Bon album. Émouvant non-sens.

— Émouvant non-sens ? »

Sven Sivertsen se cogna le coude contre le radiateur, qui rendit un son creux.

Harry se leva.

« Il faut que je m'aère un peu la tête. Il y a une station-service ouverte vingt-quatre heures sur vingt-quatre en bas de la rue. Tu veux que je te rapporte quelque chose ? »

Sivertsen ferma les yeux.

« Écoute, Hole. Même bateau. Qui coule. OK ? Tu n'es pas seulement laid, tu es con aussi. »

Harry se leva en ricanant.

« Je vais y réfléchir. »

Quand Harry revint vingt minutes plus tard, Sven dormait assis par terre, appuyé au radiateur et la main attachée en l'air pointant vers le haut, comme pour dire au revoir.

Harry posa deux hamburgers, des frites et un grand Coca sur la table.

Sven frotta ses yeux ensommeillés.

« Tu as réfléchi, Hole ?

— Ouais.

— Et à quoi penses-tu ?

— Aux photos de toi et Waaler que ta copine a prises à Prague.

— Qu'est-ce qu'elles viennent faire dans l'histoire ? »

Harry défit les menottes.

« Rien. Je me disais qu'elle jouait les touristes. En faisant ce que font les touristes.

— À savoir ?

— Je viens de te le dire. Prendre des photos. »

Sivertsen se frotta le poignet et regarda la nourriture sur la table.

« Et les verres, Hole ? »

Harry montra la bouteille.

Sven dévissa le bouchon en plissant les yeux vers Harry.

« Alors tu prends le risque de boire au goulot de la même bouteille qu'un tueur en série ? »

Harry répondit la bouche pleine de hamburger : « Même bouteille. Même bateau. »

Assise dans son salon, Olaug Sivertsen regardait droit devant elle sans rien voir. Elle n'avait pas allumé, dans l'espoir qu'ils penseraient qu'elle n'était pas à la maison et abandonneraient. Ils avaient essayé de la joindre par téléphone, sonné à la porte, crié depuis le jardin et lancé des gravillons contre la fenêtre de la cuisine. « Aucun commentaire », avait-elle déclaré avant de débrancher le téléphone. Ils avaient fini par se calmer au-dehors et attendaient là, avec leurs gros et longs téléobjectifs. À une seule reprise, elle était allée tirer les rideaux devant l'une des fenêtres, et elle avait entendu les crépitements d'insectes de leurs appareils. *Zoum, zoum, clic. Zoum, zoum, clic.*

Il s'était écoulé presque vingt-quatre heures, et la police n'avait pas encore découvert la méprise.

C'était le week-end. On attendait peut-être lundi et les horaires normaux de bureau pour s'occuper de choses pareilles.

Si seulement elle avait eu quelqu'un avec qui discuter. Mais Ina n'était pas rentrée de son séjour au chalet de ce mystérieux soupirant. Elle allait peut-être appeler cette femme policier, Beate ? Ce n'était pas sa faute, s'ils avaient arrêté Sven. Elle semblait comprendre que son fils ne pouvait être susceptible de tuer des gens. Elle lui avait même donné son numéro en lui disant d'appeler s'il y avait quelque chose qu'elle voulait leur dire. Quoi que ce soit.

Olaug regarda par la fenêtre. La silhouette du poirier défunt faisait penser à des doigts essayant d'attraper la lune basse au-dessus du jardin et de la gare. Jamais auparavant elle n'avait vu la lune ainsi. Elle ressemblait au visage d'un homme mort. Des veines bleues se dessinaient sous la peau pâle.

Qu'était devenue Ina ? Dimanche après-midi au plus tard, avait-elle dit. Et Olaug s'était dit que ça serait sympa, qu'elles pourraient se faire un thé, et qu'Ina pourrait voir Sven. Ina qui était si fiable en matière d'horaires et autres choses du même genre.

Olaug attendit que la pendule sonne deux coups.

Alors elle ressortit le papier avec le numéro de téléphone.

À la troisième sonnerie, on décrocha.

« Beate, dit une voix ensommeillée.

— Bonsoir, dit Olaug. Je te prie de bien vouloir m'excuser d'appeler aussi tard.

— Pas de problème, madame Sivertsen.

— Olaug.

— Olaug. Désolée, je ne suis pas encore totalement réveillée.

— J'appelle parce que je me fais du mouron pour Ina, ma locataire. Il y a longtemps qu'elle devrait être rentrée, et avec tout ce qui s'est passé... Oui, je me fais du souci. »

N'obtenant pas de réponse immédiate, Olaug pensa que Beate s'était rendormie. Mais la voix répondit, plus du tout ensommeillée.

« Ce que tu es en train de me dire, Olaug, c'est que tu as une locataire ?

— Mais oui. Elle loge dans la chambre que j'occupais quand j'étais jeune. Ah oui, je ne t'ai pas montré. C'est parce qu'elle est de l'autre côté de l'escalier de derrière. Elle a été absente toute la journée.

— Où ? Avec qui ?

— C'est ce que j'aurais bien voulu savoir. C'est quelqu'un qu'elle a rencontré il y a relativement peu et que je n'ai pas encore eu l'occasion de voir. Et elle m'a juste dit qu'ils allaient dans son chalet.

— Tu aurais dû nous le dire plus tôt, Olaug.

— Oui ? Je suis vraiment désolée... Je... »

Olaug sentit les larmes monter dans sa voix, et n'arriva pas à les retenir.

« Non, ce n'est pas ce que je voulais dire, Olaug, se hâta de dire Beate. Ce n'est pas contre toi que je suis en colère. C'est mon boulot de vérifier ce genre de choses, tu ne pouvais pas savoir que c'étaient des informations importantes pour nous. Je vais appeler le central d'alerte, et ils te rappelleront pour avoir des détails sur Ina et lancer les recherches. Il ne lui est sûrement rien arrivé, mais nous préférons être sûrs, tu vois ? Après ça, je crois qu'il faudrait que tu te reposes un peu, et je te rappellerai demain matin. On fait comme ça, Olaug ?

— Oui », répondit la vieille dame en essayant de glisser un sourire dans sa voix. Elle eut envie de demander à Beate ce qu'il en était de Sven, mais se retint.

« Oui, on fait comme ça. Au revoir, Beate. »

Lorsqu'elle raccrocha, les larmes coulaient sur ses joues.

Beate essaya de se rendormir. Elle écoutait la maison. Celle-ci parlait. Sa mère avait éteint la télé à onze heures, et on n'entendait rien à l'étage en dessous. Beate se demanda si sa mère aussi pensait à lui, à son père. Elles en parlaient rarement. Ça réclamait trop de forces. Elle avait commencé à chercher un appartement dans le centre ; cela faisait un an qu'elle se sentait à l'étroit, à l'étage au-dessus. Surtout depuis qu'elle fréquentait Halvorsen, cet officier sérieux de Steinkjer qu'elle appelait par son nom de famille et qui la traitait avec une espèce de respect tendu qu'elle appréciait sans trop savoir pourquoi. Elle aurait moins de place en ville. Et les bruits de cette maison lui manqueraient, ces monologues sans mots qui l'avaient bercée toute sa vie.

Le téléphone sonna de nouveau. Beate poussa un soupir et tendit le bras.

« Oui, Olaug ?

— Ici Harry. Tu m'as l'air bien réveillée. »

Elle s'assit dans son lit.

« Oui, les appels se succèdent à un rythme effréné, la nuit, ici. Qu'est-ce qu'il y a ?

— J'ai besoin d'aide. Et tu es la seule sur qui je puisse compter.

— Tiens donc ? Si je te connais bien, c'est synonyme d'ennuis pour ma pomme.

— Tout un tas. On y va ?

— Et si je dis non ?

— Écoute d'abord ce que j'ai à te dire, tu pourras dire non ensuite. »

Chapitre 36

Lundi. Photographie

Lundi matin à six heures moins le quart, les rayons du soleil tombaient en biais depuis le sommet d'Ekebergåsen. Le gardien Securitas à la réception de l'hôtel de police bâilla bruyamment et leva les yeux d'*Aftenposten* quand le premier arrivant de la journée passa sa carte dans le lecteur.

« Ils disent qu'il va flotter », dit le gardien, heureux de voir enfin quelqu'un.

Le grand type à l'air triste le regarda un court instant, mais ne répondit pas.

Durant les deux minutes qui suivirent, trois autres hommes arrivèrent, aussi tristes et taciturnes.

À six heures, ces quatre-là étaient rassemblés dans le bureau du chef de la police, au cinquième étage.

« Donc, dit le chef, l'un de nos inspecteurs principaux a fait sortir des Arrêts un assassin potentiel, l'a emmené, et personne ne sait où ils sont. »

L'une des choses qui rendaient le chef de la police digne de sa fonction, c'était sa faculté à présenter un résumé succinct d'un problème donné. Une autre, sa faculté de formuler tout aussi succinctement ce qui devait être fait : « Alors je propose qu'on les retrouve aussi vite que possible. Qu'est-ce qui a été fait jusqu'à présent ? »

Le chef de la Criminelle jeta un coup d'œil à Møller et à Waaler avant de s'éclaircir la voix et de répondre : « Nous avons constitué un petit groupe d'enquêteurs expérimentés. Ils ont été choisis par l'inspecteur principal Waaler, ici présent, qui dirigera les recherches. Trois du SSP. Deux de l'OCRB. Ils se sont mis à l'œuvre cette nuit, une heure seulement après que les Arrêts ont transmis que Sivertsen n'avait pas été raccompagné.

— Vite fait. Mais pourquoi la patrouille n'a pas été informée ? Et le service de garde de la Criminelle ?

— Nous voulions remettre ça après cette réunion. Savoir ce que tu en pensais.

— Ce que j'en pensais ? »

Le chef de la Criminelle se passa un doigt sur la lèvre supérieure.

« L'inspecteur principal Waaler a promis de retrouver Sivertsen et Hole sous vingt-quatre heures. Nous avons également le contrôle de la diffusion des informations, jusqu'à présent. Nous quatre et Groth sommes les seuls à savoir que Sivertsen a disparu. Nous avons par ailleurs appelé la prison d'Ullersmo pour décommander la cellule et l'escorte. Nous leur avons donné comme raison que nous avions reçu des informations permettant de penser que Sivertsen pourrait ne pas être en sécurité, et serait par conséquent transféré dans un endroit tenu secret. En clair... toutes les chances de tenir ça secret sont de notre côté jusqu'à ce que Waaler et son groupe aient résolu cette affaire. Mais c'est bien sûr à toi de décider, Lars. »

Le chef de la police joignit ses deux mains et hocha pensivement la tête. Puis il se leva, alla à la fenêtre et s'immobilisa, le dos tourné.

« J'ai pris le taxi, la semaine dernière. Le chauffeur avait un journal déplié à côté de lui. Je lui ai demandé ce qu'il pensait de ce coursier meurtrier. C'est toujours intéressant de savoir ce que pensent les gens. Il a répondu qu'il en allait de même que pour le World Trade Center, qu'on posait les questions dans le désordre. Tout le monde demandait *qui* et *comment*. Mais pour résoudre une énigme, on doit d'abord se poser une autre question. Et tu sais ce que c'est, Torleif ? »

Le chef de la Criminelle ne répondit pas.

« Eh bien, c'est *pourquoi*. Ce chauffeur de taxi n'était pas idiot. Y a-t-il parmi vous quelqu'un qui se soit posé cette question, messieurs ? »

Le chef de la police se balança de la pointe des pieds sur les talons et attendit.

« Avec tout le respect dû aux chauffeurs de taxis, finit par répondre le chef de la Criminelle, je ne suis pas sûr qu'il y ait un quelconque *pourquoi* dans le cas présent. Vous tous savez que Hole est un policier alcoolique et instable psychiquement. C'est pour cela qu'il a été exclu.

— Même les fous ont des motifs, Torleif. »

On entendit un discret raclement de gorge.

« Oui, Waaler ?

— Batouti.

— Batouti ?

— Le pilote d'avion égyptien qui s'est écrasé volontairement avec un avion plein juste pour se venger de sa compagnie aérienne qui l'avait dégradé.

— Où veux-tu en venir, Waaler ?

— J'ai couru après Harry pour lui parler après l'arrestation de Sivertsen, samedi soir. Il ne voulait pas participer à la fête. Il était évident qu'il était amer. Aussi bien à cause de sa mise à pied que parce qu'il trouvait injuste que les honneurs ne lui reviennent pas pour l'arrestation du coursier meurtrier.

— Batouti... »

Le chef de la police mit sa main en visière devant ses yeux quand les premiers rayons du soleil atteignirent sa fenêtre.

« Tu n'as encore rien dit, Bjarne. Qu'en penses-tu ? »

Bjarne Møller ne quittait pas des yeux la silhouette devant la fenêtre. Il avait si mal au ventre qu'il sentait que celui-ci allait exploser. Ce qu'il souhaitait tout autant. Et jusqu'à ce qu'il soit réveillé cette nuit et mis au courant de ce kidnapping, il avait attendu que quelqu'un le réveille pour de bon pour lui dire que ce n'était qu'un cauchemar.

« Je ne sais pas, soupira-t-il. À vrai dire, je ne comprends pas ce qui se passe. »

Le chef de la police hocha lentement la tête.

« Si les gens savent qu'on a passé cette affaire sous silence, on va être crucifiés.

— Un résumé précis, Lars, dit le chef de la Criminelle. Mais si les gens savent que nous avons perdu un tueur en série, on sera crucifiés aussi. Même si on le retrouve. Nous avons toujours la possibilité de résoudre ce problème en toute discrétion. D'après ce que j'ai compris, Waaler a un plan.

— Et quel est-il, Waaler ? »

Waaler enroula sa main gauche autour de son poing droit.

« Je vais vous dire ; j'ai bien conscience que nous ne pouvons pas nous permettre d'échouer. Il se peut que j'en vienne à utiliser quelques méthodes non conventionnelles. Par souci d'éventuelles poursuites, je propose que vous n'en sachiez pas davantage sur mon plan. »

Le chef de la police se retourna avec une expression de légère surprise sur le visage.

« C'est très généreux de ta part, Waaler, mais je crains que nous ne puissions accepter...

— J'insiste. »

Le chef de la police fronça les sourcils.

« Tu insistes ? Tu es conscient de ce que tu risques ? »

Waaler ouvrit les mains et regarda ses paumes.

« Oui. Mais ça, c'est ma responsabilité. J'ai dirigé l'enquête et travaillé en étroite collaboration avec Hole. En tant que chef, j'aurais dû décoder les signaux plus tôt et faire quelque chose. En tout cas après cette conversation sur le parking. »

Le chef de la police posa un regard scrutateur sur Waaler. Puis il se tourna de nouveau vers la fenêtre et ne bougea plus, tandis qu'un rectangle de lumière rampait sur le sol. Puis il haussa les épaules et les secoua comme s'il avait froid.

« Tu as jusqu'à minuit, dit-il à la vitre. À ce moment-là, nous diffuserons l'information de la disparition. Et cette réunion n'a pas eu lieu. »

En sortant, Møller remarqua que le chef de la police serrait la main de Waaler avec un chaleureux sourire de reconnaissance. Comme quand on remercie un collaborateur pour sa loyauté, pensa-t-il. Quand on récompense un sacrifice avec une promesse. Quand on nomme implicitement un prince héritier.

L'agent Bjørn Holm, de la Technique, se sentit totalement idiot lorsqu'il se retrouva le micro en main, devant les visages japonais qui lui retournaient tous un regard plein d'expectative. Ses paumes étaient moites, et ce n'était pas dû à la chaleur. Au contraire, la température du luxueux bus climatisé qui stationnait devant l'hôtel Bristol était nettement plus basse que celle du dehors, sous le soleil matinal. C'était de devoir parler dans un micro. En anglais.

La guide l'avait présenté comme a *Norwegian police-officer*, et un vieil homme souriant avait sorti un appareil photo comme si Bjørn Holm était un élément de leur *sightseeing*. Il regarda sa montre. Sept heures. Il avait plusieurs groupes à voir dans le temps imparti, il n'y avait plus qu'à se lancer. Il prit une inspiration et commença par la phrase qu'il s'était répétée en venant : « *We have checked the schedules with all the tour operators here in Oslo. And this is one of the groups that visited Frognerparken around five o'clock on Saturday. What I want to know is : who of you took pictures there*[1] ? »

Aucune réaction.

Holm jeta un regard hésitant à la guide.

Elle s'inclina avec un sourire, lui reprit le micro et transmit ce que Holm considéra être grosso modo le même message. En japonais. Elle conclut avec une

1. « Nous avons vérifié le planning de tous les tour-opérateurs d'Oslo. Et vous êtes l'un des groupes qui a visité le parc Frogner samedi autour de cinq heures. Ce que je veux savoir, c'est qui d'entre vous a pris des photos là-bas ? »

petite révérence. Holm regarda les mains levées. La journée allait être chargée, au labo photo.

Roger Gjendem fredonnait une chanson des Tre Små Kinesere traitant du chômage quand il verrouilla sa voiture. Le chemin entre le parking couvert et les nouveaux locaux d'*Aftenposten* dans le bâtiment des Postes était court, mais il savait pourtant qu'il allait trottiner. Pas parce qu'il était en retard, bien au contraire. Mais parce que Roger Gjendem était l'un des rares privilégiés qui se délectaient chaque jour de pouvoir se ruer au travail, qui attendaient avec impatience de se retrouver avec tout ce qui était familier dans le cadre du boulot : son bureau avec téléphone et PC, la pile de journaux du jour, le bourdonnement des voix de ses collègues, le gargouillis de la machine à café, les ragots de la salle fumeurs, l'ambiance tendue de la réunion du matin. Il avait passé la journée précédente devant la maison d'Olaug Sivertsen, avec pour seul résultat une photo d'elle à la fenêtre. Mais ça suffisait, ça. Il aimait ce qui était difficile. Et ce n'était pas ce qui manquait à la Brigade criminelle. Accro au crime, comme l'avait qualifié Devi. Il n'avait pas apprécié qu'elle employât cette expression. Thomas, son petit frère, était un junkie. Roger était un type qui filait droit, titulaire d'un diplôme de sciences politiques, qui aimait à l'occasion s'occuper du traitement journalistique d'affaires criminelles. Si ce n'est qu'elle avait évidemment raison en disant que certains aspects de ce boulot pouvaient faire penser à une forme de dépendance. Après s'être occupé de politique, il avait effectué un court remplacement à la Crim, et il ne lui avait fallu que quelques semaines pour ressentir le besoin que seules peuvent procurer ces décharges d'adrénaline quotidiennes liées à des histoires de vie ou de mort. Le jour même, il avait parlé au rédacteur en chef et avait obtenu sans plus de difficultés un poste à durée indéterminée. Ce n'était sûrement pas la première fois que le rédacteur en chef assistait à ce genre de phénomène. Et dès lors, Roger avait commencé à trottiner entre le parking et son bureau.

Mais ce jour-là, il fut stoppé avant d'arriver.

« Bonjour », dit l'homme qui avait surgi de nulle part pour se planter devant lui. Il portait un court blouson de cuir et des lunettes noires d'aviateur, bien qu'il fît relativement sombre dans le parking. Roger avait vu suffisamment de policiers pour savoir que ce type en était un.

« Bonjour, répondit Roger.

— J'ai un message pour toi, Gjendem. »

Les bras du gars pendaient de part et d'autre de son corps. Le dos de ses mains était couvert de poils noirs. Roger pensa qu'il eût été plus naturel qu'il ait les mains dans les poches de son blouson. Ou dans le dos. Ou jointes devant lui. Ainsi, on avait l'impression qu'il comptait les utiliser, mais il était impossible de deviner à quoi.

« Oui ? » dit Roger. Il entendit le tremblement dans son « i » vibrer brièvement entre les murs, comme un point d'interrogation.

L'homme se pencha en avant.

« Ton petit frère est enfermé à Ullersmo, dit l'homme.

— Et alors ? »

Roger savait que le soleil du matin brillait sur la

ville au-dehors, mais dans ces catacombes automobiles, la température était soudain devenue glaciale.

« S'il compte pour toi, tu vas nous rendre un service. Tu m'écoutes, Gjendem ? »

Roger acquiesça, comme deux ronds de flan.

« Si l'inspecteur principal Harry Hole t'appelle, je veux que tu fasses ceci. Demande-lui où il est. S'il ne te le dit pas, conviens d'un rendez-vous avec lui. Dis-lui que tu ne veux pas prendre le risque d'imprimer son histoire si tu ne peux pas le rencontrer en face à face. Le rendez-vous doit avoir lieu avant ce soir minuit.

— Quelle histoire ?

— Il va peut-être lancer des accusations sans fondement contre un inspecteur principal dont je ne veux pas dire le nom, mais il ne faut pas que tu t'en soucies. Quoi qu'il en soit, elles ne seront jamais publiées.

— Mais...

— Tu m'écoutes ? Quand il t'aura appelé, tu téléphoneras à ce numéro pour dire où il est, ou bien où vous avez rendez-vous. Compris ? »

Il plongea la main gauche dans sa poche et tendit un bout de papier à Roger.

Roger regarda le papier et secoua la tête. Si intense que fût sa peur, il sentait le rire bouillonner en lui. À moins que ce ne fût justement pour ça.

« Je sais que tu es policier, dit Roger en s'efforçant d'effacer ce sourire. Tu dois bien comprendre que ça ne marche pas. Je suis journaliste, je ne peux pas...

— Gjendem. »

L'homme avait retiré ses lunettes de soleil. Bien

qu'il fît sombre, ses pupilles n'étaient que deux petits points dans ses iris gris.

« Ton petit frère est dans la cellule A107. Tous les mardis, comme la plupart des autres drogués qui sont là-bas, il reçoit en douce sa dose. Il se la flanque illico dans le bras, il ne vérifie même pas ce qu'on lui donne. Jusqu'ici, ça s'est bien passé. Tu piges ? »

Roger ne se demanda pas s'il avait bien entendu. Il savait qu'il avait bien entendu.

« Bien, dit l'homme. Des questions ? »

Roger dut s'humecter la bouche avant de pouvoir répondre.

« Qu'est-ce qui vous fait croire que Harry Hole va m'appeler ?

— Parce qu'il est au bout du rouleau, répondit l'homme en remettant ses lunettes. Et parce que hier, tu lui as donné une carte de visite devant le Nationaltheatret. Bonne journée, Gjendem. »

Roger ne bougea pas jusqu'à ce que l'homme ait disparu, respirant simplement l'air moite et poussiéreux de ce tombeau. Et en parcourant la courte distance jusqu'au bâtiment des Postes, ses pas étaient lents et sans aucun enthousiasme.

Les numéros de téléphone sautaient et dansaient sur l'écran de Klaus Torkildsen dans la salle de contrôle du centre Telenor de la région d'Oslo. Il avait expliqué à ses collègues qu'il ne fallait pas le déranger, avant de fermer sa porte.

Sa chemise était trempée de sueur. Pas parce qu'il avait couru pour venir bosser. Il avait marché, ni spécialement vite, ni spécialement lentement, et se dirigeait vers son bureau quand la personne de l'accueil l'avait arrêté en criant son nom. Son nom de famille. Il préférait.

« De la visite », avait-elle dit en montrant du doigt un homme qui attendait dans le canapé de la réception.

Klaus Torkildsen était tombé des nues. Tombé des nues, parce qu'il occupait un poste qui n'exigeait pas qu'il dût recevoir du monde. Ce n'était pas un hasard, le choix de son travail et de sa vie privée dépendait du souhait qu'il avait de ne pas devoir côtoyer davantage de monde que le strict nécessaire.

L'homme dans le canapé s'était levé, avait dit qu'il était de la police avant de lui demander de s'asseoir. Et Klaus s'était laissé tomber dans un fauteuil où il s'était enfoncé lentement en sentant la sueur perler sur son corps entier. La police. Cela faisait quinze ans qu'il n'avait pas eu affaire à eux, et même s'il ne s'était agi que d'une amende, une paranoïa immédiate s'emparait de lui rien qu'à la vue d'un uniforme dans la rue. Et depuis que l'homme avait ouvert la bouche, les pores de Klaus étaient restés ouverts.

L'homme était allé à l'essentiel et lui avait dit qu'ils avaient besoin de lui pour pister un téléphone mobile. Une seule fois auparavant, Klaus avait fait un travail de ce genre pour la police. C'était assez simple. Un téléphone mobile allumé envoie un signal toutes les demi-heures, qu'enregistrent les stations-relais à travers la ville. Ces bases captent en outre naturellement toutes les conversations des abonnés. Il en résulte que d'après ces points de repère, on peut retrouver dans quelle partie de la ville ledit mobile se trouve, en règle générale dans une zone de moins d'un kilomètre carré. C'est ce qui avait fait tant de bruit la fois où il avait participé aux recherches, à Baneheia, à Kristiansand.

Klaus avait dit qu'une éventuelle écoute devait être décidée avec le chef, mais l'homme avait dit que la situation était urgente, qu'ils n'avaient pas le temps de remonter par tous les services. En plus d'un numéro particulier de téléphone mobile (dont Klaus avait découvert qu'il appartenait à un certain Harry Hole), l'homme voulait que Klaus surveille les communications entrantes et sortantes d'un tas de personnes que l'homme recherché pouvait avoir l'idée de contacter. Il avait donné à Klaus une liste de numéros de téléphone et d'adresses e-mail.

Klaus lui avait demandé pourquoi c'était précisément lui qu'ils venaient voir, puisque d'autres personnes avaient davantage d'expérience en la matière. La transpiration s'était figée dans son dos, et il commençait à avoir froid sous la climatisation de l'accueil.

« Parce que nous savons que tu vas la fermer là-dessus, Torkildsen. Tout comme nous allons la fermer vis-à-vis de tes supérieurs et collègues sur le fait que tu as été pris le pantalon sur les chevilles – au sens propre – dans le Stenspark, en janvier 1987. La femme qui te pistait a dit que tu étais à poil sous ton manteau. Tu as dû te les peler... »

Torkildsen avait dégluti. Ils avaient dit que ce serait effacé du fichier police au bout de quelques années.

Il déglutissait toujours.

Parce qu'il était absolument impossible de pister ce téléphone mobile. Il était allumé, un signal était envoyé toutes les demi-heures. Mais à chaque fois d'un autre endroit dans la ville, comme si l'appareil cherchait à le faire tourner en bourrique.

Il se concentra sur les autres numéros de la liste. L'un d'eux était un numéro interne de Kjølberggata 21. Il avait vérifié le numéro. C'était celui de la Technique.

Beate décrocha dès la première sonnerie.

« Alors ? demanda la voix à l'autre bout du fil.

— Jusque-là, ça n'a pas bonne mine.

— Mmm.

— J'ai deux hommes en train de développer des photos, et j'en reçois sans arrêt sur mon bureau.

— Et pas de Sven Sivertsen ?

— S'il était près de la Fontaine du parc Frogner quand Barbara Svendsen a été tuée, il n'a pas eu de bol. En tout cas, il n'est sur aucun des clichés que j'ai reçus, et ça représente environ cent photos, pour l'instant.

— Chemisette blanche et...

— Tu m'as déjà dit tout ça, Harry.

— Même pas un visage qui ressemble ?

— J'ai un certain coup d'œil pour les visages, Harry. Il n'est sur aucune des photos.

— Mmm. »

Elle fit signe d'entrer à Bjørn Holm qui lui apportait une nouvelle pile d'épreuves puant encore les produits de développement. Il les balança sur la table, montra l'une des photos du doigt, leva un pouce et disparut.

« Attends, dit-elle. Je viens de recevoir quelque chose. Ce sont des photos du groupe qui était là-bas samedi vers cinq heures. Voyons voir...

— Allez.

— Eh oui. Bingo... Devine qui j'ai sous les yeux ?

— C'est vrai ?

— Yep. Sven Sivertsen en personne. De profil, juste devant les six géants de Vigeland. On dirait qu'il passe.

— Est-ce qu'il a un sac plastique marron dans la main ?

— La photo est cadrée trop haut pour que je puisse le voir.

— D'accord, mais en tout cas, il y est allé.

— Oh oui, mais personne n'a été tué samedi, Harry. Ce n'est donc un alibi pour rien du tout.

— Au moins, ça veut dire que ce qu'il a dit est vrai.

— Oh... les meilleurs mensonges sont vrais à quatre-vingt-dix pour cent. »

Beate sentit les lobes de ses oreilles se mettre à chauffer lorsqu'elle se rendit compte que cette phrase était une citation exacte de l'évangile selon saint Harry. Elle l'avait même dit sur le même ton que lui.

« Où es-tu ? se hâta-t-elle de demander.

— Comme je te l'ai dit, il vaut mieux pour nous deux que tu ne le saches pas.

— Excuse-moi, ça m'a échappé. »

Pause.

« On... euh, on continue à vérifier les photos, dit-elle. Bjørn va avoir la liste des groupes qui sont passés par le parc Frogner aux heures correspondant aux autres assassinats. »

Harry raccrocha avec un grognement que Beate interpréta comme un « merci ».

Harry posa le pouce et l'index de part et d'autre

de la base de son nez et ferma très fort les yeux. En comptant les deux heures de ce matin, il avait eu six heures de sommeil sur les soixante-douze dernières heures. Et il savait qu'il lui faudrait sans doute attendre longtemps avant de pouvoir en additionner quelques autres. Il avait rêvé de rues. Il avait vu le plan dans son bureau glisser devant ses yeux, et rêvé de noms de rues à Oslo. Sons Gate, Nittedalgate, Sørumsgate, Skedsmogate, toutes les ruelles tordues de Kampen. Et ça avait dérapé sur un rêve dans lequel il faisait nuit, il neigeait, il marchait dans une rue de Grünerløkka (Markveien ? Toftes Gate ?) et il y avait une voiture de sport rouge avec deux personnes à son bord. En approchant, il avait vu que l'une de ces deux personnes était une femme à tête de truie portant une robe démodée, et il avait crié son nom, crié Ellen. Mais quand elle s'était retournée vers lui et avait ouvert la bouche pour répondre, celle-ci avait été pleine de graviers qui tombaient. Harry assouplit sa nuque en tournant la tête plusieurs fois dans les deux sens.

« Écoute, dit-il en essayant de faire la mise au point sur Sivertsen, qui était étendu sur le matelas posé par terre. Celle que j'ai eue au téléphone vient de mettre en branle toute une opération, aussi bien pour toi que pour moi, ce qui risque de lui coûter non seulement son job, mais aussi de la faire coffrer pour complicité. J'ai besoin de quelque chose qui puisse la rasséréner.

— C'est-à-dire ?

— Je veux qu'elle puisse avoir une copie d'une des photos que tu as de Waaler et toi, à Prague. »

Sivertsen éclata de rire.

« Tu es bouché, Harry ? C'est mon seul atout, je te dis. Si je le joue maintenant, tu peux dire adieu à l'opération de sauvetage Sivertsen.

— Ça sera peut-être le cas plus vite que tu le crois. Ils ont trouvé une photo de toi dans le parc Frogner, samedi. Mais aucune du jour où Barbara Svendsen a été tuée. Relativement curieux puisque les Japonais ont mitraillé la Fontaine durant tout l'été, tu ne trouves pas ? En tout cas, c'est une mauvaise nouvelle pour ton histoire. Voilà pourquoi je veux que tu téléphones à ta concubine pour lui demander d'envoyer ou de faxer la photo à Beate Lønn, à la Technique. Elle peut gratter le visage de Waaler si tu penses que tu dois conserver ton soi-disant atout. Mais je veux voir une photo de toi et d'un autre mec sur cette foutue place. Un mec qui *peut* être Tom Waaler.

— La place Venceslas.

— Peu importe. Elle a une heure devant elle. Sinon, notre accord appartient au passé. Pigé ? »

Sivertsen regarda longuement Harry avant de répondre.

« Je ne sais pas si elle est à la maison.

— Elle ne travaille pas, répondit Harry. Concubine inquiète et enceinte. Elle est à la maison où elle attend que tu l'appelles, n'est-ce pas ? Espérons-le pour toi, en tout cas. Plus que cinquante-neuf minutes. »

Le regard de Sivertsen bondit un peu partout dans la pièce, mais revint finalement sur Harry. Sivertsen secoua la tête.

« Je ne peux pas, Hole. Je ne peux pas l'impliquer là-dedans. Elle est innocente. Pour l'instant, Waaler n'est pas au courant pour elle, ni où on habite à Prague, mais si on loupe notre coup, je sais qu'il le découvrira. Et il se mettra en chasse après elle aussi.

— Et qu'est-ce qu'elle pensera de se retrouver seule avec un gamin dont le père a pris perpète pour quatre assassinats ? Peste ou choléra, Sivertsen. Cinquante-huit. »

Sivertsen se prit le visage dans les mains.

« Merde... »

Lorsqu'il releva la tête, Harry lui tendait son téléphone mobile.

Il se mordit la lèvre inférieure. Puis il prit le téléphone. Composa un numéro. Colla le téléphone rouge à son oreille. Harry regarda l'heure. La trotteuse grignotait du terrain. Sivertsen gigota nerveusement. Harry compta vingt secondes.

« Alors ?

— Elle est peut-être allée voir sa mère à Brno.

— Dommage pour toi, dit Harry, les yeux toujours rivés sur sa montre. Cinquante-sept. »

Il entendit le téléphone toucher le sol, leva les yeux et eut le temps de voir le visage déformé de Sivertsen avant de sentir la main qui se refermait sur sa gorge. Harry jeta les deux bras vers le haut et frappa les poignets de Sivertsen, qui lâcha prise. Il envoya alors un poing vers le visage devant lui, toucha quelque chose qui disparut. Il frappa de nouveau, sentit du sang chaud et poisseux couler entre ses doigts, et eut le temps de faire une association étrange : c'était comme de la confiture de fraise tout juste étalée sur une tranche de pain blanc, chez grand-mère. Il leva la main pour cogner encore une fois. Il vit l'homme enchaîné et sans défense essayer de se couvrir, mais ça ne fit que le rendre furieux. Fatigué, apeuré et furieux.

« *Wer ist da ?* »

Harry se figea. Sivertsen et lui s'entre-regardèrent. Aucun d'entre eux n'avait dit quoi que ce fût. Le son nasillard venait du téléphone mobile sur le sol.

« *Sven ? Bist du es, Sven ?* »

Harry attrapa le téléphone et le porta à son oreille.

« *Sven is here*, dit-il lentement. *Who are you ?*

— *Eva*, dit une voix de femme exaspérée. *Bitte, was ist passiert ?* »

« Beate Lønn.

— Harry. Je... »

— Raccroche et appelle-moi sur mon mobile. » Elle raccrocha.

Dix secondes plus tard, il l'avait au bout du fil.

« Qu'est-ce qui se passe ?

— On est surveillés.

— Comment ça ?

— Nous avons un programme d'alerte contre le piratage qui montre que le trafic téléphone et mail est capté par un tiers. C'est pour nous protéger de quelque chose de criminel, mais Bjørn dit que ça a l'air de venir de l'opérateur lui-même.

— Écoutes ?

— Peu de chances. Mais toutes les conversations et mails entrants et sortants sont enregistrés.

— C'est Waaler et ses sbires.

— Je sais. Alors maintenant, ils savent que tu m'as appelée, ce qui veut dire que je ne peux plus t'aider, Harry.

— La concubine de Sivertsen va envoyer la photo d'une rencontre entre Sivertsen et Waaler à Prague. La photo montre Waaler de dos et ne peut absolument pas servir de preuve, mais je veux que tu y jettes un œil et que tu me dises si elle a l'air vraisemblable. Elle a cette photo sur son PC, ce qui fait qu'elle peut te la mailer. Quelle est ton adresse e-mail ?

— Tu n'entends pas ce que je te dis, Harry ? Ils voient tous les expéditeurs et émetteurs. Qu'est-ce qui va se passer, à ton avis, si on reçoit un fax ou un mail juste maintenant ? Je ne peux pas le faire, Harry. Il faut que je trouve une raison plausible pour justifier ton appel, et je ne réfléchis pas aussi vite que toi. Bon sang, qu'est-ce que je vais pouvoir leur dire ?

— Relax, Beate. Tu n'as pas besoin de dire quoi que ce soit. Je ne t'ai pas appelée.

— Qu'est-ce que tu dis ? Tu m'as déjà appelée trois fois.

— Oui, mais ils ne le savent pas. J'appelle d'un mobile que j'ai emprunté à un copain.

— Alors tu prévoyais ça ?

— Non, pas ça. Je l'ai fait parce que les mobiles envoient des signaux à des relais qui montrent dans quelle partie de la ville ils se trouvent. Si Waaler a du monde en train d'essayer de localiser mon portable sur le réseau mobile, ils ont de quoi s'occuper pour un moment. Parce qu'il est en mouvement plus ou moins constant à travers toute la ville.

— Je veux en savoir le minimum là-dessus, Harry. Mais n'envoie rien ici, OK ?

— OK.

— Je suis désolée.

— Tu m'as déjà donné ton bras droit, Beate. Pas la peine de t'excuser de vouloir conserver le gauche. »

Il frappa. Cinq coups secs juste sous le panonceau 403. En espérant que ce serait suffisamment fort pour être audible par-dessus la musique. Il attendit. Il allait frapper de nouveau lorsqu'il entendit la musique perdre en volume, et le son de pieds nus et traînants sur le sol. La porte s'ouvrit. Elle avait l'air d'avoir dormi.

« Oui ? »

Il lui montra sa carte, qui formellement parlant était fausse puisqu'il avait cessé d'être policier.

« Excusez-nous encore pour ce qui s'est passé samedi, dit Harry. J'espère que vous n'avez pas eu trop peur quand ils ont débarqué.

— Pas de problème, répondit-elle avec une grimace. Ils faisaient juste leur boulot...

— Oui. » Harry se balança des pointes sur les talons et jeta un coup d'œil rapide dans le couloir. « Une collègue de la Brigade technique et moi nous apprêtons à inspecter l'appartement de Marius Veland pour y trouver des indices. Nous aurions dû recevoir un document par mail, mais mon portable est tombé en rade. C'est assez important, et je me suis souvenu que samedi, tu surfais sur Internet, alors je me suis dit que... »

Elle lui fit comprendre que le reste était superflu et ouvrit.

« Le PC est déjà allumé. Je devrais certainement m'excuser pour le bordel, quelque chose comme ça, mais j'espère que ça ne pose pas de problème si je m'en tape. »

Il s'assit devant l'écran, ouvrit le programme de recherche Internet et sortit le papier sur lequel était inscrite l'adresse d'Eva Maranova, qu'il tapa sur des touches graisseuses. Le message était court. *Ready. This Address.* Envoyer.

Il se tourna sur sa chaise et regarda la fille qui s'était assise sur le canapé et enfilait un jean moulant. Il n'avait même pas remarqué qu'elle ne portait qu'une culotte, probablement à cause de son T-shirt orné d'un gros pied de cannabis.

« Seule, aujourd'hui ? » demanda-t-il, principalement pour dire quelque chose en attendant la réponse d'Eva. Il vit à l'expression de son visage que ce n'était pas une tentative de conversation particulièrement réussie.

« Je ne baise que le week-end », répondit-elle en reniflant une chaussette avant de l'enfiler. Elle fit un grand sourire satisfait en constatant que Harry ne comptait pas poursuivre. Il remarqua qu'un petit tour chez le dentiste ne lui aurait pas fait de mal.

« Tu as du courrier », dit-elle.

Il se retourna vers l'écran. Ça venait d'Eva. Pas de texte, simplement une pièce jointe. Il double-cliqua dessus. L'écran s'éteignit.

« Il est vieux et mou, dit la fille en souriant de plus belle. Il va se remettre, il n'y a qu'à attendre. »

Devant Harry, l'image avait commencé à envahir l'écran, d'abord comme un glaçage bleu, puis, lorsqu'il n'y eut plus de ciel, par un mur gris et un monument vert presque noir. Alors vint la place. Et les tables. Sven Sivertsen. Et un homme en blouson de cuir, dos au photographe. Brun. Nuque de taureau. Ça ne suffisait évidemment pas comme pièce à conviction, mais Harry ne douta pas une seule seconde que ce fût Tom Waaler. Ce ne fut cependant pas cela qui le fit rester assis à fixer l'image.

« Hé, il faut que j'aille aux chiottes », dit la fille. Harry n'avait pas la moindre idée du temps qu'il avait passé comme ça. « C'est assez sonore, et je suis un peu timide, tu comprends ? Alors si tu pouvais... »

Harry se leva, murmura merci et sortit.

Dans l'escalier entre le troisième et le quatrième, il s'arrêta.

La photo.

Ça ne pouvait pas être un hasard. C'était théoriquement impossible.

Ou bien... ?

Malgré tout, ça ne pouvait pas être vrai. Personne ne faisait ça.

Personne.

Chapitre 37

Lundi. Confession

Les deux hommes qui se faisaient face dans la salle paroissiale Sainte-Olga faisaient la même taille. L'air chaud et moite sentait l'encens doucereux et le tabac aigre. Le soleil avait lui sur Oslo chaque jour depuis presque cinq semaines, et la transpiration coulait en petits ruisseaux sous l'épaisse robe de laine de Nikolaj Loeb, tandis qu'il lisait la prière introductive à la confession : « Vois, tu es à présent arrivé sur le lieu de guérison, le Christ est ici, invisible, et il reçoit tes aveux. »

Il avait essayé de trouver une robe plus légère, plus moderne, dans Welhavens Gate, mais ils n'avaient rien pour les prêtres russes orthodoxes, avaient-ils dit. La prière finie, il posa son livre à côté de la croix sur la table entre eux. L'homme en face ne tarderait pas à se racler la gorge. Ils faisaient toujours ça avant la confession, comme si les péchés étaient inclus dans les glaires et la salive. Nikolaj avait la vague impression d'avoir déjà vu cet homme, mais il ne se rappelait pas où. Et son nom ne lui avait rien dit. L'individu avait eu l'air un peu surpris en apprenant que la confession aurait lieu face à face, et qu'il devrait même donner son nom. À vrai dire, Nikolaj n'avait d'ailleurs pas l'impression que l'autre lui avait donné son vrai nom. Il venait peut-être d'une autre paroisse. Il arrivait qu'ils viennent jusqu'ici avec leurs secrets parce que c'était une petite église anonyme dans laquelle ils ne connaissaient personne. Nikolaj avait ainsi donné à plusieurs reprises le pardon de leurs péchés à des membres de l'Église d'État norvégienne. S'ils le demandaient, ils l'obtenaient. La miséricorde divine était grande.

L'homme s'éclaircit la voix. Nikolaj ferma les yeux et se promit de se purifier le corps avec un bain et les oreilles avec du Tchaïkovski aussitôt rentré chez lui.

« Il est écrit que le désir – tout comme l'eau – cherche le point le plus bas, mon père. S'il y a une ouverture, une fissure ou une faille dans ton caractère, le désir la trouvera.

— Nous sommes tous des pécheurs, mon fils. Y a-t-il des péchés que tu souhaites confesser ?

— Oui. J'ai été infidèle envers la femme que j'aime. J'ai eu une relation avec une femme de mœurs légères. Même si je ne l'aime pas, je n'ai pas pu m'empêcher d'y retourner.

— Poursuis, dit Nikolaj en étouffant un bâillement.

— Je... Elle était devenue une obsession.

— Devenue, dis-tu. Tu as cessé de la fréquenter ?

— Ils sont morts. »

Ce n'était pas seulement ce qu'il disait, mais également quelque chose dans la voix qui fit tiquer Nikolaj.

« Ils ?

— Elle était enceinte. Je crois.

— Je suis désolé pour cette perte, mon fils. Ta femme sait-elle cela ?

— Personne ne sait rien.

— De quoi est-elle morte ?

— D'une balle dans la tête, mon père. »

La sueur que Nikolaj avait sur la peau lui parut tout à coup glacée. Il déglutit : « Y a-t-il d'autres péchés que tu veuilles confesser, mon fils ?

— Oui. Il y a quelqu'un. Un policier. J'ai vu la femme que j'aime aller à lui. J'ai des pensées qui me donnent envie...

— Oui ?

— De pécher. C'est tout, mon père. Vous pouvez lire la prière d'absolution, à présent ? »

Le silence s'installa dans la salle.

« Je..., commença Nikolaj.

— Il faut que j'y aille, mon père. Si vous aviez l'amabilité... »

Nikolaj ferma de nouveau les yeux. Puis il se mit à lire. Et n'ouvrit les yeux que quand il en arriva à « Je te soulage de tous tes péchés, au nom du Père, du Christ et du Saint-Esprit ».

Il fit le signe de croix au-dessus de la tête de l'homme.

« Merci », murmura ce dernier avant de faire volte-face et de quitter la petite salle à pas rapides.

Nikolaj resta immobile, écoutant l'écho de ces mots qui flottaient encore entre les murs. Il pensait se rappeler où il l'avait vu. À la salle paroissiale de Gamle Aker. Il était venu avec une nouvelle étoile de Bethléem qui devait remplacer l'ancienne, détruite.

En tant que prêtre, Nikolaj était lié par le secret du

confessionnal, et il n'avait aucunement l'intention de le briser suite à ce qu'il avait entendu. Mais il y avait quelque chose dans la voix de l'homme, la façon dont il avait parlé de ses pensées le poussant à... à quoi ?

Nikolaj regarda par la fenêtre. Où étaient passés les nuages ? Il faisait à présent si lourd que ça n'allait pas tarder à changer. De la pluie. Mais d'abord : des éclairs et du tonnerre.

Il ferma la porte, s'agenouilla devant le petit autel et pria. Il pria avec une ferveur qu'il n'avait pas ressentie depuis des années. Qu'Il lui donne la force et lui dise quoi faire. Qu'Il lui accorde le pardon.

À deux heures, Bjørn Holm était à la porte du bureau de Beate avec le message qu'ils avaient quelque chose qu'elle devait voir.

Elle se leva et le suivit jusqu'au labo photo, où il désigna un cliché encore suspendu au fil où il séchait.

« Ça date de lundi dernier, dit Bjørn. Pris à peu près à cinq heures et demie, donc environ une demi-heure après la mort de Barbara Svendsen à Carl Berners Plass. De là, on va facilement à vélo jusqu'au parc Frogner, à cette heure-là. »

La photo montrait une jeune fille souriante devant la Fontaine. À côté d'elle, on apercevait un petit bout de sculpture. Beate savait de laquelle il s'agissait. La fille qui plongeait de l'arbre. Elle s'arrêtait souvent devant cette sculpture quand son père, sa mère et elle descendaient en ville en voiture pour leur promenade dominicale dans le parc Frogner. Son père lui avait expliqué que Gustav Vigeland avait dans l'idée que la fille qui plongeait symboliserait la peur que ressentent les jeunes filles vis-à-vis de la vie d'adulte et de la maternité.

Mais ce n'était pas la fille qui plongeait que Beate regardait pour le moment. C'était le dos d'un homme en bordure du cliché. Debout devant une poubelle verte. Il tenait un sac plastique marron à la main. Il portait un haut moulant jaune et un short de cycliste noir. Un casque noir sur la tête, des lunettes de soleil et un masque.

« Le coursier, murmura Beate.

— Peut-être. Malheureusement masqué, en tout cas.

— Peut-être. » Ça sonnait comme un écho. Beate tendit la main sur le côté sans quitter le tirage des yeux.

« La loupe... »

Holm la trouva sur la table entre les sacs de produits chimiques et la lui tendit.

Elle ferma légèrement un œil en passant la loupe au-dessus de la photo.

Bjørn Holm regardait sa supérieure. Il avait naturellement entendu l'histoire de Beate Lønn quand elle travaillait à l'OCRB. Disant qu'elle avait passé vingt-quatre heures non-stop dans la House of Pain, la salle vidéo hermétiquement close, passant la vidéo d'un braquage, image par image, et décodant tous les détails de constitution physique, de langage corporel, les contours de visages derrière des masques pour finalement dévoiler l'identité du meurtrier parce qu'elle l'avait vu sur un autre enregistrement, par exemple lors du hold-up d'un bureau de poste quinze ans auparavant, avant qu'elle-même ait atteint la puberté, un enregistrement qui avait été stocké dans le disque dur qui contenait un million de visages et chaque braquage de banque perpétré en Norvège depuis le début de la vidéosurveillance[1]. D'aucuns avaient prétendu que ça venait du gyrus fusiforme hors du commun de Beate, cette partie du cerveau qui reconnaît les visages, ce qui était pratiquement un don. C'est pourquoi Bjørn Holm ne regardait pas le cliché, mais les yeux de Beate Lønn qui scrutaient la photo devant eux, observant le moindre détail que lui-même n'apprendrait jamais à voir parce qu'il s'agissait là d'une sensibilité aux identités qu'il n'aurait jamais.

C'est pourquoi il remarqua aussi que ce n'était pas le visage de l'homme qu'elle étudiait à travers sa loupe.

« Son genou, dit-elle. Tu vois ? »

Bjørn Holm s'approcha.

« Quoi ?

— Le gauche. On dirait un pansement.

— Tu veux dire qu'il faut qu'on recherche une personne avec un pansement sur le genou ?

— Très drôle, Holm. Avant de savoir qui est sur la photo, il faut qu'on sache si c'est le coursier meurtrier.

— Et ça, on y arrive comment ?

— On va voir le seul homme dont nous savons qu'il a vu le coursier meurtrier de près. Fais une copie de cette photo pendant que je sors la voiture. »

Sven Sivertsen regarda avec le plus grand ébahis-

---

1. Voir *Rue Sans-Souci*, Folio Policier n° 480.

sement Harry, qui venait de lui exposer sa théorie. Cette théorie impossible.

« Je ne m'en doutais vraiment pas, murmura Sivertsen. Je n'ai jamais vu de photo des victimes dans les journaux. Ils ont mentionné les noms durant les auditions, mais ça ne me disait rien.

— Pour le moment, ce n'est qu'une théorie, dit Harry. Nous ne savons pas que c'est le coursier meurtrier. Il nous faut des preuves concrètes.

— Tu devrais plutôt me convaincre que tu as déjà suffisamment de choses pour me libérer. De sorte que j'accepte que nous allions nous livrer et que tu aies mes preuves contre Waaler. »

Harry haussa les épaules.

« Je peux appeler mon supérieur, Bjarne Møller, et lui demander de venir dans une voiture de patrouille pour nous faire sortir d'ici sans risque. »

Sivertsen secoua résolument la tête.

« Il doit y avoir d'autres personnes impliquées, plus haut placées que Waaler. Je ne fais confiance à personne. Il me faut tes preuves d'abord. »

Harry ferma puis rouvrit le poing.

« Il y a une autre possibilité. Qui peut nous couvrir tous les deux.

— Ah ?

— Aller voir les journalistes et leur donner ce qu'on a. Aussi bien sur le coursier meurtrier que sur Waaler. À ce moment-là, il sera trop tard, plus personne ne pourra faire quoi que ce soit. »

Sivertsen le regarda avec scepticisme.

« Le temps file, dit Harry. Il s'est rapproché. Tu ne le sens pas ?

Sivertsen se frotta le poignet.

« OK, dit-il. On y va. »

Harry chercha dans sa poche revolver et en tira une carte de visite pliée. Il hésita une seconde. Peut-être parce qu'il entrevoyait les conséquences de ce qu'il était en train de faire. Ou bien parce qu'il ne les entrevoyait pas.

Il composa le numéro professionnel. On répondit étonnamment vite.

« Roger Gjendem. »

Harry entendit le bourdonnement de voix, le crépitement de PC et des téléphones en bruit de fond.

« Ici Harry Hole. Je veux que tu m'écoutes attentivement, Gjendem. J'ai des informations sur le coursier meurtrier. Et sur le trafic d'armes qui implique l'un de mes collègues dans la police. Tu comprends ?

— Je crois.

— Bien. Tu as l'exclusivité contre la promesse que ça paraîtra sur la page web d'*Aftenposten* dans les plus brefs délais.

— Bien sûr. D'où appelles-tu, Hole ? »

Gjendem avait l'air moins surpris que Harry ne s'y était attendu.

« Peu importe où je suis. J'ai des informations qui montreront que Sven Sivertsen n'est pas le coursier meurtrier et qu'un responsable de la police est impliqué dans un trafic d'armes qui sévit depuis plusieurs années en Norvège.

— C'est fantastique. Mais je suppose que tu comprends que je ne peux pas écrire ça sur la base d'une conversation téléphonique.

— Qu'est-ce que tu veux dire ?

— Aucun journal sérieux n'ira raconter qu'un inspecteur principal de la police dont il citera le nom fait

478

du trafic d'armes sans avoir vérifié que la source est digne de confiance. Je ne doute pas que tu sois celui que tu dis être, mais comment savoir si tu n'es pas fou, beurré, ou les deux ? Si je ne vérifie pas ça comme il faut, le journal sera poursuivi. Rencontrons-nous, Hole. Et j'écrirai tout tel que tu me le diras. C'est promis. »

Dans la pause qui suivit, Harry entendit quelqu'un rire en arrière-fond. Un rire insouciant, en cascade.

« Laisse tomber les autres journaux. Ils te donneront la même réponse que moi. Fais-moi confiance, Hole. »

Harry inspira.

« OK. À l'Underwater, dans Dalbergstien. Cinq heures. Rien que toi, ou je me tire. Et pas un mot à qui que ce soit, compris ?

— Compris.

— Salut. »

Harry pressa le bouton off et se mordit la lèvre inférieure.

« J'espère que c'était une bonne idée », dit Sven.

Bjørn Holm et Beate quittèrent une Bygdøy Allé encombrée, et se trouvèrent un instant plus tard dans une rue calme bordée de grandes villas en bois d'un côté et d'immeubles chics de l'autre. Les trottoirs étaient exclusivement bordés de voitures de marque allemande.

« Kakselia », dit Bjørn.

Ils s'arrêtèrent devant un immeuble jaune pastel.

Ce ne fut qu'à la deuxième fois qu'ils sonnèrent que quelqu'un répondit dans l'interphone.

« Oui ?

« — André Clausen ?

— Lui-même.

— Beate Lønn, police. Nous pouvons entrer ? »

André Clausen les attendait à la porte, vêtu d'un peignoir qui lui descendait à mi-cuisse. Il gratta la croûte d'une éraflure qu'il avait à la joue tout en faisant un effort modéré pour étouffer un bâillement.

« Désolé, dit-il. Je suis rentré tard, cette nuit.

— De Suisse, peut-être ?

— Non, j'étais juste au chalet. Entrez. »

Le salon de Clausen était trop petit pour cette accumulation d'objets d'art, et Bjørn Holm en conclut rapidement que le goût de Clausen allait plutôt vers Liberace que vers le minimalisme. Une fontaine ruisselait dans un coin, et une déesse nue s'étirait vers les peintures Sixtine du plafond.

« Pour commencer, je veux que vous vous concentriez et que vous pensiez au moment où vous avez vu le coursier meurtrier à l'accueil de ce cabinet d'avocats, dit Beate. Et que vous regardiez ça. »

Clausen prit la photo et la regarda attentivement en se passant le doigt sur sa cicatrice. Bjørn Holm regarda autour de lui dans le salon.

Il entendit des pas traînants derrière une porte, puis le bruit de pattes qui grattaient de l'autre côté.

« Peut-être, dit Clausen.

— Peut-être ? » Beate était assise tout au bord de sa chaise.

« Très possible. Les vêtements sont les mêmes. Le casque et les lunettes aussi.

— Bien. Et le pansement sur le genou, il l'avait ? »

Clausen émit un petit rire.

« Comme je vous l'ai déjà dit, je n'ai pas pour

habitude d'étudier le corps des hommes aussi précisément. Mais si ça peut vous faire plaisir, je peux dire que mon sentiment immédiat, c'est que c'est le type que j'ai vu. En dehors de ça... »

Il fit un large geste des bras.

« Merci, dit Beate en se levant.

— Oh, de rien », répondit Clausen avant de les raccompagner à la porte, où il leur tendit la main. C'était une chose un peu bizarre, trouva Holm, mais il la lui serra. En revanche, quand Clausen la tendit à Beate, elle secoua la tête avec un petit sourire.

« Excusez-moi, mais vous avez du sang sur la main. Et votre joue saigne. »

Clausen porta la main à son visage.

« Ça alors ! s'exclama-t-il avec un sourire. C'est Truls. Mon chien. On a joué un peu brutalement, au chalet, ce week-end. »

Son sourire ne cessait de s'élargir tandis qu'il regardait Beate.

« Au revoir », dit-elle.

Bjørn Holm ne savait pas pourquoi il frissonnait lorsqu'ils ressortirent dans la chaleur.

Klaus Torkildsen avait orienté les deux ventilateurs de la pièce vers son visage, mais ils ne semblaient lui renvoyer que l'air chaud des ordinateurs. Il tapa un doigt contre le verre épais de son écran. Sous le numéro interne de Kjølberggata. L'abonné venait de raccrocher. C'était la quatrième fois de la journée que la personne en question avait parlé avec ce numéro de mobile. Très peu de temps à chaque fois.

Il double-cliqua sur le numéro de mobile pour

avoir des détails sur son propriétaire. Un nom apparut sur l'écran. Il double-cliqua sur le nom pour avoir l'adresse et la profession de l'individu. Ceux-ci apparurent, et Klaus tomba en arrêt en voyant la rubrique « profession ». Puis il composa le numéro qu'il avait reçu pour consigne d'appeler quand il aurait des renseignements à transmettre.

On décrocha.

« Allô ?

— C'est Torkildsen, de Telenor. Qui est au bout du fil ?

— Ne t'occupe pas de ça, Torkildsen. Qu'est-ce que tu as à nous dire ? »

Torkildsen sentit ses bras humides se coller à son torse.

« J'ai fait quelques vérifications. Le mobile de Hole est en mouvement constant et impossible à localiser. Mais un autre numéro de mobile a appelé plusieurs fois un numéro interne dans Kjølberggata.

— Tiens... Qui est-ce ?

— L'abonné est un certain Øystein Eikeland. Il est enregistré comme chauffeur de taxi.

— Et alors ? »

Torkildsen pointa la lèvre inférieure en avant et essaya de souffler sous ses lunettes embuées.

« Je me disais juste qu'il pouvait y avoir un rapport entre un téléphone qui bouge sans arrêt à travers toute la ville et un chauffeur de taxi. »

Silence à l'autre bout du fil.

« Allô ?

— Bien reçu, dit la voix. Continue à pister, Torkildsen. »

Au moment où Bjørn Holm et Beate entrèrent péniblement à l'accueil de Kjølberggata, le mobile de Beate sonna.

Elle le tira de sa ceinture, regarda le numéro et le colla à son oreille en un seul mouvement.

« Harry ? Demande à Sivertsen de remonter la jambe gauche de son pantalon. On a la photo d'un cycliste masqué devant la Fontaine, prise à cinq heures et demie lundi dernier, et le gars a un pansement sur le genou. En plus, il tient un sac en plastique brun. »

Bjørn dut allonger le pas pour ne pas se laisser distancer par la petite bonne femme qui filait dans le couloir. Il entendit une voix crépiter dans le téléphone.

Beate tourna dans son bureau.

« Ni pansement ni blessure ? Non, je sais bien que ça ne prouve rien. Mais pour ton information, André Clausen vient plus ou moins d'identifier le cycliste sur la photo, et c'est selon lui celui qu'il a vu chez Halle, Thune et Wetterlid. »

Elle s'assit derrière son bureau.

« Quoi ? »

Bjørn Holm vit son front se plisser en galons de sergent.

« Bon, d'accord. »

Elle reposa le téléphone et le regarda comme si elle ne savait pas si elle devait croire ce qu'elle venait d'entendre.

« Harry pense savoir qui est le cycliste meurtrier. »

Bjørn ne répondit pas.

« Va voir si le labo est libre. Il nous a filé une nouvelle mission.

— Quel genre ?

— Un vrai boulot de merde. »

Øystein Eikeland était installé dans son taxi, à la station sous St. Hanshaugen, les yeux mi-clos, observant une fille avec de longues jambes qui ingurgitait sa caféine assise sur une chaise, sur le trottoir devant Java. Le souffle de la climatisation fut couvert par une chanson country qui sortit des enceintes.

« *Faith has been broken, tears must be cried...* »

De mauvaises langues prétendaient que c'était une chanson de Gram Parson, que Keith et les Stones l'avaient chipée pour l'intégrer à l'album *Sticky Fingers* pendant qu'ils étaient en France, à la fin des années soixante, essayant de se remotiver à être géniaux.

« *Wild, wild horses couldn't drive me away...* »

L'une des portes arrière s'ouvrit. Øystein sursauta presque. La personne avait dû arriver de derrière, du parking. Dans son rétroviseur, il vit un visage bronzé, à la mâchoire puissante, portant des lunettes de soleil à verres miroirs.

« Maridalsvannet, chauffeur. »

La voix était douce, mais on percevait le ton de commandement.

« Si ça ne pose pas de problème...

— Oh non, murmura Øystein en coupant la musique et en tirant une dernière bouffée de cigarette avant de la balancer par sa vitre ouverte.

— À quel endroit près de Maridalsvannet ?

— Conduisez. Je vous le dirai. »

Ils remontèrent Ullevålsveien.

« On a annoncé de la pluie, dit Øystein.

— Je vous le dirai », répéta la voix.

Il y avait ce pourboire, pensa Øystein.

Dix minutes plus tard, ils sortirent de la zone habitée, pour se retrouver brusquement au milieu de champs, de fermes et près de Maridalsvannet, en un contraste si net entre la ville et la campagne qu'un passager américain avait un jour demandé à Øystein s'ils étaient entrés dans un parc d'attractions.

« Tu peux tourner à gauche, là-bas.

— Vers la forêt ?

— Oui. Ça te rend nerveux ? »

L'idée n'avait pas frappé Øystein. Pas avant ce moment-là. Il regarda de nouveau dans son rétroviseur, mais l'homme s'était rapproché de la portière, et Øystein ne voyait plus que la moitié de son visage.

Øystein freina, mit son clignotant à gauche et tourna. Le chemin de gravier devant eux était étroit et bosselé, et de l'herbe poussait au milieu.

Øystein hésita.

De chaque côté du chemin, des branches chargées de feuilles vertes pendaient vers eux, jouant dans la lumière, semblant les attirer vers l'intérieur du bois. Øystein appuya sur le frein. Le gravier crissa sous le caoutchouc, et la voiture s'arrêta.

« *Sorry*, dit-il au rétroviseur. Je viens de faire réparer le châssis de la voiture pour quarante mille couronnes, et nous ne sommes pas tenus de conduire sur ce type de chemins. Je peux appeler une autre voiture, si vous voulez. »

L'homme installé derrière sembla sourire, en tout cas la moitié que voyait Øystein.

« Et quel téléphone tu prévois d'utiliser, Eikeland ? »

Øystein sentit les cheveux de sa nuque se hérisser.

« Ton propre téléphone ? » chuchota la voix.

Le cerveau d'Øystein explora les différentes possibilités.

« Ou celui de Harry Hole ?

— Je ne suis pas tout à fait sûr de savoir de quoi vous parlez, *mister*, mais notre promenade s'arrête ici. »

L'homme rit.

« *Mister* ? Je ne crois pas, Eikeland. »

Øystein sentit qu'il devait avaler sa salive, mais ne parvint pas à ne pas céder à la tentation.

« Écoutez, je vous dispense de payer, puisque je ne peux pas vous conduire jusqu'au bout. Descendez et attendez, je vous appelle une autre voiture.

— Ton casier dit que tu es intelligent, Eikeland. Alors je suppose que tu sais ce que je veux. J'ai horreur de recourir à ce cliché, mais c'est à toi de choisir si on doit régler ça facilement ou difficilement.

— Je ne comprends vraiment pas... Aïe ! »

Le type venait de filer une gifle derrière la tête d'Øystein, juste au-dessus de l'appuie-tête, et quand Øystein plongea automatiquement en avant, il fut surpris de constater que ses yeux se remplissaient de larmes. Non pas que cela fît très mal. Le coup avait été du genre de ceux qu'on échange à l'école, léger, comme une humiliation préliminaire. Mais ses canaux lacrymaux avaient manifestement compris ce que le reste de son cerveau refusait toujours d'admettre. Qu'il avait de sérieux ennuis.

« Où est le téléphone de Harry, Eikeland ? Dans

la boîte à gants ? Dans le coffre ? Dans ta poche, peut-être ? »

Øystein ne répondit pas. Il était immobile, mais son regard filait dans tous les azimuts. La forêt de part et d'autre. Quelque chose lui disait que le type sur le siège arrière était bien entraîné, qu'il rattraperait Øystein en quelques secondes. Est-ce qu'il était seul ? Est-ce qu'Øystein devait déclencher l'alarme avertissant les autres voitures ? Y gagnerait-il à impliquer d'autres personnes ?

« Je vois, dit l'homme. Difficilement, alors. Et tu sais quoi... »

Øystein n'eut pas le temps de réagir avant de sentir un avant-bras se glisser sous son menton et tirer vers l'appuie-tête.

« ... en fait, c'est ce que j'espérais. »

Øystein perdit ses lunettes. Il tendit la main vers le volant, mais n'arriva pas à le toucher.

« Si tu sonnes le tocsin, je te tue, chuchota l'homme dans son oreille. Et ce n'est pas à prendre au second degré, Eikeland. *Je te raie de la surface du globe.* »

Bien que son cerveau ne reçût plus d'oxygène, Øystein Eikeland entendait et sentait remarquablement bien. Il vit le réseau de capillaires à l'intérieur de ses propres paupières, sentit l'odeur de la lotion après-rasage du type et entendit en même temps la légère nuance de plaisir – comme une espèce de courroie de transmission distendue – dans sa voix.

« Où est-il, Eikeland ? Où est Harry Hole ? »

Øystein ouvrit la bouche, et l'homme desserra son étreinte.

« Je ne vois vraiment pas ce que vous... »

Le bras lui pressa de nouveau la gorge.

« Dernier essai, Eikeland. Où est ton copain de beuverie ? »

Øystein sentit les douleurs arriver, l'assommante volonté de vivre. Mais il savait également que ça passerait bientôt. Il avait déjà connu ce genre de choses, ce n'était qu'un mauvais moment à passer avant qu'une indifférence bien plus agréable n'apparaisse. Les secondes passèrent. Son cerveau avait commencé à fermer des filiales. La vue mit la clé sous la porte en premier.

L'étreinte se desserra de nouveau, et l'oxygène envahit son cerveau. La vue revint. Et les douleurs.

« De toute façon, on le trouvera, dit la voix. Tu peux choisir si ça se passera avant ou après nous avoir quittés. »

Øystein sentit un objet dur et froid lui passer sur la tempe. Puis sur l'arête du nez. Øystein avait vu pas mal de westerns, mais jamais de calibre 45 de près.

« Ouvre la bouche. »

Et encore moins goûté.

« Je compte jusqu'à cinq, et je tire. Hoche la tête si tu veux me dire quelque chose. Avant cinq, de préférence. Un... »

Øystein essaya de lutter contre la peur de la mort. De se dire que les hommes sont rationnels, et que le type n'arriverait à rien en le butant.

« Deux... »

La logique est de mon côté, pensa Øystein. Le canon avait un goût écœurant de métal et de sang.

« Trois. Et ne pense pas à la housse de siège, Eikeland. Je nettoierai soigneusement derrière moi. »

Øystein sentit son corps se mettre à trembler, une

réaction incontrôlée à laquelle il n'avait jusqu'alors fait qu'assister, et il pensa à une fusée qu'il avait vue à la télé, qui avait frémi comme ça juste avant d'être envoyée vers un espace froid et vide.

« Quatre. »

Øystein hocha la tête. Énergiquement, plusieurs fois.

« Il est dans la boîte à gants, haleta-t-il. Il m'a dit qu'il fallait que je le laisse allumé, et ne pas répondre s'il sonnait. Il a pris le mien.

— Les téléphones ne m'intéressent pas, répondit la voix. Ce qui m'intéresse, c'est où se trouve Hole.

— Je ne sais pas. Il ne m'a rien dit. Si, il m'a dit qu'il valait mieux pour nous deux que je ne sache rien.

— Il a menti », dit l'homme.

Les mots arrivaient lentement, calmement, et Øystein n'arrivait pas à savoir si l'homme était en colère ou s'il s'amusait.

« Juste pour *lui*, Eikeland. Pas pour toi. »

Øystein avait l'impression d'avoir un fer à repasser chaud contre la joue.

« Attendez ! Harry a dit quelque chose. Ça me revient. Il a dit qu'il allait se cacher chez lui. »

Les mots jaillissaient si vite d'Øystein qu'il eut l'impression de les émettre à demi formés entre sa joue et sa langue.

« On y est allés, crétin, dit la voix.

— Je ne veux pas parler de chez lui, là où il habite. Chez lui à Oppsal. Là où il a grandi. »

L'homme rit, et Øystein sentit une piqûre quand le canon essaya de s'infiltrer dans sa narine.

« Ça fait plusieurs heures qu'on piste ton téléphone, Eikeland. Nous savons dans quelle partie de la ville il se trouve. Et ce n'est pas à Oppsal. Tu mens, purement et simplement. Ou dit autrement : cinq. »

Une sonnerie. Øystein ferma les yeux. La sonnerie ne cessait pas. Était-il déjà mort ? La sonnerie jouait une mélodie. Connue. *Purple Rain*. Prince. C'étaient les notes digitales d'un téléphone mobile.

« Oui, qu'est-ce que c'est ? » dit la voix derrière lui.

Øystein n'osait pas rouvrir les yeux.

« À l'Underwater ? Cinq heures ? OK, rassemble tout le monde immédiatement, j'arrive. »

Øystein entendit bruire derrière lui. Le moment était arrivé. Il entendit un oiseau chanter au-dehors. Un chant aigu, adorable. Il ne savait pas de quel genre d'oiseau il s'agissait. Il aurait dû le savoir. Il aurait dû comprendre pourquoi il chantait. Et il ne le saurait jamais. Il sentit une main sur son épaule.

Øystein ouvrit lentement les yeux et regarda dans son rétroviseur.

Un flash de dents blanches, puis la voix, toujours avec cette nuance de plaisir : « Centre-ville, chauffeur. Ça presse. »

Chapitre 38

Lundi. Le nuage

Rakel ouvrit brusquement les yeux. Son cœur battait à grands coups rapides. Elle s'était endormie. Elle écouta le vacarme régulier que faisaient les gamins à la piscine de Frogner. Un goût vaguement amer d'herbe imprégnait ses muqueuses, et la chaleur s'était étendue sur elle comme une couette douillette. Avait-elle fait un rêve, était-ce ça qui l'avait réveillée ?

Un soudain souffle froid fit voler la couette et lui fila la chair de poule.

C'est curieux comme les rêves s'échappent, de temps en temps, comme une savonnette mouillée, pensa-t-elle en se retournant.

L'instant d'après, elle était sur ses jambes. « Oleg ! »

Elle se mit à courir.

Elle le trouva près de la fosse sous le plongeoir. Il était assis sur le bord et discutait avec un gamin qu'elle pensa avoir déjà vu. Un camarade de classe, peut-être.

« Salut, maman. » Il sourit en plissant les yeux vers elle.

Rakel l'attrapa par le bras, plus rudement qu'elle ne l'aurait voulu.

« Je t'ai dit de ne pas partir sans me le dire !

— Mais tu dormais, maman. Je n'ai pas voulu te réveiller. »

Oleg avait l'air surpris et un peu penaud. Le camarade de classe s'éclipsa.

Elle le lâcha, poussa un soupir et regarda vers l'horizon. Le ciel était bleu à l'exception d'un seul nuage blanc qui semblait pointer vers le haut, comme si quelqu'un venait de tirer une fusée.

« Il va être cinq heures, on rentre, dit-elle d'une voix lointaine. On va dîner. »

Dans la voiture, Oleg lui demanda si Harry venait.

Rakel secoua la tête.

En attendant que le feu repasse au vert au carrefour de Smestad, elle se pencha en avant pour voir si le nuage était toujours là. Il n'avait pas bougé, mais il était un peu monté et sa base avait pris une nuance de gris.

Elle se rappela qu'il fallait fermer la porte quand ils arrivèrent.

Chapitre 39

Lundi. Rencontres

Roger Gjendem s'arrêta et fixa du regard les bulles dans l'aquarium à la fenêtre de l'Underwater. Une image passa devant ses yeux. Celle d'un gamin de sept ans qui nageait vers lui en mouvements rapides et saccadés, la panique clairement visible sur le visage, comme si lui, Roger, le grand frère, était le seul au monde à pouvoir le sauver. Roger avait crié en riant, mais Thomas n'avait pas compris qu'il était arrivé depuis longtemps en eaux peu profondes, qu'il n'avait qu'à poser le pied par terre. Roger pensait parfois qu'il avait réussi à apprendre à son petit frère à nager dans l'eau, mais que c'était à terre qu'il avait coulé.

Il passa la porte de l'Underwater et s'arrêta quelques secondes pour laisser ses yeux s'habituer à l'obscurité. À l'exception du barman, il n'y avait qu'une seule personne dans la pièce, une bonne femme rousse qui lui tournait pratiquement le dos, une pinte à moitié pleine devant elle et une cigarette entre les doigts. Roger descendit à l'étage inférieur et jeta un coup d'œil. Personne. Il décida d'attendre au bar du rez-de-chaussée. Le parquet grinça sous ses chaussures, et la rouquine leva les yeux. Des ombres tombaient sur son visage, mais quelque chose dans sa façon de se tenir, son maintien, lui firent penser qu'elle était belle. Ou qu'elle l'avait été. Il remarqua un sac posé par terre à côté d'elle. Elle attendait peut-être quelqu'un, elle aussi.

Il se commanda une bière et regarda l'heure.

Il avait tourné un peu dans les environs de façon à ne pas arriver avant cinq heures, comme convenu. Il ne voulait pas paraître trop enthousiaste, ça pourrait éveiller les soupçons. Encore que, qui se méfierait d'un journaliste trop enthousiaste quand il était question d'informations qui pouvaient retourner complètement la plus grosse affaire de l'été ? Si seulement c'était de ça qu'il s'agissait.

Roger les avait cherchés du regard en parcourant les rues. S'il y avait une voiture garée au mauvais endroit, quelqu'un qui lisait le journal à un coin de rue, un clodo endormi sur un banc. Mais il n'avait rien vu. De toute évidence, ces gars étaient des pros. C'était ça qui lui faisait le plus peur. La certitude qu'ils pouvaient accomplir cette besogne et disparaître, comme ça. Il avait entendu un collègue murmurer au plus fort d'une cuite que, ces dernières années, il s'était produit des choses à l'hôtel de police, que le public n'aurait pas crues si on avait écrit dessus, mais Roger avait partagé l'avis du public.

Il regarda de nouveau sa montre. Cinq heures sept.

Est-ce qu'ils débarqueraient dès que Harry entrerait ? Ils ne lui avaient rien dit, à part qu'il devait se présenter comme convenu et se comporter comme s'il était au boulot. Roger but une grosse gorgée, en espérant que l'alcool lui calmerait les nerfs.

Dix. Le barman s'était assis dans un coin du bar et lisait *I Fjords*.

« Excusez-moi... », dit Roger.

Le barman leva à peine les yeux.

« Il n'y a pas un type qui est passé ici, par hasard ? Grand, blond, avec...

— Désolé, répondit le barman avant de se lécher le pouce et de tourner la page. J'ai pris mon service juste avant votre arrivée. Demandez à la fille qui est là-bas. »

Roger hésita. Il vida son verre jusque sous la marque Ringnes et se leva.

« Excusez-moi... »

La femme leva les yeux et le regarda avec une espèce de demi-sourire.

« Oui ? »

Ce fut alors qu'il le vit : que ce n'étaient pas des ombres qu'elle avait sur son visage. C'étaient des ecchymoses. Sur son front. Sur ses joues. Et dans son cou.

« Je devais rencontrer un type, ici, mais j'ai peur qu'il soit déjà reparti. Plus d'un mètre quatre-vingt-dix, blond, presque rasé.

— Ah ? Jeune ?

— Mouais. Autour de trente-cinq ans, je dirais. Il a un peu l'air... ravagé.

— Nez rouge, yeux bleus qui ont l'air vieux et jeunes en même temps ? »

Elle souriait toujours, mais d'une façon tellement renfermée qu'il comprit que ce sourire ne lui était pas destiné.

« Ça pourrait être lui, oui, dit Roger avec hésitation. Est-ce qu'il...

— Non, je l'attends aussi. »

Roger la regarda. Était-elle réellement l'un d'eux ? Une femme cabossée, bien esquintée, dans les trente ans ? Ce n'était pas très vraisemblable.

« Vous croyez qu'il va venir ? demanda Roger.

— Non, répondit-elle en levant son verre. Ceux dont vous voudriez qu'ils viennent ne viennent jamais. Ce sont les autres qui viennent. »

Roger retourna au bar. Son verre avait disparu du comptoir. Il s'en commanda un autre.

Le barman mit de la musique. Gluecifer fit de son mieux pour éclairer la pénombre.

Il n'arrivait pas. Harry Hole n'arrivait pas. Qu'est-ce que ça voulait dire ? Punaise, ce n'était pas sa faute.

À cinq heures et demie, il entendit la porte.

Roger leva des yeux pleins d'espoir.

Un homme en blouson de cuir le regardait depuis l'entrée.

Roger secoua la tête.

L'homme jeta un regard circulaire dans la pièce. Se passa une main à plat sur le cou. Puis il ressortit.

La première pensée de Roger fut de courir derrière. Demander ce que cette main signifiait. Qu'ils interrompaient l'opération ? Ou bien que Thomas... Son téléphone mobile sonna. Il le saisit.

« *No show ?* » demanda une voix.

Ce n'était pas l'homme en blouson de cuir, et ce n'était clairement pas Harry. Mais c'était une voix vaguement familière.

« Qu'est-ce que je fais ? demanda Roger à voix basse.

— Tu restes là jusqu'à huit heures, dit la voix. Et tu appelles le numéro qu'on t'a donné s'il se pointe. On continue.

— Thomas...

— Il n'arrivera rien à ton petit frère tant que tu feras ce qu'on te dira. Et rien ne filtrera.

— Bien sûr que non. Je...

— Bonne soirée, Gjendem. »

Roger remit son téléphone dans sa poche et plongea dans son verre de bière. Il chercha sa respiration en relevant la tête. Huit heures. Deux heures et demie.

« Qu'est-ce que j'avais dit ? »

Roger se retourna. Elle était juste derrière lui, et elle leva un index à l'attention du barman, qui se leva de sa chaise à contrecœur.

« Qu'est-ce que tu voulais dire, les autres ? demanda-t-il.

— Quels autres ?

— Tu as dit qu'au lieu que ce soient ceux que tu attendais, c'étaient les autres qui venaient.

— Ceux dont tu dois te contenter, chéri.

— Oui ?

— Comme toi et moi. »

Roger se retourna complètement. Elle l'avait dit d'une façon particulière. Sans pathos, sans gravité, mais avec un sourire légèrement résigné dans la voix. Il reconnaissait quelque chose là-dedans, une espèce de parenté. Et il voyait davantage de choses. Ses yeux. Ses lèvres rouges. Oh oui, elle avait été belle.

« C'est ton bonhomme qui t'a amochée comme ça ? »

Elle leva la tête et pointa le menton en avant, puis regarda le barman qui arrivait.

« Ça, je ne crois vraiment pas que ce soient tes oignons, jeune homme. »

Roger ferma les yeux un instant. Ça avait été une journée étrange. L'une des plus étranges. Aucune raison que ça s'arrête là.

« Ça pourrait le devenir », dit-il.

Elle se tourna et lui lança un regard perçant.

Il fit un signe de tête vers sa table.

« À en juger par la taille du sac que tu as là, c'est ton ex-bonhomme, maintenant. Si tu as besoin d'un endroit où échouer cette nuit, j'ai un grand appartement avec une chambre d'amis.

— Tiens donc ! »

Le ton était sec, mais il vit se modifier l'expression de son visage. Se faire interrogatrice, curieuse.

« Il s'est agrandi subitement cet hiver, dit-il. D'ailleurs, je te paie ta pinte si tu me tiens compagnie. Je suis ici pour un moment.

— Mouais. En tout cas, on peut toujours attendre ensemble.

— Quelqu'un qui ne viendra pas ? »

Son rire était triste, mais au moins, c'était un rire.

Assis sur la chaise à la fenêtre, Sven regardait les champs au-dehors.

« Tu aurais peut-être dû y aller quand même, dit-il. Ça a pu être inconscient pour le journaliste.

— Je ne crois pas. »

Il était allongé sur le canapé et observait la fumée de sa cigarette qui montait en spirale vers le plafond gris.

« Je crois que ce n'est pas non plus inconsciemment qu'il m'ait donné un avertissement.

— Rien que parce que tu lui as parlé de Waaler comme d'un " responsable dans la police " et qu'il t'en a parlé comme d'un " inspecteur principal ". Ça ne veut pas dire qu'il savait déjà que c'était Waaler. Il a pu le deviner.

— En tout cas, il a fait une boulette. À moins qu'il n'ait été écouté et qu'il n'ait essayé de me prévenir.

— Tu es parano, Harry.

— Peut-être, mais ça ne veut pas dire...

— ... qu'ils ne sont pas tous après toi. Tu l'as déjà dit. Il doit bien y avoir d'autres journalistes à qui tu peux téléphoner ?

— Personne en qui je puisse avoir confiance. En plus, je ne crois pas qu'il faille continuer à nous servir de ce téléphone. En fait, je crois que je vais le couper complètement. Les signaux peuvent servir à nous pister.

— Hein ? Waaler ne peut quand même pas savoir quel téléphone tu utilises. »

L'écran vert de l'Ericsson s'éteignit, et Harry le laissa retomber dans sa poche.

« Apparemment, tu n'es pas complètement conscient de ce que Waaler peut ou ne peut pas faire, Sivertsen. L'accord passé avec mon copain chauffeur de taxi, c'était qu'il m'appelle d'une cabine téléphonique entre cinq et six heures si tout allait bien. Il est six heures dix. Tu as entendu le téléphone sonner ?

— Non.

— Ça peut vouloir dire qu'ils sont déjà au courant pour ce téléphone. Il approche.

— Est-ce que quelqu'un t'a déjà dit que tu as tendance à te répéter, Harry ? gémit Sven. Et par ailleurs, j'ai constaté que tu ne remues pas vraiment ciel et terre pour nous sortir de ce merdier. »

Pour toute réponse, Harry souffla un gros zéro vers le plafond.

« J'ai presque l'impression que tu *veux* qu'il nous trouve. Et que tout le reste n'est que de la poudre aux yeux. Les gens doivent avoir l'impression qu'on se cache aussi bien qu'on le peut, et tu seras sûr qu'il se laisse berner et suivra le mouvement.

— Intéressante théorie », murmura Harry.

« L'expert aux Moulins norvégiens a confirmé que c'était bien ce que tu pensais », dit Beate dans le combiné en faisant signe à Bjørn Holm de sortir du bureau.

Elle comprit aux déclics qu'elle entendait que Harry appelait d'une cabine téléphonique.

« Merci de ton aide. C'était exactement ce dont j'avais besoin.

— Oui ?

— J'espère.

— Je viens d'appeler Olaug Sivertsen, Harry. Elle est morte d'inquiétude.

— Mmm.

— Ce n'est pas seulement à cause de son fils. Elle a peur pour sa locataire, qui a passé le week-end dans un chalet et qui n'est pas revenue, elle non plus. Je ne sais pas ce que je vais lui dire.

— Le moins possible. C'est bientôt terminé.

— Tu me le promets ? »

Le rire de Harry sonna comme une mitraillette prise d'une quinte de toux.

« Ça en particulier, oui, je te le promets. »

L'interphone interne crépita.

« De la visite pour toi », dit la réceptionniste d'une voix nasillarde. C'était effectivement une fille de chez Securitas, puisqu'il était plus de quatre heures, mais Beate avait remarqué que même Securitas commençait à parler du nez après un séjour derrière le poste d'accueil.

Beate appuya sur le bouton de la boîte légèrement désuète qu'elle avait devant elle.

« Demande à la personne d'attendre un peu, je suis occupée.

— Oui, mais i... »

Beate coupa la communication.

« Toujours la même chose », dit-elle. Par-dessus la voix de Harry, elle entendit une voiture s'arrêter et le moteur cessa de tourner. Elle remarqua au même moment un changement dans la façon dont la lumière tombait.

« Il faut que je me sauve, maintenant, dit-il. Ça commence à urger. Je te rappellerai peut-être après. Si ça s'est passé comme je voulais. OK ? Beate ? »

Beate raccrocha. Elle regardait fixement vers la porte.

« Alors ? Tu ne dis pas au revoir à de bons amis ?

— La réceptionniste ne t'a pas dit d'attendre ?

— Oh si. »

Tom Waaler ferma la porte et tira un cordon. Le store blanc tomba d'un coup devant la fenêtre donnant sur les autres bureaux. Il fit ensuite le tour de la table de travail de Beate, se planta à côté de sa chaise et regarda sur le bureau.

« Qu'est-ce que c'est ? » demanda-t-il en désignant les deux lames de verre collées ensemble.

Beate respirait rapidement par le nez.

« D'après le labo, c'est de la farine. »

Il posa légèrement une main sur la nuque de Beate, qui se raidit.

« C'était avec Harry, que tu discutais ? »

Il passa un doigt sur la peau de la jeune femme.

« Arrête, dit-elle avec une maîtrise conservée de haute lutte. Retire cette main.

— Holà, c'était malvenu ? »

Waaler leva les deux mains, paumes vers elle, en souriant.

« Mais tu aimais bien ça, Lønn.

— Qu'est-ce que tu veux ?

— Te donner une chance. Je crois que je te dois bien ça.

— Ah oui ? Et pourquoi ? »

Elle pencha la tête de côté et le regarda. Il s'humecta les lèvres et se pencha vers elle.

« Pour ton obligeance. Pour ta soumission. Et pour ta chatte froide et étroite. »

Elle frappa, mais il lui bloqua le poignet en l'air et dans le même mouvement lui tordit le bras dans le dos en remontant vers le haut. Elle haleta, bascula en avant sur sa chaise et manqua de se cogner le front sur le bureau. Sa voix feula dans son oreille.

« Je te donne une chance de conserver ton boulot, Lønn. Nous savons que Harry t'a appelée depuis le téléphone de son pote chauffeur de taxi. Où est-il ? »

Elle gémit. Waaler remonta encore un peu son poignet.

« Je sais que ça fait mal, dit-il. Et je sais que la douleur ne te fera pas me dire quoi que ce soit. Ceci est donc exclusivement réservé à mon propre plaisir. Et au tien. »

Il appuya son bas-ventre au flanc de Beate. Le sang pulsait dans ses oreilles. Beate visa et se laissa tomber en avant. Sa tête heurta le boîtier intercom qui grinça sous le poids.

« Oui ? demanda une voix nasillarde.

— Envoyez-moi Holm immédiatement ! gémit Beate, la joue sur le sous-main.

— Bien. »

Waaler relâcha sa prise en hésitant. Beate se redressa.

« Espèce de porc, dit-elle. Je ne sais pas où il est. Il n'aurait jamais accepté de me mettre dans un pétrin pareil. »

Tom Waaler la regarda longuement. L'étudia. Mais tandis qu'il faisait cela, Beate se rendit compte de quelque chose d'étrange. Qu'elle n'avait plus peur de lui. Le bon sens lui disait qu'il était plus dangereux que jamais, mais il y avait dans ses yeux une angoisse qu'elle n'y avait jamais vue. Et il venait de perdre la maîtrise de soi. Pendant quelques secondes seulement, mais c'était la première fois qu'elle l'avait vu perdre le contrôle.

« Je reviendrai, lui dit-il à voix basse. Je le promets. Et tu sais que je tiens mes promesses.

— Qu'est-ce qu'il y a..., commença Bjorn Holm, qui fit rapidement un pas de côté quand Waaler passa la porte en trombe.

Chapitre 40

Lundi. La pluie

Il était sept heures et demie, le soleil visait Ullernåsen, et depuis sa véranda dans Thomas Heftyes Gate, la veuve Danielsen constata que plusieurs nuages blancs arrivaient au-dessus du fjord d'Oslo. Dans la rue, elle avait croisé André Clausen et Truls. Elle ne connaissait ni le nom du bonhomme ni celui de son golden retriever, mais elle les avait souvent vus venir de Gimle Terrasse. Ils s'arrêtèrent au feu à côté de la station de taxi de Bygdøy Allé. La veuve Danielsen pensa qu'ils avaient prévu d'aller faire un tour au parc Frogner.

Ils avaient tous les deux l'air un peu usés. Le chien avait d'ailleurs besoin d'être lavé.

Elle plissa le nez en voyant le chien, qui était assis un demi-pas derrière son maître, baisser l'arrière-train et faire sur le trottoir. Et quand elle vit que son maître ne paraissait aucunement vouloir ramasser ses déjections, mais tirait le chien derrière lui sur le passage piéton dès qu'ils virent le petit homme vert, la veuve Danielsen fut indignée tout en ressentant une légère joie. Indignée parce qu'elle s'était toujours souciée du bien de la ville. Ou plutôt de cette partie de la ville. Et de bonne humeur parce qu'elle venait de trouver matière à un nouveau courrier des lecteurs dans *Aftenposten*, où elle n'avait pas figuré depuis un bon moment.

Elle continua à regarder le lieu du délit tandis que le maître et le chien remontaient Frognerveien d'un pas rapide et la conscience apparemment lourde. Et c'est alors que la femme qui arrivait au petit trot en direction opposée pour avoir le temps de traverser fut victime, sous ses yeux, du manque absolu de sens civique dont faisaient preuve certains citoyens. Elle était manifestement si occupée à héler l'unique taxi de la station qu'elle ne remarqua pas où elle mettait les pieds.

La veuve Danielsen renâcla tout haut, jeta un dernier regard sur le cortège de nuages et rentra pour s'occuper de son article.

Un train passa comme un long et doux soupir. Olaug ouvrit les yeux et s'aperçut qu'elle était dans le jardin.

Bizarre. Elle ne se souvenait pas d'être sortie de la maison. Mais elle était dehors, au milieu des rails, le dernier parfum doucereux de roses et de lilas fanés dans les narines. Elle leva les yeux. Les nuages étaient arrivés, et c'était pour ça qu'il faisait aussi sombre. Olaug baissa les yeux sur ses pieds nus. Peau blanche, veines bleues, les pieds d'une personne âgée. Elle savait pourquoi elle s'était installée à cet endroit précis. C'était là – exactement là – qu'ils s'étaient tenus, Ernst et Randi. Debout à la fenêtre de la chambre de bonne, elle les avait regardés dans la pénombre près du rhododendron qui avait disparu depuis. Le soleil était sur le déclin, Ernst avait murmuré quelque chose en allemand avant de cueillir une rose et de la glisser derrière l'oreille de son épouse. Elle avait ri et pressé son nez contre son cou. Puis ils s'étaient tournés vers l'ouest, avaient passé chacun un bras autour des épaules de l'autre et étaient restés ainsi. Elle avait posé sa tête sur l'épaule de son mari pendant que tous les trois regardaient le coucher de soleil. Et Olaug ne savait pas ce qu'ils avaient pensé, mais de son côté, elle avait pensé que le soleil resterait peut-être un jour en l'air. Si jeune.

Elle jeta mécaniquement un coup d'œil vers la fenêtre de la chambre de bonne. Pas d'Ina, pas de jeune Olaug, rien qu'une surface noire qui renvoyait le reflet d'un ciel plein de pop-corn.

Elle pleurerait jusqu'à la fin de l'été. Peut-être un peu plus longtemps. Puis le reste de sa vie redémarrerait tel qu'elle l'avait toujours fait. C'était un projet. On avait besoin de projets.

Quelque chose bougea derrière elle. Olaug se tourna lentement, lourdement. Elle sentit l'herbe fraîche se détacher du sol lorsqu'elle tourna ses plantes de pieds. Puis, au milieu de son mouvement, elle se figea.

C'était un chien.

Il la regardait comme s'il voulait lui demander pardon pour quelque chose qui n'était pas encore arrivé. Au même moment, une silhouette sortit sans bruit de l'ombre sous les arbres fruitiers et vint se placer à côté du chien. C'était un homme. Ses yeux étaient grands et noirs, exactement comme ceux du chien. Elle avait l'impression que quelqu'un lui avait fourré un petit animal dans la gorge, et elle n'arrivait plus à respirer.

« Nous sommes entrés, mais vous n'étiez pas là, dit l'homme en penchant légèrement la tête de côté et en la regardant comme si elle était un insecte intéressant. Vous ne savez pas qui je suis, madame Sivertsen, mais j'étais impatient de vous rencontrer. »

Olaug ouvrit la bouche et la referma. L'homme approcha. Olaug regarda par-dessus son épaule.

« Seigneur », murmura-t-elle en écartant les bras.

Elle vint des escaliers, traversa en courant et en riant l'allée de gravier pour embrasser Olaug.

« J'ai eu tellement peur pour toi, dit Olaug.

— Ah ? » Ina avait l'air surprise. « On est simplement restés au chalet plus longtemps que prévu. Ce sont les vacances, tu sais.

— Oui, oui », répondit Olaug sans la lâcher.

Le chien, un setter anglais, fut gagné par la joie des retrouvailles. Il se dressa sur les pattes de derrière et posa ses pattes avant dans le dos d'Olaug.

« Thea ! dit l'homme. Assis ! »

Thea s'assit.

« Et lui ? demanda Olaug en lâchant finalement Ina.

— C'est Terje Rye, dit Ina dont les joues brûlaient dans le crépuscule. Mon fiancé.

— Doux Jésus », dit Olaug en tapant dans ses mains.

L'homme sourit et lui tendit la main. Il n'était vraiment pas beau. Nez en trompette, pratiquement plus un poil sur le caillou, et yeux rapprochés. Mais son regard était ouvert et direct comme ceux qu'appréciait Olaug.

« Enchanté, dit-il.

— Moi de même », répondit Olaug en espérant que l'obscurité dissimulerait ses larmes.

Toya Harang ne remarqua pas l'odeur avant qu'ils aient parcouru un bon bout de Josefines Gate.

Elle jeta un coup d'œil soupçonneux au chauffeur de taxi. Il était basané, mais en tout cas pas africain : elle n'aurait pas osé monter. Non qu'elle fût raciste, il ne s'agissait que d'un simple calcul de probabilités.

Mais qu'est-ce que c'était que cette odeur ?

Elle remarqua le regard du chauffeur dans le rétroviseur. Portait-elle des vêtements trop osés, son décolleté rouge était-il trop plongeant, sa jupe fendue au-dessus de ses santiags trop courte ? Elle pensa à autre chose, de plus agréable. Il l'avait vue dans les journaux du jour, qui avaient imprimé de grandes photos d'elle, et l'avait reconnue. *Toya Harang, héritière du trône de la reine de la musique*, avaient-ils écrit. D'accord, l'article de *Dagbladet* avait dit d'elle qu'elle était « maladroitement charmante » et qu'elle était plus convaincante dans le rôle de la fleuriste Eliza que dans celui de l'aristocrate qu'en avait fait Higgins. Mais tous les critiques étaient d'accord : elle chantait et dansait mieux que n'importe qui. Là. Qu'en aurait dit Lisbeth ?

« Fête ? demanda le chauffeur.

— D'une certaine façon. »

Une fête pour deux, pensa-t-elle. Pour Vénus et... Quel nom avait-il donné, déjà ? Bon, Vénus, en tout cas, c'était elle. Il était venu la voir durant la fête à l'occasion de la première et lui avait chuchoté qu'il était un admirateur secret. Et l'avait par conséquent invitée chez lui ce soir-là. Il n'avait pas pris la peine de dissimuler ses desseins, et elle aurait dû refuser. En toute honnêteté, elle aurait dû refuser.

« Ça va certainement être très sympa », dit le chauffeur.

Honnêteté. Et non. Elle sentait toujours l'odeur de silo et de poussière de paille, et elle voyait toujours la ceinture battante de son père couper les rayons lumineux qui passaient entre les planches de la grange quand il avait essayé de la sauter. Honnêteté et non. Et elle sentait toujours la main de sa mère dans ses cheveux, après coup, sa mère qui lui demandait pourquoi Toya ne pouvait pas être comme Lisbeth. Gentille et douée. Et un jour, Toya avait arraché son masque et dit qu'elle était comme elle était, qu'elle devait le tenir de son père, elle l'avait vu saillir Lisbeth comme une truie dans l'étable, à moins que sa mère ne fût pas au courant ? Toya avait vu le visage de sa mère se métamorphoser, pas parce que sa mère ne savait pas que c'étaient des mensonges, mais parce que sa fille ne reculait devant rien pour leur faire du mal. Toya criait de tous ses poumons qu'elle les détestait tous, son père était arrivé du salon son journal à la main, et elle avait vu à leur expression qu'ils comprenaient qu'elle ne mentait pas. Les détestait-elle toujours, maintenant qu'ils étaient tous morts ? Elle ne savait pas. Non. Aujourd'hui, elle ne détestait personne. Ce n'était pas pour ça qu'elle faisait ce qu'elle faisait. C'était pour s'amuser. Pour l'indécence. Et parce que l'interdiction rendait la chose si attirante.

Elle donna deux cents couronnes au chauffeur, lui fit un sourire et lui demanda de garder la monnaie en dépit de l'odeur dans la voiture. Ce ne fut que quand le taxi eut disparu qu'elle comprit pourquoi le chauffeur l'avait regardée fixement dans le miroir. Ce n'était pas de lui que venait l'odeur, c'était d'elle.

« Bordel ! »

Elle frotta la semelle de cuir de sa santiag contre le bord du trottoir qui s'orna de raies brunes. Elle chercha une flaque d'eau, mais la dernière d'Oslo avait disparu près de cinq semaines plus tôt. Elle abandonna, alla à la porte de l'immeuble et sonna.

« Oui ?

— C'est Vénus, roucoula-t-elle en souriant intérieurement.

— Et c'est Pygmalion », dit la voix.

C'était ça !

La serrure grésilla. Elle hésita un instant. Dernière possibilité de retraite. Elle rejeta ses cheveux en arrière et ouvrit la porte.

Il attendait à l'entrée de son appartement, un verre à la main.

« Tu as fait comme je te l'ai recommandé ? demanda-t-il. Tu n'as absolument rien dit sur l'endroit où tu allais ?

— Oui, tu es fou ? répondit-elle en levant les yeux au ciel.

— Peut-être, répondit-il en ouvrant grand la porte. Entre dire bonjour à Galatée. »

Elle rit, bien qu'elle ne comprît pas ce qu'il voulait dire. Elle rit bien qu'elle sût qu'il allait se passer quelque chose d'horrible.

Harry trouva à se garer un peu plus bas dans Markveien, coupa le moteur et sortit de la voiture. Il alluma une cigarette et regarda autour de lui.

Les rues étaient désertes, on aurait dit que les gens s'étaient enfermés. Les nuages blanc innocent de l'après-midi s'étaient étendus en une couverture grise qui occupait tout le ciel.

Il suivit les façades d'immeubles couvertes de graffitis jusqu'à la porte cochère. Il constata qu'il ne restait plus que le filtre de sa cigarette et le jeta. Il sonna et attendit. L'air était si lourd que ses paumes transpiraient. Ou était-ce de peur ? Il regarda l'heure et la mit dans un coin de sa tête.

« Oui ? demanda une voix dans laquelle perçait nettement l'irritation.

— Bonsoir, c'est Harry Hole. »

Pas de réponse.

« De la police, ajouta-t-il.

— Bien sûr. Désolée, je pensais à autre chose. Entre. »

L'interphone grésilla.

Harry emprunta l'escalier et monta à longs pas lents.

Elles l'attendaient toutes les deux à la porte.

« Hou là là ! dit Ruth. Ça ne va pas tarder à péter. »

Harry s'arrêta sur le palier devant elles.

« La pluie, ajouta l'Aigle de Trondheim à titre informatif.

— Ah, ça. » Harry se frotta les mains sur son pantalon.

« Qu'est-ce qu'on peut faire pour toi, Hole ?

— M'aider à mettre la main sur le coursier meurtrier », répondit Harry.

Toya était couchée en chien de fusil au milieu du

lit et se regardait dans le miroir posé contre le mur. Elle écoutait la douche à l'étage inférieur. Il se lavait d'elle. Elle se retourna. Le matelas épousa doucement les contours de son corps. Elle regarda la photo. Ils souriaient vers le photographe. En vacances. En France, peut-être. Elle passa une main sur la housse de couette fraîche. Le corps de l'homme aussi avait été froid. Froid, dur et musclé en dépit de l'âge. En particulier ses fesses et ses cuisses. C'était parce qu'il avait été danseur, avait-il dit. Il avait fait travailler ses muscles chaque jour pendant quinze ans, ils ne disparaîtraient jamais.

Toya regarda la ceinture noire de son pantalon qui gisait sur le sol.

Quinze ans. Ne disparaîtraient jamais.

Elle se retourna sur le dos, remonta un peu dans le lit et entendit l'eau clapoter à l'intérieur de l'enveloppe de caoutchouc du matelas. Mais à présent, tout allait être différent. Toya était devenue intelligente. Gentille. Exactement comme papa et maman voulaient qu'elle soit. Elle était devenue Lisbeth.

Toya appuya sa tête contre le mur et s'enfonça un peu plus. Quelque chose la chatouillait entre les omoplates. C'était comme d'être allongée dans un bateau sur une rivière. D'où lui venait cette idée ?

Willy lui avait demandé si elle pouvait se servir d'un gode pendant qu'il regarderait. Elle avait haussé les épaules. Gentille. Il avait ouvert sa caisse à outils. Elle avait fermé les yeux, mais elle avait quand même vu à l'intérieur de ses paupières les rais lumineux entre les planches de la grange. Et quand il était venu dans sa bouche, ça avait eu le goût du silo. Mais elle n'avait rien dit. Intelligente.

Comme elle l'avait été pendant que Willy lui apprenait à parler et à chanter comme sa sœur. À marcher et à sourire comme elle. Willy avait donné une photo de Lisbeth aux maquilleurs en leur disant que c'était à ça qu'il voulait que Toya ressemblât. La seule chose qu'elle n'avait pas réussi à faire, c'était rire comme Lisbeth, et Willy lui avait demandé de laisser tomber. Elle s'était de temps à autre demandé dans quelle mesure le rôle d'Eliza Doolittle était important par rapport au regret désespéré de Willy concernant Lisbeth. Et aujourd'hui, elle était là. Et il se pouvait aussi qu'il s'agisse de Lisbeth, aussi bien pour elle que pour lui. Qu'avait dit Willy ? Le désir cherche le point le plus bas ?

Elle sentit une nouvelle piqûre entre ses omoplates et se tortilla avec agacement.

Pour sa part, Toya – si elle devait être franche – ne regrettait pas spécialement Lisbeth. Non qu'elle n'ait pas été choquée quand la nouvelle de sa disparition avait été connue. Mais l'événement lui avait aussi ouvert tout un tas de portes. Toya avait été interviewée, *Spinnin' Wheel* venait de lui proposer de faire une série de concerts commémoratifs bien rémunérés à la mémoire de Lisbeth. Et à présent, le rôle principal de *My Fair Lady*. Qui semblait par-dessus le marché devoir être un succès. Willy avait dit à l'occasion de la fête organisée pour la première qu'elle n'avait plus qu'à se préparer à devenir une star. Une étoile. Une diva. Elle passa une main sous son dos. Qu'est-ce qui appuyait ? Une bosse. Sous le drap. Qui disparut quand elle appuya dessus. Avant de revenir. Il fallait qu'elle en ait le cœur net.

« Willy ? »

Elle allait crier plus fort pour couvrir le bruit de la douche, mais se souvint que Willy lui avait donné la consigne expresse de reposer sa voix. Car après cette journée de repos, ils joueraient tous les soirs jusqu'à la fin de la semaine. Quand elle était arrivée, il lui avait tout simplement demandé de ne rien dire du tout. Même s'il avait expliqué qu'il voulait répéter quelques échanges de répliques qui n'avaient pas été impeccables et l'avait priée de se maquiller comme Eliza pour plus de réalisme.

Toya détacha le drap en stretch du coin du lit et le tira de côté. Il n'y avait pas d'alèze en dessous, juste le matelas hydraulique de caoutchouc bleu translucide. Mais qu'est-ce qui dépassait ? Elle posa la main sur le matelas. C'était là, sous le caoutchouc. Mais elle ne voyait rien. Elle s'étira sur le côté, alluma la lumière et tourna la lampe pour éclairer l'endroit. La bosse avait de nouveau disparu. Elle posa la main sur le caoutchouc et attendit. Elle revint lentement, et Toya comprit que ce devait être quelque chose qui coulait quand elle le poussait et qui remontait ensuite. Elle enleva sa main.

Elle ne vit qu'alors le contour qui se dessinait contre le plastique. Comme un profil. Non, pas *comme* un profil. Un profil. Toya était allongée sur le ventre. Elle ne respirait plus. Car elle le sentait, à présent. Le long de son ventre, jusqu'à la pointe de ses pieds. Qu'il y avait un corps entier à l'intérieur. Un corps que la poussée d'Archimède plaquait contre elle en même temps que la pesanteur l'attirait vers le bas, comme deux individus cherchant à ne faire qu'un. Et c'était peut-être déjà fait. Car c'était comme se regarder dans un miroir.

Elle voulait hurler. Se bousiller la voix. Elle ne voulait plus être gentille. Ou intelligente. Elle voulait redevenir Toya. Mais elle n'y arriva pas. Elle ne pouvait que regarder le visage bleu pâle de sa sœur, un visage qui la regardait fixement avec des yeux sans pupilles. Elle entendit la douche qui crachotait comme une télé après la fin des émissions. Et des gouttes qui tombaient par terre, l'informant que Willy n'était plus sous la douche.

« Ça ne peut pas être lui, dit Ruth. Ça... ce... n'est pas possible.

— La dernière fois que je suis venu, vous avez dit que vous aviez joué avec l'idée de passer par les toits pour aller espionner chez Barli, dit Harry. Et que la porte de la terrasse était entrebâillée tout l'été. Vous en êtes certaines ?

— Bien sûr, mais tu ne peux pas sonner, tout simplement ? » demanda l'Aigle de Trondheim.

Harry secoua la tête.

« Il va sentir le soupçon, et on risque de le voir s'échapper. Il faut que je le chope ce soir, sinon, il sera trop tard.

— Trop tard pour quoi ? demanda l'Aigle de Trondheim en fermant un œil.

— Écoutez, tout ce que je demande, c'est de pouvoir emprunter votre balcon pour grimper sur le toit.

— Vous n'êtes vraiment pas plus nombreux ? demanda l'Aigle de Trondheim. Et tu n'as pas de mandat de perquisition, ou un truc du style ? »

Harry secoua la tête.

« Soupçon justifié, dit-il. C'est suffisant. »

Un coup de tonnerre gronda faiblement, comme un avertissement, au-dessus de la tête de Harry. La gouttière au-dessus du balcon avait été peinte en jaune, mais la peinture s'était pas mal écaillée, laissant apparaître de grandes roses rouille. Harry la saisit à deux mains et tira précautionneusement dessus pour en éprouver la solidité. La gouttière céda avec une plainte, une vis se détacha du mur et tinta dans la cour. Harry lâcha et jura. Il n'avait malgré tout pas le choix ; il se hissa donc sur la balustrade et se redressa. Il regarda en contrebas, et chercha automatiquement à reprendre son souffle. Le drap qui séchait sur son fil dans la cour faisait penser à un timbre-poste battant dans le vent.

Il donna une détente, ses pieds revinrent sous lui, et même si le toit était pentu, le frottement entre les tuiles et les solides semelles des Doc Martens suffit à lui faire franchir les deux pas jusqu'à la cheminée qu'il prit dans ses bras comme un ami trop longtemps disparu. Il se redressa et regarda autour de lui. Un éclair luit quelque part au-dessus de Nesodden. Et l'air, qui avait été si lourd et immobile quand il était arrivé, le tirait doucement par le blouson. Harry sursauta quand une ombre noire passa sans prévenir devant son visage. L'ombre fila au-dessus de la cour. Une hirondelle. Harry eut le temps de la voir se mettre à l'abri sous la corniche.

Il monta à quatre pattes au sommet du toit, visa une girouette noire à quinze mètres de là, respira à fond et partit en équilibre sur le faîtage en écartant les bras comme une danseuse de corde.

Il était arrivé à la moitié quand ça se produisit.

Harry entendit un souffle dont il crut tout d'abord

qu'il venait des feuilles des arbres en dessous de lui. Le son augmenta en puissance en même temps que le séchoir à linge dans la cour se mettait à tourner en criant. Mais il ne sentait pas le vent, pas encore. C'est alors que celui-ci le frappa. Le temps de séchage était passé. Le vent atteignit Harry à la poitrine comme une avalanche d'air provoquée par les masses d'eau qui tombaient. Il fit un pas en arrière et s'immobilisa, chancelant. Il entendit quelque chose courir vers lui sur les tuiles claquantes. La pluie. Le déluge. Il déferla, et en une seconde, tout était trempé. Harry essaya de retrouver son équilibre, mais toute adhérence avait disparu, c'était comme marcher sur une savonnette. La semelle dérapa, et Harry plongea désespérément vers la girouette, les bras tendus, les doigts écartés. Sa main droite griffa la tuile mouillée, chercha quelque chose à quoi s'accrocher, ne trouva rien. La pesanteur l'aspirait, ses ongles émirent le même raclement dur qu'une lame de faux contre une pierre à aiguiser lorsqu'il glissa vers le bas. Il entendit s'éteindre les cris du séchoir à linge, sentit la gouttière contre ses genoux, sut qu'il allait passer par-dessus le bord. Il s'étira en une tentative désespérée, essaya de s'allonger, essaya de se transformer en antenne. Antenne. La main gauche saisit, agrippa. Le métal céda, s'inclina, plia. Menaça de le suivre dans la cour, mais tint bon.

Harry saisit l'antenne des deux mains et se hissa de nouveau sur le toit. Il se remit sur ses semelles de caoutchouc, appuya le plus possible sur le revêtement et retrouva prise. Malgré la pluie furieuse qui lui battait le visage, il parvint à remonter sur le faîtage, s'assit à califourchon dessus et respira. Le mât métallique tordu pointait en biais vers le bas. Quelqu'un allait avoir du mal à recevoir la rediffusion de *Beat for Beat*, ce soir-là.

Harry attendit que son pouls se fût un peu calmé. Puis il se releva et repartit en équilibre. La girouette eut droit à un baiser.

La terrasse de Barli était encastrée dans le toit, et il put donc aisément se laisser glisser sur les carreaux de terra-cotta rouge. Ses pieds éclaboussèrent quand il atterrit, mais le bruit fut couvert par le chuintement et le gargouillis de la gouttière archi-pleine.

On avait rentré les chaises. Le gril était dans un coin, noir et mort. Mais la porte de la terrasse était entrebâillée.

Harry se glissa jusque-là et écouta.

Il n'entendit tout d'abord que le martèlement de la pluie sur le toit, mais lorsqu'il passa prudemment le seuil et entra dans l'appartement, il put distinguer un autre bruit, lui aussi produit par de l'eau. Ça venait de la salle de bains au-dessous. La douche. Enfin un peu de chance. Harry palpa la poche de son blouson trempé où il avait son ciseau. Un Barli nu et désarmé était nettement préférable, en tout cas si Willy avait toujours le pistolet que Sven lui avait livré samedi dans le parc Frogner.

Harry vit que la porte de la chambre à coucher était ouverte. Il avait vu un couteau same dans la caisse à outils à côté du lit. Il se glissa jusqu'à la porte et entra en vitesse.

La pièce était sombre, à peine éclairée par une liseuse sur la table de chevet. Harry se plaça au pied du lit, et son regard tomba d'abord sur le mur, sur la photo d'une Lisbeth et d'un Willy souriants, durant leur voyage de noces, devant un vieux bâtiment majestueux et une statue équestre. Dont Harry savait à présent qu'elle n'avait pas été prise en France. D'après Sven, n'importe quelle personne un tant soit peu instruite aurait dû reconnaître la statue du héros national tchèque Venceslas devant le Musée national de la place Venceslas, à Prague.

Les yeux de Harry s'étaient habitués à l'obscurité, et il les baissa sur le lit. Au même instant, il se figea. Il cessa de respirer et s'immobilisa comme un bonhomme de neige. La couette était sur le sol, le drap était partiellement replié de sorte qu'on voyait un morceau du matelas en caoutchouc. Une personne était allongée dessus, sur le ventre, appuyée sur les coudes. Son regard semblait dirigé vers le point lumineux que jetait la liseuse sur le matelas bleu.

La pluie joua un dernier roulement sur le toit avant de s'arrêter d'un seul coup. La personne n'avait apparemment pas entendu Harry entrer, mais celui-ci avait le même problème que la plupart des bonshommes de neige en juillet. Il dégoulinait. L'eau gouttait de son blouson et produisait sur le parquet ce qui semblait à Harry être un grondement assourdissant.

La personne sur le lit se raidit. Et se retourna. D'abord la tête. Puis le reste du corps.

La première chose que remarqua Harry, ce fut le pénis dressé qui oscillait d'avant en arrière comme un métronome.

« Doux Jésus ! Harry ? »

La voix de Willy Barli était à la fois effrayée et soulagée.

Chapitre 41

Lundi. Happy ending

« Bonne nuit. »

Rakel embrassa Oleg sur le front et le borda soigneusement sous la couette. Puis elle descendit, s'installa dans la cuisine et regarda la pluie qui tombait à seaux.

Elle aimait bien la pluie. Ça nettoyait l'atmosphère en chassant toutes les vieilleries. Un nouveau départ. Voilà ce dont on avait besoin. Un nouveau départ.

Elle alla jusqu'à la porte d'entrée et vérifia que celle-ci était verrouillée. C'était la troisième fois qu'elle le faisait ce soir-là. De quoi avait-elle si peur, au juste ?

Elle alluma la télé.

C'était une espèce d'émission musicale. Trois personnes sur le même tabouret de piano. Elles se souriaient. Comme une petite famille, pensa Rakel.

Elle se recroquevilla au moment où un coup de tonnerre déchira la nuit.

« Tu n'as pas idée de la trouille que tu viens de me flanquer. »

Willy Barli secoua la tête, et son érection sur le déclin suivit le mouvement.

« Si, je peux fort bien l'imaginer. Puisque je suis entré par la porte de la terrasse, je veux dire.

— Non, Harry. Vraiment, tu ne peux pas savoir. »

Willy s'étira par-dessus le bord du lit, ramassa la couette par terre et l'étendit sur lui.

« On dirait que tu te douches », dit Harry.

Willy secoua la tête avec une grimace.

« Pas moi.

— Qui, alors ?

— J'ai de la visite. D'une femme. »

Il fit un sourire en coin, et un signe de tête vers une chaise sur laquelle Harry vit une jupe en daim, un soutien-gorge noir et un collant noir tout simple, à élastique.

« La solitude nous affaiblit, n'est-ce pas, Harry ? On cherche du réconfort où on peut. Certains dans des bouteilles, d'autres... »

Il haussa les épaules.

« On se trompe facilement, hein ? Eh oui, j'ai mauvaise conscience, Harry. »

Les yeux de Harry s'étaient habitués à l'obscurité, et il les voyait, à présent. Les larmes sur les joues de Willy.

« Tu me promets de ne rien dire à personne ? C'était un faux pas. »

Harry alla jusqu'à la chaise, pendit le collant esseulé sur le dossier et s'assit.

« À qui est-ce que je le dirais, Willy ? À ta femme ? »

La pièce s'illumina subitement au son d'un coup de tonnerre.

« Ça sera bientôt sur nous, dit Willy.

— Oui, répondit Harry en passant une main sur son front mouillé.

— Alors qu'est-ce que tu veux ?

— Je crois que tu le sais, Willy.

— Dis-le quand même.

— Nous sommes venus te chercher.

— Pas nous. Tu es seul, n'est-ce pas ? Complètement seul.

— Qu'est-ce qui te fait croire ça ?

— Ton regard. Ce qu'exprime ton corps. Je connais les hommes, Harry. Tu entres en loucedé chez moi pour bénéficier de l'effet de surprise. Ce n'est pas comme ça qu'on attaque quand on chasse en meute. Pourquoi est-ce que tu es seul ? Où sont les autres ? Y a-t-il quelqu'un qui sache que tu es ici ?

— Ça n'a aucune importance. Disons que je suis seul. Tu dois quand même répondre de quatre assassinats. »

Willy posa son index sur sa bouche et sembla réfléchir tandis que Harry énumérait les noms : « Marius Veland. Camilla Loen. Lisbeth Barli. Barbara Svendsen. »

Le regard de Willy resta un moment fixe devant lui. Puis il hocha lentement la tête et ôta son index de devant sa bouche.

« Comment tu as découvert ça, Harry ?

— Quand j'ai compris pourquoi. La jalousie. Tu voulais te venger d'eux deux, n'est-ce pas ? Tu as découvert que Lisbeth avait rencontré Sven Sivertsen et couché avec lui durant votre voyage de noces à Prague. »

Willy ferma les yeux et renversa la tête. Le matelas gargouilla.

« Je n'ai pas compris que la photo de Lisbeth et toi avait été prise à Prague avant de voir la même statue sur une photo qu'on m'a mailée de là-bas, un peu plus tôt dans la journée.

— Et à ce moment-là, tu as tout compris ?

— Eh bien... quand cette idée m'a effleuré, je l'ai d'abord rejetée, la prenant pour une théorie absurde. Mais elle a commencé à faire sens. Le sens que la folie peut avoir, en tout cas. Que le coursier meurtrier n'était pas un meurtrier en série agissant pour des motifs sexuels. Mais quelqu'un qui avait tout mis en scène pour que ça en ait l'air. Et pour faire porter le chapeau à Sven Sivertsen. Il n'y avait qu'un homme capable d'une telle mise en scène. Un professionnel. Quelqu'un dont le métier était la passion. »

Willy ouvrit un œil.

« Si je comprends bien, tu penses donc que cette personne aurait prévu de tuer quatre personnes pour ne se venger que d'une ?

— Des cinq victimes désignées, seules trois l'avaient été au hasard. Tu as choisi les endroits pour faire croire qu'ils correspondaient aux pointes d'une croix des mares arbitrairement placée, mais en réalité, tu as créé ce symbole à partir de deux points seulement. Ta propre adresse, et la maison de la mère de Sven Sivertsen. Astucieux, mais simple géométrie.

— Tu crois réellement à cette théorie, Harry ?

— Sven Sivertsen n'avait jamais entendu parler d'une quelconque Lisbeth Barli. Mais tu connais la meilleure ? Il s'en est parfaitement souvenu quand je lui ai dit il y a peu quel était son nom de jeune fille. Lisbeth Harang. »

Willy ne répondit pas.

« La seule chose que je ne comprends pas, c'est pourquoi tu as attendu aussi longtemps pour te venger. »

Willy s'assit un peu plus droit le long du mur.

« Partons du principe que je ne vois pas ce que tu insinues, Harry. Je nous mettrais tous les deux dans une situation délicate en te faisant mes aveux. Mais puisque la situation m'est favorable dans la mesure où tu ne peux rien prouver du tout, je n'ai rien contre une petite discussion. Tu sais bien que j'apprécie les gens qui savent écouter. »

Harry s'agita sur sa chaise.

« Oui, Harry, c'est vrai que je sais que Lisbeth a eu une relation avec cet homme. Mais je ne l'ai découvert qu'au printemps dernier. »

La pluie recommença tout doucement à tomber, les gouttes tapant contre la vitre avec un bruit grêle.

« C'est elle qui te l'a dit ? »

Willy secoua la tête.

« Elle n'aurait jamais fait ça. Elle venait d'une famille où on est habitué aux omissions volontaires. Il y avait peu de chances que ça ressorte un jour si on n'avait pas complètement briqué l'appartement. J'ai trouvé une lettre.

— Tiens donc ?

— Dans la pièce où elle travaillait, le mur extérieur n'est qu'un mur de briques nues. C'est le mur d'origine, tel qu'il a été construit au tout début du siècle. Solide, mais terriblement froid en hiver. Je voulais le lambrisser et l'isoler de l'intérieur.

Lisbeth a protesté. J'ai trouvé ça bizarre, parce que c'est une fille qui a grandi dans une ferme, qui a le sens pratique, pas le genre à faire du sentimentalisme pour un vieux mur de briques. Alors un jour où elle était sortie, j'ai passé le mur au peigne fin. Je n'ai rien trouvé, jusqu'au moment où j'ai poussé son bureau. Il était toujours impossible de voir autre chose, mais j'ai donné des petits coups dans chaque brique. L'une d'elles s'est un tout petit peu enfoncée. Je l'ai tirée, et elle est venue. Lisbeth avait camouflé les fissures autour avec du plâtre gris. À l'intérieur, j'ai trouvé deux lettres. Le nom de Lisbeth Harang était inscrit sur l'enveloppe, ainsi qu'une boîte postale qui m'était inconnue. Ma première réaction, ça a été que je devais remettre les lettres en place, et me persuader que je ne les avais jamais vues. Mais j'ai mes faiblesses. Je n'ai pas réussi. " Mon amour, tu ne quittes plus mes pensées. Je sens toujours tes lèvres contre les miennes, ta peau contre la mienne. " Voilà comment commençait sa lettre. »

Le matelas gargouilla.

« Les mots me faisaient l'effet de coups de fouet, mais j'ai continué à lire. C'était curieux, parce que chacun des mots que je lisais semblait avoir été écrit de ma main. Quand il a eu fini d'expliquer combien son amour était grand, il s'est mis à décrire par le menu tout ce qu'ils avaient fait dans leur chambre d'hôtel à Prague. Mais ce n'est pas cette description d'une partie de jambes en l'air qui m'a le plus blessé. Ça a été des choses qu'elle lui avait dites à propos de notre relation, et qu'il citait : pour elle, ce n'était qu'une solution pratique dans une vie privée d'amour. Tu peux te figurer l'effet que ça fait, Harry ? Quand il apparaît un jour que la femme que tu aimes ne s'est pas contentée de te faire cocu, mais qu'elle ne t'a de surcroît jamais aimé ? Ne pas être aimé... ce n'est pas ça la définition d'une vie ratée ?

— Non.

— Non ?

— Continue, s'il te plaît. »

Willy scruta Harry.

« Il avait joint une photo de lui, vraisemblablement sur ses supplications. Je l'ai reconnu. C'était le Norvégien que nous avions rencontré dans un café, à Perlova, un coin plutôt douteux de Prague, avec prostituées et bordels plus ou moins camouflés. Il était assis au bar quand on est entrés. Je l'ai remarqué parce qu'il avait l'air d'un de ces hommes mûrs et distingués que Boss utilise comme mannequins. Habillé élégamment, et relativement vieux. Mais avec des yeux jeunes et espiègles qui incitent les hommes à surveiller leur femme avec une attention toute particulière. Je n'ai par conséquent pas été spécialement surpris quand il est venu à notre table, au bout d'un moment, qu'il s'est présenté en norvégien et nous a proposé d'acheter un collier. J'ai poliment décliné, mais quand il l'a sorti de sa poche et montré à Lisbeth, elle a naturellement manqué de défaillir et a dit qu'elle l'adorait. Le pendentif était un diamant rouge en forme d'étoile à cinq branches. Je lui ai demandé combien il voulait pour ce bijou, et quand il m'a répondu un prix si ridiculement élevé que ça ne pouvait passer que pour une provocation, je lui ai demandé de nous laisser. Il a souri exactement comme s'il venait de remporter une victoire, a noté l'adresse d'un autre café en nous disant que nous pourrions y aller le lendemain à la même heure si nous changions d'avis. Et évidemment, il a donné le papier à Lisbeth. Je me souviens que j'ai été d'une humeur de dogue tout le reste de la matinée. Mais j'ai fini par tout oublier. Lisbeth est douée pour que les gens oublient. Parfois, elle y arrive... (Willy passa un doigt sous son œil)... rien que par sa présence.

— Mmm. Que disait l'autre lettre ?

— C'était une lettre qu'elle avait elle-même écrite et qu'elle avait apparemment essayé de lui envoyer. La lettre avait été renvoyée. Elle écrivait qu'elle avait tout fait pour le retrouver, mais que personne ne répondait au numéro de téléphone qu'il lui avait donné, qu'aucun service de renseignements à Prague n'avait pu retrouver ni son adresse ni son numéro de téléphone. Elle écrivait qu'elle espérait que la lettre lui parviendrait d'une façon ou d'une autre, et lui demandait s'il avait dû déménager de Prague. Il n'avait peut-être pas réussi à se dépêtrer des problèmes économiques qui l'avaient fait lui emprunter de l'argent ? »

Willy émit un rire creux.

« Alors, il n'avait qu'à la contacter, écrivait-elle. Elle l'aiderait à nouveau. Parce qu'elle l'aimait. Elle ne pensait à rien d'autre, l'éloignement l'obsédait. Elle avait espéré que ça passerait avec le temps, mais au lieu de ça, ça s'était étendu comme une maladie qui rendait douloureux chaque centimètre de son corps. Et quelques-uns plus que les autres, puisqu'elle écrivait que quand son mari – moi, en l'occurrence – lui faisait l'amour, elle fermait les yeux et imaginait que c'était lui. Évidemment, j'ai été choqué. Oui, anéanti.

Mais ce n'est que quand j'ai vu le cachet sur l'enveloppe que j'ai eu l'impression de mourir. »

Willy ferma de nouveau très fort les yeux.

« La lettre avait été envoyée en février. De cette année. »

Un nouvel éclair illumina les murs de la chambre. Les ombres flottèrent un instant comme des fantômes de lumière.

« Que fait-on, à ce moment-là ? demanda Willy.

— Oui, que fait-on ? »

Willy fit un pâle sourire.

« En ce qui me concerne, j'ai servi du foie gras avec un vin blanc doux. J'avais couvert le lit de roses, et nous avons fait l'amour toute la nuit. Quand elle s'est endormie, au petit matin, je suis resté allongé, à la regarder. Je savais que je ne pouvais pas vivre sans elle. Mais je savais que pour la faire redevenir mienne, je devais d'abord la perdre.

— Et tu as donc commencé à mettre sur pied tout le bazar. Mettre en scène la façon dont tu allais liquider ta femme tout en veillant à ce que l'homme qu'elle aimait endosse le massacre. »

Willy haussa les épaules.

« Je me suis mis au travail comme si ce devait être n'importe quelle production scénique. Comme n'importe quel homme de théâtre, je sais que c'est l'illusion qui prime. Le mensonge doit apparaître comme suffisamment vrai pour que la réalité semble perdre toute sa vraisemblance. Ça a peut-être l'air difficile à concevoir mais, dans mon métier, on découvre vite que c'est en général plus facile que le contraire. Les gens ont plus l'habitude du mensonge que de la vérité.

— Mmm. Raconte-moi comment tu as fait.

— Pourquoi je prendrais ce risque ?

— De toute façon, je ne peux rien utiliser de ce que tu m'as dit dans une salle d'audience. Je n'ai pas de témoin, et je me suis introduit illégalement chez toi.

— Non, mais tu es un mec intelligent, Harry. Je pourrais dire quelque chose que tu pourrais utiliser contre moi.

— Peut-être. Mais je crois que tu veux prendre ce risque.

— Pourquoi ?

— Parce que tu as *envie* de raconter. Tu en brûles d'envie. Tu n'as qu'à t'écouter. »

Willy Barli éclata de rire.

« Tu crois me connaître, Harry ? »

Harry secoua la tête tout en cherchant son paquet de cigarettes. En vain. Il l'avait peut-être perdu quand il était tombé sur le toit.

« Je ne te connais pas, Barli. Ni les gens comme toi. Ça fait quinze ans que je bosse avec des assassins, et je ne sais pourtant qu'une chose : que tous cherchent quelqu'un devant qui vider leur sac. Tu te rappelles ce que tu m'as fait promettre, au théâtre ? Que je devais retrouver le coupable. Eh bien, j'ai tenu ma promesse. Alors on va conclure un marché. Tu me dis comment, et je te donne mes preuves contre toi. »

Willy regarda intensément Harry pendant quelques secondes. L'une de ses mains montait et descendait le long du matelas de caoutchouc.

« Tu as raison, Harry. Je veux raconter. Ou plus exactement, je veux que tu comprennes. Comme je te connais, je t'en crois capable. Il se trouve que je t'ai suivi depuis le début de cette enquête. »

Willy rit en voyant la tête que faisait Harry.

« Tu ne savais pas, hein ? »

Pour toute réponse, Harry haussa les épaules.

« Ça m'a pris plus de temps que prévu de retrouver Sven Sivertsen, dit Willy. J'ai fait une copie de la photo que Lisbeth avait de lui et je suis allé à Prague. J'ai écumé les cafés et les bars de Mustek et de Perlova, en montrant la photo et en demandant si quelqu'un connaissait un Norvégien qui s'appelait Sven Sivertsen. Peine perdue. Mais il était évident que certains en savaient davantage qu'ils ne voulaient l'admettre. Alors au bout de quelques jours, j'ai changé de tactique. Je me suis mis à demander autour de moi si quelqu'un pouvait me procurer des diamants rouges dont j'avais appris qu'on les trouvait à Prague. Je me suis fait passer pour un diamantaire danois du nom de Peter Sandmann, et j'ai fait savoir que j'étais prêt à payer très cher pour une variante particulière, taillée en forme d'étoile à cinq branches. J'ai donné le nom de l'hôtel dans lequel je logeais. Deux jours après, on m'a appelé dans ma chambre. J'ai su que c'était lui dès que j'ai entendu sa voix. J'ai déformé la mienne et je lui ai parlé en anglais. J'ai dit que j'étais en pourparlers pour un autre achat de diamants, et je lui ai demandé de rappeler plus tard dans la soirée. Avait-il un numéro auquel je pouvais le rappeler ? J'ai senti l'effort qu'il faisait pour ne pas avoir l'air trop enthousiaste, et j'ai compris que ce serait un jeu d'enfant de convenir d'un rendez-vous avec lui le soir même dans une petite rue sombre. Mais il fallait que je me maîtrise, tout comme les chasseurs quand ils ont leur proie au bout du canon, mais doivent quand même attendre que tout soit parfait. Tu comprends ? »

Harry hocha lentement la tête.

« Je comprends.

— Il m'a donné un numéro de téléphone mobile. Le lendemain, je suis rentré à Oslo. Il m'a fallu une semaine pour découvrir ce que j'avais besoin de savoir sur Sven Sivertsen. Le plus facile, ça a été de l'identifier. Il y avait vingt-neuf Sven Sivertsen inscrits à l'état civil, dont neuf du bon âge et un seul n'habitant pas en Norvège. J'ai noté sa dernière adresse connue, j'ai eu le numéro par les renseignements et j'ai appelé. C'est une dame d'un certain âge qui a décroché. Elle m'a dit que Sven était son fils, mais que ça faisait bien des années qu'il n'habitait plus avec elle. Je lui ai expliqué que moi et quelques autres de sa classe à l'école primaire essayions de réunir tout le monde pour une grande fête. Elle m'a dit qu'il habitait à Prague, mais qu'il voyageait beaucoup et n'avait ni adresse ni téléphone fixe. Elle doutait en plus qu'il ait très envie de retrouver ses anciens condisciples. Comment avais-je dit que je m'appelais ? Je lui ai dit que je n'avais passé que six mois dans sa classe, et qu'il n'était pas certain qu'il se souvienne de moi. Et si c'était le cas malgré tout, c'était peut-être parce que j'avais jadis eu quelques problèmes avec la police. Et d'ailleurs, c'était vrai que Sven avait eu aussi son lot ? Sa mère m'a répondu d'une voix pincée que ça faisait longtemps, et que ce n'était pas étonnant que Sven ait été aussi rebelle, avec tout ce que nous lui avions fait subir. Je me suis excusé au nom de la classe, j'ai raccroché et j'ai téléphoné au palais de justice. J'ai dit que j'étais journaliste et je leur ai demandé ce qu'ils pouvaient retrouver sur les procès de Sven Sivertsen. Une heure plus tard, j'avais une idée relativement précise de ce qu'il fabriquait à Prague. Trafic de diamants et d'armes. Un plan commença à prendre forme dans ma tête. Construit autour des choses que j'avais apprises jusque-là. Il était trafiquant. Les diamants à cinq branches. Les armes. Et l'adresse de sa mère. Tu commences à voir les liens, maintenant ? »

Harry ne répondit pas.

« Quand j'ai rappelé Sven Sivertsen, il y avait trois semaines que j'étais allé à Prague. J'ai parlé norvégien avec ma voix habituelle, je suis allé à l'essentiel et je lui ai dit que je cherchais depuis long-temps une relation qui puisse me procurer aussi bien des armes que des diamants, sans intermédiaire, et que je venais d'en trouver une. Lui, Sven Sivertsen. Quand il m'a demandé comment j'avais eu son nom et son numéro de téléphone, je lui ai répondu que ma discrétion aussi lui serait profitable, et j'ai proposé que nous cessions de nous poser des questions super-flues. Ça n'a pas été spécialement bien accueilli, et notre conversation menaçait de piétiner quand je lui ai dit quelle somme j'étais disposé à payer pour les marchandises. À l'avance, et de préférence sur un compte en Suisse. Nous avons même eu cet échange de répliques de cinéma, quand il m'a demandé si je parlais en couronnes, et que je lui ai répondu avec un léger étonnement qu'il ne faisait pas de doute pour moi que nous parlions en euros. Je savais que la somme exclurait à elle seule tout soupçon quant à mon éventuelle appartenance à la police. Les moi-neaux comme Sivertsen ne se dézinguent pas à l'arme lourde. Il a dit que ça pouvait se faire. J'ai dit que je reviendrais dans un moment.

« Et quand nous avons été en pleins essais pour *My Fair Lady*, j'ai ajouté la touche finale à mon plan. Ça suffit, Harry ? »

Celui-ci secoua la tête. Le bourdonnement de la douche. Combien de temps avait-elle réellement prévu de passer dessous ?

« Je veux les détails.

— Ce sont surtout des choses techniques, répondit Willy. Ce doit être ennuyeux, non ?

— Pas pour moi.

— *Very well*. Ce que j'ai d'abord dû faire, ça a été de forger un personnage pour Sven Sivertsen. Le plus important quand on va dévoiler un personnage au public, c'est de montrer ce qui anime la personne, ce que sont ses rêves et ses désirs, en un mot : ce qui fait fonctionner cette personne. J'ai décidé de le représenter comme un meurtrier sans mobiles rationnels, mais poussé sexuellement à suivre certains rites. Un peu léger, peut-être, mais l'important, c'est que toutes les victimes à l'exception de la mère de Sivertsen devaient donner l'impression d'avoir été choisies au hasard. Je me suis documenté sur les tueurs en série et j'ai découvert quelques détails amusants, que j'ai décidé d'utiliser. Comme par exemple ce qui concerne le lien entre les tueurs en série et leur mère, ou le choix des endroits où Jack l'Éventreur sévissait, dont les enquêteurs pensaient que c'était un code. Je suis alors allé au service de l'urbanisme, où je me suis procuré une carte exacte du centre d'Oslo. Quand je suis rentré, j'ai tiré un trait entre notre immeuble et la maison de la mère de Sven Sivertsen. À partir de ce trait, j'ai dessiné un pentagramme précis et cherché les adresses les plus proches des autres pointes de l'étoile. Et je dois avouer que ça provoque une décharge d'adrénaline de poser la pointe de son crayon sur la carte et de savoir que là – juste là – il y avait une personne dont le destin venait d'être scellé.

« Les premières nuits, j'ai imaginé qui ça pouvait bien être, à quoi elles ressemblaient et ce qu'avait été leur vie jusqu'à présent. Mais je les ai vite oubliées, elles n'avaient pas d'importance, elles étaient en coulisse, elles étaient des figurantes dépourvues de répliques.

— Des matériaux de construction.

— Plaît-il ?

— Rien. Continue.

— Je savais que les diamants du sang et les armes des crimes devaient permettre de remonter jusqu'à Sven Sivertsen dès qu'ils l'auraient attrapé. Pour renforcer l'illusion de meurtre rituel, j'ai introduit le fil conducteur des doigts coupés, les cinq jours d'intervalle entre chaque meurtre, l'heure et le cinquième étage. »

Willy sourit.

« Je ne voulais pas que ce soit trop facile, mais pas trop difficile non plus. Et un peu rigolo. Il y a toujours une part d'humour dans les bonnes tragédies, Harry. »

Harry se donna pour consigne de rester bien sagement assis.

« Tu as eu la première arme quelques jours avant le meurtre de Marius Veland, c'est ça ?

— Oui. Le pistolet était dans la poubelle dans le parc Frogner, comme convenu. »

Harry respira à fond.

« Et comment c'était, Willy ? C'était comment, de tuer ? »

Willy avança la lèvre inférieure et sembla réfléchir.

« Ils ont raison, ceux qui disent que c'est la première fois la plus difficile. Ça a été facile de s'introduire dans l'immeuble, mais ça a été plus long que je le pensais d'utiliser le décapeur thermique pour sceller le sac plastique dans lequel je l'avais mis. Et, bien que j'aie passé la moitié de ma vie à soulever des ballerines norvégiennes bien en chair, ça n'a pas été de la tarte de monter ce gosse au grenier. »

Pause. Harry se racla la gorge.

« Et ensuite ?

— Ensuite, je suis allé à vélo au parc Frogner pour y chercher le deuxième pistolet et le deuxième diamant. Le demi-Allemand Sven Sivertsen a fait preuve d'autant de ponctualité et d'avidité que je le souhaitais. L'idée de mise en scène qui le faisait apparaître dans le parc Frogner aux heures des meurtres était assez bonne, tu ne trouves pas ? Il avait déjà commis un crime, et il veillerait donc tout naturellement à ce que personne ne le reconnaisse et ne sache où il était. Je l'ai tout simplement laissé prendre soin de n'avoir aucun alibi.

— Bravo », dit Harry en passant un doigt sur son sourcil mouillé.

Il avait l'impression que tout dégageait de la vapeur, que tout était humidité, comme si l'eau passait à travers les murs, le toit de la terrasse et venait de la douche.

« Mais tout ce que tu m'as dit pour le moment, je l'ai déjà déduit, Willy. Dis-moi quelque chose que je ne sache pas. Parle-moi de ta femme. Qu'est-ce que tu as fait d'elle ? Les voisins t'ont vu à intervalles réguliers sur la terrasse, alors comment as-tu fait pour la sortir de l'appartement et la planquer avant qu'on arrive ? »

Willy sourit.

« Tu ne dis rien, constata Harry.

— Si une pièce doit conserver une part de mystère, son auteur doit éviter de trop en dire. »

Harry poussa un soupir.

« OK, mais aie au moins l'amabilité de m'expliquer ceci : pourquoi tu as compliqué les choses à ce point ? Tu ne pouvais pas tout simplement zigouiller Sven Sivertsen ? Tu en avais l'occasion, à Prague. Ça aurait été nettement plus facile et moins risqué que de tuer trois innocents en plus de ta femme.

— Tout d'abord parce que j'avais besoin d'un bouc émissaire. Si Lisbeth avait disparu sans que l'affaire soit éclaircie, tout le monde aurait cru que c'était moi. Car c'est toujours le mari, n'est-ce pas, Harry ? Mais en premier lieu, j'ai fait ça parce que l'amour a soif. Il a besoin de boire. De l'eau. La soif de vengeance, c'est une belle expression, hein ? Tu vois de quoi je parle, Harry. La mort n'est pas une vengeance. La mort est une délivrance, une *happy ending*. Ce que je voulais faire pour Sivertsen, c'était une vraie tragédie, une souffrance sans fin. Et j'y suis arrivé. Sivertsen est devenu l'une des âmes en peine errant sur le bord du Styx, et je suis le passeur Charon qui refuse de les emmener au royaume des morts. C'est du grec, pour toi ? Je l'ai condamné à vie, Harry. Il sera bouffé par la haine comme elle m'a bouffé. Haïr sans savoir qui tu dois haïr finit par faire que ce sentiment se retourne contre toi, contre ton propre foutu destin. Ce sont des choses qui arrivent quand on est trahi par quelqu'un d'autre. Ou quand on est enfermé pour le restant de ses jours, condamné pour quelque chose qu'on sait ne pas avoir fait. Tu pourrais imaginer meilleure vengeance, Harry ? »

Harry chercha le ciseau du bout des doigts.

Willy partit d'un petit rire. La phrase qui suivit donna à Harry une impression de déjà-vu : « Tu n'as pas besoin de répondre, Harry. Je le vois à ta tête. »

Harry ferma les yeux et entendit la voix de Willy continuer à vrombir : « Tu n'es pas différent de moi, c'est aussi le désir qui te guide. Et le désir cherche toujours...

— ... le point le plus bas.

— Le point le plus bas. Mais maintenant, je crois que c'est ton tour, Harry, Quelle est cette preuve dont tu parlais ? Est-ce quelque chose dont il me faille m'inquiéter ? »

Harry rouvrit les yeux.

« D'abord, il faut que tu me dises où elle est, Willy. »

Willy rit tout bas et posa une main sur son cœur : « Elle est ici.

— Tu plaisantes.

— Si Pygmalion était capable d'aimer Galatée, la statue d'une femme qu'il n'avait jamais rencontrée, pourquoi ne serais-je pas capable d'aimer la statue de ma femme ?

« — Là, je ne suis plus, Willy.

— Pas grave. Je sais que ce n'est pas facile de comprendre, pour les autres. »

Dans le silence qui suivit, Harry entendit l'eau tomber dans la douche avec une intensité constante. Comment allait-il s'arranger pour faire sortir cette femme de l'appartement sans perdre le contrôle de la situation ?

La voix basse de Willy s'immisça dans ce bourdonnement de sons : « Mon erreur a été de croire qu'il était possible de réveiller cette statue à la vie. Mais celle qui devait le faire ne l'a pas compris : que les illusions sont plus fortes que ce qu'on appelle la réalité.

— De qui est-ce que tu parles, maintenant ?

— L'autre. La Galatée vivante, la nouvelle Lisbeth. Elle a paniqué et a menacé de tout gâcher. Je reconnais maintenant qu'il va falloir que je me contente de vivre avec la statue. Mais ça me va. »

Harry sentit remonter quelque chose. C'était froid, et ça venait du ventre.

« Tu as déjà touché une statue, Harry ? C'est un contact assez fascinant que celui d'une personne morte. Ni tout à fait chaude, ni froide. »

Willy caressait le matelas d'avant en arrière.

Harry sentit le froid le paralyser de l'intérieur, comme si on lui avait injecté de l'eau glacée.

« Tu as conscience que tu es cuit ? » demanda-t-il d'une voix étranglée.

Willy s'étira dans le lit.

« Pourquoi je le serais, Harry ? Je ne suis qu'un conteur qui vient de te raconter une histoire. Tu n'as aucune preuve de quoi que ce soit. »

Il tendit la main vers la table de nuit. Du métal scintilla, et Harry se figea. Willy leva l'objet. Une montre.

« Il est tard, Harry. Je crois qu'on va dire que les visites sont terminées. Ça serait peut-être aussi bien que tu sois parti avant qu'elle ne sorte de sa douche ?

— Trouver le coupable n'était que la moitié de la promesse que tu m'as fait tenir, Willy, dit Harry sans se lever. L'autre moitié, c'était que je devais le punir. Sévèrement. Et je crois que tu le pensais. Parce qu'une partie de toi a besoin d'une punition, pas vrai ?

— Freud, c'est du passé, Harry. Tout comme cette visite.

— Tu ne veux pas entendre ma preuve, avant ?

— Si ça peut te faire partir, alors oui, soupira Willy avec irritation.

— En fait, j'aurais dû piger dès qu'on a reçu le doigt de Lisbeth et son anneau de diamants par la poste. Le troisième doigt de la main gauche. *Vena amoris*. Qu'elle était quelqu'un dont l'assassin aurait voulu qu'elle l'aime. Paradoxalement, c'est aussi ce doigt qui t'a confondu.

— Confon...

— Plus précisément les matières fécales sous l'ongle.

— Avec mon sang. D'accord, mais ce sont des rediffusions, ça, Harry. Et je croyais t'avoir expliqué que nous aimions...

— Oui, et quand on a compris ça, on s'est intéressés d'un peu plus près à ces matières. En règle générale, il n'y a d'ailleurs pas grand-chose à apprendre de ce côté-là. La nourriture que l'on ingurgite met entre douze et vingt-quatre heures pour aller de la bouche au rectum, et dans l'intervalle, l'estomac et les intestins ont transformé le bol alimentaire en une masse méconnaissable de déchets biologiques. À tel point que même sous un microscope, il est difficile d'être certain de ce qu'une personne a mangé. Mais il y a malgré tout des choses qui arrivent à ressortir intactes du système digestif. Les pépins de raisin et...

— Tu peux m'épargner un cours magistral, Harry ?

— ... la farine. On en a trouvé de deux sortes, rien à dire à leur sujet. C'est pour ça que ce n'est qu'aujourd'hui – quand j'ai compris qui pouvait être l'assassin – que j'ai demandé au labo d'étudier la farine plus en détail. Et tu sais ce qu'ils ont découvert ?

— Aucune idée.

— C'était de la farine complète de fenouil.

— Et alors ?

— J'ai discuté avec le chef cuistot du Theatercafe. Tu avais raison quand tu m'as dit que c'est le seul endroit en Norvège où ils font du pain à la farine complète de fenouil. C'est vrai que ça accompagne tellement bien...

— Le hareng, compléta Willy. Dont tu sais que j'en mange là-bas. Où veux-tu en venir ?

— Tu m'as dit que le mercredi où Lisbeth a disparu, tu avais pris ton petit déjeuner de hareng comme d'habitude au Theatercafe. Entre neuf et dix heures. Ce que je me demande, c'est comment la farine a eu le temps de passer de ton ventre sous l'ongle de Lisbeth. »

Harry attendit d'être sûr que Willy ait tout bien compris.

« Tu as dit que Lisbeth était sortie autour de cinq heures. Donc environ huit heures après ce petit déjeuner. Supposons que la dernière chose que vous ayez faite avant qu'elle sorte, ça ait été de faire l'amour et qu'elle t'ait mis son doigt où tu sais. Mais quelle que soit la vitesse à laquelle tes intestins aient bossé, ils n'auraient pas eu le temps de transporter la farine de fenouil jusqu'à ton rectum en huit heures. C'est une impossibilité médicale. »

Harry vit un léger frémissement sur le visage décomposé de Willy quand il prononça « impossibilité ».

« La farine de fenouil est arrivée dans ton rectum au plus tôt à neuf heures du soir. Il a donc fallu que le doigt de Lisbeth y passe vers la fin de la soirée, dans la nuit ou le lendemain. En tout cas après que tu as eu déclaré sa disparition. Tu comprends ce que je dis, Willy ? »

Ce dernier regardait fixement Harry. C'est-à-dire qu'il regardait dans la direction de Harry, mais son regard était posé sur quelque chose de très lointain.

« C'est ce qu'on appelle une preuve technique, dit Harry.

— Je comprends, dit lentement Willy. Preuve technique.

— Oui.

— Un fait concret et irréfutable ?

— Exactement.

— Les juges et les jurys adorent ce genre de choses, n'est-ce pas ? C'est mieux que des aveux, c'est ça, Harry ? »

Le policier hocha la tête.

« Une farce, Harry. J'ai vu ça comme une farce. Avec des gens qui entraient et sortaient à toute vitesse. J'ai veillé à ce que nous restions sur la terrasse pour que les voisins nous voient avant que je demande à Lisbeth de m'accompagner dans la chambre, où j'ai pris le pistolet dans la boîte à outils. Elle l'a regardé – oui, exactement comme dans une farce – avec de grands yeux, le long canon, le silencieux. »

Willy avait sorti la main de sous la couette. Harry ne quittait plus des yeux le pistolet muni de son bloc noir autour du canon. Qui pointait vers lui.

« Rassieds-toi, Harry. »

Harry sentit le ciseau le piquer quand il se laissa retomber sur sa chaise.

« Elle ne comprenait pas bien le plus comique. Et elle voulait sûrement que ce soit poétique. La faire chevaucher ma main au moment où j'éjaculais du plomb chaud là où elle l'avait laissé venir. »

Willy se leva du lit qui glouglouta et gargouilla derrière lui.

« Mais une farce réclame un tempo, encore et encore, alors j'étais contraint à des adieux rapides. »

Il se planta nu devant Harry et leva son arme.

« J'ai posé le bout du canon sur son front plissé par l'étonnement, comme il l'était quand elle trouvait que le monde était injuste ou simplement perturbant. Comme le soir où je lui avais parlé de la pièce *Pygmalion*, de Bernard Shaw, sur laquelle est construite *My Fair Lady*. Eliza Doolittle ne se marie pas avec le professeur Higgins, l'homme qui l'a éduquée et qui a fait d'une fille des rues une jeune femme cultivée. Au lieu de ça, elle se taille avec le jeune Freddy. Lisbeth est sortie de ses gonds et a dit qu'Eliza devait énormément au professeur, et que Freddy n'était qu'un minable sans intérêt. Et tu sais quoi, Harry ? Je me suis mis à pleurer.

— Tu es fou, murmura Harry.

— À l'évidence, répondit gravement Willy. Ce que j'ai fait est monstrueux, il manque toute la maîtrise que tu trouves chez les gens qui ont la haine pour moteur. Je ne suis qu'un homme tout simple qui a suivi ce que lui dictait son cœur. De l'amour, en l'occurrence, cet amour qui nous est donné par Dieu et qui fait de nous des instruments de Dieu. Ne considérait-on pas aussi les prophètes et Jésus comme des fous, peut-être ? Bien sûr que nous sommes fous, Harry. Fous et les plus sains du monde. Car quand les gens disent que ce que j'ai fait est fou, que je dois avoir un cœur atrophié, je réponds : quel cœur est le plus atrophié ? Celui qui ne peut cesser d'aimer, ou celui qui est aimé mais qui ne peut aimer en retour ? »

Un long silence s'installa. Harry se racla la gorge.

« Et tu l'as butée ? »

Willy hocha lentement la tête.

« Ça a fait une petite bosse sur sa tête, dit-il d'une voix où perçait l'étonnement. Et un petit trou noir. Exactement comme quand on frappe sur un clou en fer-blanc.

— Et ensuite, tu l'as cachée. Au seul endroit où tu savais que même un chien policier ne la retrouverait pas.

— Il faisait chaud dans l'appartement, dit Willy en regardant un point au-dessus de la tête de Harry. Une mouche bourdonnait près de la fenêtre, je me suis entièrement déshabillé pour ne pas mettre de sang sur mes vêtements. Tout était prêt dans la boîte à outils. Je me suis servi des cisailles pour lui couper le majeur gauche. Je l'ai ensuite déshabillée, j'ai pris la bombe de mousse silicone pour reboucher rapidement le trou qu'avait fait la balle, la blessure à sa main et toutes les autres ouvertures de son corps. J'avais à moitié vidé le matelas un peu plus tôt dans la journée. Je n'ai pas dû faire tomber une seule goutte en la glissant dans l'ouverture que j'avais faite dans le matelas. Je l'ai ensuite refermé à l'aide de colle et de caoutchouc que j'ai scellé. Ça s'est mieux passé que la première fois.

— Et c'est là que tu la conserves depuis ce moment-là ? Enterrée dans son matelas hydraulique ?

— Non, non, répondit Willy en regardant pensivement le point au-dessus de la tête de Harry. Je ne l'ai pas enterrée. Au contraire, je l'ai fait entrer dans un utérus. C'était le début de sa renaissance. »

Harry savait qu'il aurait dû avoir peur. Que ça aurait été dangereux de ne pas avoir peur à cet instant précis, qu'il aurait dû avoir la bouche sèche et le cœur battant. Qu'il n'aurait pas dû sentir cette lassitude l'envahir.

« Et tu as fichu ce doigt sectionné dans ton anus.

— Hmm, répondit Willy. La cachette parfaite. Comme je te l'ai dit, je pensais bien que vous alliez faire venir des chiens.

— Il y a d'autres cachettes qui empêchent les odeurs de se diffuser. Mais ça t'a peut-être donné un petit plaisir pervers ? Qu'est-ce que tu as fait du doigt de Camilla Loen, par exemple ? Celui que tu as coupé avant de la tuer.

— Camilla, oui..., dit Willy en hochant la tête et en souriant, comme si c'était un bon souvenir que Harry venait de lui remémorer. Ça, ça restera un secret entre elle et moi, Harry. »

Willy ôta le cran de sûreté. Harry déglutit.

« Donne-moi ce pistolet, Willy. C'est fini. Ça ne sert à rien.

— Bien sûr que ça sert à quelque chose.

— À savoir ?

— Toujours la même chose, Harry. Que la représentation doit avoir une fin comme il faut. Et tu ne crois quand même pas que le public va se contenter de ce que je me laisse docilement arrêter et emmener ? On a besoin d'un grand final, Harry. *Happy ending.* S'il n'y en a pas, j'en fabrique un. C'est...

— ... ta devise », murmura Harry.

Willy sourit et posa le pistolet sur le front de Harry.

« Je pensais plutôt à une épitaphe. »

Harry ferma les yeux. Il avait simplement envie de dormir. D'être transporté sur une rivière ondoyante. De l'autre côté.

Rakel sursauta et ouvrit les yeux.

Elle avait rêvé de Harry. Ils étaient à bord d'un bateau.

La chambre était plongée dans l'obscurité. Avait-elle entendu du bruit ? S'était-il passé quelque chose ?

Elle écouta le son apaisant de la pluie qui tambourinait sur le toit. Par acquit de conscience, elle vérifia le téléphone mobile allumé sur la table de nuit. Au cas où il appellerait.

Elle referma les yeux. Et continua de flotter.

Harry avait perdu le contact avec le temps. Lorsqu'il rouvrit les yeux, c'était comme si la lumière tombait différemment dans la pièce vide, et il ne savait absolument pas s'il s'était écoulé une seconde ou une minute.

Le lit était vide. Willy avait disparu.

Les bruits d'eau revinrent. La pluie. La douche.

Harry se remit péniblement sur ses quilles et regarda le matelas bleu. Il avait l'impression que quelque chose grouillait dans ses vêtements. À la lumière de la lampe de chevet, il vit les contours d'un corps humain à l'intérieur. Le visage était remonté à la surface et se dessinait comme une empreinte de plâtre.

Il sortit de la chambre. La porte de la terrasse était grande ouverte. Il alla à la rambarde et jeta un coup d'œil dans la cour. Il laissa des traces mouillées sur les marches en descendant à l'étage inférieur. Il ouvrit la porte de la salle de bains. La silhouette d'un corps de femme se dessinait contre la vitre derrière le rideau de douche gris. Harry le tira de côté. La nuque de Toya Harang était pliée vers l'eau qui giclait, son menton touchait presque sa poitrine. Un bas noir était noué autour de son cou et attaché au sommet du robinet. Ses yeux étaient fermés, et des gouttes d'eau pendaient à ses longs cils noirs. Sa bouche était entrouverte, pleine d'une masse jaune qui ressemblait à de la mousse solidifiée. La même chose obstruait ses narines, les oreilles et le petit trou dans sa tempe.

Il ferma le robinet avant de sortir.

Personne en vue dans l'escalier.

Harry posa prudemment ses pieds devant lui. Il se sentait engourdi, comme si son corps avait commencé à se pétrifier.

Bjarne Møller.

Il devait appeler Bjarne Møller.

Harry passa la porte de l'immeuble et arriva dans la cour. La pluie lui tombait doucement sur la tête, mais il ne la sentait pas. Il serait bientôt complètement paralysé. Le séchoir à linge ne criait plus. Il évita de le regarder. Il aperçut une boîte jaune sur l'asphalte et la ramassa. Il l'ouvrit, en tira une cigarette et la plaça entre ses lèvres. Il essaya de l'allumer avec son briquet, mais constata que l'extrémité de sa cigarette était mouillée. De l'eau avait dû entrer dans le paquet.

Appeler Bjarne Møller. Les faire venir. Accompagner Møller à l'immeuble de studios. Y entendre Sven Sivertsen. Enregistrer immédiatement son témoignage contre Tom Waaler. Entendre Møller donner l'ordre d'arrêter l'inspecteur principal Waaler. Puis rentrer à la maison. Retrouver Rakel.

Il apercevait le séchoir à linge à l'extrême limite de son champ de vision.

Il jura, coupa sa cigarette en deux, plaça le filtre entre ses lèvres et réussit à l'allumer à la seconde tentative. Pourquoi était-il aussi stressé ? Il n'y avait plus rien qui pressait. C'était terminé, fini.

Il se tourna vers le séchoir à linge.

Celui-ci penchait légèrement sur le côté, mais

le poteau qui s'enfonçait dans l'asphalte avait visiblement encaissé la majeure partie du choc. Seule une des cordelettes en plastique sur lesquelles était suspendu Willy Barli avait cédé. Ses bras étaient écartés, ses cheveux mouillés collés à son visage et son regard était tourné vers le haut, comme s'il priait. Harry fut frappé de constater que c'était une vision étrangement belle. Mais ce corps nu à moitié enveloppé dans le drap trempé ressemblait davantage à la figure de proue d'un galion. Willy Barli avait eu ce qu'il voulait. Un grand final.

Harry tira son mobile de sa poche et tapa le code secret. Ses doigts obéissaient à peine. Bientôt pétrifiés. Il composa le numéro de Bjarne Møller. Il allait appuyer sur le bouton vert quand le téléphone se mit à crier de façon alarmante. Harry sursauta et manqua de lâcher l'appareil. L'écran l'informait qu'un message attendait sur sa boîte vocale. Et alors ? Ce n'était pas le téléphone de Harry. Il hésita. Une voix lui disait qu'il devait d'abord appeler Møller. Il ferma les yeux. Et appuya.

Une voix de femme l'informa qu'il avait un message. Un bip suivi de quelques secondes de silence. Puis une voix lui murmura : « Salut, Harry, c'est moi. »

C'était Tom Waaler.

« Tu as éteint le téléphone, Harry. Ce n'est pas malin. Parce qu'il faut que je te parle, tu comprends. »

Tom parlait si près du combiné que Harry eut l'impression de l'avoir tout contre lui.

« Excuse-moi de devoir chuchoter, mais nous ne voulons pas le réveiller, tu vois ? Tu peux deviner où je suis ? Je crois que tu dois pouvoir. Tu aurais peut-être même pu le prévoir. »

Harry tira sur sa cigarette sans se rendre compte qu'elle s'était éteinte.

« Il fait un peu sombre, ici, mais il a le poster d'une équipe de football au-dessus de son lit. Voyons voir... Tottenham ? Il y a une espèce de petit jeu sur sa table de nuit. Gameboy. Et écoute bien, maintenant, parce que je tiens le téléphone au-dessus de son lit. »

Harry colla le téléphone à son oreille et le pressa si fort qu'il en eut mal à la tête.

Il entendit la respiration calme et régulière d'un petit garçon qui dormait bien en sécurité dans une villa de rondins noirs, dans Holmenkollveien.

« Nous avons des yeux et des oreilles partout, Harry, alors n'essaie pas d'appeler ailleurs ou de parler avec qui que ce soit. Contente-toi de faire exactement ce que je te dirai. Appelle ce numéro et on discutera. Si tu tentes quoi que ce soit d'autre, le gamin est mort. Pigé ? »

Le cœur de Harry se mit à pomper du sang à travers ce corps pétrifié, et l'engourdissement céda lentement la place à une douleur presque intolérable.

Chapitre 42

Lundi. La croix des mares

Les essuie-glaces murmuraient et les pneus en caoutchouc semblaient répéter inlassablement « chut ! ».

L'Escort partit en aquaplaning dans le carrefour. Harry conduisait aussi vite qu'il l'osait, mais la pluie faisait comme des traits de crayon sur l'asphalte devant lui, et il savait que le dessin qui était encore visible sur les pneus ne tenait que du cosmétique.

Il accéléra et parvint au carrefour suivant à l'orange. Heureusement, il n'y avait aucune voiture dans les rues. Il eut le temps de jeter un coup d'œil à l'heure.

Plus que douze minutes. Il y avait huit minutes qu'il avait quitté la cour de l'immeuble de Sannergata, le téléphone en main, tout de suite après avoir composé le numéro qu'il devait appeler. Huit minutes que la voix avait murmuré dans son oreille : « Enfin. »

Et Harry avait dit ce qu'il ne voulait pas dire, mais n'avait pas pu s'en empêcher : « Si tu le touches, je te bute.

— Allons, allons. Où êtes-vous, toi et Sivertsen ?

— Aucune idée, avait répondu Harry en regardant le séchoir à linge. Qu'est-ce que tu veux ?

— Je veux juste qu'on se voie. Entendre pourquoi tu veux rompre le marché qu'on a conclu. S'il y a quelque chose dont tu es mécontent, et si nous pouvons rectifier le tir. Il n'est pas encore trop tard, Harry. Je suis prêt à aller loin pour t'avoir dans l'équipe.

— OK, avait répondu Harry. Rencontrons-nous. Je vous rejoins. »

Waaler avait émis un rire sourd.

« J'aimerais bien voir Sven Sivertsen, par la même occasion. Et je crois qu'il vaut mieux que ce soit moi qui vienne vous trouver. Alors donne-moi l'adresse. Maintenant. »

Harry avait hésité.

« Tu as déjà entendu le bruit que ça fait quand on tranche la gorge de quelqu'un, Harry ? D'abord le petit grincement quand l'acier entaille la peau et le cartilage, puis un sifflement, à peu près comme l'aspire-salive chez le dentiste. Ça vient de la trachée sectionnée. Ou de l'œsophage, je n'arrive jamais à faire la différence.

— Immeuble de studios. Chambre 406.

— Fichtre. Le lieu du crime ? J'aurais dû y penser.

— Effectivement.

— OK. Mais si tu prévoyais d'appeler quelqu'un ou de tendre un piège, oublie. J'emmène le petit.

— Non ! Ne... Tom... sois gentil.

— Gentil ? Tu as dit gentil ? »

Harry ne répondit pas.

« Je t'ai ramassé dans le ruisseau et je t'ai donné une nouvelle chance. Et tu as eu la gentillesse de me poignarder dans le dos. Ce n'est pas ma faute si j'en suis réduit à faire ce que je fais. C'est la tienne. N'oublie pas ça, Harry.

« — Écoute…

— Dans vingt minutes. Laisse la porte ouverte, et asseyez-vous par terre, là où je pourrai vous voir, les mains sur la tête.

— Tom ! »

Waaler avait raccroché.

Harry tourna brusquement le volant et sentit les pneus perdre leur adhérence. Ils partirent en crabe sur la surface, et pendant un instant, il eut l'impression que lui et la voiture flottaient comme dans un rêve où les lois physiques étaient abolies. L'illusion ne dura qu'une fraction de seconde, mais Harry eut le temps d'être rempli de la sensation libératrice que tout était terminé, qu'il était trop tard pour y faire quoi que ce fût. Les pneus retrouvèrent prise, et il fut de retour.

La voiture se coucha en virant au pied de l'immeuble de studios et s'arrêta devant la porte d'entrée. Harry coupa le contact. Encore neuf minutes. Il sortit et fit le tour de la voiture. Il ouvrit le hayon, balança des récipients à moitié vides de liquide lave-glace, des lingettes sales et attrapa un rouleau de Gaffer noir. Tout en montant les escaliers, il tira le pistolet de sa ceinture et dévissa le silencieux. Il n'avait pas eu le temps de vérifier, mais il fallait supposer que la qualité tchèque supportait une chute depuis une terrasse située à quinze mètres au-dessus du sol. Il s'arrêta devant la porte d'ascenseur du cinquième étage. La poignée était telle que dans son souvenir : métallique, avec une solide pièce de bois ronde à son extrémité. Juste assez grosse pour qu'on puisse scotcher un pistolet sans silencieux à l'intérieur, de sorte qu'on ne le voie pas. Il chargea l'arme et la fixa avec deux morceaux de Gaffer. Si les choses se passaient comme il le prévoyait depuis le début, il n'en aurait pas besoin. Les gonds de la trappe du vide-ordures à côté de l'ascenseur grincèrent, mais le silencieux disparut sans bruit dans le noir. Encore quatre minutes.

Il entra dans la 406.

Du fer tinta contre le radiateur.

« Bonnes nouvelles ? »

La voix de Sven était presque suppliante. Il souffla sa mauvaise haleine sur Harry qui le défaisait de ses menottes.

« Non, répondit Harry.

— Non ?

— Il arrive avec Oleg. »

Harry et Sven attendaient assis dans le couloir.

« Il est en retard, constata Sven.

— Oui. »

Silence.

« Un tube d'Iggy Pop commençant par C, dit Sven. Tu commences.

— Arrête.

— *China Girl*.

— Pas maintenant.

— Ça aide. *Candy*.

— *Cry for Love*.

— *China Girl*.

— Tu l'as déjà dite, celle-là, Sivertsen.

— Il y a deux versions.

— *Cold Metal*.

— Tu as peur, Harry ?

— Tu ne peux pas imaginer.

— Moi aussi.

553

« — Super. Ça augmente nos chances de survie.

— De combien ? Dix pour cent ? Vingt...

— Chut ! fit Harry.

— C'est l'ascenseur qui..., chuchota Sivertsen.

— Ils arrivent. Respire lentement, à fond. »

Ils entendirent l'ascenseur s'arrêter avec un gémissement sourd. Deux secondes s'écoulèrent. Puis ils entendirent le bruit de la grille. Un grincement long qui apprit à Harry que Waaler ouvrait prudemment la porte de l'ascenseur. Des murmures affaiblis. Le bruit de la porte du vide-ordures qu'on ouvrait. Sven lança un regard interrogateur à Harry.

« Lève les mains pour qu'il puisse les voir. »

Les menottes cliquetèrent lorsque les deux hommes levèrent simultanément les bras. La porte vitrée du couloir s'ouvrit.

Oleg était en pantoufles et portait un survêtement par-dessus son pyjama, et les images se succédèrent à un rythme effréné à travers le cerveau de Harry. Le couloir. Le pyjama. Le son de pantoufles traînant sur le sol. Maman. L'hôpital.

Tom Waaler sortit juste derrière Oleg. Il avait les mains dans les poches de son blouson court, mais Harry put voir le canon du pistolet tendre le cuir noir.

« Stop », dit Waaler lorsqu'ils furent arrivés à cinq mètres de Harry et Sven.

Oleg fixait Harry de ses grands yeux noirs et terrifiés. Harry lui retourna ce qu'il espérait être un regard franc et réconfortant.

« Pourquoi vous vous êtes attachés l'un à l'autre, les gars ? Vous êtes déjà inséparables ? »

La voix de Waaler claquait entre les murs de

briques, et Harry comprit qu'il avait parcouru la liste qu'ils avaient élaborée avant l'action, et découvert ce que Harry savait déjà : qu'il n'y avait personne au quatrième étage.

« On en est arrivés à la conclusion que nous étions dans le même bateau.

— Et pourquoi vous n'êtes pas assis dans le studio comme je vous l'avais demandé ? »

Waaler s'était placé de telle sorte qu'Oleg soit entre lui et eux.

« Pourquoi voulais-tu qu'on soit là-dedans ?

— Ce n'est pas toi qui poses les questions, Hole. Rentrez dans le studio. Maintenant.

— Désolé, Tom. »

Harry tourna la main qui n'était pas enchaînée à Sven. Il tenait deux clés. Une Yale et une autre, plus petite.

« Celle du studio et celle des menottes », dit-il.

Puis il ouvrit grand la bouche, posa les deux clés sur sa langue et ferma la bouche. Il fit un clin d'œil à Oleg et avala.

Tom Waaler regarda avec incrédulité la pomme d'Adam de Harry monter et descendre.

« Il va falloir que tu revoies tes plans, Tom, gémit Harry.

— Et quels plans ? »

Harry groupa ses jambes sous lui et remonta à moitié en gardant le dos au mur. Waaler sortit la main de sa poche. Le pistolet était braqué sur Harry. Harry fit la grimace et se frappa deux fois la poitrine avant de parler.

« N'oublie pas que ça fait maintenant quelques années que je te suis, Tom. Petit à petit, j'ai appris comment tu fonctionnais. Comment tu as tué Sverre Olsen dans sa chambre en faisant passer ça pour de la légitime défense. Comment tu as fait la même chose, ce jour-là, sur le port. Alors je suppose que le plan prévoyait de nous liquider tous les deux, Sven Sivertsen et moi, dans le studio, t'arranger pour qu'on croie que je l'avais descendu, puis moi-même, avant de partir pour laisser tes collègues me retrouver. Passer un coup de fil anonyme en disant que quelqu'un avait entendu des coups de feu dans le studio, peut-être ? »

Tom Waaler jeta un coup d'œil impatient dans le couloir.

« Et l'explication aurait été évidente, poursuivit Harry. Ça avait fini par faire trop pour Harry Hole, ce policier alcoolique et psychotique. Plaqué par sa gonzesse, viré par la police. Il prend un prisonnier en otage. Fureur autodestructrice qui se termine horriblement. Une tragédie personnelle. Presque – mais seulement presque – incompréhensible. Ce n'était pas à quelque chose de ce genre que tu pensais ? »

Tom Waaler sourit légèrement.

« Pas mal. Mais tu as oublié le passage où, à cause de ton chagrin d'amour, tu retournes chez ton ex, la nuit, tu entres sans qu'on te voie et tu kidnappes son fils. Qu'on retrouve avec vous. »

Harry se concentra sur sa respiration.

« Tu crois vraiment qu'ils auraient gobé cette histoire ? Møller ? Le chef de la Crim ? Les médias ?

— Évidemment, dit Waaler. Tu ne lis pas les journaux ? Tu ne regardes pas la télé ? Cette histoire aurait couru quelques jours, une semaine tout au plus. S'il ne se passait rien dans l'intervalle. Quelque chose qui éveille réellement l'attention. »

Harry ne répondit pas.

« La seule chose qui éveille l'attention, ici, c'est que tu pensais que je ne te retrouverais pas.

— Tu en es absolument sûr ?

— De quoi ?

— Que je ne savais pas que tu arriverais jusqu'ici ?

— Dans ce cas, je me serais taillé, si j'étais toi. Il n'y a plus d'échappatoire, Hole.

— C'est exact », répondit Harry en plongeant la main dans sa poche de blouson.

Waaler leva son pistolet. Harry sortit un paquet de cigarettes mouillé.

« Je suis dans le piège. La question, c'est juste de savoir à qui il est destiné, dit-il en sortant une cigarette du paquet.

— Qu'est-ce que tu veux dire ? demanda Waaler dont les yeux se plissèrent.

— Eh bien, dit Harry en coupant la cigarette en deux et en mettant le filtre entre ses lèvres, les grandes vacances, c'est une sacrée merde, tu ne trouves pas ? Il n'y a jamais personne de garde pour enlever des trucs, et tout est reporté. Comme par exemple d'installer des caméras de surveillance dans un immeuble de studios. Ou de les enlever après coup. »

Harry aperçut un léger tressaillement sur la paupière de son collègue. Il pointa un pouce par-dessus son épaule. « Regarde dans le coin à droite, Tom. Tu vois ? »

Le regard de Waaler sauta de Harry à l'endroit qu'il désignait, et revint immédiatement sur Harry.

« Je t'ai déjà dit que je savais comment tu fonctionnais, Tom. Je savais bien que tôt ou tard, tu finirais par nous trouver ici. Il fallait juste que je te complique suffisamment les choses pour que tu n'aies pas l'impression de tomber dans un piège. Dimanche matin, j'ai longuement discuté avec un type que tu connais. Depuis, il est dans son bus, et il attend de pouvoir enregistrer cette séance. Fais coucou à Otto Tangen. »

Tom Waaler cligna des yeux comme si un coup de vent avait soulevé un nuage de poussière.

« Tu bluffes, Harry. Je connais Tangen, il n'oserait jamais faire une chose pareille.

— Je lui ai cédé tous les droits pour qu'il puisse distribuer la vidéo, ensuite. Réfléchis un peu, Tom. Un enregistrement du *big showdown starring* : le présumé coursier meurtrier, l'enquêteur fou et l'inspecteur principal corrompu. Les chaînes de télé du monde entier feraient la queue pour l'avoir. »

Harry fit un pas en avant.

« Tu devrais peut-être me donner ce pistolet avant que les choses ne dégénèrent encore un peu plus, Tom.

— Ne bouge pas d'un millimètre, Harry », chuchota Waaler, et Harry s'aperçut que le canon du pistolet s'était discrètement déplacé jusqu'au dos d'Oleg. Il s'arrêta. Tom Waaler avait cessé de cligner des yeux. Les muscles de sa mâchoire travaillaient durement, avec concentration. Aucun des deux hommes ne bougeait. Le bâtiment était à ce point silencieux que Harry pensait entendre le bruit des murs, une vibration basse et presque inaudible que l'oreille enregistrait comme d'infimes variations dans la pression de l'air. Dix secondes s'écoulèrent pendant que les murs chantaient. Dix interminables secondes sans que Waaler cligne des yeux. Øystein avait un jour raconté à Harry quelle quantité de données un cerveau humain peut traiter en une seconde. Il ne se souvenait pas du chiffre, mais Øystein lui avait expliqué que ça signifiait qu'un individu pouvait facilement scanner une bibliothèque municipale de taille moyenne en l'espace de dix secondes comme celles-là.

Waaler cligna enfin des yeux, et Harry sentit une espèce de calme tomber sur lui. Il ne savait pas ce que ça signifiait, juste que c'étaient vraisemblablement de mauvaises nouvelles.

« Ce qu'il y a d'intéressant dans les affaires de meurtres, dit Waaler, c'est qu'on est innocent jusqu'à preuve du contraire. Et pour l'instant, je ne vois pas qu'une caméra m'ait filmé en train de faire quelque chose d'illégal. »

Il alla jusqu'à Harry et Sven, et tira sèchement les menottes. Sven se leva. Waaler les fouilla en passant rapidement sa main libre sur leurs blousons et leurs pantalons sans quitter Harry du regard.

« Bien au contraire, je fais mon boulot. J'arrête un policier qui a kidnappé un type en détention provisoire.

— Tu viens d'avouer devant une caméra.

— À vous, oui, sourit Waaler. Si ma mémoire est bonne, ces caméras enregistrent l'image, pas le son. C'est une arrestation en bonne et due forme. Allez vers l'ascenseur.

— Et kidnapper un gosse de dix ans ? demanda Harry. Tangen a les images de toi braquant un pistolet dans le dos du môme.

— Ah, lui, dit Waaler en donnant une bourrade dans le dos de Harry qui trébucha en avant, emportant Sven avec lui. Il s'est vraisemblablement levé au milieu de la nuit et est allé à l'hôtel de police sans prévenir sa mère. Ce n'est pas la première fois qu'il fait ça, hmm ? Disons que j'ai rencontré le gamin juste devant, en sortant pour venir vous chercher, toi et Sven. Le gamin a clairement vu que quelque chose ne tournait pas rond. Quand je lui ai expliqué ce qui se passait, il m'a dit qu'il voulait m'aider. En fait, c'est lui qui a proposé ce jeu de rôles qui voulait que je l'utilise comme otage pour que tu ne fasses pas de bêtise, Harry.

— Un gosse de dix ans ? gémit Harry. Tu crois vraiment que quelqu'un va avaler ça ?

— C'est ce qu'on verra. OK, les gars, on va sortir et s'arrêter devant l'ascenseur. Celui qui tente quelque chose prend la première balle. »

Waaler alla jusqu'à la porte de l'ascenseur et appuya sur le bouton d'appel. Un grondement se fit entendre dans la cage d'ascenseur.

« C'est bizarre, le silence qui règne dans ce genre d'immeubles pendant les grandes vacances, n'est-ce pas ? »

Il fit un sourire à Sven.

« Presque comme dans une maison fantôme.

— Arrête, Tom. »

Harry devait se concentrer pour articuler les mots, il avait l'impression que sa bouche était pleine de sable.

« C'est trop tard. Il faut bien que tu comprennes que personne ne te croira.

— Tu commences à radoter, cher collègue, dit

Waaler en jetant un regard à l'aiguille tordue qui tournait comme un compas sous la vitre ronde. On me croira, Harry. Pour la simple et bonne raison... (il se passa un doigt sur la lèvre supérieure)... que personne ne pourra me contredire. »

Harry avait compris le plan. Il n'y avait pas de caméra dans l'ascenseur. C'était là que ça devait avoir lieu. Il ne savait pas comment Waaler avait pensé le présenter par la suite – s'ils en venaient aux mains ou si Harry lui avait pris le pistolet – mais il n'avait aucun doute : ils allaient tous mourir là, dans l'ascenseur.

« Papa, commença Oleg.

— Ça va s'arranger, mon grand, répondit Harry en essayant de sourire.

— Oui, acquiesça Waaler, ça va s'arranger. »

Ils entendirent un claquement métallique. L'ascenseur se rapprochait. Harry regarda la poignée de bois ronde sur la porte de l'ascenseur. Il avait fixé le pistolet de telle sorte qu'il puisse l'attraper, poser le doigt sur la détente et l'arracher en un seul geste.

L'ascenseur s'arrêta devant eux et tressaillit avec une secousse.

Harry inspira et tendit la main. Ses doigts glissèrent autour et à l'intérieur de la surface raboutée. Il s'attendait à sentir l'acier froid et dur contre le bout de ses doigts. Rien. Absolument rien. Que du bois. Et un morceau de ruban adhésif qui pendait.

Tom Waaler poussa un soupir.

« J'ai peur de l'avoir balancé dans le vide-ordures, Harry. Tu croyais réellement que je ne chercherais pas des armes planquées ? »

Waaler ouvrit la porte métallique d'une main en les tenant en joue avec le pistolet.

« Le gamin d'abord. »

Harry détourna les yeux quand Oleg le regarda. Il n'arrivait pas à croiser ce regard interrogateur qui lui demandait de nouveau à être rassuré. Harry hocha plutôt la tête vers la porte. Oleg entra et alla se mettre tout au fond de l'ascenseur. Une lumière pâle tombait du plafond sur le mur marron imitation palissandre couvert d'une mosaïque de déclarations d'amour, de paroles, d'organes sexuels et de saluts gravés dans la surface.

SCREW U, pouvait-on lire au-dessus de la tête d'Oleg.

Une chambre mortuaire, pensa Harry. C'était une chambre mortuaire.

Il plongea sa main libre dans sa poche de blouson. Il n'aimait pas – toujours pas – les ascenseurs. La secousse dans les menottes quand Harry ramena sa main gauche fit perdre l'équilibre à Sven qui tomba contre Waaler. Celui-ci se tourna vers Sven au moment précis où Harry levait sa main droite au-dessus de sa tête. Il visa tel un matador avec son épée, sachant qu'il n'avait droit qu'à une tentative, que la précision primerait sur la force.

Il laissa retomber sa main.

La pointe du ciseau traversa le cuir du blouson avec un bruit déchirant. Le métal glissa dans le tissu doux couvrant la clavicule droite, perça l'artère jugulaire, transperça le réseau de nerfs du plexus et paralysa les nerfs allant vers le bras. Le pistolet tomba sur le sol de pierre avec un claquement et dégringola sur les marches. Waaler baissa les yeux sur son épaule droite avec une expression surprise. Sous le manche vert qui pointait vers le haut, son bras pendait mollement.

La journée avait été aussi longue que chiatique pour l'inspecteur principal Tom Waaler. Les emmerdements avaient commencé quand il avait été réveillé pour apprendre que Harry avait mis les bouts avec Sivertsen. Et continué quand il s'était avéré plus compliqué que prévu de retrouver Harry. Tom avait expliqué aux autres qu'ils devraient utiliser le gamin, et ils avaient refusé. C'était trop risqué, avaient-ils dit. En son for intérieur, il avait toujours su qu'il devrait accomplir la dernière partie du boulot seul. C'était toujours comme ça. Personne ne l'arrêterait, et personne ne l'aiderait. La loyauté était fonction de ce qui en valait la peine, chacun pensait d'abord à soi. Et ça n'avait fait que continuer dans le chiatique. À présent, il ne sentait plus son bras droit. Tout ce qu'il sentait, c'était le flux chaud qui coulait sur sa poitrine et l'informait que quelque chose contenant beaucoup de sang était percé.

Il se tourna de nouveau vers Harry, juste à temps pour voir le visage de celui-ci grossir devant le sien, et l'instant suivant, sa tête s'emplit d'un craquement quand le têtiau puissant de Harry l'atteignit au-dessus du nez. Tom Waaler partit à la renverse. Harry envoya un swing du droit que Waaler parvint à esquiver. Harry suivit, mais resta suspendu par le bras gauche à Sven Sivertsen. Tom inspira avidement par la bouche tandis qu'il sentait la douleur provoquer dans ses veines un déferlement de cette colère blanche revigorante. Il avait retrouvé son équilibre.

Sur tous les plans. Il évalua la distance, plia les genoux et se détendit légèrement et pivota sur une jambe en levant l'autre très haut. C'était un *oou tek* parfait qui atteignit Harry à la tempe, et il partit de côté en emportant Sven Sivertsen avec lui.

Tom se retourna et chercha son pistolet du regard. L'arme était sur la volée de marches en contrebas. Il saisit la rambarde et atterrit en deux bonds. Son bras droit ne répondait toujours pas. Il jura, leva le pistolet de sa main gauche et remonta à toute allure.

Harry et Sven avaient disparu.

Il se retourna juste à temps pour voir la porte de l'ascenseur se refermer sans bruit. Il coinça le pistolet entre ses dents, saisit la poignée de la main gauche et tira. Il eut l'impression que son épaule allait se déboîter. Fermée. Tom plaqua son visage contre le hublot de la porte. Ils avaient déjà repoussé la grille, et il entendait des voix vives à l'intérieur.

Une vraie journée de merde. Mais ça allait cesser. Ça allait être parfait. Tom leva son pistolet.

Harry s'adossa au mur du fond en soufflant comme un phoque, attendant que l'ascenseur démarre. Il avait eu le temps de repousser la grille et d'appuyer sur le bouton S/S quand la porte fut secouée et un juron prononcé.

« Cette foutue saloperie ne veut pas démarrer ! » feula Sven. Il s'était laissé tomber à genoux à côté de Harry.

L'ascenseur tressaillit, comme un gros hoquet, mais ne descendit pas.

« Si ce putain d'ascenseur est mou, l'autre pourra

descendre en même temps que nous et nous souhaiter la bienvenue en bas !

— Ta gueule, dit Harry à voix basse. La porte entre la cage d'escalier et la cave est fermée. »

Harry vit une ombre bouger derrière le hublot.

« Baissez-vous ! » cria-t-il en poussant Oleg vers la grille.

Ils entendirent un bruit comparable à celui d'un bouchon qui sort du goulot d'une bouteille de vin quand la balle alla s'enfoncer dans le panneau de faux palissandre au-dessus de la tête de Harry. Il entraîna Sivertsen à côté d'Oleg.

Au même moment, l'ascenseur fut de nouveau secoué et se mit à descendre en grinçant.

« Bon Dieu, murmura Sven.

— Harry... », commença Oleg.

Il y eut un grand bruit, et Harry eut le temps de voir le poing entre les barreaux de la grille au-dessus de la tête d'Oleg avant de fermer automatiquement les yeux pour se protéger de la projection de tessons.

« Harry ! »

Le cri d'Oleg emplit Harry. Ses oreilles, son nez, sa bouche, sa gorge : il l'ensevelit. Harry rouvrit les yeux et planta son regard dans celui exorbité d'Oleg, sur sa bouche ouverte, déformée par la douleur et la panique, sur ses longs cheveux noirs prisonniers d'une grande main blanche. Oleg décolla du sol.

« Harry ! »

C'est alors qu'il perdit la vue. Il écarquilla les yeux sans rien voir. Rien qu'un voile blanc de panique. Mais il entendait. Il pouvait entendre la Frangine crier.

« Harry ! »

Entendre Ellen crier. Rakel crier. Tout le monde criait son nom.

« Harry ! »

Il avait le regard rivé sur tout ce blanc qui se transformait lentement en noir. Est-ce qu'il était tombé dans les pommes ? Les cris s'affaiblirent, comme des échos mourants. Il s'en alla en flottant. Ils avaient raison. Il fuyait toujours quand c'était important. Il veillait à ne pas être là. Il faisait ses valises, ouvrait la bouteille, fermait la porte. Il avait peur et perdait la vue. Ils avaient toujours raison. Et si ce n'était pas le cas, ça ne tarderait pas à l'être.

« Papa ! »

Un pied atteignit Harry à la poitrine. La vue était revenue. Oleg pendait en battant des pieds, la tête qui s'incrustait dans la main de Waaler. Mais l'ascenseur s'était arrêté. Il vit instantanément pourquoi. La grille n'était plus en place. Harry regarda Sven, assis par terre à côté de lui, le regard fixe.

« Harry ! » C'était la voix de Waaler à l'extérieur. « Fais remonter cet ascenseur, ou je bute le gamin ! »

Harry se leva et replongea immédiatement, mais il avait vu ce qu'il avait besoin de voir. La porte du quatrième étage était cinquante centimètres plus haut que l'ascenseur.

« Si tu fais ça, Tangen aura le meurtre sur sa vidéo », dit Harry.

Il entendit le rire bas de Waaler.

« Dis-moi, Harry, si ta cavalerie existait réellement, elle ne devrait pas être là depuis belle lurette ?

— Papa... », gémit Oleg.

Harry ferma les yeux.

« Écoute, Tom. L'ascenseur ne fonctionnera pas

tant que la grille ne sera pas repoussée. Ton bras est entre les barreaux, alors il faut que tu lâches Oleg pour qu'on puisse la remettre en place. »

Waaler rit de nouveau.

« Tu me prends pour un con, Harry ? Il ne faut bouger cette grille que de quelques centimètres. C'est possible même si je ne lâche pas le môme. »

Harry regarda Sven, mais celui-ci ne lui retourna qu'un regard perdu sur l'infini.

« OK, dit Harry. Mais on a les menottes, maintenant, alors j'ai besoin que Sven m'aide. Et il a l'air légèrement stoned, pour le moment.

— Sven ! cria Waaler. Tu m'entends ? »

L'intéressé leva à peine la tête.

« Tu te souviens de Lodin, Sven ? Ton prédécesseur à Prague ? »

L'écho roula dans la cage d'escalier. Sven déglutit.

« La tête dans le tour ? Tu as envie d'essayer ? »

Sven se mit péniblement debout. Harry l'attrapa par le col et le tira tout contre lui.

« Tu comprends ce que tu dois faire, Sven ? cria-t-il dans ce visage pâle de somnambule en plongeant la main dans sa poche revolver et en en sortant une clé. Tu dois veiller à ce que la grille ne bouge plus, tu m'entends ? Il faut que tu tiennes la grille en place quand l'ascenseur démarrera. »

Harry montra du doigt l'un des boutons ronds, noirs et usés du panneau de commande.

Sven regarda longuement Harry introduire la clé dans la serrure des menottes et tourner. Puis il hocha la tête.

« OK, cria Harry. On est prêts. On remet la grille en place. »

Sven colla son dos à la grille. Il la saisit et poussa vers la droite. Waaler gémit quand les barreaux tirèrent son bras dans la même direction. Un déclic sourd les informa que la grille faisait de nouveau contact.

« Là ! » cria Harry.

Ils attendirent. Harry fit un pas dans l'ascenseur et leva les yeux. Dans une petite fente entre le hublot et l'épaule de Waaler, deux yeux le regardaient. Celui de Waaler, grand ouvert et furibard, et celui du pistolet, noir et aveugle.

« Remontez ici, dit Waaler.

— Si tu épargnes le gamin, répondit Harry.

— Marché conclu. »

Harry hocha longuement la tête. Puis il appuya sur le bouton.

« Je savais que tu finirais par faire ce qu'il fallait, Harry.

— C'est en général ce qu'on fait. »

Il vit l'un des sourcils de Waaler plonger vers le bas. Peut-être était-ce parce qu'il venait de découvrir que les menottes pendouillaient à un poignet de Harry. Peut-être était-ce quelque chose dans le ton de Harry. Ou c'était peut-être qu'il le sentait lui aussi. Le moment était venu.

Les câbles d'acier jetèrent un cri sinistre quand l'ascenseur s'ébranla. Au même instant, Harry fit un pas en avant et se dressa sur la pointe des pieds. Un claquement sec retentit quand la menotte se referma sur le poignet de Waaler.

« Bordel de m... », commença Waaler.

Harry leva les jambes. La menotte s'enfonça dans leurs poignets à tous les deux quand un Hole de quatre-vingt-dix kilos tira Waaler vers le bas. Celui-ci essaya de faire contrepoids, mais son bras passa à travers le hublot jusqu'à l'épaule.

Une journée de merde.

« Détache-moi, putain ! »

Tom criait, la joue pressée contre la froide porte de fer. Il essaya de remonter son bras d'une secousse, mais c'était trop lourd. Il cria de fureur et frappa de toutes ses forces son pistolet contre la porte. Ce n'était pas comme ça que ça devait se passer. Ils lui bousillaient le travail. Ils détruisaient, mettaient en pièces son château de sable à coups de pied, et le regardaient ensuite en rigolant. Mais ils allaient voir, un jour, ils allaient voir, tous. Ce fut alors qu'il le remarqua. Les barreaux glissaient contre son avant-bras, l'ascenseur s'était remis en mouvement. Mais dans la mauvaise direction. Vers le bas. Il sentit sa gorge se nouer lorsqu'il réalisa. Qu'il allait être écrasé. Que l'ascenseur s'était transformé en une lente guillotine. Que la malédiction était sur le point de l'atteindre lui aussi.

« Tiens bien la grille, Sven ! » cria Harry.

Tom lâcha Oleg et essaya de ramener son bras à lui. Mais Harry était trop lourd. Tom céda à la panique. Il donna une dernière secousse désespérée. Puis une autre. Ses pieds frottèrent contre le mur lisse. Il sentit le plafond de la cabine atterrir sur son épaule. Le bon sens l'abandonna.

« Non, Harry ! Stop ! »

Il voulait le crier, mais les sanglots étouffèrent sa voix.

« Pitié... »

Chapitre 43

Nuit de lundi à mardi. Rolex

Tic, tic.

Harry écoutait la trotteuse avancer et comptait, les yeux clos. En se disant que c'était une indication temporelle relativement précise puisque le son provenait d'une Rolex en or.

Tic, tic.

S'il avait compté juste, ça faisait un quart d'heure qu'ils étaient dans l'ascenseur. Quinze minutes. Neuf cents secondes depuis que Harry avait appuyé sur le bouton STOP entre le rez-de-chaussée et le sous-sol, dit qu'ils étaient en sécurité et qu'ils devaient juste attendre. Ils étaient restés parfaitement silencieux pendant neuf cents secondes à écouter. S'ils entendaient des pas. Des voix. Des portes qu'on ouvrait ou qu'on fermait. Pendant que Harry, les yeux fermés, comptait les neuf cents déclics de la Rolex au poignet du bras sanglant sur le sol de l'ascenseur et auquel il était toujours attaché.

Tic, tic.

Harry ouvrit les yeux. Il défit les menottes en se demandant comment il allait pouvoir entrer dans sa voiture puisqu'il en avait avalé la clé.

« Oleg, murmura-t-il en secouant prudemment l'épaule du gamin. Il faut que tu m'aides. »

Oleg se leva.

« Quel intérêt ? demanda Sven en levant les yeux vers Oleg, qui était sur les épaules de Harry et démontait les tubes fluorescents du plafond.

— Attrape », dit Harry.

Sven tendit les bras vers Oleg qui lui donna l'un des deux tubes.

« Premièrement parce que mes yeux doivent s'habituer à l'obscurité de la cave avant que je sorte. Et pour que nous ne fassions pas des cibles illuminées quand la porte s'ouvrira.

— Waaler ? Dans la cave ? demanda Sven d'une voix où dominait l'incrédulité. Allez, personne ne pourrait survivre à ça. »

Il pointa l'extrémité du tube fluorescent vers le bras déjà pâle et cireux sur le sol.

« Imagine la perte de sang. Et le choc.

— J'essaie d'imaginer absolument tout », dit Harry.

La lumière s'éteignit complètement.

Tic, tic.

Harry sortit de l'ascenseur, fit rapidement un pas de côté et s'accroupit. Il entendit la porte se refermer derrière lui. Il attendit d'entendre l'ascenseur remonter. Il était convenu qu'ils arrêtent l'ascenseur entre la cave et le rez-de-chaussée, où ils seraient en sécurité.

Harry retint son souffle et écouta. Aucun signe de fantôme jusqu'à présent. Il se leva. Une lumière pâle tombait de la fenêtre d'une porte à l'autre bout du sous-sol. Il distingua du mobilier de jardin, de vieilles commodes et des pointes de skis à travers le grillage. Harry avança à tâtons le long du mur. Il trouva une porte et l'ouvrit. Une odeur douceâtre d'ordures s'échappa. Il avait trouvé. Il marcha sur un sac plastique déchiré, des coquilles d'œuf et des cartons de lait vides tout en avançant au jugé dans cette chaleur moite de pourriture. Le pistolet était contre le mur. L'un des morceaux de Gaffer y était toujours attaché. Il s'assura que l'arme était toujours chargée et ressortit.

Il se plia en deux et alla vers la porte d'où venait la lumière. Ce devait être celle de l'escalier.

Ce ne fut que quand il approcha qu'il vit l'ombre contre la vitre. C'était un visage. Harry se recroquevilla automatiquement avant de réaliser que la personne ne pouvait pas le voir dans le noir. Il tint le pistolet à deux mains devant lui et fit lentement deux pas en avant. Le visage était durement pressé contre la vitre, de sorte que ses traits partaient de tous côtés. Harry eut le visage juste au-dessus du guidon. C'était Tom. Ses yeux grands ouverts étaient braqués droit devant lui, vers Harry et les ténèbres derrière lui.

Harry sentit son cœur battre si fort qu'il ne parvint pas à tenir le visage dans sa ligne de mire.

Il attendit. Les secondes s'écoulèrent. Rien ne se passa.

Il baissa alors son pistolet et se redressa.

Il alla jusqu'à la vitre et fixa le regard terni par la mort de Tom Waaler. Ses yeux étaient recouverts d'un voile bleu pâle. Harry se retourna et regarda dans le noir. Quoi qu'ait regardé Tom, ça avait disparu, à présent.

Harry resta immobile, sentant son pouls battre régulièrement, avec insistance. *Tic, tic*, faisait-il. Harry ne savait pas exactement ce que ça signifiait, si ce n'est qu'il était vivant. Parce que l'homme de l'autre côté de la porte était mort. Qu'il pouvait ouvrir la porte, poser sa main sur sa peau et sentir la chaleur l'abandonner, sa peau changer de texture, perdre l'essence de la vie et devenir un emballage.

Harry appuya son front contre celui de Tom Waaler. Le verre froid lui brûla la peau comme de la glace.

Chapitre 44

Nuit de lundi à mardi.
Le marmottement

Ils attendaient au feu rouge d'Aleksander Kiellands Plass.

Les essuie-glaces battaient à gauche et à droite. Dans une heure et demie, le petit jour pointerait ses premiers rayons. Mais il faisait encore nuit, et les nuages couvraient la ville comme une bâche gris foncé.

Harry était assis à côté d'Oleg et l'entourait d'un bras.

Un homme et une femme arrivaient en titubant vers eux, sur le trottoir désert de Waldemar Thranes Gate. Il y avait une heure que Harry, Sven et Oleg étaient sortis de l'ascenseur et du bâtiment, sous la pluie et dans le champ. Ils avaient retrouvé le gros chêne que Harry avait vu de la fenêtre et s'étaient écroulés sur l'herbe sèche. Harry avait tout d'abord appelé la rédaction de *Dagbladet* et parlé au journaliste de garde. Puis il avait appelé Bjarne Møller, lui avait raconté ce qui s'était passé et lui avait demandé de retrouver Øystein Eikeland. Pour finir, il avait appelé et réveillé Rakel. Vingt minutes plus tard, le terre-plein devant l'immeuble était illuminé de flashes et de gyrophares, la police et la presse composant toujours ce splendide ensemble.

Assis sous le chêne, Harry, Oleg et Sven avaient observé les gens qui entraient et sortaient en courant de l'immeuble.

Harry avait écrasé sa cigarette.

« Oui, oui, avait dit Sven.

— *Character*, avait dit Harry.

— Je ne m'en souviens pas, de celle-là », avait répondu Sven en hochant la tête.

Ils étaient allés tranquillement vers la foule, Bjarne Møller était arrivé comme une fusée sur eux et les avait fait monter dans l'une des voitures de police.

Ils étaient d'abord allés à l'hôtel de police pour une courte audition. Ou un « debriefing », selon l'euphémisme de Møller. Quand on avait emmené Sven aux Arrêts, Harry avait insisté pour que deux agents de la garde de la Criminelle soient postés vingt-quatre heures sur vingt-quatre devant la porte. Surpris, Møller avait demandé à Harry s'il pensait vraiment que la probabilité d'une évasion était si importante. Harry avait secoué la tête, et Møller avait satisfait à ce souhait sans plus de questions.

Ils avaient ensuite appelé la permanence de maintien de l'ordre pour leur demander d'envoyer une voiture de patrouille chargée de raccompagner Oleg chez lui.

Le signal piéton envoyait ses cris stridents tandis que le couple traversait Uelands Gate. La femme avait manifestement emprunté le blouson du type, et le tenait sur sa tête. La chemise du type était collée à son torse, et il riait aux éclats. Harry eut l'impression qu'ils ne lui étaient pas totalement inconnus.

Le feu passa au vert.

Il aperçut une mèche de cheveux roux sous le blouson, et ils disparurent.

Lorsqu'ils arrivèrent à Vinderen, il cessa subitement de pleuvoir. Les nuages s'écartèrent comme un rideau de théâtre, et une nouvelle lune les éclaira depuis le ciel noir au-dessus du fjord d'Oslo.

« Enfin », dit Møller en se tournant avec un sourire sur le siège passager.

Harry supposa qu'il voulait parler de la pluie.

« Enfin, répondit-il sans quitter la lune des yeux.

— Tu es un garçon sacrément courageux », dit Møller en donnant une petite tape sur le genou d'Oleg. Le gamin lui fit un pâle sourire et regarda Harry.

Møller se retourna et recommença à regarder devant.

« Mon mal de ventre a disparu, dit-il. Comme envolé. »

Ils avaient retrouvé Øystein Eikeland à l'endroit où ils conduisaient Sven Sivertsen. Aux Arrêts. Selon les papiers de « Gråten » Groth, Øystein avait été amené par Tom Waaler parce que celui-ci le soupçonnait de conduire son taxi en état d'ivresse. La prise de sang qu'il avait effectuée avait effectivement montré une infime alcoolémie. Quand Møller avait demandé que toutes les procédures soient annulées et Eikeland libéré sur-le-champ, « Gråten » Groth n'avait soulevé, à la surprise générale, aucune objection, mais s'était au contraire montré exceptionnellement coopératif.

Rakel attendait à la porte quand la voiture de

police arriva en faisant crisser les graviers de l'allée devant la maison.

Harry se pencha par-dessus Oleg et ouvrit la porte. Oleg bondit de la voiture et courut vers Rakel.

Møller et Harry restèrent assis et regardèrent ces deux-là s'étreindre silencieusement sur les marches.

Le téléphone mobile de Møller sonna, et il le porta à son oreille. Il dit deux « oui » et un « d'accord » avant de raccrocher.

« C'était Beate. Ils ont trouvé un sac plein d'affaires de coursier dans une poubelle de l'immeuble de Barli.

— Mmm.

— Ça va faire du barouf, dit Møller. Ils vont tous en vouloir un morceau. Akersgata, NRK, TV2. Les médias étrangers aussi. Ils ont entendu parler de ce coursier meurtrier en Espagne, imagine. Oui, tu es déjà passé par ces trucs-là, alors tu es au courant.

— Je survivrai.

— Oh, sûrement. On a aussi les photos de ce qui s'est passé cette nuit dans l'immeuble. Je me demande simplement pourquoi Tangen a réussi à allumer ses enregistreurs dans son bus dimanche après-midi, oublié de les éteindre en repartant pour aller prendre son train qui le ramenait au bercail, à Hønefoss. »

Møller regarda avidement Harry, qui ne répondit pas.

« Et une sacrée chance pour toi qu'il ait eu suffisamment de place sur son disque dur pour pouvoir enregistrer plusieurs journées d'affilée. C'est tout bonnement incroyable. On pourrait presque croire que c'était prévu d'avance.

— Presque, murmura Harry.

— Une enquête interne va être mise en branle. J'ai appelé le SEFO et je les ai informés des activités de Waaler. On n'exclut pas que cette affaire puisse avoir des ramifications à l'intérieur même de la police. On va avoir notre première réunion demain matin. On va aller au fond de cette affaire, Harry.

— Bien, chef.

— Bien ? Tu n'as pas l'air spécialement convaincu.

— Tu l'es ?

— Pourquoi je ne le serais pas ?

— Parce que tu ne sais pas sur qui tu peux compter, toi non plus. »

Møller cligna deux fois des yeux sans pouvoir répondre, et jeta un rapide coup d'œil au policier derrière le volant.

« Tu attends une seconde, chef ? »

Harry sortit de voiture. Rakel lâcha Oleg qui disparut dans la maison.

Elle avait croisé les bras, et son regard était rivé sur la chemise de Harry quand celui-ci s'arrêta devant elle.

« Tu es mouillé, dit-elle.

— Tu sais, quand il pleut...

— ... je suis mouillé, compléta-t-elle en posant une main sur la joue de Harry. C'est fini, maintenant ?

— C'est fini pour l'instant. »

Elle ferma les yeux et se pencha en avant. Il la prit dans ses bras.

« Il va bien s'en sortir, dit-il.

— Je sais. Il a dit qu'il n'avait pas trop peur. Parce que tu étais là.

— Mmm.

« — Comment tu vas, toi ?

— Bien.

— Et c'est vrai ? Que c'est terminé ?

— Terminé, murmura-t-il dans ses cheveux. Dernier jour de boulot.

— Super. »

Il sentit le corps de Rakel venir plus près du sien, combler tous les petits espaces qui les séparaient.

« La semaine prochaine, j'en commence un nouveau. Ça va être chouette.

— Celui que tu as eu par un copain ? demanda-t-elle en posant une main sur la nuque de Harry.

— Oui. » L'odeur de Rakel emplissait sa tête. « Øystein. Tu te souviens de lui ?

— Le chauffeur de taxi ?

— Oui. Mardi, c'est l'examen pour le permis taxi. Ça fait des jours que je bachote sur les rues d'Oslo. »

Elle rit et l'embrassa sur la bouche.

« Qu'est-ce que tu en penses ?

— Que tu es fou. »

Son rire coula comme un petit ruisseau dans l'oreille de Harry. Il essuya une larme sur la joue de Rakel.

« Il faut que j'y aille », dit-il.

Elle essaya de sourire, mais Harry vit qu'elle n'y arriverait pas.

« Je n'y arriverai pas, parvint-elle à dire avant que les sanglots lui anéantissent la voix.

— Tu y arriveras.

— Je n'y arriverai pas... sans toi.

— Ce n'est pas vrai, dit Harry en la reprenant dans ses bras. Tu t'en sors admirablement bien sans moi.

La question, c'est : est-ce que tu t'en sortiras avec moi ?

— C'est ça, la question ? murmura-t-elle.

— Je sais que tu dois y réfléchir.

— Tu ne sais rien.

— Réfléchis d'abord, Rakel. »

Elle se pencha en arrière, et il sentit la courbe de son dos. Elle étudia son visage. Traqua les changements, pensa Harry.

« Ne pars pas, Harry.

— J'ai un rendez-vous. Si tu veux, je peux revenir demain matin. On pourrait...

— Oui ?

— Je ne sais pas. Je n'ai aucun projet. Ou d'idée. Ça te paraît bien ? »

Elle sourit.

« Ça me paraît parfait. »

Il regarda ses lèvres. Hésita. Puis il les embrassa et s'en alla.

« Ici ? demanda le policier derrière le volant en jetant un coup d'œil dans son rétroviseur. Ce n'est pas fermé ?

— Douze à trois en semaine. »

Le chauffeur se gara le long du trottoir devant le Boxer.

« Tu viens avec, chef ? »

Møller secoua la tête.

« Il voulait te parler seul. »

Il y avait longtemps qu'on ne servait plus, et les derniers clients s'en allaient.

Le chef de la Crim était installé à la même table que la dernière fois. Ses yeux profondément enchâssés étaient dans l'ombre. La pinte qu'il avait devant lui était pratiquement vide. Une fente s'ouvrit dans son visage.

« Félicitations, Harry. »

Harry se glissa entre la chaise et la table.

« Très bon travail. Mais il faut m'expliquer comment tu en es arrivé à la conclusion que Sven Sivertsen n'était pas le coursier meurtrier.

— J'ai pu voir une photo de Sivertsen, prise à Prague, et j'ai compris que j'avais vu une photo de Willy et Lisbeth au même endroit. En plus des résultats que la Technique a obtenus des analyses faites sur les traces de déjections sous l'ongle de... »

Le chef de la Crim se pencha en avant et posa une main sur le bras de Harry. Son haleine sentait la bière et le tabac.

« Je ne parle pas des preuves, Harry. Je parle de l'idée. Du soupçon. Ce qui a fait que tu as relié les indices au bon type. Qu'est-ce qui a été le déclencheur, qu'est-ce qui t'a donné cette idée ? »

Harry haussa les épaules.

« On pense bien à toutes sortes de choses, en permanence. Mais...

— Oui ?

— Ça collait un peu trop bien.

— Qu'est-ce que tu veux dire ? »

Harry se gratta le menton.

« Tu savais que Duke Ellington demandait toujours à ses assistants de ne pas accorder son piano à la perfection ?

— Non.

— Quand le piano est accordé parfaitement, techniquement parlant, il ne sonne pas bien. Ce n'est pas un défaut, il manque simplement une part de chaleur, d'authenticité. »

Harry grattouilla un morceau de vernis qui s'était détaché de la table.

« Le coursier meurtrier nous a donné un code parfait qui indiquait exactement où et quand. Mais pas pourquoi. C'est pour ça qu'il nous a fait nous concentrer sur les actes plutôt que sur leurs mobiles. Et n'importe quel chasseur sait que si on veut voir sa proie dans le noir, il ne faut pas la regarder elle, mais regarder légèrement à côté. Et ce n'est que quand j'ai arrêté de me focaliser sur les faits que j'ai entendu.

— *Entendu* ?

— Oui. Que tous ces soi-disant meurtres en série étaient trop minutieusement accordés. Ça avait l'air juste, mais pas authentique. Les assassinats suivaient la recette à la virgule près, nous donnant une explication aussi plausible qu'un mensonge – mais rarement la vérité – peut l'être.

— Et à ce moment-là, tu as compris ?

— Non. Mais j'ai arrêté de fixer une seule chose. Et j'ai retrouvé une vue d'ensemble. »

Le chef de la Crim acquiesça en regardant dans son verre ventru qu'il faisait tourner sur la table, faisant un bruit de meule dans la pièce silencieuse et presque vide.

Il s'éclaircit la voix : « Je me suis trompé sur Tom Waaler, Harry. Et j'en suis désolé. »

Harry ne répondit pas.

« Ce que je voulais te dire, c'est que je ne vais pas signer les papiers de ton renvoi. Je veux que tu continues ton boulot. Je veux que tu saches que tu as ma confiance. Pleine et entière. Et j'espère, Harry...

(il leva la tête et une ouverture – une espèce de sourire – apparut dans le bas)... que j'ai la tienne.

— Il faut que j'y réfléchisse. »

L'ouverture disparut.

« À propos du boulot », ajouta-t-il.

Le chef de la Crim sourit de nouveau. Jusqu'aux yeux, cette fois.

« Bien sûr. Laisse-moi t'offrir une bière, Harry. Ils ont fermé, mais si je leur dis que...

— Je suis alcoolique. »

Le chef de la Crim resta perplexe un instant. Puis il émit un petit rire.

« Désolé. Au temps pour moi. Mais complètement autre chose, Harry. Est-ce que tu... (Harry attendit tandis que le verre effectuait une autre révolution)... as-tu réfléchi à la façon dont tu allais exposer cette affaire ?

— L'exposer ?

— Oui. Dans ton rapport. Et vis-à-vis de la presse. Ils vont vouloir te parler. Et ils vont avoir toute la maison en ligne de mire si le trafic d'armes de Waaler est révélé. Il est donc important que tu ne dises pas... »

Harry chercha son paquet de cigarettes tandis que le chef de la Crim cherchait ses mots.

« Que tu ne leur donnes pas une version qui laisse place à l'équivoque », dit-il finalement.

Harry fit un petit sourire et jeta un coup d'œil à sa dernière cigarette.

Le chef de la Crim se décida, vida d'un geste résolu le reste de sa pinte et se passa le dos de la main sur la bouche.

« Il a dit quelque chose ? »

Harry haussa un sourcil.

« Tu penses à Tom Waaler ?

— Oui. Est-ce qu'il a dit quelque chose avant de mourir ? Sur ses collaborateurs ? Sur ceux qui étaient aussi impliqués ? »

Harry choisit d'épargner sa dernière cigarette.

« Non. Il n'a rien dit. Absolument rien.

— Dommage. » Le chef de la Crim le regardait sans exprimer quoi que ce fût. « Et ces enregistrements qui ont été faits ? Est-ce qu'ils révèlent quelque chose dans ce sens ? »

Harry rencontra le regard bleu du chef de la Crim. À ce qu'en savait Harry, le type était dans la police depuis qu'il était entré dans la vie active. Son nez était affûté comme un fer de hache, sa bouche droite et maussade, ses mains larges et grossières. Il faisait partie du soubassement de la police, de ce granit dur mais sûr.

« Qui sait ? dit Harry. De toute façon, il n'y a pas vraiment lieu de s'en faire. Puisque dans le cas présent, ce doit être une version qui ne laisse pas place à... (Harry détacha l'éclat sec de vernis)... l'équivoque. »

Comme sur un signal, les lumières dans la pièce se mirent à clignoter.

Harry se leva.

Ils se regardèrent.

« Tu as besoin qu'on te raccompagne ? demanda le chef de la Crim.

— Je vais marcher », répondit Harry en secouant la tête.

Le chef de la Crim serra longuement et vigoureusement la main de Harry. Celui-ci se dirigeait vers la porte quand il s'arrêta et se retourna.

« D'ailleurs, je me souviens que Waaler a dit une chose. »

Les sourcils du chef de la Crim descendirent.

« Ah ? demanda-t-il doucement.

— Oui. Il a demandé d'avoir pitié. »

Harry coupa par Vår Frelsers Gravlund. Les arbres gouttaient. Les gouttes touchaient les feuilles de dessous avec un petit claquement avant d'atteindre la terre qui les absorbait avidement. Il avançait sur le chemin entre les tombes et entendait les morts marmotter ensemble. Il s'arrêta et écouta. Devant lui, la maison paroissiale de Gamle Aker était sombre, endormie. Ils murmuraient de leurs langues et de leurs joues crépitantes. Il prit à gauche et sortit par la grille donnant sur Telthusbakken.

Quand Harry entra dans l'appartement, il arracha ses vêtements, alla sous la douche et ouvrit le robinet d'eau chaude. La vapeur s'étala sur les murs, et il ne bougea pas jusqu'à ce que sa peau soit rouge et douloureuse. Il entra dans la chambre. L'eau s'évapora et il s'étendit sur son lit sans se sécher. Il ferma les yeux et attendit. Le sommeil. Ou les images. Ce qui arriverait en premier.

Au lieu de cela, ce fut le marmottement qui arriva.

Il écouta.

Qui savait de quoi ils parlaient ?

Qui savait quel genre de projets ils avaient ?

Ils parlaient en code.

Il s'assit, posa la tête contre le mur et sentit les contours de la croix des mares derrière sa tête.

Il regarda l'heure. Le jour ne tarderait pas à se lever.

Il se leva et alla dans l'entrée. Il fouilla dans son blouson et trouva sa dernière cigarette. Il en déchira l'extrémité et l'alluma. Il s'installa dans le fauteuil à oreilles du salon et commença à attendre le matin.

La clarté lunaire tombait dans la pièce.

Il pensa à Tom Waaler qui avait le regard perdu dans l'éternité. Et à l'homme avec qui il avait discuté à Gamlebyen après sa conversation avec Waaler sur la terrasse attenante à la cantine. Ça avait été facile de le trouver, parce qu'il avait gardé son surnom et travaillait toujours dans l'épicerie familiale.

« Tom Brun, avait répondu le type derrière son comptoir noir pelé en passant une main dans ses cheveux gras luisants. Oh oui, je me souviens de lui. Pauvre gars. Il se faisait pas mal taper dessus par son père, chez eux. Son père était un maçon au chômage. Qui buvait. Ami ? Non, je n'étais pas copain avec Tom Brun. Ah oui, c'est moi qu'on appelle Solo. Interrail ? »

Le type avait ri.

« Je n'ai jamais pris le train pour aller plus loin que Moss[1], tiens. En fait, je ne crois pas que Tom Brun ait eu tant de potes que ça. Je me souviens de lui comme d'un mec gentil, le genre de mec qui aide les vieilles dames à traverser, une espèce de scout, en somme. Mais un drôle de gonze, à vrai dire. Il est resté pas mal de zones d'ombre autour du décès de son père. Un accident foutrement bizarre, en fait. »

Harry passa l'annulaire sur le plateau de table

1. À environ 60 kilomètres au sud d'Oslo.

lisse. Il sentit de fines particules se coller à sa peau. Il savait que c'était la poussière jaune du ciseau. La diode rouge du répondeur clignotait. Des journalistes, vraisemblablement. Demain, ça commencerait. Il posa le bout de son doigt sur sa langue. Un goût amer. Brique. Il avait déjà pensé à ça, que ça venait du mur au-dessus de la porte de la 406, du moment où Willy Barli avait gravé la croix des mares. Harry claqua de la langue. Ce devait en tout cas être un curieux mélange que le maçon avait utilisé, parce que ça avait aussi un autre goût. Douceâtre. Non, métallique. Ça avait le goût d'œuf.

DU MÊME AUTEUR

Chez Gaïa Éditions

RUE SANS-SOUCI, 2005, Folio Policier, n° 480.
ROUGE-GORGE, 2004, Folio Policier, n° 450.
LES CAFARDS, 2003, Folio Policier, n° 418.
L'HOMME CHAUVE-SOURIS, 2003, Folio Policier, n° 366.

Aux Éditions Gallimard

Dans la Série Noire

LE BONHOMME DE NEIGE, 2008.
LE SAUVEUR, 2007.
L'ÉTOILE DU DIABLE, 2006, Folio Policier, n° 527.

Composition MCP - Groupe Jouve
Impression Novoprint
le 4 janvier 2009
Dépôt légal : janvier 2009
1ᵉʳ dépôt légal dans la collection: octobre 2008

ISBN 978-2-07-035872-4/Imprimé en Espagne.